I0591217

ଝିଅପାଇଁ ଗପ

ଝିଅପାଇଁ ଗପ

ଡାକ୍ତର ଶ୍ରୀପ୍ରସାଦ ମହାନ୍ତି

 BLACK EAGLE BOOKS

USA address:
7464 Wisdom Lane
Dublin, OH 43016

India address:
E/312, Trident Galaxy, Kalinga Nagar,
Bhubaneswar-751003, Odisha, India

E-mail: info@blackeaglebooks.org
Website: www.blackeaglebooks.org

First International Edition Published by
BLACK EAGLE BOOKS, 2022

JHIA PAAIN GAPA
by **Dr. Sriprasad Mohanty**

Copyright © Dr. Sriprasad Mohanty

All rights reserved. No part of this publication may be reproduced, stored in a retrieval system, or transmitted, in any form or by any means, electronic, mechanical, photocopying, recording or otherwise without the prior permission of the publisher.

Cover & Interior Design: Ezy's Publication

ISBN- 978-1-64560-253-8 (Paperback)

Printed in the United States of America

ଉତ୍ସର୍ଗ

ଜିମି-ପୁପୁ-ଲଲି-ଗୁଗୁଲି-ଚୁନି-ତିତ୍ଲିଙ୍କୁ

ଅନ୍ତର୍ଦ୍ବନ୍ଦ୍ବର ଅନ୍ତରଙ୍ଗ ଚିତ୍ର

ଡାକ୍ତର ଶ୍ରୀପ୍ରସାଦ ମହାନ୍ତିଙ୍କ ଗଚ୍ଛ ସଂକଳନ 'ଝିଅ ପାଇଁ ଗପ' ଆକ୍ଷରିକ ଅର୍ଥରେ ଝିଅ ପାଇଁ ଲେଖାଯାଇଥିବା କିଛି ଗପର ସଂକଳନ ହୋଇଥିଲେ ମଧ୍ୟ ପ୍ରତୀକାତ୍ମକ ଅର୍ଥରେ ଏହା ତାଙ୍କ ନିଜ ଶୈଶବ ଉଦ୍ଦେଶ୍ୟରେ ସ୍ମୃତିତର୍ପଣ। ପ୍ରତି ମଣିଷ ପିଲାରୁ ବଡ଼ ହେଉଥିବାବେଳେ ସେ ନିଜ ପିଲାପଣକୁ ଅତିକ୍ରମ କରୁଥିଲେ ସୁଦ୍ଧା। ତାହାକୁ ଭଲ ଭାବେ ଲକ୍ଷ୍ୟ କରି ନ ଥାଏ। ବଡ଼ ହେଲା ପରେ ସେ ଅନ୍ୟ ସାନପିଲାର ବଢ଼ନ୍ତା ସମୟକୁ ଦେଖି ନିଜର ପିଲାଦିନକୁ ଭୋଗେ। ସେଇ ପିଲାଟି ଜାଗାରେ ସେ ନିଜକୁ ରଖି ପଛରେ ଛାଡ଼ିଆସିଥିବା ସମୟର କଳ୍ପନା କରେ, ଚିତ୍ର ଆଙ୍କେ। ପିଲାଦିନ ମଣିଷ ଜୀବନର ସବୁଠାରୁ ଗୁରୁତ୍ବପୂର୍ଣ୍ଣ ସମୟ। ବଡ଼ ହେଲା ପରେ ସେ ଯାହା ହେଉନା କାହିଁକି ତାହା ପଛରେ ତା ପିଲାଦିନର ପ୍ରଭାବ ରହିଥାଏ। ବର୍ତ୍ତମାନେ ସାନପିଲାକୁ ବଢ଼ାନ୍ତି, ପିଲାଦିନ ଜୀବନକୁ ଗଢ଼େ। ସେଥିପାଇଁ ପିଲାଦିନର ଯତ୍ନ ନେବା ପାଇଁ ଡାକ୍ତର, ମନସ୍ତତ୍ବବିଦ୍, ଦାର୍ଶନିକ ଏବଂ କବି ସଭିଏଁ ମଣିଷ ଜାତିକୁ ବାରମ୍ବାର ପରାମର୍ଶ ଦେଇଆସିଛନ୍ତି।

ଅଧିକାଂଶ ଭାରତୀୟଙ୍କ ପିଲାଦିନ ପରୀ କାହାଣୀ ଶୁଣି ଶୁଣି ବିତିଥାଏ। ପରୀ କାହାଣୀର ଗୋଟେ ଭଲ କଥା ହେଲା ରାଜାପୁଅ, ରାଜାଝିଅ ଯେତେ ଦୁଃଖ କଷ୍ଟ ପାଆନ୍ତୁନା କାହିଁକି, କିମ୍ବା ବୁଢ଼ୀ ଅସୁରୁଣୀ କିମ୍ବା ଦୁଷ୍ଟ ରାକ୍ଷସ ତାଙ୍କୁ ଯେତେ ହଟହଟା କରନ୍ତୁନା କାହିଁକି, ଅବଶେଷରେ ରାକ୍ଷସ ଓ ବୁଢ଼ୀ ଅସୁରୁଣୀ, ଯେଉଁମାନେ ଅପଶକ୍ତିର

ପ୍ରତିନିଧି; ସେମାନେ ହାରିଯାଆନ୍ତି, ପ୍ରାଣ ହରାନ୍ତି। ରାଜାପୁଅ ଓ ରାଜାଝିଅ ନିଜର ଜୀବନସାଥୀ ଖୋଜି ପାଆନ୍ତି ଏବଂ ସୁଖରେ ଘରସଂସାର କରନ୍ତି। ଜେଜେମା କି ଆଈମା ପାଖରୁ ଗପ ଶୁଣୁଥିବାବେଳେ ଶୈଶବର ଆଖିରେ ଚିତ୍ରଟିଏ ଆଙ୍କି ହୋଇଯାଏ – ସବୁ ସତ୍ତ୍ୱେ ସଂସାର ଭଲରେ ଚାଲିଛି। ସେ ନିଶ୍ଚିନ୍ତ ହୋଇ ନିଦରେ ଶୋଇପଡ଼େ। ମାତ୍ର ମଣିଷର ଜୀବନ ପରୀ କାହାଣୀ ନୁହେଁ। ଏକଥା ପିଲାଟି ବଡ଼ ହେବା ବାଟରେ ଧୀରେ ଧୀରେ ଅନୁଭବ କରେ। ଏଇଠାରୁ ତାର ସମସ୍ୟା ଆରମ୍ଭ ହୁଏ। ପରୀ କାହାଣୀ ଶୁଣି ଶୁଣି ବଡ଼ ହୋଇଥିବା ପିଲା ଯେତେବେଳେ ରୁକ୍ଷ ବାସ୍ତବତାର ସଂସ୍ପର୍ଶରେ ଆସେ ସେତେବେଳେ ସେ ମାନସିକ ସଂଘାତର ଶିକାର ହୁଏ। ତାର ମୋହଭଙ୍ଗ ଘଟେ। ପରୀ କାହାଣୀ ଓ ଜୀବନର ବାସ୍ତବତା ଭିତରେ ପ୍ରଭେଦ ଏଇଆ। ପ୍ରେମଚାନ୍ଦ କ୍ଷୁଦ୍ରଗଳ୍ପକୁ ଦୁଇ ଭାଗରେ ବିଭକ୍ତ କରିଥିଲେ– ଯଥାର୍ଥବାଦୀ ସାହିତ୍ୟ ଓ ଆଦର୍ଶବାଦୀ ସାହିତ୍ୟ। ଯଥାର୍ଥବାଦୀ ସାହିତ୍ୟ ବା ବାସ୍ତବବାଦୀ ସାହିତ୍ୟ ହେଉଛି, ସମାଜରେ ଯାହା ଯାହା ଘଟୁଥିବା ଲେଖକ ଲକ୍ଷ୍ୟ କରୁଛି ତାହା ତାହା ସେ ନିଜ ସାହିତ୍ୟରେ ଲେଖିଯିବ। ଆଦର୍ଶବାଦୀ ସାହିତ୍ୟ ହେଉଛି, ବର୍ତ୍ତମାନ ସମାଜରେ ଯାହା ଘଟୁଥାଉ ପଛକେ ତାହା ନ ଲେଖି ଲେଖକ ଯାହା ଆଶା କରୁଛି ତାହା ଲେଖିଯିବ। ସେହିପରି ଭଲ ଗଳ୍ପର ପରିଭାଷା ନେଇ ଅନେକ କଥା କୁହାଯାଇଛି। କାମ୍ୟୁ କହିଥିଲେ, 'କାହାଣୀ ବା ଗଳ୍ପ ହେଉଛି ସେଇ ମିଛ, ଯାହା ଆମକୁ ସତ୍ୟ ନିକଟରେ ପହଞ୍ଚାଇଥାଏ।' ସେ ପୁଣି କହିଥିଲେ, 'ଭଲ କାହାଣୀର ଏଭଳି ସାମର୍ଥ୍ୟ ଥାଏ ଯାହା ଆଶ୍ୱସ୍ତ ଲୋକକୁ ଅସ୍ଥିର ଓ ଅସ୍ଥିରକୁ ଆଶ୍ୱସ୍ତ କରିଦେଇଥାଏ।'

ଏହି ପୃଷ୍ଠଭୂମିରେ ଡାକ୍ତର ଶ୍ରୀପ୍ରସାଦ ମହାନ୍ତିଙ୍କ ଗଳ୍ପଗୁଡ଼ିକୁ ଦେଖିଲେ ଦି ତିନିଟି କଥା ଆମ ଦୃଷ୍ଟିକୁ ଆସେ। ପ୍ରଥମ କଥା ହେଲା ସେ ଆମ ଜୀବନର ଏଭଳି କିଛି ସୂକ୍ଷ୍ମ ଏବଂ ଅଣଦେଖା କଥା କହିଛନ୍ତି ଯାହା ପ୍ରାୟତଃ ଅନେକେ ଆଉ଼େଇ ଯାଇଥାଆନ୍ତି। ଆମ ସମାଜରେ ଯୌଥ ପରିବାର ଭାଙ୍ଗିଯାଉଛି। ବାପା-ମାଆମାନଙ୍କୁ ନିଜ ନିଜର ଜୀବନ-ଜୀବିକା ନେଇ ବ୍ୟସ୍ତ ରହିବାକୁ ପଡ଼ୁଥିବାରୁ ସାନପିଲାଟି ପାଇଁ ସମୟ ଦେବାକୁ ଚାହିଁଲେ ମଧ୍ୟ ସେମାନେ ତାହା ଦେଇପାରୁନାହାନ୍ତି। ପରିବାର ଗୁଡ଼ିକ ଗୋଟିଏ ଗୋଟିଏ କ୍ଷୁଦ୍ର ଉପଦ୍ୱୀପ ହୋଇପଡୁଛନ୍ତି, ଯେଉଁଠି ସାନପିଲା ଲାଗି ସାଙ୍ଗସାଥୀ ରହୁନାହାନ୍ତି। ଏଭଳି ପରିବେଶରେ ବାପା କିମ୍ବା ମାଆ ହିଁ ତାର ବନ୍ଧୁ, ଅଭିଭାବକ ପୁଣି ପଥପ୍ରଦର୍ଶକ। ଗୋଟିଏ ପଟେ ତାର ଆବେଗିକ ପ୍ରୟୋଜନର ଅଭାବ ସାଙ୍ଗକୁ ଆରପଟେ ଘୋଡ଼ାଦୌଡ଼ରେ ବାଜି ଜିଣିବା ଭଳି ପାଠପଢ଼ାରେ ସମସ୍ତଙ୍କୁ ଟପି ଆଗକୁ ଯିବା ଲାଗି ପ୍ରଚ୍ଛନ୍ନ ନିର୍ଦ୍ଦେଶ। ସେ ରୁଦ୍ଧଶ୍ୱାସ ହୋଇ ଧାଉଁବାକୁ ବାଧ୍ୟ; ନ ହେଲେ ସ୍କୁଲରେ,

ସାଙ୍ଗମେଳରେ ଏବଂ ବିଶେଷକରି ନିଜର ବାପା ମାଆଙ୍କ ଆଖିରେ ନ୍ୟୂନ ହୋଇଯିବ, ତା ଯୋଗୁଁ ତାର ବାପା ମାଆଙ୍କର ନାକ କଟିଯିବ! ସାନପିଲାର କୁନି ଦୁଇ କାନ୍ଧ ଉପରେ ସାରା ପୃଥିବୀର ଜଞ୍ଜାଳ! ଏପରି ପରିବେଶରେ ଜଣେ ଆବେଗପ୍ରବଣ ବାପା ଯେତେବେଳେ କାମ ଜଞ୍ଜାଳରୁ ମୁଣ୍ଡଟେକି ତାର ଗୋଲବସରର କୁନି ଝିଅର ନିଷ୍ପାପ ମୁହଁ, ସ୍ୱପ୍ନପ୍ରବଣ ଆଖି ଏବଂ କୋମଳ ଚେହେରାକୁ ଚାହେଁ ସେତେବେଳେ ବେଦନାର ଦୀର୍ଘଶ୍ୱାସ ତାର ଛାତି ଥରେଇ ବାହାରକୁ ବାହାରିଆସେ – ଏ ଅଭୁତ ପୃଥିବୀକୁ ତାର ଝିଅ ଛୋଟ ଛୋଟ ପାଦରେ ଅତିକ୍ରମ କରିପାରିବ ତ! ଏହି ଦୀର୍ଘଶ୍ୱାସ, ଉଦ୍‌ବେଗ ଓ ଅନ୍ତର୍ଦ୍ବନ୍ଦ୍ବର ଅନ୍ତରଙ୍ଗ ଚିତ୍ର 'ଝିଅ ପାଇଁ ଗପ'। ଏହା ଭିତରେ ପାଠକ ସେମାନଙ୍କ ନିଜ ନିଜ ପରିବାରର ଚିତ୍ର ଦେଖିପାରିବେ, ଦେଖିପାରିବେ ବାସଲ୍ୟର ସୁକୁମାର ପୁଣି ବିଭଙ୍ଗ ଚେହେରା।

ଲେଖକ–ବାପାଟି ଚାହେଁ ତା ଝିଅ ତାର ଛୋଟ ଛୋଟ ସ୍ୱପ୍ନ, ଆଗ୍ରହ ଓ ଇଚ୍ଛା ସାଙ୍ଗରେ ସ୍ୱାଭାବିକ ଜୀବନ ବଞ୍ଚୁ, ସମୟକ୍ରମେ ସେ ଅନ୍ୟ କଥାଗୁଡ଼ିକ ଆପେ ଆପେ ଶିଖିଯିବ। ମାତ୍ର ପରିବେଶ ସାନପିଲାଟିକୁ ସେତିକି ମହଲତ ଦିଏ ନାହିଁ। ବାପା ମଧ୍ୟ ଏକଥା ଅନ୍ୟମାନଙ୍କୁ ବୁଝେଇ ପାରନ୍ତି ନାହିଁ। ଝିଅର ମାଆ ତା ବାପାଙ୍କୁ କହନ୍ତି, ''ଏମିତିରେ ତୁମେ ବହୁତ ଭଲ। ଖାଲି ଏହି ଅସାଧାରଣ ହେବାର ନିଶା ଛାଡ଼ିଦିଅ। ସମସ୍ତଙ୍କ ପରି ସାଧାରଣ ଭାବେ ବଞ୍ଚିବା ଶିଖ।'' ଝିଅର ବାପା ମନକୁ ମନ ପଚାରନ୍ତି, 'ମୁଁ ବୁଝିପାରେନି, ଛୁଆଟିଏକୁ ସାଧାରଣ ଭାବେ ବଞ୍ଚିବାକୁ ଛାଡ଼ିଦେବାଟା ଅସାଧାରଣ ହେଲା କେମିତି ?' ଶ୍ରୀପ୍ରସାଦଙ୍କର ଏହି ବାକ୍ୟ କେବଳ ଗଳ୍ପର ମାଆ ପାଇଁ ନୁହେଁ ସମଗ୍ର ମଣିଷ ସମାଜ ପାଇଁ ଉଦ୍ଦିଷ୍ଟ। ଅତି ସହଜ ଅଥଚ ଅତି କଠୋର ପ୍ରଶ୍ନ – କାହିଁକି ଆମେ ପିଲାମାନଙ୍କୁ କାରଖାନାର ଉତ୍ପାଦିତ ସାମଗ୍ରୀ ପରି ଏକା ପ୍ରକାରେ ଦେଖିବାକୁ ଏତେ ବ୍ୟାକୁଳ ? ପାଠରେ ଶହେରୁ ଶହେ, ଖେଳରେ ସବା ଆଗରେ, ନାଚଗୀତରେ ସମସ୍ତଙ୍କୁ ଟପି ଶୀର୍ଷରେ – ଏଭଳି ମହତ୍ବାକାଂକ୍ଷା ପଛରେ କେଉଁ ପ୍ରକାର କାରଣ ଦାୟୀ? ଆମ ନିଜ ଅସାମର୍ଥ୍ୟର କ୍ଷତିପୂରଣ, ପିଲାଟିର ଦୁର୍ବଳ କାନ୍ଧ ଉପରେ ଗୋଡ଼ ରଖି ନିଜର ଖର୍ବତ୍ବକୁ ଉଚ୍ଚା କରି ଦେଖାଇବାର ମୋହ ନା ଏଭଳି ଏକ ସର୍ବଗୁଣସଂପନ୍ନ ସନ୍ତାନର ପିତା ଭାବେ ନିଜକୁ ଉପସ୍ଥାପିତ କରିବାର ବୈକଲ୍ୟ ?

ଏ ସଂକଳନର କେତେକ ଗଳ୍ପ ଭିନ୍ନ ଭିନ୍ନ ପ୍ରସଙ୍ଗର ଆଲୋଚନା କରିଛି। ସାନପିଲାଟିଏ ଯେତେବେଳେ ଯୌନ ଜୀବନର ପରିଚୟ ପାଏ, ମଣିଷ ଶରୀରର ଗୋପନ ବା ନିଭୃତ ଅଙ୍ଗ ସମ୍ବନ୍ଧରେ ଜାଣିବାଲାଗି ତା ମନରେ କୌତୂହଳ ଜନ୍ମ ନିଏ ସେତେବେଳେ ଅଧିକାଂଶ ପିତାମାତା ତାର ସେହି ପ୍ରଶ୍ନଗୁଡ଼ିକୁ ଦାୟିତ୍ବହୀନ ଭାବରେ

ଆଢ଼େଇ ଯାଆନ୍ତି । ଏହି ସ୍ୱର୍ଶକାତର ପ୍ରସଙ୍ଗକୁ ଗାଳ୍ପିକ ଶ୍ରୀପ୍ରସାଦ ଯଥାସମ୍ଭବ ରୁଚିପୂର୍ଣ୍ଣ ଭାବରେ ଆଲୋଚନା କରିଛନ୍ତି । ସେ ବୃତ୍ତିରେ ଚିକିତ୍ସକ ଏବଂ ପ୍ରବୃତ୍ତିରେ ସାହିତ୍ୟିକ – ତେଣୁ ଏ କାର୍ଯ୍ୟଟି ସେ ଅନ୍ୟମାନଙ୍କଠାରୁ ସ୍ୱଚ୍ଛନ୍ଦ ଓ ସୁନ୍ଦର ଭାବରେ ସଂପନ୍ନ କରିପାରିଛନ୍ତି ।

ଏପରି ବିଭାବର ଗଳ୍ପ ଭିନ୍ନ କୋଭିଡ଼୍, ହାସପାତାଳ, ରୋଗୀ-ଚିକିତ୍ସକ-ସରକାର ସମୀକରଣ ଏବଂ ନାଗରିକ ସୁବିଧା ସଂପର୍କରେ ଶ୍ରୀପ୍ରସାଦଙ୍କ କେତୋଟି ଗପ ଏହି ସଂକଳନରେ ସ୍ଥାନୀତ । ଏସବୁ ଗପ ହୋଇଥିଲେ ମଧ୍ୟ ସତ୍ୟର ଗୋଟିଏ ଗୋଟିଏ ଶ୍ୱେତପତ୍ର । ବାସ୍ତବ କଥା ହେଉଛି, ମଝିରେ ମଝିରେ ଆସୁଥିବା କୋଭିଡ଼୍ ପରି ବ୍ୟାଧି ସଂକ୍ରାନ୍ତରେ ଆମର ପ୍ରଶାସନ ଓ ସମାଜ ଯେଉଁ ଧରଣର 'ବ୍ୟଗ୍ରତା' ଦେଖାନ୍ତି ସେହି ପ୍ରକାର ବ୍ୟଗ୍ରତା ସ୍ୱାସ୍ଥ୍ୟ-ଭିତ୍ତିଭୂମିର ବିକାଶ, ମାନବ ସମ୍ବଳର ବିକାଶ ସହିତ ପରିବେଶ ସନ୍ତୁଳନ ରକ୍ଷା ଦିଗରେ ଦେଖାଇଲେ ଅନେକ ସମସ୍ୟା ଆସନ୍ତା ନାହିଁ । ତୃତୀୟ ବିଶ୍ୱ ଭାବେ ନାମିତ ଆର୍ଥିକ ଦୁର୍ବଳ ରାଷ୍ଟ୍ରଗୁଡ଼ିକ ପୁଞ୍ଜିପତି ଦେଶଗୁଡ଼ିକର ଉପଭୋଗ ସାମଗ୍ରୀ ପ୍ରସ୍ତୁତି ପାଇଁ ନିଜର ପରିବେଶ ବିଷାକ୍ତ କରିବାକୁ ବାଧ୍ୟ ହେଉଛନ୍ତି । ସେହିପରି ଭାରତର ସହରଗୁଡ଼ିକ ବିକଶିତ ହେବେ ବୋଲି ଗ୍ରାମାଞ୍ଚଳର ଭିତ୍ତିଭୂମି ପ୍ରତି ପ୍ରଶାସକଗଣ ଔପନିବେଶିକ ଦୃଷ୍ଟିଭଙ୍ଗୀ ରଖୁଛନ୍ତି, ଯାହା ଦୁର୍ଭାଗ୍ୟଜନକ ।

କଥାକାର ଶ୍ରୀପ୍ରସାଦ ତାଙ୍କ 'ନିଜକଥା'ରେ ଯାହା ସବୁ ଲେଖିଛନ୍ତି ତାହା ପରେ ଏ 'ମୁଖବନ୍ଧ'ର ଭୂମିକା ଅପ୍ରାସଙ୍ଗିକ ବୋଲି ମୋ ନିଜର ମତ । ଏହା ସତ୍ତ୍ୱେ ସେ ଏବଂ ପ୍ରକାଶକ ବନ୍ଧୁ ସତ୍ୟ ପଟ୍ଟନାୟକ ଏ ସୁଯୋଗ ମୋତେ ଦେଇଥିବାରୁ ମୁଁ ଉଭୟଙ୍କୁ ଧନ୍ୟବାଦ ଜଣାଉଛି ।

ସମକାଳୀନ ଓଡ଼ିଆ ସାହିତ୍ୟ କ୍ଷେତ୍ରରେ ଡାକ୍ତର-ସାହିତ୍ୟିକଙ୍କ ସଂଖ୍ୟା ପରିମାଣାତ୍ମକ ଦୃଷ୍ଟିରୁ ସ୍ୱଳ୍ପ । ଓଡ଼ିଶାରେ ଗଳ୍ପ ଲେଖୁଥିବା ଏଭଳି ଗାଳ୍ପିକଙ୍କ ସଂଖ୍ୟା ଆହୁରି କମ । ମୋ ବିଚାରରେ ସେଇ ତାଲିକାର ପ୍ରଥମ ସ୍ଥାନରେ ଡାକ୍ତର ଶ୍ରୀପ୍ରସାଦ ମହାନ୍ତି ରହିବେ । ତେଣୁ ତାଙ୍କୁ ମୋର ବିଶେଷ ଅଭିନନ୍ଦନ ।

ବସନ୍ତ ପଞ୍ଚମୀ ୨୦୧୧
ଗୌରହରି ଦାସ

'ଅନୁଭବ'

୩୧୮, ବରମୁଣ୍ଡା ଗାଁ,

ଭୁବନେଶ୍ୱର– ୭୫୧୦୦୩

ନିଜ କଥା

"ମୁଁ କାହିଁକି ଅଧିକ ପଢ଼ିବି ଓ ଗବେଷଣା କରିବି" ବିଷୟକୁ ନେଇ କେଉଁ ଏକ ବିଶ୍ୱବିଦ୍ୟାଳୟକୁ ଚିଠି ଲେଖୁଥିଲା ଝିଅ । କେଇଟି ଧାଡ଼ି ମୋର ଆଖିରେ ପଡ଼ିଲା । ମନରେ ଛାପ ହୋଇ ରହିଗଲା ।

"ବାପା ମତେ ଗପ କହୁଥିଲେ ପିଲାଦିନେ । ଗପ କହୁକହୁ କିଛି ଗୋଟେ ପଚାରନ୍ତି ଓ ଭାବିକରି କହିବାପାଇଁ ସମୟ ଦିଅନ୍ତି । ମନକୁ ନପାଇଲେ ଆହୁରି ଚିନ୍ତା କରିବାକୁ କୁହନ୍ତି । ମୁଁ ଭାବେ, ବିଶ୍ଳେଷଣ କରେ, ଆଉ କୁହେ । ସେଇ ଅଭ୍ୟାସ ମୋର ରହିଛି ।

ପୁଣି ଗବେଷଣାର ପ୍ରତ୍ୟେକ ସୋପାନରେ ବିଫଳତା ଥାଏ । ସେଥିରେ ଭାଙ୍ଗି ନ ପଡ଼ି ଆଉଥରେ ଚିନ୍ତା କରିବାକୁ ହୁଏ । ଭୁଲ୍‌ର ତର୍ଜମା ସହ ନୂଆ ସମ୍ଭାବନାକୁ ଏକାଠି ଧରିରଖିବାକୁ ହୁଏ । ତା' ବି ବୋଧେ ମୁଁ ଶିଖିଛି ମୋର ପିଲାଦିନର ଗପଶୁଣାରୁ ।"

ମତେ ଖୁସି ଲାଗିଲା, ଦୁଃଖ ଲାଗିଲା ଓ ହସ ଲାଗିଲା ବି । କାରଣ ଝିଅକୁ କିଛି ଭାବିବାର ଖୋରାକ ଦେବା କିମ୍ବା କିଛି ଗୋଟେ ପାଇଁ ଗଢ଼ିତୋଲିବାର ମାନସିକତା ମୋର ସେତେବେଳେ ନ ଥିଲା । ବରଂ ଥିଲା ଗୋଟେ ପଳାତକର ମନୋବୃତ୍ତି ।

ଝିଅ ସବୁବେଳେ ନୂଆ ନୂଆ ଗପ ଚାହୁଁଥିଲା । ମୋର ଯେତେ ଗପ ମନେଥିଲା, ସବୁ ସରିଗଲା । ରାମାୟଣ ଓ ମହାଭାରତ ବି କିଛି ଦିନ ପରେ ସରିଗଲା । ଇତିହାସ ବିଷୟରେ ମୁଁ ଜାଣିଥିବା କଥାସବୁ ବି ସରି ଆସୁଥିଲା । ଗପର ଅବଧି ବଢ଼ାଇବାକୁ ମୁଁ ବିଭିନ୍ନ କଳକୌଶଳ ପ୍ରୟୋଗ କରୁଥାଏ ।

ପୃଥିବୀର ଗୋଟେ ମାନଚିତ୍ର ଟଙ୍ଗା ହୋଇଥାଏ ଆମ ଖଟପାଖରେ । ଇତିହାସ କଥା କହୁ କହୁ ମୁଁ ରାଜାଙ୍କ ରାଜ୍ୟ ଦେଖାଏ, ସେଇଠୁ ତା'ର ଭୌଗୋଳିକ ଅବସ୍ଥା

ବିଷୟରେ କୁହେ, ବର୍ତ୍ତମାନର ପରିସ୍ଥିତି ବିଷୟରେ କୁହେ ଏବଂ ଆଉ କ'ଣ କ'ଣ ଜାଣିଥିଲେ ବି ଯୋଡ଼ି ଚାଲିଥାଏ। ସେଇ ରାଜା ସେମିତି ସେଇ ବୟସରେ ଶାସନ କରୁଥାନ୍ତି ଓ ମୋର ପ୍ରସଙ୍ଗକୁ ଫେରିବାପାଇଁ ଅପେକ୍ଷା କରିଥାନ୍ତି। ଦିନେ ଦିନେ ମୂଳକଥାକୁ ଫେରିହୁଏନି। ପରଦିନ ଝିଅର ମନେପକାଇଦେବା ବାହାନାରେ ଆଉ ଥରେ ମୂଳରୁ ଆରମ୍ଭ କରେ ଓ କିଛି ସମୟ ନେଇଯାଏ।

କେବେ କେବେ ମନରୁ ଫାଦି ନୂଆ ଗପ କହୁଥିଲେ ଅଧାବାଟରେ ଅଟକିଯାଏ ବେଳେ ବେଳେ। ସେଇଠି ଝିଅକୁ କିଛି ପଚାରିଦେଇ ମୁଁ ମୋର ଭାବିବାପାଇଁ ସମୟ ଯୋଗାଡ଼ କରିନିଏ, ତଥାପି ମୋର କଳ୍ପନା ଆଗକୁ ଯିବାକୁ ବାଟ ପାଉ ନ ଥିଲେ; ଝିଅକୁ ଆଉ କିଛି ଚିନ୍ତା କରିବାକୁ କୁହେ।

ମୋର ସୌଭାଗ୍ୟ ଯେ ମୋ' ଝିଅ ବିରକ୍ତ ହେଉ ନ ଥିଲା। ପୁଣି ଆଜି ସେ ଭାବୁଚି, ସେଇଟା କୁଆଡ଼େ ତା'ର ମୂଳଦୁଆ ଥିଲା!

ଆଙ୍ଗୁଳି ଫାଙ୍କରେ ଖସିଯାଇଥିବା ସମୟ :

ଆମ ଘରପାଖରୁ ଅଳ୍ପଦୂରରେ ଝିଅର ସ୍କୁଲ। ମୁଁ କିନ୍ତୁ ସପ୍ତାହରେ ଅଧେ ଦିନ ଆମ ସହର କଟକର ବାହାରେ ରହୁଥିଲି। ତେଣୁ ସ୍କୁଲବସ୍‍ରେ ବି ତା'ର ନାଁ ଲେଖା ହୋଇଥିଲା। ମୁଁ ନ ଥିବା ଦିନସବୁରେ ସିଏ ବସ୍‍ରେ ଯିବାଆସିବା କରୁଥିଲା।

ଘରୁ ସ୍କୁଲ ପାଖ ଏବଂ ବସ୍‍ର ଗତିପଥରେ ଶେଷ ଆଡ଼କୁ ଥାଏ ଆମ ଷ୍ଟପେଜ୍‍। ସେଇ ବସ୍‍ ଫେରିଲାବେଳେ, ବୁଲିବୁଲି ଶେଷ ଆଡ଼କୁ ଆମ ଘରପାଖକୁ ଆସେ। ତେଣୁ ମୁଁ ଥିଲେ ଫେରିବାବେଳେ ସବୁଦିନ ତାକୁ ଆଣେ। ସେଥିରେ କିଛି ଅସୁବିଧା ନ ଥିଲା।

ମଜା କଥା ହେଉଛି, ମୁଁ ଥିଲାବେଳେ ଝିଅ ସ୍କୁଲକୁ ଯିବାବେଳର କଥା। ବସ୍‍ କଲ୍ୟାଣୀନଗରରୁ ଆମ ନୂଆବଜାର ଛକକୁ ଆସେ। ସେଠୁ ବିଦ୍ୟାଧରପୁର ଯାଏ ଓ ସେଠୁ ପୁଣି ନୂଆବଜାର ଛକକୁ ଫେରେ। ନୂଆବଜାରରୁ ମହାନଦୀବିହାର ହୋଇ ଗଣ୍ଠରପୁରର ସ୍କୁଲକୁ ଯାଏ। ଆମ ଘରୁ ସେଇ ସ୍କୁଲକୁ ଗୋଟେ ସିଧା ବାଟ ବି ଥାଏ।

ମୋ ସହିତ ଝିଅ ସ୍କୁଟରରେ ବାହାରେ। 'ଆଉ ଟିକିଏ ଯାଉ, ବାହାରିବା' କହିଲେ ମତେ ବୁଝାଇଦିଏ ଯେ ସିଏ ବସ୍‍ରେ ଯିବ। ସାଙ୍ଗଙ୍କ ସହ ମିଶିକରି ଯିବ। ମୁଁ ବାହାରେ। ଆମ ଛକ ପାଖରେ ପହଞ୍ଚେ। ଝିଅର ଗପିବା ଓ ଗପ ଶୁଣିବା ଆରମ୍ଭ ହୋଇଯାଏ। ତା'ରି ଭିତରେ ବସ୍‍ ଆସି ପହଞ୍ଚେ। ଝିଅ ତା'ର ଗପିବା ଜାରିରଖେ ଓ ମତେ କୁହେ ଯେ ବସ୍‍ ବିଦ୍ୟାଧରପୁରରୁ ଫେରିଲାବେଳେ ସିଏ

ଯିବ । ବସ୍‍ ଫେରେ । ହେଲେ, ଝିଅର ଗପ ସରି ନ ଥାଏ । ବସ୍‍ ଆମକୁ ଦେଖି ରହିଯାଏ ବି । ଝିଅ ଗାଡ଼ିଚାଳକଙ୍କୁ କୁହେ, "ଭାଇ, ତୁମେ ଯାଅ । ମତେ ବାପା ନେଇ ଛାଡ଼ିଦେବେ ।" ଡ୍ରାଇଭରଭାଇ ବୁଝିଯାଆନ୍ତି ଓ ହସିଦେଇ ଚାଲିଯାଆନ୍ତି ।

କଟକରେ ସମସ୍ତେ ସମସ୍ତଙ୍କ କଥାରେ ମୁଣ୍ଡପୂରାନ୍ତି । ଝିଅ ଓ ମୁଁ ଏକପ୍ରକାର ଅଜବ ଚରିତ୍ର ପାଲଟି ଯାଇଥିଲୁ ବୋଲି ପରେ ଜାଣିଲି । ଅନେକ ଆଶ୍ଚର୍ଯ୍ୟ ହେଉଥିଲେ ଆମ ଆଚରଣରେ । ପରେ ସମସ୍ତଙ୍କର ଏହା ଦେହସୁହା ହୋଇଗଲା ।

ମୁଁ ଟ୍ରେନ୍‍ରେ ଘରକୁ ଫେରିବାବେଳେ "କେତେବାଟରେ ହେଲଣି, କେତେବାଟ ଆସିଲଣି" ବୋଲି ବାରମ୍ବାର ଫୋନ୍‍ କରୁଥିଲା ଝିଅ । ଠିକ ସମୟରେ ଚାଲୁଥିଲେ ବି 'ବହୁତ ଡେରି କଲାଣି' ବୋଲି ଗାଲି ଦେଉଥିଲା ଟ୍ରେନ୍‍କୁ ।

ସେତେବେଳେ ମୋର ଏତେ ପ୍ରସିଦ୍ଧି ନ ଥିଲା କି ପଇସା ନ ଥିଲା । ସମୟ ପର୍ଯ୍ୟାପ୍ତ ଥିଲା ହାତରେ । କାମର ବୋଝ ମାଡ଼ି ପଡ଼ୁ ନ ଥିଲା । ମା'କୁ ଘରଚଲାଇବା ଦାୟିତ୍ୱ ସମର୍ପିଦେଇ ଗପିବସୁଥିଲୁ ବାପଝିଅ । ଖବରକାଗଜର ଭଲଭଲ ଲେଖା ଓ ଫଟୋ କାଟି ପୁରୁଣା ଡାୟେରିରେ ଅଠା ମଡ଼ାଇ ରଖୁଥିଲୁ । ଏବେ ପ୍ରସିଦ୍ଧି ଆସିଛି, ମୋର ସବୁଯାକ ସମୟ ଛଡ଼ାଇନେବାର ପଣକରି । ଆମେ ଏହାକୁ ପାଇବାପାଇଁ ହିଁ ଶ୍ରମ କରୁ । ନୂଆ ନୂଆ ଖୁସି ହେଉ ପାଇଲେ । ଧୀରେ ଧୀରେ ଆଉ ସେତେ ଖୁସି ନ ଲାଗିଲେ ବି କେମିତି ଗୋଟେ ଅଭ୍ୟାସରେ ପଡ଼ିଯାଏ – ତାକୁ ଆଉ ଛାଡ଼ି ହୁଏନି ।

ଏଇ ପ୍ରସିଦ୍ଧି ଓ ପଇସାକୁ ଆମେ ଯତ୍ନ କରି ସାଇତି ରଖୁ । ତାକୁ ଚାରିପଟୁ ଜଗି ରହୁ । କାଲେ କିଏ ନେଇଯିବ ବୋଲି ଆତଙ୍କିତ ବି ଥାଉ କେବେକେବେ । ହେଲେ, ମାମା! ଏଇ ପ୍ରସିଦ୍ଧି ଆଉ ପଇସା ଯେବେ ଗୋଟେ ବର୍ଦ୍ଧିଷ୍ଣୁ ମାଟିକୁଦ ପାଲଟି ବଢ଼ିବଢ଼ିଯାଏ, ଆମ ମଝିରେ ରହି, ଆମେ ପରସ୍ପରଠାରୁ ଦୂରେଇଯାଉ । ଏକାଠି ରହିବା ବେଳେ ବି କମ ସମୟ ଥାଏ ପରସ୍ପରପାଇଁ ।

ଝିଅ ଡେରିରେ ଶୁଏ ରାତିରେ । ମୁଁ ଶୀଘ୍ର ଶୋଇଯାଏ । ତାକୁ ସକାଲୁ ଉଠାଇବା ଦାୟିତ୍ୱ ମୋର ଥିଲା । ଫୋନ୍‍ କରି ଉଠାଏ । ସେଇ ସମୟ କେବେ ନିର୍ଦ୍ଧିଷ୍ଟ ନ ଥାଏ । କେବେ ଭୋର ଚାରିଟାରେ ଉଠାଇବାକୁ କହେ ତ କେବେ ସକାଲ ଆଠଟାରେ । କେହି କେହି ବିରକ୍ତ ହୁଅନ୍ତି । ତାଗିଦ କରନ୍ତି ଝିଅକୁ କହିଦେବାକୁ ଯେ ସେ ଆଲାର୍ମ ଦେଇ ନିଜେ ଉଠିବା ଅଭ୍ୟାସ କରିବା ଉଚିତ ।

"ତୁ ସେକଥା ଜାଣିନୁ ନା ସେମିତି କରିପାରନ୍ତୁନି, ମାମା ? ମତେ ଲାଗେ ଯେ ତୋର ଉଦ୍ଦେଶ୍ୟ ଅଲଗା । ତୁ ବୋଧେ ଭାବୁ, ସକାଲୁ ସକାଲୁ ଟିକେ ବାପାଙ୍କ ସାଙ୍ଗେ କଥା ହୋଇଯାଏ, ତା'ପରେ ଦିନସାରା ଯାହାହେଉଛି ହେଉଥାଉ ।"

ଏଇଟା ମୋର ଭାବନା ଓ ଏଇ ଭାବନାପାଇଁ ମୋର ପ୍ରବଳ ଲୋଭ। ଯଦିଓ ମୁଁ ଠିକ୍ ଜାଣିନି, ଏହା କେତେଦୂର ସତ!

ପବନରେ ଚହଲିଯାଏ ଦୀପଶିଖା

ପାଖଲୋକମାନେ ମା'କୁ ଓ ତତେ ଭାରତୀୟ ଜୀବନବୀମା ନିଗମର ପ୍ରତୀକ ସହ ତୁଳନା କରନ୍ତି। ପ୍ରତୀକରେ ଗୋଟେ ଦୀପଶିଖାକୁ ଦୁଇଟି ପାପୁଲି ଘୋଡ଼େଇ ରଖିଥାଏ, ପବନର ଅଦଉତିରୁ ବଞ୍ଚାଇବ ବୋଲି। ମା' ଠିକ୍ ସେମିତି ହିଁ ଥିଲା। ତତେ ଗୋଡ଼େ ଗୋଡ଼େ ଜଗିଥିଲା। ତୋର ସବୁକଥା ବୁଝୁଥିଲା। ତୋର ସବୁକାମ କରିଦେଉଥିଲା।

ହେଲେ, ତତେ ଘର ଛାଡ଼ିବାକୁ ପଡ଼ିଲା। ୟୁକ୍ତ ଦୁଇ ପରେ ଭେଲୋର ଗଲୁ। ପ୍ରଥମ ବର୍ଷ ମୁଁ ଆଠଥର ଯାଇଛି ତୋ' ପାଖକୁ। ସବୁବେଳେ ଦୁଇ-ତିନିସେଟ୍ ଟ୍ରେନ୍ ଟିକେଟ ଆମ ପାଖରେ ରହୁଥିଲା। ଥରେ ଫେରୁ ଫେରୁ ପୁଣି ଆର ଥର ପାଇଁ ମାନସିକ ପ୍ରସ୍ତୁତି ଆରମ୍ଭ ହୋଇଯାଏ। ନା, ତୁ ସେଠି ମନ ଲଗାଇ ପାରିବୁ ଏମିତିରେ, ନା ଆମେ। ମନକୁ ଲଗାମ ଦେବାକୁ ହେଲା। ତୁ ଓ ମୁଁ ଚଳାଇନେଲେ। ହେଲେ, ମା'ର ଆରମ୍ଭ ହେଲା Empty Nest Syndrome.

ବିଛେଦ ମତେ ବି ବାଧୁଥିଲା। ଦୀପଶିଖାକୁ ଚହଲାଇଦେବା ଭଳି ପବନ କିୟା। କୌଣସି ଅଘଟଣ ପ୍ରତି ମୋର ବି କମ୍ ଡର ନ ଥିଲା। ହେଲେ ବାପାମାନେ ନିଜର ଦୁର୍ବଳତା ସହଜେ ପ୍ରକାଶ କରନ୍ତିନି। ଆଉ ମୋ' ଭଳି ଲୋକମାନେ ତାକୁ ନେଇ 'ଶୂନ୍ୟନୀଡ଼' ଗପ ଲେଖନ୍ତି। ଆଉ ଦରକାର ପଡ଼ିଲେ କୈଫିୟତ ଦିଅନ୍ତି – "ଗପ କ'ଣ ସବୁବେଳେ ସତ କି?"

କାଲି ଯଦି ତୁ ତାକୁ ପଢ଼ିବୁ, ହୁଏତ କହିବୁ, "ତୁମେ କ'ଣ ଏତେ ସବୁ ଭାବିଦେଉଥିଲ?"

ସତକଥା। ଏତେ ବେଶୀ ଭାବିଲେ ମାଟି, ଗୋଡ଼ି ବି ଡରାଇବେ।

ତୁ ମୋର ଗପ କେବେ କେବେ ପଢୁ। ଅଳ୍ପ କିଛି ବାଟ ଯିବାପରେ ପଚାରୁ "ଏମିତି ସବୁ ଗପ କ'ଣ? କିଏ କ'ଣ କୁଆଡ଼ୁ ଆସିଲେ, ମୁଁ କିଛି ବୁଝିପାରୁନି।"

ଆକସ୍ମିକ ଆରମ୍ଭ ଓ ନାଟକୀୟ ପରିସମାପ୍ତି ଗଳ୍ପକୁ ଆକର୍ଷଣୀୟ କରେ ବୋଲି ମୁଁ ସେଇ ଶୈଳୀ ଆଦରୁଛି ଲେଖିବାବେଳେ। ହେଲେ, ଗପ କହିବା ବେଳେ ସ୍ଥାନ-କାଳ-ପାତ୍ର ବିଷୟରେ ଅଳ୍ପ କିଛି ସୂଚନା ଦେବା ପରେ ହିଁ ଘଟଣାପ୍ରବାହକୁ ଓହ୍ଲାଉଥିଲି। ତୁ ତେଣୁ ସେଥରେ ହିଁ ଅଭ୍ୟସ୍ତ ହୋଇଯାଇଥିଲୁ।

ଗପ ଲେଖା ବିଷୟରେ ଭାବିବାବେଲେ ମୋର ଜେଜେମା'ଙ୍କର ଗୋଟେ ଗୁଣ ମନେପଡ଼େ । ସେଇଟା ଗବେଷଣା ପାଇଁ ବି ଉପଯୋଗୀ ।

ଜେଜେମା ମୋତେ ଗପ କହି ଶୁଆଉଥିଲା । କେବେ କେବେ ମୁଁ ଶୀଘ୍ର ଶୋଇଯାଏ ତ କେବେ ଶୁଏ ଡେରିରେ । କେବେ କେବେ ଚୁପଚାପ୍ ବିଛଣାରେ ପଡ଼ିଥାଏ । ଅଥଚ ଶୋଇ ନ ଥାଏ । ପୁଣି କେବେ ଅନେକବେଲ ଯାଏଁ ବଲବଲ କରି ଅନାଇଥାଏ । ଜେଜେମା ତା'ର ଗପ ଲମ୍ବାଇ ଚାଲିଥାଏ । କେବେ କେବେ ହାଇମାରେ ମଝିରେ, କିନ୍ତୁ ଅଟକିଯାଏନି, ମୁଁ ନ ଶୋଇବା ପର୍ଯ୍ୟନ୍ତ । ଦିନେ ଦିନେ ମୁଁ ଶୋଇଯାଏ ଓ କିଛି ସମୟ ପରେ ନିଦରୁ ଉଠି ଦେଖେ ତ ଜେଜେମା ସେଇଠି କାନ୍ଥକୁ ଆଉଜି ଶୋଇଯାଇଛି ।

ଫଳାଫଳ କି ପରିଣତିରେ ନ ପହଞ୍ଚିବା ଯାଏଁ ନିଦକୁ ଟାଳିଦେବାର ଜିଦକୁ ଜେଜେମା ତତେ ଆଶୀର୍ବାଦ କରି ସମର୍ପି ଦେଉ ।

ଅଧା ରହିଯାଇଥିବା କଥା, ଅଧା ସ୍ୱପ୍ନ, ଅଧା ଆଶା, ଅଧା ଶଙ୍କା

ତୁ ବୋଧେ ପଞ୍ଚମରେ ପଢୁଥିଲୁ ସେତେବେଲେ । ମୁଁ ତତେ କହିଥିଲି, "ସବୁବେଲେ ଶ୍ରେଣୀରେ ପ୍ରଥମ ପାଞ୍ଚ ସାତଜଣଙ୍କ ଭିତରେ ରହିବାର ଚେଷ୍ଟା କରିବୁ ସିନା, ପ୍ରଥମ ହେବାର ନିଶାରେ ମାତିବୁନି । ସହପାଠୀଙ୍କୁ ସାଙ୍ଗ ଭାବିବୁ, ପ୍ରତିଦ୍ୱନ୍ଦୀ ହିସାବରେ ବିଚାର କରିବୁନି ।"

ତୁ ସେତେବେଲେ କିଛି କହି ନ ଥିଲୁ । ପରେ ପିଉସୀଝିଅ ଜିମିଅପା ସହ ମିଶି ମତେ ବୁଝାଇଲୁ ଯେ ସେମିତି କେହି ବି କରିବେନି । ସମସ୍ତେ ପ୍ରତିଦ୍ୱନ୍ଦିତା କରିବେ । କେହି ଛାଡ଼ିବେନି । ଆଉ ମତେ ପଚାରିଲୁ , "ମୁଁ ପ୍ରଥମ ହେଲେ ତୁମେ ଖୁସି ହେବନି କି ?"

ମୁଁ ଖୁସି ନ ହୁଅନ୍ତି କେମିତି ମାମା ?

ଆଉ ତୁ ପ୍ରଥମ ହେଲୁ ବି । ମୁଁ ସେତେବେଲେ ବ୍ରହ୍ମପୁରରେ ଥିଲି । କଟକରେ ମତେ ସେମିତି କେହି ଜାଣି ନ ଥିଲେ । ତୋରି ପରିଚୟରେ ମତେ ସମସ୍ତେ ଜାଣିଲେ ।

ଆମେ ଖୁସି ହେଲେ ନିଶ୍ଚୟ, କିନ୍ତୁ ଅଜାଣତରେ ବହୁତ କିଛି ହଜିଗଲା ବି । ସେଇଥିପାଇଁ ମୋର ଭୟ ଥିଲା । ହେଲେ, ମୁଁ ସେକଥା ତତେ ଭଲରେ ବୁଝାଇପାରି ନ ଥିଲି । ତୋ'ର ପିଲାଦିନ ଅନେକଟା ହଜିଗଲା । ଅନ୍ୟମାନଙ୍କ ସହ ମିଲାମିଶା, ଖେଲ, ବୁଲା, କାହାଘରକୁ ଯିବା ବା କେବେ କେବେ ବାହାରକୁ ବୁଲିଯିବା – ଆଉ କେଉଁଥିରେ ବି ଆଗ୍ରହ ରହିଲାନି ତୋର । ଖାଲି ପାଠ ଆଉ ପାଠ । ମତେ ଲାଗେ

ଯେ ଶ୍ରେଣୀର ସବୁପିଲା ପ୍ରଥମ ହେଉଥିବା ପିଲାର ନମ୍ବରକୁ ଲକ୍ଷ୍ୟ ରଖି ପ୍ରତିଦ୍ୱନ୍ଦିତା କରନ୍ତି । ହେଲେ ପ୍ରଥମ ହେଉଥିବା ପିଲାର ଅନିଶ୍ଚିତତା ବହୁତ ବେଶୀ । ବହିର ଯେଉଁ ଅଂଶଟି ସିଏ ବୁଝି ନ ଥାଏ କି ମନେରଖି ନ ଥାଏ – ତାକୁ ଲାଗେ ସେହି ଅଂଶ ହିଁ ପରୀକ୍ଷାରେ ଆସିପାରେ। ସେ ସବୁତକ ମନେ ରଖିବାକୁ ଚେଷ୍ଟା କରେ । ସେଇଟା କେବେ ହିଁ ସମ୍ଭବ ହୁଏନି । କିଏ ବି କେଉଁଠି ତପସ୍ୟା କଲେ ଇନ୍ଦ୍ର ଯେମିତି ଡରନ୍ତି, ତାଙ୍କ ଇନ୍ଦ୍ରପଦ ନେଇଯିବ ବୋଲି, କିଏ ସେମିତି ଭଲ ପଢୁଥିବାର ଖବର ପାଇଲେ ଶଙ୍କିତ ହୋଇଯାଏ ପ୍ରଥମ ହେଉଥିବା ଛାତ୍ର ।

ସେତିକିବେଲେ ଗୋଟେ ଗପ ବାହାରିଥିଲା, 'ତଥାପି ଅପହଞ୍ଚ' । କେହି କେହି ପ୍ରଶଂସା କରିଥିଲେ । ତଥାପି ଅପହଞ୍ଚର ଅର୍ଥ ମତେ ପଚାରିଥିଲୁ । ତୁ ସେତେବେଲେ ଚିତ୍ରାଙ୍କନ ଶିଖୁଥିଲୁ । ମୋର ବହି ଦୁଇଟି ବାହାରିସାରିଥିଲା । "ତୁ କହିଲୁ, ଏଥର ବହି ମଲାଟର ଚିତ୍ର ମୁଁ କରିବି ।"

ତଥାପି ଅହପଞ୍ଚର ଥିମ୍କୁ ନେଇ ତୁ ମାଆ ବେଙ୍ଗ ନିଜକୁ ହାତୀ ସହ ତୁଲନା କରିଥିବା ଗପ ମନେପକାଇଦେଲୁ । ଗୋଟେ ଦିଆସିଲି ଖୋଲରେ ଥିବା ହାତୀର ଚିତ୍ର ରଖିଲୁ । କେଉଁଠୁ ଗୋଟେ ବେଙ୍ଗର ଚିତ୍ର ବି ସଂଗ୍ରହ କଲୁ । ହେଲେ, ମୋର ଲେଖାସବୁ ପ୍ରସ୍ତୁତ ହେଲେ ସିନା ବହି ବାହାରନ୍ତା!

କେତେ ବର୍ଷ ବିତିଗଲା, ମାମା! କେତେ ବଦଲିଗଲାଣି ଆମ ମାନସିକତା ଏଇ ସମୟରେ! କେତେ ପରିବର୍ତ୍ତନ ଆସିଲାଣି ଜୀବନରେ! ମା' ଦାଣ୍ଡଘରେ ସାଇତିଥିବା କେତୋଟି ଚିତ୍ର କି ହସ୍ତଶିଳ୍ପ ଦେଖିଲେ ବିଶ୍ୱାସହୁଏନି, ତୁ ସେସବୁ କରିଥିଲୁ ବୋଲି! ବୃତ୍ତିର ଦାବି ଅଧିକରୁ ଅଧିକ ହୋଇ ଚାଲିଥିବାବେଲେ ପ୍ରବୃତ୍ତି ହଜିହଜି ଯାଉଛି । ଏକା ତୋ'ର ନୁହେଁ, ତୋର ସମସାମୟିକ ଅଧିକାଂଶଙ୍କର ।

ବିଦେଶର ବିଭିନ୍ନ ବିଶ୍ୱବିଦ୍ୟାଳୟ ପାଇଁ ଆବେଦନ କରିବା, ବିଭିନ୍ନ ପରୀକ୍ଷା ଦେବା, ପରୀକ୍ଷାପାଇଁ ପ୍ରସ୍ତୁତି କରିବା, ଜଣାଶୁଣା କେହି ସେଇ ବିଷୟ ଜାଣିଥିଲେ ତାଙ୍କଠୁ ପରାମର୍ଶ ନେବା, ସନ୍ଦର୍ଭ ପାଇଁ ପ୍ରସ୍ତୁତି କରିବା – ଏଥିରେ ତ ସବୁ ସମୟ ଯାଉଛି, ମାମା! ତୁ ପୁଣି ରାତି ଚାରିଟାରେ ଶୋଉ ଓ ମୁଁ ସାଢ଼େ ଚାରିଟାରେ ଉଠେ । ଆମର କେତେ ସମୟ ବା ଦେଖାହୁଏ! ଯେତିକି ସମୟ ଏକାଠି ରୁହେ, ହସଖୁସିରେ ଓ ହାଲ୍କା ମନରେ ବିତାଇ ଦେବା ଉଚିତ । ତତେ ଆଉ ମଲାଟର ଚିତ୍ର ଆଙ୍କିବା ନିଶାରେ ପୁରାଇବାକୁ ସାହସ ହୁଏନି ।

ଗୋଟିଏ ବୋଲି ପିଲାକୁ ବିଦେଶକୁ ଛାଡ଼ିବା ଭାରି କଷ୍ଟ। ଆମରି ଭଲି ସବୁ

ବାପାମା'ମାନେ ଦ୍ୱନ୍ଦ୍ୱରେ ଥିବେ । ନିଜ ନିଜ ଭିତରେ ତର୍କ କରୁଥିବେ, କଳି କରୁଥିବେ ଓ ନିଜ ନିଜର ନାଚାରପଣ ହେତୁ ନିରସ୍ତ ହେଉଥିବେ ଶେଷରେ ।

ତେବେ ଏଇ ସୁଖ ବୋଲି ଜିନିଷଟି କ'ଣ / ସନ୍ତୋଷ ବୋଲି ଜିନିଷ ବି କ'ଣ / ସେମାନେ କେମିତି ପରିପୂରକ ହୋଇପାରନ୍ତେ ପରସ୍ପରର- ମୁଁ ଆଜିଯାଏଁ ବୁଝିପାରିଲିନି ମାମା ! ତତେ ବା ବୁଝାଇ ପାରିବି କେମିତି ! କେଉଁ ଧୃଷ୍ଟତାରେ କହିବି, ଏଇଟା ସୁନା ଭଲି ଦିଶୁଥିବା ମାୟାମୃଗ ଓ ଏହାର ଅନୁଧାବନ କରିବା ବୋକାମି ବୋଲି ।

ଯେଉଁଠି ବି ରହ, ଭଲରେ ରହ ମାମା !

ତା ୫.୨.୨୦୨୨   ଶ୍ରୀପ୍ରସାଦ ମହାନ୍ତି

ସୂଚିପତ୍ର

ଲଲି ସହ ଶିକ୍ଷା, ସ୍ୱପ୍ନ ଓ ଶୈଶବର ସମୀକରଣ

ସୁଜାତାଙ୍କ ହାତରେ ମେଞ୍ଚାଏ ପ୍ରସ୍ପେକ୍ଟସ୍ ଦେଖି ମୋର ହୃତ୍‌ସ୍ପନ୍ଦନ ବଢ଼ିଗଲା । ଜାଣିଲି, ଏଥର ଆଉ ନିସ୍ତାର ନାହିଁ ।

ଏଥରକ ଫୁଲଟିଏକୁ ଗଛରୁ ଛିଣ୍ଡାଇ ଫୁଲଦାନିରେ ସଜାଇଦିଆଯିବ । କଙ୍କିଟିଏକୁ ଧରି ତା' ଲାଞ୍ଜରେ ସୂତା ବନ୍ଧାଯିବ । ଜୁଲୁଜୁଲିଆ ପୋକମାନଙ୍କୁ ଛୋଟ ହୋମିଓପାଥିକ୍ କାଚ ଶିଶିରେ ବନ୍ଦୀ କରାଯିବ, ପ୍ରଜାପତିଟିକୁ ଫୁଲ ଉପରୁ ଧରିଅଣାଯିବ, କିମ୍ବା ମାଛଟିଏକୁ କାଚ ଜାର୍‌ର ପାଣିରେ ରଖାଯିବ...... । ଛୋଟ ପିଲାଟିଏକୁ ସ୍କୁଲରେ ଭର୍ତ୍ତି କରିବା କଥା ଉଠିଲେ ମୋ ଆଖିରେ ଏସବୁ ଚିତ୍ର ହିଁ ଭାସିଉଠେ ।

ଗତବର୍ଷ ବି କଥା ଉଠିଥିଲା, ଲଲିକୁ ଖେଳସ୍କୁଲରେ ଭର୍ତ୍ତି କରିବା ବିଷୟ ନେଇ । ତାକୁ ଦୁଇବର୍ଷ ମାତ୍ର । ଠିକ୍‌ରେ ଖାଇଜାଣିନି । ସିଏ ପୁଣି ସକାଳୁ ଉଠି ଗାଧୋଇ, ଖାଇ, ବେଶହୋଇ ସ୍କୁଲକୁ ଯିବ! ସେଠି ବନ୍ଦୀହୋଇ ରହିବ! ନିଜ ହାତରେ ଟିଫିନ ଖାଇବ! ଝାଡ଼ା-ପରିସ୍ରା ଠିକ୍‌ରେ ଯିବ! ଅଡୁଆ ଅଡୁଆ ଲାଗିଥିଲା ମତେ ।

ଏମିତିରେ ସେ ଉଠିଯାଏ ଭୋର ଆଗରୁ । ମୋ ପିଠିରେ ନାଉ ହୁଏ । ରୁଟି ଭିଡ଼ି ମତେ ଉଠାଏ । ଗପ ଶୁଣେ । ଯାଉସ୍ୟାଉ ଗପେ ଓ ପୁଣି ଶୋଇଯାଏ । ମୁଁ ତାକୁ କହେ ରାମାୟଣ-ମହାଭାରତ-ପଞ୍ଚତନ୍ତ୍ର କଥା । ବୀରବଲ - ଗୋପାଳଭଣ୍ଡ-ତେନାଲିରାମ କଥା! ମୁଲ୍ଲା ନସିରୁଦ୍ଦିନଙ୍କ କଥା । ମୁଁ ତାକୁ ପ୍ରଜାପତି ଦେଖାଏ, ପାହାଡ଼ ଦେଖାଏ, ଗଛ ପାଖକୁ ନିଏ, ଫୁଲର ନାଁ କହେ । ଚଢ଼େଇର ଶବ୍ଦ ଶୁଣାଏ । ଖବରକାଗଜ କି ବହି ପଢୁ ପଢୁ ଅକ୍ଷର ଶିଖାଏ । ତେବେ, ଚିହ୍ନାଏ ମୋ ସୁବିଧାରେ ।

'୦' କି '୧'କୁ ପ୍ରଥମେ ଚିହ୍ନାଏ। ଜାଣିବାକୁ ଓ ଲେଖିବାକୁ ସୁବିଧା ହେବ ବୋଲି। ସତ କହିଲେ ସାମସମୟିକ ସାଙ୍ଗମାନଙ୍କଠାରୁ ସିଏ ନିଶ୍ଚିତଭାବେ ଆଗରେ।

ମାତ୍ର ଇଏ କ'ଣ ପାଠ ? କିଏ ବା ଯାକୁ ସ୍ୱୀକୃତି ଦେବ ? ପାଠ ମାନେ ପ୍ଲେ ସ୍କୁଲ, କେ.ଜି/ ପ୍ରି-ନର୍ସରୀ କି ଆଉ କେଉଁ ଶ୍ରେଣୀରେ ଭର୍ତ୍ତି ହେବା। ପାଠ ମାନେ ଗୋଟେ ସ୍କୁଲର ନାମ। ପାଠ ମାନେ ଗୋଟେ ସ୍କୁଲର ଗୋଟେ ଶ୍ରେଣୀର ଧରାବନ୍ଧା କୋର୍ସରେ ଥିବା 'ରାଇମ୍' ଘୋଷିବା। ପାଠ ମାନେ ଗୋଟେ ଶ୍ରେଣୀରୁ ପାସ କରିବାର ପ୍ରମାଣପତ୍ର।

ସମସ୍ତେ କରୁଛନ୍ତି। ନ କରୁଥିବା ବାପା ମା' ପରେ ନିଜକୁ ଦୋଷୀ ଭାବୁଛନ୍ତି, ନ୍ୟୂନ ମନେ କରୁଛନ୍ତି ବୋଲି ମତେ ଚେତାଇଦେଇ ସୁଜାତା କହିଲେ, "ଦେଖ, ଆମେ ଯଦି ଖାଲି ତାକୁ ଗେହ୍ଲା କରିବା, ତା' ସାଙ୍ଗମାନେ ଆଗେଇଯିବେ। ପରେ ତାକୁ କେତେ ଖରାପ ଲାଗିବ, କହିଲ ?

"ତୁମ କଥା ନିଶ୍ଚିତ ରୂପେ ସତ। କିନ୍ତୁ ଦେଖ, ଅଠର ବର୍ଷ ଆଗରୁ ଝିଅଟିଏ ଗର୍ଭବତୀ ହେବା ଉଚିତ ନୁହେଁ। କଲମି ଆମଗଛର ନୂଆ ନୂଆ ବଉଳ ଆମେ ଭାଙ୍ଗିଦେଉ। କାରଣ ଆଗେ ଶାରୀରିକ ଅଭିବୃଦ୍ଧି ଦରକାର। ତା'ପରେ ଯାଇ ଜଣେ ଆଉ କିଛି ସମ୍ଭାଳି ପାରିବ। ଏକଥା ବି ମୁଁ ଜୋରଦେଇ କହୁଛି ଯେ ଲଲି ବହୁତ କିଛି ଜାଣିଛି। ବର୍ଷକରେ ଆହୁରି କିଛି ଶିଖିଯିବ।

"ଜାଣିଛି ଯେ, ନିଜ କ୍ଲାସର ପିଲାଙ୍କଠାରୁ ତା' ବୟସ ବର୍ଷେ ଅଧିକ ହୋଇଥିବ। ସେତେବେଲେ କେମିତି ଲାଗିବ କହିଲ?"

କଥାରେ ଯଥାର୍ଥତା ଥିଲା। ମୁଁ ଚୁପ ରହିଲି ତେଣୁ। ପରେ ଅନ୍ୟମାନଙ୍କ ସହ ପରାମର୍ଶ କଲି। ପରାମର୍ଶ କରି ବୟସ ଗୋଟେ ବର୍ଷ କମାଇଲି। ଫଳତଃ ତା'ର ଶୈଶବରୁ ଗୋଟିଏ ବର୍ଷ ବଞ୍ଚାଇଦେଇହେଲା।

ବର୍ଷଟିଏ ବିତିଗଲାଣି ଏଇ ଭିତରେ। ମୋର ଆଉ କିଛି କହିବାର ନ ଥିଲା। ଗୋଟି ଗୋଟି କରି ପ୍ରସ୍‌ପେକ୍ଟସ୍‌ସବୁ ଦେଖିଲୁ ଆମେ। ସୁଜାତାକୁ ମାନିବାକୁ ପଡ଼ିବ। ସହରର ସବୁ ସ୍କୁଲ ବିଷୟରେ ବୁଝିସାରିଥିଲେ। କେଉଁଠି ରବିଶଙ୍କରଙ୍କର କୋର୍ସ/ କେଉଁଠି ଡ୍ରଇଂ ଭଲ / କେଉଁଠି ନାଚ ଶିଖାଯାଏ/ କେଉଁଠି ଖେଳିବା ସୁବିଧା ଭଲ/ କେଉଁ ସ୍କୁଲକୁ ବସ ନାହିଁ/ କେଉଁଠି କେଉଁ ପ୍ରକାରର ପିଲା ପଢ଼ୁଛନ୍ତି .... କିଛି ବି ସିଏ ଛାଡ଼ି ନ ଥା'ନ୍ତି। ସବୁ ସେ କହୁଥା'ନ୍ତି ଓ ଶୁଣୁଥାଏ ମୁଁ।

ଅଧିକାଂଶ ଭଲ ସ୍କୁଲ ଆମ ଘରଠାରୁ ଦୂରରେ ଥିଲା। ବସ ସମୟରେ ଛାଡ଼ିବାକୁ ପଡ଼ିବ। ଆଣିବାକୁ ପଡ଼ିବ। ଆମ ଦୁଇଜଣଙ୍କର ଚକିରି। ପୁଣି ସ୍କୁଲରେ ଛୋଟ ପିଲାଟିଏର

କେତେବେଳେ କ'ଣ ଦରକାର ବି ପଡ଼ିପାରେ । ସେଇ ବିଷୟ ଚିନ୍ତା କରି ଓ କୁଣ୍ଠିତ ଭାବେ କହିଲି, ଆମ ଘର ପାଖରେ ନୂଆ ନୂଆ ଖୋଲିଥିବା ଗୋଟେ ପ୍ଲେ-ସ୍କୁଲ ବିଷୟରେ । ସୁଜାତା ଗୁମ୍‌ମାରି ବସିଲେ–ଭାବିଲି, ବୋଧେ ବିସ୍ଫୋରଣ ହେବ! ସେ କିନ୍ତୁ ଧୀରେ ହସି କହିଲେ, "ଲଲିକୁ ପୂରା ପାଖରେ ରଖିବାକୁ ଚାହୁଁଛ ନା' ? ହଉ ଠିକ୍ ଅଛି । ତା'ର ଆଗ ସ୍କୁଲରେ ବସିବା ଅଭ୍ୟାସ ହୋଇଯାଉ ।"

ଲଲି ସ୍କୁଲକୁ ଗଲା, ଭାରି ଖୁସିରେ । ନୂଆ ୟୁନିଫର୍ମ, ବ୍ୟାଗ୍, ଟିଫିନ ଡବା ଓ ପାଣିବୋତଲ ଧରି । ସମସ୍ତଙ୍କ ସାଙ୍ଗରେ ଫଟୋ ଉଠାଇଲା । ସ୍କୁଲରୁ ଫେରି ସ୍କୁଲ ବିଷୟରେ ଘଣ୍ଟାଏ ଲେଖାଏଁ ଗପିଲା ।

ମାତ୍ର ଦୁର୍ଭାଗ୍ୟବଶତଃ ସେତିକିବେଳେ ହିଁ ମୋର ବଦଳି ହୋଇଗଲା । ରୁଟିନ୍‌ବନ୍ଦୀ ଜୀବନ ଆମର ଚହଲିଗଲା । ସଜାଡ଼ିବାକୁ ବେଶ୍ କଷ୍ଟ କରିବାକୁ ପଡ଼ିଲା ସୁଜାତାଙ୍କୁ । ସବୁ କାମ ତାଙ୍କରି ଉପରେ ବୋଝ ହୋଇଯାଉଥାଏ ।

ଶୁକ୍ରବାର ମୋର ସାପ୍ତାହିକ ଛୁଟି । ସେଦିନ ଲଲି ସ୍କୁଲ ଯିବାକୁ ଆଦୌ ରାଜି ହୁଏ ନାହିଁ । ମୁଁ ଛାଡ଼ିବାକୁ ଯାଏ । ସେ ସ୍କୁଟରରେ ବସେ । ମାତ୍ର ସ୍କୁଲ ପାଖରେ ଜମା ଓହ୍ଲାଏନି । ଅନେକଥର ମୁଁ ତାକୁ ବୁଝାଇସୁଝାଇ ଛାଡ଼ିଦେଇ ଆସେ । ମାତ୍ର ଅନେକଥର ତାକୁ ଫେରାଇ ଆଣିବାକୁ ପଡ଼େ ।

ସପ୍ତାହ ଶେଷରେ ମୋ ପାଇଁ ବେଶ କିଛି କାମ ରହିଥାଏ । ସେସବୁ କରିବାକୁ ପଡ଼ିବ । ଲଲି କିନ୍ତୁ ଜମା ଛାଡ଼େନି! ଗପ କୁହ, ଏଠିକୁ ନିଅ, ସେଠିକୁ ନିଅ …କହି କହି ସମୟ ସାରିଦିଏ ମୋର । କାମ ନ ସରିଥିଲେ ସୁଜାତାଙ୍କର ଦାୟିତ୍ୱ ବଢ଼ିଯାଏ । ମାତ୍ର ସେ ଲଲିକୁ କହିବେ ବା କ'ଣ ? ଗୁରୁବାର ଦିନ ସେ ସ୍କୁଲସାରା ସମସ୍ତଙ୍କୁ ପଚାରୁଥିବ, "କାଲି କେତେ ବାଉ କହିଲୁ ?"

– 'ଶୁକ୍ରବାର'

– ଶୁକ୍ରବାର ମାନେ କ'ଣ, କହିଲୁ ?

– କ'ଣ ?

"ବାପା ଆସିବେ" – କହେ ଓ ନାଚିପକାଏ ସ୍କୁଲରେ ।

ମୋ ପାଖରୁ ଲଲିକୁ ଦୂରେଇବାକୁ ଇଚ୍ଛା ନ ଥାଏ ସୁଜାତାଙ୍କର । କିନ୍ତୁ ସ୍କୁଲ ବନ୍ଦ ଓ ସ୍କୁଲରୁ ଅଭିଯୋଗ । ସେପଟେ କାମ ସବୁ ବାକି । ଦ୍ୱନ୍ଦ୍ୱ ଓ ହତାଶାରେ ରୁନ୍ଧି ହୋଇଯାଇଆସିଛି ସୁଜାତା । ସମୟ ସବୁ ଖସିଯାଉଥାଏ ହାତରୁ । ଘଡ଼ି ଯେମିତି ଘୋଡ଼ା ପାଲଟିଯାଏ । ପକ୍ଷିରାଜ ଘୋଡ଼ା । ଡେଣା ଲାଗିଯାଏ ଘଣ୍ଟା – ମିନିଟ୍ – ସେକେଣ୍ଡ କଣ୍ଟାମାନଙ୍କରେ । ସମସ୍ତେ ଉଡ଼ୁଥା'ନ୍ତି ଓ ସମୟକୁ ଉଡ଼ାଇ ନେଉଥା'ନ୍ତି ନିଜ ସହିତ ।

ସପ୍ତାହ ସାରା ଅପେକ୍ଷା କରି କରି ସଞ୍ଚି ରଖିଥିବା ସାକ୍ଷାତର ସମୟ ସବୁ ଉଭେଇଯାଉଥାଏ ପାଖରୁ। ସୂର୍ଯ୍ୟକିରଣ ପଡ଼ିଥିବା ଶିଶିରର ଅବକ୍ଷୟ ପରି ଦ୍ରୁତଗତିରେ।

ଶେଷରେ ଯେଉଁ ଟ୍ରେନ ମତେ ମୋ ପରିବାର ସହ ମିଳାଇଥାଏ, ସେଇ ଟ୍ରେନ ମତେ ଦୂର କରିଦିଏ ମୋର ସହରଠାରୁ।

ଅନେକଥର ସୁଜାତା ଚିନ୍ତା କରନ୍ତି ରଖିରି ଛାଡ଼ିଦେବା ବିଷୟରେ। ମାତ୍ର ଆର୍ଥିକ ସ୍ଥିତି ଓ ଅନ୍ୟାନ୍ୟ ବାସ୍ତବତା ବିଷୟ ଚିନ୍ତାକଲେ ନିରସ୍ତ ହେବାକୁ ପଡ଼େ। ଅନିଚ୍ଛାସତ୍ତ୍ୱେ ଅସହାୟ ଭାବେ ସ୍ଥିତାବସ୍ଥା ବଜାୟ ରଖିବାକୁ ପଡ଼େ।

ଏ ଭିତରେ ସ୍କୁଲଠାରୁ ଲଲିର ମୋହ ତୁଟିଯାଇଥାଏ। ଅନ୍ୟ ସବୁ ସ୍କୁଲ ତୁଳନାରେ ତା' ସ୍କୁଲର ଅବସ୍ଥା ଖରାପ ଥିଲା। ଖେଳିବାପାଇଁ ଜାଗା ନ ଥିଲା। ଖେଳଣା ନ ଥିଲା। ଏପରିକି ବସିବାପାଇଁ ଟେବୁଲ-ଚୌକି ନ ଥିଲା। ତଳେ ବସୁଥିଲେ ପିଲାମାନେ। ଅନ୍ୟସବୁ ସ୍କୁଲର ବସ୍, ଶ୍ରେଣୀଘର, ଖେଳପଡ଼ିଆ କି ଖେଳଣା କଥା ଲଲି ସାଙ୍ଗମାନଙ୍କ ପାଖରୁ ଶୁଣେ। ବେଲେବେଲେ କହେ ସେଇସବୁ ସ୍କୁଲକୁ ଯିବାକୁ। ଖାଲି ଘର ପାଖରେ ହେବ ବୋଲି ଆଉସବୁ କଥାକୁ ଅଣଦେଖା କରିଥିଲୁ ଆମେ। ଏକଥା ସତ ଯେ ଅନ୍ୟାନ୍ୟ ସ୍କୁଲ ଭଲି ତା' ସ୍କୁଲରେ ପିଲାଙ୍କୁ ଚରି-ପାଞ୍ଚ ଘଣ୍ଟା ଅଟକାଇ ରଖିବା ଭଲି ପରିବେଶ ନ ଥିଲା। ବରଂ ପିଲାମାନେ ବାନ୍ଧିହୋଇ ରହୁଥିଲେ ବାଧବାଧକତାରେ।

ତେଣୁ ପରବର୍ଷ କଥା ଆମେ ଭଲରେ ବିଚାର କଲୁ। କେଉଁଠି ସିଏ ପଢ଼ିବ ? ଓଡ଼ିଆ ମାଧ୍ୟମ ନା ଇଂରେଜୀ ? ସିବିଏସ୍ଇ. ନା ଆଇ.ସି.ଏସ୍.ଇ., ନା କେନ୍ଦ୍ରୀୟ ବିଦ୍ୟାଳୟ ?

ଯେତେ ଯାହା ହେଲେ ବି ପିଲାଟିଏ ମାତୃଭାଷାରେ ଭଲ ବୁଝିପାରିବ। ମାତୃଭାଷାରେ ଭଲ ଭାବେ ପ୍ରକାଶ କରିପାରିବ ନିଜ କଥା। ତା'ର ମୌଲିକତାର ବିକାଶ ହେବ। ସୃଜନଶୀଳତା ବଢ଼ିବାର ବି ସମ୍ଭାବନା ବେଶୀ।

କିନ୍ତୁ ଇଂରେଜୀ ମାଧ୍ୟମରେ ପାଠପଢ଼ାକୁ ଛାତ୍ରର ଗୋଟେ ଅଭ୍ୟାସରେ ପରିଣତ କରାଯାଏ। ପ୍ରତିଦିନ କିଛି କିଛି ପଢ଼ିବାକୁ ହୁଏ। ଓଡ଼ିଆ ମାଧ୍ୟମ ଭଲି ଖାଲି ପଢ଼ାଇ ଦିଆଯାଇ ବାର୍ଷିକ କି ଷାଣ୍ମାସିକ ପରୀକ୍ଷାଯାଏଁ ଛାଡ଼ି ଦିଆଯାଏନି। ମଝିରେ ମଝିରେ ପରୀକ୍ଷା ଥାଏ। ପ୍ରତିଦିନ କିଛି କିଛି ଘରେ ପଢ଼ିବାକୁ ଦିଆଯାଏ। ତା'ଛଡ଼ା, ଅଧିକାଂଶ ସଚେତନ ଅଭିଭାବକଙ୍କ ପିଲାମାନେ ଇଂରେଜୀ ମାଧ୍ୟମରେ ହିଁ ପଢ଼ୁଛନ୍ତି। ତେଣୁ ସେଠାର ପରିବେଶରେ ପିଲାମାନେ ଭଲ କରୁଛନ୍ତି।

ବିଡ଼ମ୍ବନାର ବିଷୟ ହେଉଛି ଓଡ଼ିଆ ମାଧ୍ୟମରେ ଶିକ୍ଷକମାନେ ବେଶୀ ଜ୍ଞାନୀ। ଅପେକ୍ଷାକୃତ ବେଶୀ ଯୋଗ୍ୟତାସମ୍ପନ୍ନ। ମାତ୍ର ଇଂରେଜୀମାଧ୍ୟମର ଶିକ୍ଷକଙ୍କଠାରୁ କମ୍ ସମ୍ମାନିତ।

କିନ୍ତୁ ଯେତେ ଯାହାହେଲେ ବି ଆମେ ଆଉ ରିସ୍କ ନେବାକୁ ଚୁହୁ ନ ଥିଲୁ। ପୁରୁଣା ସ୍କୁଲର ହୀନମାନ୍ୟତା ଭୁଲି ନ ଥିଲୁ। ଲଲିକୁ ସହରର ସବୁଠୁ ଭଲ ସ୍କୁଲରେ ଭର୍ତ୍ତି କରାଗଲା !

ଲଲି ନୂଆ ସ୍କୁଲକୁ ଗଲା। ବିରାଟ ପରିସର। ବଡ଼ କୋଠା। ସାତ-ଆଠଟି ବସ୍। ମିସନାରୀ ସ୍କୁଲଟି ସୁଶୃଙ୍ଖଳ ଥିଲା। ସହରର ସବୁଠାରୁ ଅଭିଜାତସମ୍ପନ୍ନ। ଲଲି ଖୁସି ହେଲା। ଆମକୁ ବି ଭଲ ଲାଗିଲା। ପାଠପଢ଼ାରୁ ଆରମ୍ଭ କରି କୌତୁକ ପୋଷାକ, ନାଚ ସବୁଥିରେ ପୁରସ୍କାର ପାଇଲା ଲଲି। ପ୍ରି-ନର୍ସରୀ ଓ ନର୍ସରି ଦୁଇବର୍ଷ ଆମକୁ ସ୍ୱପ୍ନ ପରି ଲାଗୁଥିଲା। ସତ କହିଲେ, ଅଭିଭାବକ ମହଲରେ ଲଲି ଗୋଟେ ଉଦାହରଣ ପାଲଟିଯାଇଥିଲା।

ଦୁଇବର୍ଷ ପରେ ଦୁହେଁ ଦୁହିଁକୁ ଅନାଇଲୁ। ଅନୁଭବ କଲୁ ଯେ ଆମର ବହୁତ କିଛି କହିବାର ଅଛି ପରସ୍ପରକୁ। ଆମକୁ ଲାଗିଲା, ଲଲି ତା' ନିଜଠାରୁ ଦୂରେଇ ଯାଉଛି। ଲଲି ହୁଏତ ଅନ୍ୟମାନଙ୍କପାଇଁ ଆଦର୍ଶ। ହୁଏତ କାହା କାହା ପାଇଁ ଈର୍ଷାର ପାତ୍ରୀ। ମାତ୍ର ଆମେ ତାକୁ ଏପରି ହେବା ଚାହୁ ନ ଥିଲୁ।

ସେ ହୋଇଯାଇଥିଲା ଖୁବ ବେଶୀ ପୁସ୍ତକଗତ ଓ ଯାନ୍ତ୍ରିକ। ଆଇ.ସି.ଏସ.ଇ.ରେ ବି ପାଠ ଏତେ ବେଶୀ ରହୁଥିଲା ଯେ ନିଜେ କିଛି ଚିନ୍ତା କରିବାର କିମ୍ବା ବୁଝିସୁଝି ପାଠ ପଢ଼ିବାକୁ ସମୟ ଅଣ୍ଟୁ ନ ଥିଲା। ଲଲି ହୁଏତ ମେଧା ଅନ୍ୱେଷଣରେ ପୁରସ୍କାର ପାଇଲା ମାତ୍ର ସେ ପାଠପଢ଼ା ଥିଲା ନିହାତି ଯାନ୍ତ୍ରିକ। ସେ ଆଉ ପାଠପଢ଼ାକୁ ଉପଭୋଗ କରୁ ନ ଥିଲା। ବରଂ ସଫଳତାକୁ ଉପଭୋଗ କରୁଥିଲା। ସେଇ ଫଳାଫଳ ଆଶାରେ ହିଁ ସେ ପଢ଼ୁଥିଲା।

ପ୍ରଥମେ ସେ କିଛି ଗୋଟାଏ ପଢ଼ିବାବେଳେ ସେଇ ବିଷୟରେ ପ୍ରଶ୍ନ ପଚାରି ଆମକୁ ଅଥୟ କରିଦେଉଥିଲା। କେତେ କୁଆଡୁ ଉଦାହରଣ ଦେବାକୁ ପଡୁଥିଲା ଆମକୁ। ଶେଷରେ ବୁଝିସାରିଲେ ସେ ନିଜେ ନୂଆ ଉଦାହରଣ ଦେଇ ପଚାରୁଥିଲା, "ବାପା, ଏମିତି ହେବ କି ?"

ବିଭିନ୍ନ ଦେଶର ଗପ କହିବାବେଳେ ମୋତେ ସେଇ ସବୁ ଦେଶ ମାନଚିତ୍ରରେ ଦେଖାଇବାକୁ ପଡୁଥିଲା। ସେ ଦେଶର ଲୋକଙ୍କ ବିଷୟରେ ପଚାରୁଥିଲା, ଜୀବଜନ୍ତୁଙ୍କ ବିଷୟରେ ପଚାରୁଥିଲା। ଭାଷା, ପତାକା, ରାଜଧାନୀ, ମୁଦ୍ରା ଆଦି କେତେ କେତେ ପ୍ରଶ୍ନରେ ପୋଟିପକାଉଥିଲା। ସେଇ ଦେଶ ଭଲ କି ଖରାପ, ସେଇ ଦେଶ ଆମର ଶତ୍ରୁ ନା ସାଙ୍ଗ, ତାକୁ ଜଣାଇବାକୁ ପଡୁଥିଲା। ସେଇ ଦେଶରେ କ'ଣ ମିଳେ ଭଲି ପ୍ରଶ୍ନର ଉତ୍ତର ଦେବାକୁ ବହି ଖୋଜିବାକୁ ହେଉଥିଲା। ଖଟ ପାଖରେ ପୃଥିବୀର

ଗୋଟିଏ ମାନଚିତ୍ର ଥିଲା । ସେଥିରେ ସେ ଅନେକ ଦେଶ ଚିହ୍ନି ଯାଇଥିଲା । ତା' ବିଷୟରେ କିଛି କିଛି କହିପାରୁଥିଲା । ମୋ ପାଖରୁ ଯେତେବେଳେ ଗପସବୁ ସରିଗଲା, ମୁଁ ତାକୁ ଭାରତର ଇତିହାସ ଓ ପୃଥିବୀର ଇତିହାସକୁ ଗପ ରୂପେ କହିଥିଲି । ସେସବୁ ସେ ମନେ-ରଖିଥିଲା । ମନକୁ ମନ କେବେ କେବେ ପୃଥ୍ୱୀରାଜ, ରାଣା ପ୍ରତାପ, ଶିବାଜୀ କି ଖାରବେଲଙ୍କ କଥା ପଚରୁଥିଲା ।

ମାତ୍ର ଏବେ ପରୀକ୍ଷା କି ପ୍ରତିଯୋଗିତା ପାଇଁ ଦେଶ/ରାଜଧାନୀ/ ଭାଷା/ ମୁଦ୍ରା ଇତ୍ୟାଦି ଘୋଷିପକାଉଛି ଖାଲି । ମନେ ରହିଲା କି ନାହିଁ ଜାଣିବାପାଇଁ ଆମକୁ ପଚରିବାକୁ କହୁଛି । ଆଗ୍ରହ ତା'ର ଖାଲି ମାର୍କ୍ ପାଇଁ । ଆଉ କେଉଁଥିପାଇଁ ନୁହେଁ । ଆଜି ପାଠ ତା' ପାଇଁ ଖାଲି ଛାପା ବହିର ଗୋଟେ ଗୋଟେ ଶବ୍ଦ ।

ସବୁଠୁ ଦୁଃଖର ବିଷୟ ହେଲା, ସେ ଏଥର ସବୁ ସାଙ୍ଗଙ୍କ ଭିତରେ ପ୍ରତିଦ୍ୱନ୍ଦୀ ଦେଖୁଥିଲା । ସବୁଥରେ ତାକୁ ଟପି ଯିବାକୁ ଚେଷ୍ଟୁଥିଲା । ସାଙ୍ଗଙ୍କ ସଫଳତାରେ ଖୁସି ହେଉ ନ ଥିଲା । ଖେଳରେ ହାରିଗଲେ କାନ୍ଦି ପକାଉଥିଲା ।

କିନ୍ତୁ ସ୍କୁଲରେ ସେ ଥିଲା ଆଦର୍ଶ !

ଠିକ କଲୁ ସ୍କୁଲ ବଦଳାଇବାକୁ । ଏଥରକ କେନ୍ଦ୍ରୀୟ ସ୍କୁଲ । ପାଠର ଚାପ ବେଶୀ ନାହିଁ । ତେଣୁ ବୁଝିସୁଝି ପଢ଼ିହେବ । ପାଠକୁ ଉପଭୋଗ କରିହେବ । ଶିକ୍ଷକମାନେ ଯୋଗ୍ୟତାସମ୍ପନ୍ନ । ଠିକ୍‌ରେ ବୁଝାଇ ଦେଇପାରିବେ । ସେଠି ବେଶୀ କୋ-କରିକୁଲାର ଆକ୍ଟିଭିଟି । ପାଠ ଛଡ଼ା ଆଉ କେଉଁଠରେ ତା'ର ପ୍ରତିଭା ଅଛି, ସେକଥା ଆମେ ଜାଣିବାର ସୁଯୋଗ ପାଇବୁ । ସ୍କୁଲକୁ କେତୋଟି ହାଉସରେ ଭାଗ କରାଯାଇଥିଲା । ନିଜ ହାଉସ ପକ୍ଷରୁ ଦଶଟି ପ୍ରତିଯୋଗିତା ମଧ୍ୟରୁ ଜଣେ ଖୁବ ବେଶୀରେ ଚାରିଟିରେ ଭାଗ ନେଇପାରିବ । ଅନ୍ୟଗୁଡ଼ିକରେ ତାକୁ ବସିରହି ଶୁଣିବାକୁ ପଡ଼ିବ । ଅନ୍ୟ ସାଙ୍ଗଙ୍କ ପାଇଁ ତାଲି ମାରିବାକୁ ହେବ । ନିଜେ ସବୁଥରେ ପ୍ରଥମ ହେବି ବୋଲି ଆଶା କରିବନି । ଦ୍ୱନ୍ଦ୍ୱ ଥିଲା ଇଂରେଜୀ ଅପେକ୍ଷା ହିନ୍ଦୀ ଭାଷାର ଗୁରୁତ୍ୱକୁ ନେଇ, ଓଡ଼ିଆ ଶିକ୍ଷାର ନିମ୍ନମାନକୁ ନେଇ । ଠିକ କଲୁ, ଆମେ ସେସବୁର ଯତ୍ନ ନେଇପାରିବୁ ।

ଏଇଠି କିନ୍ତୁ ମୋର ସେହି ମିସନାରୀ ସ୍କୁଲ ପ୍ରତି ଶ୍ରଦ୍ଧା ବଢ଼ିଗଲା । ଲଲିର ସ୍କୁଲ ଛାଡ଼ିବା ପ୍ରମାଣପତ୍ର (ଏସ୍.ଏଲ୍.ସି) ଆଣିବାକୁ ଯିବାବେଳେ ଅଧ୍ୟକ୍ଷ ମତେ ବାରମ୍ବାର ଅଟକାଇଲେ । ମତେ ବସାନ୍ତି । ଚ' ପିଆନ୍ତି ! ବୁଝାବୁଝି କରିବା ଭଳି ଅଫିସ ଯାଆନ୍ତି ମତେ ନେଇ । କିଛି ଗୋଟେ ବାହାନା ଦେଖାଇ କହନ୍ତି ଯେ ଆଜି ହୋଇପାରିଲା ନାହିଁ । ମତେ ପାରୁପର୍ଯ୍ୟନ୍ତ ବୁଝାଉଥା'ନ୍ତି ଛୁଆକୁ ନ ନେବା ପାଇଁ । ତା'ର ଅସୁବିଧା ବିଷୟ ପଚରୁଥା'ନ୍ତି ।

ଅଧ୍ୟକ୍ଷ, ମାନେ ଅସ୍ଥାୟୀ ଅଧ୍ୟକ୍ଷ। ସ୍ଥାୟୀ ଅଧ୍ୟକ୍ଷ ତାଲିମ ପାଇଁ ଯାଇଥା'ନ୍ତି। ଯା'ଙ୍କର ବୟସ ସତୁରି ପାଖାପାଖି। ମୁଁ ଯିବାବେଳେ ଦେଖେ, ସବୁଦିନ ସକାଳୁ ସକାଳୁ କାମରେ ଲାଗିଯାଇଥାଆନ୍ତି। ସ୍କୁଲ୍ ଘରର ରଙ୍ଗ, ଲାଇଟ୍, ପାଣିଟ୍ୟାପ୍, କମ୍ପ୍ୟୁଟର ଇତ୍ୟାଦି ସବୁକିଛିର ତଦାରଖ କରୁଥା'ନ୍ତି। ବଗିଚାରେ ବୁଲି ବୁଲି କାମ କରାଉଥା'ନ୍ତି।

ମୁଁ ଥରକୁ ଥର ଆସୁଥାଏ। ଚା' କପେ ପିଇ, ଭାଷଣ ଶୁଣି, କିଛି ଗୋଟାଏ ବାହାନା ସାମ୍ନାକୁ ଆସିବା ପର୍ଯ୍ୟନ୍ତ ଅପେକ୍ଷା କରେ ଓ ଫେରିଆସେ। ଏମିତିରେ ଦିନେ ଆଉଜଣେ ଏସ୍ଏଲ୍ସି ପାଇଁ ଆସିଥିଲେ- ଜଣେ ଫେଲ ହୋଇଥିବା ପିଲାର ଅଭିଭାବକ। ତାଙ୍କ ପାଇଁ ସେତେବେଳେ ଲେଖାହେଉଥାଏ, ମୁଁ ପହଞ୍ଚିଗଲି। ମୋର ବି ହୋଇଗଲା ସେତିକିବେଳେ। ଅଧ୍ୟକ୍ଷ ମୁହଁ ପୋତି ବସିଥା'ନ୍ତି। ଚୋର ଚୋର ଭାବ ନେଇ। ମୁଁ କାଲେ ରାଗିବି ଭାବି। କାରଣ ସେ ମତେ ପାଞ୍ଚଦିନ ଦଉଡ଼ାଇ ସାରିଥିଲେ।

ମୁଁ କିନ୍ତୁ ଏଇ ପାଞ୍ଚଦିନଯାକ ସ୍କୁଲ ପ୍ରତି ତାଙ୍କର ନିଷ୍ଠା ଦେଖିଛି। ମତେ ହଇରାଣ କରିବାକୁ ନୁହେଁ, ବରଂ ଜଣେ ଭଲ ପିଲାକୁ ସ୍କୁଲ୍ରେ ରଖିବାକୁ ପାରୁପର୍ଯ୍ୟନ୍ତ ଚେଷ୍ଟା କରିଥିଲେ ସିଏ।

କେନ୍ଦ୍ରୀୟ ବିଦ୍ୟାଳୟରେ ବି ଭଲ କଲା ଲଲି। ତେବେ ସେଠି ପାଠ ବହୁତ କମ୍ ଥିଲା। ସବୁ ପାଠ ଶ୍ରେଣୀରେ ବତାଇ ଦେଉଥିଲେ। ଘର ପାଇଁ ବିଶେଷ କିଛି ରହୁ ନ ଥିଲା। ଘରକୁ ଫେରି କ'ଣ କରିବ ବିଚରୀ ? ଟିଭି ଦେଖିବା ତା'ର ଗୋଟେ ନିଶା ପାଲଟିଗଲା। କାର୍ଟୁନ ଚ୍ୟାନେଲକୁ ସେମିତି ଅନାଇଥିବ। ସୁଜାତା କି ମୁଁ ପଢ଼ା ବିଷୟରେ ପଚାରିଲେ ସବୁଯାକ କରି ଦେଖାଇଦିଏ। ଟିଭି ବନ୍ଦ କରିବାକୁ କହିଲେ ପରେ, "ମୁଁ କ'ଣ କରିବି ଏବେ ?'' ଲୁଡୁ କି ଚେସ୍ ଆଣି ତା' ସହିତ ଖେଳିବାକୁ ହେଲା। ମାତ୍ର କେତେ ସମୟ ଖେଳିପାରିବୁ ଆମେ ? ଶେଷରେ ସେ ଟିଭି ହିଁ ଦେଖେ।

ତେବେ ସେ ସାଙ୍ଗଙ୍କ ସହ ସହଜ ହୋଇ ମିଶୁଥିଲା। ପାଠ ଅଳ୍ପ ହେଲେ ବି ବୁଝିସୁଝି ପଢ଼ୁଥିଲା। ଅନୁଶୀଳନ/ବିଶ୍ଳେଷଣ କରୁଥିଲା। ନାନାଦି ପ୍ରଶ୍ନ ପଚାରିବା ଆରମ୍ଭ କରିଦେଇଥିଲା। ପୁଣି ବିଭିନ୍ନ ପ୍ରତିଯୋଗିତାରେ ନିଜ ସଫଳତା ଅପେକ୍ଷା 'ହାଉସ୍'ର ସଫଳତାରେ ବେଶୀ ଖୁସି ହେଉଥିଲା। ବ୍ୟକ୍ତିଗତ ଭାବରେ ପ୍ରତିଦ୍ୱନ୍ଦିତା ଅପେକ୍ଷା ବନ୍ଧୁତ୍ୱକୁ ବେଶୀ ଗୁରୁତ୍ୱ ଦେଉଥିଲା।

ସୁଜାତା ଚେସ୍ ଖେଳର 'ଫାଷ୍ଟ ମୁଭ୍' ବହି କିଣି ପଢ଼ୁଥିଲେ ଓ ତାକୁ ଶିଖାଉଥିଲେ। କ୍ରମେ ସେ ଆମକୁ ହରାଇଦେଲା। ଡାଏରିରେ ଶିକ୍ଷକ ଲେଖିଲେ, "ତୁମ ପିଲାର ନାଚରେ ପ୍ରତିଭା ଓ ଆଗ୍ରହ ଅଛି। ଦୟାକରି ଯତ୍ନ ନିଅନ୍ତୁ।" ଡ୍ରଇଂ ଶିକ୍ଷକ ବି ପ୍ରଶଂସା କଲେ।

ମୁଁ ଭାବିଲି କ'ଣ କରିବି ? ଆମ ପାଖରେ ସମୟର ଅଭାବ । ସତ କହିଲେ ଆମେ ଏତିକି ସମୟ ବାହାର କରିବାକୁ ନାଜେଦମ ହୋଇଯାଉଥିଲୁ । ଚେସ୍ ପାଇଁ କେତେ କେତେ ସମୟ ଦରକାର । ନାଚ ହୁଏତ ଏବେ ଚଳିଯାଇପାରେ । ପରେ କିନ୍ତୁ ଅଧିକ ସମୟ ଦରକାର ହେବ । ହୁଏତ ବିଭିନ୍ନ ସ୍ଥାନକୁ ଯିବାକୁ ପଡ଼ିବ । ସେଥିପାଇଁ ଆମର ସମୟ ନାହିଁ । ଏଣେ ପାଠପଢ଼ା ?

ମୋର ମଧ୍ୟବିତ୍ତଶ୍ରେଣୀୟ ରକ୍ଷଣଶୀଳ ମନ ବେଶୀ ଆଗେଇପାରିଲାନି । କିଞ୍ଚିତା ରୁକ୍ଷ ହୋଇ ଚେସ୍ ଓ ନାଚରେ ସୀମାରେଖା ଟାଣିଦେଲି । ସେ ଚେସ୍ ଖେଳିବ । ହେଲେ, ତା' ବିଷୟରେ ବହିପଢ଼ି ଆଉ ଗବେଷଣା କରିବୁନି । ନାଚିବା ଖାଲି ସ୍କୁଲରେ ଶିଖୁଥାଉ । ସ୍କୁଲର ଉତ୍ସବରେ ନାଚୁଥାଉ । ସ୍ୱତନ୍ତ୍ର ନାଚସ୍କୁଲକୁ ଯିବା ବନ୍ଦ ଥାଉ ଏବେ । ସୁବିଧା ହେଲେ ପରେ ଚିନ୍ତାକରାଯିବ । ତେବେ ଡ୍ରଇଂକୁ ଚଲାଇନେଇହେବ । ଭାବିଲି, ସେ ଏପରି ଜିନିଷରେ ରୁଚି ରଖୁ ଯୋଉଟା ସିଏ ଜୀବନସାରା ସହଜରେ ବଜାୟ ରଖିପାରିବ । ଆଉ ପଢ଼ାରେ ବେଶୀ ବାଧା ଆସିବନି ।

ଦୁଇବର୍ଷ କଟିଗଲା ଏମିତି । ତା'ପରେ ମୋର ଓ ସୁଜାତାଙ୍କର ଗୋଟେ ଅପେକ୍ଷାକୃତ ବଡ଼ ସହରକୁ ବଦଲି ହୋଇଗଲା । ସେଠି ଗୋଟେ ଭଲ ସ୍କୁଲରେ ଲଲିର ନାମଲେଖା ବି ହୋଇଗଲା ।

XXX

"ପାପାନେ ମୁଝେ କାହାନୀ ଶୁନାଇ

ମାମାନେ ମୁଝେ ଲୋରି ଶୁନାଇ

ଭାୟାନେ ମୁଝେ ଖେଲ୍ ଖିଲାଇ

ହମନେ ସବ୍‌କୋ ଦୁଃଖ୍ ଦିଲାଇ... ।"

ପଢ଼ି ହସୁଥିଲା ଲଲି । ନିଜେ ଲେଖିଥିଲା ।

ମୁଁ କହିଲି, "ତୁ ତ ମତେ ଦୁଃଖ ଦେଇନୁ !"

– "ନା, ନା । ଏମିତି ଲେଖିଛି । ଭାବିଲି, ଶେଷରେ କ'ଣ ଗୋଟେ ମଜାକଥା ପୁରାଇବି ବୋଲି । ଗପଗୁଡ଼ା ସବୁ କ'ଣ ସତ କି ?"

ମୁଁ କହିଲି, "ବଢ଼ିଆ ହୋଇଛି !" ଗୋଟେ ସୁନ୍ଦର ଡାଏରିରେ ସେଇ ପୃଷ୍ଠାଟା ଅଠାରେ ଲଗାଇଦେଲି । ତଲେ ଲେଖିଲି 'ଖୁବ ସୁନ୍ଦର' – ଦସ୍ତଖତ କଲି । ତାରିଖ ପକାଇଲି । କହିଲି, "ତୁ ଏଥର ଏଇ ଖାତାରେ ସବୁ ଲେଖ । ତଲେ ତାରିଖ ପକାଇବୁ ।"

– "ନାଇଁ ନାଇଁ ସୁନ୍ଦର ଖାତାଟା । କଟାକଟି ହେଲେ ଅସନା ଲାଗିବ ।"

– "ତୁ ଏବେ ଜାଣିପାରିନୁ । ପରେ ଜାଣିବୁ । ଗପ, କବିତା ଲେଖିବାବେଳେ

କଟାକଟି କରିବା ଲେଖାର ଗୋଟେ ଅଙ୍ଗ। କେତେ କାଟିଲି / କ'ଣ କାଟିଲି ସବୁକିଛି ଗୋଟେ ଗୋଟେ ଅଭ୍ୟାସ। କଟାକଟି କରିବାର ସାହସ ନ ଥିଲେ ଭଲ ଲେଖା ଲେଖିହୁଏନି। ଏମିତିରେ ବି ଏଇ କଟାକଟି ହେଉଥିବା ମୂଳଲେଖା ଗୋଟେ ଗୋଟେ ଦସ୍ତାବିଜ। ଗୋଟେ ସ୍ମୃତି।

ଲଲି ବୁଝିପାରିଲାନି। ମୁଁ ବି ଠିକ୍ ବୁଝାଇପାରିଲିନି ଆଉ। ତେବେ ସେ ଲେଖୁଥିଲା ଡାଏରିରେ। ମଝିରେ ମଝିରେ ଲେଖାର ତାରିଖ ପକାଇ। କେତେଗୁଡ଼ିଏ ଥିଲା ଏମିତି-

୧. ଆଇ ଆମ ଭେରି ଭେରି ସିକ୍
ଆଇ କ୍ୟାନ୍‌ନଟ୍ ଗୋ ଟୁ ସ୍କୁଲ୍
ଅଲ୍ ଆର୍ ଗୋଇଂ
ଆଇ ଡୋଣ୍ଟ୍ ୱାଣ୍ଟ ଟୁ ବି ଫୁଲ୍।
ଓ ! ମାଇଁ ଗଡ୍ !
ପ୍ଲିଜ ହେଲ୍‌ପ୍ ମି
ଓ ! ମାଇଁ ଗଡ୍।
ପ୍ଲିଜ କ୍ୱୋର ମି।

୨. କ୍ଲାଉଡ୍‌ସ୍ ଆର୍ କମିଂ
ଗୋଇଂ ଉଇଥ୍ ରେନ୍
ଫିଭର ଇଜ୍ କମିଂ
ଗୋଇଂ ଉଇଥ୍ ମେଡିସିନ୍।

୩. ମା ମା ମା
ରିଡ୍ ରିଡ୍ ରିଡ୍
ଓନ୍‌ଲି ଫର୍ ୟୁ
ମା ମା ମା
ପ୍ଲେ ପ୍ଲେ ପ୍ଲେ
ଓନ୍‌ଲି ଉଇଥ୍ ମି।

୪. ଆଇ ମେ ବି ଗୁଡ୍ ଚାଇଲ୍‌ଡ
ଅଫ୍ ମାଇଁ ମଦର୍‌ଲ୍ୟାଣ୍ଡ୍
ଆଇ ମେ ବି ବ୍ୟାଡ୍ ଚାଇଲଡ
ଅଫ୍ ମାଇଁ ମଦର୍‌ଲ୍ୟାଣ୍ଡ୍

ବଟ୍ ସି ଇଜ୍ ମାଇଁ ମଦର

ଆଣ୍ଡ ଆଇ ଆମ୍ ଦି ରଇଲଣ୍ଡ ଅଫ ମାଇଁ ମଦରଲ୍ୟାଣ୍ଡ।

୫.   ମାଇଁ ସିଷ୍ଟର ଇଜ୍ ଗୁଗୁଲି

ସି ଇଜ୍ ଭେରି ଟୁଲ୍‌ବୁଲି

ସି ଇଜ୍ ନଟ୍ ଗୋଇଙ୍ଗ ଟୁ ସ୍କୁଲ୍

ବଟ୍ ସି ଇଜ୍ ଭେରି ସ୍କୁଲ୍

ହାଓ କ୍ୟାନ୍ ସି ଗୋ ଟୁ ସ୍କୁଲ୍।

ସି ଉଇଲ ବି ଏ ଗୁଡ୍ ଗାର୍ଲ୍

ଆଇ ଲାଇକ୍ ହର୍ ଭେରି ମଚ୍

ସି ଲାଇକ୍ସ ମି ଭେରି ମଚ୍।

ଅନେକେ ଲଲିର ଖାତା ଦେଖନ୍ତି। ଅଧିକାଂଶ ହସନ୍ତି ତା'ର ଅପରିପକ୍ବତାରେ। ତେବେ ମୁଁ ତାକୁ ସବୁବେଳେ ଉଷ୍ଠାହ ଦିଏ। ମିଛରେ କୁହେ ଯେ ସେକ୍‌ସପିଅର, ଶେଲି ଇତ୍ୟାଦି ବଡ଼ ବଡ଼ ଲେଖକ ବି ତା'ଠାରୁ ଖରାପ ଲେଖୁଥିଲେ ପିଲାଦିନେ। ସେସବୁ ଏବେ ସଂଗ୍ରହାଳୟରେ ରଖାଯାଇଛି। ତୁ ତେଣୁ ଏଥିରେ ଲେଖିଥିଲ।

ସେ ମତେ ପରେ, "ଭୁବନେଶ୍ବର ମ୍ୟୁଜିଅମ୍‌ରେ କାହାର ଖାତା ନାହିଁ ? ମୁଁ ଟିକେ ଦେଖନ୍ତି !"

ମୁଁ ଦୁଃଖରେ ମୁଣ୍ଡ ହଲାଏ।

ଥରେ ସେ ଲେଖିଥିଲା –

"ଫିଜି ଉଇଜି କ୍ୟାଟରପିଲର ଲାଇଙ୍ଗ ଅନ୍ ଦ ସ୍ୟାଣ୍ଡ

ଇଟ୍ ଇଜ୍ ଭେରି ଡାର୍ଟି,

ବଟ୍ ଇଟ୍ ଲୁକ୍‌ସ କ୍ୟୁଟ୍ ଟୁ ମି

ଆଇ ୱାଣ୍ଟ ଟୁ ଟେକ ଇଟ୍ ହୋମ

ବଟ୍ ଆଇ କ୍ୟାନ୍ ନଟ୍ ଟେକ୍

ଉଇଦାଉଟ୍ ପାରେଣ୍ଟ‌ସ୍ ପର୍ମିସନ

ଇଫ୍ ଆଇ ଗୋ ଟୁ ଟେକ୍ ପର୍ମିସନ

ଦି କ୍ୟାଟରପିଲର ଉଇଲ ଗୋ ଆୱେ।'

ପଢ଼ି କହିଲି, ଭଲ ହୋଇଛି। ଲଲି କହିଲା, "ତୁମେ ମିଛ କହୁଛ। ଏଇଟା କ'ଣ ପୋଏମ ଭଳିଆ ଲାଗୁଛି ?"

ସୁଜାତା କହିଲେ, "କାହିଁକି ତାକୁ ମିଛଟାରେ ଟେକୁଛ ? ଫିଂ ଊଁଜି ସେ ଆଉ ଗୋଟେ ଗୀତରୁ ପଢୁଥିଲା । ଏଇଟା ବି ତ ଗୀତ ଭଲି ଲାଗୁନି ।"

ମୁଁ ଉଭୟଙ୍କୁ ବୁଝାଇଲି । ସମସ୍ତେ ସବୁବେଳେ ନୂଆ ନୂଆ ଶବ୍ଦ ତିଆରି କରନ୍ତିନି । କେଉଁଠି କେଉଁଠି ପଢ଼ିଥା'ନ୍ତି । ପଢ଼ି ମନେରଖନ୍ତି । ଠିକ ଜାଗାରେ ଲଗାନ୍ତି । ତାହା ହିଁ କବିର ଗୁଣ ।

କବିର ଗୋଟେ ଅଲଗା ଦୃଷ୍ଟି ଥାଏ । ସମସ୍ତେ ଶାଁବାଲୁଆକୁ ଅସନା କହିଲେ । କିନ୍ତୁ ଲଲି ଆଖିକୁ ସୁନ୍ଦର ଦିଶିଲା, ହେଉ ପଛେ ଯେଉଁ ଦୃଷ୍ଟିକୋଣରୁ । ତା' ବି କବିପଣ । ଶେଷରେ ସେ ତ ଜାଣିଲାଣି ଯେ କବିତାର ଗୋଟେ ନିର୍ଦିଷ୍ଟ ରୂପ ଥାଏ ଆଉ ତା' ଲେଖା ସେ ରୂପ ସହ ମିଶୁନି । ତା' ବି ବଡ଼କଥା ।

ସୁଜାତାଙ୍କର ଦ୍ବନ୍ଦ ଥିଲା ଭିନ୍ନ କାରଣରୁ । ଲଲି ଭଲ ଚିତ୍ର କରୁଥିଲା । ନାଚ ପାଇଁ ଆଗ୍ରହୀ ଥିଲା । ତେସରେ ବି ଆଗ୍ରହ ରଖୁଥିଲା । ଆଗେ ସିନା ସହର ଛୋଟ ଥିଲା କି ଏକାଠି ରହୁ ନ ଥିଲୁ ବୋଲି ସବୁକିଛିକୁ ଆଡ଼େଇ ଯାଉଥିଲୁ । ଏବେ ଆମେ କ'ଣ କରିବା ଉଚିତ ?

ମୁଁ ବାଟ ନ ପାଇ ମାର୍କ ଟ୍ବେନ୍‌ଙ୍କ ଶରଣ ନେଲି – "ଏମ ଅଫ୍ ଆଉ୍ଠାର ଲାଇଫ୍ ସୁଡ୍ ବି ହ୍ୟାଟ ଉଇ ଅଟ୍ ଟୁ ବି, ନଟ୍ ହ୍ୟାଟ ଉଇ ଓ୍ୟାଣ୍ଟ ଟୁ ବି ।" କହିଲି ଯେ ଯେମିତି ଚଲୁଛି, ଚଲୁଥାଉ । ସମୟକ୍ରମେ ଜଣାପଡ଼ିବ କେଉଁଠରେ ତା'ର ଆଗ୍ରହ ଓ ପାରଦର୍ଶିତା ଅଧିକ ରହିଛି । ସେତେବେଳେ ସେଇ ଦିଗରେ ମନ ଦେବା ।

ସ୍କୁଲର ପରିବେଶ କିନ୍ତୁ ମୋର ଏ ଦୀର୍ଘସୂତ୍ରୀ ମନୋବୃତ୍ତିକୁ ପ୍ରଶ୍ରୟ ଦେଉ ନ ଥାଏ । ବାପା ମା'ମାନେ ଦୌଡୁଥାନ୍ତି ଯେମିତି ! ଦୌଡୁଥାନ୍ତି ଓ ଦୌଡ଼ାଉଥା'ନ୍ତି ଛୁଆମାନଙ୍କୁ । ପ୍ରତିଟି ନମ୍ବର ପାଇଁ ଜୋର ଦେଉଥା'ନ୍ତି । ପ୍ରତିଟି ନମ୍ବର ପାଇଁ ଯୁଦ୍ଧ କରୁଥା'ନ୍ତି । ପ୍ରତିଟି ନମ୍ବର ପାଇଁ ଗାଲି ଦେଉଥା'ନ୍ତି ପିଲାଙ୍କୁ । ସକାଳୁ ସଞ୍ଜ ପାଠ ଘୋଷାଉଥା'ନ୍ତି । ପରୀକ୍ଷାଖାତା ଦେଖାହେବାଦିନ ମୋର ମନେପଡ଼େ ଗଞ୍ଜା ଲଢ଼େଇର ଦୃଶ୍ୟ । ନିଜ ପିଲା କ'ଣ ଲେଖିଲା/ କେତେ ପାଇଲା/ କ'ଣ ଭୁଲ କଲା/ କେଉଁଠି ନମ୍ବର କଟିଲା ସହିତ ପ୍ରତିଦ୍ବନ୍ଦୀ ମନେ କରୁଥିବା ପିଲାଙ୍କର ଖାତାରେ ବି ଅଣୁବୀକ୍ଷଣ ଯନ୍ତ୍ର ଲଗାଇ ବିଶ୍ଳେଷଣ କରନ୍ତି ।

ଲଲି ଭଲ କରୁଥିଲା । ବାପଛିଅ ରୂପଚାପ ଖାତା ଦେଖୁ । ମାତ୍ର ନିସ୍ତାର ନ ଥାଏ ଆମର । ଅନ୍ୟମାନେ ବେଢ଼ିଯାଆନ୍ତି ଆମକୁ । ସତେ ଯେମିତି ଆମେ ଦୁହେଁ ଭୁଲ ଗଲିରେ ପଶିଆସିଥିବା ଦୁଇଟି କୁକୁର !!

xxx

ସ୍କୁଲରେ ଲେଖିବାକୁ ଦିଆଯାଇଥିଲା, ତୁମେ ବଡ଼ ହେଲେ କ'ଣ ହେବ ? ମତେ ପଚରିଲା ଲଲି। କହିଦେଲେ, ସେଇ ବିଷୟରେ ଲେଖା ପ୍ରସ୍ତୁତ କରିବ।

ମୁଁ କହିଲି, ତୁ ଲଲି ହେବୁ। ଛୋଟ ଲଲି ମାନେ ଭଲ ପିଲା, ବଡ଼ ଲଲି ମାନେ ଭଲ ମଣିଷ।"

"ଆରେ ବାବା ସେଇଟା ତ ମୁଁ ହୋଇଛି। ମିସ କ'ଣ ସେକଥା ପଚରୁଛନ୍ତି ? ହେବି ମାନେ ଡାକ୍ତର କି ଇଞ୍ଜିନିୟର କି ଆଇ.ଏ.ଏସ୍ ଅଫିସର ସେମିତିନା ଆଉ !"

ମତେ ଦୁଃଖ ଲାଗିଲା। ବ୍ୟସ୍ତ ଲାଗିଲା। କାନ୍ଦ ବି। କାରଣ ମତେ କିଛି ଗୋଟାଏ କହିବାକୁ ହେବ। କହିଲେ ଲଲି ଲେଖିବ। ଲେଖିଲେ ନମ୍ବର ମିଳିବ। କିନ୍ତୁ ଜୀବନର ସମ୍ଭାବନା କ'ଣ ଏତିକିରେ ସୀମିତ ? ଜୀବନର ବ୍ୟାପ୍ତି କ'ଣ ଏତେ ସଂକୀର୍ଣ୍ଣ ନା ଆମେ ସଂକୀର୍ଣ୍ଣମନା ? ପୁଣି ଏମିତି ଯେ ଆମର ସଂକୀର୍ଣ୍ଣତାକୁ ଲଦିଦେଉଛୁ ଉତ୍ତରପୁରୁଷ ଉପରେ !

କିନ୍ତୁ ମତେ କହିବାକୁ ହେବ। କହିଲେ ଲଲି ଲେଖିବ। ତା' ଉପରେ ହିଁ ତାକୁ ନମ୍ବର ମିଳିବ।

ମୁଁ ତାକୁ ବୁଝାଇଲି। ବୁଝାଇଲି ଯେ ଭବିଷ୍ୟତ ଅନିଶ୍ଚିତ। ଯାହା କିଛି ବି ହୋଇପାରେ। ଦୁଇଟି ଗପ କହିଲି। ସେଇ ଗପ ଦୁଇଟିରେ ଜ୍ୟୋତିଷମାନେ ନିଜର ଭବିଷ୍ୟତ କଲି ପାରି ନ ଥିଲେ। ମୁଁ ତ ସେ ବିଦ୍ୟା ବି ଜାଣେନି !

ତେବେ ସ୍କୁଲରେ ଦେଇଛନ୍ତି ମାନେ ଲେଖିବାକୁ ହେବ। ଉପଦେଶ ଦେଲି 'ଡାକ୍ତର ହେବି' ବୋଲି ଲେଖିବାକୁ। କାରଣ ଏଥିରେ ଭଲ ଭଲ କଥା ଲେଖିହେବ। ଭଲ ନମ୍ବର ମିଳିବ। କିନ୍ତୁ ସେଇକଥା ମନ ଉପରେ ଲଦିଦେବା ଉଚିତ ନୁହେଁ। ବିଭିନ୍ନ କ୍ଷେତ୍ରରେ ପ୍ରତିଷ୍ଠିତ ଲୋକଙ୍କ ଉଦାହରଣ ଦେଲି। ବୁଝାଇଲି ଯେ ଜୀବନର ସମ୍ଭାବନା କେମିତି ବିସ୍ତୃତ। ବୁଝାଇଲି ଯେ ଭଲ କରିବାପାଇଁ କି ଭଲ କ୍ୟାରିଅର୍ ପାଇଁ ବିଭିନ୍ନ କ୍ଷେତ୍ର ରହିଛି। କିନ୍ତୁ ବଡ଼ କଥା ହେଲା, କ୍ୟାରିଅର୍ ନିଜକୁ ଭଲ ଲାଗିବା ଦରକାର। ସେଥିପାଇଁ ଅବଶ୍ୟ ସୁଯୋଗ ବି ଥିବା ଦରକାର।

କହିଲି, ତେଣୁ ପାଠ ପଢୁଥା। ଯାହା ଭଲ ଲାଗୁଛି କରୁଥା। ମନଦେଇ କରୁଥା। ସମସ୍ତଙ୍କର ଉପକାର କଥା ଚିନ୍ତା କରୁଥା। ଦେଖିବୁ, ଭଗବାନ ଶେଷରେ ଠିକ ଜାଗାରେ ପହଞ୍ଚାଇଦେବେ। ଭଗବାନ୍ ଜନ୍ମ ଦେଇଛନ୍ତି ମାନେ କିଛି ଗୋଟେ ଉଦ୍ଦେଶ୍ୟ ରଖିଛନ୍ତି ଆମକୁ ନେଇ। ଆମେ କାହିଁକି ଆମ ଇଚ୍ଛା କି କାମନା ତାଙ୍କ ଉପରେ ଲଦିଦେବା ?

ଜୀବନରେ ଅନେକ ଜଟିଳ କି ଅସମାହିତ କ୍ଷେତ୍ରରେ କରିବା ଭଳି ମୁଁ ଶେଷରେ ଭଗବାନଙ୍କ ନାମ ନେଲି ଓ ସେ ବୁଝିଗଲା ବି।

xxx

ଲଲିକୁ ବୁଝାଇପାରିଥିଲି । କିନ୍ତୁ ବୁଝାଇପାରିଲିନି ବଡ଼ମାନଙ୍କୁ ।

ସେଦିନ ଅଭିଭାବକଙ୍କ ସଭାରେ ଏହା ହିଁ ଥିଲା ଆଲୋଚନାର ବିଷୟ । ଚର୍ଚ୍ଚା ଚାଲିଥିଲା, କିଏ କ'ଣ ଲେଖିଛି । କିଏ କ'ଣ ଲକ୍ଷ୍ୟ ରଖିଛି ଜୀବନରେ ! ପ୍ରାୟ ସମସ୍ତଙ୍କର ମତ ଥିଲା ଯେ ଜୀବନରେ ଲକ୍ଷ୍ୟଟିଏ ରହିବା ନିହାତି ଜରୁରୀ । ତା'ହେଲେ ଯାଇ ଛୁଆର ଆଗ୍ରହ ଆସିବ । ଛୁଆ ଗୋଟେ ବାଟ ପାଇବ । ଗୋଟେ ଦିଗ ପାଇବ । ସେଇ ହିସାବରେ ଗଢ଼ିବ ନିଜକୁ ।

ମତେ ବି ପଚରାଗଲା । ମୁଁ ଥଙ୍ଗେଇଲି । ସତ କହିବାକୁ ଗଲେ, ମତେ ଜଣା ନ ଥିଲା । ମୁଁ ସ୍ଥିର କରି ନ ଥିଲି । ପ୍ରସ୍ତୁତ ନ ଥିଲି । ତଥାପି କହିଲି, "ଭବିଷ୍ୟତ ସବୁବେଳେ ଅନିର୍ଦିଷ୍ଟ । ଲଲି ଭଲ ଚିତ୍ର କରୁଛି । କିଛି କିଛି ଲେଖୁଛି । ସେଥିରେ ବ୍ୟଙ୍ଗ ରଖିବାକୁ ଚେଷ୍ଟା କରୁଛି । ସବୁ ପିଲାଙ୍କ ପରି କାର୍ଟୁନ୍‌କୁ ଭଲପାଉଛି । ତେଣୁ ଆଜିର ତାରିଖରେ ମତେ ପଚାରିଲେ ମୁଁ କହିବି ଯେ ତା'ର କାର୍ଟୁନିଷ୍ଟ ହେବାର ସମ୍ଭାବନା ଅଛି । ତେବେ ଭବିଷ୍ୟତରେ ସେ ସମ୍ଭାବନା ବଦଳିଯାଇପାରେ ଓ ସେ ଯାହା କିଛି ବି ହୋଇପାରେ ।"

ହସିଲେ ଅଧିକାଂଶ ।

– ମୁଁ କହିଲି, "ପିଲାକୁ ପିଲା ହିସାବରେ ବଞ୍ଚିବାକୁ ଛାଡ଼ିଦେବା ଉଚିତ ! କାହିଁକି ତା' ଉପରେ କିଛି ଗୋଟାଏ ଲଦିଦେବା ? ସେ ସାଧାରଣ ଭାବରେ ବଞ୍ଚୁ । ତା'ର ସାଧାରଣ ପିଲାଦିନ ବିତାଉ ।"

– ତୁମେ ପିଲାକୁ ଯେପରି ଗଢ଼ୁଛ ନା, ସେ କାର୍ଟୁନିଷ୍ଟ ହେବନି, ଗୋଟେ କାର୍ଟୁନ ହେବ – କହିଲେ ଜଣେ ଓ ହସିଲେ ଅନ୍ୟମାନେ ! ମତେ ଖରାପ ଲାଗିଲା । ଭାଗ୍ୟ ଭଲ, ଲଲି ପାଖରେ ନ ଥିଲା ।

ଘରେ ସୁଜାତା ସବୁ ଶୁଣିଲେ । ମତେ ବୁଝାଇଲେ । କହିଲେ, "ତୁମେ ସବୁବେଳେ ଅଲଗା ପ୍ରକାରର ହେବାକୁ ଚେଷ୍ଟା କରୁଛ କାହିଁକି ? ଅସାଧାରଣ ହେବାର ଚେଷ୍ଟା ହିଁ ତୁମ ଦୁଃଖର କାରଣ । ଏମିତିରେ ତୁମେ ବହୁତ ଭଲ । ଖାଲି ଏଇ ଅସାଧାରଣ ହେବାର ନିଶା ଛାଡ଼ିଦିଅ । ସମସ୍ତଙ୍କ ପରି ସାଧାରଣ ଭାବେ ବଞ୍ଚିବା ଶିଖ ।"

ମୁଁ ବୁଝିପାରିଲିନି ଛୁଆଟିଏକୁ ସାଧାରଣଭାବେ ବଞ୍ଚିବାକୁ ଛାଡ଼ିଦେବାଟା ଅସାଧାରଣ ହେଲା କେମିତି !

ନୂଆ ନାନାବାୟା

ଡାକ୍ତରଟିଏ ହୋଇଥିବାରୁ ବନ୍ଧୁବାନ୍ଧବଙ୍କ ପାଖରେ ମୋର କିଛିଟା ଉପଯୋଗିତା ଥିଲା । ଏଇ ଯେମିତି କାହାକୁ ଚିକିତ୍ସା କରିବା, ଉପଯୁକ୍ତ ଚିକିତ୍ସକଙ୍କ ପାଖକୁ ପଠାଇବା କିମ୍ବା ତାଙ୍କ ପାଖରେ ସୁପାରିଶ୍‌ କରିବା, ନମୁନା ଔଷଧ ଦେବା, ଡାକ୍ତରୀ ପ୍ରମାଣପତ୍ର ଯୋଗାଡ଼ କରିବା ଇତ୍ୟାଦି ଇତ୍ୟାଦି । କିନ୍ତୁ ଏସବୁ ବାଦ୍‌ ମୁଁ ଭିନ୍ନ ଏକ କାମ ପାଇଁ ଉପଯୋଗୀ ସାବ୍ୟସ୍ତ ହେଉଥିଲି, ଯାହାକୁ ମୁଁ ଉପଲବ୍ଧ କଲି ବେଶ ଡେରିରେ । ମୋ ପାଇଁ ତାହା ଥିଲା ଏକ ଦୁଃଖଦ ଉପଯୋଗିତା ।

କାହାରି କାହାରି ଘରେ ଅଛଟ ଛୁଆକୁ ବାପା-ମା'ମାନେ ଇଞ୍ଜେକ୍‌ସନ୍‌ର ଭୟ ଦେଖାଉଥିଲେ ! ମୁଁ କହୁଥିଲି, ଇଞ୍ଜେକ୍‌ସନ୍‌ ଦେଇଦେବି । ପ୍ରଥମେ ପ୍ରଥମେ ସିରିଞ୍ଜ ଦେଖାଇବାକୁ ପଡୁଥିଲା । ପରେ ସେମାନେ କଲମକୁ ବି ଇଞ୍ଜେକ୍‌ସନ୍‌ ସିରିଞ୍ଜ ବୋଲି ଭାବିଲେ । କ୍ରମଶଃ ମୁଁ ବ୍ୟାଗ୍‌ ପାଖକୁ ଯିବା, ମୁଁ ପହଞ୍ଚିଯିବା ଏବଂ ଶେଷରେ ଖାଲି ମୋର ନାମ ଉଚ୍ଚାରଣ ହିଁ ଯଥେଷ୍ଟ ହେଲା ଭୀତି ସଞ୍ଚାରପାଇଁ । ପିଲାମାନେ କେହି ଆଉ ମୋ ପାଖକୁ ଆସିଲେ ନାହିଁ । କ୍ୟାଡ଼୍‌ବରିଜ୍‌, ଜେମ୍‌ସ, ଅସ୍ପୃଶ୍ୟ ହୋଇ ରହିଗଲେ ମୋର ପକେଟ ଭିତରେ ।

ପ୍ରକୃତରେ କିନ୍ତୁ ମୁଁ ପିଲାମାନଙ୍କୁ ଭଲପାଉଥିଲି । ଦ୍ୱିତୀୟରେ, ଏକକ ପରିବାରରେ ଅନେକ ସମୟରେ ବାପା-ମା କାର୍ଯ୍ୟବ୍ୟସ୍ତ ଥାଆନ୍ତି ଓ ପିଲାଙ୍କ ସହିତ ବେଶ୍‌ କିଛି ସମୟ କାଟିବାକୁ ହୁଏ । ପୂର୍ବରୁ ମୁଁ ହସଖୁସି- ଖେଳରେ କାଟିଦେଇ ପାରୁଥିଲି । ଏବେ ଲାଗୁଥିଲା ନିହାତି ଏକୁଟିଆ ।

ମୋ ନିଜକୁ ମୁଁ ଅନୁଭବ କଲି ନାନାବାୟାର ନୂଆ ସଂସ୍କରଣ ରୂପେ । ପିଲାବେଳେ ଯାହାକୁ ଯାହାକୁ ଦେଖାଇ ମତେ ବୋଉ ଓ ଅନ୍ୟମାନେ ବାୟା ବୋଲି ଡରାଇଥିଲେ, ସେମାନଙ୍କୁ ମୁଁ ଆବିଷ୍କାର କଲି ନୂଆରୂପରେ । ସେମାନେ ମତେ

ଲାଗିଲେ ନିରୀହ, ମିଥ୍ୟା ଅପବାଦବାହକ । ମୋ ଭିତରେ ବଢ଼ିଚାଲିଲା ସେମାନଙ୍କ ପ୍ରତି ସହାନୁଭୂତି ।

ମୁଁ ବେଶୀ ମନେପକାଉଥିଲି ଜଣେ ମୁଢ଼ିବାଲାକୁ । ଆମେ ତାକୁ ଅଖାବାୟା କହି ସାନଭାଇକୁ ଡରାଉଥିଲୁ । ଡରାଉଥିଲୁ ସେ ତା'ର ଅଖାରେ ପୂରାଇ ନେଇଯିବ ବୋଲି । ଦିନେ ତାର ସାମ୍ନାସାମ୍ନି ହୋଇଥିଲା ସାନଭାଇ । ମୁଢ଼ିବାଲା ଆଦରରେ ଡାକିଲା । ମାତ୍ର ସାନଭାଇ 'ବାୟା ବାୟା' କହି ହାଉଳିହେଲା ! ମୁଢ଼ିବାଲା ଦୁଃଖ କରିଥିଲା ତାକୁ ବାୟା କହିବାରୁ । ଆମେ ସେଦିନ ଏହାକୁ ନିହାତି ସାଧାରଣ ଭାବିଥିଲୁ ଓ ହସଟିଏରେ ସମାଧାନ ହୋଇଗଲା ବୋଲି ଧରିନେଇଥିଲୁ । ଏବେ କିନ୍ତୁ ସେଇ ମୁଢ଼ିବାଲାର ଶୁଖୁ, ମୁଖଭଙ୍ଗୀ, ଦୀର୍ଘଶ୍ବାସ ମୋର ସ୍ମୃତିପଟରୁ ପୁନର୍ଜନ୍ମ ପାଉଥିଲେ ଓ କୈଫିୟତ ଦାବି କରି ଅତିଷ୍ଠ କରିପକାଉଥିଲେ ମତେ !

ମୁଁ ଆଉ କାହାକୁ ଇଞ୍ଜେକ୍‌ସନ୍‌ର ଭୟ ଦେଖାଉ ନ ଥିଲି । ମାତ୍ର ମୁଁ ପାଲଟି ସାରିଥିଲି ନାନାବାୟା । ନାନାବାୟାର ଭାବମୂର୍ତ୍ତି ମୋର ବଳବତ୍ତର ରହିଲା, ମୁଁ ଡରାଇଥିବା ଛୁଆମାନେ ବଡ଼ ହେବା ପର୍ଯ୍ୟନ୍ତ ।

ମୋର ଝିଅ ହେଲାପରେ ସେ ଯେବେ ବି ଟିକା ନେବାକୁ ଯାଉଥିଲା, ମୁଁ ତାକୁ କେବେହେଲେ ଇଞ୍ଜେକ୍‌ସନ୍‌ ଦେଖିବାର ସୁଯୋଗ ଦେଉ ନ ଥିଲି । ତା' ସାମ୍ନାରେ କେବେ ଇଞ୍ଜେକ୍‌ସନ୍‌ଟିଏ ପଡ଼ିଲେ ତାକୁ ସେ ଖେଳଣା ଭାବୁଥିଲା ଓ ନେବାକୁ ମାଗୁଥିଲା ।

ଏମ୍‌.ଏମ୍‌.ଆର୍‌. ଟିକା (ମିଲିମିଲା, ଗାଲୁଆ ଓ ଜର୍ମାନ ମିଲିମିଲାର ପ୍ରତିଷେଧକ) ସରକାରୀ ସ୍ତରରେ ହେଉଥିବା ସାର୍ବଜନୀନ ଟିକାଦାନ ଭିତରେ ତାକୁ ଦିଆ ହୋଇ ନ ଥାଏ । ମୁଁ ତେଣୁ କିଣିଆଣିଲି ନିଜେ ଦେବି ବୋଲି । ରାତିରେ ସେ ଶୋଇବାବେଲେ ଦେଇଦେବା କଥା । ଯାହା ଫଳରେ ସେ ଅଳ୍ପ ସମୟ କାନ୍ଦିବ ଓ ଶୋଇଯିବ ।

ସେଦିନ ରାତିରେ ସେ ଶୋଇଲା ନାହିଁ ଆଦୌ । ଏଣେ ବେଶୀ ଡେରି ହେଲେ ବୋଉ ଓ ଭଉଣୀ ଶୋଇଯିବେ । ସେମାନେ ଚେଇଁଥିବାବେଲେ ଝିଅକୁ ବୁଝାଇବା ସହଜ । ତେଣୁ ଟିକା ଦେବାକୁ ବସିଲି ।

ପ୍ରଥମେ ଯାଇ ତା ସହ ଖେଳିଲି । ସେ ଖେଳିଲା ଆନନ୍ଦରେ । ମୁଁ ସ୍ପିରିଟ୍‌ ଭିଜା ତୁଲା ଗୋଟିଏ ଗୋଡ଼ରେ ଲଗାଇବାବେଲେ ସେ ଆର ଗୋଡ଼ ଆଣି ଦେଖାଉଥାଏ ! ହାତ ବି ଦେଖାଉଥାଏ ଥଣ୍ଡା ଥଣ୍ଡା ଲାଗୁଥିବାରୁ ।

ଇଞ୍ଜେକ୍‌ସନ୍‌ ସିରିଞ୍ଜ ପାଖରେ ଥିଲେ ବି ସେ ଖେଳୁଥାଏ ପରିଚିତି ଅଭାବରୁ । ମୁଁ କିଛି ସମୟ ଖେଳିଲି ଓ ଖେଳୁଖେଳୁ ଟିକାଟି ଦେଇଦେଲି । ବୋଉ, ଭଉଣୀ ଓ ସ୍ତ୍ରୀ ଖୁସି ହେଲେ, ସହଜରେ କାମଟି ସରିଯିବାରୁ । ତାକୁ ମାଡ଼ି ବସିବାକୁ ପଡ଼ି ନ ଥିବାରୁ ।

ମୋ ଝିଅ ମତେ ରୁହିଁରହିଲା କିଛି ସମୟ। ତା'ପରେ ମୋ' ପାଖରୁ ମୁହଁ ଫେରାଇ ନେଇ ବୋଉ ପାଖରେ କାନ୍ଦ ଆରମ୍ଭ କଲା।

ବିରୁରୀ କେବେ ବି ଭାବି ନ ଥିବ ଖେଳ ମଝିରେ ଏମିତି କିଛି ଘଟିଯିବ ବୋଲି। କଦାପି ସେ ଚିନ୍ତା କରି ନ ଥିବ, ତା'ର ପ୍ରିୟ ବାପା ଏମିତି କିଛି ନିଷ୍ଠୁର କାମ କରିବ ବୋଲି! କେତେ ଥର ସେ ଖେଳଣା ମନେ କରିଥିବା ଇଞ୍ଜେକ୍ସନ୍ ସିରିଞ୍ଜଟି ଏପରି ଏକ ଜଘନ୍ୟ ଅସ୍ତ୍ର ପାଲଟିଯିବ ବୋଲି ତା'ର ଧାରଣା ନ ଥିଲା!

ମୋ' ଆଡ଼କୁ ରୁହିଁବା ବେଳେ ସତେ ଯେପରି ସାରା ଦୁନିଆର ଅବିଶ୍ୱାସ, କ୍ଷୋଭ ଓ ତିରସ୍କାର ଜମାଟବାନ୍ଧି ରହିଥିଲେ ତା'ର ଦୁଇ ଆଖିରେ! ପ୍ରଥମରୁ ସେ କାନ୍ଦିପାରିଲାନି ଏଇସବୁର ଗୁରୁଭାରରେ!

ମୁଁ ରୁଲିଆସିଲି ସେଠୁ। ସେ ଚୁପ ହେବାପରେ ତା' ପାଖକୁ ଗଲି। ଦେଖିଥାନ୍ତି, କାଳେ ରକ୍ତ ବାହାରୁଥାଇପାରେ। ମତେ ଦେଖୁ ଦେଖୁ ସେ ପୁଣି ଜୋର୍‌ରେ କାନ୍ଦିଉଠି ହାତଛିଞ୍ଜାଡ଼ି କହିଲା, "ପାପା ଯା....ଯା....ଯା।"

ଅଗତ୍ୟା ମୁଁ ରହିଗଲି ସେଇଠି। ସେଇଦିନଠୁ ଯିଏ ଯେବେ ପଚାରନ୍ତି, "ବାପା ପାଖକୁ ଯିବୁ ?"

ଯେତେ ଖୁସିଥିଲେ ବି ସେ ସଙ୍ଗେ ସଙ୍ଗେ ଗମ୍ଭୀର ହୋଇଯାଏ। ଜୋର୍‌ରେ ମୁଣ୍ଡ ହଲାଇ କହେ, ନା, ନା। –

ମୁଁ ପୁଣି ନାନାବାୟା ହୋଇଗଲି।

ମନେ ମନେ କାମନା କରୁଛି ଯେ ଆଉ କେଉଁ ବାପା ଏମିତି ଦୁର୍ଭାଗ୍ୟଜନକ ପରିସ୍ଥିତିରେ ନ ପଡ଼ୁ କିମ୍ବା ଏମିତି ପରିସ୍ଥିତିରେ ପଡ଼ିଥିବା ବାପା କେବେହେଲେ ଭାବୁକପଣର ଶିକାର ହୋଇ ନିଜକୁ ଦୁର୍ଭାଗା ନ ମଣୁ।

ତଥାପି ଅପହଞ୍ଚ

– "ବାପା, ବାପା, କଣ୍ଡୋମ ମାନେ କ'ଣ?" ବିଜ୍ଞାପନର ଲେଖାକୁ ଦେଖି ପଚାରିଲା ଲିନା। ଶେଖରଙ୍କର ସାତ ବର୍ଷର ଝିଅ।

ଶେଖରଙ୍କୁ ଲାଗିଲା, ଯେପରି ବଜାରସାରା ଲୋକ ରୁହିଁରହିଛନ୍ତି ତାଙ୍କୁ। ରୁହିଁରହିଛନ୍ତି ପାପୀ ପାପୀ ଦୃଷ୍ଟିରେ କିମ୍ବା ସେ ଧରାପଡ଼ିଯାଇଛନ୍ତି ଚୋରି କରୁ କରୁ। ନଚେତ ନିହାତି ଏକ ଅସଭ୍ୟ ଆଭିଜାତ୍ୟ ତାଙ୍କର ଏବଂ ସେ ଜାଣନ୍ତିନି ସଭ୍ୟ ସମାଜର ଚଳଣି।

ସ୍ତ୍ରୀ ଦୀପାଙ୍କ ଅବସ୍ଥା ନ କହିଲେ ଭଲ।

ଲିନା କିନ୍ତୁ ପ୍ରଶ୍ନ କରିବାରେ ଓସ୍ତାଦ। ଉତ୍ତର ନ ପାଇଲେ ଛାଡ଼ିବନି। ସେ ଯୋଡ଼ିଲା, "ଦେଖନ୍ତୁ, ପୁଣି ଲେଖାହୋଇଛି ଲାଭ ଅନେକ।"

ଶେଖରଙ୍କୁ ଲାଗିଲା, ଲିନାକୁ ସେଇଠି ପିଟିପକାଇବେ ଦୀପା। ଅବସ୍ଥା ଏଡ଼ାଇବାକୁ କହିଲେ, ଘରେ ବୁଝାଇଦେବି।

କଣ୍ଡୋମ କି ଡାଏପରକୁ ଆମେ ସାଧାରଣ ଭାବେ ଦେଖିପାରିନେ। ଆମ ଦୃଷ୍ଟିରେ ଏସବୁ ନିହାତି ସମ୍ବେଦନଶୀଳ। ସେମାନେ କିନ୍ତୁ ମନଇଚ୍ଛା ଆମ ଆଖିଆଗକୁ ଆସି ଯାଉଛନ୍ତି। ଆସୁଛନ୍ତି ବଜାରଘାଟରେ / ରାସ୍ତାରେ / ଟି.ଭି.ରେ ଏବଂ ଦୁର୍ଭାଗ୍ୟଜନକ ଭାବରେ ସ୍ଥାନ-କାଳ-ପାତ୍ର ବିଚାର ନ କରି। ନା ସାମ୍ନା କରି ହେଉଛି ନା ଏଡ଼ାଇହେଉଛି।"

ପିଲାମାନେ ତ ପଚାରିବେ ହିଁ ପଚାରିବେ। ଆମକୁ କେତେଦିନ ଅପ୍ରସ୍ତୁତ ଲାଗୁଥିବ ଏମିତି?

ଘରେ ପହଞ୍ଚୁ ପହଞ୍ଚୁ ତା'ର ପ୍ରଶ୍ନ ଦୋହରାଇଲା ଲିନା। ଶେଖର କିଞ୍ଚିଟା ପ୍ରସ୍ତୁତ ହୋଇଥିଲେ ଏ ଭିତରେ। କହିଲେ, କଣ୍ଡୋମ ମାନେ ସିଥ କି କଭର।

ଗୋଟେ ଘୋଡ଼େଇ ରଖିବାର ଜିନିଷ । ଡାକ୍ତରମାନେ ଗ୍ଲୋଭସ ପିନ୍ଧନ୍ତି, ତୁ ଦେଖିଛୁ । ହାତକୁ ତାହା ଘୋଡ଼େଇରଖେ । ହାତରେ ରକ୍ତ କି ଜୀବାଣୁ ଲାଗନ୍ତିନି । କଣ୍ଡୋମ ବି ଗ୍ଲୋଭସ ଭଳି । ଜୀବାଣୁଠାରୁ ରକ୍ଷା କରେ ।

“ହଁ ହଁ, ମୁଁ ଗ୍ଲୋଭସ ଦେଖିଛି, ମାନି ଘର ଆଣ୍ଟି ଦାନ୍ତ ଉପାଡ଼ିବା ବେଳେ ପିନ୍ଧନ୍ତି । ଓଃ କଣ୍ଠମଟା ସେମିତି ତା’ହେଲେ ! ବାପା, ଅନେକ ଲାଭ ବୋଲି କ’ଣ ଲେଖା ହୋଇଥିଲା ?’

“ଅନେକ ମାନେ ମଇଳା ଲାଗିବନି, ଜୀବାଣୁ ଲାଗିବେନି” ।

– “ଆଚ୍ଛା ଆଚ୍ଛା ।”

ଲିନା ବୁଝିଗଲା ଓ ଶେଖର ବୁଝିପାରିଲେନି । ବୁଝିପାରିଲେନି କ’ଣ କରିବେ ? ତା’ପରେ ସେ ହୁଏତ ପଚାରିପାରିଥାନ୍ତା ଗ୍ଲୋଭସ ସିନା ହାତରେ ଲଗାନ୍ତି । କଣ୍ଡୋମ କେଉଁଠି ଲାଗେ ? କେତେଦିନ ଏମିତି ସେ ପଳାଉଥିବେ ବାସ୍ତବତାରୁ ?

ଯୌନଶିକ୍ଷାକୁ ନେଇ ବିତର୍କ ଅନେକ । ଜଣେ ଶିକ୍ଷକ କହୁଥିଲେ, ନିଜ ବଢ଼ିଲା ପୁଅ-ଝିଅଙ୍କ ଶ୍ରେଣୀରେ ପ୍ରଶାସକମାନେ ଆଗ ଯୌନଶିକ୍ଷା ପଢ଼ାନ୍ତୁ । ଆମକୁ ବତାଇ ଦିଅନ୍ତୁ କିପରି ପଢ଼ାଯାଏ । କିନ୍ତୁ ଏ ୟୁନିଅନ୍-ପ୍ରଶାସନ ଯୁଦ୍ଧ । କୋର୍ଟ କଚେରି, ରାଜନୀତି ଓ କାଳକ୍ଷେପଣ । ମାତ୍ର ଆମକୁ ତ ସଙ୍ଗେ ସଙ୍ଗେ ସାମ୍ନା କରିବାକୁ ପଡ଼ିବ ନିତିଦିନିଆ ବାସ୍ତବତାର ।

ଦୀପା ବିରକ୍ତ ହୋଇଯାଇଥିଲେ । କହିଲେ, ଲିନା ଭାରି ଫାଜିଲ ହେଲାଣି । ସେଦିନ ସେମିତି ସମସ୍ତଙ୍କ ଆଗରେ ପଚାରିଲା, ‘ସ୍ତ୍ରୀ ଫ୍ରୀ’ ମାନେ କ’ଣ ? ଯେତେ ମନାକଲେ ବି ଚୁପ ହେଲାନି । ଭାରି ଜିଦିଆ ହେଲାଣି ।”

ଶେଖର ହସିଲେ । ଦୀପାଙ୍କ ରାଗ ବଢ଼ିଗଲା । “ତମର କ’ଣ ଯାଉଛି ? କଥା ବୁଝିବ କ’ଣ, ଓଲଟି ହସୁଛ !”

ଶେଖର କହିଲେ ତାଙ୍କ ପିଲାଦିନ କଥା । ତାଙ୍କୁ ଜଣେ ସାଙ୍ଗ ଅଭଦ୍ର ଭାଷାରେ ଗାଲି ଦେଇଥିଲା । ସେ ଯାଇ ସାରଙ୍କୁ ଜଣାଇଲେ । ସାର୍ ସାଙ୍ଗକୁ ପିଟିଲେ । ତାଙ୍କୁ ପିଟିସାରି ଶେଖରଙ୍କୁ ପିଟିଲେ । ପଚାରିଲେ, “ସେଇଟା ଅଭଦ୍ର ଭାଷା ବୋଲି ତୁ କେମିତି ଜାଣିଲୁ ?

ଲିନା ପଚାରୁଛି ମାନେ ସେ ନିଷ୍ପାପ । ତାକୁ ଆମେ ଅନ୍ୟ ଦୃଷ୍ଟିରେ ଦେଖିବାନି !”

ଶେଖର ସହଜରେ କହିଦେଲେ ସିନା, ତାଙ୍କ ମୁଣ୍ଡ ବି ଘୂରୁଥାଏ । ଭାବୁଥାନ୍ତି କେମିତି ବୁଝାଇବେ ? ଡାକ୍ତରଙ୍କ ସହ କଥାବାର୍ତା କଲାବେଳେ ଏସବୁ ନିହାତି

ଟେକନିକାଲ ଓ କ୍ଲିନିକାଲ ଲାଗେ । ସାଙ୍ଗଙ୍କ ସହ କଥାବାର୍ତ୍ତା ବେଳେ ଚପଳତା ଓ କୌତୁକତା ଭରିଥାଏ । ମାତ୍ର କେମିତି ବୁଝାଇବେ ଲିନାକୁ ?

ଯଦିବା ସେ ବୁଝନ୍ତି, ବାପ-ଝିଅ ସମ୍ପର୍କର ସୁକ୍ଷ୍ମ ମାନସିକ ସନ୍ତୁଳନ ଦୋହଲି ଯିବନି ତ ?

XXX

– "ଆଣ୍ଟି ! ଆଣ୍ଟି ! ଶିଖାଅପା କାଇଁ ?"

– ନାଇଁ ମା' ! ସେ ଆଜି ଖେଳିବନି । ତୁ ଅନ୍ୟମାନଙ୍କ ସଙ୍ଗେ ଖେଳୁଥା ।

– "କାହିଁକି ?"

– "ଆମର ଜଣେ ମରିଯାଇଛନ୍ତି ତ !"

– "କାଇଁ, ଲିକୁଭାଇ ତ ସମସ୍ତଙ୍କୁ ଛୁଉଁଚି ?"

– 'ସେଇଟା ଦୁଷ୍ଟଟା ।'

– ତମେ ବି ଦୁଷ୍ଟ । ତୁମେ ତ ମମିକୁ ଛୁଉଁଛ ! କହିଲା ଓ ଚାଲିଗଲା ଲିନା ।

ସୀମା ଆଉ ଦୀପା ଚମକି ପଡ଼ିଲେ । ସତକୁ ସତ ତା' ପରେ ଯଦି ଆଉ କିଛି ପ୍ରଶ୍ନ ପଚରିଥାନ୍ତା ଲିନା, କ'ଣ ଉତ୍ତର ଦେଇଥାନ୍ତେ ସେମାନେ ?

ସୀମା କହିଲେ, ଦିନେ କ୍ଲାସରେ ଶିଖାର ଜଣେ ସାଙ୍ଗର ପିରିଅଡ଼ ହୋଇଗଲା । ପ୍ରଥମ ଥର । ବିଚାରୀ ଡରିଗଲା ! ମାଡାମ ତାକୁ ଡାକିନେଇ ଘରକୁ ପଠାଇଦେଲେ । ପିଲାମାନେ ରକ୍ତ ଦେଖି ପ୍ରଶ୍ନ ପଚରି ଚାଲିଥାନ୍ତି । ମାଡାମଙ୍କ ଅବସ୍ଥା ଖରାପ । କହିଲେ, ତା'ର କ୍ୟାନ୍ସର ହୋଇଛି ।"

– "କ୍ୟାନ୍ସର ହୋଇଛି, କହିଲେ । ନାଇଁ ନାଇଁ, ଠିକ ହେଲାନି !' '

– "ଆମେ ସିନା ଏଠି କହିଦେଉଛେ । ପରୀକ୍ଷ-ଷାଠିଏ ପିଲାଙ୍କ ଆଗରେ ତାଙ୍କ ମୁଣ୍ଡ କେମିତି କାମ କରିବ, କହିଲ ?"

ଦୀପାଙ୍କ ମନ ଆଦୌ ମାନୁ ନ ଥାଏ ।

XXX

"ମମି, ମମି ! ପିରିଅଡ଼ ମାନେ କ'ଣ ?"

– ପିରିଅଡ଼ ମାନେ ସମୟ । ତମର ସବୁ କ୍ଲାସରେ ପିରିଅଡ଼ ଅଛି । ଇଂଲିସ୍ ପିରିଅଡ଼, ଜି.କେ.ପିରିଅଡ଼ । ସେମିତି ପରିଅଡ଼ମାନେ ଜଣେ ଜଣେ ରାଜାଙ୍କ ସମୟ । ଯେମିତି ଆକବରଙ୍କ ପିରିଅଡ଼, ଶାହାଜାହାନଙ୍କ ପିରିଅଡ଼......

ନାଇଁ ମ, ସେଗୁଡ଼ାକ ନୁହଁ । ଶିଖାଅପାର କ'ଣ ପିରିଅଡ଼ ହେଇଛି । ସେଇଥିପାଇଁ ସେ କାହାକୁ ଛୁଇଁବନି । ଆଣ୍ଟି ଆମକୁ ମିଛ କହିଲେ ।

ଦୀପା ରହିଁଲେ ଲିନାକୁ। ତା' ମୁଣ୍ଡ ସାଉଁଳେଇ ଦେଲେ। ତାକୁ କୋଳକୁ ନେଇ ବସାଇଲେ। କହିଲେ, "ଝିଅମାନଙ୍କର ସେମିତି ହୁଏ। ବଡ଼ ହେଲେ ହୁଏ, ମାସକୁ ଥରେ।"

— "କ'ଣ ହୁଏ ?"

— "ଦେହରୁ ରକ୍ତ ବାହାରେ !"

— "କେଉଁଠୁ ?"

— "ନଙ୍କୁରୁ !"

— "କାଟେ ?"

— "ନାଁ କାଟେନି। ଝିଅମାନଙ୍କ ଦେହ ସେମିତି ତିଆରି ହୋଇଥାଏ।"

— "ପୁଅମାନଙ୍କର ?"

— "ନାଁ ନାଁ, ପୁଅମାନଙ୍କର ଯାଏନି।"

— "ପୁଅମାନଙ୍କୁ କୁହାଯାଏନି। ତା'ହେଲେ... ଆମେ ବାପାଙ୍କୁ କହିବାନି ?"

ଦୀପା ରହିଁ ରହିଥିଲେ। ଲିନାକୁ ସେ ଛୋଟ ପିଲା ବୋଲି ଭାବିପାରିବେ କେମିତି ?

ସିଏ ତ ଜାଣିଲାଣି ଯେ କିଛି କଥାକୁ ଗୋପନ ରଖାଯାଏ ! ଏଥର ତାକୁ ବୁଝାଇବାକୁ ପଡ଼ିବ ସବୁ। ଜାଣୁ ନାହାଁନ୍ତି ବୋଲି କେହି କେହି ଯୌନଶୋଷଣରେ ପଡ଼ୁଛନ୍ତି। କେହି କେହି ଖେଳ ନା ଝିଆଳ ଭାବିନେଉଛନ୍ତି। ଏଡ୍‌ସ ଭଳି ରୋଗ ତ ରହିଛି !

ଲିନା ଧୁଆଧୋଇ ହୋଇ ଆସିବା ବେଳକୁ ସେ ଆନିମଲ ରିପ୍ରଡକ୍‌ସନ୍ ବିଷୟ ମେଲାଇ ବସିଥିଲେ। ସେଇ ବିଷୟରେ ତାକୁ ପଢ଼ାଇବା ଆରମ୍ଭ କଲେ।

"ରିପ୍ରଡକ୍‌ସନ ମାନେ ନିଜ ଭଳି ଆଉ ଗୋଟିଏକୁ ଜନ୍ମଦେବା।"

"ତୁ ମତେ ଜନ୍ମ କରିବୁ ନା ! ସମସ୍ତେ କହୁଛନ୍ତି, ମୁଁ ତୋ ମୁହଁ ପୁରାପୁରି ଛଡ଼ାଇ ଆଣିଛି।"

ହସିଦେଇ ପୁଣି ପଢ଼ାଇବାକୁ ଆରମ୍ଭ କଲେ ଦୀପା। ମାତ୍ର ଲିନା ଛାଡୁଛି କେଉଁଠି ! "ମୁଁ ତୋ ପେଟରେ ଥିଲି ନା ! କୋଉପଟେ ବାହାରିଲି ?"

— "ନଙ୍କୁ ବାଟେ !"

ଆଶ୍ଚର୍ଯ୍ୟରେ ରହିଁରହିଲା ଲିନା। ଦୀପା କହିଲେ, "ବହୁତ କଷ୍ଟ ହୁଏ। ଅଣ୍ଡାର ହାଡ଼ସବୁ ମେଲାଇହେଲେ ଯାଇ ବାଟ ହୁଏ ଛୁଆ ବାହାରିବାକୁ। କାହାର କାହାର ଏତେ କଷ୍ଟ ହେଲେ ବି ବାଟ ହୋଇପାରେନି। ପେଟ କାଟି ବାହାର କରେଇବାକୁ ପଡ଼େ ଡାକ୍ତରଙ୍କୁ।"

- "ଛୁଆ କେମିତି ହୁଏ ?"

- ପୁଅମାନଙ୍କ ଦେହରେ ସ୍ପର୍ମ ଥାଏ। ନଙ୍ଗୁବାଟେ ବାହାରି ଝିଅଙ୍କ ଦେହରେ ପଶିଯାଏ। ଝିଅଙ୍କ ଦେହରେ ଅଣ୍ଡା ଥାଏ। ସ୍ପର୍ମ ଆଉ ଅଣ୍ଡା ମିଶିଲେ ଗୋଟିଏ ନିହାତି ଛୋଟ ଛୁଆ ହୁଏ। ଏତେ ଛୋଟ ଯେ ଖାଲିଆଖିରେ ଦେଖିହେବନି। ସେ ଧୀରେ ଧୀରେ ବଢ଼େ ଆଉ ବଡ଼ ହୁଏ। ବଡ଼ ହେଲେ ଜନ୍ମ ହୁଏ।

- ଏତେ ଛୋଟ! ଆଖିରେ ଦେଖିହେବନି! ତା'ହେଲେ ଛୁଆ ହେଲାବୋଲି କେମିତି ଜାଣିବ ?

ଦୀପା ବୁଝିପାରିଲେନି କ'ଣ କହିବେ ?

ମମି ମମି! ସ୍ପର୍ମଟା ଝିଅପିଲାଙ୍କ ଦେହରେ ପଶେ କେମିତି ?

- ସେଇ ନଙ୍ଗୁବାଟେ। ତେଣୁ ନଙ୍ଗୁକୁ ସବୁବେଳେ ଲୁଚାଇ ରଖିବା ଦରକାର। ପୁଅଙ୍କ ନଙ୍ଗୁରେ ଜମା ଛୁଆଁଇବୁନି। ଛୋଟ ପିଲାଙ୍କ ପେଟରେ ଛୁଆ ହେଲେ ଜାଗା ହେବନି। ପେଟ ଫାଟିଯିବ। ପୁଣି ବଡ଼ ହେଲେ ବି ବାହାଘର ଆଗରୁ ଛୁଆ ହେଲେ ପାପ। ଦେଖ୍ନୁ, କୁନ୍ତୀ ଭୁଲ୍ରେ କର୍ଣ୍ଣଙ୍କୁ ଜନ୍ମ କରିଦେଲେ ଯେ କେତେ କଷ୍ଟ ପାଇଲେ ଦୁହେଁ!

- ମମି ମମି! ଆମର ଏଇ କୁକୁର ଟାଇସନ୍। ମୋ' ଉପରକୁ ଡେଇଁ ପଡ଼ୁଛି। ତା' ନଙ୍ଗୁ ଯଦି ମୋ'ନଙ୍ଗୁରେ ବାଜିବ, ମୋର କ'ଣ ଛୁଆ ହେଇଯିବ ?''

- ନା, ନା, ଖାଲି ମଣିଷର ବାଜିଲେ ହେବ!

ଦୀପା ପଢ଼ାଇବେ କ'ଣ ? ତାଙ୍କୁ ଲାଗିଲା ସେ ସୁଆ ମୁହଁରେ ପତରଟିଏ ପାଲଟି ଯାଉଛନ୍ତି। ଲିନା ତାଙ୍କୁ ତଡ଼ିନେଉଛି ମନଇଚ୍ଛା। ତାଙ୍କ ଭୂମିକା ନିହାତି ରକ୍ଷଣାତ୍ମକ।

- ମମି ମମି! ତୁ ଆଉ ଛୁଆ କରିବୁ କି ?

ଦୀପା ରହିଁରହିଁଲେ ଲିନାକୁ। ଗୋଲ କରି ପଚରିଲେ, କାହିଁକି ମାମା! ତୋର ଆଫେକ୍ସନ୍ କମିଯିବ ବୋଲି ଭାବୁଚୁ କି ? ନାଇଁ ମାମା! ମୋର ଆଉ ଦରକାର ନାହିଁ।

- ତା'ହେଲେ ତୁ ଶୋଇବାବେଳେ କେଆରଫୁଲ୍ ଥିବୁ। ବାପା ନିଦରେ ଘୁଙ୍ଗୁଡ଼ି ମାରିଲାବେଳେ ଜାଣିପାରୁ ନାହାନ୍ତି। ଦିନେ ଦିନେ ତୋ ଉପରେ ଗୋଡ଼ ଲଦି ଦେଉଛନ୍ତି। ଯଦି ତାଙ୍କ ନଙ୍ଗୁ ଲାଗିଯିବ, ଛୁଆ ହୋଇଯିବ।

ଦୀପା ଭାବୁଥିଲେ କ'ଣ କହିବେ ଲିନାକୁ! ବୁଝାଇବେ କି କଣ୍ଡୋମ କଥା ? ତେବେ କ'ଣ ବୁଝାଇହୁଏ ସେମିତି ?

ଘୁସୁରି-ଘୋଷଡ଼ା

"ବାପା, ମୁଁ ବଞ୍ଚିବି..." ଏବଂ ତା'ପରେ ଖାଲି କୋହ। କୋହ ଟିକିଏ ଥମିଯିବାରୁ ଯୋଡ଼ିଲା, "ଯେମିତି ହେଲେ।"

ଖଟରେ ମୁହଁମାଡ଼ି ଶୋଇଥିଲା ନେହା। ଯୁକ୍ତ ଦୁଇରେ ବିଜ୍ଞାନ ପଢ଼େ। ଏଠୁ ସେଠିକି ଟିଉସନ ଧାଏଁ, କଲେଜ ଯାଏ ଏବଂ ଏଇ ଧାଁ-ଦଉଡ଼ ଭିତରେ ଟିକିଏ ଫାଙ୍କା ସମୟ ପାଇଲେ ଖଟରେ ଏମିତି ମୁହଁମାଡ଼ି ଶୋଇଥାଏ। ତେଣୁ ଏ ଶୋଇବାଟା କିଛି ଅସ୍ୱାଭାବିକ ଲାଗି ନ ଥିଲା ସୁରଜିତକୁ। ସେ ତା'ର ଖବରକାଗଜ ପଢ଼ୁଥିଲା।

ଖବରକାଗଜର ଖବର ମାନେ 'ସ୍ୱାଇନ-ଫ୍ଲୁ' ବ୍ୟାପିବାର କାହାଣୀ। କାହାକାହାର ମୃତ୍ୟୁ ବିବରଣୀ। ସେଇ ବିଷୟରେ ସତର୍କବାଣୀ ସାଙ୍ଗକୁ ସରକାରଙ୍କ ତରଫରୁ ଜାରି ହୋଇଥିବା ଚିକିତ୍ସାପାଇଁ ନିର୍ଦ୍ଦେଶନାମା। ଖବରକାଗଜ ଓ ଟେଲିଭିଜନରେ ପ୍ରସାରିତ ରିପୋର୍ଟ ମଧ୍ୟରେ ଚାପିହୋଇଯାଉଥିଲେ, ଅଧାଅଧା ଜାଣିଥିବା ଚିକିତ୍ସକମାନେ। ସେମାନଙ୍କ ଭିତରୁ ସୁରଜିତ ଜଣେ।

ପୃଥିବୀସାରା ସଂକ୍ରମଣ ହାର କମି ଯାଇଥିବାବେଳେ ଏମିତି କୋକୁଆଭୟର ଯଥାର୍ଥତା ନେଇ ତା'ର ସଂଶୟ ଥିଲା। ତା'ର ସଂଶୟ ଥିଲା, ମରୁଥିବା ଲୋକର ଆଉକିଛି ରୋଗ ଥିବା ବିଷୟରେ। ସେ ରୋଗୀର କି ପ୍ରକାର ଚିକିତ୍ସା ହୋଇଥିଲା, ତା'ର ବିବରଣୀ ମିଳିବା ସମ୍ଭବ ହେଉ ନ ଥିଲା। ସେ ସନ୍ଦିହାନ ଥିଲା- ପ୍ରତିଷେଧକ ଟିକାର ଉପଯୋଗିତା ବିଷୟରେ, ତା'ର ପାର୍ଶ୍ୱପ୍ରତିକ୍ରିୟା ବିଷୟରେ। ସେ ଜାଣି ନ ଥିଲା, ନିର୍ଦ୍ଦେଶନାମାରେ ଥିବା ଶ୍ରେଣୀବିଭାଗ ଅନୁଯାୟୀ ଔଷଧ ଖାଇଲେ ଓ ଡାକ୍ତରଖାନାରେ ରହିଲେ ମୃତ୍ୟୁହାର କେତେ କମାଯାଇପାରିବ। ଗଣମାଧ୍ୟମରେ ଯିଏ ଯାହା ପାରିଲେ ପ୍ରଚାର କରୁଥିଲେ ଏବଂ ଭୟର ମାତ୍ରା ବଢ଼ିବଢ଼ି ଚାଲିଥିଲା। ବାହାରେ ସମସ୍ତଙ୍କ

ମୁହଁରେ ମାସ୍କ ଓ ରୁମାଲ ଦେଖିଲେ ଲାଗୁଥିଲା, ଏଇଠାରେ ହିଁ ବୋଧେ 'ସ୍ୱାଇନ-ଫ୍ଲୁ'ର ଭୂତାଣୁମାନେ ଘୂରିବୁଲୁଛନ୍ତି।

ନେହା କିନ୍ତୁ ସବୁ ଶୋଚନାର ଯବନିକା ଟାଣିଦେଲା। ଏମିତିସବୁ ମୁହୂର୍ତ୍ତରେ, ଆବେଗ ଆବୋରିବସେ ଯୌକ୍ତିକତାକୁ। ନେହାକୁ ଟିକା ଦିଆ ନ ଯିବାର ଅର୍ଥ, ସୁରଜିତ୍ ଟିକା ଯୋଗାଡ଼ କରିବାକୁ ଅକ୍ଷମ। ଏତେ ଏତେ ଲୋକଙ୍କୁ ଟିକା ମିଳୁଥିଲାବେଲେ ସେ ପାଉନି କେମିତି!

ତେବେ, ସବୁଠୁ ବଡ଼ କଥା ହେଉଛି, 'ଯଦି କିଛି ହୋଇଯାଏ'ର ଶଙ୍କା।

ଦୀପକ ଏକପ୍ରକାର ଅଜାତଶତ୍ରୁ। ସୁରଜିତ୍‌ର ଭଲ ବନ୍ଧୁ। ସୁରଜିତ୍ ତା'ରି ପାଖକୁ ଗଲା।

ସୁରଜିତ୍‌କୁ ସେ ଏକ କାଗଜ ଦେଖାଇଲା। ସେଥରେ ଅନେକ ନାଁ ଲେଖାହୋଇଥିଲା। କିଛି ନାଁ କଟାହୋଇଥିଲା। ସୁରଜିତ କିଛି ବୁଝିପାରିଲାନି। ଦୀପକ ବତାଇଦେଲା ଯେ କାହାର କାହାର ଟିକା ଦରକାର, ସେଇ ତାଲିକା କରୁଛି ସିଏ। ଭାବିଥିଲା, ସମସ୍ତଙ୍କପାଇଁ କିଣିଦେବ; ଏବେ କିନ୍ତୁ ବଜାରରେ ମିଳୁନି। ସେଇଥିପାଇଁ ଯାହାର ନିହାତି ଦରକାର, ସେଇମାନଙ୍କ ନାଁ ରଖି ଅନ୍ୟମାନଙ୍କ ନାଁ କାଟିଦେଇଛି- ସୁବିଧା ପାଇଲେ ଯୋଗାଡ଼ କରିବ। ଅଜସ୍ର ଫୋନ ଆସୁଥାଏ। ଫୋନ୍‌ରେ ଅନୁରୋଧ, ଅନୁନୟ, ଅଭିମାନ। ସେମାନେ ଭାବୁଥାନ୍ତି, ଦୀପକ ଯେମିତି ଟିକା ଧରି ବସିଛି କିମ୍ବା ଅନ୍ତତଃ କେଉଁଠି ମିଳେ ଜାଣିଛି। ଫୋନ୍‌ଟିଏ କରିଦେଲେ କି ପଇସା ପଠାଇଦେଲେ ସଙ୍ଗେ ସଙ୍ଗେ ଯୋଗାଡ଼ କରିଦେଇପାରିବ। ଆମେ ତା'ହେଲେ ମଲୁ। ଆମେ ମଲେ ତୋ'ର କ'ଣ ଯାଉଛି! ଆମ ପାଇଁ ତୋ'ର କାହିଁକି ମୁଣ୍ଡ ବିନ୍ଧିବ' ଇତ୍ୟାଦି ଶୁଣି ଶୁଣି ବିବ୍ରତ ହୋଇଯାଇଥିଲା ଦୀପକ। ସୁରଜିତ୍‌କୁ କହିଲା, "ବୁଝିଲୁ, ଏଥର ସମସ୍ତଙ୍କୁ ଡାକିଆଣି ଡିଷ୍ଟିଲଡ଼୍ ୱାଟର ଫୋଡ଼ିବାକୁ ପଡ଼ିବ। ଏମିତି କଥାସବୁ ଶୁଣିବାରୁ ମଣିଷ ବଞ୍ଚିଯିବ ଅନ୍ତତଃ।"

ସେତେବେଲକୁ ଦୁଇ ପ୍ରକାରର ଟିକା ମିଳୁଥିଲା। ଗୋଟିଏ ଇଞ୍ଜେକ୍‌ସନ୍ ଓ ଅନ୍ୟଟି ନାକରେ ପକାଇବାପାଇଁ। ସରକାର ଡାକ୍ତରଖାନାର କର୍ମଚାରୀଙ୍କ ପାଇଁ ଇଞ୍ଜେକ୍‌ସନ୍ କିଣିଥିଲେ। ସୁରଜିତ୍‌ର ବିଭାଗକୁ ବି ଆସିଥିଲା। ଜୁଲାଇ ମାସରେ ଆସିଥିବା ଇଞ୍ଜେକ୍‌ସନର ଶେଷ ତାରିଖ ଥିଲା ଅଗଷ୍ଟ। ତା'ର କାର୍ଯ୍ୟକାରିତା ବିଷୟରେ ଅନେକେ ସନ୍ଦେହ କଲେ। ପାର୍ଶ୍ୱ ପ୍ରତିକ୍ରିୟାରେ ଲେଖା ଥିଲା – ଗୁଲେନ-ବାରେ ସିନ୍‌ଡ୍ରୋମ। ଏକପ୍ରକାର ପାରାଲିସିସ। ଅବଶ୍ୟ ନିହାତି ନଗଣ୍ୟ, ପ୍ରତିଶତ ହାରରେ। କିନ୍ତୁ ଯାହାକୁ ହେବ! ତେଣୁ ଭୟ କରିଥିଲେ ଅଧିକାଂଶ ଓ କେହି ନେଇ ନ ଥିଲେ

ଇଞ୍ଜେକ୍ସନ୍ । ଔଷଧ ଫେରିଯାଇଥିଲା । ଦୀପକ କିନ୍ତୁ ନେଇଯାଇଥିଲା । ତା'ର କିଛି ଅସୁବିଧା ହୋଇ ନ ଥିଲା । ସେଇକଥା ଚିନ୍ତାକରି ଦୁଃଖ ଲାଗିଲା ସୁରଜିତକୁ ।

ନାଜାଲ୍ ସ୍ୱେ ବଜାରରେ ମିଳୁଥିଲା । ଜଣ ପ୍ରତି ଶହେ ତିରିଶ ଟଙ୍କା । ପାଞ୍ଚଟିକିଆ ଓ ଦଶଟିକିଆ ଭାଏଲରେ । ପ୍ରଥମ ଦିନ କମ୍ପାନିର ପ୍ରତିନିଧି ଦୀପକକୁ ଟିକା ନେବାପାଇଁ କହିଥିଲା । ଦୀପକ ତାକୁ ଛଅଶହ ପଚିଶ ଟଙ୍କା ଦେଇଦେଇଥିଲା । ଦୋକାନୀ ପାଖରେ ଔଷଧ ରଖାଇଥିଲା । ସୁରଜିତ ସାଙ୍ଗରେ କଥାହୋଇ ଠିକ କଲା ଯେ ସେଗୁଡ଼ିକ ତା' ସ୍ତ୍ରୀ ଓ ଝିଅ, ସୁରଜିତ ଏବଂ ସୁରଜିତର ସ୍ତ୍ରୀ ଓ ଝିଅ ନେଇଯାଆନ୍ତୁ ।

ପ୍ରତିନିଧିଙ୍କୁ ଡକାଇଲା ଦୀପକ । ସେଠାରୁ ଦୋକାନୀକୁ ଫୋନ କଲେ ପ୍ରତିନିଧି । ଔଷଧ ଆଣିବାକୁ ଗଲେ । ସେଠି ପହଞ୍ଚିବାବେଳେ କଥାବାର୍ତ୍ତା କରିଥିବା ଲୋକଜଣକ ନ ଥିଲେ; ଆଉ ଜଣେ ବସିଥିଲେ । ପରିଚୟଦେଲେ ସେମାନେ । ଦୋକାନୀ ସହ କଥାହେଲେ । ଚାଲିଯାଇଥିବା ଲୋକଜଣଙ୍କର ମୋବାଇଲ ବନ୍ଦ । ବସିଥିବା ଜଣକ କହିଲେ, ସରିଯାଇଛି । ଦୀପକକୁ ସମସ୍ତେ ସମ୍ମାନ ଦେଉଥିଲେ । ପ୍ରତିନିଧି ସଙ୍ଗେସଙ୍ଗେ ଏରିଆ ମ୍ୟାନେଜର, ରିଜିଓନାଲ ମ୍ୟାନେଜର, ଜୋନାଲ ମ୍ୟାନେଜରଙ୍କୁ ଜଣାଇଲେ । ଚାରିଆଡୁ ଫୋନ ଆସିଲା । କାଉଣ୍ଟରରେ ବସିଥିବା ଲୋକଜଣକ ମୁଣ୍ଡ କୁଣ୍ଠାଇ କହିଲେ, "ଆଜ୍ଞା, ପେଟପାଟଣା କଥା ! ଭାଇର କିଛି ଦୋଷ ନାହିଁ । ଗୋଟିକୁ ତିନି ହଜାର ଟଙ୍କା ହିସାବରେ ମୁଁ ହିଁ ପାଞ୍ଚଟିଆକ ବିକିଦେଇଛି ।"

ଦୀପକକୁ ପ୍ରତିନିଧିଜଣକ ଭରସା ଦେଲେ ଯେ ଆସନ୍ତା ସପ୍ତାହରେ ସେ ଯେମିତି ହେଲେ ଯୋଗାଡ଼ କରିଦେବେ । ଦୀପକ ଚ‍ହିଁଲା ସୁରଜିତକୁ, ଯାହାର ଅର୍ଥ ଥିଲା, ଏଇକଥାକୁ ବିଶ୍ୱାସ କରାଯାଉ ଓ ଗ୍ରହଣ କରାଯାଉ ।

ଘରକୁ ଫେରିଲାବେଳେ ବାଟରେ ଅଟକିବାକୁ ପଡ଼ିଲା ସୁରଜିତକୁ । ଦୋକାନ ସାମ୍ନାରେ ଲମ୍ବାଧାଡ଼ି ଲାଗିଥାଏ । ଲୋକମାନେ ରାସ୍ତାବନ୍ଦ କରି ଠିଆ ହୋଇଥାନ୍ତି । ପରେ ଜାଣିଲା, 'ମାସ୍କ' କିଣିବା ଲାଗି ସେଇ ଧାଡ଼ି । ମାସ୍କ ମାନେ ସର୍ଜିକାଲ ମାସ୍କ ଏକପରସ୍ଥିଆ । ତିନିପରସ୍ତ ନ ହେଲେ ଲାଭ ନାହିଁ ସ୍ୱାଇନ-ଫ୍ଲୁ ପାଇଁ । ଦୁଇତିନିଘଣ୍ଟାରେ କିମ୍ଵା ଝାଲରେ ଓଦାହେଲେ ବଦଲାଇବାକୁ ପଡ଼ିବ । ଲୋକେ କେତେ ବିକଳ ହୋଇ କିଣୁଛନ୍ତି ଚଢ଼ାଦରରେ, ଗୋଟିକୁ ପଚିଶ ଟଙ୍କା ଦେଇ । କେତେ ଶତାଂଶ ସୁରକ୍ଷା ଦେବ ? କେତେ ସମୟ ପାଇଁ ?

ପରକ୍ଷଣରେ ଅନ୍ୟମନସ୍କ ହୋଇଗଲା ସୁରଜିତ । ଜୀବନ ସମସ୍ତଙ୍କର ପ୍ରିୟ । ବଞ୍ଚିବାକୁ ସମସ୍ତେ ବ୍ୟସ୍ତ । ନେହା ବି । ତାକୁ କ'ଣ କହିବ ? କେମିତି ମୁହଁ ଦେଖାଇବ ? ଆରସପ୍ତାହରେ ମିଳିବ ବୋଲି କହିହେବନି । ହୁଏତ ଆହୁରି ସପ୍ତାହେ ଡେରି-

ହୋଇପାରେ । ଟିକା କାମ ଦେବ ଦୁଇତିନି ସପ୍ତାହ ପରେ । ତା' ମାନେ ଟିକା କାର୍ଯ୍ୟକ୍ଷମ ହେବାବେଳକୁ ସ୍ୱାଇନ-ଫ୍ଲୁ ସଂକ୍ରମଣ ସରିଯାଇଥିବ ।

ତା'ପରେ ଚିନ୍ତାକଲା, ହୋମିଓପାଥିକ ଦୋକାନକୁ ଯିବ । ଅନେକ ଜାଗାରେ ଲେଖା ହୋଇଥିଲା, "ଏଠାରେ ସ୍ୱାଇନ-ଫ୍ଲୁ ପ୍ରତିଷେଧକ ମିଳେ । ସବୁ ଲମ୍ବାଧାଡ଼ି । ଦୁଇଟୋପା ଔଷଧକୁ ଚଳିଶ ଟଙ୍କା । ତିନୋଟି ଦୋକାନରେ ଲାଇନ୍ ଲଗାଇଲା ସୁରଜିତ । ମାତ୍ର ତା' ପାଲି ଆସିବା ଆଗରୁ ଔଷଧ ସରିଯାଉଥାଏ । ତେବେ, ସମସ୍ତେ ଭରସା ଦେଉଥା'ନ୍ତି ଆସନ୍ତାକାଲି ମିଳିଯିବ ବୋଲି । ଶେଷରେ ସେ ଔଷଧର ନାଁ ପଚାରିଲା । ଉତ୍ତର ମିଳିଲା, 'ଇନ୍‌ଫ୍ଲୁଏନ୍‌ଜା ଟୁ ଥାଉଜାଣ୍ଡ ।'

– "ଟୁ ଥାଉଜାଣ୍ଡ"! – ଭୁଲ ଶୁଣିଛି ଭାବି ଆଉଥରେ ପଚାରିଲା ସୁରଜିତ ।

– ହଁ, 'ଇନ୍‌ଫ୍ଲୁଏନ୍‌ଜା ଟୁ ଥାଉଜାଣ୍ଡ ।'

ଆଶ୍ଚର୍ଯ୍ୟ ହେଲା ସୁରଜିତ । ଇନ୍‌ଫ୍ଲୁଏନ୍‌ଜା ଭାଇରସ୍‌ର ଆଣ୍ଟିଜେନ ଚ଼ରିଛଅମାସରେ ବଦଲିଯାଏ । ଦୁଇହଜାର ମସିହାର ପ୍ରତିଷେଧକ ଦୁଇହଜାରଦଶରେ କେମିତି କାମ ଦେବ, ବୁଝିପାରିଲାନି ସିଏ । ତା'ର ଦୟା ହେଲା । ଧିକ୍କାର ଆସିଲା । ବିଦ୍ରୂପ କରିବାକୁ ଇଚ୍ଛା କଲା ନିଜକୁ ଓ ଅନ୍ୟମାନଙ୍କୁ ।

ତେବେ ତା'ର ସମସ୍ୟା ସେମିତି ଅସମାହିତ ହୋଇ ରହିଥାଏ । ଘରକୁ ଫେରି କହିବ କ'ଣ ?

ଟେଲିଭିଜନରେ ସୁଦର୍ଶନବାବାଙ୍କୁ ଦେଖିଲେ ସେ ରାଗେ । କାରଣ, ନିଜର ସୀମାବଦ୍ଧତା ନ ଜାଣି ଅଯଥା କଥା ଗପନ୍ତି ସିଏ! ଯୋଗର ନିଶ୍ଚିତରୂପେ ଉପକାର ରହିଛି, ମାତ୍ର ସବୁ ଦୁରାରୋଗ୍ୟ ବ୍ୟାଧିକୁ ଯୋଗ ଦ୍ୱାରା ଭଲ କରିଦେବାର ଆସ୍ଫାଲନ ନିହାତି ଅସହ୍ୟ ଲାଗେ ତାଙ୍କୁ । ଅନେକ ସମୟରେ ସେ ଡାକ୍ତରୀ ତଥ୍ୟକୁ ଭୁଲ ରୂପେ ଉପସ୍ଥାପନ କରନ୍ତି ।

ତାଙ୍କୁ ଟେଲିଭିଜନରେ ଦେଖିଲେ ସୁରଜିତର ମନେହୁଏ, ବାବାଙ୍କର ହେମିଫେସିଆଲ ସ୍ପାଜମ୍ ହେଉଛି । ଭାବେ, କେବେ ଥରେ ସୁଯୋଗ ପାଇଲେ ତାଙ୍କ ମୁହଁରେ 'ବଟକ୍ସ ଇଞ୍ଜେକ୍ସନ' (ବଟୁଲିନମ ଟକ୍ସିନ୍) ଫୋଡ଼ିଦିଅନ୍ତା । ଦେଖାଇ-ଦିଅନ୍ତା ଯେ ସାରା ଦୁନିଆକୁ ଭଲ କରିଦେବି ବୋଲି ବାହାଦୁରି ଦେଖାଉଥିବା ମହାପୁରୁଷ ତା'ରି ଇଞ୍ଜେକ୍ସନ୍‌ରେ ଭଲ ହୋଇଛନ୍ତି!

ଆଜି କିନ୍ତୁ ତାକୁ ଠାଙ୍କରି ଶାଖାକୁ ଯିବାକୁ ପଡ଼ିଲା । ଯଦି କିଛି ପ୍ରତିଷେଧକ ମିଳେ! ଔଷଧର କାର୍ଯ୍ୟକାରିତା କଥା ସେ ଏବେ ଚିନ୍ତାକରୁ ନ ଥିଲା । ତାକୁ ଆବୋରି ବସିଥିଲା ବାସଲ୍ୟ ଏବଂ ଦାୟବଦ୍ଧତା ।

ଦୁର୍ଭାଗ୍ୟବଶତଃ ଚଢ଼ାଦରରେ ବିକ୍ରି ହୋଇ ସେଠୁ ବି ଔଷଧ ସରିଯାଇଥିଲା।

xxx

ଥଣ୍ଡାଜ୍ୱର ବା ଫ୍ଲୁ ସବୁ ସମୟରେ ହୁଏ, ବିଶେଷତଃ ରତୁ ବଦଳିବା ସମୟରେ। କୁହାଯାଏ ଯେ ଔଷଧ ଖାଇଲେ ଜଣେ ପାଞ୍ଚସାତ ଦିନରେ ଭଲ ହେବ ଏବଂ ଔଷଧ ନ ଖାଇଲେ ସପ୍ତାହକରେ।

ଫ୍ଲୁ ବା ଇନ୍‌ଫ୍ଲୁଏନ୍‌ଜା ଭାଇରସ ଖୁବ ଝିଲାକ। ଏମିତିରେ କୌଣସି ସଂକ୍ରମଣ ହେଲେ ଆମ ଦେହରେ ପ୍ରତିରୋଧ ଶକ୍ତି ତିଆରି ହୁଏ। ଜୀବାଣୁର ନିର୍ଦ୍ଦିଷ୍ଟ ସ୍ଥାନ ଚିହ୍ନଟ କରନ୍ତି ଓ ଆକ୍ରମଣ କରନ୍ତି ଆମ ପ୍ରତିରକ୍ଷାବାହିନୀ। ଇନ୍‌ଫ୍ଲୁଏନ୍‌ଜା ଭାଇରସ ସେଇ ମାର୍କାମରା ସ୍ଥାନ ନା ଚିହ୍ନଟ ଅଂଶକୁ ବଦଳାଇଦିଏ ଥରକୁଥର। ଏଣୁ ଆମ ଶ୍ୱେତରକ୍ତକଣିକାମାନେ ତାକୁ ଚିହ୍ନିପାରନ୍ତିନି କି ତା' ଉପରେ ଆକ୍ରମଣ କରନ୍ତିନି।

ଇନ୍‌ଫ୍ଲୁଏନ୍‌ଜା ଭାଇରସ୍‌ମାନେ ମଣିଷ, ଘୁଷୁରି, ଚଢ଼େଇ ଓ ଅନ୍ୟ ଜୀବନ୍ତୁଙ୍କୁ ବି ଆକ୍ରାନ୍ତ କରନ୍ତି। ସବୁ ଭୂତାଣୁ ଅଲଗା ଅଲଗା। ବେଲେବେଲେ ମଣିଷର ଭୂତାଣୁ ପଶୁ କି ପକ୍ଷୀର ଭୂତାଣୁ ସହ ମିଶି ଏକ ନୂଆ ପ୍ରଜାତି ସୃଷ୍ଟିକରେ। ଏପରିହେଲେ ବେଶୀ ଲୋକ ଆକ୍ରାନ୍ତ ହୁଅନ୍ତି ଓ ସାଂଘାତିକ ସଂକ୍ରମଣ ହୁଏ। ଅନେକ ଲୋକ ମରନ୍ତି। ଅଳ୍ପ ସମୟ ମଧ୍ୟରେ ପୃଥିବୀର ଏକାଧିକ ମହାଦେଶରେ ବ୍ୟାପିଯାଏ, ଯାହାକୁ 'ପାଣ୍ଡେମିକ୍‌' କୁହାଯାଏ। ଅର୍ଥାତ ଏକ ବଡ଼ ଧରଣର ମହାମାରୀ।

୧୯୧୮ ମସିହାରେ ଇନ୍‌ଫ୍ଲୁଏନ୍‌ଜା ଭାଇରସ ପ୍ରଥମ ମହାମାରୀର ରୂପ ନେଇଥିଲା। 'ସ୍ପାନିସ୍‌ ଫ୍ଲୁ' ନାମରେ ନାମିତ ଏଥିରେ ପ୍ରାୟ ପଚାଶ ନିୟୁତ ଲୋକ ମରିଥିଲେ। ତା'ପରେ ୧୯୫୧ରେ 'ଏସିଆନ ଫ୍ଲୁ'। ଏଥିରେ ମୃତ୍ୟୁସଂଖ୍ୟା ଥିଲା ଏକରୁ ଝିରି ନିୟୁତ ମଧ୍ୟରେ। ୧୯୬୮ରେ ହୋଇଥିବା 'ହଂକଂ ଫ୍ଲୁ'ରେ ବି ପାଖାପାଖି ସେତିକି ଲୋକ ମରିଥିଲେ। ଚଳିତ ମହାମାରୀର ଆରମ୍ଭ ଦୁଇହଜାର ନଅରେ ମେକ୍ସିକୋରୁ। ଭୂତାଣୁକୁ ଏଚ୍‌.ଏନ୍‌ ଶ୍ରେଣୀର ବୋଲି ଚିହ୍ନଟ କରାଯାଇଛି। ପ୍ରତି ମହାମାରୀ କେତୋଟି ସ୍ତର ଦେଇ ଗତିକରେ। ପଞ୍ଚମ ସ୍ତର ସବୁଠାରୁ ସାଂଘାତିକ। ସେଇ ସ୍ତର ଯାଇସାରିଲାଣି ବୋଲି ବିଶେଷଜ୍ଞମାନେ କହୁଛନ୍ତି।

ସଂକ୍ରମଣ ବଢ଼ିବା ସହିତ ଆମ ଦେହରେ ପ୍ରତିରୋଧକ ଶକ୍ତି ତିଆରି ହୁଏ। ଟିକା ନେଲେ ବି ପ୍ରତିରୋଧକ ଶକ୍ତି ତିଆରି ହୁଏ। ସମାଜରେ ପାଖାପାଖି ଝିଲାଶ ପ୍ରତିଶତ ଲୋକଙ୍କ ଦେହରେ ପ୍ରତିରୋଧ ଶକ୍ତି ତିଆରି ହୋଇଗଲେ, ଭୂତାଣୁର ସଂକ୍ରମଣ କ୍ଷମତା ନ୍ୟୁନ ହୋଇଯାଏ।

ଅନେକ ସମୟରେ ମୁହଁ ତଥା ଶ୍ୱାସନଳୀର ଉପରଅଂଶରେ ଭୂତାଣୁ ରହିଥାଏ । ଫୁସ୍‌ଫୁସ୍‌କୁ ଯାଇ ସାଂଘାତିକ ସଂକ୍ରମଣ କରିପାରେ ନାହିଁ ।

ଜଣେ ଜଣେ ସ୍ୱାଇନ୍‌ଫ୍ଲୁ ରୋଗୀ ଆସି ଡାକ୍ତରଖାନାରେ ଭର୍ତ୍ତି ହେଉଥା'ନ୍ତି । ସୁରଜିତର ଜଣେ ଚିହ୍ନାଲୋକ ତାଙ୍କ ଡାକ୍ତରଖାନାରେ ଭର୍ତ୍ତିହେଲେ । ସୁରଜିତ ତାଙ୍କୁ ଦେଖିବାକୁ ସ୍ୱାଇନ ଫ୍ଲୁ ୱାର୍ଡକୁ ଗଲା । ରୋଗୀମାନଙ୍କୁ ଗୋଟିଏ ଅଲଗା ଘରେ ରଖାଯାଇଥାଏ । ଡାକ୍ତର ଓ ଅନ୍ୟମାନେ ସେଠାକୁ ଯିବାବେଳେ ଅଲଗା ପୋଷାକ ପିନ୍ଧନ୍ତି । କିଟ୍‌ରେ ଟୋପି, ଚଷମା, ଆପ୍ରନ୍‌, ଗ୍ଲୋଭସ୍‌, ଜୋତା କଭର ଥାଏ । ସ୍ୱତନ୍ତ୍ର ଏନ୍ – ୯୫ ମାସ୍କ ମଧ୍ୟ ରଖାଯାଇଥାଏ । ସେଠିକା ଦାୟିତ୍ୱରେ ଥିବା ବଡ଼ଦିଦି ସୁରଜିତକୁ ଜାଣିଥିଲେ । କାଲେ ସେ ଭିତରକୁ ଯିବ ବୋଲି ତାକୁ ଗୋଟେ କିଟ୍‌ ଯାଚିଲେ ।

ସୁରଜିତ ବୁଝିଲା ଯେ ଗୋଟିଏ ମାସ୍କର ଦାମ ନଅ ଶହରୁ ହଜାରେ ଟଙ୍କା । ଗୋଟିଏ କିଟ୍‌ର ଦାମ ପ୍ରାୟ ସାଢ଼େଇରିହଜାର ଟଙ୍କା । ଥରେ ବ୍ୟବହାର କଲେ କିଟ୍‌କୁ ଫୋପାଡ଼ିଦେବା କଥା । ଥରେ ରୋଗୀ ପାଖକୁ ଗଲେ ପ୍ରତିଷେଧକ ରୂପେ ଦିନକୁ ଗୋଟିଏ କରି ଦଶଦିନ ଯାଏଁ 'ଓସେଲ ଟାମ୍ଭିର' ଔଷଧ ଖାଇବାକୁ ହେବ । ଠିକ ଅର୍ଥରେ ରୋଗୀ ସହ ମିଶିବାଯାଏଁ ଖାଇବାକୁ ପଡ଼ୁଥିବ । ତା'ପରେ ତା ସହ ଶେଷ ସାକ୍ଷାତର ଦଶଦିନ ପର୍ଯ୍ୟନ୍ତ – ଦରକାର ହେଲେ ଛଅ ସପ୍ତାହ ପର୍ଯ୍ୟନ୍ତ । ରୋଗୀକୁ ଖାଲି ଟିକେ ଦେଖିଯିବାକୁ ଏତେ ପଇସା ନଷ୍ଟ କରିବାକୁ ତା'ର ଇଚ୍ଛା ହେଲାନି । ସେ ଆହୁରି ଆଶ୍ଚର୍ଯ୍ୟ ହେଲା ଦିଦିଙ୍କ କଥାଶୁଣି । ଏଇ କିଟ୍‌ ଆଦର୍ଶ ନୁହେଁ । ପ୍ରତିରୋଧ ପାଇଁ ଆଦର୍ଶ କିଟର ଦାମ ପାଖାପାଖି ଚଉରାଳିଶ ହଜାର ଟଙ୍କା ।

ସୁରଜିତ ଚିନ୍ତାକଲା, ଆମ ଦେଶରେ କ'ଣ ଏତେ ଟଙ୍କା ଫୋପାଡ଼ିବା ସମ୍ଭବ ? ସମ୍ଭବ ନୁହେଁ ବୋଲି ଗୋଟେ କିଟ୍‌କୁ ବାରମ୍ବାର ବ୍ୟବହାର କରିବାକୁ ପଡ଼ୁଛି । ଯାର କିଛି ମୂଲ୍ୟ ନାହିଁ । ବରଂ ଏମିତି ସମୟ ଆସିଲେ, ଦେଶରେ ଟ୍ରେନ୍‌, ଉଡ଼ାଜାହାଜ, ସ୍କୁଲ-କଲେଜ, ଅଫିସ ଇତ୍ୟାଦି ସବୁଯାକ କିଛି ସପ୍ତାହଯାଏଁ ବନ୍ଦ କରିଦେବା ଉଚିତ– ଢେଉ ଆଗରେ ମୁଣ୍ଡ ନୁଆଁଇବା ପରି । ଏମିତି କଲେ ସଂକ୍ରମଣ ବିଶେଷ ବ୍ୟାପିବନି । ସଂକ୍ରମିତ ଲୋକଙ୍କୁ ଚିହ୍ନଟ କରି ସେଇଠି ଚିକିସା କରାଯିବ । ଘରଲୋକଙ୍କୁ ପ୍ରତିଷେଧକ ଦିଆଯିବ । ସେମାନେ ବି ଏଇ ସମୟରେ କାହା ସହ ମିଶିବା କଥା ନୁହେଁ ।

ସୁରଜିତ ସାଧାରଣ ଥ୍ରି-ଲେୟାର ମାସ୍କଟିଏ ନେଲା । ତା'ର ଚିହ୍ନାଲୋକକୁ ଡକାଇଲା । ତାଙ୍କ ରୋଗିଣୀ ଭଲ ହୋଇ ଆସୁଥାଏ । ତେବେ, ସେ ଚିନ୍ତିତ ଥିଲେ ଅନ୍ୟ କାରଣରୁ । ଗାଁରେ ତାଙ୍କୁ ଏକପ୍ରକାର ବାସନ୍ଦ କରାଯାଇଛି । ଝିଅର ବିବାହ ପ୍ରସ୍ତାବ ଭାଙ୍ଗିଯାଇଛି ।

ଆଉଜଣେ ରୋଗୀ ରାତିରେ ଆସିଥିଲା । ତାଙ୍କୁ ସ୍ୱାଇନଫ୍ଲୁ ବୋଲି ସନ୍ଦେହ କରାଗଲା । ନିଶ୍ୱାସ ନେବାରେ କଷ୍ଟ ହେଉଥିବାରୁ ତାକୁ ସ୍ୱାଇନଫ୍ଲୁ ୱାର୍ଡରେ ଭର୍ତ୍ତି କରାଗଲା । ମାତ୍ର ସେ ସେଠାକୁ ଯିବାକୁ ମନା କଲା । କହିଲା ଆଗ ପ୍ରମାଣ କରିବାପାଇଁ । ତା'ପରେ ଯାଇ ସେଠାକୁ ଯିବ ।

ରୋଗୀ ତଣ୍ଟିରୁ କି ନାକରୁ ସ୍ୱାବ୍ ନେଇ ଭୁବନେଶ୍ୱରର ରିଜିଓନାଲ ମେଡିକାଲ ରିସର୍ଚ୍ଚ ସେଷ୍ଟରକୁ ପଠାଯିବ । ରିପୋର୍ଟ ପାଇବାକୁ ପାଖାପାଖି ଚବିଶ ଘଣ୍ଟା ଲାଗିବ । ସଙ୍ଗେ ସଙ୍ଗେ ପ୍ରମାଣ କରାଯିବ କେମିତି ?

ରୋଗୀ ସହ ତିରିଶ ପାଖାପାଖି ଲୋକ ଥିଲେ । ସମସ୍ତେ ପାଟିତୁଣ୍ଡ କରୁଥା'ନ୍ତି ସ୍ୱାଇନ ଫ୍ଲୁ ୱାର୍ଡକୁ ନ ଯିବାକୁ । ସାଧାରଣ ରୋଗୀଙ୍କ ସହ ରହିବାକୁ କହୁଥାନ୍ତି । ଏମିତି କରାଗଲେ ସଂକ୍ରମଣ ବଢ଼ିବ । ଅନ୍ୟମାନେ ବି ପ୍ରଲୟ କରିଦେବେ ।

ସୁରଜିତର ମନ ଖରାପ ହୋଇଗଲା । ସେ ଶୁଣିଥିଲା, ବାଘକାମୁଡ଼ାଠାରୁ ବାଘର ଘୋଷଡ଼ା ବେଶୀ ବାଧେ । ତାକୁ ଲାଗିଲା ଯେ ଏଇ ଘୁଷୁରି ରୋଗ, ମୃତ୍ୟୁ ସହିତ, ଅନ୍ୟାନ୍ୟ ଅନେକ ସମସ୍ୟା ସାଥିରେ ଆସୁଛି । କେତେଜଣଙ୍କୁ ମାରୁଛି ତ କୋଟିକୋଟିଙ୍କୁ ଘୋଷାଡ଼ୁଛି ।

ଥରେ ଥରେ ରାତିରେ ଶୋଇପାରେନି ସୁରଜିତ । କ'ଣ ସତରେ କରାଯିବା ଉଚିତ ? ଯିଏ ଯାହା ପାରୁଛି କହୁଛି । ଏଠି ସମସ୍ତେ ଜଣେ ଜଣେ ପଣ୍ଡିତ । କାହା ବିରୋଧରେ କିଛି କହିବା ଦୋଷାବହ । କାରଣ କୋର୍ଟ କଚେରିର ମାନହାନି ମୋକଦ୍ଦମା ସବୁ ଆଲିଙ୍ଗନ କରିବାକୁ ଅପେକ୍ଷା କରି ବସିଛନ୍ତି ।

କିନ୍ତୁ ସେ ଓ ତା'ପରି ଅନ୍ୟ ସମସ୍ତେ ଚୁପ୍ ରହିବା ଉଚିତ କି ? ଆଲୋଚନା-ସମାଲୋଚନା ନ କରି ନିଜକୁ ଗୋଟେ କଇଁଛ ପରି ଖୋଲପାରେ ପୂରାଇଦେବା ବା ସ୍ୱତଃପ୍ରବୃତ୍ତ ନିର୍ବାସନ ବରିନେବା କେତେଦୂର ଯଥାର୍ଥ ?

ପ୍ରଥମେ ଦେଖିବା କଥା, ସଂକ୍ରମଣ ହାର କେତେ ଏବଂ ମୃତ୍ୟୁହାର କେତେ – ଯେଉଁମାନେ ମଲେ, ସେମାନଙ୍କର ଆଉ କି କି ରୋଗ ଥିଲା ଓ କି ପ୍ରକାର ଚିକିତ୍ସା କରାଯାଇଥିଲା । ଭେଣ୍ଟିଲେଟର ଲାଗିଥିଲା କି ନାହିଁ । 'ଓସେଲଟାମଭିର' ଖାଇଥିଲେ ନା ନାହିଁ । ଯଦି ଖାଇଥିଲେ, କେତେଦିନ ଓ ରୋଗ ଆରମ୍ଭ ହେବାର କେତେଦିନ ପରେ ! ସବୁଯାକ ବିଶଦଭାବେ ପ୍ରକାଶିତ ହେବା ଦରକାର । ତା' ନ କରି ଗଣମାଧ୍ୟମ ଧାରଣା ଦେଲା ଯେ ସ୍ୱାଇନ ଫ୍ଲୁ ମାନେ ମୃତ୍ୟୁ, ସଙ୍ଗେ ସଙ୍ଗେ ବଡ଼ ବଡ଼ ଘରୋଇ ହସ୍ପିଟାଲ୍କୁ ଦୌଡ଼ାଇଥିବା ଉଚିତ । ଏ ସାଂଘାତିକ ରୋଗରେ ସେଠି ବି ବଞ୍ଚିବା କଷ୍ଟକର ହୋଇପଡ଼ୁଛି ।

କିନ୍ତୁ ବଡ଼ ଘରୋଇ ଡାକ୍ତରଖାନାର ଖର୍ଚ କଥା ଚିନ୍ତାକରି ମଧ୍ୟବିତ୍ତ ଗୃହସ୍ତର ହୃଦ୍‌ଘାତ ହୋଇଯିବ। ତାକୁ ଏଡ଼ାଇବାକୁ ଜୀବନବିକଳରେ ଲୋକ ନାନା ପ୍ରତିଷେଧକ କଥା ଚିନ୍ତା କଲେ। ସେଠାରେ କଳାବଜାର ହେଲା। ଅବଶ୍ୟ କେହି ଜଣେ ସଚେତନ ନାଗରିକଙ୍କର ଜନସ୍ୱାର୍ଥ ମାମଲାରେ ହାଇକୋର୍ଟ ସେଠାରେ ଅଙ୍କୁଶ ଲଗାଇଥିଲେ।

ପୁଣି ପ୍ରତିଷେଧକ ଟିକାର କ୍ଷମତା କେତେ ? ସୀମାବଦ୍ଧତା କ'ଣ ? ଇଞ୍ଜେକ୍ସନ ଦିଆଯାଉଥିବା ଗୋଟିଏ ଟିକାରେ ଲେଖାହୋଇଛି – ଛଅମାସରୁ ବେଶୀ ବୟସର ରୋଗୀକୁ ଟିକା ଦେଇହେବ। ସେଇ ପ୍ରକାରର ଆଉ ଗୋଟିଏ ଅଠର ବର୍ଷରୁ କମ୍ ବୟସର ରୋଗୀ ପାଇଁ ଏହା ନିରାପଦ ନୁହେଁ।   ଇଏ ନିଶ୍ଚିତରୁପେ ଏକ ଦ୍ୱନ୍ଦ୍ୱ। ଖୁବ ସମ୍ଭବତଃ ଅଠର ବର୍ଷ ତଳକୁ ନିରାପଦ ନା ନାହିଁ, ସେଇ କମ୍ପାନୀ ତାହା ପରୀକ୍ଷା କରି ନାହିଁ। ବଜାରରେ ଆବଶ୍ୟକତା ବଢ଼ିବାରୁ ତତ୍‌କ୍ଷଣାତ ଲାଭ ପାଇଁ ପଠାଇଦେଇଛି।

ଆମେରିକାରେ ଲୋକମାନେ ଧଳା ଘୁଷୁରିକୁ ଗେଲ କରନ୍ତି, ଚୁମା ଦିଅନ୍ତି। ଆମେ ତ ଘୁଷୁରିକୁ ଘୃଣା କରୁ, ତା' ପାଖ ମାଡ଼ୁନୁ। ଆମ ଦେଶରେ ପୁଣି ଘୁଷୁରି ରୋଗ ବିଷୟ କେବେ ଚିନ୍ତା କରାଗଲା ଯେ ତା'ର ପ୍ରତିକାର ଲାଗି ଆୟୁର୍ବେଦୀୟ ଔଷଧ ବାହାରିଛି। ଚରକ, ସୁଶ୍ରୁତଙ୍କ ପରେ ଆଉ କେଉଁ ଆୟୁର୍ବେଦର ପୁରୋଧାଙ୍କୁ ସୁରଜିତ ଜାଣେନି। ଆଉ ତାଙ୍କ ସମୟରେ ଘୁଷୁରି ରୋଗ ଅସମ୍ଭବ।

ହୋମିଓପାଥର 'ଇନ୍‌ଫ୍ଲୁଏଞ୍ଜା ଟୁ ଥାଉଜାଣ୍ଡ' – କିଏ କହିଲା। ଏଇ ଦୁଇହଜାରଟା ମସିହା ତ କିଏ କହିଲା, ଶକ୍ତି (ପାଓ୍ୱାର)। କିଏ କହିଲା ଏଥିରେ ଥିବା ଆର୍ସେନିକ ପ୍ରତିରୋଧ ଶକ୍ତି ଦିଏ। କିଏ କହିଲା, ଏଇଟା ସବୁପ୍ରକାର ଥଣ୍ଡା ରୋଗର ପ୍ରତିଷେଧକ – ସ୍ୱାଇନ ଫ୍ଲୁ ସମେତ।

ଯେତେ ଯାହା ଚିନ୍ତା କଲେ ବି ସୁରଜିତର ସବୁ ଭାବନା ନେହା ପାଖରେ ଶେଷ ହୋଇଯାଏ। ତା'ପାଇଁ ଏପର୍ଯ୍ୟନ୍ତ ଟିକା ଯୋଗାଡ଼ ହୋଇପାରିନି।

XXX

ସୁରଜିତକୁ ତା'ର ବିଭାଗୀୟ ମୁଖ୍ୟ ଡକାଇଥିଲେ। କହିଲେ ଯେ ଅଧୀକ୍ଷକ ଆଉଥରେ ଟିକା ପଠାଇଛନ୍ତି। ସମସ୍ତଙ୍କ ପାଇଁ ଗୋଟେଗୋଟେ। ଡେରି ନ କରି, ନେଇଯିବାକୁ ଅନୁରୋଧ କରିଛନ୍ତି।

ସମସ୍ତେ ନେଉଥିଲେ। ସୁରଜିତ ବି ନେବାକୁ ଗଲା। ଦିଦି ତା'ପାଇଁ ଇଞ୍ଜେକ୍ସନ ସିରିଞ୍ଜରେ ଟିକା ଭରୁଥିଲେ। ସେ ଅନୁରୋଧ କଲା ଟିକେ ରହିଯିବାକୁ। କହିଲା ଯେ ତାକୁ ଇଞ୍ଜେକ୍ସନ ନେବାକୁ ଭୟ ଲାଗେ। ଛୋଟ ଛୁଞ୍ଚି ଥିବା ଇନ୍‌ସୁଲିନ ସିରିଞ୍ଜଟିଏ ମଗାଇଲା ସିଏ। ଦିଦି ସେଇଥିରେ ଟିକା ଭର୍ତି କଲେ । ସୁରଜିତ ତାଙ୍କ ଅଟେଣ୍ଟାଣ୍ଟକୁ

କହି ଫ୍ରିଜ୍‌ରୁ ବରଫ ଆଣି ପୂରାଇସାରିଥିଲା, ଚା’ ଆସୁଥିବା ଥର୍ମୋଫ୍ଲାକ୍‌ରେ ।
ଟିକାଭର୍ତ୍ତି ସିରିଞ୍ଜକୁ ତା’ର ପ୍ଲାଷ୍ଟିକ୍‌ ଖୋଳରେ ପୂରେଇ ଥର୍ମୋଫ୍ଲାକ୍‌ ଭିତରେ
ରଖିଦେବାକୁ କହିଲା । କହିଲା ଯେ ସେ ଘରେ ପହଞ୍ଚିସାରିଲେ ଟିକା ନେବ ଓ
ତା’ପରେ ଶୋଇବ । ଇଞ୍ଜେକ୍‌ସନ୍‌କୁ ତା’ର ଭାରି ଭୟ । ଡରିବା ଫଳରେ ତା’ର
ଦୁଇଦୁଇ ଥର ଚେତା ବୁଡ଼ିଯାଇଛି । ଭାସୋ-ଭାଗାଲ୍‌ ସିନ୍‌କୋପ୍‌ ।

ଦିଦି ରଖିଦେଲେ ଥର୍ମୋଫ୍ଲାସ୍କ୍‌ ଭିତରେ । ସମସ୍ତେ ଠଚ୍ଚା କରୁଥିଲେ
ସୁରଜିତକୁ । ସୁରଜିତର କିନ୍ତୁ ସେ ଆଡ଼କୁ ନଜର ନ ଥିଲା । ଘରକୁ ସେ ଆସୁଥିଲା
ଦିଗ୍‌ବିଜୟୀ ପରି । ଘରେ ପଶି ‘ନେହା ନେହା’ ଡାକଛାଡ଼ିଲା । ତାକୁ ଟିକାଟି ଦେଲା ।
ନେହା ମୁହଁରେ ସଞ୍ଚରିଯାଉଥିଲା ଆଶ୍ୱସ୍ତ ଭାବ । ବିନା ଉଚ୍ଚାରଣରେ ସେ
କହୁଥିଲା, “ମୁଁ ବଞ୍ଚିଗଲି- ଏ ପ୍ରଳୟରୁ, ଏ ମହାମାରୀରୁ, ଏ ବିଭୀଷିକାରୁ । ମୋ’ର
ଆଉ ଡର ନାହିଁ ।”

ଇବୋଲା... ଇବୋଲା...

– "ନାଇଁ ନାଇଁ, ବାପା, ତମେ ଜମା ଯିବନି"... ଚିରୁଟିରେଇ ଉଠିଲା ଲଲି ।

ସାର୍ଥକ ଅପ୍ରସ୍ତୁତ ହୋଇଗଲା । ସୁଜାତା ଚମକିପଡ଼ିଲେ । ସେମାନେ ଦୁହେଁ ପ୍ରସ୍ତୁତ ନ ଥିଲେ ଏ ପ୍ରକାର ବ୍ୟବହାରପାଇଁ ।

ଲଲି ଖାଲି ପାଟି କଲାନି, ସାର୍ଥକର ସାର୍ଟ କଲରକୁ ଦୁଇହାତରେ ଧରି ହଲାଇ ପକାଉଥାଏ ତା'ର ବେକ । ନିଜର ଅଳରା ମୁଣ୍ଡବାଳ ଆଗକୁ ଆସି ମୁହଁସାରା ଖେଲାଇ ହୋଇଯାଇଥାଏ । ମୁହଁରେ ବିକୃତ ଭଙ୍ଗୀ । ଯିଏ ବି ଦେଖନ୍ତେ ଭାବିବ, ଲଲି ପାଗଳୀ ହୋଇଗଲା ଅଚାନକ ।

ତା'ପରେ କଇଁ କଇଁ ହୋଇ କାନ୍ଦିଉଠିଲା । କାନ୍ଦି କାନ୍ଦି ସାର୍ଥକର ଛାତିରେ ଲୋଟିଗଲା । କ'ଣ କରିବ ଭାବିପାରୁ ନ ଥାଏ ସାର୍ଥକ । ମୁଣ୍ଡରେ ତା'ର ବୁଲାଇଆଣୁଥାଏ ସ୍ନେହବୋଳା ହାତ ।

"ମୁଁ ସବୁ ଜାଣିଛି । ଜିମିଆପା ଇଣ୍ଟରନେଟ୍‌ରେ ଦେଖୁଥିଲା । ସାଙ୍ଗଙ୍କ ସହ କଥା ହେଉଥିଲା । ଆଫ୍ରିକାରେ ଯାହାକୁ ବି ଇବୋଲା ହେଉଛି, ସିଏ ମରିଯାଉଛି । ତାକୁ ଛୁଇଁବା ଲୋକଙ୍କୁ ଇବୋଲା ହୋଇଯାଉଛି । ତାକୁ ଚିକିତ୍ସା କରୁଥିବା ଡାକ୍ତର-ନର୍ସ ବି ମରିଯାଉଛନ୍ତି । ତୁମେ ସେ ଇବୋଲା ଟ୍ରେନିଂକୁ ଯିବା ଦରକାର ନାହିଁ କି ସେମିତି ରୋଗୀଙ୍କୁ ଚିକିତ୍ସା କରିବା ଦରକାର ନାହିଁ ।"

ସାର୍ଥକ ନିରୁତ୍ତର । ଜଡ଼ ପାଲଟିଯାଇଥାଏ । ସତ କହିଲେ, ତା'ର ବି ଇବୋଲା ପ୍ରତି ଭୟ ରହିଥିଲା । ତା' ଭଳି ସମସ୍ତଙ୍କର ଭୟ ରହିଥିଲା । ଯାହାକୁ ବି ଟ୍ରେନିଂ ପାଇଁ କୁହାଗଲା, ସେ ଆଡ଼େଇଗଲା । କିଏ କହିଲା ଆଖି ଧରିଛି ତ କିଏ କହିଲା ସ୍ୱର ଥ୍ରେଟେନ୍‌ଡ଼ ଆବର୍ସନ୍ । ବିଭାଗୀୟ ମୁଖ୍ୟଙ୍କ ଅସହାୟତା ଦେଖି କିଛି କହିପାରିଲାନି ସାର୍ଥକ । ଏମିତି ଗୋଟେ କାମ ପାଇଁ ସେ ବି କାହାକୁ ବାଧ୍ୟ କରିପାରୁ ନ ଥିଲେ !

ଏ ପରିସ୍ଥିତିରେ ଲଲିର ପ୍ରତିକ୍ରିୟାକୁ ଅଯଥାର୍ଥ କହିହେବନି। ସାର୍ଥକ ତାକୁ ବୁଝାଇବାକୁ ଯାଇ କହିଲା, "ମାମା ଦେଖ, ଯିଏ ହେଲେ ବି ତ ଚିକିତ୍ସା ଟ୍ରେନିଂ ପାଇଁ ଯିବନି!"

– "ତା'ର ତ ଔଷଧ ନାହିଁ କି ଟିକା ନାହିଁ। କି ଚିକିତ୍ସା କରିବ ତୁମେ। ଜେହାଦୀମାନଙ୍କ ଭଳି ସୁଇସାଇଡାଲ୍ ସ୍କାର୍ଡ, ବନାଇବାକୁ ମାଡ଼ିଯାଉଛ ଖାଲି।"

ସତକଥାର ତାପ ସାର୍ଥକ ଦେହରେ ସଞ୍ଚରିଗଲା। ସେ କ'ଣ କହିବ, ଜାଣିପାରୁ ନ ଥିଲା। ଝିଅର ମୁଣ୍ଡ ଆଉଁଶି ଆଉଁଶି ପରିସ୍ଥିତିକୁ ସହଜ କରିବାକୁ କହିଲା, "ଆରେ ମାମା! ଟ୍ରେନିଂ ନେଉଛି ପ୍ରସ୍ତୁତି ପାଇଁ। ତା' ବୋଲି କ'ଣ ସତକୁ ସତ ଭାରତରେ ପୁଣି ଆମ ଓଡ଼ିଶାରେ ଇବୋଲା ହୋଇଯାଉଛି?"

– "ଆମେରିକାରେ ହୋଇଗଲା। ସ୍ପେନ୍‌ରେ ହୋଇଗଲା। ଭାରତରେ ହେବନି ବୋଲି କିଏ କହିବ ? ପୁଣି ପଇଁଚାଳିଶ ହଜାର ଭାରତୀୟ ସେଇ ଅଞ୍ଚଳରେ ଅଛନ୍ତି। ସେମାନେ ଭୟ ପାଇ ଦେଶକୁ ଫେରିବେ। ସେମାନଙ୍କ ସହିତ ଯେକୌଣସି ମୁହୂର୍ତ୍ତରେ ରୋଗ ଆସିଯାଇପାରେ।"

ଝିଅର ସାଧାରଣଜ୍ଞାନରେ ଚମକୃତ ହେଲା ସାର୍ଥକ। ଇଣ୍ଟରନେଟ୍‌ରୁ କେତେକେତେ କଥା ଜାଣିପାରୁଛନ୍ତି ଆଜିର ଛୁଆ। କିନ୍ତୁ ପରମୁହୂର୍ତ୍ତରେ ବିମର୍ଷ ହୋଇଗଲା। ଇଣ୍ଟରନେଟ୍‌ରେ ଇବୋଲା ରୋଗୀଙ୍କ ପରିତ୍ୟକ୍ତ ମୃତଦେହ / ରକ୍ତ ବୋହି ବୋହି ମରିପଡ଼ିଥିବା ମାଙ୍କଡ଼ / ଅନେକ ଅନେକ ଲୋକଙ୍କୁ ଏକାଥରେ ପୋତା ହେଉଥିବାର ଦୃଶ୍ୟ/ ପୁଣି ପୋଡ଼ୁଥିବା ଲୋକଙ୍କର ଭୂତ ପରି ପୋଷାକ ଆଦି ବି ହୁଏତ ସେ ଦେଖିଥିବ!

ନିରବ ମୁହୂର୍ତ୍ତସବୁ ପରିବେଶକୁ ବେଶୀ ଗମ୍ଭୀର କରିଦିଏ। ଜଣକର ମନୋଭାବ ଆଉଜଣେ ଜାଣିପାରେନି। କିନ୍ତୁ ସେ କଳ୍ପନା କରିଥିଲେ କ'ଣ ଥିବ ଆଉ ଜଣକ ମନରେ! ଦଶ ଦଶଟା ସମ୍ଭାବନା ମନକୁ ଆସେ! ଜଣେ ହୁଏତ ଗୋଟିଏ କଥା ଭାବୁଥିବ ଅଥଚ ଆରଜଣକ ଦଶଦଶଟା ସମ୍ଭାବ୍ୟ ଭାବନାର ଶଙ୍କାରେ ସଙ୍କୁଚିତ ହେଉଥିବ।

ସୁଜାତା କିଛି କହୁ ନ ଥିଲେ। କିନ୍ତୁ ତାଙ୍କ ମନରେ କ'ଣ ଥିବ ସେ ବିଷୟରେ ଚିନ୍ତା କରୁଥିଲା ସାର୍ଥକ। ଲଲିଠାରୁ ଯେତିକି ସେ ଶୁଣିଲେଣି, ତାଙ୍କୁ ବୁଝାଇବା ସହଜ ହେବନି ବୋଲି ଜାଣିସାରିଥାଏ। ଲଲିକୁ ବୁଝାଇବାକୁ ଓ ତା'ରି ମାଧ୍ୟମରେ ସୁଜାତାଙ୍କୁ ବୋଧ ଦେବାକୁ ସାର୍ଥକ କହିଲା, "ଆରେ ମାମା! ତୋ ବାପା ତ ବାହାଦୁର ହେବା ଦରକାର ନା।"

ପୁଣି ଥରେ ଜୋରରେ କାନ୍ଦିଉଠିଲା ଲଲି। କହିଲା, "ମୋର ଖାଲି ବାପା ଦରକାର। ସେ ବାହାଦୁର ହୁଅନ୍ତୁ କି ନ ହୁଅନ୍ତୁ।"

XXX

୧୯୭୬ ମସିହାରୁ ଚବିଶ ଥର ମହାମାରୀ ରୂପରେ ଆବିଷ୍କୃତ ହେଲାଣି ଇବୋଲା। ମାତ୍ର ଏଥରକ ଭଳି ବିଶ୍ୱବ୍ୟାପୀ ସଂକ୍ରମଣ କେବେ ହୋଇ ନ ଥିଲା। ସବୁବେଳେ ମଧ୍ୟଆଫ୍ରିକାରେ କିଛି ଦେଶରେ ହୁଏ। ସୀମିତ ସଂକ୍ରମଣ ଓ କିଛି ଜୀବନହାନି ପରେ ସରିଯାଏ। ମାତ୍ର ଏଥରକ ସଂକ୍ରମଣ ଏପର୍ଯ୍ୟନ୍ତ ଦଶହଜାରରୁ ଅଧିକ ଲୋକଙ୍କୁ ଆକ୍ରାନ୍ତ କରି ପାଞ୍ଚହଜାର ପାଖାପାଖି ଜୀବନ ନେଇସାରିଲାଣି।

ଏବେ ବିଶ୍ୱାୟନର ପ୍ରଭାବ। ଗୋଟିଏ ସ୍ଥାନରୁ ଆଉ ଗୋଟିଏ ସ୍ଥାନକୁ ଅନାୟାସରେ ଯାଇ ହେଉଛି। ଯିବା-ଆସିବା ଜୀବନର ଗୋଟେ ଅଂଶ ପାଲଟିଗଲାଣି। ତେଣୁ ସଂକ୍ରମଣ ସମୟରେ ଜୀବାଣୁ ଯଦି ଜଣକ ଦେହରେ ରହିଥିବେ ଏବଂ ସେ କୌଣସି କାରଣରୁ ଅନ୍ୟ ଦେଶକୁ ଗଲା, ତା' ଦେହରେ ଥିବା ଜୀବାଣୁ ବି ସେଇ ଦେଶରେ ପହଞ୍ଚିଗଲେ।

ଜଣକ ଦେହରେ ଇବୋଲା ଭୂତାଣୁ ପଶିବାର ଦୁଇରୁ ଏକୋଇଶ ଦିନ ମଧ୍ୟରେ ରୋଗର ଲକ୍ଷଣ ପ୍ରକାଶ ପାଏ। ଭୂତାଣୁର ପ୍ରବେଶ ଏବଂ ରୋଗର ପ୍ରଥମ ଲକ୍ଷଣ ପ୍ରକାଶ ପାଇବାର ମଧ୍ୟବର୍ତ୍ତୀ ସମୟକୁ କୁହାଯାଏ ଇନ୍‌କ୍ୟୁବେସନ ପିରିଅଡ୍‌। ଓଡ଼ିଆରେ କୁହାଯାଇପାରେ ପ୍ରସ୍ତୁତିଅବଧି। ଏଇ ପ୍ରସ୍ତୁତି ଅବଧିରେ ଥିବା ସଂକ୍ରମିତ ଜଣକ ଆଦୌ ରୋଗୀ ଭଳି ଲାଗେ ନାହିଁ। ସାଧାରଣ ଲୋକ ଭଳି ଯେଉଁଠି ନାହିଁ ସେଠି ପହଞ୍ଚିଯାଇପାରେ। ଯାହା ସହିତ ନାଇଁ ତାହା ସହିତ ମିଶିପାରେ ସାଧାରଣ ଭାବେ। ଅଥଚ ତା' ସହିତ, ଭୂତାଣୁ ବି ବୁଲୁଥାଏ। ସମୟ ସୁବିଧା ଆସିଲେ ତା'ଠାରୁ ସଂକ୍ରମଣ ବ୍ୟାପେ।

ସୀମିତ ସଂକ୍ରମଣ ଦୃଷ୍ଟିରୁ ବିଶ୍ୱାସ କରାଯାଏ ଯେ ଏହା ଛୁଇଁବାଦ୍ୱାରା ବ୍ୟାପିଥାଏ। ଯଦି ପାଣି କି ପବନ ମାଧ୍ୟମରେ ବ୍ୟାପିପାରୁଥା'ନ୍ତା; ତା'ହେଲେ ଅଧିକ ବ୍ୟାପକ ସଂକ୍ରମଣ ହୁଅନ୍ତା। ଏମିତି ବି ଏଇ ଇବୋଲା ଭୂତାଣୁ ବାହ୍ୟ ପରିବେଶରେ କମ୍‌ ସମୟ ବଞ୍ଚେ। ମାତ୍ର ଏହାର ମାରକ କ୍ଷମତା କଳ୍ପନାତୀତ। ଷାଠିଏରୁ ନବେ ପ୍ରତିଶତ ରୋଗୀ ମୃତ୍ୟୁମୁଖରେ ପଡ଼ନ୍ତି। ଡାକ୍ତରୀରେ ସଂପୃକ୍ତ ଲୋକଙ୍କ ପାଇଁ ଏହା ଏକ ଭୟଙ୍କର ଦୁଃସ୍ୱପ୍ନ। ସେମାନେ ରୋଗୀର ରକ୍ତ ସମେତ ଅନ୍ୟାନ୍ୟ ରସର ସଂସ୍ପର୍ଶରେ ଆସନ୍ତି। ହୁଏତ ଛୁଞ୍ଚିରେ ହାତ ଫୋଡ଼ି ହୋଇଯାଇପାରେ। ସେମାନଙ୍କ କ୍ଷେତ୍ରରେ ଖୁବ କମ ସମୟରେ ରୋଗ ହୋଇଯାଏ ଏବଂ ହୁଏ ଅଧିକ ମାରକ ରୂପରେ।

କଙ୍ଗୋ ସାଧାରଣତନ୍ତ୍ର (ପୂର୍ବତନ ଜାଇରେ)ର ଉତ୍ତରପଶ୍ଚିମ ଦିଗରେ ବହିଯାଉଥିବା ଏକ ଛୋଟ ନଦୀ ହେଉଛି ଇବୋଲା। ଇବୋଲା ଭୂତାଣୁ ପରି କଦାପି ଏତେ ଭୟଙ୍କର ନୁହେଁ। ଭୂତାଣୁର କାରନାମା ପାଇଁ ଇବୋଲା ଗୋଟେ ଭୟଙ୍କର ଦୈତ୍ୟ କି ଭୂତର ପ୍ରତିଶବ୍ଦ ପରି ମନେହେଉଛି ଆଜି।

୧୯୭୬ ମସିହା କଥା। ଦୁଇ ପଡ଼ୋଶୀ ଦେଶ ସୁଦାନ ଓ ଜାଇରେରେ ଏକ ମହାମାରୀ ଦେଖାଗଲା। ଜ୍ୱର, ବିନ୍ଧା, ଝାଡ଼ା ଓ ରକ୍ତକ୍ଷରଣ ପରେ ଲୋକ ମରିଯାଉଥିଲେ। ତା' ପୂର୍ବରୁ ୧୯୬୭ ମସିହାରେ ଜର୍ମାନୀ ଓ ତତ୍କାଳୀନ ଯୁଗୋସ୍ଲୋଭିଆରେ ଏହିଭଳି ଏକ ମହାମାରୀ ଦେଖାଯାଇଥିଲା। ରୋଗର ଭୂତାଣୁକୁ ମାରବର୍ଗ ଭାଇରସ ବୋଲି ଚିହ୍ନଟ କରାଯାଇଥିଲା। ମନେକରାଯାଉଥିଲା ଆଫ୍ରିକାରେ ବ୍ୟାପିଥିବା ମହାମାରୀ ସେଇ ରୋଗ। ମାତ୍ର ପରେ ଜଣାପଡ଼ିଲା, ଏହା ଅନ୍ୟ ଏକ ଭୂତାଣୁ ଏବଂ ଇବୋଲା ନାଁ ଦିଆଗଲା। ଆହୁରି କିଛିଦିନ ପରେ ଜଣାପଡ଼ିଲା ଯେ ସୁଦାନ ଓ ଜାଇରେର ଦୁଇ ଭୂତାଣୁ ଭିନ୍ନ ଭିନ୍ନ ପ୍ରଜାତିର। ସେମାନଙ୍କୁ ସେଇ ଦେଶର ନାଁ ଅନୁସାରେ ନାମିତ କରାଯାଇଛି।

ପ୍ରଥମ ଇବୋଲା ମହାମାରୀ ସଂକ୍ରମଣର ଇତିହାସ କୌଣସି ଏକ ଭୌତିକ କାହାଣୀ ପରି। ଇବୋଲା ହେତୁ ଜଣେ ଗର୍ଭବତୀ ମରିଗଲେ। ସେଇ ସମାଜର ପ୍ରଥା ଅନୁସାରେ ଗର୍ଭସ୍ଥ ଶିଶୁକୁ ବାହାର କରିଦିଆଯାଏ ସମାଧ ଦେବା ଆଗରୁ। ତା' ନ ହେଲେ ଆମ୍ଭାର ମୋକ୍ଷ ହୁଏନି ଭଳି କିଛି ବିଶ୍ୱାସ ପ୍ରଚଳିତ ଅଛି। ଅସ୍ତୋପଚାରରେ ସଂପୃକ୍ତ ସମସ୍ତେ ଇବୋଲାରେ ସଂକ୍ରମିତ ହେଲେ ଏବଂ ମଲେ।

ପୁଣି ସେଠି ମୃତଲୋକର ଦେହକୁ ଗାଧୋଇ ଦିଆଯାଏ। କିଛି କିଛି ଲେପ ଦିଆଯାଏ। ଆଉ କିଛି କ୍ରିୟାକର୍ମ ବି କରାଯାଏ ପୋତିବା ଆଗରୁ। ଏଇ ପ୍ରକ୍ରିୟାରେ ଅନେକ ଲୋକ ମୃତଦେହ ସଂସ୍ପର୍ଶରେ ଆସନ୍ତି। ଇବୋଲା ଭୂତାଣୁ ମୃତଲୋକର ଦେହରୁ ବି ସଂକ୍ରମିତ ହୋଇପାରେ। ଏହି କାରଣରୁ ମୃତଲୋକର ଶବଦାହ ସହ ସଂପୃକ୍ତ ଲୋକମାନେ ମରିଯାଉଥିଲେ କ୍ରମାନ୍ୱୟରେ। ଲୋକମାନେ କିନ୍ତୁ ବିଶ୍ୱାସ କରୁଥିଲେ ଯେ ଏହା ମୃତଲୋକର ଭୂତର କାମ। ରୋଗ ବୋଲି ବୁଝିବାକୁ ବେଶ କିଛି ସମୟ ଲାଗିଯାଇଥିଲା।

ଏଥରକ ନାଇଜେରିଆରେ ଜଣେ ଡାକ୍ତରଙ୍କର ଦୁର୍ଭାଗ୍ୟ। ଘରୋଇ ଚିକିସା କରନ୍ତି। କ୍ରୁରାକ୍ରାନ୍ତ ରୋଗୀ ଜଣେ ଆସିଲେ। ତା'ର ଚିକିସା କଲେ। ନର୍ସ, ଫାର୍ମାସିଷ୍ଟ ଇତ୍ୟାଦ ସାହାଯ୍ୟ କଲେ। ପରେ ଜଣାପଡ଼ିଲା ଯେ ରୋଗୀଜଣକ ଇବୋଲାରେ ଆକ୍ରାନ୍ତ ଓ ସେ ମରିଗଲେ ବି। ସେଇ ରୋଗୀଙ୍କ ଚିକିସାରେ ସଂପୃକ୍ତ ସମସ୍ତେ ମରିଗଲେ।

ଏହା କୋକୁଆଭୟ ସୃଷ୍ଟିକଲା ଡାକ୍ତରୀ ସମାଜରେ। ଇବୋଲାର ସ୍ୱତନ୍ତ୍ର କିଛି ଲକ୍ଷଣ ନାହିଁ। ଆରମ୍ଭରୁ ମନେହୁଏ ସାଧାରଣ ଭାଇରାଲ ଫିଭର ପରି। ତେଣୁ ଯିଏ ହେଲେବି ସେଇ ଦୃଷ୍ଟିରୁ ଭାବିବ ଓ ସେଇ ହିସାବରେ ଚିକିତ୍ସା କରିବ। ମାତ୍ର ସେ ଜାଣି ନ ଥିବ ଯେ ସେଇ ସାଧାରଣ ଚିକିତ୍ସା କରିବା ଭିତରେ ସେ ନିଜର ମୃତ୍ୟୁକୁ ନିମନ୍ତ୍ରଣ କରିସାରିଛି।

ମାତ୍ର ନାଇଜେରିଆ ମହାମାରୀର ଏକ ବହୁତ ଭଲ ଦିଗ ରହିଛି। ଏଥିରେ ମୋଟ ଅଠେଇଶ ଜଣ ଆକ୍ରାନ୍ତ ହୋଇଥିଲେ ଓ ତହିଁରୁ କୋଡ଼ିଏ ଜଣ ମରିଥିଲେ। କେତେ ମାରକ ଥିଲା ସେଇ ଭୂତାଣୁ। ତେବେ ଅଠେଇଶ ଜଣ ରୋଗୀଙ୍କ ସଂସ୍ପର୍ଶରେ ଆସିଥିବା ପାଖାପାଖି ଦେଢ଼ହଜାର ଲୋକଙ୍କୁ ସେମାନେ ଚିହ୍ନଟ କରିଥିଲେ। ଚିହ୍ନଟ ପରେ ଅଲଗା ରଖିଥିଲେ ଏକୋଇଶି ଦିନ ପାଇଁ! ଏଇ ଏକୋଇଶଦିନ ଭିତରେ ରୋଗ ନ ହେଲେ ସେ ଲୋକ ପାଖରେ ଆଉ ଭୂତାଣୁ ନାହିଁ ଏବଂ ସେ ସଂକ୍ରମିତ ନୁହେଁ ବୋଲି ଧରି ନିଆଯାଏ। (ଭାରତୀୟ ନିୟମ ଅନୁସାରେ ତିରିଶ ଦିନ)। ତା'ପରେ ସେ ଚଲାଚଲ କରେ ସାଧାରଣ ଭାବରେ। ଗୋଟିଏ ଦେଶରେ ବୟାଲିଶ ଦିନ (ଭୂତାଣୁର ପ୍ରସ୍ତୁତି ଅବଧି ଦୁଇଗୁଣ ସମୟ) ଭିତରେ ଯଦି ନୂଆ ରୋଗୀ ନ ବାହାରନ୍ତି, ତେବେ ସେ ଦେଶକୁ ଇବୋଲାମୁକ୍ତ ଘୋଷଣା କରାଯାଏ। ଘୋଷଣା କରେ ବିଶ୍ୱ ସ୍ୱାସ୍ଥ୍ୟ ସଂସ୍ଥା। କଡ଼ାକଡ଼ି ଚିହ୍ନଟ ଓ କଟକଣା ଦ୍ୱାରା ନାଇଜେରିଆ ଇବୋଲାମୁକ୍ତ ଘୋଷିତ ହୋଇଛି।

୧୯୯୪ ମସିହାରେ ଆଇଭରି କୋଷ୍ଟର ତାଇ ସଂରକ୍ଷିତ ଜଙ୍ଗଲରେ ଅନେକ ସିମ୍ପାଞ୍ଜି ମରିଯାଇଥିଲେ। କାରଣ ଜାଣିବାପାଇଁ ଗୋଟିଏ ସିମ୍ପାଞ୍ଜିର ବ୍ୟବଚ୍ଛେଦ କରାଗଲା। ବ୍ୟବଚ୍ଛେଦକ ଡାକ୍ତର ଭିନ୍ନ ଏକ ପ୍ରଜାତିର ଇବୋଲା ଦ୍ୱାରା ଆକ୍ରାନ୍ତ ହୋଇ ମରିଯାଇଥିଲେ। ଏଇ ପ୍ରଜାତି ଦ୍ୱାରା ଆଉ କେହି ଆକ୍ରାନ୍ତ ହେବାର ଜଣା ନାହିଁ। ସେଇଭଲି ବୁଦିବୁଗୋ ପ୍ରଜାତି ମଧ୍ୟ ବିଶେଷ ସଂକ୍ରମଣ କରେ ନାହିଁ। ସଂକ୍ରମଣ ଦୃଷ୍ଟିରୁ ସୁଦାନୀୟ ଓ ଜାଇରେ ପ୍ରଜାତି ହିଁ ମାରାତ୍ମକ।

୧୯୮୯ ମସିହାରେ ଫିଲିପାଇନ୍ସରୁ ଆମେରିକାକୁ କିଛି ମାଙ୍କଡ଼ ଅଣାଯାଇଥିଲେ। ନିୟମ ଅନୁସାରେ ସେମାନଙ୍କୁ ରେଷ୍ଟନ୍‌ଠାରେ କିଛିଦିନ ଅଟକ ରଖାଯାଇଥିଲା। ଜ୍ୱର ଓ ରକ୍ତକ୍ଷରଣ ପରେ କେତେକ ମାଙ୍କଡ଼ ମରିଗଲେ। ସେମାନଙ୍କୁ ଇବୋଲା ହୋଇଥିଲା। ଏହି ରେଷ୍ଟନ ପ୍ରଜାତି ମଣିଷକୁ ସଂକ୍ରମଣ କରିବାର ଜଣା ନାହିଁ। ତା' ସତ୍ତ୍ୱେ ଏହା ଚିନ୍ତାର ବିଷୟ। କାରଣ ଆଫ୍ରିକା ବାହାରେ ଏସୀୟ ମହାଦେଶରେ ଏହାର ଅସ୍ତିତ୍ୱ ରହିଛି। ପୁଣି ଏହା ଘୁସୁରିଙ୍କ ଦେହରେ ମଧ୍ୟ ରହିଥାଏ। ସ୍ୱାଇନ ଫ୍ଲୁ ପରି କେବେ ହୁଏତ ସଂକ୍ରାମକ ରୂପ ନେଇପାରେ ଆମ ଆଖପାଖରେ।

XXX

ଲଲିର ମନସ୍ତାତ୍ତ୍ୱିକ ବିଶ୍ଳେଷଣ କରୁଥିଲା ସାର୍ଥକ । କୌଣସି ଗୋଟିଏ ଦୁଃସମ୍ବାଦକୁ ମଣିଷ ସହଜରେ ଗ୍ରହଣ କରେନି– ଗ୍ରହଣ କରେ ପାଞ୍ଚଟି ସ୍ତରରେ । ପ୍ରଥମତଃ ସେ ତାକୁ ସ୍ୱୀକାର କରେ ନାହିଁ । ତା'ପରେ ବିଦ୍ରୋହ କରେ । ତା'ପରେ ଭାଗ୍ୟକୁ ନିନ୍ଦେ । ତା'ପରେ ଯାଇ ଗ୍ରହଣ କରେ ଓ ମୁକାବିଲା ପାଇଁ ପ୍ରସ୍ତୁତ ହୁଏ ଶେଷରେ ।

ଲଲି କିନ୍ତୁ ସେମିତି ସ୍ତର ଦେଇ ଯାଉ ନ ଥିଲା । କେତେବେଳେ ଲାଗୁଥିଲା, ସେ' ଗ୍ରହଣ କରିସାରିଛି । ସୁରକ୍ଷା ବିଷୟରେ ସେ ସାର୍ଥକ ସହ ଆଲୋଚନା କରୁଥିଲା । ଯୁକ୍ତ୍ୟାତ୍ମକ ଦିଗ ସବୁ ଦେଖୁଥିଲା । ପୁଣି କେବେ କାମନା କରୁଥିଲା, ସାର୍ଥକର ତାଲିମ ବାତିଲ ହୋଇଯାଇଥାନ୍ତା କି । ସେମିତି କିନ୍ତୁ ହୋଇ ନ ଥିଲା ।

ସାର୍ଥକର ବଗିଚାରେ ଗୋଟେ ପିଜୁଳିଗଛ ଥିଲା । ସେଥିରେ ବର୍ଷସାରା ପିଜୁଳି ଫଳେ ।   ସେଇ ଗଛରେ ତିନିଟି ବାଦୁଡ଼ି ରହୁଥିଲେ । ସେମାନେ ଭଲଭଲ ପିଜୁଳି ବାଛିକରି ଖାଆନ୍ତି । ଅନେକ ସମୟରେ ଅଧଟିକେ ଖାଇ ପକାଇଦିଅନ୍ତି । ଛୋଟ ଛୋଟ ପିଲାମାନେ ସେଇ ପିଜୁଳିର ଅଇଁଠା ଅଂଶକୁ କାଟି ଫୋପାଡ଼ି ଦିଅନ୍ତି ଓ ବାକିତକ ଖାଆନ୍ତି । ଏବେ ସାର୍ଥକକୁ ଭୟ ଲାଗୁଥିଲା । ଇବୋଲା ନ ହେଲେ ବି ଅନ୍ୟ କିଛି ରୋଗ ସେଇ ବାଦୁଡ଼ିମାନଙ୍କ ଦେହରେ ନ ଥିବ ତ !

ଟ୍ରେନିଂରୁ ଫୋନ କରି ପିଜୁଳିଗଛ କାଟିଦେବା ବିଷୟ ଉଠାଇଥିଲା ସାର୍ଥକ । କିନ୍ତୁ ସେ ବାଦୁଡ଼ିମାନେ ଥିଲେ ଲଲିର ପ୍ରିୟ । କେହି ପିଜୁଳି ପାରିଲେ ସେମାନଙ୍କ ପାଇଁ ଛାଡ଼ିବା ପାଇଁ ତାଗିଦା କରୁଥିଲା ଲିଲି । ଛୋଟ ଛୋଟ ସେଓ ଆଣି ସୂତାରେ ବାନ୍ଧି ଗଛରେ ଝୁଲାଉଥିଲା ।   ସେମାନେ ଅବଶ୍ୟ ତାହା ଖାଉ ନ ଥିଲେ । ଗଛକାଟିବା ନିଷ୍ପତ୍ତି ସହଜ ନ ଥିଲା ତେଣୁ ।

ଇବୋଲା ଭୂତାଣୁ ଏଇ ଫଳଖିଆ ବାଦୁଡ଼ିଙ୍କ ଦେହରେ ରହିଥାଏ । କିନ୍ତୁ ସେମାନଙ୍କଠାରେ ରୋଗ ହୁଏ ନାହିଁ । ସେମାନେ ଅଧା ଖାଇ ପକାଇଦେଉଥିବା ଫଳ ଖାଇ ବୋଧହୁଏ ହରିଣ, ସିମ୍ପାଞ୍ଜି ଆଦି ଆକ୍ରାନ୍ତ ହୁଅନ୍ତି । ମଣିଷ ସେମାନଙ୍କ ମାଂସ ଖାଏ । ବେଲେବେଲେ ବାଦୁଡ଼ିମାଂସ ବି ଖାଏ । ମାଂସକାଟିବା ବେଲେ ହାତରେ ଲାଗି ଭୂତାଣୁ ଦେହରେ ପଶେ ବୋଲି ବିଶ୍ୱାସ କରାଯାଏ । ଦରପୋଡ଼ା ମାଂସରୁ ବି ବୋଧେ ସଂକ୍ରମଣ ହୁଏ । ତେବେ ମଣିଷଠାରୁ ମଣିଷ ପାଖକୁ ଛୁଇଁବାଦ୍ୱାରା ସଂକ୍ରମଣ ବ୍ୟାପେ । ରୋଗୀର ରକ୍ତ ଓ ବିଭିନ୍ନ ରସରେ ଜୀବାଣୁ ଥାଆନ୍ତି । ରୋଗର ଲକ୍ଷଣ ପ୍ରକାଶପାଇବା ପରେ ଜଣକଠାରୁ ଜୀବାଣୁ ସଂକ୍ରମଣ ଆରମ୍ଭ ହୁଏ ।

ବାଡ଼ିରେ ଥିବା ବାଦୁଡ଼ିମାନେ ଏବେ ସାର୍ଥକର ମୁଣ୍ଡବିନ୍ଧାର କାରଣ ପାଲଟି ଯାଇଥିଲେ। ସେ ଏବେ ଜାଣୁଥିଲା ଯେ ଇବୋଲା ଭୂତାଣୁର ବାହକ ପ୍ରଜାତିର ବାଦୁଡ଼ି ଭାରତ ସମେତ ଅନେକ ଦେଶରେ ଅଛନ୍ତି। ଏମିତିକି ବାଂଲାଦେଶରେ ଏଇ ପ୍ରଜାତିର ବାଦୁଡ଼ିଙ୍କ ରକ୍ତରେ ଇବୋଲା ବିରୋଧରେ ଆଣ୍ଟି-ବଡ଼ି ବି ରହିଛି। ଏହାର ଅର୍ଥ, କେବେ ନା କେବେ ଇବୋଲା ବା ସେଇ ଜାତୀୟ ଭୂତାଣୁଙ୍କର ସଂକ୍ରମଣ ହୋଇଥିଲା। ଏହା କିଛି କମ୍ ଭୟଙ୍କର କଥା ନ ଥିଲା। ଭାଗ୍ୟ ଭଲ, ବାଦୁଡ଼ିମାନେ ବେଶୀ ଦୂର ଉଡ଼ିକରି ଯାଆନ୍ତିନି। କିନ୍ତୁ ସେଠୁ ତ୍ରିପୁରାକୁ ତ ଆସିପାରିବେ କିୟା ପଶ୍ଚିମବଙ୍ଗ। ସେଠୁ ଓଡ଼ିଶା କେତେ ଦୂର! ଦୁର୍ଭାବନା ଚିନ୍ତାଗ୍ରସ୍ତ କରିପକାଉଥାଏ ସାର୍ଥକକୁ।

ସାର୍ଥକ ଭଲି ଅନ୍ୟମାନେ ବି ବିଶେଷ କିଛି ଜାଣି ନ ଥିଲେ ଇବୋଲା ବିଷୟରେ। ଧୀରେଧୀରେ ଜାଣୁଥିଲେ। ଭୟ ନ କରିବାର ଛଳନା କରୁଥିଲେ। ଅଥଚ ଆଉ ଜଣକୁ ପଚାରୁଥିଲେ ଯେ ସତରେ କ'ଣ ଭାରତରେ ଇବୋଲା ହେବ ?

ସମସ୍ତେ ଜାଣିଥିଲେ ଯେ ହେବାର ଆଶଙ୍କା ଅଛି। ସେଇ କାରଣରୁ ସଂକ୍ରମିତ ଦେଶରୁ ଆସିଥିବା ହଜାରେରୁ ଅଧିକ ଭାରତୀୟଙ୍କ ଉପରେ ନଜର ରଖାଯାଇଛି। ମାତ୍ର ପ୍ରଶ୍ନକର୍ତ୍ତା ଆଶଙ୍କା କରୁଥିଲେ, କେହି ଜଣେ ନା' ବୋଲି କହୁ। ନିଜ ସପକ୍ଷରେ ଟାଣୁଆ ଯୁକ୍ତି ରଖୁ।

ସମସ୍ତେ ଅବଗତ ଥିଲେ ଶେଷ ହେଉ ନ ଥିବା ରୋଗଙ୍କ ପଟୁଆର ବିଷୟରେ। କିଛିଦିନ ସ୍ୱାଇନ ଫ୍ଲୁ ଭୟ ପରେ ଏବେ ପ୍ରତିବର୍ଷ ଡେଙ୍ଗୁର ମହାମାରୀ। ଗୁଜରାଟରେ କ୍ରିମିଆନ କଙ୍ଗୋ ହିମୋରେଜିକ ଫିଭର୍ ହୋଇଗଲା। ବାଂଲାଦେଶ ଓ ପଶ୍ଚିମବଙ୍ଗରେ ନିପା ଭାଇରସ ଡିଜିଜ୍।

ନିପା ଭାଇରସ ଓଡ଼ିଶା ପାଇଁ ବି ପ୍ରଯୁଜ୍ୟ ବୋଲି ଧରିନିଆଯାଇପାରେ। ଖଜୁରି ଗଛରୁ ତାଡ଼ି ସଂଗ୍ରହ କରାଯାଏ। ବାଦୁଡ଼ିମାନେ ଆସି ମଝିରେ ମଝିରେ ତାଡ଼ି ପିଅନ୍ତି। ତାଙ୍କ ପାଖରେ ଭୂତାଣୁ ଥାଏ। ତାଙ୍କ ମୁହଁରୁ ଆସି ତାଡ଼ିରେ ମିଶେ। ତେବେ ଏହା ବାହାରେ ବେଶୀ ସମୟ ବଞ୍ଚିପାରେ ନାହିଁ। ଭୋରରୁ ଭୋରରୁ ବାଦୁଡ଼ି ମୁହଁରୁ ଆସିଥିବା ଭୂତାଣୁ ସକାଳୁ ସକାଳୁ ତାଡ଼ି ପିଉଥିବା ଲୋକର ଦେହରେ ପଶି ରୋଗ ସୃଷ୍ଟି କରାନ୍ତି।

ଏ ବର୍ଷ ତ ଶୁଣାଗଲା ଯେ ଲିଚୁ ଖାଇଲେ କିଛି ସାଂଘାତିକ ରୋଗ ହେଉଛି। ଟିକିସା ବେଲେ ଚିକିତ୍ସକ ନିଜେ ସଂକ୍ରମିତ ହେବାର ଭୟ ସବୁବେଲେ ରହିଥାଏ। ତେବେ ମଣିଷକୁ ରକ୍ଷା କରିବା ପ୍ରୟାସର ଏଇ ବିପଜ୍ଜନକ ଦିଗ କେବେ

ବି ଯଥାଯଥ ଗୁରୁତ୍ୱ ପାଏ ନାହିଁ। ଅଦୃଶ୍ୟ ଶତ୍ରୁ (ଜୀବାଣୁ) ସହ ଅହରହ ଲଢୁଥିବା ମଣିଷଟିର ଗୋଟିଏ ମୁହୂର୍ତ୍ତର ଦୁର୍ଭାଗ୍ୟ ତାକୁ ମୃତ୍ୟୁ ପର୍ଯ୍ୟନ୍ତ ଟାଣିନେଇଯାଇପାରେ।

ଇବୋଲାର ଚିକିସ୍ତା କରି ଓ ଇବୋଲାରେ ପୀଡ଼ିତ ହୋଇ ଆମେରିକୀୟ ଡାକ୍ତର ସ୍ପେନ୍‌ସର କିମ୍ବଦନ୍ତୀ ପୁରୁଷ ପାଲଟିଗଲେ। ଚିକିତ୍ସକ ଦଳଙ୍କୁ ନିଜେ ରାଷ୍ଟ୍ରପତି ଓବାମା ସମ୍ଭାଷଣ ଜଣାଇଲେ।

ଆଉ ଆମର ଏଠି ? ଏଠି ଚିକିସ୍ତା କରିବା ବେଳେ ସେଇ ରୋଗ ହେତୁ ମରିଗଲେ ବି କାହାର ସମବେଦନା ରହେନି। ଚିକିସ୍ତାବେଳେ ସେଇ ରୋଗରେ ଆକ୍ରାନ୍ତ ହେଲେ ଛୁଟି ମଞ୍ଜୁର ପାଇଁ ନାକେଦମ ହେବାକୁ ପଡ଼େ। ସେଇ ସମୟର ଦରମା ପାଇଁ ଚପଲ ଘୋରି ହୋଇଯାଏ। ଅନ୍ୟମାନଙ୍କ ଭଳି ସାର୍ଥକର ବି କିଛି ହାଡ଼ଜ୍ୱଳା ଅନୁଭୂତି ରହିଥିଲା। ଏକାଧିକ ଥର ସେ ଡେଙ୍ଗୁ ମହାମାରୀର ଚିକିସ୍ତା ଦାୟିତ୍ୱରେ ଥିଲା। ସେ ସମୟର ମୃତ୍ୟୁହାର ଥିଲା ଅବିଶ୍ୱସନୀୟ ଭାବରେ କମ୍‌। ଦିନରାତି ଏକ କରି ନିଜେ ସଂକ୍ରମିତ ହେବାର ଭୟକୁ ବେଖାତିର କରି ସେ କାମ କରୁଥିଲା।

କେହି କେବେ ତା'ର କୁଶଳ ଜିଜ୍ଞାସା କରି ନ ଥିଲେ। ପ୍ରଶଂସା କରି ନ ଥିଲେ କି ବାହାଦୁରି ଦେଇ ନ ଥିଲେ। ବରଂ ସାମ୍ୱାଦିକ-ନେତା-ପ୍ରଶାସକଙ୍କ ଆକ୍ଷେପ-ତାଗିଦ- ପ୍ରଶ୍ନବାଣରେ ବିଦ୍ଧ ହୋଇ କାମ କରିବାକୁ ପଡୁଥିଲା। ସମାଲୋଚନା ସବୁକୁ ଲୋକମାନେ ପସନ୍ଦ କରୁଥିବାରୁ ବୋଧେ ସମ୍ୱାଦପତ୍ର ପୃଷ୍ଠା ମଣ୍ଡନ କରୁଥିଲା ଅଯଥା ଓ ଅବାନ୍ତର ସମାଲୋଚନାମୂଳକ ସମ୍ୱାଦ।

ଡାକ୍ତର ସ୍ପେନ୍‌ସରଙ୍କ ଭଳି ପ୍ରତିଷ୍ଠା ସାଉଁଟିବାକୁ ହେଲେ ଆମେରିକାରେ ରହିବାକୁ ହୁଏ। ଏଠି ସେମିତି କାମ କରୁଥିବା ଲୋକଙ୍କପାଇଁ ପ୍ରଯୁଜ୍ୟ ଉକ୍ତି ହେଉଛି- "ଅପଦାର୍ଥ ଓ ଅପାରଗମାନେ ହିଁ ସେଥିପାଇଁ ତିଆରି ହୋଇଥା'ନ୍ତି।"

xxx

ଟ୍ରେନିଂ ଚାଲିଥାଏ। ଇବୋଲାକୁ ନେଇ ବିଶ୍ୱକୁ ଦୁଇ ଭାଗରେ ବିଭକ୍ତ କରାଯାଇଥିଲା- ଇବୋଲା ଦ୍ୱାରା ସଂକ୍ରମିତ ଦେଶ ଓ ଇବୋଲା ସଂକ୍ରମଣ ନ ଥିବା ଦେଶ।

ସଂକ୍ରମିତ ଦେଶରେ ଇବୋଲା ପରି ମନେହେଉଥିବା ରୋଗୀକୁ ସେଇ ହିସାବରେ ଚିକିସ୍ତା କରାଯାଏ। ସେମିତି ଖାସ ଚିକିସ୍ତା ନାହିଁ ଯେହେତୁ ଲକ୍ଷଣ ଅନୁଯାୟୀ ଜୀବନ ରକ୍ଷୀକାରୀ ଔଷଧ କିଛି କିଛି ଦିଆଯାଇଥାଏ। ପରୀକ୍ଷାମୂଳକ ସ୍ତରରେ ଥିବା କେତେକ ଟିକା ଓ ଔଷଧକୁ ଜୀବନ ବିକଳରେ ଦିଆଯାଉଥାଏ। ତେବେ ବଡ଼କଥା

ହେଉଛି ରୋଗୀଠାରୁ ଆଉ କେହି ସଂକ୍ରମିତ ନ ହେବା। ସେଥିପାଇଁ ସ୍ୱତନ୍ତ୍ର ଓ ଥରଟିଏ ମାତ୍ର ବ୍ୟବହାର କରାଯାଉଥିବା ଡିସ୍‌ପୋଜେବ୍‌ଲ ପୋଷାକ ପିନ୍ଧିବାକୁ ହୁଏ। ସେଇ ଦେଶରୁ ଅନ୍ୟ ଦେଶକୁ ଯାଉଥିବା ଲୋକଙ୍କର ପରୀକ୍ଷା (ଏକ୍‌ଜିଟ୍‌ ସ୍କ୍ରିନିଂ) କରାଯାଉଥିଲା। ଫଳତଃ ଅନ୍ୟ ଦେଶକୁ ରୋଗ ବ୍ୟାପିବ ନାହିଁ।

ଯେଉଁ ଦେଶରେ ରୋଗ ନାହିଁ ସେଇ ଦେଶକୁ ଆକ୍ରାନ୍ତ ଦେଶରୁ ଆସିଥିବା ଲୋକଙ୍କ ଦେହରେ ଥିବା ଭୂତାଣୁ ଆସିଲେ ଯାଇ ରୋଗ ହେବ। ସେମାନେ ଆସିବେ ବିମାନଘାଟି ବା ନୌବନ୍ଦର ଦେଇ। ସେମାନଙ୍କୁ ସେଇସବୁ ସ୍ଥାନରେ ଏଣ୍ଟ୍ରାନ୍ସ ସ୍କ୍ରିନିଂ କରାଯାଉଥିଲା। ରୋଗ ନ ଥିଲେ ଜଣେ ଘରକୁ ଯାଇପାରିବ। କିନ୍ତୁ ତିରିଶ ଦିନ କାହା ସହ ମିଶିବ ନାହିଁ। ଜ୍ୱର କି ଆଉ କିଛି ଲକ୍ଷଣ ଦେଖାଗଲେ ସଙ୍ଗେ ସଙ୍ଗେ ସ୍ୱାସ୍ଥ୍ୟକର୍ମୀଙ୍କ ନଜରକୁ ଆଣିବା ଦରକାର।

ଯଦି ପରୀକ୍ଷା ସମୟରେ ତା' ଦେହରେ କିଛି ସନ୍ଦେହଜନକ ଲକ୍ଷଣ ଥାଏ, ତାକୁ ସେଇ ବିମାନଘାଟିରେ ହିଁ ଅଲଗା ରଖାଯିବାର ବ୍ୟବସ୍ଥା କରାଯାଇଛି। ସେଠାରେ ରଖି ଇବୋଲାର ପରୀକ୍ଷା ପାଇଁ ରକ୍ତନମୁନା ପଠାଯାଏ। ଇବୋଲା ବୋଲି ଜଣାପଡ଼ିଲେ ଇବୋଲା ପାଇଁ ଥିବା ସ୍ୱତନ୍ତ୍ର ଚିକିତ୍ସା କେନ୍ଦ୍ରରେ ରଖି ପରୀକ୍ଷା କରାଯାଏ।

ତେବେ ଚିକିତ୍ସା କରୁଥିବା ଲୋକଙ୍କ ସହ ମିଶିବାକୁ ଅନ୍ୟମାନେ ଭୟ କରିବେ। ଚିକିତ୍ସା କରୁଥିବା ଲୋକମାନେ ନିଜ ପରିବାର ସହ ମିଶିବାକୁ ଶଙ୍କିତ ହେବେ। ସେଇ ମର୍ମରେ କଥା ହେଉଥିଲେ ସମସ୍ତେ। ଯେତେ ବେଶୀ ସାବଧାନ ହେଲେ ବି ନିଜର ଓ ନିଜ ପ୍ରିୟଜନଙ୍କର ଜୀବନ ପ୍ରତି ମୋହ ତା' ଠାରୁ ଯଥେଷ୍ଟ ଅଧିକ।

xxx

"କାହିଁକି ହାଣ୍ଡିଭଳି ମୁହଁ କରିଛ ?" ପଚାରୁଥିଲା ବିଜିତ୍‌। ସେ ତ୍ରିପୁରାରୁ ଆସିଥିଲା ଟ୍ରେନିଂ ପାଇଁ। "ଇବୋଲା ଭୂତାଣୁ ଧରି ବାଦୁଡ଼ି ବାଂଲାଦେଶରୁ ଆଗ ତ୍ରିପୁରା ଆସିବ। ଓଡ଼ିଶାରେ ପହଞ୍ଚିବାକୁ ଡେରି ଅଛି।" ସାର୍ଥକ ହସିବାକୁ ଚେଷ୍ଟାକଲା। ତା'ପରେ ବୁଝାଇଲା। ନାଇଜେରିଆରୁ ଏକ ଜାହାଜ ପାରାଦୀପରେ ପହଞ୍ଚିଥାଏ। ସେଥିରେ ବାଇଶ ଜଣ କର୍ମଚାରୀ ଥିଲେ। ସେମାନଙ୍କ ପ୍ରତି କି ପ୍ରକାର କଟକଣା ରଖାଯିବ – ସେଇ ବିଷୟରେ ମତାମତ ମଗାଯାଇଥିଲା ସାର୍ଥକର।

"ଭାରି ସହଜ। ନାଇଜେରିଆରୁ ଆସିବାକୁ କେତେଦିନ ଲାଗିଛି ହିସାବ କରିଦିଅ। ଏକୋଇଶ ଦିନ ପୂରିବାକୁ ଯେତିକି ବାକି ଅଛି ସେତିକି ଦିନ ସେମାନେ ସମୁଦ୍ରରେ ଥାଆନ୍ତୁ। ତା'ପରେ ଭାରତରେ ପାଦ ଦେବେ।"

ସାର୍ଥକ କିନ୍ତୁ ସହଜ ହୋଇପାରିଲାନି । ପରିସ୍ଥିତିର ଜଟିଳତା ବୁଝାଇଲା । କଟକଣା ସମୟ ଅନ୍ୟ ଦେଶରେ ସିନା ଏକୋଇଶ ଦିନ, ଭାରତରେ ତିରିଶ ଦିନ ।

ବିଶ୍ୱ ସ୍ୱାସ୍ଥ୍ୟ ସଂଗଠନ ନାଇଜେରିଆକୁ ଇବୋଲାମୁକ୍ତ ଘୋଷଣା କରିଛି । କିନ୍ତୁ ଭାରତ ଏପର୍ଯ୍ୟନ୍ତ କରି ନାହିଁ । ଜାହାଜ ଅଟକାଇଲେ ନାଇଜେରିଆ କର୍ତ୍ତୃପକ୍ଷ ଅସନ୍ତୁଷ୍ଟ ହେବେ । ଜାହାଜ ଲାଗିଲେ ଓ ଜିନିଷ ଉତାରିବାକୁ ପଡ଼ିଲେ ବନ୍ଦରର ଶ୍ରମିକ ସଂଗଠନ ଗଣ୍ଡଗୋଳ କରିପାରନ୍ତି ।

ବିଜିତ ସବୁ ବୁଝିଲା । ତଥାପି ହସରେ ଉଡ଼ାଇଦେଇ କହିଲା, "ଆରେ ଭାଇ, ସବୁଆକ ଚିନ୍ତା ନିଜେ ମୁଣ୍ଡାଉଛ କାହିଁକି ? ତୁମର ତ ଶାସନ କ୍ଷମତା ନାହିଁ । ଦାୟିତ୍ୱକୁ ଗ୍ରହଣ କରିନେଉଛ କାହିଁକି ? ଏମିତିରେ ବି ତୁମ ଟ୍ରେନିଂ ସରିନି କି ତୁମେ ବିଶେଷଜ୍ଞ ହୋଇନ ।"

ଦୁହେଁ ମିଶି ବିଭିନ୍ନ ସଂସ୍ଥାର ନିର୍ଦେଶନାମା ଇ-ମେଲରେ ପଠାଇଦେଲେ ଓ ନିଷ୍ପତି ନେବାର ଭାର କର୍ତ୍ତୃପକ୍ଷଙ୍କ ଉପରେ ଛାଡ଼ିଦେଲେ ।

ସାର୍ଥକ ତା'ପରେ ହସିପାରିଲା । ବିଜିତ୍ ସହ କଫି ପିଇବାକୁ ବାହାରିଗଲା ।

xxx

ଟ୍ରେନିଂ ସରିଆସିଲା । ଗ୍ରୁପ ଫଟୋ ଉଠା ହେଉଥାଏ । ଫଟୋଗ୍ରାଫର ନିର୍ଦେଶ ଦେଉଥିଲେ, "ମୁଁ ହିଃ ହିଃ କହିଲେ ତୁମେମାନେ ହାଃ ହାଃ କହିବ ।" ଚିନ୍ତା ଓ ରୂପରେ ଥିବା ଲୋକଙ୍କ ମୁହଁରେ ହସ ଉତାରିବା ସତରେ କାଠିକର ହୋଇଥିବ ।

ସେଇ ଫଟୋ କିନ୍ତୁ ସ୍ମରଣୀୟ ହୋଇ ରହିବ ସମସ୍ତଙ୍କର । ସମସ୍ତେ ଭୟରେ ଥିଲେ । ଅଳ୍ପ ଅଳ୍ପ ଜାଣିଥିବାରୁ ସମସ୍ତେ ସମସ୍ତଙ୍କଠାରୁ ଜାଣିବାକୁ ଚେଷ୍ଟାଥିଲେ । ସମସ୍ତେ ପରସ୍ପରର ସଖ୍ୟ ଚେଷ୍ଟାଥିଲେ । ସାହାଯ୍ୟ ଚେଷ୍ଟାଥିଲେ । ସାହସ ଚେଷ୍ଟାଥିଲେ । ଏମିତି ଏମିତି ବନ୍ଧୁତା ହୋଇଯାଇଥିଲା । ବିଦାୟବେଳାରେ ସମସ୍ତଙ୍କର କିଛି କିଛି ସାହସ ଆସିଯାଇଥିଲା ।

ଇବୋଲା କେମିତି ନିୟନ୍ତ୍ରିତ ହେବ ବା କେତେ କ୍ଷତି କରିବ, ସେକଥା ସମୟ ହିଁ କହିବ । ଇବୋଲା ନ ଆସିଲେ ବି ଅନ୍ୟ ସଂକ୍ରମଣ ଆସିବ । ସେତେବେଳେ ହୁଏତ ଏ ପ୍ରସ୍ତୁତି କାମରେ ଲାଗିବ । ଏ ଛୋଟ ଦଳଟିର କ୍ଷମତା କେତେ / ପରିସର କେତେ/ ସମ୍ବଳ କେତେ/ ସାମର୍ଥ୍ୟ କେତେ/ ଦାୟିତ୍ୱଜ୍ଞାନ କେତେ, ତା'ର ମୂଲ୍ୟାୟନ ଆପେ ଆପେ ହିଁ ହୋଇଯିବ ।

ତେବେ ଭଗବାନ୍ ସଦ୍‌ବୁଦ୍ଧି ଦିଅନ୍ତୁ । ସ୍ୱାମଭରା ଏଇ ଦେଶରେ ଇବୋଲାରୁ ରକ୍ଷା ପାଇବାକୁ ବ୍ୟବହାର କରାଯାଉଥିବା ପୋଷାକର କାରବାରରେ କୌଣସି ଗର୍ହିତ କାମ ନ ହେଉ ।

ସ୍କୁଲରେ ଶେଷଦିନ

ସାର୍ଥକର ଝିଅ ଲଲି ଗୋଟେ ବେସରକାରୀ ସ୍କୁଲରେ ପଢ଼େ । ସ୍କୁଲଟି ସହରରେ ନାମକରା ଏବଂ ଇଂରେଜୀ ମାଧ୍ୟମର । ସେଦିନ ଲଲିର ଫର୍ମପୂରଣ ହେଉଥାଏ ଦଶମଶ୍ରେଣୀ ବୋର୍ଡ ପରୀକ୍ଷା ନିମନ୍ତେ ।

ସ୍କୁଲ ଫି'କୁ ନେଇ ପରିଚାଳନା କର୍ତ୍ତୃପକ୍ଷ ଏବଂ ଅଭିଭାବକ ସଂଘଙ୍କ ମଧ୍ୟରେ ଟଣାଓଟରା ଚଳିଥାଏ । ଦୁଇବର୍ଷରୁ ଅଧିକ ହେବ କୋର୍ଟରେ ମାମଲା ଗଡ଼ୁଥାଏ । ସୁପ୍ରିମକୋର୍ଟର ନ୍ୟାୟାଦେଶ ବାହାରୁ ନ ଥାଏ । ତଳ ଶ୍ରେଣୀର ପିଲାମାନେ ପୁରୁଣାହାରରେ ଫି ଦାଖଲ କରୁଥା'ନ୍ତି । କିନ୍ତୁ ଦଶମଶ୍ରେଣୀ ପାଇଁ ଅଧ୍ୟକ୍ଷା ଗୋଟିଏ ବିଜ୍ଞପ୍ତି ଦେଇଥିଲେ । ସେଥିରେ ବର୍ଦ୍ଧିତହାରରେ ଫି'ହିସାବ କରାଯାଇଥିଲା ଏବଂ ବକେୟା ଥିବା କୋଡ଼ିଏ ହଜାର ଟଙ୍କା ଦାଖଲ କରିବାକୁ କୁହାଯାଇଥିଲା । କୁହାଯାଇଥିଲା ଯେ ଏହା ଅସ୍ଥାୟୀ ଏବଂ ସୁପ୍ରିମକୋର୍ଟ ଯଦି ନ ବଢ଼ାଇବାକୁ କୁହନ୍ତି ତା'ହେଲେ ପିଲାଙ୍କୁ ଫେରାଇ ଦିଆଯିବ । ଫି' ଦାଖଲର ଶେଷଦିନ ଥିଲା ସେ ମାସର ପଚିଶ ତାରିଖ । ଛବିଶ ତାରିଖ ଦିନ ଦଶମଶ୍ରେଣୀର ପିଲାଙ୍କର ବୋର୍ଡପରୀକ୍ଷା ପାଇଁ ଫର୍ମପୂରଣ ହେବ, ଶ୍ରେଣୀପିଲାଙ୍କର ଗ୍ରୁପ ଫଟୋ ଉଠାଯିବ ଏବଂ ଏକ ପ୍ରକାରର ବିଦାୟ ସମ୍ବର୍ଦ୍ଧନା ଦିଆଯିବ ।

ସ୍କୁଲର ଶେଷଦିନ ସାର୍ଥକପାଇଁ ଆବେଗପୂର୍ଣ୍ଣ ଦିନ ଥିଲା । ସେ ଲଲିର ଗତିବିଧି ଲକ୍ଷ୍ୟ କରୁଥିଲା । ମୁହଁର ଭାବଭଙ୍ଗୀ ଦେଖୁଥିଲା । ଆଖିକୋଣରେ ଲୁହ ଖୋଜୁଥିଲା । ସାଙ୍ଗସାଥୀଙ୍କ ସହ କଥା ହେବାବେଲେ ସେମାନଙ୍କର ଆବେଗ କଳୁଥିଲା । ଲଲି କାହା ସହ ଫୋନ୍‌ରେ କଥା ହେବାବେଲେ ସେ ଶୁଣିବାର ଚେଷ୍ଟା କରୁଥିଲା ।

ସ୍କୁଲ କର୍ତ୍ତୃପକ୍ଷଙ୍କ ନିର୍ଦ୍ଦେଶରେ ଅଧ୍ୟକ୍ଷା ବିଜ୍ଞପ୍ତି ଦେଇଥିଲେ । ଅଧେପିଲା ଫି' ଦାଖଲ କରିଥିଲେ । ଅଧେ ପିଲା ଦେଇ ନ ଥିଲେ । କର୍ତ୍ତୃପକ୍ଷଙ୍କ ଯୁକ୍ତି ଥିଲା ପରୀକ୍ଷା

ପରେ ପିଲାମାନେ କିଏ କୁଆଡ଼େ ପଳାଇବେ। ସୁପ୍ରିମ କୋର୍ଟଙ୍କଠାରୁ ନିର୍ଦ୍ଧେଶ ପାଇଲେ ବି ପିଲାଙ୍କୁ ଖୋଜିପାଇବା ଏବଂ ସେମାନଙ୍କଠୁ ବକେୟା ଦେୟ ଆଦାୟ କରିବା ସମ୍ଭବ ହେବ ନାହିଁ।

ଅନେକ ଅଭିଭାବକ ବି ନିଜ ତରଫରୁ ଯୁକ୍ତି ଦେଖାଉଥିଲେ। ଯେହେତୁ ସୁପ୍ରିମକୋର୍ଟ ସ୍ଥିତାବସ୍ଥା ବଜାୟ ରଖିବାପାଇଁ କହିଛନ୍ତି, ସବୁଯାକ ସ୍ଥିତାବସ୍ଥା ବଜାୟ ରହିବା ଉଚିତ। ପରୀକ୍ଷାପରେ ପିଲାମାନେ କିଏ କୁଆଡ଼େ ପଳାଇଯିବେ। ଅଧିକ ପଇସା ଦେଇଥିଲେ ଫେରିପାଇବା କଷ୍ଟକର ହେବ। ପିଲା ଯିବା ପରେ ଅଭିଭାବକଙ୍କ ଭିତରେ ସମ୍ପର୍କ ତୁଟିଯିବ। ଗୋଟିଗୋଟିକରି କିଏ କେତେ ଆସିବେ ପଇସା ଫେରାଇ ନେବାକୁ। ଆସିଲେ ବି, ସ୍କୁଲ କର୍ତ୍ତୃପକ୍ଷ ଦଉଡ଼ାଇ ଦଉଡ଼ାଇ ହତାଶ କରିଦେବେ।

କିଛି ପିଲା ବର୍ଦ୍ଧିତ ଦେୟ ଦାଖଲ କରିଥିଲେ। କିଛି କରି ନ ଥିଲେ। ଦାଖଲ କରି ନ ଥିବା ପିଲାମାନେ ଆଶଙ୍କାରେ ଥିଲେ। ଭାବୁଥିଲେ ସେମାନଙ୍କୁ ହୁଏତ ଫର୍ମପୂରଣ ପାଇଁ ସୁଯୋଗ ଦିଆଯାଇ ନ ପାରେ। ଅଭିଭାବକମାନେ ସମ୍ଭାବ୍ୟ ମୁକାବିଲାପାଇଁ ପ୍ରସ୍ତୁତ ହେଉଥିଲେ। ସାର୍ଥକ ରିସ୍କ ନେବାକୁ ରହୁ ନ ଥିଲା। ସେ ଦେଖିଲା, ଯେତେବେଲେ କିଛି ଅଭିଭାବକ ପଇସା ଦାଖଲ କରୁଛନ୍ତି, ସେ ବି ଦାଖଲ କରିଦେଇଥିଲା।

ଫର୍ମପୂରଣ ଅବଶ୍ୟ ତା'ପାଇଁ ସମସ୍ୟା ନ ଥିଲା। ମାତ୍ର ସ୍କୁଲର ଶେଷଦିନ ତା'ପାଇଁ ଏକ ଆବେଗପୂର୍ଣ୍ଣ ଦିନ ଥିଲା। ଭାବୁଥିଲା, ଲଲିର ବି ସେମିତି ହେଉଥିବ। ସେଥିପାଇଁ ସେ ସେଦିନଟି ଛୁଟି ନେଇଥିଲା ଓ ଝିଅସହ ରହିଥିଲା।

ଶୁଣାଗଲା ଯେ ବର୍ଦ୍ଧିତ ଫି ଦାଖଲ କରି ନ ଥିବା ପିଲାମାନଙ୍କୁ ଫର୍ମପୂରଣପାଇଁ ସୁଯୋଗ ଦିଆଯିବନି। ପିଲାମାନେ ପ୍ରସ୍ତୁତ ହେଇ ଆସିଥିଲେ। ସଙ୍ଗେସଙ୍ଗେ ମୋବାଇଲ ଫୋନ୍‌ରେ ଜଣାଇଦେଲେ। କିଛି ଅଭିଭାବକ ଆଗରୁ ଆସିଥିଲେ। ଅନ୍ୟମାନେ ସଙ୍ଗେସଙ୍ଗେ ଆସି ଜମା ହେଇଗଲେ। ଯିଏ ଯାହାର ଚିହ୍ନାଲୋକଙ୍କ ପାଖକୁ ଫୋନ ଲଗାଇଲେ। କିଏ କେଉଁ ପ୍ରଶାସନିକ ଅଧିକାରୀଙ୍କୁ ପ୍ରଭାବିତ କରିବାର ଚେଷ୍ଟା କଲା ତ କିଏ କେଉଁ ବିଚାରପତିଙ୍କ ପାଖରେ ପହଞ୍ଚିଗଲା। ଖବରପାଇ ସ୍ଥାନୀୟ ପ୍ରତିନିଧିମାନେ ଆସିଗଲେ। ଓକିଲମାନେ କାଗଜପତ୍ର ଦେଖାଇ ଯୁକ୍ତିତର୍କ ଆରମ୍ଭ କରିଦେଇଥିଲେ।

ସାର୍ଥକୁ ଦୁଃଖ ଲାଗୁଥାଏ। ପରିଚାଳନା କର୍ତ୍ତୃପକ୍ଷ ଅଧ୍ୟକ୍ଷାଙ୍କୁ ବିଜ୍ଞପ୍ତି ଦେବାକୁ କହିଦେଇ ଆଢୁଆଲରେ ରହିଯାଇଥାନ୍ତି। ବିଚାରୀ ଅଧ୍ୟକ୍ଷା ସାମ୍‌ନା କରୁଥା'ନ୍ତି କ୍ରୁଦ୍ଧ ଅଭିଭାବକମାନଙ୍କୁ।

କେତେଜଣ ଶିକ୍ଷକ-ଶିକ୍ଷୟିତ୍ରୀ ଅଧ୍ୟକ୍ଷାଙ୍କ ତରଫରୁ କିଛି କହିବାକୁ ଚାହିଁଲେ।

କିଛି ପିଲା ସେମାନଙ୍କ ପାଖରେ ଟିଉସନ୍ ହେଉଥିଲେ। କେତେକଙ୍କର ଅଭିଭାବକ ଅଭିଯୋଗକାରୀଙ୍କ ସହ ଥିଲେ। ଶିକ୍ଷକମାନେ ଭାବୁଥିଲେ ଯେ ସେମାନଙ୍କୁ ପ୍ରଭାବିତ କରିପାରିବେ। ମାତ୍ର ଫଳ ଓଲଟା ହେଲା। ସେଇମାନେ ହିଁ ବେଶୀ ଆକ୍ରୋଶର ଶିକାର ହେଲେ। ସେମାନଙ୍କ ଉଦ୍ଦେଶ୍ୟରେ ପ୍ରୟୋଗ ହେଉଥିବା ଭାଷା ଶାଳୀନତାର ସୀମା ଟପିଯାଉଥିଲା।

ଅଧ୍ୟକ୍ଷା ବୁଝାଇବାକୁ ଚେଷ୍ଟାକଲେ ଯେ ସେ ଜଣେ କର୍ମଚାରୀ ମାତ୍ର। ପରିଚାଳନା କର୍ତ୍ତୃପକ୍ଷଙ୍କ ନିଷ୍ପତ୍ତି ଅନୁସାରେ କାମ କରୁଛନ୍ତି। ଅଭିଭାବକମାନେ କ୍ଷେତ୍ରୀୟ ନିର୍ଦ୍ଧେଶକଙ୍କ ସହ କଥାହେଲେ ଭଲ ହେବ। ଅଭିଭାବକମାନଙ୍କ ଯୁକ୍ତି ଥିଲା ଓଲଟା। ସେମାନେ କାହା ପାଖକୁ ଫୋନ୍ କରିବେନି। ଯାହାର ନିଷ୍ପତ୍ତି ନେବାର କ୍ଷମତା ଅଛି, ଅଧ୍ୟକ୍ଷା ହିଁ ତାଙ୍କସହ ଯୋଗାଯୋଗ କରନ୍ତୁ।

ଅଧ୍ୟକ୍ଷା ଫୋନ କଲେ। ମାତ୍ର କେହି ବି ଉଠାଇଲେନି।

ସେଇ ସମୟରେ ସ୍ଥାନୀୟ ପ୍ରଶାସକଙ୍କୁ ନେଇ ବିଧାୟକ ପହଞ୍ଚିଗଲେ। ସେମାନେ ପ୍ରାନ୍ତୀୟ ନିର୍ଦ୍ଧେଶକଙ୍କ ସହ ଫୋନରେ କଥାହେବାକୁ ଚେଷ୍ଟାକଲେ। ଫୋନ୍ ସଂଯୋଗ, ସମ୍ଭବ ହେଲାନି। ଶେଷରେ ସେମାନଙ୍କ ତତ୍ତ୍ୱାବଧାନରେ ଫି' ଦାଖଲ ଓ ଫର୍ମପୂରଣ କରାଗଲା।

ସାର୍ଥକ ଗୋଟେ ଗାଁ ସ୍କୁଲରେ ପଢ଼ୁଥିଲା। ମାଟ୍ରିକ ପରୀକ୍ଷା ପାଇଁ ଫର୍ମ ପୂରଣଦିନ ଶ୍ରେଣୀର ସମସ୍ତେ ମିଶି ଭୋଜି କରିଥିଲେ। ଭୋଜି ମାନେ ଅରୁଆଭାତ, ଡାଲ୍ମା, ଖଟା ଓ ଖିରି। ଗଣେଶପୂଜା, ସରସ୍ୱତୀପୂଜା ତଥା ଅନ୍ୟ ଅବସରରେ ମଧ୍ୟ ଏମିତି ଭୋଜିହୁଏ। ମାତ୍ର ସେଦିନର ଭୋଜି ଖାଇବାପରେ ସାର୍ଥକକୁ ଢିଅ ବିଦା ହେବାପରି ଲାଗିଥିଲା।

ଭୋଜିପାଇଁ ଧାଁ-ଦଉଡ଼ ଚାଲିଥିଲା। ଫର୍ମପୂରଣ ପାଇଁ ସ୍କୁଲ ଅଫିସରେ ଗହଲି ଥିଲା। ପରୀକ୍ଷା ପାଇଁ ଶିକ୍ଷକମାନେ ଉପଦେଶ ଦେଉଥିଲେ। ସମସ୍ତଙ୍କର ଗ୍ରୁପ୍ ଫଟୋ ଉଠାହୋଇଥିଲା। ମାତ୍ର ସେ ଭୋଜି ଖାଇବାପରେ ବଦଳିଯାଇଥିଲା ପରିବେଶ। ସ୍କୁଲକୁ ଆଉ ଆସିବନି ଭାବିଦେବାମାତ୍ର ଦ୍ୱିତୀୟ ଘର ପାଲଟି ଯାଇଥିବା ଶ୍ରେଣୀ କୋଠରି, ଖେଳପଡ଼ିଆ, ଆମ୍ବଗଛ, ବଉଳଗଛ, ନଡ଼ିଆଗଛ ଆଦି ବେଶୀବେଶୀ ଆପଣାର ଲାଗୁଥିଲେ ସେଦିନ। ଲାଗୁଥିଲା ଯେ ଯେତିକି ସମୟ ସେମାନଙ୍କ ସହ ବିତାଇବା କଥା, ସେମାନଙ୍କୁ ଯେତିକି ସମୟ ଦେବା କଥା, ଠିକ୍ରେ କରିପାରିନି ସାର୍ଥକ। ସେମାନଙ୍କ ପାଖକୁ ଆଉ କେବେ ଆସିବିନି ବୋଲି ଭାବିବାକୁ କଷ୍ଟ ହେଉଥିଲା।

ଚତୁର୍ଥ / ପଞ୍ଚମରେ ପଢ଼ିବାବେଳେ ବାପାଙ୍କ ଚାକିରି ହେତୁ ସେ ସମ୍ବଲପୁରର

ଏକ ଗାଁରେ ପଢ଼ୁଥିଲା। ତାଙ୍କ କଲୋନି ପାଖରେ ହାଇସ୍କୁଲ ଥାଏ। ହାଇସ୍କୁଲର ପରିସର ଟପି ଆହୁରି ଦୁଇ କିଲୋମିଟର ଯିବାପରେ ତା'ର ସ୍କୁଲ ପଡ଼େ। କଲୋନିର କିଛି ଝିଅ ହାଇସ୍କୁଲରେ ପଢ଼ୁଥିଲେ ଓ ସେ ସେମାନଙ୍କୁ ଅପା ବୋଲି ଡାକୁଥିଲା। ଫର୍ମ ପୂରଣ ଦିନ ଅପାମାନେ ସାଙ୍ଗଙ୍କ ସହ ଗପିଚାଲନ୍ତି। ଗପୁଗପୁ ସମୟ ଗଡ଼ିଯାଏ। ସେମାନଙ୍କର କଲୋନି ସ୍କୁଲ ପାଖରେ ଥାଏ। ଦୂରରେ ରହୁଥିବା ସାଙ୍ଗମାନଙ୍କୁ ଛାଡ଼ିବାକୁ ଯାଆନ୍ତି ଅପାମାନେ। ସାର୍ଥକ ଇତ୍ୟାଦି ବି ଯାଆନ୍ତି ସେମାନଙ୍କ ସହ।

ବାଟସାରା ପ୍ରାୟତଃ କେହି କଥାବାର୍ତ୍ତା କରନ୍ତିନି। ସୁଁ ସାଁ ହୋଇ କାନ୍ଦୁଥା'ନ୍ତି। ସାର୍ଥକର ସୀମିତ ଜ୍ଞାନରେ ସେ ବୁଝୁଥିଲା ଯେ ମାଟ୍ରିକ ପରୀକ୍ଷା ସବୁଠୁ ବଡ଼। ସେଇଥିପାଇଁ ସେମାନେ ଯୋଗ୍ୟତା ହାସଲ କରିଛନ୍ତି। କିନ୍ତୁ ସେ ବୁଝିପାରେନି ଯେ ଖୁସି ହେବା ବଦଳରେ ସେମାନେ କାନ୍ଦନ୍ତି କାହିଁକି!

ସାର୍ଥକ ପ୍ରଜନ୍ନର ସମସ୍ତଙ୍କପାଇଁ ବୋଧହୁଏ ସ୍କୁଲଜୀବନ ହିଁ ସବୁଠୁ ବଡ଼ ସ୍ମୃତି। ଜଣେ ବେଶୀଦିନ ସେହି ସାଙ୍ଗଙ୍କ ସହ ବିତାଇଥାଏ। ଦାୟିତ୍ୱଜ୍ଞାନ ଆସି ନ ଥାଏ। ଉଚ୍ଚାଭିଳାଷ ନଥାଏ। ଆଜିକାଲିପରି ସାଙ୍ଗ ଭିତରେ ଜଣେ ପ୍ରତିଦ୍ୱନ୍ଦ୍ୱୀକୁ ଦେଖୁ ନ ଥିଲା ସେତେବେଳେ।

ସୁଖ ଦୁଃଖ କୁଆଡ଼ୁ ଆସି କୁଆଡ଼େ ଚାଲିଯାଏ, ଜାଣି ହୁଏନି। ବୈଷୟିକ ଶ୍ରେଣୀରେ ପଢ଼ିବାବେଳେ ଜଣେ ଭବିଷ୍ୟତ ସଚେତନ ହୋଇଯାଇଥାଏ। ଉଚ୍ଚାଭିଳାଷ ଆସିଯାଇଥାଏ। ମନରେ ସ୍ୱାର୍ଥପରତା ଭରିଯାଇଥାଏ। ସାଙ୍ଗଙ୍କ ସଫଳତାରେ ନିରୋଳା ଖୁସି ମିଳେନି। ସାଙ୍ଗ ମନେହୋଇଥାଏ ପ୍ରତିଦ୍ୱନ୍ଦ୍ୱୀ।

ତେଣୁ ସାର୍ଥକମାନେ ନିଜର ସ୍କୁଲ ଜୀବନରେ ହିଁ ବନ୍ଧୁତା ଉପଭୋଗ କରିଥିଲେ ସବୁଠୁ ବେଶୀ। ଠିକ୍ ସେମିତି, ସ୍କୁଲ ହିଁ ଥିଲା ଅନ୍ତରର ନିକଟତମ। ଶିକ୍ଷକଙ୍କ କଥା ଚିନ୍ତାକଲେ ଆଗ ସ୍କୁଲ ଶିକ୍ଷକମାନେ ହିଁ ମନକୁ ଆସନ୍ତି। ସ୍କୁଲଦିନର ଘଟଣାସବୁ ବେଶୀ ଦିନ ତଳର ହେଲେ ବି ଉଜ୍ଜ୍ୱଳତମ ହୋଇ ମନଆକାଶରେ ଭାସିଉଠନ୍ତି। ଆବେଗପ୍ରବଣ ହେବାବେଳେ କେବେ ନା କେବେ ଉଚ୍ଚୁରି ଆସନ୍ତି।

ସୀମାଦେବୀ ତରତର ହୋଇ ଗାଡ଼ିରୁ ଓହ୍ଲାଇଲେ। ଝିଅର ଫର୍ମପୂରଣ ଥିଲା। ଭାବିଥିଲେ ସରିଯିବଣି ବୋଧେ। ଅଫିସର କାମ ତୁଟାଇ ଆସୁଆସୁ ଡେରି ହୋଇଯାଇଥିଲା ତାଙ୍କର। ତେଣୁ ଭାବିଥିଲେ ଯେ ଝିଅର ଫର୍ମପୂରଣ ସରିଯାଇଥିବ ଓ ସେ ଅପେକ୍ଷା କରି ରହିଥିବ ତାଙ୍କୁ।

ଓହ୍ଲାଇ ତରତରରେ ସ୍କୁଲର ଗେଟ ଆଡ଼କୁ ଯାଉଥିଲେ। ନମିତା ଦେବୀ (ଆଉ

ଜଣେ ଅଭିଭାବିକା) ଆଗେଇଆସି ସାମ୍ନାରେ ଠିଆ ହେଲେ। ତାଙ୍କ ସହ ଆଉ ତିନିଜଣ। ନମିତା ଦେବୀ ପଚରିଲେ, "ମ୍ୟାଡାମ୍, ଆପଣ ବର୍ଦ୍ଧିତ ଫି' ଦେଇଛନ୍ତି ?"

ନମିତା ଦେବୀ ତତ୍‍କ୍ଷଣାତ କହିପକାଇଲେ 'ହଁ' ଏବଂ ଗେଟ୍‍ଆଡ଼କୁ ଚାଲିବାରେ ଲାଗିଲେ।

"ରୁହନ୍ତୁ, ରୁହନ୍ତୁ" କହିଲେ ନମିତା ଦେବୀ। ଆମେ ସମସ୍ତେ ଠିଆହୋଇଛୁ, ଆପଣ ପଳଉଛନ୍ତି କୁଆଡ଼େ ? ଦେବା ଆଗରୁ କାହାକୁ ପଚରିଥିଲେ ?"

ସେତେବେଳକୁ ସୀମାଦେବୀ ପ୍ରକୃତିସ୍ଥ ହେଲେଣି। ପରିସ୍ଥିତି ବୁଝିପାରିଲେ। ଏପଟେ ଅଭିଭାବକମାନଙ୍କ ପାଟିତୁଣ୍ଡ। ସେପଟେ ଅଧ୍ୟକ୍ଷା ଶିକ୍ଷକମାନଙ୍କ ସହଯୋଗ ନେଇ କାମ ତୁଲାଇବାକୁ ଚେଷ୍ଟା କରୁଥାନ୍ତି। ଅଭିଭାବକମାନେ ବିଭିନ୍ନ ସୂତ୍ର ସହ ଯୋଗାଯୋଗ କରୁଥା'ନ୍ତି। ଅଧ୍ୟକ୍ଷାଙ୍କର ଉପରେ ଚାପ ପକାଇବାକୁ ଚେଷ୍ଟାକରୁଥା'ନ୍ତି।

ସୀମାଦେବୀ ନିଜକୁ ସମ୍ଭାଳିନେଇ କହିଲେ, 'ମୋ' ଝିଅର ସାଙ୍ଗମାନେ ଦେଲେ। ସେ ଆସି ଘରେ କହିଲା। ମୁଁ ବି ସେମାନଙ୍କର ମା'ମାନଙ୍କଠାରୁ ବୁଝିଲି। ତା'ପରେ ଆସି ଦେଲି।

ଦୁଇତିନିଜଣ ତାଙ୍କୁ ଏକାଥରେ ପ୍ରଶ୍ନ କରୁଥାନ୍ତି। ସେ ଟିକିଏ ବୁଦ୍ଧି ଖଟାଇ ଯୋଡ଼ିଲେ, "ମୁଁ ଅଧ୍ୟକ୍ଷାଙ୍କୁ ବି ଦେଖାକରିଥିଲି। ସେ ମତେ କହିଲେ ଯେ ନୋଟିସ ଦେବାର ଦଶଦିନ ହେଲାଣି। ଏ ପର୍ଯ୍ୟନ୍ତ ଆପଣ କ'ଣ କରୁଥିଲେ ? ଏ ବିଷୟରେ ବୁଝିବାକୁ ଆସିବାରେ ଆପଣ ହିଁ ଶେଷଲୋକ। ତେଣୁ ମୁଁ ସଙ୍ଗେସଙ୍ଗେ ଦେଇଦେଲି।

"କେତେ ମିଛ କଥା! ଦେଖୁଛ ?" କହିଲେ ଜଣେ। ଆଉ ଜଣେ (ଶୋଭାଦେବୀ), ସୀମା ଦେବୀଙ୍କ କଥାକୁ ବିଶ୍ୱାସ ନ କରି ଜେରା କରିବା ଆରମ୍ଭ କରିଦେଇଥା'ନ୍ତି। ପଚାରିଲେ, "ଆପଣଙ୍କ ଝିଅ କେଉଁଠି ଟିଉସନ ହେଉଛି ?"

– "ରମେଶ ସାରଙ୍କ ପାଖରେ।"

– "ଏଶ୍ୱର୍ଯ୍ୟା ମାଡ଼ାମ୍‍ଙ୍କ ଝିଅ ବି ସେଠି ପଢୁଛି। ସେ ତ ପଇସା ଦେଇ ନାହାନ୍ତି! ଆପଣ ତାଙ୍କୁ ପଚରି ପାରିଥାଆନ୍ତେ!"

– "ମୋ' ଝିଅ ଯାହା ଯାହା ସହ ମିଶେ ଓ ମୁଁ ଯେଉଁମାନଙ୍କ ମା'ମାନଙ୍କୁ ଜାଣିଛି, ସେଇମାନଙ୍କୁ ହିଁ ପଚାରିଲି। ଏମିତି ଗୋଟେ କଥାପାଇଁ ସଂସାରସାରା ସମସ୍ତଙ୍କୁ ଖୋଜିଲୋଡ଼ି ପଚାରିବା ଦରକାର କ'ଣ ?"

ଶୋଭାଦେବୀ – "ମାଡାମ୍, ଅଧ୍ୟକ୍ଷା ଆପଣଙ୍କୁ ମିଛ କହିଥିଲେ। ଏବେ ଯାଇ ତାଙ୍କୁ ପଚାରନ୍ତୁ।"

ସେତିକିବେଳେ ଶୋଭାଦେବୀଙ୍କ ଝିଅ ଧାଇଁଆସିଲା। କହିଲା, "ମମି! ମମି! ମୁଁ ଚେକ୍‌ଟା ଦେଇଦେଲି। ଭାବିଥିଲି କାଲେ ଫର୍ମ ପୂରଣ କରିବାକୁ ଦେବେନି!"

ଶୋଭା ଦେବୀ ଚୋରଣୀ ପାଲଟିଗଲେ। କିନ୍ତୁ ମୁହଁଟାଣରେ କହିଲେ, "ଝିଅ ସିନା ଚେକ୍‌ ଦେଇଦେଲା, ମୁଁ ଏବେ ବ୍ୟାଙ୍କୁ ଯାଇ ଷ୍ଟପ୍ ପେମେଣ୍ଟ କରିଦେବି। ଆପଣ ବି ସେଇଆ କରନ୍ତୁ।"

"ମୁଁ ଏତେ ନିର୍ଲଜ୍ଜ ନୁହେଁ" କହି ଗାରେଡେଇ ରୁହିଁଲେ ସୀମାଦେବୀ। ଆଉ କିଛି କହିବାର ସାହସ ନ ଥିଲା ଶୋଭାଦେବୀଙ୍କର। ନମିତାଦେବୀ ବି ହତବାକ ହେଇଯାଇଥିଲେ ଶୋଭାଦେବୀଙ୍କ କପଟାଚରରେ ।

xxx

ସାର୍ଥକ କ୍ୟାମ୍ପସ ଭିତରେ ଅନ୍ୟମନସ୍କ ହୋଇ ବୁଲୁଥିଲା। ସୀମାଦେବୀ ଓ ଅନ୍ୟମାନଙ୍କର କଥାବାର୍ତା ତଥା ଯୁକ୍ତିତର୍କ ତା'ର କାନରେ ପଡୁଥିଲା। ଅଯଥା କଥାରେ ପଶିବାକୁ ତା'ର ମନ ନ ଥାଏ। ତାର ଧାରଣା ଯେ, ବେସରକାରୀ ମାନେ ବେସରକାରୀ। ଲୋକଙ୍କ କଲ୍ୟାଣପାଇଁ ସରକାରୀ ଦାୟିତ୍ୱରୁ ମୁକ୍ତ। ଅନେକାଂଶରେ ବ୍ୟବସାୟ ମନୋବୃତ୍ତିସମ୍ପନ୍ନ। ସେମାନେ ଲାଭ ଦେଖିବେ ହିଁ ଦେଖିବେ। ସ୍କୁଲର ଟିକେ ନାଁ ହେଇଗଲେ ଦେୟ ବଢ଼ାଇବଢ଼ାଇ ଚଲିବେ। ତେବେ ସବୁଥର ଗୋଟେ ସୀମା ରହିବ ଦରକାର। ଲାଭାଂଶ ସବୁତକ ପରିଚାଳନା କର୍ତ୍ତୃପକ୍ଷଙ୍କ ପାଖକୁ ନ ଯାଇ ଶିକ୍ଷକମାନଙ୍କୁ ବି ଭାଗ ମିଳିବା ଦରକାର। ଅନେକ ଶିକ୍ଷକ କମ୍ ଦରମା ପାଆନ୍ତି ସ୍କୁଲରୁ! ଟିଉସନ କରି ଚଲନ୍ତି।

ସରକାର ବି କିଞ୍ଚିତା ନିୟନ୍ତ୍ରଣ କରିବା ଉଚିତ। ସ୍କୁଲସବୁ ପାଉଥିବା ସୁଯୋଗ ଅନୁସାରେ ସାମାଜିକ ପ୍ରତିବଦ୍ଧତା ପାଳନ କରିବା ଉଚିତ। ସରକାର ତାହାର ତଦାରଖ କରିବା ଦରକାର! ତା'ଛଡ଼ା, ଯଦି ସରକାରୀ ସ୍କୁଲର ମାନ ବଢ଼ିପାରନ୍ତା, ଅନେକଟା ପ୍ରତିଦ୍ୱନ୍ଦିତା ହୋଇପାରନ୍ତା ଓ ବେସରକାରୀ ସ୍କୁଲମାନେ ମନମୁଖୀ ହେବାର ସୁଯୋଗ ପାଆନ୍ତେ ନାହିଁ। ତା' ନ ହେଲେ ଯେତେ ଯାହା ବଢ଼ିଲେ ବି ଅଭିଭାବକମାନେ ଶେଷରେ ସେଇ ବେସରକାରୀ ସ୍କୁଲରେ ହିଁ ପିଲାଙ୍କୁ ପଢ଼ାଇବେ।

ସୀମାଦେବୀ ଆସି ଖେଲ ଶିକ୍ଷକଙ୍କ ପାଖରେ ଠିଆହୋଇଥିଲେ। ଖେଲଶିକ୍ଷକ କହୁଥିଲେ, "ମ୍ୟାଡାମ୍, ଏଇ ପିଲାଗୁଡ଼ାକ କେତେ, ଟିକିଟିକି ହୋଇ ଏଠିକୁ ଆସିଥିଲେ। କେତେ ସମୟ ବିତିଗଲାଣି! ଏମାନେ ପୁଣି ବୋର୍ଡ଼ ପରୀକ୍ଷା ଦେବା ଅବସ୍ଥାକୁ ଆସିଲେଣି।"

ସାର୍ଥକ ଖେଳଶିକ୍ଷକଙ୍କ ମୁହଁରେ ଭାବାବେଗର ଝଲକ ଦେଖୁପାରୁଥିଲା। ତା'ର ଛିଟା ଥିଲା ସୀମାଦେବୀଙ୍କ ମୁହଁରେ ବି।

ଖେଳଶିକ୍ଷକ ପୁଣି କହିଲେ, "ସେଇ ଯେଉଁ ପିଲାଟିକୁ ଦେଖୁଛନ୍ତି, ତା' ନାଁ ନିଶାନ୍ତ। ପ୍ରଥମେ ପ୍ରଥମେ ଯେବେ ସ୍କୁଲକୁ ଆସିଲା, ପହଞ୍ଚୁପହଞ୍ଚୁ ନିଜର ଟିଫିନ ଖୋଲି ଖାଇଦେବ। ଖେଳଛୁଟିରେ ମୁଁ କେବେକେବେ ତା' ପାଇଁ ବିସ୍କୁଟ ପ୍ୟାକେଟ କିଣିଦିଏ। ଏବେ ଦେଖନ୍ତୁ କେତେ ଦାୟିତ୍ୱବାନ୍ ହୋଇଗଲାଣି! ଶ୍ରେଣୀରେ ସବୁବେଳେ ପ୍ରଥମ ହେଉଛି।"

ଦୂରରୁ ସ୍ୱାତୀ ନମସ୍କାର କଲା ସୀମାଦେବୀଙ୍କୁ। ସ୍ୱାତୀର ପରିବାର ଆଗରୁ ସୀମାଦେବୀଙ୍କ ଘର ପାଖରେ ରହୁଥିଲେ। ସେତେବେଳେ ସ୍ୱାତୀ ଓ ସୀମାଦେବୀଙ୍କ ଝିଅ ବର୍ଷା ସବୁବେଳେ କଳି କରନ୍ତି। କିଛିଦିନ ପରେ କିନ୍ତୁ ଦୁହେଁ ସବଠୁ ଭଲ ସାଙ୍ଗ ପାଲଟିଗଲେ। ସ୍କୁଲ ୟୁନିଫର୍ମରେ ସମସ୍ତେ ଏକାଏକା ଲାଗନ୍ତି। ସ୍ୱାତୀ ଓ ବର୍ଷା କହୁଣି ପାଖରେ ହାତକୁ ହାତଛନ୍ଦି ଆସୁଥାନ୍ତି ସବୁବେଳେ। ସୀମାଦେବୀ ସେମାନଙ୍କୁ ତାଙ୍କ ଭଙ୍ଗୀରୁ ହିଁ ଚିହ୍ନନ୍ତି ଦୂରରୁ। ସେଇ ଟିକିଟିକି ପିଲାଗୁଡ଼ାକ ଆଜି କେତେ ବଡ଼ ହୋଇଗଲେଣି ସତରେ!

ସେଟିକିବେଳେ ଜଣେ ଅଭିଭାବକ ଆସି ସୀମାଦେବୀଙ୍କୁ କହିଲେ, "ମାଡାମ୍, ଆପଣ ପଇସା ଦେଇଦେଇ ଭଲ କରିଛନ୍ତି। ବୋର୍ଡ଼ ପରୀକ୍ଷାରେ ସ୍କୁଲହାତରେ ସତୁରି ପ୍ରତିଶତ ମାର୍କ ରହିଛି। ପିଲାର କ୍ୟାରିଅର କାହିଁକି ଖରାପ କରିବେ?"

ସାର୍ଥକର ମନ ଖରାପ ହେଇଗଲା। ଗୋଟେ ଆବେଗପ୍ରବଣ ପରିବେଶରେ ଏ ଲାଭକ୍ଷତିର ହିସାବ ଭଲ ଲାଗୁ ନ ଥିଲା ତାକୁ। ତେବେ ତା'ର କିଛି କରିବାର ନ ଥିଲା। ବିରକ୍ତିରେ ସେଇ ଜାଗା ଛାଡ଼ିଦେଲା।

ଅଫିସ ପଞ୍ଚପଟରେ ଗୋଟେ ଝଙ୍କା ବଉଳଗଛ ଥାଏ। ତା'ରି ତଳେ ଶିକ୍ଷକ କିଛି ପିଲାଙ୍କ ସହ ଗପୁଥିଲେ। ଦୂରରୁ ଶୁଣିବାକୁ ଚେଷ୍ଟାକଲା ସାର୍ଥକ।

"ମୁଁ ତୁମର କାନମୋଡ଼ିଛି। କାହାକୁ କାହାକୁ ଚଟକଣି ମାରିଛି। ସେସବୁ ଭୁଲିଯିବ। ଯେତେ ଯାହା ହେଲେ ବି ମୁଁ ତୁମମାନଙ୍କୁ ଭଲପାଏ। ତୁମେ ପାଠ ପଢ଼ିବାପାଇଁ ହିଁ ମୁଁ ସେମିତି କରିଛି। ଭଲମଣିଷ ହେବାକୁ ଚେଷ୍ଟାକର। ଆଜିଠାରୁ ତ ତୁମେମାନେ ଏ ପରିସରରୁ ଦୂରେଇ ଯାଉଛ। କାଲିଠୁ ତୁମକୁ ଦେଖିବା ସ୍ୱପ୍ନ ହୋଇଯିବ।"

ସାର୍ଥକୁ ଲାଗିଲା ଅଦିନରେ ବି ବଉଳଗଛରେ ଭରିଠଉଠୁଛି ଫୁଲ। ଝରଝର ହେଇ ଝରି ପଡ଼ୁଛି ଗଛମୂଳେ। ପବନ ବିଞ୍ଛି ଦେଉଛି ତା'ର ମିଠାମିଠା ବାସ୍ନା।

ଥାକୁ ଲାଗିଲା, ଆବେଗ ସରିଯାଇନି। ମାନବିକତା ମରିଯାଇନି। ସ୍ନେହଶ୍ରଦ୍ଧାର ବିଲୟ ଘଟିନି। ଏଠି ଖାଲି ଯୁକ୍ତି /ଲୋଭ / ସ୍ୱାର୍ଥ / ଗଣ୍ଡଗୋଳ କି ଲାଭକ୍ଷତିର ହିସାବ ନାହିଁ। ହୁଏତ ଏଇସବୁ ଖେଳାଇ ହୋଇ ଆବୋରି ବସିଛି ପରିବେଶକୁ। କିନ୍ତୁ ମଣିଷର ଅନ୍ତରରେ ସ୍ନେହ, ଶ୍ରଦ୍ଧା ଓ ଆବେଗ ଏବେ ବି ବଞ୍ଚିଛି। ଅନୁକୂଲ ପରିବେଶ ପାଇଲେ ଶାଖା ମେଲାଇ ବଢ଼ିବ। ମହକରେ ଭରିଉଠିବ ପରିବେଶ।

ପ୍ରେମିକାର ବାପା

ବଡ଼ଦିନ୍ତାରାତିର ଶୀତଳ ପରଶ ଶାନ୍ତ କରିପାରୁ ନ ଥିଲା ପ୍ରଭାସକୁ । ବିଛଣାରେ ପଡ଼ି ଛଟପଟ ହେଉଥାଏ । ପାଖ କୋଠରିରେ ସ୍ତ୍ରୀ ନୀତା ଓ ଝିଅ ଲାଡ଼୍‌ଲୀ ଶୋଇଗଲେଣି କେତେବେଲୁ । ଘଣ୍ଟା ଦେଖିବାକୁ ଇଚ୍ଛା ହେଲାନି । ଘଣ୍ଟାରେ ଯାହା ବାଜିଲେ ବି ତା'ର କ'ଣ ଅଛି ? କିଛି ଗୋଟାଏ ବାଟ ଦିଶିବା ଦରକାର । ମନ ତା'ର ଶାନ୍ତ ହେବା ଦରକାର । ସେଇତକ ହେଉନି ବୋଲି ଛଟପଟ ଲାଗୁଛି ।

ସେ କୋଠରିରୁ ବାହାରି ଛାତ ଉପରକୁ ଗଲା । ସେତେବେଳେ ତାଙ୍କ ଅଞ୍ଚଳରେ ବିଜୁଲିକାଟ୍‌ ହୋଇଥାଏ । ଇନ୍‌ଭର୍ଟର ଅଛି ବୋଲି ଜଣାପଡ଼ୁନି କିଛି– ପଙ୍ଖା ଓ ଆଲୁଅ ଅଚଳ ହୋଇ ନାହିଁ । ନଚେତ ତା'ର ଅସ୍ୱସ୍ତି ଆହୁରି ବଢ଼ିଯାଇଥାନ୍ତା । କିଛି ଦୂରରେ ନୂଆନୂଆ ତିଆରିହୋଇଥିବା ଫ୍ଲାଇଓଭରର ଆଲୁଅ ସୁନ୍ଦର ଦିଶୁଥାଏ । ସେଠି ବିଜୁଲିକାଟ ହୋଇ ନ ଥାଏ । ପ୍ରଭାସ ସେଇଆଡ଼େ ରହିଁଲା କିଛିସମୟ । ଆଖପାଖର କିଟ୍‌କିଟ ଅନ୍ଧାର ଭିତରେ ହୀରାମାଲଟେ ଲମ୍ବିଯାଇଥିଲା ଯେମିତି ! କିଛିସମୟ ସେଇଆଡ଼କୁ ରହିଁ ଦାର୍ଶନିକ ପାଲଟିଗଲା ପ୍ରଭାସ । ବ୍ୟକ୍ତିଗତ ଜୀବନର ଏଇ ଅନୁଭୂତିର ଅନ୍ଧକାରରୁ ମୁକୁଲି ସେ ଆଲୋକିତ ଅଞ୍ଚଳରେ ପହଞ୍ଚି ପାରନ୍ତାନି ! କିମ୍ୱା ରାସ୍ତା, କେନାଲ, ରେଲୱେ ଲେଭେଲ କ୍ରସିଂକୁ ଡେଇଁ ଫ୍ଲାଇଓଭର ଯେମିତି ଆଗକୁ ଆଗକୁ ମାଡ଼ିଚାଲିଛି, ସେମିତି ଡେଇଁ ପାରନ୍ତାନି ସେ ସମସ୍ୟାସବୁକୁ !

ପୁଣି ମନେପଡ଼ିଲା ପଛକଥା । ଲାଡ଼୍‌ଲୀ ଛୋଟ ହୋଇଥାଏ । ସାତବର୍ଷର । ଦିନେ ରାତିରେ ତା'ର ପେଟକାଟିଲା । ପ୍ରବଳ ବାନ୍ତି ହେଲା । ସେତେବେଳକୁ ରାତିଅଧ । ପଚରାଉଚରାକରି ଔଷଧ କିଛି ଦେଇଥାଏ । ପେଟକଟା କିଛି ସମୟ ବନ୍ଦ ହେଉଥାଏ, ପୁଣି କାଟୁଥାଏ । ମଝିରେ ମଝିରେ ବାନ୍ତି ବି ହେଉଥାଏ । କେତେ କ'ଣ ଦୁଶ୍ଚିନ୍ତା ମୁଣ୍ଡରେ ପଶୁଥାଏ । ଏମିତିକା ଘଟଣାରେ କାହାରି କାହାରି ଦୁର୍ଦ୍ଦଶା କଥା

ମନେପଡୁଥାଏ । ଡାକ୍ତରଖାନାକୁ ନେବାକୁ ବାହାରିଲାବେଳେ ଲାଡ୍‌ଲୀର ଯନ୍ତ୍ରଣା କମିଗଲା । ତେବେ, ଲାଡ୍‌ଲୀକୁ ସେ କାଖେଇଥାଏ ଓ ଲାଡ୍‌ଲୀ ତା' କାନ୍ଧରେ ମୁଣ୍ଡଦେଇ ଶୋଇଯାଇଥାଏ । ଖଟ'ରେ ଶୁଆଇବାକୁ ସାହସ ହେଲାନି, କାଲେ ନିଦ ଭାଙ୍ଗିଯିବ ! କାଲେ ପୁଣି ପେଟକାଟିବ ! ଅନ୍ୟମାନେ ଆଶ୍ୱସ୍ତ ହୋଇ ଶୋଇପଡ଼ିଲେ । ପ୍ରଭାସ ସେମିତି ତାକୁ କାଖରେ ଧରି ରାତିଟା ବିତେଇଦେଲା । ସିନ୍ଦୂରା ଫାଟିଲାବେଳକୁ ଆଶ୍ୱସ୍ତ ହେଲା ପ୍ରଭାସ । ଝିଅକୁ ଖଟରେ ଶୁଆଇଦେଇ ତା' ପାଖରେ ଶୋଇପଡ଼ିଲା । ସେ ଉଠିଲାବେଳକୁ ଝିଅ ସ୍ୱାଭାବିକ ଥିଲା ।

ଆଜି ବି ସେମିତି ଲାଡ୍‌ଲୀ ପାଇଁ ରାତିରେ ନିଦ ହେଉନି ପ୍ରଭାସକୁ । ସେ ଅନିଦ୍ରା ରହୁଛି । ମାତ୍ର ସେଦିନ ଥିଲା ଗଢ଼ିବାର ସ୍ୱପ୍ନ । ଆଜି ତା' ପାଖରେ ଭାଙ୍ଗିପଡୁଥିବାର ଯନ୍ତ୍ରଣା । ସେ ପୁଣି ଭାବୁଥାଏ, ସେଦିନ ଭଲି ହୁଅନ୍ତାନି ! ସକାଳୁ ସକାଳୁ ସେ ଶୁଣନ୍ତା ଯେ ଲାଡ୍‌ଲୀ ବିଷୟରେ ଶୁଣିଥିବା ସବୁକଥା ମିଛ !

ନୀତା ସହିତ ଏ ବିଷୟରେ ଆଲୋଚନା କରିଥାଆନ୍ତା । ମାତ୍ର ନୀତାର ଧୈର୍ଯ୍ୟ କମ୍, ଆବେଗ ବେଶୀ । କ'ଣ ନାହିଁ କ'ଣ କହିଦେବ । କ'ଣ ନାହିଁ କ'ଣ କରିବସିବ । ପରିସ୍ଥିତି ଆହୁରି ବିଗିଡ଼ିଯିବ ।

ତେବେ, ଯେମିତି ହେଲେ ବି, ଏ ବିଷୟରେ ଆଲୋଚନା କରିବାକୁ ପଡ଼ିବ— ସମ୍ଭବହେଲେ ପ୍ରଥମେ ଲାଡ୍‌ଲୀ ସହିତ । ହୁଏତ ନୀତା ନ ଥିବାବେଳେ । କେମିତି କ'ଣ କହିବ, ସେଇ ବିଷୟରେ ଚିନ୍ତା କରୁଥିଲା ପ୍ରଭାସ ।

ତେବେ ବଡ଼କଥା ହେଉଛି, ଶୁଣିଥିବା କଥାର ପ୍ରତ୍ୟକ୍ଷ ପ୍ରମାଣ ସେ ପାଇ ନ ଥିଲା । ସେ ଶୁଣୁଥିବା କଥାର ସତ-ମିଛର ପ୍ରତିଶତ ନେଇ ସେ ନିଶ୍ଚିତ ନ ଥିଲା । ତେବେ ଏଇ କିଛିଦିନ ଧରି ଲାଡ୍‌ଲୀର ଚାଲିଚଳନ ତାକୁ ସନ୍ଦେହଜନକ ଲାଗୁଥିଲା । ପଢ଼ାପଢ଼ିରେ ତା' ଆଗ୍ରହ କମିଯାଇଥିଲା । ତା' ମୋବାଇଲ ଫୋନ୍‌ରେ ବାର୍ତ୍ତା ଦୁଇଟି ପ୍ରଭାସକୁ ସନ୍ଦେହରେ ପକାଇଥିଲା ।

ତା'ର କାହିଁକି ମନେହେଉଥିଲା ଯେ ସତ ହୋଇଥିଲେ ବି ଲାଡ୍‌ଲୀ ମାନିବନି । ସେତେବେଳେ ସେ କେମିତି କ'ଣ କରିବ ? ରାଗିଗଲେ ତ ଅସୁବିଧା । ତା'ଛଡ଼ା, ତାକୁ ଏ ବିଷୟରେ ଜଣାଇଥିବା ଲାଡ୍‌ଲୀର ସାଙ୍ଗ ରାନୀର ନାଁ ସେ ଉଠାଇବାକୁ ଚାହୁଁ ନ ଥିଲା । ତା'ର ଓ ଲାଡ୍‌ଲୀର ବନ୍ଧୁତାରେ ଫାଟ ନ ଆସିବା ଦରକାର । ଶୁଭାକାଂକ୍ଷୀ ହିସାବରେ ହିଁ ସେ ଜଣାଇଛି । ତାକୁ ଛାଡ଼ିଦେଲେ ପ୍ରଭାସ ପାଖରୁ ଖବର ପାଇବାର ସୂତ୍ରଟି ହଜିଯିବ ।

ସେ ପ୍ରେମର ବିରୋଧୀ ନ ଥିଲା କି ପ୍ରେମ ବିବାହ ପ୍ରତି ତା'ର ବିଦ୍ୱେଷ

ନ ଥିଲା । ଜାତି-ଧର୍ମର ସଂକୀର୍ଣତା ନ ଥିଲା ତା'ମନରେ । ତେବେ ସେ ବିରକ୍ତ କରୁଥିଲା ଯେ ଭଲ-ଭେଲକୁ ବୁଝିପାରିବାର ଅଭିଜ୍ଞତା ହୋଇନି ଲାଡ୍‌ଲୀର । ପୁଣି ଏପଟକୁ ମନ ଢଳିଲେ ପାଠପଢ଼ାରେ ଖିଲରୁ ହୋଇଯିବ । ଭବିଷ୍ୟତରେ ପସ୍ତାଇବାକୁ ପଡ଼ିବ ସମସ୍ତଙ୍କୁ ।

xxx

ପ୍ରଭାସ ବି ପ୍ରେମରେ ପଡ଼ିଥିଲା କେବେ । ସେଇଥିପାଇଁ କଲେଜର ପରିସର ମନେହୁଏ ସୁରମ୍ୟ ଉପତ୍ୟକା । ବର୍ଷସାରା ସେଠି ରାଜୁତି କରୁଥାଏ ବସନ୍ତରତୁ । ଏବେ ବି ସେଇବାଟ ଦେଇ ଯିବାବେଳେ କେମିତି ଗୋଟେ ମିଠାବାସ୍ନା ଆଘ୍ରାଣ କରିହୁଏ । କେମିତି ଗୋଟେ କୋମଳ ଅନୁଭବ ଅନ୍ତରରେ ଛାଇଯାଏ ।

ଯୁକ୍ତଦୁଇର ଦ୍ୱିତୀୟବର୍ଷରେ କଲେଜ ବଦଳାଇଥିଲା ପ୍ରଭାସ । ବାପାଙ୍କର ବଦଳି ହୋଇଥାଏ । ଶୁଭାକାଂକ୍ଷୀମାନେ ପରାମର୍ଶ ଦେଉଥିଲେ, ରେଭେନ୍ସ ନ ଛାଡ଼ିବାକୁ । ହଷ୍ଟେଲରେ ରହିଯିବାକୁ । ବର୍ଷ ଗୋଟାଏ ଦେଖୁଦେଖୁ ଗଡ଼ିଯିବ ।

ଘର ଛାଡ଼ି ହଷ୍ଟେଲରେ ରହିବାକୁ ମାନସିକସ୍ତରରେ ପ୍ରସ୍ତୁତ ନ ଥିଲା ପ୍ରଭାସ । ତେଣୁ ଫୁଲବାଣୀ କଲେଜକୁ ଆସିଥିଲା ଘରୋଇ ପରିବେଶରେ ରହି ପଢ଼ିବ ବୋଲି ।

କିନ୍ତୁ କେମିତି କେଜାଣି, ସେବର୍ଷ ଅନେକ ଅଭିଭାବକଙ୍କର ଫୁଲବାଣୀ ବଦଳି ହୋଇଥିଲା । ପିଲାମାନେ ଯୁକ୍ତଦୁଇ ବିଜ୍ଞାନର ଦ୍ୱିତୀୟ ବର୍ଷର ଛାତ୍ର ଥିଲେ । ଦୁଇଟି ମାତ୍ର ଅସଂରକ୍ଷିତ ସ୍ଥାନ ଖାଲିଥିଲା । ସମସ୍ତଙ୍କର ତେଣୁ ନାମଲେଖାଇବା ସମ୍ଭବ ହେଉ ନ ଥାଏ । ସମସ୍ତେ ତେଣୁ ପୁଣି ଥରେ ପ୍ରଭାସକୁ ବୁଝାଇଲେ ରେଭେନ୍ସାରେ ହିଁ ପଢ଼ିବାକୁ ଓ ଏଠି ଅନିଶ୍ଚିତତାର ପରିବେଶରେ ନ ରହିବାକୁ ।

ପ୍ରଭାସ ସମେତ ଅନ୍ୟମାନଙ୍କର ନାମଲେଖ ହୋଇ ନ ଥାଏ । ମାତ୍ର ନାମଲେଖା ହୋଇଯିବ ବୋଲି ଆଶାକରି ସେମାନେ ଶ୍ରେଣୀରେ ବସୁଥିଲେ । ପ୍ରଭାସ ଭଲରେ ପଢ଼ାପଢ଼ି କରୁଥିଲା । ଶ୍ରେଣୀରେ ପଚରାଯାଉଥିବା ଅନେକ ପ୍ରଶ୍ନର ଉତ୍ତର ଦେଉଥିଲା । ସନ୍ଦେହ ଥିଲେ ଶ୍ରେଣୀ ଶେଷରେ ଶିକ୍ଷକଙ୍କୁ ପଚରି ବୁଝୁଥିଲା । ସେତେବେଳେ ରେଭେନ୍ସ ଓ ବି.ଜେ.ବି.ରେ ସମସ୍ତେ ଟିଉସନ ହେଉଥିଲେ । ଶ୍ରେଣୀ ପଢ଼ାର ଗୁରୁତ୍ୱ କମିଯାଇଥିଲା । ପିଲାମାନେ ମନଦେଇ ଶୁଣୁ ନ ଥିଲେ । ଶିକ୍ଷକମାନଙ୍କର ଆଗ୍ରହ ବି କମିଯାଇଥିଲା । କେହି କେବେ ପ୍ରଶ୍ନ ପଚରିଲେ ଶିକ୍ଷକ ସେତେଟା ଗୁରୁତ୍ୱ ଦେଉ ନ ଥିଲେ । ବରଂ ଏଡ଼େଇ ଯାଉଥିଲେ । ଫୁଲବାଣୀରେ କିନ୍ତୁ ପରିସ୍ଥିତି ଅଲଗା ଥିଲା । ଶିକ୍ଷକମାନେ ବୁଝାଇଦେଉଥିଲେ । ଏପରିକି ଦୁଇଜଣ ଶିକ୍ଷକ ପ୍ରଭାସକୁ କମନ୍‌ରୁମ୍‌ରେ ବି ବୁଝାନ୍ତି । ଏମିତି ଏମିତି ତାକୁ ଅନେକ ଜାଣିନେଲେ, ଭଲପାଇଲେ

ଓ କଲେଜରୁ ଛାଡ଼ିବାକୁ ରୁହିଲେନି। କଲେଜ କର୍ତ୍ତୃପକ୍ଷ ବି ଅନ୍ୟମାନଙ୍କ ସହ ପରାମର୍ଶକରି ସବୁପିଲାଙ୍କୁ ନାମଲେଖାଇବାର ସୁଯୋଗ ଦେଲେ। ସଂରକ୍ଷିତ ସ୍ଥାନ ସବୁକୁ ଅସଂରକ୍ଷିତ କରିଦିଆଗଲା।

ନାଁ ଲେଖାଇଲାପରେ ବିଭିନ୍ନ ପ୍ରତିଯୋଗିତାରେ ଭାଗନେବାର ସୁଯୋଗ ପାଇଲା ପ୍ରଭାସ। ଓଡ଼ିଆ ଓ ଇଂରେଜୀ ତର୍କ ପ୍ରତିଯୋଗିତା, ସାଧାରଣଜ୍ଞାନ ଓ ଫେସିଙ୍ଗ ଦି ଇଷ୍ଟରଭୁ୍ୟ ବୋର୍ଡ ପ୍ରତିଯୋଗିତାରେ ପ୍ରଥମ ବି ହେଲା ସେ। ପ୍ରାୟତଃ ଏସବୁରେ କଳାର ଛାତ୍ରମାନେ ପୁରସ୍କୃତ ହୁଅନ୍ତି। ବିଜ୍ଞାନର ଛାତ୍ର ହୁଅନ୍ତିନି। ତେଣୁ ତାକୁ ଟିକେ ଅଧିକ ଗୁରୁତ୍ୱ ମିଳିଯାଉଥିଲା। ତେବେ ସେ ଅନୁଭବ କଲା ଯେ ତା'ଉପରେ ସମସ୍ତଙ୍କର ଆଶା ବଢ଼ିବା ସହ ରୁପ ବି ବଢ଼ୁଛି। ହୁଏତ ସେ 'ଲିଟେରାରି ଚମ୍ପିଆନ୍' ହୋଇଯାଇପାରେ। ମାତ୍ର ଏବେ ଠିକ୍‌ଭାବେ ପାଠ ପଢ଼ିପାରୁନି। ଏବର୍ଷ ପାଠରେ ହେଲା କଲେ ଭବିଷ୍ୟତ ପାଇଁ ଠିକ ହେବନି।   ଶୁଭେଚ୍ଛୁମାନଙ୍କୁ ବୁଝାଇଦେଲା ଓ ଅନ୍ୟାନ୍ୟ ପ୍ରତିଯୋଗିତାରୁ ଓହରିଗଲା।

ସେତିକିବେଳେ ସୁଜାତା ସହ ପରିଚୟ। ତା'ର ଛୋଟମୋଟ ଅନୁରୋଧ ରଖିପାରିଲେ ଖୁସି ଲାଗୁଥିଲା। ସେ ଅବଶ୍ୟ ବାହାନା ଖୋଜୁଥିଲା, କିମିତି ତା' ସହ ଦେଖାହେଉ ଏବଂ କେମିତି କିଛି କରିପାରିବାର ସୁଯୋଗ ମିଳୁ। କିଛିଦିନ ପରେ ପ୍ରଭାସର ସାନଭଉଣୀ ସୁଜାତା ଘରକୁ ସଂସ୍କୃତ ଟିଉସନ ହେବାକୁ ଗଲା। ସପ୍ତାହରେ ଦୁଇଦିନ। ପ୍ରଭାସ ଛାଡ଼ିବାକୁ ଓ ଆଣିବାକୁ ଯାଏ।   ସୁଜାତା ସହ ଦେଖାହୁଏ। ସତ କହିଲେ ଏଇ ଦୁଇଦିନର ଅପେକ୍ଷାରେ ହିଁ ସେ ସପ୍ତାହ ବିତାଉଥିଲା ସେତେବେଳେ।

ଦିନେ ତାକୁ ସୁଜାତା ବୁଝାଇଲା। ତା'ର ତଳକୁ ତଳ ଆହୁରି ଦୁଇଭଉଣୀ। ବାପାଙ୍କ ରୁକିରି ପାଞ୍ଚବର୍ଷ ବାକି। ବାପା ଯେମିତିହେଲେ ତା'ର ବାହାଘର କରିଦେବେ। ପ୍ରଭାସର ପାଠପଢ଼ା ସରି ନ ଥିବ। ତେଣୁ ତା' ବିଷୟରେ ବେଶୀ ଆବେଗପ୍ରବଣ ହେବା ପ୍ରଭାସ ପାଇଁ ଠିକ୍ ହେବନି। ଏବେ ପଢ଼ାରେ ହେଲା କଲେ ସାରାଜୀବନ ପସ୍ତାଇବାକୁ ପଡ଼ିବ।

ସୁଜାତାର ମା' ଭଲପାଉଥିଲେ ପ୍ରଭାସକୁ। ସେ ବି ଅନୁମାନ କରିଥିଲେ କିଛିଟା। ପ୍ରଭାସକୁ ବୁଝାଇଲେ ଯେ ଏଇ ବୟସଟା ହିଁ ସେମିତି। ଯଦିଓ ସେ ଦୁହେଁ ଭଲପିଲା, ବୟସର ଦୋଷରେ ଭୁଲ କାମ କରିପାରନ୍ତି। ନିଜକୁ ନିଜେ ସଜାଡ଼ିନେଲେ ଭଲ। ପ୍ରଭାସ ଆଗେ ପଢ଼ାସାରୁ, ତା'ପରେ ରୁକିରି ଓ ତା'ପରେ ଯାଇ ବାହାଘର। ସେତେବେଳେ ତାକୁ ଯଥେଷ୍ଟ ଝିଅ ମିଳିବେ। ପ୍ରଭାସ ବ୍ୟସ୍ତହେବା ଆଦୌ ଉଚିତ ନୁହେଁ କି ସେମାନଙ୍କୁ ଭୁଲ ବୁଝିବା ଉଚିତ ନୁହେଁ।

ପ୍ରଭାସ ଓହରିଯାଇଥିଲା।

ମାତ୍ର ସେତେବେଳର ସମୟ ଓ ଏବେକାର ସମୟ ଭିତରେ ଯଥେଷ୍ଟ ଫରକ। ଏଇ ବୟସର ପିଲାମାନେ ବି ନିଜକୁ ଓ ନିଜ ସାଙ୍ଗକୁ ହିଁ ଠିକ୍ ବୋଲି ଭାବନ୍ତି। ଗୁରୁଜନମାନେ ସେମାନଙ୍କୁ ଶତ୍ରୁଶତ୍ରୁ ମନେହୁଅନ୍ତି। ସେମାନଙ୍କର ଉପଦେଶ ଭଲଲାଗେନା।

ତା'ର ବି ସନ୍ଦେହ ହେଉଥିଲା ଯେ ନୀତା କିମ୍ବା ସେ ଠିକ୍‌ରେ ବୁଝାଇପାରିବେ କି ନାହିଁ।

XXX

ପ୍ରଥମେ ନୀତା ସହିତ ଆଲୋଚନା କଲା ପ୍ରଭାସ। ନୀତା ମାନିବାକୁ ଆଦୌ ରାଜି ନ ଥିଲା, ବରଂ ରାନୀ ବିରୋଧରେ ଯାଡୁସ୍ୟାଡୁ କହିବାରେ ଲାଗିଲା। ସେ ଲାଡୁଲୀକୁ ହିଂସା କରୁଛି ଓ ତା' ନାଁରେ ମିଛକହୁଛି ବୋଲି ଅଭିଯୋଗ କଲା।

ପ୍ରଭାସ ଧୈର୍ଯ୍ୟ ହରାଇଲାନି। ନୀତାକୁ ବୁଝାଇବାକୁ ଚେଷ୍ଟାକଲା। ବୁଝାଇଲା ବାସ୍ତବତାକୁ ଅନୁଶୀଳନ କରିବାପାଇଁ। ଆବେଗଚାଳିତ ମନ୍ତବ୍ୟ ଦେଇ କିଛି ଲାଭ ନାହିଁ। ଲାଡୁଲୀର ଭଲପାଇଁ ତାକୁ ବୁଝାଇବାକୁ ପଡ଼ିବ। ତାକୁ ବୁଝିବାକୁ ବି ପଡ଼ିବ। ଆଉ କାହାର ପ୍ରେମ ପାଇବାପାଇଁ ସେ ଆମର ସ୍ନେହଶ୍ରଦ୍ଧା ହରାଇବା ଉଚିତ ନୁହେଁ। ଲାଡୁଲୀ ବହୁତ ଭଲ ପିଲା। ତେବେ ଏଇଟା ବୟସର ଗୁଣ। ବୟସର ଦୋଷ। ପରିବେଶର ଦୋଷ। ପରିସ୍ଥିତିର ଦୋଷ। ପ୍ରଥମେ ତା'ର ବିଶ୍ୱାସ ଜିତିବାକୁ ହେବ। ତା' ସହ ଖୋଲାଖୋଲି ଆଲୋଚନା କରିବାକୁ ହେବ। ସବୁକଥାର ଭଲମନ୍ଦ ଦିଗ ବିଷୟରେ ବୁଝାଇବାକୁ ପଡ଼ିବ। ଥରେ ବାସ୍ତବତାକୁ ବୁଝିଗଲେ ସେ ଠିକ୍ ନିଷ୍ପତ୍ତି ନେଇପାରିବ।

ଆଉ ବି ଯଦି ବାପାମା'ଙ୍କ ସ୍ନେହଶ୍ରଦ୍ଧାଠାରୁ ଆଉ କାହାର ପ୍ରେମ ଅଧିକ ପ୍ରଭାବଶାଳୀ ହୁଏ, ତେବେ ଲାଡୁଲୀ ହୁଏତ ସେଇଆଡ଼କୁ ଢଳିବ। ତେଣୁ ତାକୁ ବେଶୀ ଆଦର କରିବା ଦରକାର। ତା'ର ଅଭାବଅସୁବିଧା ବୁଝିବାକୁ ହେବ। ତା'ରି ସ୍ଥିତିକୁ ଯାଇ ତାକୁ ଅନୁଶୀଳନ କରିବାକୁ ପଡ଼ିବ।

ନୀତା ତା' ନିଜ ବାଟରେ ପରିସ୍ଥିତିର ବିଶ୍ଳେଷଣ କଲା। ଲାଡୁଲୀ ଏପରି କରିବାର ସମ୍ଭାବ୍ୟ କାରଣ ବିଷୟରେ ମତଦେଉଥାଏ। ତେବେ ସବୁଥରେ ସେ ଦେଖୁଥାଏ ପ୍ରଭାସର ଦୋଷ ଆଉ ଅବହେଳା। ନଚେତ ତା'ର ଭାଗ୍ୟକୁ ନିନ୍ଦୁଥାଏ।

ପ୍ରଭାସ ବୁଝିଲା ଯେ ଏସବୁ ସ୍ୱାଭାବିକ ମାନସିକ ପ୍ରକ୍ରିୟା। ଗୋଟେ ଦୁଃସମ୍ବାଦକୁ ଗ୍ରହଣ କରିବାବେଳେ ମଣିଷ ଏମିତି କିଛି ସ୍ତର ଦେଇ ଯାଏ। ତା'ପରେ ତାକୁ ଗ୍ରହଣ କରେ। ପରିସ୍ଥିତିକୁ ସାମ୍ନା କରିବାକୁ ପ୍ରସ୍ତୁତ ହୁଏ।

ଏବେ ପ୍ରଭାସକୁ ଖାଲି ଲାଡ଼୍‌ଲୀର ମୁହଁ ହିଁ ଦିଶୁଥିଲା । ଲାଡ଼୍‌ଲୀର ଛୋଟବେଳର ମୁହଁ, ତା'ର ଗେହ୍ଲାପଣ । ନାନାଦି ଛୋଟଛୋଟ କଥା ମନେ ପଡ଼ୁଥିଲା । ତାକୁ ଲାଗୁଥିଲା, କେଉଁ ଭିଡ଼ ଭିତରେ ହଜିଯାଇଛି ତା'ର ଝିଅ । ଭିଡ଼ ଭିତରେ ତା'ର ହାତ ଧରି ରଖିଥିଲା, କେଉଁଠି କେମିତି ହାତ ଖସିଯାଇଛି । ଭିଡ଼ ଭିତରେ ବିକଳହୋଇ ସେ ଖୋଜୁଛି ନିଜର ଝିଅକୁ କିମ୍ବା ଏମିତି ଲାଗୁଥିଲା ଯେ ସେ ପହଁରା ଶିଖାଉଥିବାବେଳେ ଝିଅ ତା'ର ଭାସିଯାଉଛି ସୁଅରେ । ପ୍ରଭାସ ଜୀବନବିକଳରେ ଚେଷ୍ଟାକରୁଛି ଝିଅ ପାଖରେ ପହଞ୍ଚିବାପାଇଁ । ଯେମିତିହେଲେ ତାକୁ ଉଦ୍ଧାର କରିବାକୁ । ହାତଗୋଡ଼ ଅବଶ ହେବା ଆଗରୁ ଯେମିତିହେଲେ ତା' ପାଖରେ ପହଞ୍ଚିବାକୁ ପଡ଼ିବ । ପ୍ରତିକୂଳ ସୁଅର ଗତି ଯେତେ ପ୍ରଖର ହେଲେ ବି ଧୈର୍ଯ୍ୟ ଧରିବାକୁ ହେବ । ତେବେ ତା'ର ବିଶ୍ୱାସ ଥିଲା ଯେ ସେ ନିଶ୍ଚୟ ପହଞ୍ଚିବ, ଯେମିତିହେଲେ ପହଞ୍ଚିବ । ଝିଅକୁ ଧରି ହିଁ କୂଳକୁ ଫେରିବ ।

ନୀତା ସେତେବେଳକୁ ହାଲିଆ ଦିଶୁଥିଲେ । କାହା ବିରୋଧରେ ଅଭିଯୋଗ କରି କି କାହାକୁ ଗାଳିଦେଇ ଲାଭ ନାହିଁ – ବୋଲି ବୁଝିସାରିଥିଲେ । ପରିସ୍ଥିତିକୁ ସଜାଡ଼ିବାକୁ ପଡ଼ିବ । ମାତ୍ର କେମିତି କ'ଣ କରିବେ ସେ ବାଟ ପାଉ ନ ଥିଲେ । କେଉଁଠୁ ଆରମ୍ଭ କରିବେ, କେଉଁ ବାଟରେ ଯିବେ, କେତେଦୂର ସଫଳ ହେବେ, ସେ ଠିକ୍‌ଭାବେ ଜାଣି ନ ଥିଲେ । ତାଙ୍କର ବି ବୋଧେ ସଦେହ ଥିଲା ଲାଡ଼୍‌ଲୀର ମାନସିକତାକୁ ନେଇ । ତେଣୁ କାମ ଆରମ୍ଭ କରିବା ପୂର୍ବରୁ ହିଁ ସେ ଥକିପଡ଼ିବା ପରି ଲାଗୁଥିଲେ । ସମସ୍ତଙ୍କ ଜୀବନରେ କେବେ କେବେ ଏମିତି ପରିସ୍ଥିତି ଆସେ । ଜଣେ କାମ କରି କରି ନୁହେଁ, ବରଂ ବାକିରହିଥିବା ତଥା କରିବାକୁ ଥିବା କାମର ବିସ୍ତୃତି କିମ୍ବା କଷ୍ଟକର ଦିଗ କଥା ଚିନ୍ତାକରି ହାଲିଆ ହୋଇଯାଏ ।

ପ୍ରଭାସ କଫି କରି ଆଣିଲା । ନୀତାକୁ ମୁହଁ ଧୋଇବାକୁ ଥଣ୍ଡା ପାଣି ଦେଲା । କଫି କପ ବଢ଼ାଇଦେଲା । ନୀତା ଭାଙ୍ଗିପଡ଼ିଲା । ପ୍ରଭାସ ଛାତିରେ ଲୋଟିଯାଇ କାନ୍ଦିବାରେ ଲାଗିଲା । ପ୍ରଭାସ କିଛି ନ କହି ତା'ର ମୁଣ୍ଡକୁ ସାଉଁଲି ଦେଉଥାଏ ।

xxx

ଅନ୍ୟମାନଙ୍କ ପରି ପ୍ରଭାସ ବି ପ୍ରେମଗପ ପଢ଼ିଥିଲା । ପଢ଼ିବାବେଳେ ପ୍ରେମିକ-ପ୍ରେମିକାଙ୍କୁ ଦେଖୁଥିଲା ନାୟକନାୟିକା ହିସାବରେ । ପ୍ରେମରେ ବାଧା ଆଣୁଥିବା ଲୋକଙ୍କୁ ଖଳନାୟକ ଭାବେ ଦେଖୁଥିଲା । ଏଇ ଭୂମିକାରେ ପ୍ରାୟତଃ ରହୁଥିଲେ ପ୍ରେମିକାର ବାପା-ମା'– ଭାଇ-ଭଉଣୀ କିମ୍ବା ଆଉ କେଉଁ ନିକଟସଂପର୍କୀୟ । ଆଜି କିନ୍ତୁ ନିଜର ପରିସ୍ଥିତି ଆକଳନ କରିବାବେଳେ ସେଭଳି ମନୋଭାବ ଦେଖାଇପାରୁ ନ ଥିଲା । ନିଜକୁ ଦେଖିପାରୁ ନ ଥିଲା ଖଳନାୟକ ହିସାବରେ ।

ବରଂ ସେ ଭାବୁଥିଲା ଯେ ଲାଡ୍‌ଲୀ ତା' ଉପରେ ରାଗିଛି। ଲାଡ୍‌ଲୀ ରାଗିଲେ ଯାହା ନାହିଁ ତାହା ବକେ। ତାକୁ ଚିଡ଼ାଇବା ପରି କାମକରେ। ପ୍ରଭାସ ଯାହା ଯାହା ସବୁ ଭଲପାଏନି, ତାହା କରେ କିମ୍ବା କରିବ ବୋଲି କହେ। ପ୍ରଭାସ ପ୍ରାୟତଃ ଧୈର୍ଯ୍ୟ ହରାଏନି। ବୁଝାଇବାକୁ ଚେଷ୍ଟାକରେ। ନହେଲେ ଚୁପ ରହେ। ଲାଡ୍‌ଲୀ ବୁଝିଯାଏ କେତେ ସମୟ ପରେ। ପ୍ରଭାସ ପାଖରେ ଆସି ଗେହ୍ଲା ହୁଏ।

ଯେହେତୁ ରାଗିବାଟା ଗୋଟେ ଛୋଟ ଘଟଣା ଥିଲା, ଗୋଟେ ଗତାନୁଗତିକ ଘଟଣା ଥିଲା ଓ ପ୍ରଭାସ ଅନେକଥର ସଫଳତାର ସହ ତାକୁ ସମ୍ଭାଳିଥିଲା, ସେମିତି କିଛି ହୋଇଥାଉ ବୋଲି ପ୍ରଭାସ କାମନା କରୁଥିଲା। ଏପରି କରିବା ଗୋଟେ ପ୍ରକାରର ଆବେଗ ହିଁ ଥିଲା। କେବଳ କାର୍ଯ୍ୟକାରଣରହିତ କାମନା କିମ୍ବା ବିଶ୍ୱାସ। ନିଜକୁ ନିଜେ ସୁବିଧାଜନକ ସ୍ଥିତିରେ ଥୋଇବାର ମାନସିକତା। ଗୋଟେ ପ୍ରକାରର ପଳାୟନପଟୁ ଚିନ୍ତାଧାରା। ପରିସ୍ଥିତିକୁ ବାସ୍ତବତା ଦୃଷ୍ଟିରୁ ବିଚାର ନ କରି ନିଜର ସୁବିଧା ଅନୁସାରେ ସଜାଇବାର ଭାବପ୍ରବଣତା।

ବେଳେବେଳେ ତା'ର ଶାନ୍ତାଆପା କଥା ମନେ ପଡ଼ୁଥିଲା। ଶାନ୍ତାଆପା କାହାରି ଉପରେ ସନ୍ତୁଷ୍ଟ ନ ଥିଲା— ନା ବାପଘର ଉପରେ, ନା ଶାଶୁଘର ଉପରେ, ନା ତା'ର ଜୀବିକାରେ। ଅନେକ ସମୟରେ ପ୍ରଭାସ ସାମ୍ନାରେ କେତେ କ'ଣ ଗପେ। ସେତେବେଳେ ସେ ଗୋଟେ ପରେ ଗୋଟେ ସିଗାରେଟ୍ ଟାଣି ଉଡ଼ିଥାଏ। ପ୍ରଭାସ ଶୁଣୁଥାଏ ଖାଲି। ତାକୁ ମନାକରେନି। ଏଡ଼ିଆ ଭାବି ଯେ ମନକଥାସବୁ ବାହାରିଯାଉ ଶାନ୍ତାଆପାର। ମନଭିତରେ ରହି ରୂପ ନ ବଢ଼ାଉ। ମାନସିକ ରୂପ ବଢ଼ିଲେ ଶାନ୍ତାଆପା କ'ଣ ନାଇଁ କ'ଣ କରିଦେଇପାରେ!

ଦିନେଦିନେ ରାତିରେ ରାଗିଗଲେ ଶାନ୍ତାଆପା କାର୍ ଚଲାଇ ପଳାଏ। ୟୁଆଡ଼େ ନାଇଁ ସିଆଡ଼େ। କୌଣସି ଲକ୍ଷ୍ୟ ନ ଥାଏ। ଇଆଡ଼େସିଆଡ଼େ ଘୁରେ ଓ ମନ ଥଣ୍ଡା ହେଲେ ଫେରିଆସେ। କେବେକେବେ କୁହେ ଯେ ଜୋର୍‌ରେ ଚଲାଇବାବେଳେ ସେ ଭାବୁଥାଏ, କେଉଁଠି ଧକ୍କା ହୋଇଯାଆନ୍ତା କି, ସେ ଶେଷ ହୋଇଯାଆନ୍ତା! ବେଳେବେଳେ ପ୍ରଭାସର ମନେହୁଏ ଯେ ଲାଡ୍‌ଲୀ ସେମିତି ହିଁ କାର୍ ଚଲାଉଛି। ଜୋର୍‌ରେ ଯାଉଛି। ଗତି ଉପରେ ନିୟନ୍ତ୍ରଣ ନାହିଁ। ଲକ୍ଷ୍ୟ ନିର୍ଦ୍ଦିଷ୍ଟ କି ନିରୂପିତ ନୁହେଁ, ରାଗରେ ଚଲାଉଛି। ଆବେଗରେ ଧାଉଁଛି। ସେଇଠି କିନ୍ତୁ ଥମକିଯାଏ ପ୍ରଭାସ। ଯେଉଁଠି ଥାଉ ପଛେ, ଝିଅ ତା'ର ଭଲରେ ଥାଉ, କୁଶଳରେ ଥାଉ। ଯେମିତି ହେଲେ ବି ଝିଅ ତା'ର ଭଲରେ ହିଁ ରହୁ। କିଛି ବି ତା'ର ଅନିଷ୍ଟ ନ ହେଉ। ଠିକ୍ ଭାବେ ପଢ଼ାପଢ଼ି କରୁ। ସବୁଥିରେ ସଫଳତା ପାଉ। ଜୀବନରେ କିଛି ଗୋଟାଏ ହେଉ। ସମସ୍ୟା ସବୁକୁ

ନ ଲୁଚ୍ଚଇ ଖୋଲିଦେଉ ବାପମା'ଙ୍କ ସାମ୍ନାରେ! ସହମତିରେ ସମାଧାନ କରିଦିଅନ୍ତୁ ସମସ୍ତେ।

ଆବେଗରେ ଏତେ ଏତେ କଥା ଭାବେ ସିନା, ବର୍ତ୍ତମାନର ପରିସ୍ଥିତି କଥା, ବର୍ତ୍ତମାନର ଅବସ୍ଥା କଥା, ବର୍ତ୍ତମାନର କର୍ତ୍ତବ୍ୟ କଥା ଭାବିଲେ ହଡ଼ବଡ଼େଇ ଯାଏ ପ୍ରଭାସ। କେମିତି ଲାଡ଼୍ଲୀ ସହ ଏ ବିଷୟରେ କଥାବାର୍ତ୍ତା କରିବ, ତା'ର ମତିଗତି କଳିବ, ତା'ର ବାସ୍ତବିକ ସ୍ଥିତି ଜାଣିବ, ତାକୁ ବୁଝାଇବ ଏ ବିଷୟ- କିଛି ବି ସ୍ଥିର କରିପାରେନି ସେ।

XXX

ଖାଇବାଟେବୁଲରେ ଦିନେ କଥାଉଠାଇଲା ପ୍ରଭାସ। ଲାଡ଼୍ଲୀ ମାନିଲାନି, ରାଗିଲା। କାନ୍ଦିଲା। ଯାଉ୍ସ୍ୟାତୁ କହିଲା। ପ୍ରଭାସ ବି ନିୟନ୍ତ୍ରଣ ହରାଇଲା ନିଜ ଉପରୁ। କଥାବାର୍ତ୍ତା କି ପରିସ୍ଥିତି ତା'ର ଆୟତ୍ତରେ ରହିଲାନି। ଫଳତଃ ବାପଝିଅ, ରାଗରୁଷା ହୋଇ ଅଧାଖାଇ ଉଠିଗଲେ।

ନୀତା ଚୁପ୍ଚାପ ଶୁଣୁଥାଏ, କିଛି କହୁ ନ ଥାଏ। ତେବେ ବାପଝିଅଙ୍କୁ ଅଲଗା ଅଲଗା ବୁଝାଇବାର ଚେଷ୍ଟାକଲା ସେ। ବଳକା ଖାଦ୍ୟ ଖୁଆଇଲା। ପ୍ରଭାସକୁ ବୁଝାଇଲା ଯେ ଯେତେଯାହା ହେଲେ ବି ଲାଡ଼୍ଲୀ ସେମାନଙ୍କର ଝିଅ। ତା'ର ଭଲମନ୍ଦ ସେମାନଙ୍କର ଦାୟିତ୍ୱ। ଯଦି ବେଶୀ ରାଗରୁଷା କି ଯୁକ୍ତିତର୍କ ହୁଏ, ଏଇ ବୟସରେ ପିଲା କ'ଣ ନାଇଁ କ'ଣ କରିବସନ୍ତି।

ପ୍ରଭାସ ସେତେବେଳକୁ ଶାନ୍ତ ହୋଇସାରିଥିଲା। ପରିସ୍ଥିତିକୁ ବୁଝୁଥିଲା। ଲାଡ଼୍ଲୀର ହାବଭାବରୁ ସିଏ ଅନୁମାନ କଲା ଯେ ପ୍ରଭାସ ହୁଏତ କିଛି ଭୁଲ ତଥ୍ୟ ଉପସ୍ଥାପନ କରିଛି, କିଛି ବଢ଼ାବଢ଼ି କରି କହିଦେଇଛି କିମ୍ବ। ଲାଡ଼୍ଲୀ ନିଜର ସଂପର୍କକୁ ନେଇ ବୁଝାମଣା କରିବାକୁ ରାଜି ନୁହେଁ।

ଗୋଟେ ମୁକାବିଲା କି ଯୁଦ୍ଧଭଳି ପରିସ୍ଥିତି ସୃଷ୍ଟି କରିବାକୁ ଚ୍ଚହୁ ନ ଥିଲା ପ୍ରଭାସ। ପରଦିନ ତେଣୁ ଲାଡ଼୍ଲୀ ସହ ସ୍ୱାଭାବିକ ଭାବରେ କଥାହେବାକୁ ଚେଷ୍ଟାକଲା। ଲାଡ଼୍ଲୀ କିଛି କହିଲାନି। ରାଗ ଫଣଫଣ ମୁହଁକରି ସେଠୁ ଚ୍ଚଲିଗଲା। ପ୍ରଭାସ ସନ୍ଦେହରେ ପଡ଼ିଲା। ଲାଡ଼୍ଲୀର ପରବର୍ତ୍ତୀ ପଦକ୍ଷେପ କ'ଣ ହୋଇପାରେ, ସେ ବିଷୟରେ ଚିନ୍ତାକଲା। ଯେତେଯେତେ ଦୁର୍ଭାବନା ସବୁ ତା'ର ମୁଣ୍ଡରେ ପଶିଲା। ସେଦିନ ସେ କେଉଁ କାମରେ ବି ମନ ଲଗାଇ ପାରିଲାନି। ଅଫିସରୁ ମଝିରେ ମଝିରେ ଭିନ୍ନଭିନ୍ନ ଟେଲିଫୋନ୍‌ରୁ ଲାଡ଼୍ଲୀର ମୋବାଇଲକୁ ଫୋନ କରୁଥାଏ। ତା'ର ସ୍ୱର ଶୁଣିଲେ ଆଶ୍ୱସ୍ତ ହେଉଥାଏ। କିଛି ନ କହି ଥୋଇଦେଉଥାଏ ପୁଣି।

ଘରେ ଥିବାବେଳେ ବି ଲାଡୁଲୀର ପ୍ରତିଟି କଥାରେ ତା'ର ସନ୍ଦେହ ଆସିଲା। ପଢୁଛି କି ଫୋନ୍‌ରେ କାହା ସହିତ କଥାହେଉଛି, ଶୁଣିବାର ଚେଷ୍ଟା କରୁଥାଏ ପ୍ରଭାସ। ମୋବାଇଲ୍‌ରେ ଥିବା ବାର୍ତ୍ତାସବୁକୁ ଲୁଚିଲୁଚି ପଢ଼ୁଥାଏ। ଲାଡୁଲୀ ସାଇତି ରଖିଥିବା ବିଭିନ୍ନ ନମ୍ବର ଓ ନାଁ ଦେଖୁଥାଏ। ତା' ପାଖକୁ ଆସିଥିବା ଓ ତା' ପାଖରୁ ଯାଇଥିବା କଲ୍‌ସବୁକୁ ଯାଞ୍ଚ କରୁଥାଏ। ତା'ମନରେ ନାନାଦି ସନ୍ଦେହ ଭରିଯାଇଥାଏ ଓ ନାନାଦି ଆଶଙ୍କାରେ ଛଟପଟ ହେଉଥାଏ ପ୍ରଭାସ।

ବିଭିନ୍ନ ସମୟରେ ସେ ଲାଡୁଲୀର କଲେଜକୁ ଯାଉଥିଲା। ଟିଉସନ ଜାଗା ସବୁକୁ ଯାଉଥିଲା। କଲେଜର ସମୟସାରଣୀରୁ ବିଭିନ୍ନ ବିଷୟର ଆରମ୍ଭହେବା-ସରିବା ସମୟ ସହ ଲାଡୁଲୀର ଯିବାଆସିବା ସମୟକୁ ଯାଞ୍ଚ କରୁଥିଲା। ଟିଉସନ୍ ସାର୍‌ମାନଙ୍କ ସହ ତା'ର ପଢ଼ାବିଷୟ ଓ ଶ୍ରେଣୀରେ ମନୋଯୋଗିତା ବିଷୟ ଆଲୋଚନା କରୁଥିଲା। ଅନ୍ୟ ଅଭିଭାବକମାନଙ୍କ' ସହ ମିଶୁଥିଲା। ପିଲାମାନଙ୍କ ଗତିବିଧୂ ଉପରେ ନଜର ରଖୁଥିଲା। ତେବେ ଅନେକ ସମୟରେ ତା'ର ମନେହେଉଥିଲା, କେହିକେହି ହୁଏତ ଲାଡୁଲୀ ବିଷୟରେ ଚର୍ଚ୍ଚା କରୁଥିବେ। ସେ ତେଣୁ ପିଲା କି ଅଭିଭାବକଙ୍କ ଆଲୋଚନାକୁ ଲୁଚିଲୁଚି ଶୁଣିବାର ଚେଷ୍ଟା କରୁଥିଲା। ବେଳେବେଳେ ଟିକେ ଦୂରରେ ହେଉଥିବା ଆଲୋଚନା ହୁଏତ ତା'ରି ବିଷୟରେ ହୋଇପାରେ ବୋଲି ସନ୍ଦେହ କରୁଥିଲା। ଲାଡୁଲୀ କାହା ସହ କଥା ହେଲା, କୁଆଡ଼େ ଗଲା, କାହା ସହ ଗଲା, ସବୁକିଛିକୁ ନେଇ ତା'ର ସନ୍ଦେହ ରହୁଥିଲା। ଅନେକଥର ସେ ସତ୍ୟାସତ୍ୟ ଯାଞ୍ଚ କରିବାକୁ ଯାଇଥିଲା ଓ ତା'ର ଧାରଣା ଅମୂଳକ ପ୍ରମାଣିତ ହୋଇଥିଲା। ତଥାପି ସେ ସେଭଳି ଭାବନାରୁ ମୁକୁଳି ପାରୁ ନ ଥିଲା।

ଏ ବିଷୟରେ ସେ ଅନ୍ୟ କାହାରି ସହିତ ଆଲୋଚନା କରିପାରୁ ନ ଥିଲା। ତା'ର କେମିତି ଗୋଟେ ବିଶ୍ୱାସ ଥିଲା ଯେ ଲାଡୁଲୀ ନିଶ୍ଚୟ ସୁଧୁରିଯିବ। ମାତ୍ର ଏମିତି କଥାସବୁ କାନରୁ କାନକୁ ହେଇ ଶୀଘ୍ରଶୀଘ୍ର ବ୍ୟାପିଥାଏ। କଳ୍ପନା, ସନ୍ଦେହ ଓ ଗୁଜବ ମିଶି ଏହାକୁ ନାନା ରୂପ ଦିଅନ୍ତି। ଭବିଷ୍ୟତରେ ଏସବୁ କାନରେ ପଡ଼ିଲେ ଖରାପ ଲାଗିବ ଓ ପ୍ରତିକୂଳ ପରିସ୍ଥିତି ତିଆରି କରିବ।

xxx

ନୀତା କିଛିଦିନ ମନ୍ଦିରରୁ ମନ୍ଦିର ଧାଇଁଲା। ମନ୍ଦିରର ପାରାୟଣରେ ବସିଲା। ଘରେ ବି ନାମଜପ କଲା। ତା'ର ଆଚରଣ ଦେଖି ଦୟା ଆସେ ପ୍ରଭାସର। ମାତ୍ର କେମିତି ଗୋଟେ ଆତ୍ମବିଶ୍ୱାସ ଓ ଦୃଢ଼ତା ଆସିଯାଇଥିଲା ନୀତାର ବ୍ୟବହାରରେ।

ପ୍ରଭାସକୁ ନୀତା ବୁଝାଇଲା ଯେ କେବେ କାହା ପ୍ରତି ଟିକେ ଦୁର୍ବଳତା ଆସିବା

ଓ କାହାକୁ ପ୍ରେମ କରିବା ଏକା କଥା ନୁହେଁ । ଏବେ ଲାଡ୍‌ଲୀ ଯଦି ପଢ଼ାପଢ଼ିରେ ବେଶୀ ମନଦେବ, ଅନ୍ୟଦିଗରୁ ତା'ର ଆଗ୍ରହ କମିଯିବ । ପ୍ରବେଶିକା ପରୀକ୍ଷାରେ ଗୋଟେ ଭଲ ର୍ୟାଙ୍କ ରଖିଲେ କେଉଁଠ ନାଇଁ କେଉଁଠ ପଢ଼ିବ, କିଛି ଠିକ୍ ଠିକଣା ନାହିଁ । ସାମ୍ନାରୁ ଝୁଲିଗଲେ ଏଇ କ୍ଷଣିକ ଆବେଗ ରହିବନି । ପୁଣି ଯଦି ତା'ର ସାଙ୍ଗ ଏ ବିଷୟରେ ବେଶୀ ବେଶୀ ଭାବେ, ପଢ଼ାରେ ଭଲ କରିପାରିବନି । ଗୋଟେ ଭଲ ବୈଷୟିକ ମହାବିଦ୍ୟାଳୟରେ ସିଟ୍ ନ ପାଇଲେ ତା'ର ବି ହୀନମନ୍ୟତା ଆସିବ । ତେବେ ଉଭୟେ ଯଦି ଭଲ କରନ୍ତି ଏବଂ ସେମାନଙ୍କର ସଂପର୍କ ବଜାୟ ରହେ, ଏମାନେ ବିରୋଧ କରିବା ଅନୁଚିତ । ତେଣୁ ଏବର ମୂଳକଥା ଓ ଭବିଷ୍ୟତର ନିର୍ଣ୍ଣାୟକ କଥା ହେଉଛି, ଲାଡ୍‌ଲୀର ପାଠପଢ଼ା ଓ ପ୍ରବେଶିକା ପରୀକ୍ଷାର ର୍ୟାଙ୍କ । ତେଣୁ ସେ ଲାଡ୍‌ଲୀକୁ ପଢ଼ିବାକୁ ଉସ୍ତାହ ଦେଉଥିଲା । ତା'ର ମନକୁ ହାଲ୍‌କା ଓ ପ୍ରଫୁଲ୍ଲ କରିବାକୁ ଚେଷ୍ଟା କରୁଥିଲା । ତା'ର ସବୁପ୍ରକାରର ଯତ୍ନ ନେଉଥିଲା ।

କଥାଛଳରେ ନୀତା ବୁଝାଇଦେଉଥିଲା ଏଇ ବୟସରେ ସଂପର୍କ ଆରମ୍ଭହେବା ଓ ଭାଙ୍ଗିବା କଥା । ସାଙ୍ଗଙ୍କ ସହ / ପାଖପଢ଼ିଶାଙ୍କ ସହ, ବନ୍ଧୁବାନ୍ଧବଙ୍କ ସହ କି ଆଉ କାହା ସହ ବି ସଂପର୍କ ଆରମ୍ଭ ହୋଇପାରେ, ପୁଣି ଭାଙ୍ଗିଯାଏ । କେବେକେବେ ସତମିଛ ଯୋଡ଼ି କାହା କାହା ବିଷୟରେ, ଏପରିକି ନିଜ ନାଁରେ ବି ଗପୁଥିଲା । ଲାଡ୍‌ଲୀ ଆଗ୍ରହରେ ଶୁଣେ । ବେଲେବେଲେ ଆଶ୍ଚର୍ଯ୍ୟ ବି ହୁଏ । ତେବେ ସେ ସହଜ ହେଉଥିଲା । ନୀତା ସହ ଠାଙ୍ଗାମଜା କରୁଥିଲା । ପ୍ରଭାସକୁ କହିଦେବ କହି ଡରାଉଥିଲା । ନୀତା ମିଛରେ ଡରିବାର ଅଭିନୟ କରୁଥିଲା ଓ ନ କହିବା ଲାଗି ଅନୁରୋଧ କରୁଥିଲା ।

ନୀତା ଓ ଲାଡ୍‌ଲୀର ବନ୍ଧୁତା ଏବେ ଅଲଗାପ୍ରକାରର ହୋଇଯାଇଥିଲା । ସେମାନେ ଆଲୋଚନାସବୁକୁ ପ୍ରଭାସ ପାଖରୁ ଗୋପନ ରଖୁଥିଲେ । ବେଲେବେଲେ ପ୍ରଭାସ ବିରୋଧରେ ବି କଥାହେଉଥିଲେ । ଏଣେ ପରେ ପ୍ରଭାସକୁ ବୁଝାଇ ଦେଉଥିଲା ନୀତା । ଧୈର୍ଯ୍ୟ ଧରିବାକୁ ଓ ସ୍ୱାଭାବିକ ହେବାକୁ କହୁଥିଲା । କେବେ କିଛି କାନରେ ପଡ଼ିଲେ ରାଗ ନ କରିବାକୁ ଅନୁରୋଧ କରୁଥିଲା ।

କଥାଛଳରେ ନୀତା ଲାଡ୍‌ଲୀକୁ ବିଭିନ୍ନ ପୁଅଙ୍କ ଅବିଶ୍ୱାସୀ ମତିଗତି, ଯୌନଶୋଷଣ, ଖବରକାଗଜର ନାନାଦି କଥା, ଇଣ୍ଟରନେଟ୍‌ରେ ପ୍ରେମ ଓ ପ୍ରତାରଣା, ଧର୍ମ-ବୟସ-ବୃତ୍ତି ନିର୍ବିଶେଷରେ ପୁରୁଷଙ୍କ ପ୍ରତି ସତର୍କ ରହିବାର ଆବଶ୍ୟକତା ଇତ୍ୟାଦି ବିଷୟ ବୁଝାଉଥାଏ । ପୁଣି ଲାଡ୍‌ଲୀକୁ ଉସ୍ତାହ ବି ଦିଏ । କିଏ କେମିତି କେତେ ଖରାପ ସ୍ତରୁ ବି ଉଠିପାରିଲା, କିଏ କେତେ କମ୍‌ଦିନର ପ୍ରସ୍ତୁତିରେ ବି ସଫଳତା ପାଇଲା, ସେସବୁ ଇଣ୍ଟରନେଟ୍‌ରୁ କାଢ଼ି ଦେଖାଉଥିଲା ।

ନୀତାର କଥା ଶୁଣି ପ୍ରଭାସ ଲାଡ୍‌ଲୀ ସହିତ ସ୍ୱାଭାବିକ ହେବାକୁ ଚେଷ୍ଟାକରେ, ତା'ସହ ମିଶେ, ତା' ସହିତ କଥାହୁଏ। ଲାଡ୍‌ଲୀ କିନ୍ତୁ ଦୂରେଇ ଦୂରେଇ ରୁହେ। ନୀତା ପୁଣି ବୁଝାଏ ପ୍ରଭାସକୁ, ଧୈର୍ଯ୍ୟ ଧରିବାକୁ କୁହେ। ମନଦୁଃଖ ନ କରିବାକୁ ଅନୁରୋଧ କରେ। ହୁଏତ ଲାଡ୍‌ଲୀକୁ ଖରାପ ଲାଗୁଛି କି ଲାଜଲାଗୁଛି, ସେଥିପାଇଁ ପ୍ରଭାସ ସହିତ ମିଶିପାରୁନି। ଭରସା ଦିଏ ଯେ ସମୟକ୍ରମେ ସବୁ ଠିକ ହୋଇଯିବ। ପ୍ରଭାସ ବୁଝେ। ବେଲେବେଲେ କିନ୍ତୁ ତା'ର ସନ୍ଦେହ ହୁଏ। ଲାଡ୍‌ଲୀ ଆଉ ନୀତାକୁ ବୋକା ବନାଉନି ତ! ସେ ହୁଏତ ସତମିଛ କହି ନୀତାକୁ ଭୁଲାଇଦେଉଛି ଓ ତା' ନିଜ ବାଟରେ ଅଛି। ତଥାପି ତାକୁ ଚୁପ ରହିବାକୁ ହୁଏ। ତା'ପାଇଁ ଅନ୍ୟ ରାସ୍ତା କିଛି ନ ଥାଏ।   ତେବେ ସେ ଲୁଟିଲୁଟି ମାଆଙ୍ଗିଙ୍କ କଥା ଶୁଣିବାକୁ ଚେଷ୍ଟାକରେ।

ଲାଡ୍‌ଲୀକୁ ଆମ୍ବୁଲରାଇ ଭଲଲାଗେ। ନୀତାକୁ ଆମ୍ବୁଲରାଇ ତିଆରି କରି ଆସୁ ନ ଥିଲା। ଦିନେ କାହାଠାରୁ ବୁଝି ରାନ୍ଧିଲା। ଭଲ ହୋଇଥିଲା। ଲୁଚାଇକରି ରଖୁଥିଲା ଓ ଅଳ୍ପଅଳ୍ପ କାଢ଼ି ଲାଡ୍‌ଲୀକୁ ଦେଉଥିଲା। ଏକାଥରେ ବେଶୀ ଦେଖିଲେ ତା'ର ଆଗ୍ରହ କମିଯିବ ବୋଲି।

ଦିନେଦିନେ ନୀତାର ପେଣ୍ଠା ବିନ୍ଧେ। ଚିପିଦେବା ଦରକାର ହୁଏ। ପ୍ରଭାସ ଚିପିଦିଏ। ଦିନେଦିନେ ଲାଡ୍‌ଲୀକୁ ଚିପିବାକୁ ପଡ଼େ। ତେବେ ସେ ବେଶୀ ସମୟ ଚିପିପାରେନି। ପେଣ୍ଠା ଉପରେ ବସିଯାଏ। ସେଦିନ କିନ୍ତୁ କହିଲା, "ଆଜି ତୁ ଯେତେ କହିବୁ, ସେତେ ପେଣ୍ଠା ଚିପିବି। ମୋ' ପାଇଁ ବଢ଼ିଆ ଆମ୍ବୁଲରାଇ କରିଛୁ।"

ନୀତା ତାକୁ ଗେହ୍ଲେଇ ଗେହ୍ଲେଇ କହୁଥାଏ। କଥାଛଳରେ କହିଲା, "କୋଉପୁଅ ଯଦି କେବେ ତତେ ହଇରାଣ କରିବ, ମତେ କହିବୁ। କେବେ ଯଦି କାହା ସହ ଆଫେୟାର ହେବ, ତେବେ ବି ମତେ କହିବୁ। ମୁଁ ସବୁବେଲେ ତୋତେ ସାହାଯ୍ୟ କରିବାକୁ ଅଛି।"

ନୀତାକୁ କୁଣ୍ଢାଇ ଧରିଲା ଲାଡ୍‌ଲୀ। ତା'ର ଗାଲଚିପି କହିଲା, "ଆଲୋ ମୋ ବୋକୀ ଗେହ୍ଲୀ ମା। ତୁ ବି କ'ଣ ବାପାଙ୍କ ପରି ହେଉଛୁ? କ'ଣ ନାହିଁ କ'ଣ ମୁଣ୍ଡରେ ପୂରାଇ ବସିଛୁ। ତୁ ପରା ମୋର ସବୁଠୁ ଭଲ ସାଙ୍ଗ!"

■

ଭଙ୍ଗାଡେଶାରେ ଉଡ଼ାଣ

"ଓଡ଼ିଆ ମାଧମ ସ୍କୁଲରୁ ପାସ କରୁଥିବା ପିଲାମାନେ କ'ଣ ପ୍ରବେଶିକା ପରୀକ୍ଷାରେ ସଫଳ ହୁଅନ୍ତି ? ମେଡ଼ିକାଲ କଲେଜରେ ସ୍ଥାନ ପାଆନ୍ତି ? – ସୁଦେଶବାବୁ ମତେ ପଚରିଲେ ।

ମୁଁ କିଛି କହିବା ଆଗରୁ ଅନ୍ୟମାନେ ଉପରେ ପଡ଼ି ଗପିଲିଲେ । ପ୍ରାୟ ସମସ୍ତଙ୍କର ମତ ଥିଲା ଯେ ଆଜିକାଲି ଓଡ଼ିଆମାଧ୍ୟମ ସ୍କୁଲରେ କିଛି ବି ପଢ଼ାହେଉନି । ସେମିତି କିଛି ସ୍କୁଲ ଅଛି ବୋଲି ଭୁଲିଯିବା ଉଚିତ । ମୋ ମତ ଅଲଗା ଥିଲା, ଯଦିଓ ମୁଁ କିଛି କହିବାକୁ ଉଚିତ ମଣିଲିନି । କାରଣ କେହି ବି ମୋ' କଥାକୁ ଗ୍ରହଣ କରିବା ଅବସ୍ଥାରେ ନ ଥିଲେ ସେତେବେଳେ ।

ଉଭୟ ଇଂରେଜୀ ଓ ଓଡ଼ିଆ ମାଧମରେ ଗୁଣ ସହିତ ଖୁଣ ବି ରହିଛି । କିନ୍ତୁ ସେହି ଗୁଣ ବା ଖୁଣକୁ ଦେଖି ପିଲାଙ୍କୁ କେହି ସ୍କୁଲରେ ପଢ଼ାନ୍ତିନି । ସ୍କୁଲର ରଙ୍ଗଚଙ୍ଗ, କୋଠା, ପରିସର, ସ୍କୁଲ ବସ୍, ସେଠାକାର ଶିକ୍ଷକଙ୍କର ଢଙ୍ଗଢଙ୍ଗ ସହିତ ସେଠି ପଢୁଥିବା ପିଲାଙ୍କ ସାମାଜିକ ଶ୍ରେଣୀକୁ ଦେଖି ହିଁ ସମସ୍ତେ ମନରେ ଧାରଣା ପୋଷଣ କରନ୍ତି । ଇଂରେଜୀ ମାଧ୍ୟମରେ ଶ୍ରେଣୀପରୀକ୍ଷାରେ ନବେ, ପଞ୍ଚାନବେ କି ଶହେ ପ୍ରତିଶତ ନମ୍ବର ରଖିବା ସମ୍ଭବ ହୋଇଥାଏ । ଅଭିଭାବକମାନେ ସେହି ନମ୍ବରକୁ ନେଇ ଚର୍ଚ୍ଚା କରନ୍ତି ଓ ଗର୍ବ କରନ୍ତି । ଆଶ୍ଚର୍ଯ୍ୟର କଥା, ଯଦିଓ ଅଧିକାଂଶ ପିଲା ଅଧିକ ନମ୍ବର ରଖିଥାନ୍ତି ଓ ସେ ବିଷୟରେ ଗପିବାର ଆବଶ୍ୟକତା ନ ଥାଏ, ତଥାପି ଅଭିଭାବକମାନେ ସଗର୍ବେ ଗପିଲନ୍ତି । ସେମାନେ ଗପନ୍ତି, ସ୍ୱୀତ ମଣନ୍ତି ନିଜକୁ ଓ ଅନ୍ୟମାନେ ଶୁଣନ୍ତି ମଧ୍ୟ । କାରଣ ସେମାନେ ବି ନିଜେ ସେଇ ବିଷୟରେ କେବେ ନା କେବେ ଗପିଥାନ୍ତି ବୋଧେ !

ଚିନ୍ତାକଲେ ବେଳେବେଳେ ମନେହୁଏ ଯେ ଶିକ୍ଷା ଗୋଟେ ବ୍ୟବସାୟ

ପାଲଟିଗଲାଣି । ଅଭିଭାବକମାନେ ବିଜ୍ଞାପନ ଜାଲରେ ଫସିଥିବା ଜଣେ ଜଣେ ଅଭାଗା ଗରାଖ । କିନ୍ତୁ ଯିଏ ଠକିଯାଏ, ସେ ବୋକା କିମ୍ବା ମୂର୍ଖ ! କୌଣସି ଅଭିଭାବକ ନିଜକୁ ସେଇ ସ୍ତରର ମନେକରନ୍ତି ନାହିଁ । ତେଣୁ ସବୁବେଳେ ନିଜେ ଠିକ୍ କରିଛନ୍ତି ବୋଲି ଦେଖାନ୍ତି । ସ୍କୁଲର ସୁନେଲି ଚିତ୍ର ଆଖିଆଗରେ ଥୁଅନ୍ତି । ଅନ୍ୟମାନେ ପ୍ରରୋଚିତ ହୁଅନ୍ତି ତାଙ୍କ କଥାରେ ।

ହୁଏତ ସୁଦେଶବାବୁଙ୍କ ଭଳି କେହିକେହି କେବେକେବେ ଅନ୍ୟପ୍ରକାର ଚିନ୍ତାକରନ୍ତି । ବିକଳ୍ପର ପ୍ରଶ୍ନଉଠେ । ବିକଳ୍ପ ମାନେ ଓଡ଼ିଆ ମାଧ୍ୟମର ସ୍କୁଲ । ସେକଥା ଶୁଣୁଶୁଣୁ, ଅଧିକାଂଶଙ୍କର ନାହିଁ ଡିଏଁ । ଗୋଟିଏ ଅସନା ଜିନିଷ ମାଡ଼ିପକାଇଥିବା ଭଳି ବ୍ୟବହାର କରନ୍ତି, ସେଠୁ ଘୁଞ୍ଚିଯିବାକୁ ରୁହାନ୍ତି । ଅନ୍ୟମାନଙ୍କୁ ବି ସେଠାରୁ ଦୂରେଇଯିବାପାଇଁ ପରାମର୍ଶ ଦିଅନ୍ତି । ଭୁଲ୍‌ଭାଲ ଇଂରେଜୀ କିମ୍ବା ଭଙ୍ଗାଭଙ୍ଗା ଅଧାଇଂରେଜୀ-ଅଧାହିନ୍ଦୀ ଭାଷା କହୁଥିବା ପିଲାମାନେ ଏକପ୍ରକାର ବୈଭବ କି ବୈଶିଷ୍ୟର ପ୍ରତୀକ ବୋଲି ମନେକରନ୍ତି ସେମାନେ ।

ଦିନେ ଓଡ଼ିଆ ଭାଷାକୁ ଭିତ୍ତିକରି ଓଡ଼ିଶାପ୍ରଦେଶ ଗଠିତ ହୋଇଥିଲା । ସେଥିପାଇଁ ଅନ୍ୟମାନଙ୍କୁ ସଂଘର୍ଷ କରିବାକୁ ପଡ଼ିଥିଲା । ଏବେ କିନ୍ତୁ ଆମେ ସେଇ ଭାଷାକୁ ଅବହେଲା କରିବାର ଶପଥ ନେଇଛେ ଯେମିତି ! ବ୍ୟବହାର ନ କରି, ଆମେ ତାକୁ ମାରିଦେଉଛେ ଏବଂ ଏଇ ମାରିଦେବାର ପ୍ରକ୍ରିୟାଟିକୁ ଗୌରବାବହ ବୋଲି ମନେକରୁଛେ ।

ମୁଁ ସୁଦେଶବାବୁଙ୍କୁ ରୁହିଁଲି । ମନେ ନ ଥିବା କିମ୍ବା ବୁଝିପାରି ନ ଥିବାର ଛଳନା କରି ପଚାରିଲି, "ହଁ, କ'ଣ କହୁଥିଲେଟି !' ସେ ପ୍ରଶ୍ନ ଦୋହରାଇଲେ । ମୁଁ ସକାରାତ୍ମକ ମତ ଦେଲି । ଜାଣିଥିବା କିଛି ଗାଁ, ସ୍କୁଲ ଓ ପିଲାଙ୍କ ଉଦାହରଣ ଦେଲି ।

କେହି କିନ୍ତୁ ମାନିବାକୁ ରାଜି ନ ଥିଲେ ଯେ ସେଇ ସ୍କୁଲର ଟାଣମୂଳଦୁଆ ହିଁ ସେମାନଙ୍କ ସଫଳତାର ହେତୁ । ବରଂ ଯୁକ୍ତଦୁଇ ପଢ଼ିଥିବା କଲେଜ କି କୋଚିଂସେଣ୍ଟରକୁ ଶ୍ରେୟ ଦେଲେ । ସହରଠାରୁ ଦୂରରେ, ରାଜରାସ୍ତାଠାରୁ ଦୂରରେ ଧାଡ଼ିଏ ଆଜବେଷ୍ଟସ ଘର କି ଏକମହଲା ଛାତଥିବା ଘରେ ନିଷ୍ଠାପରଭାବେ ପଢ଼ାଉଥିବା କିଛି ଶିକ୍ଷକ ଅନାଲୋଚିତ ରହିଯାଆନ୍ତି ଏମିତି ସବୁବେଳେ ।

କେବେ କେବେ ସେମିତି ଅଜଉଜ ପାଟେରିବେଡ଼ା ଟଗର, କନିଅର, ଆମ୍ବ, ଲିମ୍ବ ଗଛମେଳରେ ଥିବା ସ୍କୁଲଟିଏକୁ ଦେଖିଲେ ମୁଁ ମୋହରେ ପଡ଼େ । ତା'ସହ ସଂଶ୍ଳିଷ୍ଟ ହେବାର କାମନା ଆସେ । ନାନା କାରଣରୁ ପାରେନି ଅବଶ୍ୟ । ତେବେ ମୋର ଦୃଢ଼ବିଶ୍ୱାସ ଯେ ଘୋଷିଦେଇ କିଏ ନମ୍ବର ରଖିପାରେ ନିଶ୍ଚୟ, ମାତ୍ର ନୂଆ

କିଛି ଚିନ୍ତା କରିପାରେନି । ଅଧିକ ନମ୍ବର ରଖୁଥିବା ଓ ଖାଲି ସେଇଥିରେ ମନଦେଉଥିବା ପିଲାଟି ଭବିଷ୍ୟତରେ ସବୁସାଙ୍ଗଙ୍କୁ ପ୍ରତିଦ୍ୱନ୍ଦୀ ମନେକରେ । ଅନ୍ୟ ଅର୍ଥରେ ଅସାମାଜିକ ହୋଇଯାଏ ।

ନିଜ ପରିବେଶରେ ମାତୃଭାଷାରେ ବୁଝି ସୁଝି ପାଠପଢୁଥିବା ପିଲାଟିର ମୂଳଦୁଆ ଠିକ୍ ଥାଏ । ଭବିଷ୍ୟତରେ ତା'ଠାରୁ କିଛି ଆଶା କରିହୁଏ । ଜଣେ ପ୍ରସିଦ୍ଧ ଅଧ୍ୟାପକ ଖରାଛୁଟିରେ ଗାଁରୁ ଗାଁ ବୁଲନ୍ତି । ଗାଁ ସ୍କୁଲର ପିଲାମାନଙ୍କୁ ପରୀକ୍ଷା କରନ୍ତି । ମଣିମୁକ୍ତା ସାଉଁଟିବା ପରି କେତେଜଣଙ୍କୁ ଆଣି ପାଖରେ ରଖି ପାଠପଢାନ୍ତି । ତା'ଭିତରୁ ଅନେକେ ଆଜି ଗବେଷଣାରତ । ଉଭାବନ କି ଗବେଷଣା ପାଇଁ ମୌଲିକତା ଦର୍କାର ହୁଏ, ବହିଘୋଷା ନମ୍ବର ନୁହେଁ ।

କିନ୍ତୁ ସେକଥା କହିବା ସେଠି ଅରଣ୍ୟରୋଦନ ହୋଇଥାନ୍ତା ଖାଲି । ତା'ଛଡ଼ା, ସୁଦେଶବାବୁଙ୍କ ଝିଅର ସେତେବେଳେ ଦଶମଶ୍ରେଣୀ । ସ୍କୁଲ ପରିବର୍ତ୍ତନର ପ୍ରଶ୍ନ ନାହିଁ ଓ ସେପରି ଭାବିବାଟା ବି ବୋକାମି । ତେଣୁ ତାଙ୍କପାଇଁ ଏ ପ୍ରସଙ୍ଗର ଗୁରୁତ୍ୱ ନାହିଁ କହି ମୂଳପ୍ରଶ୍ନକୁ ଏଡ଼ାଇଗଲି ।

xxx

ଗୋଟେ ନଇକୂଳିଆ ଗାଁ ସୁଦେଶବାବୁଙ୍କର । ରାଜରାସ୍ତାରୁ ଆଠକିଲୋମିଟର ଦୂର । ବାପା ଗାଁ ବାହାରେ ବଡ଼ଘରଟିଏ ବି କରିଥିଲେ । କିଛି ଜମିବାଡ଼ି ଥିଲା ଗାଁରେ । ସୁଦେଶବାବୁ ତେଣୁ ବାହାରକୁ ଯିବାକୁ ରୁହିଲେନି । ଯୁକ୍ତିନି ପରେପରେ ଗାଁଠାରୁ ଅଳ୍ପଦୂରରେ ଥିବା ସ୍କୁଲରେ ଶିକ୍ଷକତା କଲେ ।

ସେ ଭଲ ପଢ଼ାନ୍ତି । ଟିଉସନ ପାଇଁ ପିଲା ଜୁଟୁଥିଲେ । ପୁଅଟିଏ ଓ ଝିଅଟିଏକୁ ନେଇ ସୁରୁଖୁରୁରେ ଚଳିଥିଲା ତାଙ୍କ ସଂସାର ।

ବଡ଼ଭଉଣୀର ଅସୁବିଧା ହେଲା । ଭିଣୋଇ ଅକର୍ମଣ୍ୟ ହୋଇଗଲେ ପକ୍ଷାଘାତ ଭୋଗିବାପରେ । ତାଙ୍କର ଘର କି ଜମି ନ ଥିଲା । ବେସରକାରୀ ଚାକିରି କରୁଥିଲେ । ତାଙ୍କୁ ଅଳ୍ପକିଛି ଅନୁକମ୍ପାମୂଲକ ସାହାଯ୍ୟ ମିଳିଲା ଓ ଖର୍ଚ୍ଚ ହୋଇଗଲା ସବୁ । ତେଣୁ ସେମାନେ ଆସି ସୁଦେଶବାବୁଙ୍କ ମୂଳଘର ଅର୍ଥାତ ଗାଁରେ ଥିବା ଘରେ ରହିଲେ । ଭଣଜା ଚାକିରି କରି ନ ଥାଏ । ସେ ଜମିବାଡ଼ି କଥା ବୁଝିଲା । ସୁଦେଶବାବୁଙ୍କ ବାପା ତା' ନାଁରେ ଜମିବାଡ଼ିତକ କରିଦେବାକୁ ରୁହିଲେ । ସୁଦେଶବାବୁ ମନା କଲେନି ।

ସୁଦେଶବାବୁଙ୍କ ଉଦାରତା କିନ୍ତୁ ଦୁର୍ବଳତା କି ନିର୍ବୋଧତା ବୋଲି ପ୍ରମାଣିତ ହେଲା । ଆଗରୁ ଭଣଜା ଧାନ, ମୁଗ, ଚିନାବାଦାମ, ସଜନାଛୁଇଁ ଆଦି କିଛି କିଛି ଦେଉଥିଲା । ଏଥର ସେମିତି କିଛି ତ ଦେଲାନି, ତା' ସହିତ ସମ୍ପର୍କ କାଟିଦେବା ପରି

ଦୂରେଇ ରହିଲା। ସୁଦେଶବାବୁଙ୍କର ସେତେବେଳେ ଅସୁବିଧା କିଛି ନ ଥିଲା। ସେ ଏଇ କଥାକୁ ଗୁରୁତ୍ୱ ଦେଉ ନ ଥିଲେ। ମାତ୍ର ପରେ ଯେତେବେଳେ ଅସୁବିଧାର ସମୟ ଆସିଲା, ଏଇକଥା ମନେ ପଡ଼ିଲେ ତାଙ୍କୁ ବାଧେ।

ଝିଅ ଶ୍ୟାମଲୀ ତାଙ୍କରି ସ୍କୁଲରେ ପଢୁଥାଏ। ଭଲ ପଢୁଥାଏ ତାଙ୍କ ତତ୍ତ୍ୱାବଧାନରେ। ନାଚ ପ୍ରତି ତା'ର ଆଗ୍ରହ ହେଲା। ଗାଁଠାରୁ କିଛିଦୂରରେ ନାଚ ସ୍କୁଲଟିଏ ଥାଏ। ସେଠାକୁ ତାକୁ ଶିଖାଇବାକୁ ନିଅନ୍ତି ସୁଦେଶବାବୁ। ଶ୍ୟାମଲୀର ପ୍ରତିଭା ଦେଖି ଖୁସିହୁଅନ୍ତି ଅନ୍ୟମାନେ। ଉତ୍ସାହିତ ବି କରନ୍ତି। ନାଚଶିଖାଉଥିବା ଗୁରୁ ମାସକୁଥରେ କଟକର ଆଉ ଜଣେ ଗୁରୁଙ୍କ ପାଖକୁ ପଠାନ୍ତି। ସୁଦେଶବାବୁ ସଙ୍ଗରେ ଆସନ୍ତି। ଗାଁ ଓ ପାଖ ସହରର ଛୋଟମୋଟ ଉତ୍ସବରେ ପ୍ରଶଂସା ପାଏ ଶ୍ୟାମଲୀ। ଦୂରଦର୍ଶନର ବିଭିନ୍ନ କାର୍ଯ୍ୟକ୍ରମରେ ଭାଗନେଉଥିଲା। କିଛି କିଛି ଶିଶୁପ୍ରତିଭା ପୁରସ୍କାର ଜୁଟି ସାରିଥିଲା ତା' କପାଳରେ। ମୋଟାମୋଟିଭାବେ ସୁରୁଖୁରୁରେ ଚଳିଥିଲା ସୁଦେଶବାବୁଙ୍କ ସଂସାର ଓ ନିଜ ସଂସାରକୁ ନେଇ ସନ୍ତୁଷ୍ଟ ଥିଲେ ସେ।

ସେଇ ସମୟରେ ତାଙ୍କର ଶାଳା ତାଙ୍କୁ କଟକର ଗୋଟେ ସ୍କୁଲରେ ଯୋଗଦେବାପାଇଁ କହୁଥିଲେ। ସୁଦେଶବାବୁ ରାଜି ହେଲେନି। ଗାଁ ଛାଡ଼ିବାର କିଛି କାରଣ ନ ଥିଲା। ଧୀରେ ଧୀରେ କିନ୍ତୁ ତାଙ୍କର ଅନ୍ୟ ସାଙ୍ଗମାନେ ସେଇ ସ୍କୁଲ ଛାଡ଼ିବାରେ ଲାଗିଲେ। ଭିନ୍ନଭିନ୍ନ ସହରରେ ଯାଇ ରହିଲେ। ସେମାନେ ଚଳିଯିବା ପରେ ସୁଦେଶବାବୁଙ୍କ ପ୍ରତିଷ୍ଠା ଆହୁରି ବଢ଼ିଗଲା। ଟିଉସନ ବି ବଢ଼ିଲା। ଏଣେ ଶ୍ୟାମଲୀକୁ ପ୍ରତିଷ୍ଠା ମିଳୁଥାଏ। ଗାଁରେ ବୃଢ଼ାବୟସରେ ବାପା-ମା। ନିଜସ୍ୱ ବଡ଼ଘର। ଏସବୁ ଛାଡ଼ି ଅନ୍ୟ ସହରକୁ ଯିବାଟା ଯୁକ୍ତିଯୁକ୍ତ ଲାଗୁ ନ ଥାଏ ତାଙ୍କୁ।

ସୁଦେଶବାବୁ ବୁଝିପାରୁ ନ ଥିଲେ ସେତେବେଳେ। ଭଲ ସମୟ ସରିଯାଉଥିଲା ତାଙ୍କ ଭାଗ୍ୟରୁ। ପରିସ୍ଥିତି ବଦଳିଗଲା କ୍ରମଶଃ। ସ୍କୁଲ ଛାଡ଼ି ଅଧିକାଂଶ ଭଲ ଶିକ୍ଷକ ଅନ୍ୟ ସହରକୁ ପଳାଇଲେ। ପାଠପଢ଼ା ଆଗଭଳି ହେଲାନି। ସ୍କୁଲର ପିଲା କମିଲେ। ସ୍କୁଲ୍ ସ୍ଥିତି ସଂଶୟାଚ୍ଛନ୍ନ ହୋଇଗଲା।

ଶ୍ୟାମଲୀର ସପ୍ତମଶ୍ରେଣୀ ସେତେବେଳକୁ। ସୁଦେଶବାବୁଙ୍କ ପତ୍ନୀ ଦୀପ୍ତିଦେବୀ ଭବିଷ୍ୟତ ବିଷୟ ଚିନ୍ତାକଲେ। ଏଇ ସ୍କୁଲରେ ପଢ଼ାଇ ପିଲାଙ୍କର ଭବିଷ୍ୟତ ଗଢ଼ିବା କଷ୍ଟକର। କଟକରେ କିଛି ବନ୍ଧୁବାନ୍ଧବ ଥିଲେ। ସେମାନେ ସହଯୋଗ କଲେ। ଅଷ୍ଟମ ଶ୍ରେଣୀରେ କୌଣସି ଭଲ ସ୍କୁଲରେ ସ୍ଥାନପାଇବା କଷ୍ଟକର। ଭାଗ୍ୟବଶତଃ ମିଳିଗଲା ଶ୍ୟାମଲୀ ପାଇଁ। ପୁଅ ପାଇଁ ତୃତୀୟ ଶ୍ରେଣୀରେ ବି ସ୍ଥାନ ମିଳିଗଲା ସେଇ ସ୍କୁଲରେ। ସ୍କୁଲ ପାଖରେ ଭଡ଼ାଘର ବି ମିଳିଗଲା।

ସୁଦେଶବାବୁ ହିସାବ କଲେ। ପୁଅ ଓ ଝିଅଙ୍କର ସ୍କୁଲ୍ ଦରମା ମିଶି ମାସକୁ ହଜାରେ ଟଙ୍କା। ଘରଭଡ଼ା ଅଢ଼େଇ ହଜାର। ବିଜୁଳି ବିଲ ପାଞ୍ଚଶହ। ଏତିକି ଖର୍ଚ୍ଚ ତାଙ୍କର ବଜେଟ ଭିତରେ ଥିଲା। ଦୀପ୍ତିଦେବୀ ପିଲାଦୁହିଁଙ୍କୁ ନେଇ କଟକରେ ରହିଲେ। ସପ୍ତାହର ରବିବାରଦିନ କଟକ ଆସନ୍ତି ସୁଦେଶବାବୁ। ବାକି ଦିନତକ ଗାଁରେ ରହି ସ୍କୁଲରେ ପଢ଼ାନ୍ତି, ଟିଉସନ କରନ୍ତି, ବାପାମା'ଙ୍କ କଥା ବୁଝନ୍ତି। କଷ୍ଟ ହେଲେ ବି ଚଲାଇ ନେଇପାରୁଥିଲେ ସେ।

xxx

ଅନେକ ସମୟରେ ମୋର ଦୃଶ୍ୟଟେ ମନେପଡ଼େ। ଏଇଭଳି ଦୃଶ୍ୟଟେ...

ଗୋଟେ ଠେକୁଆ ଦୌଡୁଛି। ମୁହଁରେ କ୍ଲାନ୍ତି ନାହିଁ, ମାତ୍ର ଆଗ୍ରହ ପୋଛି ହୋଇଗଲାଣି। ଦୌଡୁଛି ଖାଲି ଦୌଡ଼ିବା ଆରମ୍ଭ କରିସାରିଛି ବୋଲି। ପ୍ରାପ୍ୟଟା ସୁଗମ ନ ହେଲେ ବି ଆଶା ଛାଡ଼ିପାରିନି ବୋଲି।

ଆରମ୍ଭଆରମ୍ଭର ଦିନମାନଙ୍କରେ ଧଳା ମଖମଲ ଜୀବଟି ମୁହଁରେ ଝଲମଲ କରୁଥିବା ଆଶା ଓ ସମ୍ଭାବନାର ଦ୍ୟୁତିମାନେ ଲୁଚିଗଲେଣି କେବେଠୁ। ଅଥଚ ସେ ଦୌଡୁଛି। ଦୌଡ଼ିବାଟା ତା'ର ଅଭ୍ୟାସ ପାଲଟିଗଲାଣି।

ଠିକ୍ ଏମିତି ଗୋଟେ ମୁହୂର୍ତ୍ତରେ କିଏ ଜଣେ ଆସନ୍ତା। ଅଳ୍ପ ଆଉଁଶିଦିଅନ୍ତା ତା'ର ପିଠିକୁ ଏବଂ ବୁଝାଇ କୁହନ୍ତା- ଏମିତି ପାଗଲା ହୁଅନି ବସ୍! କି ଲକ୍ଷ୍ୟ ନେଇ ଏମିତି ଧାଉଁଛୁ ? ହିସାବ ରଖୁଛୁ ? ହିସାବ କରିଛୁ କେତେଦିନ ବିତିଗଲାଣି ? କେତୋଟି ଫୁଲ ଝଡ଼ିଗଲେଣି ତୋର ବୟସଗଛରୁ ? କେତୋଟି ଲେଖାଏଁ ଛାପ ମାରିନେଲାଣି ଗ୍ରୀଷ୍ମ, ବର୍ଷା ଓ ଶୀତ ତୋର ଦେହରେ ? ତଥାପି ପାରିନୁ। ଆଉ ପାରିବୁନି ବି। ଯୁଗାଯୁଗାନ୍ତ ଧରି ଶତସହସ୍ର ଗ୍ରୀଷ୍ମର ପହିଲାଆରୁ ଶୀତର ପୁନେଇଁଯାଏଁ ଧାଇଁଲେ ବି ଅପୂରଣୀୟ ତୋର ଲକ୍ଷ୍ୟ। କାରଣ ତୁଁ ଯାହାକୁ ଠେକୁଆ ବୋଲି ଭାବୁଛୁ, ସେଇଟା ଠେକୁଆ ନୁହେଁ। ଚନ୍ଦ୍ରଦେହର ଭୌଗୋଳିକ ମାନଚିତ୍ର ଖାଲି।

କୁହନ୍ତା ଓ ଆଉଁଶି ଦିଅନ୍ତା ତା'ର ସାରାଦେହ। ସାରାଦେହରେ ତା'ର ବୋଲିବାକୁ ପ୍ରୟାସ କରନ୍ତା ସ୍ନେହ, ଆଶ୍ୱାସ, ବିଶ୍ୱାସ ଓ ପ୍ରବୋଧନାର ଲେପ।

ଅଥଚ କ'ଣ ଭାବିବ ଏଇ ଟିକି ଜୀବଟି ସେତେବେଳେ ? ପୁନର୍ଜନ୍ମ ହେଲା- ଆଉଥରେ ଜୀବନ୍ୟାସ ପାଇଲି। ବାକି ଜୀବନ ବଞ୍ଚିଗଲା ଅନିର୍ଦ୍ଧିଷ୍ଟ ପଥରେ ଧାଇଁବାରୁ। ନା, ଖୁବ ଭଲ ଥିଲା। ସମ୍ଭବ ନ ହେଲେ ବି ସମ୍ଭାବନା ଥିଲା। ହେଉପଛେ ଶୂନ୍ୟ ପ୍ରତିଶତ। ଧାଇଁବାରେ ହିଁ ବିତାଇ ଦେଇଥାନ୍ତା ତା'ର ଅବଶିଷ୍ଟ ଜୀବନ। ଧାଉଁଥାନ୍ତା ସାରାଜୀବନ ଆଶା ରଖି।

କେମିତି ବିତାଇବ ଏବେ ଆଶାହୀନ ଜୀବନଟେ ?...

କାହିଁକି କେଜାଣି; 'କୂଅ ହୁଡ଼ାର ଝିଅ' ଉପରେ ଲେଖିଥିବା ଏଇ କେତେଧାଡ଼ି ସୁଦେଶବାବୁଙ୍କୁ ଦେଖିଲେ ମୋର ମନେପଡ଼ିଯାଏ।

ସୁଦେଶବାବୁ ଭୋରରୁ ଉଠନ୍ତି। ନିତ୍ୟକର୍ମ ସାରି ଜଳଖିଆ ପରେ ଗୋଟେ ଜାଗାକୁ ଟିଉସନ ପାଇଁ ଯାଆନ୍ତି। ସେଠୁ ଯାଆନ୍ତି ସ୍କୁଲକୁ। ସ୍କୁଲରେ ସମସ୍ତେ ଭଲପାଆନ୍ତି ତାଙ୍କୁ। ସେ ଅନୁରୋଧ କରିଥାନ୍ତି ପ୍ରଥମ ପିରିଅଡ଼ ତାଙ୍କୁ ନ ଦେବା ପାଇଁ। ସ୍କୁଲ ସମୟ ସାଢ଼େ ସାତରୁ ସାଢ଼େ ଗୋଟାଏ। ତାପରେ ଘରକୁ ଫେରନ୍ତି। ଖାଇସାରିଲେ ଗୋଟେ ପରେ ଗୋଟେ ଟିଉସନ। ତିନୋଟି ବ୍ୟାଚ୍‍ର ଟିଉସନ ସରୁ ସରୁ ରାତି ନ’ଟା।

ତା'ରି ଭିତରେ ଟିକିନିଖି କରି ହିସାବ ରଖିବାକୁ ପଡ଼େ। ଯୋଜନା କରି ଘରର ସଉଦା କିଣା, ବାପାମା'ଙ୍କର ଔଷଧ କିଣା, ବନ୍ଧୁବାନ୍ଧବଙ୍କ ଚର୍ଚ୍ଚା ଇତ୍ୟାଦି କରିବାକୁ ପଡ଼େ। ପ୍ରତି ରବିବାର ଯେମିତି ହେଲେ କଟକ ଯିବାକୁ ହେବ। ଥରଟିଏ ନ ଗଲେ ପନ୍ଦରଦିନର ବ୍ୟବଧାନ ହୋଇଯାଏ। ଏଠି ଚଲିବା ପାଇଁ ସବୁ ଜିନିଷ ଯୋଗାଇଦେବାକୁ ହୁଏ। ଏପରିକି ରୋଷେଇଗ୍ୟାସ ସଂଯୋଗ ତାଙ୍କ ଗାଁ ଠିକଣାରେ ଥିଲା। ଏହାକୁ ବଦଳାଇବା ବେଳେ ଘରମାଲିକ ଦସ୍ତଖତ କରିବାକୁ କୁଣ୍ଠିତ ହେଲେ। ସୁଦେଶବାବୁଙ୍କୁ ଭଲ ଲାଗିଲାନି। ଆଉ କେବେ ଅନୁରୋଧ କରନ୍ତିନି। ଗାଁରୁ ଗ୍ୟାସ ସିଲିଣ୍ଡର ମଟରସାଇକେଲରେ ବାନ୍ଧି ଆଣନ୍ତି— ଏଠି ଦିଅନ୍ତି। ତେବେ ସେଥିପାଇଁ ଯଥେଷ୍ଟ ଯତ୍ନଶୀଳ ହେବାକୁ ହୁଏ। ଡେରି ହେଲେ ଏଠି ସିଲିଣ୍ଡର ସରିଯିବ। ରୋଷେଇ ପାଇଁ ଅସୁବିଧା। ତେଣୁ ଏଠି ସିଲିଣ୍ଡର କେବେ ସରେନି। ସିଲିଣ୍ଡର ସରିଆସିଲେ ଏଠାକୁ ନୂଆ ସିଲିଣ୍ଡର ନେଇ ଆସନ୍ତି। ଏଠୁ ସରିଆସୁଥିବା ସିଲିଣ୍ଡର ଗାଁକୁ ନେଇ ସେଠି ସାରନ୍ତି।

ଏଇ ମପାଚୁପା ଚଳଣି ଭିତରେ ନିଜର ଦେହ ଖରାପ ହେଲେ ବି ବିଶ୍ରାମ ନେବାର ସୁଯୋଗ ମିଳେନି। ଖରାଛୁଟିରେ ଫୁର୍ସତ ନାହିଁ। ସ୍କୁଲ ବନ୍ଦ ହେଲେ ପିଲାମାନେ ଦୁଷ୍ଟାମି କରିବେ। ପାଠ ନ ପଢ଼ି ବୁଲିବେ। ତେଣୁ ସେଇ ସମୟରେ ଟିଉସନ ଝୁଲୁ ରଖିବାକୁ ଅଭିଭାବକମାନେ ଝୁହାନ୍ତି। ସୁଦେଶବାବୁ ବି ସେଇ ସମୟରେ ପାଠପଢ଼ାକୁ ବେଶ କିଛିବାଟ ଆଗେଇ ନିଅନ୍ତି। ପରବର୍ତ୍ତୀ ସମୟରେ ସୁବିଧା ହୁଏ।

ଏମିତି ଏମିତି ଝୁଲିଥିଲେ ବି ଚଲିଥାନ୍ତା। ମାତ୍ର ଆଉ କେତୋଟି ଅସୁବିଧା ତାଙ୍କର ମେରୁଦଣ୍ଡ ଭାଙ୍ଗି ଦେଇଥିଲା।

ଶ୍ୟାମଲୀ ପଢ଼ୁଥିବା ସ୍କୁଲରେ ଟିଉସନ ଫି ଓ ରିଆଡ଼୍‌ମିସନ ଫି ହଠାତ୍‍ ଝୁରିଗୁଣା ବଢ଼ିଗଲା। ଘରଭଡ଼ା ବି ବଢ଼ିଗଲା ଅନେକ। କିନ୍ତୁ ଗାଁରେ ଆୟ ବଢ଼ିଲାନି। ପ୍ରତିଦ୍ୱନ୍ଦ୍ୱିତା

ବରଂ ବଢ଼ିବାରେ ଲାଗିଲା । ଓଡ଼ିଆ ମାଧ୍ୟମ ସ୍କୁଲର ଅନେକ ପିଲା ତାଙ୍କ ପାଖକୁ ଟିଉସନ ପାଇଁ ଆସନ୍ତି । ଏବେ କେତେକ ଯୁବକ ମିଶି ଗୋଟିଏ ସଂସ୍ଥା କରିଥିଲେ । ସେମାନେ ସବୁୟାକ ବିଷୟ ପଢ଼ାଉଥିଲେ ମାସକୁ ତିନିଶହ ଟଙ୍କାରେ । ତେଣୁ ଖାଲି ଗଣିତ ଓ ବିଜ୍ଞାନ ପାଇଁ ଲୋକେ ସୁଦେଶବାବୁଙ୍କୁ ପାଞ୍ଚଶହ ଟଙ୍କା ଦେବା ପାଇଁ କୁଣ୍ଠିତ ହେଲେ ଏଥର । ଆଗରୁ ଗାଁ ଛାଡ଼ିବାକୁ ସୁଯୋଗ ମିଳୁଥିଲେ ବି ସେ ଗାଁ ଛାଡ଼ି ନ ଥିଲେ । ମାତ୍ର ଏବେ ଛାଡ଼ିବାକୁ ରୁହେଁବାବେଲେ ସୁଯୋଗ ମିଳୁ ନ ଥିଲା । କୌଣସି ଭଲ ସ୍କୁଲରେ ରକିରିଟିଏ ଜୁଟୁ ନ ଥିଲା ।

ସୁଦେଶବାବୁ ୟୁକ୍ତ ତିନି ପରେ ଆଉ ପଢ଼ି ନ ଥିଲେ । ରକିରିରେ ପଶିଗଲେ । ସନ୍ତୁଷ୍ଟ ରହିଲେ ନିଜର ସ୍ଥିତିରେ । ତାଙ୍କର ସାଙ୍ଗମାନେ ସ୍ନାତକୋତ୍ତର ପାଠ ଓ ବି. ଏଡ଼. ସାରିଦେଲେ । ସୁଦେଶବାବୁ ବି ଇଗନୁର ପତ୍ରବିନିମୟ ପାଠ୍ୟକ୍ରମରେ ଯୋଗ ଦେଇ ପାରିଥାନ୍ତେ । ମାତ୍ର ସେ ଦିଗରେ ମନେ ଦେଇ ନ ଥିଲେ । ସେତେବେଳେ ଆବଶ୍ୟକତା ଉପଲବ୍ଧ କରି ନ ଥିଲେ । ମାତ୍ର ଏବେ ଭଲ ସ୍କୁଲରେ ସେଇସବୁ ଶିକ୍ଷାଗତ ଯୋଗ୍ୟତା ଦେଖାଯାଉଥିଲା । ଗାଁରେ ଲୋକମାନେ ଜାଣିଥିଲେ ସେ ଭଲ ପଢ଼ାନ୍ତି ବୋଲି । ତେଣୁ ଚଳିଯାଉଥିଲା । ସ୍କୁଲ ମିଳିଯାଉଥିଲା । ମାତ୍ର ସହରରେ ତାଙ୍କୁ ଚିହ୍ନି ନ ଥିଲେ କେହି । ସହରରେ ଖର୍ଚ୍ଚ ବଢ଼ିବଢ଼ି ଚାଲିଥିଲା । ଗାଁରେ ରୋଜଗାର ଆଶାଜନକ ଭାବେ ବଢ଼ିପାରୁ ନ ଥିଲା ।

ସୁଦେଶବାବୁ ଭାଙ୍ଗିପଡ଼ୁଥିଲେ । ଏତେ ବେଶୀ ପରିଶ୍ରମ କରିବା ସତ୍ତ୍ୱେ ପିଲାମାନଙ୍କର ଗୁଜୁରାଣ ମେଣ୍ଟିଯାଉଥିଲା ସିନା, ସାଙ୍ଗମାନଙ୍କ ତୁଳନାରେ ଯଥେଷ୍ଟ କମ୍ ରହୁଥିଲା । ଅନ୍ୟ କାହାଘରକୁ ଗଲେ ସେମାନଙ୍କ ଚଳିଚଳନ ଦେଖି ହୀନମାନ୍ୟତା ଆସେ । ମନେମନେ ଭାବନ୍ତି, ପିଲାଙ୍କର ଆଉ ସେମିତି ହେଉନି ତ । ସେପରି ହେଲେ ତାଙ୍କର ସବୁୟାକ ସାଧନା ବ୍ୟର୍ଥ ହୋଇଯିବ ।

ଦୀପ୍ତିଦେବୀ କହିଲେ ଯେ ପୁଅର ସାଙ୍ଗମାନେ କେବେଠାରୁ ଟିଉସନ ହେଲେଣି । ତାକୁ ବି ପଠାଇବାକୁ ହେବ । ନ ହେଲେ ସେମାନଙ୍କ ସହ ମିଶି ପଢ଼ିବା ବେଳେ ପାଠ ଧରିପାରିବନି । ଏମିତିରେ ସୁଦେଶବାବୁ ବି ଖାଲି ଗୋଟିଏ ଦିନ ସମୟ ଦେଇପାରିବେ । ସେତିକି ସମୟ କଦାପି ଯଥେଷ୍ଟ ହେବନି ତା'ପାଇଁ । ସୁଦେଶବାବୁ ବି ଅନୁଭବ କଲେ କଥାର ଗୁରୁତ୍ୱ । ପୁଅ ଟିଉସନ୍ ହେଲା । ମାତ୍ର ସେ ବର୍ଷ ଆଦୌ ଭଲ ହେଲାନି ତା'ର ପରୀକ୍ଷାଫଳ । ଏଣେ ସୁଦେଶବାବୁ ତାକୁ ପଢ଼ାଇବା ଛାଡ଼ିଦେଲେ । ତା'ର ପାଠପଢ଼ା ଅବସ୍ଥା ଜାଣିପାରୁ ନ ଥିଲେ । ରବିବାର ତା'ର ଟିଉସନ୍ ରଖୁଥାଏ ।

xxx

ଏମିତି ଏମିତି ପାଞ୍ଚବର୍ଷ କଟିଗଲା। ଶ୍ୟାମଲୀ ଯୁକ୍ତ ଦୁଇର ପରୀକ୍ଷାଦେବା ବେଳ ଆସିଲା।

ଯୁକ୍ତ ଦୁଇ ବେଳେ ଏଠାକୁ ସେଠା ଟିଉସନ ପାଇଁ ଧାଇଁଧାଇଁ ହାଲିଆ ହୋଇଯାଏ ଶ୍ୟାମଲୀ। ଗୋଟିଏ ଜାଗାରେ ସରିବାର ଅଧଘଣ୍ଟା ପରେ ଆଉଗୋଟେ ଜାଗାରେ ଥାଏ। କେବେ କେବେ ସାତ ଆଠ କିଲୋମିଟର ବାଟ ଯିବାକୁ ହୁଏ ସେତିକି ସମୟ ଭିତରେ। ଦୁଇଥର ଛୋଟମୋଟ ଦୁର୍ଘଟଣା ହୋଇଥିଲା।

ସୁଦେଶବାବୁ ବି ଝିଅକୁ ଛାଡ଼ି ନିଶ୍ଚିନ୍ତ ହୋଇ ରହିପାରନ୍ତିନି। କିନ୍ତୁ ତା'ର ଅସମୟରେ ଯିବାଆସିବା ଦିନରେ ରହିବା ସମ୍ଭବ ହେଉ ନ ଥାଏ। ବେଳେବେଳେ ଭାବନ୍ତି ଯେ ଶ୍ୟାମଲୀ ଜାଗାରେ ପୁଅ. ଥିଲେ ବୋଧେ ଏତେ ଅସୁବିଧା ହେଉ ନ ଥାନ୍ତା। ଏଣେ ଶ୍ୟାମଲୀ ଯେ ଦିନେ ନାଚୁଥିଲା ଓ ସେଥିରେ ତା'ର ବ୍ୟୁପ୍ଫତ୍ତି ଥିଲା, ସେକଥା ଭୁଲିଯାଇଥିଲେ ସମସ୍ତେ। ବେଳେବେଳେ ପୁରୁଣା ପୁରସ୍କାର କି ମାନପତ୍ର ଦେଖିବାବେଳେ କୋହଉଠେ ସୁଦେଶବାବୁଙ୍କର। ମାତ୍ର କିଛି କରିପାରିବା ସମ୍ଭବ ନ ଥାଏ।

ଶ୍ୟାମଲୀ ବି ହାଲିଆ ହୋଇଯାଇଥିଲା। କହୁଥିଲା, ଯାହା କିଛି ପାଇଲେ ବି ସେ ପଢ଼ିବାକୁ ପଳାଇବ। ଆଉ ଏତେ ଧାଁଦଉଡ଼ କରିପାରିବନି।

ଏମିତି ଏମିତି ପାଞ୍ଚବର୍ଷ କଟିଗଲା। ଶ୍ୟାମଲୀ ଯୁକ୍ତ ଦୁଇ ପରୀକ୍ଷା ଦେଲା। ସୁଦେଶବାବୁ ଦୀପ୍ତିଦେବୀଙ୍କୁ ବାସ୍ତବତା ବୁଝାଇଲେ। ଏ ବର୍ଷ ଗାଁକୁ ଫେରିଯିବାକୁ ପ୍ରସ୍ତାବ ଦେଲେ। ଗାଁ ପାଖ ସହରରେ କୋଚିଂର ସୁବିଧା ହେଲାଣି। ଭଲ କଲେଜ ଖାଲି ନାଁକୁ ମାତ୍ର। ସମସ୍ତେ ନା ଲେଖାଉଛନ୍ତି ସିନା, ପଢ଼ିବାକୁ କେହି ବି ଯାଉ ନାହାନ୍ତି। ଗାଁରେ ପଢ଼ିଥିଲେ ବି ଶ୍ୟାମଲୀ ଏତିକି ପଢ଼ିପାରିଥାନ୍ତା। ପୁଣି ନାଚରେ ତା'ର ଯଥେଷ୍ଟ ଉନ୍ନତି ହୋଇଥାନ୍ତା।

ଦୀପ୍ତିଦେବୀ ହତାଶ ଦିଶିଲେ, ଭାଙ୍ଗିପଡ଼ିଲେ। ବ୍ୟର୍ଥତାର ଧୂସର ବାଦଲସବୁ ପହଁରିଯାଉଥିଲେ ତାଙ୍କ ମୁହଁରେ ଗୋଟେ ପରେ ଗୋଟେ। ସେ ସୁଦେଶବାବୁଙ୍କ ମୁହଁକୁ ରହୁଁଆନ୍ତି, କିଛି କହିପାରୁ ନ ଥାନ୍ତି। କାରଣ ତାଙ୍କ ମୁହଁ ବି ହତାଶାଭରା। ସେଠି ସ୍ୱପ୍ନଭଙ୍ଗର ଯନ୍ତ୍ରଣା। ନିପାରିଲାପଣର ପ୍ରତିଲିପି। ଏ ପରିସ୍ଥିତିରୁ ମୁକୁଳିବାର ବ୍ୟଗ୍ରତା।

ଥରେ ସୁଦେଶବାବୁ କହିଥିଲେ, ପାଖରେ ପରିବାର ଥିଲେ ସେ ଯା'ଠାରୁ ବି ଅଧିକ ପରିଶ୍ରମ କରିପାରିଥାନ୍ତେ। କିନ୍ତୁ ଭାଙ୍ଗନ୍ତେନି। ଏବେ କାମ ସାରି ଘରକୁ ଫେରିଲେ ହତାଶ ଲାଗେ। ଏକୁଟିଆଆପଣ ମାଡ଼ିବସେ ଗୋଟେ ନିଛାଟିଆ କୋଠରିରେ। ମନେହୁଏ

ଖାଲି ଧାଇଁବାକୁ ହିଁ ସେ ଜନ୍ମ ହୋଇଛନ୍ତି। ଧାଇଁ ଧାଇଁ ମରିଯିବେ। କାହାଠାରୁ ସ୍ନେହ ଆଦର ପାଇବାକୁ ସମୟ ନାହିଁ କି କାହାକୁ ସ୍ନେହ ଶ୍ରଦ୍ଧା ଦେବାର ଅବକାଶ ନାହିଁ।

ସେଇକଥା ମନେପଡୁଥାଏ ଦୀପ୍ତିଦେବୀଙ୍କର। ଏଣେ ସୁଦେଶବାବୁଙ୍କ ପ୍ରସ୍ତାବରେ ରାଜି ହୋଇପାରୁ ନ ଥାନ୍ତି। ସୁଦେଶବାବୁଙ୍କ ପଛରେ ଠିଆହୋଇ କାନ୍ଧରେ ହାତ ଥାପିଲେ। ତାଙ୍କ ମୁହଁକୁ ଚୁହିଁପାରୁ ନ ଥାନ୍ତି। ୫କ଼ି ବାଟେ ଦୂର ଆକାଶକୁ ଅନାଇ କହିଲେ, 'ଅଧାବାଟ ଆସିଲେଣି। ଆଉ ଅଧାବାଟର କଥା। ଏବେ ଛାଡ଼ିଦେଇ ଗଲେ ପୁଅ ଅସନ୍ତୁଷ୍ଟ ହେବ। ଯେମିତି ହେଲେ ଚଲେଇନେବା।'

◼

ସୁଅମୁହଁରେ ପତର

ଗତାନୁଗତିକତାର ପ୍ରବହମାନଧାରାରେ ଭାସି ଯାଉ ଯାଉ ଥମକି ରହିବାକୁ ହୁଏ କେବେ କେବେ। କେବେ କେବେ ଥମକିରହେ ମୁଁ। ଯଦିଓ କ୍ବଚିତ୍।

କେମିତି ମୁଁ ବର୍ଣ୍ଣନା କରିବି ମୋ ନିଜକୁ? ଦୁନିଆ ଆଖିରେ ଗୋଟେ ସମୟନିଷ୍ଠ ଓ ତଥାକଥିତ ସଫଳ ଲୋକଟିଏକୁ? କାହାକୁ ମୁଁ ବୁଝାଇ ପାରିବି ଯେ ମୁଁ ମୁଁ ନୁହେଁ/ ମୁଁ ମୋର ନୁହେଁ / ମୋର ନିଜସ୍ବ ବୋଲି କିଛି ନାହିଁ! ମୁଁ ବାନ୍ଧି ହୋଇଥାଏ ଗୋଟେ ଦଉଡ଼ିରେ। ଦଉଡ଼ିର ଲମ୍ବ ଅନୁଯାୟୀ ହିଁ ମୋର ଯାତାୟାତ। ମୋର ଚଲାବୁଲା। ମୋର ସ୍ବାଧୀନତା ସେତିକି ହିଁ ମୁଁ ଯାଇପାରିବି। ଅଧିକ ଯିବାର ଚେଷ୍ଟା କଲେ ରୋକିଦେବ ମତେ ଦଉଡ଼ି। ସମୟର ଦଉଡ଼ି। ଘଣ୍ଟାର ମୁହଁ ଦେଖାଇ ମତେ ସତତ ସତର୍କ କରୁଥାଏ ଯିଏ।

ମୁଁ ବାନ୍ଧି ହୋଇଯାଇଥାଏ ପୂର୍ବରୁ। କାହା ପାଇଁ କେତେ ସମୟ ସ୍ଥିର ହୋଇଯାଇଥାଏ ଆଗରୁ। ନାନାଦି ଅତ୍ୟାବଶ୍ୟକ କାମ ତୁଲାଇବା ପରେ ରୋଗୀ ସଂଖ୍ୟା ହିଁ ନିୟନ୍ତ୍ରଣ କରେ ମତେ। କେହି କେହି ନିଜ ଲୋକ ଆସିଲେ ସମୟ ଦେବାକୁ ସୁବିଧା ହୁଏନି ସବୁବେଳେ। ମୁଁ ଯେତିକି ସମୟ ଦେଇପାରେ ସେତିକିରେ ସନ୍ତୁଷ୍ଟ ହୁଅନ୍ତିନି ଅନେକ। ମୁଁ ବି ଅସନ୍ତୁଷ୍ଟ ହୁଏ ବେଳେବେଳେ। କାରଣ ଯିଏ ବି ଆତ୍ମୀୟ ଆସିଲେ କେହି ଅପେକ୍ଷା କରିବାକୁ ରାଜି ହୁଅନ୍ତିନି। ସମସ୍ତେ ରୁହାନ୍ତି ସେମାନଙ୍କ କାମ ମୁଁ ସଙ୍ଗେ ସଙ୍ଗେ ସାରିଦିଏ। ସେମାନଙ୍କୁ ସେମାନଙ୍କର ଆଶା ଅନୁଯାୟୀ ବ୍ୟବହାର କରେ କି ଚର୍ଚ୍ଚା କରେ। ସମୟ ଦିଏ। ମୁଁ ପାରେନି ଅନେକ ସମୟରେ। କଲେ ବି ବିରକ୍ତ ହୁଏ କେବେ କେବେ। ମନେହୁଏ ମତେ ଛାଡ଼ି ଆଉ ସମସ୍ତେ ବୋଧେ ବ୍ୟସ୍ତ। ସମସ୍ତଙ୍କ ପାଖରେ ସମୟର ଅଭାବ। କିମ୍ବା ମୋ ପାଇଁ ଦିନଟିଏ ଚବିଶ ଘଣ୍ଟାରୁ କିଛିଟା ଅଧିକ।

ତଥାପି ବି ଗତାନୁଗତିକତାର ପ୍ରବହମାନଧାରାରେ ଭାସି ଯାଉଯାଉ ଥମକି ରହିବାକୁ ହୁଏ କେବେ କେବେ। କେବେ କେବେ ଥମକି ରହେ ମୁଁ। ଯଦିଓ କ୍ୱଚିତ୍।

କିନ୍ତୁ ସେତିକିରେ ବି ମୋର ନିସ୍ତାର ନ ଥାଏ। ସେତିକି କରିପାରିବାର ସ୍ୱାଧୀନତା ନ ଥାଏ ଅଧିକାଂଶ ସମୟରେ। ସତର୍କ ଓ ସମୟାନୁବର୍ତ୍ତୀ ମୋର ଦ୍ୱାରପାଳ, ମାର୍ଗଦର୍ଶକ, ସମୟ ସଂଜ୍ଞାଳକ ତଥା ରୋଗୀଙ୍କ ନମ୍ବର କରୁଥିବା ବିନୋଦର ଭଦ୍ର ତାଗିଦ, ନିବୃତ୍ତ କରିଦିଏ ମତେ। ସେ କବାଟ ଫାଙ୍କାରୁ ଉଣ୍ଡିଲେ କିମ୍ବା ଆଉ ଜଣେ ରୋଗୀକୁ ଭିତରକୁ ଛାଡ଼ିଲେ ସତର୍କ ହୋଇଯାଏ ମୁଁ। ଜାଣିପାରେ ଯେ ସମୟ ଅନୁସାରେ ମୁଁ ପଛରେ ଅଛି। ଆବେଗ କି ସମବେଦନାରେ ବିସ୍ତାରିତ ହୋଇଥିବା ମନ କଇଁଛ ପରି ମୁଣ୍ଡ ଲୁଚାଏ, 'ସମୟ ସହ ଦୌଡ଼'ର ଖୋଲପାରେ।

ମୋ ସହ ପରାମର୍ଶ ପାଇଁ ଆସିଥିବା ମନସ୍ୱିନୀ ଓ ତା'ର ମା'ଙ୍କ କଥାବାର୍ତ୍ତା, ଭାବଭଙ୍ଗୀ ତଥା ରୁହାଣି ବିନିମୟରେ କିଞ୍ଚିତା ଅନ୍ୟମନସ୍କ ହୋଇଯାଇଥିଲି ମୁଁ! ଥମକିଯାଇଥିଲି କିଛି ସମୟ। ସେମାନଙ୍କ କଥାବାର୍ତ୍ତାର ଅନୁଶୀଳନ କରୁଥିଲି! କିଛି କିଛି ଭାବୁଥିଲି ମୋ' ନିଜର ପରିପ୍ରେକ୍ଷୀରେ। ସାମସମୟିକ ଦୁନିଆର ପରିପ୍ରେକ୍ଷୀରେ। ସେମାନଙ୍କର ମାନସିକତା, ପାରସ୍ପରିକ ବାକ୍ୟବିନିମୟ କିଞ୍ଚିତା ଆଗ୍ରହୀ କରୁଥିଲା ମତେ। ଏତିକିବେଳେ ବିନୋଦ ଆଉଜଣକୁ ଭିତରକୁ ଛାଡ଼ିଲା। ସତର୍କ ହୋଇଗଲି ମୁଁ। ସେମାନେ ବି ଜାଣିଗଲେ ଯେ ସମୟ କମ୍। ଫେରିଗଲେ ଦୁହେଁ। ତେବେ ମୁଁ ଦେଖିବାପରେ ପରୀକ୍ଷା କେତୋଟି ପାଇଁ ଲେଖିଦେଇଥିଲି। ତେଣୁ ପରେ ସେମାନେ ଆଉଥରେ ଆସିବେ। ହୁଏତ ସେତେବେଳେ ସମୟ ଥାଇପାରେ ବୋଲି ବୁଝାଇଲି ନିଜକୁ। ନିଜକୁ ଓହରାଇ ଆଣିଲି ଭାବଗତ ଜଗତରୁ ବୃତ୍ତିଗତ ଜଗତକୁ।

ଉପରଓଳି ବର୍ଷା ଉଠାଇଲା ଓ ବର୍ଷିଲା। ଜୋରଦାର ଅସରାଏ ବର୍ଷା। ବର୍ଷା ଉଠାଇବାରୁ ଲୋକମାନେ ତରବର ହେଲୋ ଫେରିବାପାଇଁ। ମୁଁ ବି ଶୀଘ୍ର ଶୀଘ୍ର ବିଦା କରିଦେଲି ସମସ୍ତଙ୍କୁ। ମନସ୍ୱିନୀ ଓ ତା'ର ମା' ସରଳା ଦେବୀ ଆସିପାରି ନ ଥିଲେ। ମୁଁ ମୋର ଅନ୍ୟକାମ ତୁଟାଇବାକୁ ଗଲି। ଫେରିବାବେଳକୁ ମା ଓ ଝିଅ ଅପେକ୍ଷା କରିଥିଲେ।

ମନସ୍ୱିନୀର ମୁଣ୍ଡ ବିନ୍ଧୁଥାଏ। ଓଜନ ବଢୁଥାଏ। ସେମାନେ ମୋ ପାଖକୁ ଆସିଲାବେଳେ ଆଉକେହି ବାକି ନ ଥିଲେ। ସେମାନେ ଖୋଲାଖୋଲି କଥା ହେଉଥିଲେ। ମୁଁ ତରବର ହେଉ ନ ଥିଲି କି ସେମାନଙ୍କୁ ଅଟକାଉ ନ ଥିଲି। ବରଂ ଦୁହେଁ ମତେ ଶ୍ରୋତା, ମଧ୍ୟସ୍ଥ ତଥା ସାକ୍ଷୀ ଭଲ ବ୍ୟବହାର କରୁଥା'ନ୍ତି।

ମନସ୍ୱିନୀ ଗୋଟିଏ ଘରୋଇ ସ୍କୁଲର ନବମ ଶ୍ରେଣୀରେ ପଢୁଥିଲା। ଭଲ

ପଢ଼ୁଥିଲା। ତେବେ ତା'ର ଅଗ୍ରଗତିରେ ମା' ସରଳା ଦେବୀ ସନ୍ତୁଷ୍ଟ ହୋଇପାରୁ ନ ଥାନ୍ତି। ତେଣୁ ତାକୁ ଏକ ଆବାସିକ ବିଦ୍ୟାଳୟକୁ ନେଇ ଆସିଥିଲେ। ସେଠି ତାକୁ ଭର୍ତ୍ତି କରିବା ପାଇଁ ପାଖାପାଖି ତିନିଲକ୍ଷ ଟଙ୍କା ଦେଇଥିଲେ। ସେଠାକାର ଅଧ୍ୟକ୍ଷା କଥା ଦେଇଥିଲେ ମନସ୍ୱିନୀର ସ୍ୱତନ୍ତ୍ର ଯତ୍ନ ନେବା ପାଇଁ।

ମାତ୍ର ମନସ୍ୱିନୀ କହୁଥାଏ, ତାକୁ ଘରକୁ ନେଇଆସିବାପାଇଁ। ସେଠି ତାକୁ ଆଦୌ ଭଲ ଲାଗୁ ନ ଥାଏ। ସରଳା ଦେବୀ ବୁଝାଉଥା'ନ୍ତି ଯେ ଭବିଷ୍ୟତ ଗଢ଼ିବାକୁ ହେଲେ କଷ୍ଟ କରିବାକୁ ହୁଏ। ସେଇ ଅନୁଷ୍ଠାନ ଭଲ ବୋଲି ଲୋକମାନେ ଏତେ ଏତେ ପଇସା ଦେଇ ପିଲାମାନଙ୍କୁ ପଢ଼ାଉଛନ୍ତି। ଅଧ୍ୟକ୍ଷା ପୁଣି ତା'ର ସ୍ୱତନ୍ତ୍ର ଯତ୍ନ ନେଉଛନ୍ତି। ପରୀକ୍ଷାରେ ଏଥର ଭଲ ନମ୍ବର ରହିଛି ମନସ୍ୱିନୀର। ପୁଣି ତା'ର ଅସୁବିଧା କେଉଁଠି ? ମତେ ସାକ୍ଷୀ କରୁଥା'ନ୍ତି। ଆଶା କରୁଥା'ନ୍ତି, ମୁଁ ତାଙ୍କୁ ସମର୍ଥନ କରେ। ମନସ୍ୱିନୀକୁ ବୁଝାଏ।

ମୁଁ ମନସ୍ୱିନୀକୁ ଦେଖିଲି ! କେମିତି ଗୋଟେ ଶୂନ୍ୟଦୃଷ୍ଟି ତା'ର। ହତାଶାଭରା। ତଥାପି ମୁଁ ତାକୁ ବୁଝାଇବାକୁ ଚେଷ୍ଟା କଲି ! ସରଳାଦେବୀଙ୍କ ବକ୍ତବ୍ୟକୁ ସମର୍ଥନ କଲାଭଳି କଥା କହି। କିଛି କିଛି ଉଦାହରଣ ଦେଲି ତାଙ୍କ କଥାକୁ ପୁଷ୍ଟି କରିବା ଉଦ୍ଦେଶ୍ୟରେ।

ମନସ୍ୱିନୀ ଶୁଣୁଥାଏ ଖାଲି ! ମୁଁ ମୋର ଗପିଚାଲିଥାଏ ରୋଗୀକୁ ଉପଦେଶ ଦେବା ଭଙ୍ଗୀରେ। ତା' ଆଖିରେ ଆଖି ମିଶିବାରୁ ଚମକିପଡ଼ିଲି। ଅଟକିବାକୁ ପଡ଼ିଲା ମତେ। କେମିତି ଗୋଟେ ଉଦାସ ଦୃଷ୍ଟି। କେମିତି ଗୋଟେ ହତାଶାର ଛାଇ ତା'ର ମୁହଁରେ। ସେ ଯେମିତି ଜାଣିଛି ଯେ ତାକୁ କେହି ସମର୍ଥନ କରିବେନି। କିନ୍ତୁ ତା'ର କିଛି ବକ୍ତବ୍ୟ ଅଛି।

ତା' ମୁହଁକୁ ଚାହିଁବା ପରେ ଆଉ ଅଧିକ ଉପଦେଶ ଦେଇପାରିଲିନି। ଅଟକିବାକୁ ପଡ଼ିଲା ମତେ। ମୋ ପାଟିରୁ ବାହାରିଗଲା, "ଯାହା କହିବାର ଅଛି କହିଦେ। ମନ ଭିତରେ ରୂପି ରଖନି। ଯାହାହେଲେ ବି ଆମେ ତୋର ଶୁଭାକାଂକ୍ଷୀ।"

- "ଅଙ୍କଲ୍ ! ପ୍ରିନ୍ସିପାଲ ସ୍ୱେସାଲ କେଆର ନେଉଛନ୍ତି ବୋଲି କହୁଛନ୍ତି। କିନ୍ତୁ ସେ କେଆର କ'ଣ, ଆପଣ ଟିକେ ଶୁଣନ୍ତୁ। ମଝିରେ ମଝିରେ କେବେ ଦେଖାହେଲେ ପଚାରନ୍ତି "ଭଲରେ ଖିଆପିଆ କରୁଛୁ ତ ? ଆମ ମେସରେ ତ ନିଶ୍ଚୟ ଭଲ ଖାଇବା ହେଉଥିବ ?"

"ମୁଁ କ'ଣ ଉତ୍ତର ଦିଅନ୍ତି ? ଖରାପ କହିଲେ ବି ସେ କ'ଣ ଶୁଣନ୍ତେ କି ? ମୁଁ ଖାଇ ନ ପାରିଲେ ବି ଭଲ ହେଉଛି ଓ ଠିକ୍‌ରେ ଖାଉଛି ବୋଲି କୁହେ।"

ସରଳା ଦେବୀ ଚିହିଁକି ଉଠିଲେ, “ତୁ କ’ଣ ସେଠି ଏକା ଅଛୁ ? ସବୁ ପିଲା ପୁଣି ଖାଇପିଇ ରହୁଛନ୍ତି ନା ନାହିଁ ?”

ମନସ୍ୱିନୀର ମୁହଁ ଆହୁରି ନିରୀହ ଦେଖାଯାଉଥାଏ । ମା’ର ଗାଳିରେ ସେ ଡରୁ ନ ଥାଏ କି କାନ୍ଦୁ ନ ଥାଏ । ମୁହଁରେ ଆହୁରି ନିରୀହ ଭାବ ଲେପି କହୁଥାଏ, “ମା’, ମତେ ପ୍ଲିଜ୍ ପାଖକୁ ନେଇଆ । ଘରେ ରଖ । ଦେଖିବୁ ମୁଁ ସରସ୍ୱତୀ ଶିଶୁ ମନ୍ଦିର କି ସରକାରୀ ସ୍କୁଲରେ ପଢ଼ି ମଧ୍ୟ ତୁ ଯାହା ରହୁଛୁ, ସେଇଆ ହୋଇ ଦେଖାଇବି । ମୋ ପାଇଁ ଆଉ ଅଧିକ ପଇସା ଖର୍ଚ୍ଚ କରିବା ଦରକାର ନାହିଁ !”

ବିରକ୍ତ ହୋଇଯାଇଥିଲେ ସରଳା ଦେବୀ । କହିଲେ, “ଯେଉଁମାନେ ପଇସା ଖର୍ଚ୍ଚ କରିପାରିବେନି, ସେଇମାନଙ୍କ ପିଲାମାନେ ହିଁ ସେଇସବୁ ସ୍କୁଲରେ ପଢ଼ନ୍ତି ! ତୁ କ’ଣ ଭାବୁଛୁ ସବୁଯାକ ଶିକ୍ଷିତ ଲୋକ ପାଗଳ ? ଅଙ୍କଲଙ୍କୁ ପଚାରିଲୁ, ତାଙ୍କ ପିଲାମାନେ କେଉଁ ସ୍କୁଲରେ ପଢୁଛନ୍ତି ?”

ମୋର ଗୋଟିଏ ଝିଅ । ଅନ୍ୟ ଏକ ସହରରୁ ଏଠାକୁ ବଦଳି ହୋଇ ଆସିବାବେଳେ ଦ୍ୱନ୍ଦ୍ୱରେ ଥିଲୁ, କେଉଁ ସ୍କୁଲରେ ପଢ଼ାଇବୁ । ମୋ ସ୍ତ୍ରୀ ଓ ତାଙ୍କର ସହକର୍ମୀମାନେ ଜୋର ଦେଉଥା’ନ୍ତି ସହରର ସବୁଠାରୁ ଭଲ ସ୍କୁଲରେ ପଢ଼ାଇବାକୁ । ସେଠାରେ ଭର୍ତ୍ତି କରିବା ସହଜ ନ ଥିଲା ! ମାତ୍ର କାହା କାହା ଜରିଆରେ ପ୍ରଭାବ ପକାଇ ସ୍ଥାନଟିଏ ଯୋଗାଡ଼ କରିପାରିଥିଲେ ସେ । ସେଇ ସ୍କୁଲ ଥିଲା ସହରର ଗୋଟେ ମୁଣ୍ଡରେ ଓ ଆମେ ରହୁଥିଲୁ ଆରମୁଣ୍ଡରେ । ତେବେ ସ୍କୁଲ ବସ ଥିଲା ସେ ଅଞ୍ଚଳରୁ ଯିବା ପାଇଁ । ସେତେବେଳେ ଥିଲା ଶୀତଦିନ । ସକାଳୁ ସକାଳୁ ପିଲାଙ୍କୁ ଉଠାଇବା କାଠିକର ପାଠ ହେଉଥାଏ । ବସରେ ଘଣ୍ଟାକରୁ ଅଧିକ ସମୟ ବସିବାକୁ ହୁଏ । ମା’ମାନେ ଦୁଇଟି ଟିଫିନ ଡବା ଦେଇଥା’ନ୍ତି । ଗୋଟେ ପିଲାମାନେ ବସରେ ଯିବାବେଳେ ଖାଆନ୍ତି ଓ ଆରଟି ଖେଳଛୁଟିରେ ।

ଏତେ କଷ୍ଟ କରି ଏତେ ଦୂରକୁ ଯିବାଆସିବା ମୋର ପସନ୍ଦ ନ ଥିଲା । ମାତ୍ର ଖୁବ ଇଚ୍ଛା ଥିଲା ମୋର ସ୍ତ୍ରୀଙ୍କର । ତାଙ୍କୁ ପ୍ରରୋଚିତ କରୁଥିଲେ ସହକର୍ମୀମାନେ । ତାଙ୍କ ପିଲାମାନେ ବି ସେଠି ପଢୁଥିଲେ । ମତେ ପ୍ରଭାବିତ କରିବାକୁ ସ୍କୁଲର ଜଣେ ଶିକ୍ଷୟିତ୍ରୀଙ୍କୁ ଥରେ ସେ ଆଣିଥିଲେ ।

ମାତ୍ର ମୋ ଛୁଆର ନିରୀହ ମୁହଁ ମୋ ଆଖିରେ ଭାସିଉଠାଏ । ସବୁଦିନେ ତା’ର ଯିବାଆସିବାର କଷ୍ଟ, ପାଠପଢ଼ା କଷ୍ଟଠାରୁ ଅଧିକ ହୋଇଯିବ । ହୁଏତ ଫେରି ହାଲିଆ ହୋଇ ଶୋଇପଡ଼ିବ । ମତେ ବି ଲାଗୁଥାଏ ଯେ ହଠାତ କିଛି ଅସୁବିଧା ହେଲେ ମୁଁ ତା’ ପାଖରେ ପହଞ୍ଚି ପାରିବିନି ।

ସେମାନେ କିନ୍ତୁ ବୁଝିବାକୁ ନାରାଜ । ଓଲଟି ଯୁକ୍ତି କଲେ ଯେ ଆହୁରି ଅନେକ ପିଲା ସେଠି ବର୍ଷ ପରେ ବର୍ଷ ପଢୁଛନ୍ତି । ଗୋଟେ ଭଲ ସ୍କୁଲରେ ଜାଗା ପାଇବା ବହୁତ ବଡ଼ କଥା । ଆଉ ସ୍କୁଲର ପ୍ରଥମ କୋଡ଼ିଏ-ତିରିଶ ଜଣଙ୍କ ମଧ୍ୟରେ ରହିପାରିଲେ ତା'ର ଭବିଷ୍ୟତ ନିଶ୍ଚୟ ସୁରକ୍ଷିତ ।

ମୁଁ ବିନୀତ ଭାବେ ମନା କଲି । ମୋ ଛୁଆର ଭବିଷ୍ୟତ ମୁଁ ଜାଣେନି । ତେବେ ସେ ପେଷି ହୋଇ ନ ଯାଉ । ତା'ର ପିଲାଦିନ ନଷ୍ଟ ନ ହେଉ । ଦରକାର ପଡ଼ିଲେ ମୁଁ ତା'ର ପାଠ ପଢ଼ିବି । ତାକୁ ବୁଝାଇବି । ତଥାପି ଯଦି ସେ ଖରାପ କରେ, ତା' ପାଇଁ ବି ପ୍ରସ୍ତୁତି କରିବି । ପ୍ରତିଦିନ କିଛି କିଛି ଅଧିକ ପରିଶ୍ରମ କରି ତା' ପାଇଁ ପଇସା ସଞ୍ଚିବି । କୌଣସି ଘରୋଇ ଅନୁଷ୍ଠାନର ରଦ୍ଦା ପାଇଁ ।

ମୋ କଥା ସେଦିନ ଭଲ ଲାଗି ନ ଥିଲା କାହାକୁ । ସମସ୍ତେ ଭାବିଲେ ଯେ ମୁଁ ଗର୍ବୀ, ଅହଙ୍କାରୀ ଓ ଏକଜିଦିଆ । ସ୍ତ୍ରୀ ବି ଅନେକଦିନ ଯାଏଁ ଅସନ୍ତୁଷ୍ଟ ଥିଲେ । ମାତ୍ର ମୋ ଝିଅ ଚୁପ କରିଦେଇଥିଲା ସମସ୍ତଙ୍କୁ । ଘରପାଖ ସ୍କୁଲରେ ପଢ଼ି ସେ ଖୁବ ଭଲ କଲା । ତା'ର ଫଳାଫଳ ଓ ସ୍କୁଲ ଯିବାଆସିବାରେ ସ୍ୱାଚ୍ଛନ୍ଦ୍ୟ ପୁରୁଣା କଥାକୁ କୁଆଡ଼େ ନାଇଁ କୁଆଡ଼େ ଭସାଇନେଲା ।

ମାତ୍ର ମୁଁ ସେକଥା କହିପାରିଲିନି । କହିଥିଲେ ସରଳା ଦେବୀ ଅସନ୍ତୁଷ୍ଟ ହୋଇଥା'ନ୍ତେ । ମତେ ହୁଏତ ପାଗଳ, ଏକଜିଦିଆ, ଅହଙ୍କାରୀ କିମ୍ୱା ଦରଦହୀନ ବୋଲି ଭାବିଥା'ନ୍ତେ ।

ତା'ଛଡ଼ା, ଖାଲି ସରଳା ଦେବୀ ନୁହନ୍ତି, ଆଜିର ସବୁଯାକ ଅଭିଭାବକଙ୍କ ମତ ହିଁ ବୋଧେ ଏଇଆ । ତାଙ୍କୁ ଦୋଷ ଦେଇହେବନି । ଆଜିର ଅଭିଭାବକମାନେ ଛୁଆର ପାଠପଢ଼ାକୁ ହିଁ ସବୁକିଛି ବୋଲି ଭାବନ୍ତି । ତାଙ୍କର ଶତ ପ୍ରତିଶତ ସତର୍କ ଦୃଷ୍ଟି ସେଇ ଦିଗରେ ହିଁ ଥାଏ । ଅଥଚ ତାଙ୍କ ଅଗୋଚରରେ ଗୋଟେ ପିଲାର ପିଲାଦିନ ମରିଯାଉଥାଏ ତିଲ ତିଲ କରି । ସଂସାରର ଆଉସବୁ ବିଭବ, ସମାଜର ଆଉସବୁ ସମ୍ପର୍କ ପିଲାମାନଙ୍କ ପାଖରୁ ଦୂରେଇ ରହିଯାଉଥାଏ । ବରଂ ସେସବୁ କାଲେ ପାଠପଢ଼ାରେ ବାଧା ଆଣିବ ବୋଲି ଅନେକ ଅଭିଭାବକ ଜାଣିଶୁଣି ଦୂରେଇ ରଖନ୍ତି ପିଲାଙ୍କୁ! କିଏ ସେ ଦିଗରେ ମନ ଦେଲେ ତାଗିଦ କରି ବାରଣ କରନ୍ତି ।

ମୋର କିନ୍ତୁ ମନେହୁଏ ଯେ ଏମିତି କରିବାଦ୍ୱାରା ଆମେ ଲାପଟପ ବୋହୁଥିବା ଯନ୍ତ୍ରମଣିଷଟିଏ ହିଁ ତିଆରି କରୁଛେ, ଯାହାର ସାମାଜିକ ସମ୍ପର୍କ ନାହିଁ, ସାମାଜିକ ଦାୟିତ୍ୱ ନାହିଁ କି କାହା ପ୍ରତି ଦୟା-ମାୟା-କ୍ଷମା-ସ୍ନେହ ନାହିଁ । ବନ୍ଧୁବାନ୍ଧବ କି ସାଇପଡ଼ିଶା କାହା ପାଇଁ ପ୍ରତିବଦ୍ଧତା ନାହିଁ । ଖାଲି ଟାର୍ଗେଟ୍-ଆଚିଭ୍‌ମେଣ୍ଟ- ପର୍ସେଣ୍ଟେଜ୍ ଓ

କ୍ୟାରିଅରରେ ଅଗ୍ରଗତି ହିଁ ଯାହାର ଜୀବନ। ଅଥଚ କେତେ ବେଶୀ ହରାଉଛନ୍ତି ସେମାନେ ? ମାନବସୁଲଭ ସମ୍ବେଦନା କି ଆଉ କେଉଁ କୋମଳ ଅନୁଭବର ସ୍ଥାନ ନାହିଁ ତାଙ୍କ ପାଖରେ! କେହି ବନ୍ଧୁ ନାହାନ୍ତି। ସହପାଠୀ କି ସହକର୍ମୀ ପ୍ରତିଦ୍ୱନ୍ଦୀ ହିଁ କେବଳ।

ମୁଁ କିନ୍ତୁ ସରଳା ଦେବୀଙ୍କୁ କ'ଣ ବା କହିପାରିବି ? ପ୍ରଚଳିତ ମାନଦଣ୍ଡରେ ସେ ଝିଅର ଯତ୍ନ ନେଉଛନ୍ତି। ମନସ୍ୱିନୀର ମୁହଁକୁ ରହିଁଲି। ଲାଗିଲା କେମିତି ସାଦା ସାଦା। ଯାହା ହେଉଛି, ତାକୁ ଭଲ ଲାଗୁନି, ଅଥଚ ମୁକୁଳିବାର ବାଟ ଦିଶୁନି। କେମିତି ଗୋଟେ ଶୂନ୍ୟ ରହାଣିରେ ରହିଁ ଉଦାସ କଣ୍ଠରେ କହିଲା, "ମା' ବି କ'ଣ କରିବ ? ସେମାନେ ପଇସା ନେଇସାରିଛନ୍ତି ନା! ଆଉ କ'ଣ ଫେରାଇବେ।"

ତା'ର ଉଦାସ ବକ୍ତବ୍ୟ କେମିତି ଗୋଟେ ଭାରା ଭାରୀ ଭାବ ଖେଳାଇଦେଲା ପରିବେଶରେ। ଗୋଟେ ଅସହଜ ଭାବ ଛାଇ ହୋଇଗଲା କୋଠରି ସାରା। କିଏ କ'ଣ କହିବେ କି କରିବେ ଜାଣିପାରୁ ନ ଥିଲେ। ଅଗତ୍ୟା ମୁଁ ତା'ର ସବୁ ରିପୋର୍ଟ ଉପରେ ଆଖି ବୁଲାଇଲି।

ଏଥରକ କଥା ଆରମ୍ଭ କଲେ ସରଳା ଦେବୀ। "ସାର, ଆପଣ ତାକୁ ଟିକେ ବୁଝାନ୍ତୁ। ଦେଖୁଛନ୍ତି ତ, ଏଇ ବୟସରୁ କେତେ ଓଜନ ବଢ଼ିଗଲାଣି। ବର୍ଷା ବେଲେ 'ଡୋମିନସ ପିଜା'ରେ ବସିଯାଇଥିଲୁ। ଖାଉଛି ତ ଖାଉଛି। ବରାଦ ପରେ ବରାଦ। ଛୁଆଟାକୁ ମନା କରିପାରିଲିନି। କିନ୍ତୁ ଏମିତି କ'ଣ ଖାଇବା କଥା ?"

"ଛୁଆଟାକୁ ମନାକରିପାରିଲିନି'' ମତେ ଖୁବ ଭଲ ଶୁଭିଲା। ଗୋଟେ ପ୍ରିୟ ଗୀତର ଝଙ୍କାର ଭଳି। ଭୁଲିହୋଇଯାଉଥିବା ଗୋଟେ ପ୍ରିୟ କବିତାର ଧାଡ଼ି କେଇଟି ପରି। ନିରୁତା ମା'ପଣ ଯେ ଏବେ ବି ତାଙ୍କ ଅନ୍ତରରେ ରହିଛି, ଭାବିବାକୁ ଭଲ ଲାଗିଲା ମତେ।

ଏଥର ମନସ୍ୱିନୀର ଧୀର ଉଦାସ ସ୍ୱର। "ଅଙ୍କଲ, ମୁଁ ସେଠି ଏସବୁ କିଛି ବି ଖାଇବାକୁ ପାଉନି। ସବୁଦିନେ ଠିକରେ ଖାଇ ନ ପାରି ଅଧା ଉପାସରେ ଶୋଉଛି। ତେଣୁ ଯାହା ଦେଖିଲି ଖାଇବାକୁ ଇଚ୍ଛା ହେଲା। ମା'କୁ ମାଗିବିନି ତ ଆଉ କାହାକୁ ମାଗିବି ?"

    – "ହେଲେ ବି ଏତେ ନନ୍‌ଭେଜ କି ଫାଷ୍ଟଫୁଡ୍‌ କ'ଣ ଭଲ ?"

    – "ବିଶ୍ୱାସ କର ମା'! ମୁଁ ସେଠି କେବେ ବି କିଛି ପାଉନି କି ଖାଉନି।''

    – ତା'ହେଲେ ଓଜନ ବଢୁଛି କେମିତି ?

ମନସ୍ୱିନୀ ପାଖରେ ଉତ୍ତର ନ ଥିଲା। ନା ଦୋଷ ମୁଣ୍ଢାଇ ପାରୁଛି ନା ନିଜକୁ ଦୋଷମୁକ୍ତ ପ୍ରମାଣ କରିପାରୁଛି। ସରଳା ଦେବୀ ବି ଅପ୍ରସନ୍ନ।

ମୁଁ ଧୀରେ ଧୀରେ କହିଲି, 'ମନସ୍ୱିନୀର ହାଇପୋଥାଇରଏଡିଜିମ ଅଛି। ତା'
ପାଇଁ ଓଜନ ବଢ଼ିପାରେ। ପଲିସିଷ୍ଟିକ ଓଭାରିଆନ ଡିଜିଜ୍ ବି ଅଛି। ତା' ପାଇଁ ମଧ୍ୟ
ଓଜନ ବଢ଼ିବ। ନ ଖାଇଲେ ମଧ୍ୟ ବଢ଼ିଯିବ।''

ସମାଧାନ ଓ ସମର୍ଥନ ପାଇଥିବା ଭଳି ଉଜ୍ଜ୍ୱଳିଉଠିଲା ମନସ୍ୱିନୀର ମୁହଁ। ସରଳା
ଦେବୀ ବି ପ୍ରସନ୍ନ ଦିଶିଲେ। ପଚାରିଲେ, ଚିକିତ୍ସା କଲେ ଠିକ୍ ହୋଇଯିବ ତ?"

ମୁଁ କହିଲି, "ହଁ, ଉନ୍ନତି ହେବ।"

ସେତେବେଳକୁ ନାଚିଉଠିଥିଲା ମନସ୍ୱିନୀ। "ଅଙ୍କଲ ମୁଁ ଝିଡ଼ିଯିବି ନା! ଔଷଧ
ଖାଇଲେ ସ୍ଲିମ ହୋଇଯିବି? ପୂରା ସ୍ଲିମ୍!!"

xxx

ଆଉ ଦିନେ ବର୍ଷା। ଲଘୁଚାପର ପୂର୍ବାନୁମାନ ଥିଲା। ମୋ ସହର ମଧ୍ୟମ
ଧରଣର ବର୍ଷାରେ ବି ଜଳାର୍ଣ୍ଣବ ହୋଇଯାଏ। ସେହି ଆଶଙ୍କାରେ ବେଶୀ ରୋଗୀ ଆସି
ନ ଥିଲେ! ମୁଁ ଟିକେ ଫାଙ୍କାରେ ବସିଥାଏ।

ସେତିକିବେଳେ ସରଳା ଦେବୀଙ୍କ ଫୋନ। ବ୍ୟସ୍ତ, ବିବ୍ରତ ସ୍ୱର। ଠିକ
ସେତିକିବେଳେ ବର୍ଷାର ପ୍ରକୋପ ହଠାତ୍ ବଢ଼ିଯାଇଥାଏ। ସ୍ୱାଭାବିକ ଭାବେ ଟିକେ
ଅପେକ୍ଷା କରିବାକୁ ଉପଦେଶ ଦେଲି। ସେ କିନ୍ତୁ ଅପେକ୍ଷା କରିବାପାଇଁ ରାଜି ନ
ଥିଲେ। ସେଇ ବର୍ଷାରେ ହିଁ ଝଲିଆସିଲେ ମୋ ପାଖକୁ।

ସାଙ୍ଗରେ ମନସ୍ୱିନୀ ଥାଏ। ତାକୁ ହଷ୍ଟେଲରୁ ଆଣିଥା'ନ୍ତି। ତା'ର ଦେହ
ଜୋରରେ ଥରିଲା। ଜର ଜର ଲାଗୁଛି ବୋଲି କହିଲା। ତେଣୁ ଗତାନୁଗତିକ ଭାବେ
ମୁଁ ମେଲେରିଆ, ମୂତ୍ରନଳି ସଂକ୍ରମଣ ଇତ୍ୟାଦି ସମ୍ପର୍କୀୟ ପ୍ରଶ୍ନ ପଚାରିଲି।

ଥଣ୍ଡା ପାଗରେ କାଲେ ଜ୍ୱର ବଢ଼ିବ ବୋଲି ସରଳା ଦେବୀ ତାକୁ ଚାଦରରେ
ଘୋଡ଼ାଇ ଦେଇଥାନ୍ତି। ନାଡ଼ି ଦେଖିବାପାଇଁ ଚାଦରରୁ ହାତ କାଢ଼ିବାବେଳେ ତା'ର
ହାତ ଥରୁଥିଲା। ଯାହାକୁ ଡାକ୍ତରୀ ଭାଷାରେ କୁହାଯାଏ ଟ୍ରିମର।

ମୋ ମନରେ ସନ୍ଦେହ ଆସିଲା। ପଚାରିଲି, "ଔଷଧ ଠିକ୍‌ରେ ଖାଉଛ ନା
ନାହିଁ?" "ଖାଉଛି'' ବୋଲି ଉତ୍ତର ଦେଲା ସେ।

– "ଠିକ୍‌ରେ ମାନେ ଯେତିକିବେଳେ ଯାହା ଖାଇବା କଥା''– ମୁଁ କହିଲି।

ଏଥର‌କ ସେ ମୁଣ୍ଡ ପୋଟିଲା। ପୁଣିଥରେ ପଚାରିବାରୁ କହିଲା ସେ ଥାଇରଏଡ୍
ହର୍ମୋନ ଟାବ୍‌ଲେଟ ସିଏ ଦିନକୁ ତିନି–ଚାରିଥର ଖାଇଦେଉଛି। ଥରକେ ଦୁଇଟିନିଟି ଲେଖାଏଁ।

– "କିନ୍ତୁ କାହିଁକି? ସକାଳୁ ତ ଖାଲି ପେଟରେ ଗୋଟିଏ କରି ଖାଇବାକୁ ମୁଁ
କହିଥିଲି''।

– ଅଙ୍କଲ, ମୋ ସାଙ୍ଗ କହିଲା ଯେ ଏତେ ଟିକିଟିକି ଟାବ୍ଲେଟ୍‌ । ତୁ ଏତେ ମୋଟୀ, ପତଳା ହେବାକୁ ବହୁତ ଦିନ ଲାଗିଯିବ । ଶୀଘ୍ର ପତଳା ହେବାକୁ ମୁଁ ଅଧିକ ଅଧିକ ଖାଇଦେଲି !’’

ସରଳା ଦେବୀଙ୍କୁ ଜଣାଇଲି ଯେ ସେ ଆଉ ଚିନ୍ତା କରିବା ଉଚିତ ନୁହେଁ । ମନସ୍ୱିନୀର ହାତ ଥରିବା, ଜର ଜର ଲାଗିବା, ସବୁ ସେଇ ଥାଇରଏଡ ହର୍ମୋନ ଅଧିକ ଖାଉଥିବା ହେତୁ । ସପ୍ତାହେ ଔଷଧ ବନ୍ଦ କରିଦେଉ, ତା’ପରେ ପୁଣି ଖାଇବା ଆରମ୍ଭ କରିବ ।

ଭାବିଥିଲି, ସରଳା ଦେବୀ ଆଶ୍ୱସ୍ତ ହେବେ । ମାତ୍ର ତାଙ୍କର ମୁଖଭଙ୍ଗୀ ବଦଲିଲା ନାହିଁ । ସେମିତି ବିଷାଦବୋଳା ମୁହଁ । କେମିତି ଗୋଟେ ଗୁମସୁମ ଭାବ । ଲାଗିଲା ଯେ ଆଉ କିଛି ଅସୁବିଧା ହୋଇଛି ବୋଧେ । ବ୍ୟକ୍ତିଗତ କଥା ପଚରିବାର ସାହସ ହେଲାନି । ତେବେ ତାଙ୍କୁ ‘ରୱ ପିଇବେ କି’ ବୋଲି ପଚରିଲି । କୈଫିୟତ ଦେବା ଭଲି ଯୋଡ଼ିଲି ଯେ ବର୍ଷା ହେଉଛି ଯେହେତୁ, ମୋ ପାଇଁ ବି ମଗାଇବାର ଅଛି ।

କିଛିଟା ଆପଣାଆପଣ, କିଛିଟା ଆନ୍ତରିକତା ବୋଧେ ଅନୁଭବ କରିପାରିଲେ ସେ । ବୋଧହୁଏ ସେ ମାନସିକ ଦ୍ୱନ୍ଦ୍ୱରେ ଥିଲେ । କାହାର ମତାମତ ରଖୁଥିଲେ । ମାନସିକ ସମର୍ଥନ ରଖୁଥିଲେ । ରୱପରେ ବି ଥିଲେ । ରୱପିହୋଇ ରହିଥିବା କଥାଗୁଡ଼ିକୁ କାହା ପାଖରେ ଉଦଗାରି ଦେବାକୁ ରଖୁଥିଲେ । ମୋର ମତିଗତି ଦେଖି କିଛିଟା ଭରସା ପାଇଲେ ବୋଧହୁଏ । ଗପିଚାଲିଲେ ନିଜ କଥା ।

ସେ ନିଜେ ଖୁବ ଭଲ ଛାତ୍ରୀ ଥିଲେ, ରୱକିରି କରିଥିଲେ ବି । ପିଲାମାନଙ୍କ ପାଠପଢ଼ା ଦେଖିବାପାଇଁ ରୱକିରି ଛାଡ଼ିଦେଇଥିଲେ ! ପିଲାମାନେ ଅର୍ଥାତ୍ ମନସ୍ୱିନୀ ଓ ତା’ର ବଡ଼ଭାଇ ମାନସ । ମାନସ ଖୁବ ଭଲ ଛାତ୍ର ଥିଲା । ଏବେ ଯୁକ୍ତ ଦୁଇ ସରିଛି । ତାକୁ ସବୁଠାରୁ ଭଲ ଭଲ ଜାଗାରେ ଟ୍ୟୁସନ ଦେଇଥିଲେ । ଆକାଶ କୋଟିଂ ପ୍ରତିଷ୍ଠାନରେ ବି ଡାକ୍ତରୀ ପାଇଁ କୋଟିଂ ନେଉଥିଲା ।

ଗଣିତରେ ରୁଦ୍ର ସାରଙ୍କ ପାଖରେ ଟ୍ୟୁସନ ହେଉଥିଲା ଓ ପୁଣି ଆକାଶରେ ଡାକ୍ତରୀ ପାଇଁ କୋଟିଂ ନେଉଥିଲା ଶୁଣି ମତେ ଅସଙ୍ଗତ ଅସଙ୍ଗତ ଲାଗିଲା । କାରଣ ରୁଦ୍ର ସାର ଥିଲେ ସତକୁସତ ରୁଦ୍ର । ତାଙ୍କ ପାଖରେ ଟିକେ ଟିକେ କଥାରେ ଗାଳି ! ପ୍ରଶଂସା କି ଉସାହ କେବେ ବି ମିଳେନି । କିନ୍ତୁ ପଢ଼ାନ୍ତି ଖୁବ ଗଭୀରକୁ ଯାଇ । ସେ ପଢ଼ାର ସମୟସୀମା ନ ଥାଏ । ଜୋର ବର୍ଷା ହେଲେ କି ସହରରେ ବନ୍ଦ ଡାକରା ଦିଆଗଲେ ବି ସେ ଟ୍ୟୁସନ ବନ୍ଦ କରନ୍ତିନି । ସେ ବୋଧେ ଭାବନ୍ତି ଯେ ଗଣିତ ହିଁ ଏକମାତ୍ର ପାଠ । ଏତେ ଏତେ ପାଠ ଲଦିଦିଅନ୍ତି ଯେ ଆଉ କିଛି କରିବାର ସୁଯୋଗ

ମିଲେନି । ପୁଣି ସେ ଅନେକ ସମୟରେ ଟ୍ୟୁସନ ପାଇଁ ଅଧିକ ସମୟ ଧାର୍ଯ୍ୟ କରନ୍ତି । ଅନ୍ୟ ଟ୍ୟୁସନ୍‍ର ସମୟରେ ବି ଏହା ପଡ଼େ ଓ ତାହା ବନ୍ଦ କରିବାକୁ ହୁଏ । ସେ କାହାରି ସହ ବୁଝାମଣା କରନ୍ତିନି । ତେଣୁ ଡାକ୍ତରୀ ଯଦି ପଢ଼ିବା କଥା, ଏତେ ବେଶୀ ଗଣିତର ଆଦୌ ଆବଶ୍ୟକତା ନ ଥିଲା । କାରଣ ଡାକ୍ତରୀ ପାଇଁ ଆଉ ଦୁଇଟି ବଡ଼ ବଡ଼ ବିଷୟ ପ୍ରାଣୀବିଜ୍ଞାନ ଓ ଉଭିଦବିଜ୍ଞାନ ପାଇଁ ସମୟ ଦେବାକୁ ହୁଏ । ଅନିଚ୍ଛାକୃତଭାବେ ମୋ ପାଟିରୁ ବାହାରିଗଲା ଏମିତି ଏକ ମତାମତ ।

– ଯାହାହେଲେ ବି ସେ ଅଭିଜ୍ଞ ନୁହଁ । ପିଲାମାନ । ଆଜି ସିନା ଡାକ୍ତରୀ ପାଇଁ କହୁଛି, ପରେ ଇଞ୍ଜିନିୟରିଂ ପାଇଁ ମନ ବଳିବ ବୋଲି ଭାବିଦେଇ ଦେଇଥିଲୁ ।

ଏଠି ହିଁ ଭୁଲ କରନ୍ତି ଅଭିଭାବକମାନେ । ଜଣେ ଶିକ୍ଷକ ବୁଝାଇଥିଲେ ମତେ । ମୋର ଭାଣିଜୀ ଯୁକ୍ତଦୁଇ ପଢ଼ିବା ବେଳେ ଆମେ ସବୁ ବାଟ ଖୋଲା ରଖିବାକୁ ରଖିଥିଲୁ । ତେଣୁ ଗଣିତ ସହ ଜୀବବିଜ୍ଞାନ ପଢ଼ାଉଥିଲୁ । ସମୟ ଦେଇ ମୂଳରୁ ଲକ୍ଷ୍ୟ ସ୍ଥିର କରିନେବାକୁ ପରାମର୍ଶ ଦେଇଥିଲେ ସେ । କିନ୍ତୁ ଲକ୍ଷ୍ୟ ସ୍ଥିର କରିବା ସହଜ ନ ଥିଲା । ଅବଶ୍ୟ କିଛିଦିନ ପରେ ହୋଇଗଲା । ଭାଣିଜୀ ମତେ କହିଥିଲା, "ସମସ୍ତେ ତୁମକୁ ପ୍ରଶଂସା କରୁଛନ୍ତି ବୋଲି ଡାକ୍ତର ହେବାକୁ ଇଚ୍ଛା ହେଉଛି । ମାତ୍ର ଏ ପାଠ ମତେ ଭଲ ଲାଗୁନି ।" ପ୍ରାଣୀବିଜ୍ଞାନ ବଦଲାଇ ସେ ଇଲୋକ୍ଟ୍ରୋନିକ୍ସ ନେଇଥିଲା ଏବଂ ଭଲ କରିଥିଲା ବି ।

ଏବେ ତ ପିଲାମାନେ ଅଷ୍ଟମରୁ ଲକ୍ଷ୍ୟ ସ୍ଥିର କରିନେଉଛନ୍ତି । ଅଭିଭାବକମାନଙ୍କୁ ମାର୍ଗଦର୍ଶନ ପାଇଁ ବି ଅଭିଭାଷଣ ଦିଆଯାଉଛି ବିଭିନ୍ନ ଅନୁଷ୍ଠାନ ତରଫରୁ ।

ଏବେକାର ଯୁକ୍ତଦୁଇ ପାଠର ରୂପ ସମ୍ଭାଳିବା ସହଜ ନୁହେଁ । ଆମ ସମୟରେ ଏତେ ବେଶୀ ପ୍ରତିଦ୍ୱନ୍ଦ୍ବିତା ନ ଥିଲା । ଏତେ ବେଶୀ ଆଶା-ଆକାଂକ୍ଷା ନ ଥିଲା । ଏତେ ଏତେ କୋଚିଂ ଅନୁଷ୍ଠାନ ବି ନ ଥିଲା । ଶ୍ରେଣୀରୁ ପାଠ ଶିଖିବାକୁ ହେଉଥିଲା ! ପଦାର୍ଥବିଜ୍ଞାନ, ଗଣିତ କି ରସାୟନ ବିଜ୍ଞାନ ତିନି ତିନି ଜଣ ଶିକ୍ଷକ ପଢ଼ାଉଥିଲେ ! ଅର୍ଥାତ ଏକା ସାଙ୍ଗରେ ତିନିଟି ଲେଖାଏଁ ଅଧ୍ୟାୟ ଆରମ୍ଭ ହେଉଥିଲା ପ୍ରତି ବିଷୟରେ । ଏବେ କିନ୍ତୁ ପିଲାମାନେ ଶ୍ରେଣୀରେ ବସୁ ନାହାନ୍ତି । ଟ୍ୟୁସନ୍‍ରେ ଗୋଟିଏ ଗୋଟିଏ ବିଷୟ ଆରମ୍ଭ କରି ତାକୁ ସାରୁଛନ୍ତି ଓ ତା'ପରେ ଯାଇ ଆଉଗୋଟେ ବିଷୟ ଆରମ୍ଭ ହେଉଛି । କଲେଜକୁ ପିଲାମାନେ ଆସୁ ନ ଥିବାରୁ ମୁଁ ଥରେ କ୍ଷୋଭ ପ୍ରକାଶ କରିଥିଲି । ମାତ୍ର ଜଣେ ଅଧ୍ୟାପକ ବୁଝାଇଦେଲେ ଯେ ପିଲାମାନେ ହିଁ ଠିକ୍ ।

ବୁଝ୍‍ସୁଝ୍ ଗୋଟିଏ ମୁଣ୍ଡରୁ ପଡ଼ୁଛନ୍ତି । ମୁଁ ବରଂ ଜଣେ ଲୋଭୀ ଅଭିଭାବକ । ଆଶାକରୁଛି ଯେ ମୋ ସମ୍ପର୍କୀୟା ସବୁପାଠ ଏକାଠରେ ବାଟିକରି ପିଇଯାଉ ।

ଆଜିକାଲି ନିଶ୍ଚିତରୂପେ ପ୍ରତିଦ୍ଵନ୍ଦ୍ଵିତାର ସ୍ତର ଉଚ୍ଚରେ। ଅଭିଭାବକଙ୍କ ଆଶା ଆକାଂକ୍ଷା ବି ଉଚ୍ଚରେ। ଯେଉଁମାନେ ଦୁଇବର୍ଷ ରିପକୁ ସମ୍ଭାଳିପାରନ୍ତି, ସେଇମାନେ ହିଁ ଶେଷରେ ଭଲ କରନ୍ତି। କିଛି ପିଲା ଥାଆନ୍ତି, ଯେଉଁମାନେ ସାଙ୍ଗହୋଇ ପଢ଼ନ୍ତି, ଆଲୋଚନା କରନ୍ତି, ଠଟ୍ଟାମଜା କରନ୍ତି। ସେମାନେ ଏତେ ବେଶୀ ରିପରେ ରୁହନ୍ତି ନାହିଁ। ମାତ୍ର ଆଉ କିଛି ପିଲା ଦିନରାତି ଲାଗି ଟିଉସନ ଓ କୋଚିଂର ପାଠକୁ ସାରିବାକୁ ଚେଷ୍ଟା କରନ୍ତି। ଯିଏ ଯେତେ ବେଶୀ ପଢ଼େ, ଶିକ୍ଷକଙ୍କ ଆଶା ସେତେ ବେଶୀ ତା' ଉପରେ ଠୁଲ ହୁଏ। ତା'ଠାରୁ ଅଧିକ କିଛି ଆଶା କରନ୍ତି। ତାକୁ ଅଧିକ ପାଠ ଦିଅନ୍ତି। ସେ ବିଚରା ଦିନରାତି ଲାଗିଥାଏ। ଅଥଚ ପାଠ ସରୁ ନ ଥାଏ। ମାନସ ଥିଲା ଦ୍ଵିତୀୟ ଶ୍ରେଣୀର ପିଲା। ସବୁଠି ପ୍ରଶଂସା ପାଉଥିଲା। ଦିନରାତି ପାଠ ପଛରେ ଲାଗିଥିଲା। ସାଙ୍ଗଙ୍କ ସହ ବୁଲାବୁଲି କି ଗୁଲିଗପ ପାଇଁ ସମୟ ଦେଉ ନ ଥିଲା। ହୁଏତ ସେ ପ୍ରଶଂସା ପାଉଥିବାରୁ କେହି କେହି ତାକୁ ହିଂସା କରୁଥିଲେ। କିଏ ବା ତାକୁ ଅସାମାଜିକ, ଅହଙ୍କାରୀ ତଥା ବନ୍ଧୁତାଶୂନ୍ୟ ଭାବି ତାଠାରୁ ଦୂରେଇ ରହୁଥିଲେ।

ସରଳା ଦେବୀ ଗପିଚାଲିଥା'ନ୍ତି। ମୁଁ ଶୁଣୁଥାଏ। ବୁଝିପାରୁଥାଏ ମାନସର ଦୁରବସ୍ଥା। ଅନୁଭବ କରିପାରୁଥାଏ ତା'ର ମାନସିକ ସ୍ଥିତି। ସେ ଦିନରାତି ଚେଷ୍ଟା କରୁଥିଲା ନିଜର ଉତ୍କର୍ଷ ବଜାୟ ରଖିବାକୁ। ଟ୍ୟୁସନର ସ୍ଥାନ ସବୁ ଖେଳାଇ ହୋଇଥାଏ ସହରର ଏ ମୁଣ୍ଡରୁ ସେ ମୁଣ୍ଡ। ବିଚରା ଧାଇଁ ଧାଇଁ ନ୍ୟାନ୍ତ ହୋଇଯାଉଥିବ। ଟ୍ୟୁସନ ଶିକ୍ଷକଙ୍କ ଆଶା ବି ବଢ଼ି ଚାଲିଥିବ। ଅନୁରୂପ ଭାବେ ବଢ଼ି ଚାଲିଥିବ ମାନସ ଉପରେ ରିପ। କାରଣ ସେ ଭଲ କଲେ ଟ୍ୟୁସନର ସୁନାମ। ଆକାଶ ଅନୁଷ୍ଠାନର ବି ଭଲିକି ଭଲି କୋର୍ସ ଆସିଯାଉଥିବ ମଝିରେ ମଝିରେ। ସବୁଗୁଡ଼ାକ ପାଇଁ ପଇସା ଭରିଦେଉଥିଲେ ସରଳା ଦେବୀ।

ଖାଲି ଆଶା ଓ ପ୍ରଶଂସାରେ ହିଁ ଧାଇଁଚାଲିଥିଲା ମାନସ। ନିଜକୁ ରିପମୁକ୍ତ ରଖିବାକୁ କି ମନକୁ ପ୍ରସନ୍ନ କରିବାକୁ କିଛି ବି କରୁ ନ ଥିଲା। ଦିନେ ଆଉ ପାରି ନ ଥିବ ଓ ବୀତସ୍ପୃହ ହୋଇ ପଢ଼ାରୁ ଆଗ୍ରହ କମିଗଲା। ସେ ଆଉ ସେତେ ଭଲ କଲାନି! ସମସ୍ତେ ତାଗିଦ୍ ଓ ସମାଲୋଚନା ଆରମ୍ଭ କଲେ। ସେ ବିଷାଦଗ୍ରସ୍ତ ହୋଇଗଲା। ଆହୁରି ଖରାପ କଲା। ସରଳା ଦେବୀ ଅନୁଭବ କଲେ କିଛିଦିନ ପରେ। ତାକୁ ବୁଝିପାରିଲେ। ତାକୁ ଉତ୍ସାହ ଦେବାର ଚେଷ୍ଟା କଲେ। କିନ୍ତୁ କିଛି ଲାଭ ହେଲାନି। ଫଳାଫଳ ଆଶାନୁରୂପ ହେଲାନି ମାନସର।

ତଥାପି ସରଳା ଦେବୀ ଆଶା ହରାଇ ନ ଥିଲେ। ଆଉ ବର୍ଷେ କୋଚିଂ ପାଇଁ

ପ୍ରସ୍ତୁତ କରୁଥା'ନ୍ତି ତାକୁ। ବୁଝାଉଥାନ୍ତି ଯେ ବୈଷୟିକ ଶିକ୍ଷାନୁଷ୍ଠାନରେ ସ୍ଥାନଟିଏ ମିଳିଗଲେ ସବୁ ଠିକ୍ ହୋଇଯିବ ତା'ର।

ମାନସ ମୁଣ୍ଡରେ ସେତେବେଳକୁ ଭୂତ ଚଢ଼ିଥାଏ। ଏ ବର୍ଷ ପ୍ରବେଶିକା ପରୀକ୍ଷାରେ ସଫଳ ହୋଇଥିବା ସାଙ୍ଗକୁ ସେ ସହିପାରୁ ନ ଥାଏ। ତା'ଠାରୁ ଖରାପ ଛାତ୍ର ଯେ ତା'ଠାରୁ ବର୍ଷେ ଆଗୁଆ ହୋଇଯିବେ – ଏକଥା ଭାବିଲେ ତା'ର ମୁଣ୍ଡ ଗରମ ହୋଇଯାଉଥାଏ। ସେ ଜିଦ କଲା ଯେମିତି ହେଲେ ତାକୁ ବେସରକାରୀ ମେଡିକାଲ କଲେଜରେ ଭର୍ତ୍ତି କରିଦେବାକୁ। ସେ ସେଇଠି ହିଁ ଭଲ କରି ସହପାଠୀଙ୍କୁ ଟପିବ।

ସରଳା ଦେବୀ ମାନସର ବ୍ୟଥା ଅନୁଭବ କରିପାରୁଥିଲେ। ଅନୁଷ୍ଠାନରୁ ଅନୁଷ୍ଠାନକୁ ଦୌଡ଼ିଲେ। ପରିଚାଳକଙ୍କ ହାତରେ ଥିବା ସ୍ଥାନ ଆଗରୁ ଭର୍ତ୍ତି ହୋଇଯାଇଥିଲା। ଲୋକେ ବର୍ଷେ ଆଗରୁ କୋଟିଏ ଟଙ୍କା ଦେଇ କିଣିସାରିଥିଲେ। ଏବେ ସେଇ ସବୁ ସ୍ଥାନ ପାଇଁ ଆହୁରି ଅଧିକ ଟଙ୍କା ଦରକାର। ମାନସ କିନ୍ତୁ ବୁଝୁ ନ ଥିଲା। ଜିଦ୍ କରୁଥିଲା ସବୁ ସମ୍ପତ୍ତି ବିକି ତା' ପାଇଁ ସ୍ଥାନ ଯୋଗାଡ଼ କରିବାକୁ।

ମାନସର ବାପା ଗୋଟିଏ କଲେଜର ଅଧ୍ୟକ୍ଷ ଥିଲେ। ତା'ର ମା' ଅଳ୍ପଦିନ ରଙ୍କିରି କରିଥିଲେ। ସେମାନେ ଅତ୍ୟଧିକ ଧନୀ ନ ଥିଲେ। ଭାଗ୍ୟବଶତଃ ଜାଗା ଦୁଇଟି କିଣି ଦେଇଥିଲେ ସେମାନେ। ତା'ର ମୂଲ୍ୟ ଏବେ ବଢ଼ିଯାଇଥିଲା। ବାପା-ମା କଥା ହେବାବେଳେ ସେକଥା ମାନସ କାନରେ ପଡ଼ିଥିଲା। ମାନସ ତାକୁ ବିକ୍ରି କରିବାକୁ ଜିଦ୍ କଲା!

ତା'ର ବାପା ବୁଝାଇଲେ ଯେ ହଠାତ ବିକିଲେ କେହି ବି ଜମିର ଉଚିତ ମୂଲ୍ୟ ଦେବେନି। ବିକିଲେ ବି ଏବର୍ଷର ବଢ଼ିଲା ରଜ୍‌ଦା ଦେଇହେବନି। ଆର ବର୍ଷ ପାଇଁ ବରଂ ଯୋଗାଡ଼ କରିହେବ। ମାନସ ବି ଏଣେ ପ୍ରସ୍ତୁତ ହେଉଥାଉ। ହୁଏତ ପ୍ରବେଶିକା ପରୀକ୍ଷାରେ ସଫଳ ହୋଇଯାଇପାରେ ଆରବର୍ଷ। ତା'ଛଡ଼ା ଏତେଗୁଡ଼ାଏ ଟଙ୍କା ରଜ୍‌ଦା ଦେବା ଅପେକ୍ଷା ମାନସ ନାଆଁରେ ବ୍ୟାଙ୍କରେ ରଖିଦେଲେ ସେ ସେଇ ସୁଧରେ ଚଳିଯାଇପାରିବ।

ତାଙ୍କର ଯୁକ୍ତି ଅଯଥାର୍ଥ ନ ଥିଲା। ମାତ୍ର ମାନସ ଚିଡ଼ି ଯାଉଥିଲା।

ସରଳା ଦେବୀ ବାସ୍ତବତା ଓ ମାନସର ଜିଦ୍ ମଝିରେ ପେଷି ହୋଇଯାଉଥିଲେ। ତାଙ୍କର ଆଶା ଓ ସ୍ୱପ୍ନ ଚୂରମାର ହୋଇଯାଇଥାଏ। ତଥାପି ସେ ଅନୁଷ୍ଠାନରୁ ଅନୁଷ୍ଠାନକୁ ବୁଲୁଥା'ନ୍ତି। ଜଣକ ପାଖରୁ ଆଉ ଜଣକ ପାଖକୁ ଯାଉଥା'ନ୍ତି। କାଳେ କାହାର କିଏ ଚିହ୍ନା ଥିବେ କିମ୍ବା କିଏ କିଛି ବାଟ ବତାଇବ, ସେଇ ଆଶାରେ। ମାନସ କିନ୍ତୁ ଏସବୁ

କିଛି ବୁଝୁ ନ ଥାଏ । ରାଜ୍ୟରେ ନ ହେଲେ ବାହାରେ ପଢ଼ିବ ବୋଲି ଜିଦ୍‌ କରୁଥାଏ । ଆଜି ସାଙ୍ଗଜଣକ ସଙ୍ଗେ ଦିଲ୍ଲୀ ଯିବାକୁ ବାହାରିଛି । ସେଠାରେ ବୁଝାବୁଝି କରିବ ।

ଏତିକି କହି ସରଳା ଦେବୀ କାନ୍ଦିଉଠିଲେ । ମାନସର ଫୋନ ଆସିଲା ସେତିକିବେଳେ । ମନସ୍ୱିନୀ କଥା ହେଲା । ସରଳା ଦେବୀ ପରେ କଥା ହେବେ ବୋଲି କହିଲେ । ସେମିତି କାନ୍ଦୁ କାନ୍ଦୁ କହିଲେ, "ନ ହେଲେ ବିଚରା ସାଙ୍ଗଙ୍କଠାରୁ ବର୍ଷେ ଜୁନିଅର ହୋଇଯିବ ।"

ମୁଁ ଦୃଢ଼ କଣ୍ଠରେ କହିଲି, "ବୈଷୟିକ କ୍ଷେତ୍ରରେ ବରିଷ୍ଠ କନିଷ୍ଠର ମୂଲ୍ୟ ବିଶେଷ କିଛି ନ ଥାଏ । ଏଠି ଦକ୍ଷତା ହିଁ ଦେଖାଯାଏ । ମୁଁ ଗର୍ବ କରି କହୁନି! ତଥାପି ଆପଣ ନିଜେ ଟିକେ ଭାବନ୍ତୁ । ମୋ ଋରିପଟେ ବି ତ ଅନେକ ବରିଷ୍ଠ ଅଛନ୍ତି । ଆପଣ ମୋ ପାଖକୁ କାହିଁକି ଆସିଲେ ?"

ଆଶାର ଆଲୁଅ ଧାରେ ଦେଖିପାରିଲେ ସରଳା ଦେବୀ । କେମିତି ଗୋଟେ ଉଜ୍ଜ୍ୱଳ ଭାବ ଖେଳାଇ ହୋଇଗଲା ତାଙ୍କ ମୁହଁରେ । ଲୁହ ପୋଛି ଫୋନ ଧରିଲେ ଓ ମତେ ପଋରିଲେ, "ଆପଣ ଟିକେ ତାକୁ ବୁଝାଇବେ ?"

ମୁଁ କହିଲି, "ଏବେ ନୁହେଁ । ସେ ଯାଉ । ନିଜେ ଚେଷ୍ଟା କରୁ । ନିଜେ ମୂଲ୍ୟାୟନ କରୁ । ବୁଝାବୁଝି କରି ଫେରିଆସୁ । ଆପଣ କିନ୍ତୁ ତା' ସହ ସବୁବେଳେ କଥା ହେଉଥିବେ । ଉସାହ ଦେଉଥିବେ । ତା'ଠାରୁ ଶିକ୍ଷାନୁଷ୍ଠାନମାନଙ୍କ ବିଷୟରେ ସବୁ ଶୁଣିବେ । ମାତ୍ର ସେ ବିଷୟରେ ନିଜଆଡୁ କିଛି ମତ ଦେବେନି ।"

ସରଳା ଦେବୀ ହତାଶ ଦିଶିଲେ । ଭାବିଲେ ମୁଁ ବୋଧେ ତାକୁ ବୁଝାଇବାକୁ ଆଗ୍ରହୀ ନୁହେଁ କିମ୍ବା ବୁଝାଇପାରିବିନି ବୋଲି ଭାବୁଛି ।

ମୁଁ କହିଲି, "ସେ ଫେରିଆସୁ । ଫାଙ୍କା ସମୟରେ ତାକୁ ନେଇ ମୋ ଘରକୁ ଆସିବେ । ଚେଷ୍ଟା କରିବା ତାକୁ ବୁଝାଇବାପାଇଁ ।"

ନୀଳତିମିର ମାୟାଜାଲ

କେତେ ନିକଟ, ଅଥଚ କେତେ ଦୂର! ଝିଅ ସୁଲତା ପାଖରେ ବସି ଭାବୁଥିଲା ସୁଲଗ୍ନା। ପଲକଟିଏ ପକାଇଲେ ଯେ କେହି କହିବ, ଇଏ ମା'ର ହିଁ ଝିଅ। ଅଥଚ ସୁଲଗ୍ନା ଭାବୁଥିଲା, ଇଏ ତା'ର ଝିଅ ନୁହେଁ। ତା'ର ଝିଅ ଏମିତି ହୋଇ ନ ପାରେ। କିନ୍ତୁ ସଚେତନ ହେଲେ ଜାଣୁଥିଲା ଯେ ଇଏ ହିଁ ତା'ର ଝିଅ। ଅଥଚ ଭାବିପାରୁ ନ ଥିଲା ସେ ଏତେ ବଦଳିଗଲା କେମିତି! ହାତେ ଦୂରରେ ବସିଛି ସିଏ, ଅଥଚ ମାନସିକତାରେ କେତେସହସ୍ର ଯୋଜନ ଦୂରତା ସେମାନଙ୍କ ଭିତରେ! ଝିଅମନରେ କ'ଣ ଅଛି, ସେ କଳିପାରୁ ନ ଥିଲା। ସେଇକଥା ଜାଣିବାର ଉପକ୍ରମ କଲାବେଳେ, ସେଇ ପ୍ରସଙ୍ଗକୁ ଯିବାବେଳେ, କେମିତି ଖାପ୍‌ଛଡ଼ା ବ୍ୟବହାର ଦେଖାଉଛି ସୁଲତା! ସୁଲଗ୍ନା ସହିପାରୁନି, କିନ୍ତୁ ତାକୁ ଆକଟିପାରୁନି, ଶାସନ କରିପାରୁନି କି ଆଘାତ ଦେଲାଭଳି କିଛି କହିହେଉନି। ମୁହଁ ଦେଖିଲେ ଡରଲାଗୁଛି। ଲାଗୁଛି, କ'ଣ ନାଁ କ'ଣ ଘଟିଥାଇପାରେ! କ'ଣ ନାଁ କ'ଣ କରିଦେଇପାରେ ସୁଲତା!

ସତରବର୍ଷର ଝିଅଟିଏ ଏଭଳି ବ୍ୟବହାର ଦେଖାଇଲେ ମା' ତା'ର କ'ଣ ଭାବିବ! ସୁଲଗ୍ନା ବି ବିଚାରୁଥିଲା ସେଇ ଦୃଷ୍ଟିକୋଣ ନେଇ। ସୁଲତା ଆଉ ଅବୈଧ ଗର୍ଭଧାରଣ କରିନି ତ! ତା' ରତୁସ୍ରାବ ତାରିଖ ମନେପକାଇଲା ସୁଲଗ୍ନା। ସୁଲତାର ମାସକୁମାସ ଠିକ୍ ସମୟରେ ହୁଏ। ଏ ମାସରେ ବି ହୋଇଛି। ତେବେ ଟିକିଏ ବ୍ୟତିକ୍ରମ ଥିଲା ଏଥର। ଯେତେବେଳେ ସୁଲତାର ସାନିଟାରି ନାପ୍‌କିନ ସରିଯାଇଥାଏ, ସେ ଆସି ମା'ଗଲାରେ ହାତଓହେଲେଇ ଗେହ୍ଲେଇ ହୁଏ। ସାକୁଲେଇ ସାକୁଲେଇ ସେଇ ପ୍ରସଙ୍ଗ ଉଠାଏ। ସୁଲଗ୍ନା ବିରକ୍ତ ହୁଏ। ଆଗରୁ କାହିଁକି ଦେଖୁନି କି ସାଇତିରଖୁନି ବୋଲି ଗାଳିଦିଏ। କିନ୍ତୁ ସେ ଜାଣେ ଯେ ସୁଲତା ଅନ୍ୟମାନଙ୍କ ଆଗରେ ଏକଥା

କହିପାରିବନି କି ଦୋକାନୀଠୁ କିଣି ପାରିବନି । ବେଶ ନ ବଦଲାଇ ସେମିତି ହିଁ ସୁଲଗ୍ନା ବାହାରିଯାଏ ବଜାରକୁ ।

ଏଥର କିନ୍ତୁ ସୁଲତା ସୁଲଗ୍ନାକୁ କିଛି ବି କହି ନ ଥିଲା । ସିଧାସିଧା ବଜାରକୁ ଯାଇଥିଲା । ଖବରକାଗଜରେ ଗୁଡ଼ାହୋଇଥିବା ଓ କଳାଜରିରେ ଥିବା ପୁଡ଼ାଟିକୁ ଦେଖି ଜାଣିପାରିଥିଲା ସୁଲଗ୍ନା । ସେତେବେଳେ ଟିକେ ଖରାପ ଲାଗିଥିଲା ସୁଲଗ୍ନାକୁ । କିନ୍ତୁ କାହିଁକି ? ସେ ତ ନିଜେ ହିଁ ବ୍ୟସ୍ତ ହେଉଥିଲା ଓ ରହୁଥିଲା, ସୁଲତା ତା' ନିଜ କାମ ନିଜେ କରିବା ଶିଖୁ ବୋଲି !

ସୁଲଗ୍ନା ଆଜି ଅନ୍ୟକଥା ବି ଭାବୁଥିଲା । ସେ ଚିନ୍ତା କରୁଥିଲା, ସୁଲତା ଆଉ ଗୋପନରେ ଗର୍ଭପାତ କରାଇ ନ ଥିବ ତ ? ସେଇଥିପାଇଁ ହୁଏତ ମା'କୁ ସାମ୍ନା କରିବାର ସାହସ ଜୁଟାଇପାରିନି କି ତାକୁ କହିପାରିନି ତା' ପାଇଁ ଆଣିଦେବାକୁ । ମନେମନେ ହିସାବ କଲା ସୁଲଗ୍ନା । କିନ୍ତୁ ତା'ର ସଂଶୟକୁ ପୁଷ୍ଟି କରୁ ନ ଥିଲା ହିସାବ । ଗତମାସରେ ବି ଠିକ୍ ସମୟରେ ରତୁସ୍ରାବ ହୋଇଥିଲା ସୁଲତାର ।

ତେବେ ସୁଲତାର ଢଙ୍ଗଢଙ୍ଗ ବହୁତ ବଦଳିଯାଇଥିଲା । ସେ ମୋବାଇଲ ଫୋନ ସହ ବହୁତ ସମୟ ବିତାଉଥିଲା । ଅବଶ୍ୟ ଆଗରୁ ବି ସେ ମୋବାଇଲ ଫୋନ୍‌ରେ ଲାଗେ ଓ ସୁଲଗ୍ନା ତାକୁ ତାଗିଦ କରେ । ମାତ୍ର ସେତେବେଳେ ସେ ଖାଲି ହସିଦିଏ । ହସିଦିଏ ଆଉ ଗେହ୍ଲେଇହୋଇ କୁହେ, "ମୋର ସବୁ ବନ୍ଧୁଙ୍କର ଠିକଣା, ବନ୍ଧୁଙ୍କ ସହ କଥାବାର୍ତ୍ତା, ଘଣ୍ଟାର ସମୟ, ଉଠିବା ସମୟର ଆଲାର୍ମ– ସବୁ ତ ଏଇଥିରେ ହିଁ ରହିଛି । ମୁଁ ଆଉ କ'ଣ କରିବି, କହ ?"

ମାତ୍ର ଏଥର ସେଭଳି ତାଗିଦ କଲେ ଚିଡ଼ିଉଠୁଥିଲା । ଅଧିକାଂଶ ସମୟରେ ଏକାକୀ ହୋଇଯିବାର ଚେଷ୍ଟା କରୁଥିଲା । ଏପରିକି ବେଲେବେଲେ ରାତି ସାଢ଼େଏଗାରଟାବେଳେ ବି ମୋବାଇଲ ସହ ସକ୍ରିୟଥିବା ସୁଲଗ୍ନାର ଆଖିରେ ପଡ଼ିଥିଲା ।

ସୁଲଗ୍ନା ତେଣୁ ଭାବୁଥିଲା ଯେ ଏଇ ଫୋନ ହିଁ ସବୁ ଯୋଗାଯୋଗର ମାଧ୍ୟମ । ସେଇ ସୂତ୍ରରେ କିଛି ସଂପର୍କ ସ୍ଥାପନ କରିଛି ସୁଲଗ୍ନା । ସେଇ ସଂପର୍କକୁ ସିଏ ବ୍ୟାହତ କରିବାକୁ ଚ଼ହେ ନାହିଁ । ସେଇ ସଂପର୍କ ବିଷୟରେ କାହାକୁ ଜଣାଇବାକୁ ଚ଼ହେ ନାହିଁ । କିଏ ବିରୋଧ କରିବ ବୋଲି ହୁଏତ ମନେମନେ ଭାବିନେଇଛି । ବିରୋଧ କରିବାର ସମ୍ଭାବନା ଥିବା ଆତ୍ମୀୟମାନଙ୍କୁ ଶତ୍ରୁ ବୋଲି ବିଚାରୁଛି ।

ସେଇ ମର୍ମରେ ଥରେ କଥା ଉଠାଇଥିଲା ସୁଲଗ୍ନା । ସୁଲତା ରାଗିମାଗି ଚ଼ହିଁଲା ସୁଲଗ୍ନାକୁ । ଯେମିତିକି ସୁଲଗ୍ନା ହିଁ ଦୋଷୀ । ଆଉ ଏଇ ରାଗଟା ସୁଲତାର ପ୍ରତିକ୍ରିୟା । ପୁଣି ଚିନ୍ତାରେ ଡୁବିଗଲା ସୁଲଗ୍ନା । ଭାବିଲା, ହୁଏତ ତା' କଥାରେ କିଛି କାମ କରି

ଆଘାତ ପାଇଛି ସୁଲତା ଅଥବା ସୁଲଗ୍ନାର କେଉଁ ଆତ୍ମୀୟ ଆଘାତ ଦେଇଛି ସୁଲତାକୁ। କେତେକେତେ ବିଷୟ ଚିନ୍ତା କରୁଥିଲା ସୁଲଗ୍ନା। କେତେ କେତେ ଦୁର୍ଭାବନା ତା' ମନକୁ ଆସୁଥିଲା। ମାତ୍ର କେଉଁଟିକୁ ବି ପୁଷ୍ଟି କଲାଭଳି ପ୍ରମାଣ ତା' ଆଖିରେ ପଡୁ ନ ଥିଲା। ନ ଜାଣିଥିବା ଗୋଟେ ବିଷୟକୁ ନେଇ କେମିତି ନିଷ୍କର୍ଷରେ ପହଞ୍ଚିବ ସିଏ ? ଅନ୍ଧାରରେ କେତେ ବାଡ଼ି ବୁଲାଇବ ? ମାତ୍ର ଆଉ କ'ଣ ବା ସିଏ କରିପାରିଥାନ୍ତା! ସେଇ ବିଷୟରେ ଜାଣିବାପାଇଁ ପ୍ରସଙ୍ଗ ଉଠାଉ ଉଠାଉ ତ ସୁଲତାର ଏଭଳି ପ୍ରତିକ୍ରିୟା!

ସୁଲତାର କୋଉ ସାଙ୍ଗଠୁ ଏ ବିଷୟରେ ବୁଝିବା କଥା। ମାତ୍ର ସେଭଳି କାହାରି ନାଁ ମନେ ପକାଇପାରିଲାନି ସୁଲଗ୍ନା। ଏଇଠି ହିଁ ସୁଲଗ୍ନାର ଭୁଲ। ସବୁ ସାଙ୍ଗଙ୍କୁ ସେ ସୁଲଗ୍ନାର ପ୍ରତିଦ୍ୱନ୍ଦ୍ୱୀ ବୋଲି ଭାବୁଥିଲା। ଭାବୁଥିଲା, କେହି ତାକୁ ସହିପାରିବେନି କିମ୍ବା ତାକୁ ଠକିଦେବେ। ସମସ୍ତେ ନିଜନିଜ ମତଲବରେ ଅଛନ୍ତି। ବିରୁରୀ ସୁଲତା ବୁଝିପାରୁନି। ଆଜି କିନ୍ତୁ ସିଏ ବିକଳ ହୋଇ ସାଙ୍ଗଟିଏ ଖୋଜିବାବେଳକୁ କେହି ବି ତା' ନଜରରେ ପଡୁ ନ ଥିଲେ। ସୁଲତା ସହ ଖୋଲାଖୋଲି କଥାହେବାକୁ ରୁହୁଥିଲା ସୁଲଗ୍ନା। ତା'ର ସବୁ ଭୁଲକୁ ଗ୍ରହଣ କରିନେବାକୁ ରାଜିଥିଲା। ତା'ର ସବୁ ସର୍ଥ ଗ୍ରହଣ କରିନିଅନ୍ତା। ତାକୁ ରକ୍ଷା କରିବାକୁ, ଯାହା କିଛି ହେଲେ ବି କରିବାକୁ ଚେଷ୍ଟାକରନ୍ତା। କିନ୍ତୁ ସମସ୍ୟାଟା' କ'ଣ, ଜାଣିଲେ ସିନା! ଯେତେଥର ସେ ଏ ବିଷୟରେ କଥାହେବାର ଉପକ୍ରମ କରିଥିଲା, ସୁଲତାର ମନୋଭାବ ସେତିକି ନକାରାତ୍ମକ ମନେହେଉଥିଲା ତାକୁ। ସମ୍ଭାବ୍ୟ ବିପରୀତ ପ୍ରତିକ୍ରିୟାର ଭୟରେ ବିରତ ହେଉଥିଲା ଚେଷ୍ଟାରୁ। କିନ୍ତୁ ଆଦୌ ସହିପାରୁ ନ ଥିଲା ସୁଲଗ୍ନା। ପଛରେ ନିରବରେ କାନ୍ଦେ। ସ୍ୱାମୀ ଅରୁଣଙ୍କୁ ବି କିଛି କହିପାରେନି। କାଲେ ସେ ଶୁଣିଲେ ରାଗିମାଗି କ'ଣ ନାହିଁ କ'ଣ କହିପକାଇବେ କି ପିଟିପକାଇବେ ସୁଲତାକୁ! ସୁଲତା ବି ଯେଉଁଭଳି ମାନସିକ ସ୍ଥିତିରେ ଅଛି, କ'ଣ ନାଇଁ କ'ଣ କରିପକାଇବ ବୋଲି ଭୟ ଆସୁଥାଏ ମନରେ। ସୁଲତା ଶୋଇବା ପରେ ତା' ପାଖକୁ ଯାଏ, ତା ମୁହଁକୁ ଅନାଏ– କେମିତି ଗୋଟେ ମୋହ ଆସେ। ଗେଲ କରିବାକୁ ଇଚ୍ଛାହୁଏ, କିନ୍ତୁ ସାହସ ହୁଏନି। କେବକେବେ ସାହସ ଜୁଟାଇ ଖାଲି ମୁଣ୍ଡ ସାଉଁଲେଇ କି ଗୋଡ଼ ଆଉଁଶିଦେଇ ଫେରିଆସେ। ତେବେ ଥରେଥରେ ତାକୁ ଲାଗେ ଯେ ସୁଲତା ଚେଇଁଛି ବୋଧେ, ଜାଣିପାରୁଛି। କେମିତି ଗୋଟେ ଅପ୍ରୀତିକର ପରିସ୍ଥିତିର ଆଶଙ୍କା ଆସେ। ତରବରରେ ବାହାରିଆସେ ସୁଲତାର କୋଠରିରୁ। ଦିନେ ସିଏ ଗୋଡ଼ ଆଉଁଶି ଦେବାବେଳେ ସୁଲତାର ଆଖିରେ ତା' ଆଖି ମିଶିଗଲା। ଯନ୍ତ୍ରଚାଳିତଭାବେ ତରବର ହୋଇ ବାହାରିଗଲା ସୁଲଗ୍ନା। ମାତ୍ର ପରେ ତାକୁ ଲାଗିଲା

ଯେ ସୁଲତାର ରୁହାଣିରେ ଆତ୍ମୀୟପଣ ଥିଲା । ସିଏ ସାହସ ଜୁଟାଇପାରିଲାନି, ତରବରରେ ବାହାରିଗଲା ସିନା, ରହିଯାଇଥିଲେ ଭଲ ହୋଇଥାନ୍ତା ।

ପରଦିନ କେମିତି ସ୍ୱାଭାବିକ ଲାଗୁଥିଲା ସୁଲତା । ଆଶାର ଆଲୁଅଧାରେ ଦେଖିପାରିଲା ସୁଲଗ୍ନା । ସୁଲତାକୁ ଭଲଲାଗୁଥିବା ଜିନିଷସବୁ ରୋଷେଇକଲା । ସୁଲତା ବି ଖାଇଲା ମନଖୁସିରେ । ସେଦିନରାତିରେ ପୁଣି ସୁଲତାର କୋଠରିକୁ ଗଲା ସୁଲଗ୍ନା । କୋଠରି ଭିତରୁ ବନ୍ଦ ଥାଏ । ତେବେ ସୁଲତାର ପାଟି ଶୁଭୁଥାଏ, "ନାଇଁ ନାଇଁ, ମୋ ବାପାଙ୍କୁ ମାରନି । ଜମା ମାରନି । ତାଙ୍କର ଭୁଲ କ'ଣ !"

ଚମକିପଡ଼ିଲା ସୁଲଗ୍ନା– କ'ଣ କରିବ ଜାଣିପାରିଲାନି । କାହାକୁ କହୁଛି ସୁଲତା ? କାହିଁକି କହୁଛି ? ସେଇ ଅଜଣାଲୋକର କେଉଁ କଥାର ପ୍ରତିବାଦ କରୁଛି ସେ ? ତା'ର କେଉଁ ସର୍ତରେ ରାଜି ହୋଇନି ନିଶ୍ଚୟ । ମାତ୍ର କିଏ ସେଇ ଲୋକ ? କ'ଣ ସେଇ କଥା ? ସୁଲତା ରାଜିହେଉନି କାହିଁକି ?

କବାଟ ବନ୍ଦ ରଖିଛି ମାନେ, ଗୋପନ ରଖିବାକୁ ଚେହୁଛି ସୁଲତା । ତାକୁ କବାଟ ଖୋଲିବାକୁ କହିଲେ ଅପ୍ରୀତିକର ପରିସ୍ଥିତି ସୃଷ୍ଟି ହେବନି ତ ! ତାକୁ ଲାଗୁଥାଏ, ଘଟଣାକୁ ଆଉ ଅଧିକ ବିଗାଡ଼ିବା ଅନୁଚିତ । ଆଜି ଟିକେ ବାଗକୁ ଆସିଛି ସୁଲତା । କଥା ଯେଉଁଠି ଅଛି, ସେଇଠି ଥାଉ । ପରେ ସମୟ ଦେଖି ସେଇ ପ୍ରସଙ୍ଗ ଉଠାଇବ ।

ସୁନନ୍ଦା ଫେରିଯିବାକୁ ବସୁଥିଲା । ମାତ୍ର ମନ ମାନିଲାନି । ସେ ଫେରିଆସିଲା । କବାଟ ବାଡ଼େଇଲା । ସୁଲତାକୁ ଡାକିଲା । ଉତ୍ତର କିଛି ଫେରିଲାନି । ତେଣୁ ସେ ଭାବିଲା, ସୁଲତା ଆଉ ଶୋଇ ନଥିଲା ତ ? ଶୋଇ ଶୋଇ ଏମିତି ବିଳିବିଳଉଥିଲା ! ନା ଭୟଙ୍କର ସ୍ୱପ୍ନ ଦେଖୁଥିଲା, ନା ଭୂତ ଲାଗିଛି ତା' ଦେହରେ !

କିଛି ବି ନିର୍ଣ୍ଣୟରେ ପହଞ୍ଚିପାରୁ ନ ଥିଲା ସୁଲଗ୍ନା ।

XXX

ଖ୍ରୀଷ୍ଟପୂର୍ବ ୩୦୦ ମସିହାରୁ ଜଣାଅଛି 'ବୁହ୍ୱେଲ ବିଚ୍' ବିଷୟରେ । କୁହାଯାଏ ଯେ ଆରିଷ୍ଟଟଲ ବି ଜାଣିଥିଲେ । ନୀଳତିମିମାନେ ଏଇସବୁ ବେଳାଭୂମିରେ ସମୁଦ୍ରରୁ ଆସି ମରିପଡ଼ିଥାନ୍ତି । ଅନେକେ କୁହନ୍ତି, ସେମାନେ ଏଇଠି ଆତ୍ମହତ୍ୟା କରନ୍ତି । କିନ୍ତୁ କାହିଁକି ? ଉତ୍ତର କାହାରିକୁ ବି ଜଣା ନାହିଁ ।

କେହିକେହି କୁହନ୍ତି, ସମୁଦ୍ରରେ ଚଲାଚଲ କରୁଥିବା ଜାହାଜ ଦ୍ୱାରା ଏମାନେ ଆଘାତ ପାଇଥାନ୍ତି । ପହଁରିବା କଷ୍ଟକର ହୁଏ । ବିଶ୍ରାମ ନେବା ଆଶାରେ ଅଗଭୀର ଜଳକୁ ଆସନ୍ତି । ମାତ୍ର ଆସିବାବେଳେ ଭୂମିରେ ଘର୍ଷିହୋଇ ବା ବାଡ଼େଇହୋଇ ବେଶିବେଶି ଆଘାତ ପାଆନ୍ତି ଓ ମରିଯାଆନ୍ତି । କେହି କେହି କୁହନ୍ତି ଯେ ସେମାନେ

ବେଳାଭୂମିକୁ ଆସୁଥାନ୍ତି ସମୁଦ୍ରର ପ୍ରଦୂଷଣ ହେତୁ। ଆଉ କାହାରି କାହାରି ମତରେ ଯୋଗାଯୋଗ ପାଇଁ ସେମାନେ ବ୍ୟବହାର କରୁଥିବା ଧ୍ୱନିତରଙ୍ଗ କୌଣସି କାରଣରୁ ବ୍ୟାହତ ହୁଏ ଏବଂ ସେମାନେ ଦିଗ ବାରିପାରନ୍ତିନି। ପୃଥ୍ୱୀର ଚୁମ୍ବକୀୟ କ୍ଷେତ୍ରକୁ ଏକ କାରଣଭାବେ ବର୍ଣ୍ଣନା କରନ୍ତି କେହି କେହି। କିଛି ଲୋକଙ୍କ ମତରେ ଏମାନେ ରୋଗଗ୍ରସ୍ତ। ଆଉ କିଏ ଜୋର ଦିଅନ୍ତି ଯେ ଏମାନେ ଆମ୍ଭହତ୍ୟା କରିବାକୁ ହିଁ ଆସନ୍ତି। କେବେକେବେ ଏଇସବୁ ବେଳାଭୂମିରେ ଦଳେ ନୀଳତିମି ଏକାଠି ମରିପଡ଼ିଥିବାର ଦେଖାଯାଏ।

ନୀଳତିମିମାନଙ୍କର ଆମ୍ଭହତ୍ୟା ପ୍ରସଙ୍ଗକୁ ଗ୍ରହଣ କରି ଏଇ ଘାତକ ଖେଳର ନାଁ ବୋଧହୁଏ ରଖାଯାଇଥିଲା 'ବ୍ଲୁ ହ୍ୱେଲ ଚ୍ୟାଲେଞ୍ଜ'। ନୀଳତିମି ଯେଉଁଭଳି ପ୍ରାଣ ହରାଏ, ସେହିଭଳି ଏହି ଖେଳ ଖେଳୁଥିବା ଲୋକମାନେ ଶେଷରେ ଆମ୍ଭହତ୍ୟା କରନ୍ତି। ଅବଶ୍ୟ ୨୦୧୬ ମସିହା ଆଗରୁ ଏହାର ନାଁ ଥିଲା 'ଡେଥ ଗ୍ରୁପ'। ୨୧ ବର୍ଷ ବୟସ୍କ ରୁଷିଆର ମନସ୍ତତ୍ତ୍ୱବିତ୍ ଛାତ୍ର ଫିଲିପ ବୁଦେଇକିନ ଏହାର ପ୍ରସ୍ତୁତକର୍ତ୍ତା। ୨୦୧୫ ମସିହାରେ ଏଇ ଖେଳ ଖେଳିବାଦ୍ୱାରା ପ୍ରଥମ ମୃତ୍ୟୁ ହୋଇଥିଲା ବୋଲି କୁହାଯାଏ। ଏହାପରେ ୧୬ ଜଣେ ସ୍କୁଲ ପିଲା ପ୍ରାଣ ହରାଇଲେ ଓ ଫିଲିପ ଗିରଫ ହୋଇଥିଲେ। ତା'ପରେ ଏହି ଖେଳର ନାଁକୁ 'ବ୍ଲୁ ହ୍ୱେଲ ଚ୍ୟାଲେଞ୍ଜ'କୁ ବଦଳାଇ ଦିଆଯାଇଥିଲା। ଏବେ ଏହି ଖେଳର ପ୍ରସାର ଓ ଆତଙ୍କ ବିଶ୍ୱବ୍ୟାପୀ। ଭାରତରେ, ଏପରିକି ଓଡ଼ିଶାରେ ବି, ଏହି ଖେଳ ଖେଳି ପିଲାମାନେ ମୃତ୍ୟୁର ଶିକାର ହୋଇଥିବା ସନ୍ଦେହ କରାଯାଏ।

ବ୍ଲୁ ହ୍ୱେଲ ଗେମ୍‌ର କୌଣସି ନିର୍ଦ୍ଦିଷ୍ଟ ଆପ୍ ନାହିଁ। ବିଭିନ୍ନ ସାମାଜିକ ଯୋଗାଯୋଗ ମାଧ୍ୟମ ଦେଇ ଏହା ଆଖିସାମ୍ନାକୁ ଆସିଯାଏ। ତେଣୁ ଏହାକୁ ଚିହ୍ନଟ କରିବା କି ହଟାଇବା କଷ୍ଟକର। ଏହି ଖେଳ ଖେଳିବାପାଇଁ ଯୋଗ୍ୟତା ହାସଲ କରିବାକୁ ପ୍ରଥମେ କିଛି ପୟେଣ୍ଟ ହାସଲ କରିବା ଦରକାର ହୁଏ। କିଛି ଖେଳ ଖେଳିବା ପରେ ଏହା ସହଜରେ ମିଳିଯାଏ। ତା'ପରେ ସାଇନ୍‌ଅପ କଲାବେଳେ ନିଜର ତଥା ଘରର ସଂପୂର୍ଣ୍ଣ ତଥ୍ୟ ଦେବାକୁ ପଡ଼େ।

ଏହାପରେ ଆରମ୍ଭ ହୁଏ ଏକପ୍ରକାର ମନସ୍ତାତ୍ତ୍ୱିକ ପ୍ରକ୍ରିୟା। ଖେଳୁଥିବା ପିଲାକୁ ଧୀରେଧୀରେ ଅନ୍ୟମାନଙ୍କଠାରୁ ଅଲଗା କରିଦିଆଯାଏ। କେବେକେବେ ରାତିଅଧରେ କି ଭୋର ସାଢ଼େ ଚାରିଟାରେ ଉଠି ଆଡ୍‌ମିନିଷ୍ଟ୍ରେଟର ପଠାଇଥିବା ଭୟଙ୍କର ଗୀତ ଶୁଣିବାକୁ ହୁଏ କି ଭୟାନକ ଭିଡିଓ ଦେଖିବାକୁ ହୁଏ। ଦିନେଦିନେ କାହାରି ସହ ବି କଥାବାର୍ତ୍ତା ନ କରିବାକୁ କୁହାଯାଏ। ଏଭଳିଭାବେ ଖେଳାଳିକୁ

ମାନସିକସ୍ତରେ ଏକାକୀ ଓ ବିକାରଗ୍ରସ୍ତ କରିଦିଆଯାଏ। ଦେହର ବିଭିନ୍ନ ଜାଗାରେ କଣ୍ଠାରେ ଫୁଟାଇ କଣାକରାଯାଏ। ପ୍ରତ୍ୟେକ ଦାୟିତ୍ୱ ସଂପୂର୍ଣ୍ଣ କଳାପରେ ହାତକୁ ବ୍ଲେଡ୍‌ରେ ତେର୍ଛାଭାବେ କଟାଯାଏ। ପ୍ରତି କାମ ପରେ କଟାଯାଉଥିବା ଏଇ ଚିହ୍ନ ଶେଷରେ ଏକ ତିମିର ରୂପ ନିଏ। ପ୍ରତିସ୍ତରରେ କରିଥିବା କାମ ଓ କଟାଦାଗ ନିର୍ଦ୍ଦେଶକଙ୍କ ପାଖକୁ ପଠାଯାଉଥାଏ।

ଏହା ଏକ ମନସ୍ତାତ୍ତ୍ୱିକ ଖେଳ। ପ୍ରଥମରେ ବୋଧେ ଖେଲାଲିଟି ପ୍ରତ୍ୟେକ ସ୍ତରର କାର୍ଯ୍ୟ ସଂପାଦନକୁ ସଫଳତା ଭାବି ଖୁସିହୁଏ। ଏଇ ସଫଳତା ହାସଲ କରିବା ତା’ ପାଇଁ ଗୋଟେ ଜିଦ କି ଅଭ୍ୟାସରେ ପରିଣତ ହୁଏ। ସେ କଷ୍ଟପାଉଥିବା କାମ କଲେ ବି ସଫଳତା ପାଇଲେ ଖୁସି ହୁଏ। ବୋଧହୁଏ ତା’ଭିତରେ ମାସୋଚିଜିମ ବା ଆତ୍ମପୀଡ଼ନ ପ୍ରବୃତ୍ତି ସୃଷ୍ଟିହୁଏ। ତେଣେ ସେ ଅନ୍ୟ ସମସ୍ତଙ୍କଠାରୁ ଅଲଗା ହେଉଥାଏ। ସ୍ନେହ, ପ୍ରେମ, ମୋହ, ବନ୍ଧନ, ସବୁ ଟୁଟିଟୁଟି ଯାଉଥାଏ। ପୁଣି ସେ ରାତିରେ ଏକାକୀ ଭୟାନକ ଗୀତ ବା ଭିଡ଼ିଓ ଦେଖି ଭୟଙ୍କର ଜିନିଷ ସହ ଏକାନ୍ତ ହେଉଥାଏ।

ଏଇ ସ୍ତର ପରେ ଖେଲାଲିକୁ ଆତ୍ମହତ୍ୟାର ବିଭିନ୍ନ ଉପାୟ ସହ ପରିଚିତ କରାଇଦିଆଯାଏ। କେବେକେବେ ରାତିଅଧରେ ଏକାକୀ ଛାତ ଉପରେ ବୁଲିବାକୁ କୁହାଯାଏ ତ କେବେ ରେଲଧାରଣାରେ ଶୋଇବାକୁ ନିର୍ଦ୍ଦେଶ ମିଳେ। କେବେକେବେ ଛାତ ଧାରରେ ଗୋଡ଼ ଝୁଲାଇ ବସିବାକୁ କୁହାଯାଏ ତ କେବେ ଛାତ କଡ଼ରୁ ତଳଆଡ଼କୁ ଝୁଲି ସେଲ୍‌ଫି ନେବାକୁ ପଡ଼େ।

ପଚାଶଦିନ ପୂରିବା ପରେ ଆତ୍ମହତ୍ୟା ପାଇଁ ନିର୍ଦ୍ଦେଶ ଆସେ। ଅଧିକାଂଶ ଖେଲାଲି ଛାତରୁ ଡେଇଁ ବା ବେକରେ ଦଉଡ଼ି ଦେଇ ଆତ୍ମହତ୍ୟା କରିଥାନ୍ତି।

ତେବେ ନିର୍ଦ୍ଦେଶକଙ୍କ ଦାୟିତ୍ୱ ଗୁରୁତ୍ୱପୂର୍ଣ୍ଣ ଓ ରହସ୍ୟମୟ। କେବେ କେବେ କେହି ଖେଲାଲି ଅଧାରୁ ଖେଳ ଛାଡ଼ିଦେବାକୁ ବାହାରନ୍ତି। ସେତିକିବେଳେ ନିର୍ଦ୍ଦେଶକ ତାଙ୍କୁ ଧମକଟମକ ଦେଇ ପୁଣି ଫେରାଇ ଆଣିବାକୁ ଚେଷ୍ଟା କରନ୍ତି। ପ୍ରଥମରୁ ତାଙ୍କ ପାଖରେ ଖେଲାଲିର ବ୍ୟକ୍ତିଗତ ତଥା ପାରିବାରିକ ବିବରଣୀ ଥାଏ। ନିର୍ଦ୍ଦେଶକ ତାକୁ ବ୍ୟବହାରକରି ପରିବାରର ଅନ୍ୟମାନଙ୍କର କ୍ଷତି କରିବାକୁ ଡରାନ୍ତି।

ଏବେ ଜଣାପଡ଼ିଛି ଯେ ରୁଷିଆରେ ଜଣେ ସତର ବର୍ଷ ବୟସ୍କା ନିର୍ଦ୍ଦେଶିକା ଅଛନ୍ତି। ସେ ଅଧାରୁ ଖେଳ ଛାଡ଼ିଦେଇଥିଲେ। ପରେ ନିର୍ଦ୍ଦେଶିକା ହେଲେ। ବୋଧହୁଏ ନିର୍ଦ୍ଦେଶକ ଖେଲାଲିଙ୍କର ମାନସିକ ଶକ୍ତି ବି ପରଖୁଥାନ୍ତି। ଆବଶ୍ୟକୀୟ ଗୁଣ ଚିହ୍ନଟ କଲେ ନିର୍ଦ୍ଦେଶକ ପଦବୀରେ ବି ରଖାଯାଇପାରେ।

ଜେଲ୍‌ରେ ଥିବା ଫିଲିପ ବୁଦାଇକିନ୍‌କୁ ସାୟଦିକମାନେ ପଚରିଥିଲେ, ସେ କାହିଁକି ଏଭଳି ମରଣଯନ୍ତା ତିଆରି କଲେ ?

ଫିଲିପ ଉତ୍ତର ଦେଇଥିଲେ, ସେ ସମାଜକୁ ଜୈବିକ ଆବର୍ଜନାରୁ ମୁକ୍ତ କରୁଛନ୍ତି । କିଛି ବର୍ଜ୍ୟବସ୍ତୁକୁ ସଫା କରୁଛନ୍ତି ।

କେତେକଙ୍କ ମତରେ ଏହା କେତେକାଂଶରେ ସତ । ଯେଉଁମାନେ ମାନସିକ ଭାବେ ଦୁର୍ବଳ କିମ୍ବା ଦୁର୍ବଳତାପ୍ରବଣ, ସେଇମାନେ ହିଁ ନିଜକୁ ଏଭଳି ଖେଳରୁ ଓହ୍ରାଇପାରନ୍ତି ନାହିଁ ।

xxx

ସୁଲଗ୍ନା ରହୁଥିବା ଘରେ ପାଇଖାନା ଓ ଗାଧୁଆଆଘର, ଶୋଇବାଘରଠୁଁ ଦୂରରେ ଥିଲା । ମଝିରେ ଗୋଟେ ଲମ୍ବା ଓ ଖୋଲା ବାରଣ୍ଡା । ରାତିରେ ସୁଲତା ପ୍ରାୟତଃ ପାଇଖାନା ଯାଏନି । ଯଦିବା କେବେ ଯାଏ, ତେବେ ସୁଲଗ୍ନାକୁ ନିଦରୁ ଉଠାଏ । ଏବେ ସୁଲଗ୍ନା ଲକ୍ଷ୍ୟ କରୁଥିଲା ଯେ ସୁଲତା ଏବେ ଏକା ଏକା ଯାଉଛି, ଅପେକ୍ଷାକୃତ ଭାବେ ଅଧିକ ଥର । କେବେ ବି ସୁଲଗ୍ନାକୁ ଡାକୁନି । ତାକୁ କେମିତିକେମିତି ଲାଗିଲା । ମନରେ ଅଜଣା ଶଙ୍କା । ସ୍ୱାମୀ ଅରୁଣଙ୍କୁ ଜଣାଇଲା । ଅରୁଣ ସେଭଳି କିଛି ପ୍ରତିକ୍ରିୟା ଦେଖାଇଲେ ନାହିଁ । ହାଲୁକାଭାବେ କଥାଟିକୁ ନେଲେ । ତାଙ୍କ ମତରେ ସୁଲତାର ଯେହେତୁ ନବମ ଶ୍ରେଣୀ ହେଲାଣି, ରାତିରେ ବେଶୀ ସମୟ ପାଠ ପଢୁଥିବ, ତେଣୁ ବେଶୀଥର ପରିସ୍ରା ଯାଉଛି । ସିଏ ବି ହୁଏତ ନିଜର କିଛି ଗୋପନୀୟତା ରଖୁଥିବ କିମ୍ବା ବାପାମା ଏକାଠି ଥିବାବେଳେ ସୁଲଗ୍ନାକୁ ଡାକିବାକୁ ମାଡ଼ିମାଡ଼ି ପଡୁଥିବ । ତା'ଛଡ଼ା ତା'ର ବି କିଛି ସାହସ ହେବା ଦରକାର । ହୋଇଛି ମାନେ ଭଲକଥା ।

ଅରୁଣ ଆଦୌ ଚିନ୍ତିତ ନ ଥିଲେ । ଆଉ ତାଙ୍କର କୌଣସି କଥା ସୁଲଗ୍ନାକୁ ନିଶ୍ଚିତ କରିପାରୁ ନ ଥିଲା । ତାକୁ ଖାପଛଡ଼ା ଲାଗୁଥିଲା, ଅସଙ୍ଗତ ଲାଗୁଥିଲା ସୁଲତାର ଚଳିଚଳନ । ମନରେ ଭୟ ଆସୁଥିଲା । ଲାଗୁଥିଲା, ଯେମିତି କିଛି ଅଘଟଣ ଘଟିବାକୁ ଯାଉଛି । ଅଘଟଣଟା କ'ଣ ବୋଲି ସିଏ ଜାଣିପାରୁ ନ ଥିଲା । ତେଣୁ ଅଘଟଣ ବିଷୟରେ ସେ କାହା ସହ କଥାବାର୍ତ୍ତା କରିପାରୁ ନ ଥିଲା । ତା'ପାଇଁ ପ୍ରତିଷେଧକ ବ୍ୟବସ୍ଥା କରିପାରୁ ନ ଥିଲା । ବେଲେବେଲେ ସୁଲତାକୁ ଧରି ମନଭରି କାନ୍ଦିବାକୁ ଇଚ୍ଛାହେଉଥିଲା ତା'ର । ମାତ୍ର ସେଥିପାଇଁ ସାହସ ହେଉ ନ ଥିଲା । ସେଥିପାଇଁ ତା'ର ସ୍ୱାଧୀନତା ନ ଥିଲା ! ସେଭଳି କଲେ ସମସ୍ତେ ତାକୁ ପାଗଳୀ ହିଁ କୁହନ୍ତେ ।

ପାଖ ପଡ଼ୋଶୀ କି ବନ୍ଧୁବାନ୍ଧବ, କାହା ସହ ଏ ବିଷୟରେ ଆଲୋଚନା

କରିପାରୁ ନ ଥିଲା । ଜାଣିପାରୁ ନ ଥିଲା ଆଉ କିଏ ଏମିତି ହେଉଛି ନା ନାହିଁ ! ଚିହ୍ନାପରିଚୟରେ କାହାର ଏମିତି ଘଟଣା ଘଟିଛି ନା ନାହିଁ ! ଯଦି ହେଉଥିଲା, କେମିତି ସେଥିରୁ ମୁକୁଳିଲା ? ଅଥବା କ'ଣ ହେଲା ତା'ର ପରିଣତି ? କ'ଣ କରିପାରେ ଜଣେ ଅଭିଭାବକ ଏଇ ପରିସ୍ଥିତିରେ ?

ତେବେ ସବୁ ଚିନ୍ତା ତା'ର ଲୋଟିପଡ଼ୁଥିଲା ଡେଣାଭଙ୍ଗା ଚଢ଼େଇପରି । ତା'ର ଭୟ ଆସୁଥିଲା ଗୋଟିଏ ବିଷୟରେ । ତାକୁ ଲାଗୁଥିଲା, ଏଇ ବୟସର ଝିଅଟିଏ ଏମିତି ହେଲେ ସମସ୍ତେ ଖାଲି ଗୋଟିଏ କଥା ହିଁ ଭାବିବେ । ସତମିଛର ପ୍ରମାଣ ଦରକାର ପଡ଼ିବନି । ସାରାଜୀବନ ଅପବାଦର ବୋଝ ମୁଣ୍ଡାଇ ବଞ୍ଚିବାକୁ ପଡ଼ିବ ସୁଲତାକୁ । ତା'ପାଇଁ ଦୁଃଖ କରିବା ଛଡ଼ା କିଛି ବି କରିପାରିବନି ସୁଲଗ୍ନା । ତେଣୁ, ବାଧ୍ୟ ହୋଇ ମୌନ ରହୁଥିଲା । କିନ୍ତୁ ଏଇ ପ୍ରକ୍ରିୟାରେ ଧୀରେ ଧୀରେ ଅଧିକରୁ ଅଧିକ ବଡ଼ ବୋଝ ଲଦିହୋଇଯାଉଥିଲା ମୁଣ୍ଡ ଉପରେ ଓ ଛାତିତଳେ ଭରିଯାଉଥିଲା ମହଣମହଣ କୋହ ।

ତେଣେ ସୁଲତା ଅଧିକରୁ ଅଧିକ ଖାପଛଡ଼ା ହୋଇଯାଉଥିଲା ଦିନକୁଦିନ । ଯେପରି ତା' ପାଇଁ କେହି ନାହାନ୍ତି । ତା'ପାଇଁ କୌଣସି କଥାର ଗୁରୁତ୍ୱ ନାହିଁ । ସୁଲଗ୍ନାର ଉପସ୍ଥିତି ସେ ଆଦୌ ପସନ୍ଦ କରୁ ନ ଥିଲା । ଯନ୍ତ୍ରଚାଳିତଭାବେ ନିଜର କାମ କରୁଥିଲା ଓ ଯଥାସମ୍ଭବ ଏକାକୀ ରହୁଥିଲା ।

ସୁଲଗ୍ନା ଡରିଯାଉଥିଲା । ଅରୁଣଙ୍କୁ କହୁଥିଲା; ହେଲେ, ଅରୁଣ ଆଦୌ ଗୁରୁତ୍ୱ ଦେଉ ନ ଥିଲେ । ସୁଲଗ୍ନା ଦୋହରାଏ ତା'ର ଭୟ ବିଷୟ । ନାନାଦି ଆଶଙ୍କାର ସମ୍ଭାବନା କଥା କହେ । ଅରୁଣ ଥଟ୍ଟାରେ ଉଡ଼ାଇଦିଅନ୍ତି । କୁହନ୍ତି ଯେ ସୁଲଗ୍ନା ମଧ୍ୟ ବୟସର ସେଇ ସୋପାନ ଦେଇ ଯାଇଛି । ତେଣୁ ସେ ହିଁ ତା'ର ମନସ୍ତତ୍ୱ ବୁଝିପାରିବ । ହୁଏତ ତା'ର ବି ସେଭଳି କିଛି ଅଭିଜ୍ଞତା ଥାଇପାରେ ।

ଏସବୁ ଥଟ୍ଟାକୌତୁକ ଆଦୌ ଭଲ ଲାଗୁ ନ ଥିଲା ସୁଲଗ୍ନାକୁ । ସେ ବିରକ୍ତ ହେଉଥିଲା । ଚିଡ଼ୁଥିଲା । ଗାଳିଦେଉଥିଲା । ଅରୁଣ ଆଦୌ ବାପର ଦାୟିତ୍ୱ ତୁଲାଉ ନାହାନ୍ତି ବୋଲି ସମାଲୋଚନା କରୁଥିଲା । ମାତ୍ର ସେସବୁ ଆଦୌ ପ୍ରଭାବିତ କରୁ ନ ଥିଲା ଅରୁଣଙ୍କୁ ।

ଦିନେ ଫ୍ୟାନ୍‌ରୁ ଝୁଲୁଥିଲା ସୁଲତାର ମୃତଦେହ ।

ପୁଲିସ୍‌ର ଅନୁସନ୍ଧାନ ଚାଲିଥାଏ । ତା'ର ହାତରେ କଟାହୋଇଥିବା ତିନି ଆକୃତିର ଚିହ୍ନକୁ ନେଇ ଖବରକାଗଜ ଓ ଟେଲିଭିଜନରେ ଆଲୋଚନା ହେଉଥାଏ ।

ଅରୁଣ ପୁରାପୁରି ଭାଙ୍ଗିପଡ଼ିଥାନ୍ତି । ନିଜକୁ ନିନ୍ଦୁଥାନ୍ତି । ସୁଲଗ୍ନା ପାଖରେ ଦୋଷୀ

ମଣୁଥାନ୍ତି ନିଜକୁ । ତାଙ୍କୁ ମୁହଁ ଦେଖାଇପାରୁ ନ ଥାନ୍ତି । ତା' କଥାକୁ ଗୁରୁତ୍ୱ ଦେଇ ନ ଥିବାରୁ ପସ୍ତାଉଥାନ୍ତି ।

ଅଥଚ ସୁଲତ୍ନାର ପ୍ରତିକ୍ରିୟା ଥିଲା ଆଶ୍ଚର୍ଯ୍ୟଜନକ । ସେ କିଛିମାତ୍ରାରେ ଥିଲା ନିର୍ବିକାର ଓ କେମିତି କେମିତି ଆଶ୍ୱସ୍ତ । ବୋଧହୁଏ ଏଇଥିପାଇଁ ଯେ ସେ ଭାବୁଥିବା ଭଳି କାମ କିଛି କରି ନ ଥିଲା ସୁଲତା ।

ଶୂନ୍ୟନୀଡ଼

ପ୍ୟାକେଟ୍‌ରେ ଥିବା ଲୁଣକୁ ଡବାରେ ଢାଲୁ ଢାଲୁ ହଠାତ ରହିଗଲା ରୀତା। ତା'ର ଆଖି ପଡ଼ିଗଲା ଲେଖା ହୋଇଥିବା ଆୟୋଡାଇଜ୍‌ଡ୍ ସଲ୍ଟ ଉପରେ। ସେଇଠୁ ମନେପଡ଼ିଲା ଆଇଓଡିନ ଓ ଲଲି କଥା। ସେଇଟି ସେମିତି ଅଟକିଗଲା ମନ। ଡବାଭରି ଉଛୁଳିବା ପରେ ଚମକିଉଠିଲା।

ପଢ଼ିବାବେଳେ ଟିକେ ବଡ଼ପାଟିରେ ପଢ଼େ ରୀତା। ଆଉଜଣକୁ ଶୁଣାଏ। ସେ ବୁଝୁ ବା ନ ବୁଝୁ। ସେମିତି କହିଲେ ହିଁ ତା'ର ବେଶି ମନେରହେ। ଥରେ ସ୍ୱାମୀ ଶୀତାଂଶୁଙ୍କ ସହ ପଢ଼ୁଥିଲା। ହିମାଳୟର ପାଦଦେଶରେ ରହୁଥିବା ଲୋକଙ୍କର ଅଧିକ ଗଳଗଣ୍ଡ ରୋଗ ହୁଏ। କାରଣ ସେଠାକାର ପାହାଡ଼ିଆ ଅଞ୍ଚଳରେ ଥିବା ପାଣିରେ ଆଇଓଡିନର ମାତ୍ରା କମ ଥାଏ। ଥାଇରଏଡ ଗ୍ରନ୍ଥିର କାର୍ଯ୍ୟକାରିତାପାଇଁ ଆଇଓଡିନ ଦରକାର ହୁଏ। ଏହାର ଅଭାବ ହେତୁ ଗ୍ରନ୍ଥି ଠିକ୍‌ରେ କାମ କରିପାରେନି। ତେବେ ଶରୀରର ପ୍ରୟୋଜନ ମେଣ୍ଟାଇବା ଚେଷ୍ଟାରେ ଗ୍ରନ୍ଥି ନିଜକୁ ଅଧିକ ଖଟାଏ, ଅଧିକ କୋଷ ବିଭାଜନ କରେ ଓ ବଡ଼ ହୋଇଯାଏ ସେଇ ପ୍ରକ୍ରିୟାରେ। ଆମେ ତାକୁ ଗଳଗଣ୍ଡ ରୋଗ ବୋଲି କହୁ। ଝିଅ ଲଲି ପାଖରେ ବସି ଶୁଣୁଥିଲା ସେଦିନ। କିଛିଦିନ ପରେ ହଠାତ ଦିନେ ଖୁସିରେ ଉଛୁଳି ଲଲି କହିଲା ଯେ ପାହାଡ଼ ଉପରେ ରହିଲେ ବହୁତ ମଜା। ଶୀତାଂଶୁ ଓ ରୀତା ଭାବିଲେ ସେ ବୋଧେ କୋଉ ପାହାଡ଼ର ସୌନ୍ଦର୍ଯ୍ୟ ବିଷୟରେ କହୁଛି କିମ୍ବା କେଉଁ ପିକନିକ ବିଷୟ ମନେପକାଉଛି। ସେଇ ମର୍ମରେ ତାକୁ ପ୍ରଶ୍ନ କଲେ। ମାତ୍ର ତା'ଠାରୁ ଉତ୍ତର ଶୁଣିବା ପରେ ଆଶ୍ଚର୍ଯ୍ୟ ହେବାକୁ ପଡ଼ିଲା ଦୁହିଁଙ୍କୁ।

ଲଲି ବେଙ୍ଗକୁ ଡରୁଥିଲା। ସେଦିନ ପଢ଼ିଲା ଯେ ବେଙ୍ଗର ମେଟାମରଫୋସିସ ପାଇଁ ଅର୍ଥାତ ବେଙ୍ଗଫୁଲା ସ୍ତରରୁ ବେଙ୍ଗ ଅବସ୍ଥାକୁ ଆସିବାପାଇଁ, ଆଇଓଡିନ ଦରକାର

ହୁଏ। ସେଦିନ ସେ ଶୁଣିଥିଲା ପାହାଡ଼ିଆ ଅଞ୍ଚଳର ପାଣିରେ ଆଇଓଡିନ୍‌ର ମାତ୍ରା କମ୍‌ ଥାଏ ବୋଲି! ତେଣୁ ବୁଝାଇଦେଲା ଯେ ସେଠାକାର ବେଙ୍ଗଫୁଲା ବେଙ୍ଗ ସ୍ବରକୁ ଆସିପାରିବେ ନାହିଁ। ସେମିତି ସେଇ ଅବସ୍ଥାରେ ରହିଯିବେ। ତେଣୁ ସିଏ ସେଠି ଆଉ ଡରିବ ନାହିଁ!

ତା'ର ମନେରଖିବା, ବିଶ୍ଳେଷଣ କରିବା ତଥା ବିଭିନ୍ନ କଥାକୁ ବିଭିନ୍ନ କଥା ସହ ସଂଯୋଗ କରି ଚିନ୍ତା କରିବାର କ୍ଷମତାରେ ଚମତ୍କୃତ ହୋଇଥିଲେ ଦୁହେଁ! ରୀତା ତାକୁ ସବୁବେଳେ ସେଇଦିଗରେ ଉତ୍ସାହିତ କରେ। ତା' ସହ ପଢ଼େ। ତା' ସହ ଆଲୋଚନା କରେ। ତାକୁ ଭଲ ଲାଗେ, ଖୁସି ଲାଗେ ଓ ସେ ଗର୍ବ ବି କରେ ତା' ପାଇଁ। ସେତେବେଳେ ତା' ସହିତ ବିତାଇଥିବା ଦିନସବୁ ଗତାନୁଗତିକ ତଥା ଦେହଘଷା ଭଲି ଲାଗୁଥିଲା। ମାତ୍ର ଆଜି ସେସବୁ ମନେପଡ଼ିଲେ ବହୁତ କିଛି ହଜିଯାଇଥିବା ଭଲି ଲାଗୁଛି। ମନେହେଉଛି ସତେ ଯେମିତି ଦେହରୁ ଖଣ୍ଡେ କଟିଯାଇଛି ଓ ମିଳେଇ ଯାଇଛି ଶୂନ୍ୟରେ!

ଝିଅ ପ୍ରତି ଅତ୍ୟଧିକ ଆସକ୍ତ ଥିଲା ରୀତା। ଲଲି ପୁଣି ଗୋଟିଏବୋଲି ପିଲା ସେମାନଙ୍କର। ସେ ବାହାରକୁ ପଢ଼ିବାକୁ ଯିବାପରେ ଆଦୌ ମାନସିକ ସ୍ଥିରତା ରହୁ ନ ଥିଲା ରୀତାର। ଖାଇବାରେ, ପିନ୍ଧିବାରେ କି କାହା ସହ ମିଶିବାରେ କୌଣସି ପ୍ରକାରର ରୁଚି ରଖୁ ନ ଥିଲା ରୀତା। ଅବସାଦଗ୍ରସ୍ତ ହେଉଥିଲା। ତାକୁ ଲାଗୁଥିଲା ଯେ ତା'ର ଆଉକିଛି କରିବାର ନାହିଁ। ଏଇ ଜୀବନରେ ଆଉ କାହା ପାଖରେ ତା'ର ଆବଶ୍ୟକତା ନାହିଁ। ଗୋଟେ ଆବଶ୍ୟକହୀନ ଦେହକୁ ବୋହି ବୋହି ସେ ପ୍ରତ୍ୟାଶା ନ ଥିବା ସମୟ କାଟୁଛି ଯାହା! ସବୁକିଛି ତାକୁ ପ୍ରାଣହୀନ, ଆଗ୍ରହହୀନ ଓ ଯାନ୍ତ୍ରିକଯାନ୍ତ୍ରିକ ଲାଗୁଥିଲା। ତାକୁ ଲାଗୁଥିଲା ଯେ ଆଉ କେହି ବି ତାକୁ ଭଲପାଉ ନାହାନ୍ତି। ଆଉ କେହି ବି ତା'ର ଭଲପାଇବା ଲୋଡ଼ୁ ନାହାନ୍ତି। ତା' ପାଇଁ ସମସ୍ତେ ହୋଇଯାଉଥିଲେ

ଅନାବଶ୍ୟକ ଏବଂ ସେ ବି ଅନ୍ୟମାନଙ୍କ ପାଖରେ ଅପାଙ୍କ୍ତେୟ ବୋଲି ଧାରଣା ଆସୁଥିଲା ତା' ମନରେ ।

ଶୀତାଂଶୁ ଜାଣିଥିଲା ଏହାକୁ 'ଏମ୍ପଟି ନେଷ୍ଟ ସିଣ୍ଡ୍ରୋମ' କୁହାଯାଏ । ଏଭଳି ପରିସ୍ଥିତିରେ ଏମିତି ରୂପରେ ପ୍ରକାଶ ପାଏ । ଦିନେ ତାକୁ ମାନସିକ ଡାକ୍ତରଙ୍କ ପାଖକୁ ନେଲା । ଫେରିବାବେଳେ ଖୁବ ଝଗଡ଼ା କଲା ରୀତା । ତାକୁ ପାଗଳୀ ଅପବାଦ ଦେଉଛି କହି ଗାଳି କଲା ଶୀତାଂଶୁକୁ । ପ୍ରଶ୍ନ କଲା କେଉଁ କାରଣରୁ ତଥା କ'ଣ ଦେଖିଲା ବୋଲି ସେ ପାଗଳୀ ଭାବିଲା ରୀତାକୁ । ଶୀତାଂଶୁ ଜାଣିଥିଲା ଯେ ସେ ପାଟିଖୋଲି ଯାହା କିଛି କହିଲେ ବି ଯୁକ୍ତିତର୍କ ହିଁ ହେବା ସାର ହେବ । ତେଣୁ ଚୁପ ରହିଲା ।

ଚୁପ ରହିବା ବି ଅସହ୍ୟ ହେଉଥାଏ ରୀତାର । ମୋ କଥା ଶୁଭୁନି କି ମୋ କଥାର କିଛି ମୂଲ୍ୟ ନାହିଁ ବୋଲି ଭାବୁଛ'' କହି ପୁଣି ଅସରାଏ ବର୍ଷିଗଲା । ତଥାପି ଚୁପ ରହିବାକୁ ପସନ୍ଦ କଲା ଶୀତାଂଶୁ ।

ରାଗ ତୁଟୁ ନ ଥାଏ ରୀତାର । ଅନ୍ୟ ଦିଗକୁ କଥା ବୁଲାଇ ବକ୍ରୋକ୍ତି କଲା "ନିଜ ବୁଦ୍ଧିରୁ କହିଥିଲେ ସିନା ମତେ ବୁଝାଇପାରନ୍ତ ! ମୁଁ ଜାଣିଛି, ତୁମେ ଅନ୍ୟର କଥାରେ ହିଁ ଚଳୁଛ ।"

॥ ଦୁଇ ॥

ଭଗବାନ୍‍ଙ୍କୁ ଧନ୍ୟବାଦ ଦିଏ ଶୀତାଂଶୁ । ଏଇଥିପାଇଁ ଯେ ଲଲିର କାଉନ୍‍ସେଲିଂ, ଆଡମିସନ ଓ ପଢ଼ା ଆରମ୍ଭ ତଥା ହଷ୍ଟେଲରେ ରହିବା ମଧ୍ୟରେ ମାସେ ବ୍ୟବଧାନ ରହିଥିଲା । ସେଇ ମାସକ ସିଏ ମାନସିକ ପ୍ରସ୍ତୁତିରେ ଲଗାଇଥିଲା !

ସିଏ ଜାଣିଥିଲା ଯେ ଲଲି ଦିନେ ନା ଦିନେ ବାହାରକୁ ଯିବ । ମାତ୍ର ବାହାରକୁ ଯିବାର ସମୟ ଆସିଲେ ଏମିତି ଫାଙ୍କାଫାଙ୍କା ଲାଗିବ ବୋଲି ଭାବି ନ ଥିଲା । ଯୋଉଠି ବି ଲଲି ବୟସର ଝିଅଟିଏକୁ ଦେଖିଲେ ଆନମନା ହୋଇଯାଉଥିଲା । କାମ କଲାବେଳେ ମନ ଲଗାଇ ପାରୁ ନ ଥିଲା । ଚିରିଆଡ଼େ ଖାଲି ଲଲିର ମୁହଁ ଦେଖାଯାଉଥିଲା !

ସକାଳେ ତା'ର କାମ ଥିଲା ଲଲିକୁ ଉଠାଇବା । କେବେ କେବେ ଶୀଘ୍ର ଉଠିଯାଉଥିଲା ତ କେବେ ଉଠୁ ନ ଥିଲା । ତାକୁ ମନାଇବାକୁ ଗପ କହିବାକୁ ପଡ଼ୁଥିଲା । ବିଛଣାରୁ ଉଠିଯିବା ପରେ ସେ ରୀତା ସହ ହିଁ ରହୁଥିଲା । ପୁଣି ଶୀତାଂଶୁ ପାଖକୁ ଆସୁଥିଲା ସ୍କୁଲକୁ ଯିବାବେଳେ । ସ୍କୁଲ ଘରଠାରୁ ଅଛ ବାଟ । ତାଙ୍କ ସ୍କୁଲକୁ ଯାଉଥିବା ବସ୍‍, ଲଲି ଉଠୁଥିବା ଛକ ଟପ ଆଗକୁ ଯାଏ ଓ ପୁଣି ସେଇବାଟେ ଫେରେ । ଫେରିବାବେଳେ କିନ୍ତୁ ସିଟ୍ ଭର୍ତ୍ତି ହୋଇଯାଇଥାଏ । ବସିବାକୁ ଜାଗା ମିଳେନି । ତେଣୁ

ସେମାନେ ଟିକେ ଆଗରୁ ବାହାରିପଡ଼ନ୍ତି। ବସ୍ ସେଇବାଟ ଦେଇ ଆଗକୁ ଯିବାବେଳେ ଲଲି ଉଠିଯାଏ।

ଅଧିକାଂଶ ଦିନ କିନ୍ତୁ ଲଲି ବାହାନା କରେ। ତାକୁ ସ୍କୁଲରେ ଛାଡ଼ିଦେବାକୁ ଶୀତାଂଶୁକୁ କୁହେ। ଶୀତାଂଶୁ ଅରାଜି ନ ଥାଏ। ମାତ୍ର ଲଲି କହେ ଯେ ବସ୍ ସ୍କୁଲରେ ଡେରିରେ ପହଞ୍ଚିବ। ସେ ଏତେଶୀଘ୍ର ଯାଇ କ'ଣ କରିବ ? କୁହେ ଓ ଗପେ, ଏଣୁତେଣୁ କେତେ ନାଁ କେତେ ବିଷୟରେ। ଗପ କହିବାକୁ କୁହେ। ଯେଉଁଦିନ ଶୀତାଂଶୁର କାମ ଥାଏ, ଲଲିକୁ ମନାଇ ବୁଝାଇସୁଝାଇ ବସ୍‌ରେ ଛାଡ଼ିବାକୁ ହୁଏ।

ମଝିରେ ରୀତା କିଛିଦିନ ବାହାରକୁ ଗଲା ପଢ଼ିବାପାଇଁ। ସେତିକିବେଳେ ଶୀତାଂଶୁ ତା'ର ସବୁକଥା ବୁଝିଲା। ଆହୁରି ଘନିଷ୍ଠ ହୋଇଗଲା ସେତିକିବେଳେ।

ଲଲିର ସବୁକାମ ବାପା କି ମା' କରିଦେଉଥିଲେ। ସେ ସେମାନଙ୍କ ଉପରେ ନିର୍ଭରଶୀଳା ଥିଲା। ପୁଣି ସେମାନଙ୍କ ସହ ବେଶୀ ସମୟ ବିତାଉଥିବାରୁ ସାଙ୍ଗମାନଙ୍କ ସହ କମ ମିଶୁଥିଲା। ନିଜେ ସ୍ଵାଧୀନଚେତା ହେବା ଶିଖୁ ନ ଥିଲା। ନିଜ ବୟସର ପିଲାଙ୍କ ସହ ମିଶି କାମ କଲେ ନିଜର ଅଜାଣତରେ ଜଣକର ବ୍ୟକ୍ତିତ୍ଵ ଗଢ଼ିହୋଇଯାଉଥାଏ। ମାତ୍ର ବାପା-ମା କି ବଡ଼ଭାଇଭଉଣୀଙ୍କ ସହ ସବୁବେଳେ ମିଶିଲେ ସେଇମାନଙ୍କ ମତ କି ପରାମର୍ଶକୁ ଜଣେ ସେଇଭଳି ଗ୍ରହଣ କରିନିଏ। ସ୍ଵାଧୀନ ଭାବେ ଚିନ୍ତା କରିବା ଶିଖେନି। ନିତିଦିନିଆ ଜୀବନରେ ଦରକାର ହେଉଥିବା କାମ ନିଜେ କରିବା ଦରକାର ହୁଏନି। ବଡ଼ମାନଙ୍କଠାରୁ ଅଲଗା ହୋଇ ଏକୁଟିଆ ରହିବାକୁ ଯିବାବେଳେ ଅସୁବିଧା ହୁଏ।

ଲଲିର ସେଇଦିଗରେ ଅସୁବିଧା ଥିଲା। ଶୀତାଂଶୁ ତାକୁ ଛୋଟମୋଟ କାମ ଶିଖାଇବାକୁ ଚେଷ୍ଟା କରୁଥାଏ। ଏଇ ଯେମିତି ଏ.ଟି.ଏମ୍.ରୁ ଟଙ୍କା ଉଠାଇବା/ ବ୍ୟାଙ୍କର କାରବାର/ ସ୍କୁଟି ଚଲାଇବା ଇତ୍ୟାଦି ଇତ୍ୟାଦି। ଲଲିର ଏସବୁରେ ଆଦୌ ଆଗ୍ରହ ନ ଥାଏ। ତେଣେ ରୀତା ତାକୁ ଦଣ୍ଡେ ବି ଛାଡ଼ିବାକୁ ରୁହୁ ନ ଥାଏ। ସବୁବେଳେ ତା' ସହ ରହୁଥାଏ କିମ୍ଵା ତା ପାଇଁ କିଛି ନା କିଛି କରୁଥାଏ। ଶୀତାଂଶୁ ବେଳେବେଳେ ଭାବେ ରୀତାକୁ ବୁଝାଇବ। ବୁଝାଇବ ଯେ ସେ ଆଉ ଏତେ ବେଶୀ ଆସକ୍ତ ନ ହେଉ। ଧୀରେ ଧୀରେ ତାକୁ ସ୍ଵାଧୀନ ହେବାକୁ ଓ ଏକା ରହିବା ବିଷୟରେ ବୁଝାଉ। ମାତ୍ର ସେମାନଙ୍କର ପାଖକୁ ଗଲେ କିମ୍ଵା ସେ ଦୁହିଁଙ୍କର ମୁହଁ ଦେଖିଲେ ସେକଥା କହିପାରେନି। ବରଂ ଏଭଳି ଭାବନା ଆସେ ଯେ ମାସଟେ ଦେଖୁ ଦେଖୁ ବିତିଯିବ। ସେତିକି ସମୟ ବରଂ ଦୁହେଁ ଏକାଠି ରହିଥା'ନ୍ତୁ।

ବିଦା ହେବା ଦିନ ପାଖେଇ ଆସିଲା। ବ୍ୟାଗ ଓ ସୁଟ୍‌କେସ ସବୁ ସଜଡ଼ା

ହେଲା । ଲଲି କଲେଜର ସହରକୁ ସେମାନେ ପୂର୍ବଦିନ ଯାଇ ହୋଟେଲରେ ରହିଲେ । ଲଲିକୁ ଛାଡ଼ିବା ପରେ ବି ଆଉ ତିନିଦିନ ଅଧିକ ରହିବାର ଯୋଜନା କରିଥିଲେ ।

ସବୁ ବନ୍ଧୁବାନ୍ଧବ ଓ ସାଙ୍ଗସାଥୀ ଜାଣିଥିଲେ ଲଲିର ରୀତା ସହ ଥିବା ଘନିଷ୍ଟତା ତଥା ନିର୍ଭରଶୀଳତା । ବାରମ୍ବାର ଫୋନ କରି ଶୀତାଂଶୁକୁ ପଚରୁଥାନ୍ତି । ସିଏ କାହିଁକି ଏମିତି ଦେଢ଼ହଜାର କିଲୋମିଟର ଦୂରରେ ଝିଅକୁ ପଢ଼ାଇବାର ନିଷ୍ପତ୍ତି ନେଲା । ଶୀତାଂଶୁ ସବୁବେଳେ ମନକୁ ପାଇବା ଭଳି ଉତ୍ତର ଦେଇପାରେନି । ଟିକିନିଖି ବୈଷୟିକ ଦିଗ ସମସ୍ତଙ୍କ ସହ ଆଲୋଚନା କରିବାକୁ ତା'ର ମାନସିକତା ନ ଥାଏ । ପୁଣି ନିଜର ସୀମାବଦ୍ଧତା କିମ୍ବା ନାରୁରପଣ ଆଦିକୁ ଅନ୍ୟମାନଙ୍କ ଆଗରେ ଖୋଲିଦେବାକୁ ଇଚ୍ଛା ହୁଏନି ।   ଅଧିକାଂଶଙ୍କର ତେଣୁ ଧାରଣା ହେଉଥାଏ ଯେ ଶୀତାଂଶୁ ଗୋଟେ ନିଷ୍ଠୁର ବାପା । କିଞ୍ଚିଟା ଏକଜିଦିଆ । ଅନେକାଂଶରେ ମୋହମୁକ୍ତ । ଆଦୌ ଭାବପ୍ରବଣ ନୁହେଁ । ରୀତା ଓ ଲଲିଙ୍କ ଭିତରେ ଥିବା ଘନିଷ୍ଟତା ତା' ପାଖରେ ଏତେ ବେଶୀ ଗୁରୁତ୍ୱ ରଖେନି ।

ଶୀତାଂଶୁ କିନ୍ତୁ ଲଲିକୁ ଛାଡ଼ିବା ପରର ସ୍ଥିତି ଅନେକାଂଶରେ ଅନୁମାନ କରିଥିଲା ଆଗରୁ! ମାସେ ପରେ ତା' ପାଖକୁ ଆଉଥରେ ଆସିବାପାଇଁ ଯୋଜନା କରିଥିଲା । ଯିବାଆସିବା ତଥା ହୋଟେଲର ରିଜର୍ଭେସନ ହୋଇସାରିଥିଲା । ଥରକୁ ଥର ସେଇ ବିଷୟ କହୁଥିଲା । ଯେମିତିକି ଆଗାମୀ ସାକ୍ଷାତର ସମ୍ଭାବନା ବିଦାୟ ସମୟର ଦୁଃଖକୁ କିଛି ମାତ୍ରାରେ କମାଇ ଦେଇପାରିବ ।

ହୋଟେଲରେ ପହଞ୍ଚିବା ପରେ ରୁବିତକ ଲଲି ହାତରେ ଧରାଇଦେଲା ଓ ନିଜେ ସ୍ୱାଧୀନଭାବେ ସବୁ କରିବାକୁ କହିଲା । ଲଲି କିନ୍ତୁ ହଡ଼ବଡ଼େଇ ଗଲା । ତା'ର ଅବସ୍ଥା ଦେଖି ମତ ବଦଳାଇଲା ଶୀତାଂଶୁ । ତା'ର ସାର୍ଟିଫିକେଟ ଅନ୍ୟାନ୍ୟ କାଗଜପତ୍ର, ବ୍ୟାଙ୍କ ଖାତା, ଏଟି.ଏମ୍. କାର୍ଡ ଓ ପଇସାପତ୍ର ନିଜ ପାଖରେ ରଖିନେଲା । ଦିନକୁ ଗୋଟିଏ କରି ବୁଝାଇଦେବ ବୋଲି ।

ତା'ପରେ ଆସିଲା ହଷ୍ଟେଲରେ ଛାଡ଼ିବା ବେଳା । ସେଠି ପାଖରେ ଅସ୍ଥାୟୀ ଦୋକାନସବୁ ଖୋଲାହୋଇଥାଏ । ଦରକାରୀ ଜିନିଷ ସବୁକିଛି ମିଳୁଥାଏ । ଜିନିଷ ଓ ବ୍ୟାଗ ସବୁ ଧରି ପିଲାମାନେ ଲାଇନ୍‌ରେ ଥାଆନ୍ତି । ମା'ମାନଙ୍କୁ ବି ଭିତରକୁ ଛଡ଼ାଯାଉ ନ ଥାଏ । ପିଲାମାନେ ପ୍ରଥମ କରି ଘର ଛାଡ଼ିଥା'ନ୍ତି । ଅନେକଙ୍କର ଗୋଟିଏ ବୋଲି ସନ୍ତାନ ।   ମା'ମାନେ ଯୁକ୍ତି କରୁଥାନ୍ତି ଭିତରକୁ ଛାଡ଼ିବାକୁ ।   ହଷ୍ଟେଲ କର୍ତ୍ତୃପକ୍ଷ ବୁଝାଉଥାନ୍ତି ଯେ ପିଲାମାନଙ୍କୁ ବଡ଼ହେବାକୁ ଦିଆଯାଉ । ସେମାନେ ସେଇ ବୟସରେ ପହଞ୍ଚିଗଲେଣି । ନିର୍ଭରଶୀଳରୁ ଦାୟିତ୍ୱବାନ୍ ହେବା ଗୋଟେ ପ୍ରକ୍ରିୟା! ଘର ଛାଡ଼ିବା, ନିଜ କାମ ନିଜେ କରିବା ସେଇଥର ଗୋଟିଏ ଗୋଟିଏ ପର୍ଯ୍ୟାୟ ।

ଲଲି ପାଇଁ ଏଣୁତେଣୁ କିଛି କିଣିବାର ଥିଲା। ସ୍ଥାନୀୟ ବ୍ୟାଙ୍କରେ ଗୋଟେ ଆକାଉଣ୍ଟ ବି ଖୋଲାଗଲା। ଏଠୁ ସେଠାକୁ ଧାଇଁ ଧାଇଁ ହାଲିଆ ହୋଇଗଲେ ରୀତା ଓ ଲଲି। ଲଲିର ମୁହଁ ଦେଖି କାନ୍ଦ ଲାଗିଲା ଶୀତାଂଶୁକୁ। ଘରେ ଯେବେ ହାଲିଆ ଲାଗେ ଲଲି ପୋଷାକ ନ ବଦଲାଇ, ଧୁଆଧୁଇ ନ ହୋଇ ସେଇମିତି ବିଛଣାରେ ଗଡ଼ିଯାଏ। ଏବେ ତ ତା'ର ସବୁ ଅସଜଡ଼ା। ଜିନିଷପତ୍ର ଗଦେଇ ଦେଇ ଝୁଲିଆସିଛି। କେଉଁଥିରେ କ'ଣ ଅଛି ମନେ ନ ଥିବ ଠିକ୍‌ରେ।

ଏଣେ ଥରକୁଥର ବାପା-ବୋଉ, ଭାଇ-ଭଉଣୀ, ବନ୍ଧୁବାନ୍ଧବ ଓ ସାଙ୍ଗସାଥୀଙ୍କର ଫୋନ। କେତେ ବାଟ ଗଲା/ କେମିତି କ'ଣ ଝୁଲିଛି/ କେମିତି ଅଛି ରୀତା-ଲଲିଙ୍କ ମାନସିକ ସ୍ଥିତି ଇତ୍ୟାଦି ଇତ୍ୟାଦି। ଧୀରସ୍ଥିର ଭାବେ ବୁଝାଇବାର ଚେଷ୍ଟାକରୁଥାଏ ଶୀତାଂଶୁ। ବେଲେବେଲେ ଛାତିରୁ କୋହ ଉଠୁଥାଏ। ବାରମ୍ବାର ସେଇ ଏକାପ୍ରକାର ପ୍ରଶ୍ନର ଉତ୍ତର ଦେବାବେଲେ ବିରକ୍ତି ଆସୁଥାଏ। ମାତ୍ର ସେସବୁ ପ୍ରକାଶ କରି ହୁଅନ୍ତା ନାହିଁ। ଯେଉଁମାନେ ତାଙ୍କ ପାଇଁ ଆଗ୍ରହୀ, ସେମାନେ ହିଁ ପଚରୁଛନ୍ତି। ଆଜିର ପ୍ରତିଦ୍ୱନ୍ଦ୍ୱିତାମୟ ଯାନ୍ତ୍ରିକ ଦୁନିଆରେ କାହାର ଶୁଭେଚ୍ଛା କି ସଦିଚ୍ଛା ପାଇବା ସହଜ ନୁହେଁ। ଏଇକଥା ମନକୁ ଆଣି ସ୍ଥିର ରହୁଥାଏ ସେ। କେହି କେହି ପଚରୁଥା'ନ୍ତି, କେମିତି ସିଏ ଧୈର୍ଯ୍ୟ ଧରି ପାରୁଛି। ସେଇଟା ତାକୁ କେତେବେଲେ ପ୍ରଶଂସା ଭଲି ଲାଗୁଥାଏ ତ କେତେବେଲେ ସମାଲୋଚନା ଭଲି। ବେଲେବେଲେ ମନକୁ ଆସୁଥାଏ ଯେ ଅନ୍ୟମାନେ ତାକୁ ସମ୍ୱେଦନହୀନ ଯନ୍ତ୍ରମାନବ ବୋଲି ଭାବୁଛନ୍ତି।

ଗୋଟେ କ୍ୟାଣ୍ଟିନ୍‌କୁ ଖାଇବାକୁ ଗଲେ ତିନିହେଁ। କାହାର ବି ଇଚ୍ଛା ନ ଥାଏ! ପରସ୍ପରଠାରୁ ମୁହଁ ଲୁଚଉଥା'ନ୍ତି। କିଏ କିଛି କହିବାର ଉପକ୍ରମ କରି କାଶିପକାଉଥାଏ ଓ ପାଣି ପିଉଥାଏ। ସମୟ ବିତିଯାଉଥାଏ। ମାତ୍ର ଖାଦ୍ୟଥାଲି ପ୍ରାୟ ସେମିତି ରହିଥାଏ। କିଛି ସମୟ ପରେ ଜଣକ ପରେ ଜଣେ ବେସିନ ପାଖକୁ ଉଠିଗଲେ। ସେତେବେଲେ ହାତ ଧୋଇବା ଅପେକ୍ଷା ଆଖି ସମେତ ମୁହଁ ଧୋଇବା ବେଶୀ ଦରକାର ହେଉଥିଲା।

ଲଲିକୁ ସେମାନେ ହଷ୍ଟେଲରେ ଛାଡ଼ିଦେଇ ଆସିଲେ! ହୋଟେଲରେ ରୀତାକୁ ସମ୍ଭାଲି ହେଲାନି। କାନ୍ଦୁଥାଏ! ଯାହା ନାହିଁ ତାହା କହୁଥାଏ! ଶୀତାଂଶୁ ଖାଲି ତା'ର ପିଠିରେ ହାତ ପକାଇଥାଏ! କିଛି ବି କହୁ ନ ଥାଏ! ସତକୁସତ କିଛି ବି କହିପାରିବା ଅବସ୍ଥାରେ ସିଏ ନ ଥିଲା। ଗତରାତିରେ ଶୋଇ ନ ଥିଲା ରୀତା। ପୁଣି ଆଜିର ଧାଁଦଉଡ଼। ହାଲିଆ ହୋଇ ଶୋଇପଡ଼ିଲା। ଶୀତାଂଶୁ ପାଇଁ ସେଇ ମୁହୂର୍ତ୍ତରେ ତାହା ହିଁ ସବୁଠାରୁ ଆଶୀର୍ବାଦ ଥିଲା।

ଦେଢ଼ଘଣ୍ଟା ପରେ ରୀତାର ଫୋନ ବାଜିଲା। ବିରକ୍ତ ହେଲା ଶୀତାଂଶୁ। ରୀତାର

ନିଦ ଭାଙ୍ଗୁ ବୋଲି ସେ ରୁହଁୁ ନ ଥିଲା । ଫୋନ ବନ୍ଦ-କରିବାକୁ ଯିବାବେଲେ ରୀତା ଉଠିପଡ଼ିଲା । ଲଲି ହିଁ ଫୋନ କରିଥିଲା । କହିଲା, ହାର୍ଟ ଆପ ଖୋଲ ମାମା । ତା'ପରେ କଥା ହେବ !

ଲଲି ରୁମ୍‌ର ସମସ୍ତେ ଗୋଟିଏ ବର୍ଷର ହିଁ ଥିଲେ । ସମସ୍ତେ ନୂଆ ନୂଆ ଘରଛାଡ଼ି ଆସିଥିଲେ । ମିଲିମିଶି ଥାକ ଓ ଖଟ ସଜାଇଥିଲେ । ଲଲି ସେସବୁର ଫଟୋ ପଠାଇଥିଲା । ତେବେ ପ୍ରଥମ ଫଟୋ ଥିଲା ସେ ସଜାଇ ରଖିଥିବା ଜୋତା ଓ ଚପଲ ଥାକର । ସେଇକଥାଟା ରୀତାକୁ ହସ ଲାଗିଲା ଓ ସେଇକଥାର ବେଶୀ ବ୍ୟାଖ୍ୟା କଲା ଅନ୍ୟମାନଙ୍କ ଆଗରେ ।

॥ ତିନି ॥

ଅର୍କିଡ୍ ଗଛରେ ପାଣି ଦେଉଥିଲା ରୀତା । ଲଲିକୁ ହଲଦିଆ ଫୁଲ ଫୁଟୁଥିବା ଫେଲିନୋପ୍‌ସିସ ଭଲ ଲାଗେ । ସେଇଥରୁ ପାଞ୍ଚଟି ରଖିଥିଲେ ସେମାନେ ଏଥର ସବୁ୍ୟାକରେ ଫୁଲଛଡ଼ ବାହାରିଥିଲା । ସେଇଠି ଅଟକିଗଲା ରୀତା ! ଶୀତାଂଶୁ ଦୂରରୁ ଦେଖୁଥାଏ ।

ଲଲି ସହଜରେ ଖାପ ଖୁଆଇନେଲା ନୂଆ ଜୀବନ ସହ । ମାତ୍ର ରୀତା ପାରୁ ନ ଥାଏ । ଲଲି ଯିବା ପରେ ତା'ର କିଛି କରିବାକୁ ଅଛି ବୋଲି ଭାବୁ ନ ଥାଏ । ବେଲେବେଲେ ଚିନ୍ତା କରୁଥାଏ, ଲଲି କେତେ ସହଜରେ ତା'ଠାରୁ ଦୂରେଇ ଯାଇପାରିଲା ! ସିଏ କିନ୍ତୁ ଅଯଥାରେ ତା' ପାଇଁ ଏତେ ସମୟ ନଷ୍ଟ କଲା, ତା' ପ୍ରତି ଏତେ ବେଶୀ ଆସକ୍ତ ହେଲା ! ତାକୁ ଛାଡ଼ି ଲଲି କେମିତି ଚଲିବ ବୋଲି ତା'ର ଏତେ ଚିନ୍ତା । ଅଥଚ କେତେ ସହଜରେ ଚଲିଯାଉଛି ଲଲି । ମିଛଟାରେ ସେ ଏତେବେଶୀ ଆସକ୍ତ ହୋଇଛି । ଏତେ ସମୟ ନଷ୍ଟ କରିଛି । ନିଜ କ୍ୟାରିଅରକୁ ହତାଦର କରିଛି । ଏବେ ରୁହିଲେ ବି ତା'ର ଭରଣା କରିହେବନି । ତା'ର ଜୀବନ ନଷ୍ଟ ହୋଇଯାଇଛି ।

ଶୀତାଂଶୁ ତାକୁ ବୁଝାଇବାକୁ ଚେଷ୍ଟା କରେ । ରୀତା କିଛି ବି ବୁଝେନି ! ବେଶୀ ବେଶୀ ରାଗେ । ଶୀତାଂଶୁକୁ ସ୍ୱାର୍ଥପର ବୋଲି କୁହେ । ମନେ ମନେ ଗ୍ରହଣ କରିନିଏ ଶୀତାଂଶୁ । ତା' ମନରେ ପାପବୋଧ ଥାଏ । ତାକୁ ଲାଗେ ଯେ ସତରେ ସିଏ ସ୍ୱାର୍ଥପର । ଲଲିର ଆଡମିସନ ପରେ ସିଏ ନିଜର ମାନସିକ ପ୍ରସ୍ତୁତିରେ ଲାଗିଗଲା ! ଅଥଚ ରୀତାକୁ ଅବାଟରେ ଛାଡ଼ିଦେଲା । ସେ ବେଶୀ ବେଶୀ ଆସକ୍ତ ହେଲା । ସେତିକିବେଲେ ବୁଝାଇଥିଲେ ଆଜିର ଏଇ ସ୍ଥିତି ଆସି ନ ଥା'ନ୍ତା ।

ମଝିରେ ରୀତାକୁ ମାନସିକ ଡାକ୍ତରଙ୍କ ପାଖକୁ ନେଇଥିଲା । ତାକୁ ପାଗଲୀ ଅପବାଦ ଦିଆଯାଉଛି ବୋଲି କହି ରାଗିଲା ଓ ଆହୁରି ବିଗିଡ଼ିଗଲା । ରୀତା ଦୁର୍ବଲ

ହୋଇଯାଉଥିବାରୁ ଭିଟାମିନ୍, କ୍ୟାଲ୍‌ସିଅମ ଆଦି ବଟିକା ଖାଉଥିଲା। ଶୀତାଂଶୁ ମଝିରେ ତା’ ସହ ଅବସାଦ ପାଇଁ ଔଷଧ ମିଶାଇ ଦେଇଥିଲା! ଦିନେ ସେଇ ଔଷଧର ରାସାୟନିକ ନାଁ ଦେଖି ଇଣ୍ଡରନେଟ୍‌ରେ ଖୋଜିଲା ରୀତା ଓ ତା’ର କାର୍ଯ୍ୟକାରିତା ଜାଣିଗଲା। ସେଇଠାରୁ ସେ ଶୀତାଂଶୁକୁ ସବୁକଥାରେ ସନ୍ଦେହ କରିବାରେ ଲାଗିଲା!

ଶୀତାଂଶୁ ଡରିଯାଇଥାଏ। କାରଣ ଏଭଳି ଖୁବ ବେଶି ଅବସାଦଗ୍ରସ୍ତ ହେଲେ ବିଭିନ୍ନ ପ୍ରକାରର ସନ୍ଦେହ ମନକୁ ଆସେ। ସେସବୁକୁ ଜଣେ ସତ ବୋଲି ଭାବିନିଏ। ବେଳେବେଳେ ଏଭଳି ସନ୍ଦେହ ଆତ୍ମହତ୍ୟାର କାରଣ ବି ହୋଇପାରେ।

ଶୀତାଂଶୁ ସବୁବେଳେ ରୀତାକୁ ଖୁସି କରିବାର ଚେଷ୍ଟା କରୁଥାଏ! ତାକୁ ବ୍ୟସ୍ତ ରଖିବାର ବାହାନା ଖୋଜୁଥାଏ। ମାତ୍ର ରୀତା ସବୁକଥାରେ ଦୁରଭିସନ୍ଧି ଥିବ ବୋଲି ଭାବୁଥାଏ। ହଳଦିଆ ଫେଲିନୋପ୍‌ସିସ ପାଖରେ ଅଟକିଯାଇଥାଏ ରୀତା। ଦୂରରୁ ଦେଖୁଥାଏ ଶୀତାଂଶୁ। କ’ଣ କରିବ ଜାଣିପାରୁ ନ ଥାଏ।

ହଳଦିଆ ଫେଲିନୋପ୍‌ସିସ ଦେଖିଲେ ଲଲି ଖୁସିହୁଏ। ଗଛକୁ ଛାଡ଼େନି। ସବୁବେଳେ ସେଇ ପାଖରେ ରୁହେ। ପଢ଼ିବାବେଳେ କି ଶୋଇବାବେଳେ ପାଖରେ ଗୋଟେ ଷ୍ଟୁଲ ରଖି ଫୁଲକୁଣ୍ଠକୁ ତା’ରି ଉପରେ ରଖେ। ସେପରି ନ କରିବାକୁ ରୀତା ବୁଝାଏ! ବୁଝାଏ ଯେ ଅର୍କିଡ୍ ଗୋଟିଏ ସ୍ଥାନରେ ହିଁ ରହିବାକୁ ଭଲପାଏ। ସେଇ ଜାଗାର ପାଣି-ପବନ-ଆଲୁଅ ଆଦି ସହ ନିଜକୁ ଅଭ୍ୟସ୍ତ କରିବାକୁ ସମୟ ନିଏ। ସ୍ଥାନାନ୍ତର ତା’ର ପସନ୍ଦ ନୁହଁ! ଲଲି ବୁଝିବା ଭଳି ହୁଏ; ମାତ୍ର ଲୋଭିଲା ଦୃଷ୍ଟିରେ ଅନାଏ। ତାକୁ ଆଉ ମନା କରିପାରିଲାନି ରୀତା। ବରଂ ପାଞ୍ଚ ପାଞ୍ଚଟି କିଣିଲା ତାକୁ ଖୁସି କରିବାକୁ।

ଡେଣ୍ଡ୍ରୋବିଅମ ଓ ମୁକାରା ଜାତୀୟ ଗଛରେ ବେଶି ଫୁଲ ଫୁଟେ। ମାତ୍ର ଲଲି ସେଥିପାଇଁ ଆଗ୍ରହ ଦେଖାଏନି। ତେବେ ଲଲିକୁ ଭାଣ୍ଡା ଭଲ ଲାଗେ। ଏଇ ଗଛ ଓ ଚେର ଶୂନ୍ୟରୁ ଝୁଲିଥା’ନ୍ତି। ରୀତା ଗୋଟେ କାଠରୁ ତାର ବାନ୍ଧି ଝୁଲାଇଥାଏ। ଲଲି ତାକୁ ବାବାଜି ଗଛ ବୋଲି କୁହେ। ଶୂନ୍ୟରେ ଝୁଲୁଥିବା ଗଛର ଲମ୍ବା ଲମ୍ବା ଚେରକୁ ସିଏ ବାବାଜିଙ୍କ ଜଟା କି ଦାଢ଼ି ସହ ତୁଳନା କରେ।

ଏବେ ପାଞ୍ଚଟିଯାକ ହଳଦିଆ ଫେଲିନୋପ୍‌ସିସରେ ଛଡ଼। ପାଖରେ ସ୍ଥାଣୁ ରୀତା। ମନରେ କି ଭାବ ଅଛି କେଜାଣି! କ’ଣ କରିବ ଜାଣିପାରୁ ନ ଥାଏ ଶୀତାଂଶୁ। ତା’ ମନରେ ମହଣେ ଶଙ୍କା। ଗୋଟିଏ ଅର୍କିଡ୍ ଫୁଟିବା କଷ୍ଟକର। ଲୋକମାନେ ଫୁଲ ଫୁଟିଥିବା ଗଛ ହିଁ କିଣିକରି ଆଣନ୍ତି, ମାତ୍ର ତା’ପରେ ଆଉ ସେମିତି ଫୁଲ ଫୁଟେନି – କେବେ କେମିତି ଫୁଟେ! କାହାର କାହାର କୁଆଡ଼େ କେବେ ବି ଫୁଟେନି। ଅନ୍ୟ

ସବୁବର୍ଷ ଗଛର ଯତ୍ନ ନିଏ ରୀତା। ଅଥଚ ସେମିତି ଫୁଲ ଫୁଟେନି। ମାତ୍ର ଏ ବର୍ଷ କିଛି ଯତ୍ନ ନ ନେଇ ବି ପାଞ୍ଚଟିଯାକ ଗଛରେ ଛଡ଼!

ରୀତା ଅନ୍ୟ ଆଡ଼କୁ ମୁହଁ ବୁଲାଇ ଠିଅ ହୋଇଥାଏ। ସିତାଂଶୁ ଦେଖୁଥାଏ। ଜାଣିପାରୁ ନ ଥାଏ କି ପ୍ରକାର ଭାବନା ଅଛି ରୀତା ମନରେ। କଳିପାରୁ ନ ଥାଏ ତା'ର କର୍ତ୍ତବ୍ୟ। କିନ୍ତୁ କେତେ ସମୟ ବା ଋଳିପାରନ୍ତା ସେମିତି! ଆସ୍ତେ ଆସ୍ତେ ଯାଇ ପାଖରେ ଠିଆହେଲା। ଧୀରେ କହିଲା, ଅର୍କିଡ଼ ଏ ବର୍ଷ ଭଲ ଫୁଟିଛି। ସତ କହିଲେ ଏଇ ସହରରେ ଅର୍କିଡ଼ ଫୁଟାଉଥିବା ଲୋକଙ୍କ ସଂଖ୍ୟା ଆଙ୍ଗୁଳିରେ ଗଣିହେବ। ଲୋକମାନେ ଫୁଲ ଦେଖୀ ଗଛ କିଣନ୍ତି। ହେଲେ, ସେ ଗଛ ଆଉ କେବେ ଫୁଲ ଦେଖେନି !"

ରୀତା ଗାରଡ଼େଇ ଗାରଡ଼େଇ ଋହିଁଲା ଶୀତାଂଶୁକୁ। ଶୀତାଂଶୁ ଜାଣିପାରିଲାନି ତା'ର ଆଖି ପଛରେ ଥିବା ଭାବକୁ! ଶୀତାଂଶୁ ମନରେ ଭାସିବୁଲୁଥିଲା ସଦେହ ଓ ଶଙ୍କା। ନାନା ଦୁର୍ଭାବନା। ଅନେକ ଅନେକ ଅମୂଳକ ଚିନ୍ତା ବସା ବାନ୍ଧୁଥିଲା ମନରେ।

– "ମୁଁ ଜାଣେ ଯେ ତୁମେ ମତେ ଖରାପ ଭାବୁଛ। ତୁମକୁ ମାନସିକ ଡାକ୍ତରଙ୍କ ପାଖକୁ ନେଲି। ଲୁଋାଇ କରି ଅବସାଦ ପାଇଁ ଔଷଧ ଖୁଆଇଲି। ସତ କହିଲେ ମୁଁ ତୁମକୁ ଠିକ୍‌ରେ ବୁଝିପାରୁନି। ଆଉ କ'ଣ କରିବି ଜାଣିପାରୁନି ଠିକ୍‌ରେ।"

– "ତୁମେ ହିଁ ମତେ ଠିକ ଚିହ୍ନିଛ'' ଅନ୍ୟଆଡ଼େ ମୁହଁ ଥାଇ କହୁଥିଲା ରୀତା। ଶୀତାଂଶୁ ଜାଣିପାରିଲାନି ବକ୍ତବ୍ୟ ପଛରେ କ'ଣ ଅଛି। କ୍ଷୋଭ ନା ଅଭିମାନ ନା ବୋଧଶକ୍ତି ଫେରିପାଇଥିବାର ଭାବ। ତେବେ ଗତ କିଛିଦିନ ଧରି ସକାରାମ୍ୟକ ଚିନ୍ତା କରିବା ଭୁଲିଯାଇଥିଲା ଶୀତାଂଶୁ। ତାକୁ ସବୁବେଳେ ଅନ୍ଧକାରମୟ ଦିଗ ହିଁ ଦେଖାଯାଉଥିଲା। ନକାରାମ୍ୟକ ଭାବନା ଆବୋରି ବସିଥିଲା ମନକୁ। ସେଇ ମର୍ମରେ ଚିନ୍ତା କରିବାରୁ ମୁକୁଳି ପାରିଲାନି ସିଏ।

ହଠାତ ରୀତା ମୁହଁ ବୁଲାଇଲା। ମୁହଁରେ ପୁଲାଏ ହସ। ଅନେକ ଦିନ ପରେ ହସ ଦେଖୀ ଆଷ୍ଚର୍ଯ୍ୟ ହୋଇଗଲା ଶୀତାଂଶୁ। ବାଞ୍ଛିତ ସ୍ୱପ୍ନ ମେଘେ ଆକାଶରୁ ତୋଲି ଆଣିବା ଭଲି ଲାଗୁଥାଏ। ତଥାପି ତା'ର ମନରେ ଶଙ୍କା, ଏଇ ହସ ଆଉ ଅଲୀକ ନୁହେଁ ତ! କେତେ ସ୍ଥାୟିତ୍ୱ ଏଇ ହସହସ ମୁହଁର।

ରୀତା କହିଲା, "ଯାଉଛି। ମୋବାଇଲ ଆଣିବି। ଫଟୋ ପଠାଇବି ଲଲି ପାଖକୁ।"

ଝିଅ ବଡ଼ହେବା ପରେ

ବାପା, ଗୋଟେ କଥା ଥିଲା .....

କହୁ କହୁ ରହିଯାଇଥାଏ ରିନି । ଅଟକିଯାଇଥାଏ ଓ ଦ୍ୱନ୍ଦ୍ୱରେ ପକାଇ ଦେଇଥାଏ ବାପା ଶୀତେଶକୁ । ସମ୍ଭାବନା ଓ ଦୁର୍ଭାବନାର ରାଜ୍ୟ ମଧ୍ୟରେ ପେଣ୍ଡୁଲମ୍‌ଟେ ଭଳି ଝୁଲୁଥାଏ ଶୀତେଶର ମନ । କ'ଣ କହିବ ରିନି ? କହୁନି କାହିଁକି ? କହୁ କହୁ ଅଟକିଗଲା କାହିଁକି ? କାହିଁକି ଦରକାର ପଡୁଛି କହିବାପାଇଁ ଅନୁମତି ? କହୁଥିବା କଥାକୁ ନେଇ ରିନି ମନରେ ସନ୍ଦେହ ଅଛି ନିଶ୍ଚୟ । ସିଏ ନିଶ୍ଚିତ ନୁହେଁ କ'ଣ ଭାବିବ ଶୀତେଶ । ତା ନ ହୋଇଥିଲେ ସିଧାସଳଖ କହିପାରିଥାନ୍ତା । ଅନୁମତି ମାଗି ନ ଥାନ୍ତା । କହୁ କହୁ ଅଟକିଯାଇ ନ ଥାନ୍ତା ଏମିତି ।

ରିନି ଜାଣିପାରିଥିଲା ବାପାଙ୍କ ମନର ଅବସ୍ଥା । ତେବେ କେମିତି ଓ କେଉଁଠୁ ଆରମ୍ଭ କରିବ ବାଟ ପାଉନଥାଏ ସେତିକିବେଳେ ଶୀତେଶର ମୋବାଇଲ ଫୋନ ବାଜିଲା ଓ ସେ କଥା ହେବାରେ ଲାଗିଲା । ରିନିକି କିଛି ସମୟ ମିଳିଗଲା ମାନସିକ ପ୍ରସ୍ତୁତିପାଇଁ । ଶୀତେଶ କଥା ହୋଇସାରିବା ପରେ ଆରମ୍ଭ କଲା ରିନି ।

ମୁହଁରେ ହସଧାରେ ଖେଳାଇ କହିଲା, "ମତେ ପାଞ୍ଚ ମିନିଟ ଶୁଣିବ । ତୁମକୁ ସବିଶେଷ ଜଣାଉଛି । ତା'ପରେ ଯାଇ ମତ ଦେବ ।"

ରିନି ମୁହଁରେ ହସ ଦେଖି ଆଶ୍ୱସ୍ତ ହେଲା ଶୀତେଶ । ତାକୁ ଲାଗିଲା, କଥାଟା କେବେ ବି ସେମିତି ସାଂଘାତିକ ନୁହେଁ! ରିନିକୁ ଶୁଣିବାପାଇଁ ମନେ ମନେ ପ୍ରସ୍ତୁତ ହୋଇଗଲା । ରିନି ଗପିଚାଲିଲା । ତା'ର ଗୋଟେ ସାଙ୍ଗ ମିତାଲି । ମିତାଲିର ବାପା ମରିଯାଇଥାନ୍ତି । ଦାଦାମାନେ ସବୁ ଭିନେ ହୋଇଯାଇଥିଲେ । ତା'ର ମା' ଗୋଟେ ବେସରକାରୀ ସ୍କୁଲରେ ଚାକିରି କରନ୍ତି । କୌଣସିମତେ ଚଳିଯାଉଥିଲେ ସେମାନେ । ହେଲେ ଏବେ ସ୍କୁଲରେ ଅସୁବିଧା ହୋଇଛି । ଦରମା ଠିକ୍‌ରେ ମିଳୁନି । ବିଭିନ୍ନ

ପ୍ରତିଯୋଗିତାରେ ଭାଗନେବାକୁ ମିତାଲିର ଇଚ୍ଛା । କିନ୍ତୁ ଘରର ଏ ପରିସ୍ଥିତି ଦୃଷ୍ଟିରୁ ନେଇପାରୁନି । ତାକୁ ଦେଖିଲେ ରିନିର ମନଦୁଃଖ ହେଉଛି । ପ୍ରତିଯୋଗିତାରେ ଲେଖିବାକୁ ଥିବା କାଗଜ ପୃଷ୍ଠାରେ ମିତାଲିର ମୁହଁ ଦିଶୁଛି ।

ଆଉ ବେଶୀ ଲମ୍ବେଇବାକୁ ନ ଦେଇ ଶୀତେଶ କହିଲା, "ଆରେ ମାମା, ଏଥିରେ ଏତେ ଚିନ୍ତା କରିବାର କ'ଣ ଅଛି ? ତୁ ଦୁଇଜଣଙ୍କ ପାଇଁ ଫର୍ମ ପୂରଣ କରିଦେ ।"

— "ଓହୋ ବାପା ! କହିଲି ପରା ଟିକେ ଶୁଣିବ ବୋଲି ! ତୁମେ ଅଧାଶୁଣି ଏପରି କୁହନି" — ବିରକ୍ତିଭାବ ଖେଳାଇ ହୋଇଯାଇଥାଏ ରିନି ମୁହଁରେ ।

ଟିକେ ଦବିଗଲା ଶୀତେଶ । ପରିସ୍ଥିତିକୁ ହାଲ୍‌କା କରିବାକୁ ଦୁଇ ହାତରେ କାନଧରି କହିଲା, "ଦୁଃଖିତ ମାଡାମ୍ ! ମୁଁ ଗୋଟେ ଅମନୋଯୋଗୀ ଛାତ୍ର । ମୋ ପାଖରେ ଧୈର୍ଯ୍ୟ ଟିକେ କମ୍ । ଦୟାକରି ଆପଣ ବକ୍ତବ୍ୟ ସମ୍ପୂର୍ଣ୍ଣ କରନ୍ତୁ ।"

— ଓହୋ ... ବଦମାସ ବାପା ! — କହି ଗୋଡ଼ କୁନ୍ଥିଡ଼ି ଫୁଲେଇ ହେଲା ରିନି । ତା'ପରେ ଅବଶ୍ୟ କହିବା ଆରମ୍ଭ କଲା ।

ଥରେ ସେ ମିତାଲି ପାଇଁ ଶହେ ଟଙ୍କା ଦେଇଦେଇଥିଲା । ମିତାଲି ରାଗିଲା । ରିନିକୁ କହିଲା ଯେ ରିନି ଯେହେତୁ ନିଜେ ରୋଜଗାର କରୁନି, ତା'ର ଏଭଳି ଦେବାର ଅଧିକାର ନାହିଁ । ପୁଣି ସେ ତାକୁ ସାଙ୍ଗ ହିସାବରେ ଦେଖେ । ସାଙ୍ଗ ମାନେ ସମାନ । ସେ ସାଙ୍ଗଠାରୁ ସଖ୍ୟ ରଖେ, ଦୟା କି ଭିକ ନୁହେଁ ।

— "ସାଙ୍ଗ ମାନେ ସମାନ । ସେଇଠି ହିଁ ତ ସମାଧାନ ଅଛି", ଶୀତେଶ ଆରମ୍ଭ କରୁଥିଲା । ରିନି ବିରକ୍ତ ହୋଇଗଲା । ବିରକ୍ତ ହୋଇ କହିଲା ଯେ ଶୀତେଶ ତା'ର କିଛି ବି କଥା ଶୁଣୁନି । "ସାଙ୍ଗମାନେ ସମାନ" ବୋଲି କହିବା ପରେ ସେ ଆହୁରି ଗୁରୁତ୍ବପୂର୍ଣ୍ଣ କଥାଟେ କହିଛି । ସେଇଟା ଶୁଣି ମନରେ ପୂରାଇବା ପାଇଁ ଶୀତେଶ ଧୈର୍ଯ୍ୟଧରିପାରିନି ।

ଗେଲରେ ଝିଅର ଗାଲକୁ ଟିପିଦେଲା ଶୀତେଶ । କହିଲା, "ମତେ ବି କିଛି କହିବାକୁ ଦେ ମାମା !"

— "ହଉ, କୁହ ।"

ଶୀତେଶ ପ୍ରସ୍ତାବ ଦେଲା ଯେ ସେ ପରଦିନ ସ୍କୁଲ୍‌କୁ ଯିବ । ଦୁହିଁଙ୍କ ପାଇଁ ଫର୍ମ ପୂରଣ କରିଦେବ । ତା'ପରେ ଦୁହିଁଙ୍କୁ ଡାକି ଗାଲିଦେବ । କହିବ ଓ ଚେତାଇଦେବ ଯେ ପାଠପଢ଼ା ସହ ସେମାନେ ଅନ୍ୟ ସବୁ ଦିଗରେ ବି ମନଦେବା ଉଚିତ । ପରେ ମିତାଲିକୁ ରିନି ଜଣାଇଦେବ ଯେ, ମିତାଲି ନ ମିଶିଲେ ତା'ର ମିଶିବାକୁ ଇଚ୍ଛା ନ ଥିଲା ! ଘରେ ଜଣାଇ ନ ଥିଲା ତେଣୁ ।

ସମାଧାନର ସୂତ୍ର ମନକୁ ପାଇଲା ରିନିର । ହସଧାରେ ଖେଳିଗଲା ତା'ର ମୁହଁରେ । 'ଠିକ ଅଛି' କହି ଖୁସିରେ ପାଠ ପଢ଼ିବାକୁ ଗଲା ।

॥ ଦୁଇ ॥

ତିନି ବର୍ଷରୁ ମା'ଙ୍କୁ ହରାଇଥିଲା ରିନି । ସ୍ୱାଭାବିକ ଭାବେ ସମସ୍ତେ ଶୀତେଶକୁ ପ୍ରବର୍ତ୍ତାଇଥିଲେ ପୁନର୍ବିବାହ ପାଇଁ । ହେଲେ ଶୀତେଶ ଆଦୌ ରାଜି ହେଲାନି । ରାଜି ନ ହେବାର କାରଣ ମଧ୍ୟ ଥିଲା । ସେ ନିଜେ ବିମାତାଙ୍କ ସହ ବଢ଼ିଥିଲା । ଅଧିକାଂଶ ସମୟରେ ତାକୁ ନିଜ ଘରେ ଶ୍ୱାସରୁଦ୍ଧ ହୋଇଯିବା ଭଳି ଲାଗୁଥିଲା । ତାକୁ କେହି ଭଲପାଇବା ପରି ଅନୁଭବ କରୁ ନ ଥିଲା । ଅନ୍ୟମାନେ କିଛି କଥାହେଲେ, ଶୀତେଶକୁ ଲାଗୁଥିଲା ହୁଏତ ସେମାନେ ତା'ରି ନାଁରେ କଥା ହେଉଛନ୍ତି । ଫଳତଃ ମାନସିକ ସନ୍ତୁଳନ ବଜାୟ ରଖିବା କଷ୍ଟକର ହେଉଥିଲା ଅନେକ ସମୟରେ । ଶୀତେଶ ନିଜ ଝିଅ ପାଇଁ ସେଭଳି ଗୋଟେ ପରିବେଶ ରହୁ ନ ଥିଲା ।

ବନ୍ଧୁବାନ୍ଧବମାନେ କେହି କେହି କିଛିଦିନ ରହି ସାହାଯ୍ୟ କଲେ । ତା'ପରେ ଯିଏ ଯାହା ଜଞ୍ଜାଳରେ ବ୍ୟସ୍ତ ରହିଲେ । ରିନି ଦାୟିତ୍ୱ ଶୀତେଶକୁ ହିଁ ନେବାକୁ ପଡ଼ିଲା ! ତେବେ ସେ ମନଦୁଃଖ କରେନି କି ହତୋସ୍ସାହିତ ହୁଏନି । ଝିଅକୁ ହିଁ ନିଜର ସଂସାର ବୋଲି ଭାବିନିଏ । ତା'ରି ପାଖରେ ରହିବାକୁ ତଥା ଦୂରକୁ ନ ଯିବାକୁ, ଏକାଧିକ ପଦୋନ୍ନତିର ସୁଯୋଗ ବି ଛାଡ଼ିବାକୁ ପଡ଼ିଲା ।

ଏବେ କିନ୍ତୁ ଅସୁବିଧା ବଢ଼ିଯାଇଥାଏ । ବାହାରେ ବେଶୀ ସମୟ ଦେବାକୁ ପଡ଼ୁଥାଏ । ରିନିର ସମୟ ଜଗି ଫେରିଆସିବା ସମ୍ଭବ ହେଉ ନ ଥାଏ ।

ତେବେ ରିନି ବେଶ ବୁଝିବାସୁଝିବା ପିଲା ଥିଲା । ସେ ନିଜ ବାପାଙ୍କ ଅସୁବିଧା ଜାଣିପାରୁଥିଲା । ନିଜେ ସମାଧାନର ବାଟ ବାହାର କରିଥିଲା ! ସ୍କୁଲରୁ ମିତାଲି ସହ ଯାଇ ତା'ରି ଘରେ ରହିଥାଏ । ଶୀତେଶ ଫେରିଲେ ଆସେ । ସୁମିତ୍ରାଦେବୀ ମିତାଲି ପାଇଁ ଯାହା କିଛି କଲେ, ରିନି ପାଇଁ ବି କରିଦେଉଥିଲେ । ଶୀତେଶ ରିନିର ସ୍କୁଲ ଦେୟ ଦେବାବେଳେ ମିତାଲି ପାଇଁ ଦେଇଦେଉଥିଲା । ମିତାଲି ଆଉ ଆପତ୍ତି କରୁ ନ ଥିଲା !

ଶୀତେଶକୁ ଜଣାଥିଲା ଯେ ସୁମିତ୍ରାଦେବୀଙ୍କ କୁଟୁମ୍ବ ଭିତରେ ସୌହାର୍ଦ୍ଦ୍ୟ ନାହିଁ । ପରଶ୍ରୀକାତରତା କି ବୈରଭାବ ବରଂ ଅଛି । ସେ କେବେ ବି ତାଙ୍କ ଘରପାଖକୁ ଯାଏନି । ଦୂରରେ ରହି ରିନିକୁ ଫୋନ୍‌ରେ ଡାକିଦିଏ । ସୁମିତ୍ରା ଦେବୀଙ୍କ ଘରକୁ ବେଶୀଥର ଗଲେ କିଏ କେଉଁ ଅର୍ଥରେ ନେବେ ବୋଲି ସନ୍ଦେହ ରହୁଥିଲା ତା'ର ।

ମିତାଲି ଓ ରିନି ଏବେ ଅଧିକରୁ ଅଧିକ ସମୟ ଏକାଠି କଟାନ୍ତି । ଏକାଠି

ପଢ଼ନ୍ତି। ସୁମିତ୍ରାଦେବୀ ଦୁହିଙ୍କର ପଢ଼ା ଦେଖନ୍ତି। ଟିଉସନ କଥା ବୁଝନ୍ତି। ପାରିଲେ ନିଜେ ବୁଝାଇଦିଅନ୍ତି। ନ ହେଲେ ଆଉ କାହା ପାଖକୁ ପଠାନ୍ତି ବୁଝିବାକୁ।

ବାହାରୁ ଦେଖିଲେ ସୁମିତ୍ରାଦେବୀଙ୍କ ପାଇଁ ଶୀତେଶର ସ୍ଥିରତା ଆସିଯାଇଥିଲା। ମାତ୍ର ଭିତର କଥା ଅନ୍ୟ ପ୍ରକାରର! ସୁମିତ୍ରାଦେବୀଙ୍କୁ ନେଇ ଦିନକୁଦିନ ଅସ୍ଥିର ହେଉଥିଲା ଶୀତେଶ। ଘର ପାଖରେ ତାଙ୍କୁ କେବେ ଭେଟୁ ନ ଥିଲା ସିନା, ବାହାରେ ଦେଖା କରିବାର ଚେଷ୍ଟା କରୁଥିଲା। ଅଫିସ କାମରେ ଠକୁଥିଲା। ମିଛ ବାହାନା ବାହାର କରୁଥିଲା। ପ୍ରଥମେ ପ୍ରଥମେ ଭେଟିଲା କିଛି କାମର ବାହାନାରେ। ତା'ପରେ ଖାଲି ଖାଲି ବି ଭେଟିବାରେ ଲାଗିଲା। ସୁମିତ୍ରାଦେବୀ ବି ଆପଉଇ କରୁ ନ ଥିଲେ। ବରଂ ତାକୁ ଲାଗୁଥିଲା ଯେ ତାଙ୍କର ବି ଏଥିପାଇଁ ସମ୍ମତି ରହିଛି।

ଅନ୍ୟମାନଙ୍କ ସଦେହରୁ ବଞ୍ଚିବାକୁ ଦୁହିଙ୍କୁ ସତର୍କ ରହିବାକୁ ପଡ଼ୁଥିଲା। ମାତ୍ର ଏତେ ଲୁଚ୍‌ଚୋରାରେ କି ହିସାବନିକାସର ସାକ୍ଷାତରେ ମନ ପୂରୁ ନ ଥିଲା। ଧୀରେ ଧୀରେ ଶୀତେଶକୁ ଅଧିକରୁ ଅଧିକ ଭଲ ଲାଗୁଥିଲେ ସୁମିତ୍ରାଦେବୀ। ସେ ଅଧିକରୁ ଅଧିକ ଲୋଡ଼ୁଥିଲା ତାଙ୍କର ସାନ୍ନିଧ୍ୟ। ଆଜିଯାଏଁ ଜୀବନରେ ଯେଉଁ ଶୂନ୍ୟତାକୁ ସେ ଜବରଦସ୍ତ ଅଣଦେଖାକରି ଆସିଥିଲା, ସେଇଟା ତାକୁ ଧୀରେ ଧୀରେ ବେଶୀ ବଡ଼ହୋଇ ଦେଖାଯାଉଥିଲା। ନିଜ ପାଖରେ ଯୁକ୍ତି କରୁଥିଲା ଯେ ନିୟତି ସେ ଦୁହିଙ୍କୁ ଏକା ରହିବାକୁ ବାଧ୍ୟ କରିଥିଲା କିଛି ସମୟ ପାଇଁ। ହୁଏତ ସେଇ ସମୟର ଅବଧ ସରିସରି ଆସୁଛି। ନିୟତିର ନିର୍ଦ୍ଦେଶକୁ ସେ ସେତେବେଳେ ମାନିଥିଲା ଓ ଏବେ ବି ମାନୁଛି। ଅନେକ ସମୟରେ ଏମିତି ବି ଭାବୁଥିଲା ଯେ, ସୁମିତ୍ରାଦେବୀ, ରିନି ଓ ମିତାଲି ସମସ୍ତେ ପରସ୍ପର ପାଇଁ ଆବଶ୍ୟକ! ଖାଲି ଗୋଟେ କୃତ୍ରିମ ପ୍ରାଚୀରକୁ ମାନିନେଇ ସେମାନେ ଅଲଗା ଅଲଗା ରହୁଛନ୍ତି। ଅତ୍ୟାବଶ୍ୟକ ଓ ଅପରିହାର୍ଯ୍ୟ ସାନ୍ନିଧ୍ୟକୁ ଜବରଦସ୍ତ ଦୂରେଇ ଦେଉଛନ୍ତି ନିହାତି ନିଷ୍ଠୁରତାର ସହ। ଯଦିଓ ନିଜର ହୃଦୟ କ୍ଷତାକ୍ତ ଓ ରୁଧିରାକ୍ତ ହେଉଛି, କିଏ କ'ଣ ଭାବିବ ବୋଲି ସେଇ କ୍ଷତକୁ ଅଣଦେଖା କରୁଛି ସିଏ।

ଶୀତେଶ ଭାବୁଥିଲା, ସମସ୍ତେ ଥିବାବେଳେ ଦିନେ ଏକାଠି ରହିବାର ପ୍ରସ୍ତାବ ଦେବ। ତାକୁ ଲାଗୁଥିଲା ସମସ୍ତଙ୍କର ବି ସେଇ ଇଚ୍ଛା। ହେଲେ କେହି ଖୋଲିକରି କହୁ ନାହାନ୍ତି।

ଠିକ ସେତିକିବେଳେ ସବୁକିଛି ବିଗିଡ଼ିଗଲା।

ଜିଲ୍ଲାସ୍ତରୀୟ ଓ ଅନ୍ୟାନ୍ୟ ତର୍କ ପ୍ରତିଯୋଗିତାରେ ରିନି ଓ ମିତାଲି ଭାଗ ନିଅନ୍ତି। ସୁମିତ୍ରାଦେବୀ ସେମାନଙ୍କୁ ସାଙ୍ଗରେ ନିଅନ୍ତି, ସେମାନଙ୍କ ସହ ରୁହନ୍ତି ଏବଂ ସେମାନଙ୍କୁ ବତାଇଦିଅନ୍ତି କିଛି କିଛି। କେଉଁ ଅବସରରେ ସେଇ ପ୍ରତିଯୋଗିତା ହେଉଛି ଅନୁମାନ

କରି ଶୀତେଶ କିଛି ବିଷୟ ଅନୁମାନ କରେ ଓ ରିନିକୁ କିଛି କିଛି କହିଥାଏ। ତେବେ ଅଧିକାଂଶଥର ସେଇ ସମ୍ପର୍କିତ ବିଷୟବସ୍ତୁ ରୁହେନି। ହେଲେ ବି ରିନି ସବୁଥର ପ୍ରଥମ ହୁଏ। ମିତାଲି କେବେ ପୁରସ୍କାର ପାଏ ତ କେବେ ପାଏନି!

ଥରେ ସୁମିତ୍ରାଦେବୀଙ୍କର କିଛି କାମ ପଡ଼ିଲା। ଶୀତେଶ ପିଲାଦୁହିଁଙ୍କୁ ନେଇକରିଗଲା। ସେ ରିନିକୁ ଯାହା ଘରେ କହିଥିଲା, ମିତାଲିକୁ ସେଇଥିରୁ କିଛି ସେଠାରେ କହିଲା। ସେଥର ମିତାଲି ପ୍ରଥମ ହେଲା ଓ ରିନି – ଦ୍ୱିତୀୟ। ମିତାଲି ବହୁତ ଖୁସି ଥାଏ। ଶୀତେଶ ସାଙ୍ଗରେ ଆସିଥିବାରୁ ଓ ଶୀତେଶ ତାକୁ ବତାଇଥିବାରୁ ପ୍ରଥମ ହୋଇପାରିଲା ବୋଲି କହୁଥାଏ।

ସବୁଥର ପ୍ରଥମ ହୋଲ ଆସୁଥିବା ରିନି ଏହାକୁ ଏକ ବିପର୍ଯ୍ୟୟ ରୂପେ ନେଇଥିଲା। ମିତାଲିଠାରୁ ଶୁଣିବା ପରେ ଭାବିଲା, ଶୀତେଶ ବୋଧେ ତାକୁ କିଛି ଅଧିକ ତଥ୍ୟ ଦେଇଛି। ଯାହାପାରିଲା ବକିଗଲା ରାଗରେ। ଅଯଥା ଓ ଅସଂଲଗ୍ନ କଥାସବୁ କହୁଥାଏ। ଶୀତେଶ ଓ ମିତାଲି ସ୍ତବ୍ଧ ହୋଇଯାଇଥାନ୍ତି। ଶୀତେଶ ସ୍ୱପ୍ନରେ ବି ଭାବି ନ ଥିଲା ଯେ ରିନି ମନରେ ଏଭଳି କଥାସବୁ ଥାଇପାରେ। ମାତ୍ର ରିନି ବକିରୁଳିଥାଏ। ଶୀତେଶ, ସୁମିତ୍ରା ଓ ମିତାଲିଙ୍କୁ ନେଇ ଯାହାପାରୁଥାଏ କହୁଥାଏ। କେହି ଯେ ତା' ପାଇଁ କିଛି ବି କରିଛନ୍ତି, କେହି ଯେ ତା'ର କିଛି ବି ଆପଣାର, କେହି ଯେ ତା' ପାଇଁ କିଛି ବି ଆବଶ୍ୟକ– ସେକଥା ଆଦୌ ଭାବୁ ନ ଥାଏ। ନିର୍ଦ୍ଦୟ ଆଗ୍ନେୟଗିରି ଭଳି ଉଦ୍‌ଗାରି ରୁଳିଥାଏ। ଉଦ୍‌ଗତ ଲାଭାସମ ଆଗ୍ନେୟବାଣରେ ଜଳିପୋଡ଼ି ହତ୍ତସନ୍ତ ହେଉଥାନ୍ତି ଶୀତେଶ ଓ ମିତାଲି।

ଆଜିପର୍ଯ୍ୟନ୍ତ ରିନିର ସଫଳତାରେ ଖୁସି ହେଉଥିଲା ମିତାଲି। ସବୁଥର ପୁଣି ସୁମିତ୍ରାଦେବୀ ତାକୁ ସାଙ୍ଗରେ ଆଣିଥାନ୍ତି। ଉଭୟଙ୍କୁ ସମାନ ଦିଗଦର୍ଶନ ଦିଅନ୍ତି। ସବୁଥର ରିନି ପ୍ରଥମ ହୁଏ। ମିତାଲି ଖୁସି ହୁଏ ତା'ର ସେଇ ସଫଳତାରେ। ମାତ୍ର ତା'ର ଏଇ ସଫଳତାକୁ ନେଇ ରିନି ଏତେ ବେଶୀ ଈର୍ଷା କରିବା ଓ ରାଗିବା ଭଳ ଲାଗିଲାନି ମିତାଲିକୁ।

ସେଇଦିନ ରାତିରେ ଶୀତେଶ ଯାଇ ମିତାଲି ଓ ସୁମିତ୍ରାଦେବୀଙ୍କୁ କ୍ଷମା ମାଗିଲା! ହେଲେ ସୁମିତ୍ରାଦେବୀଙ୍କ ଉଦାରତାରେ ଆହୁରି ଛୋଟ ମଣିଲା ନିଜକୁ।

ସୁମିତ୍ରାଦେବୀ ରିନିର ଅଧିକ ଯତ୍ନ ନେବାଲାଗି ଅନୁରୋଧ କଲେ ତାକୁ। ଶୀତେଶଙ୍କୁ ନେଇ ରିନି ଅତି ମୋହଗ୍ରସ୍ତ। ସେ କେବଳ ତା'ର, ଶହେ ପ୍ରତିଶତ ତା'ର ହିଁ। ଶୀତେଶଙ୍କ ଉପରେ ଆଉ କାହାର ଭାଗ କି ଅଧିକାର ସିଏ ସହିପାରୁନି। ତା'ର ମନକୁ ଯାହାନାଇଁ ତାହା ଧାରଣା ଆସୁଛି। ଯାହା ନାହିଁ ତାହା କହିଛି ହୁଏତ।

କିନ୍ତୁ ଏମିତିରେ ବହୁତ ଭଲପିଲା ରିନି । ତେବେ ଏଭଳି ପରିସ୍ଥିତିରେ ସେମାନେ ସବୁ ଦୂରେଇ ରହିଲେ ଭଲ ।

॥ ତିନି ॥

ଲଘୁଚୟପ ରଖିଥାଏ । ତୁହାକୁତୁହା ବର୍ଷା ଓ ବେଗବାନ୍ ପବନ । ବଗିଚର ଅମୃତଭଣ୍ଡା ଓ କଦଳୀ ଗଛ ସବୁ ନଇଁଯାଇଥାଏ । ସଜନାଗଛର ଅନେକ ଡାଳ ଭାଙ୍ଗିଯାଇଥାଏ । ଗଛଟାକୁ କିଏ ମୋଡ଼ିମାଡ଼ି ଦରମଲା କରିଦେବା ଭଳି ଦେଖାଯାଉଥାଏ । ବଗିଚସାରା ଗଛରୁ ଛିଣ୍ଡିଥିବା ଫୁଲ, ପତ୍ର ଓ କଷିଫଳ । ଦିଶୁଥାଏ ହାହାକାରର ପ୍ରତିରୂପ ପରି ।

ଶୀତେଶର ମନର ଅବସ୍ଥା ବି ସେଇମିତି । ଏଇ ବାତ୍ୟାବିଧ୍ୱସ୍ତ ଉପବନ ଭଳି । ତେବେ କଥା ହେଉଛି ଏଇ ଧ୍ୱଂସରୂପ ଯିଏ ହେଲେ ବି ଦେଖିପାରିବ ଓ ଦୁଇପଦ ସମବେଦନା ଜଣାଇ କହିବ । ମାତ୍ର ଶୀତେଶ କାହାରିକୁ ବି ନିଜର ମନ ଦେଖାଇପାରିବ ନାହିଁ । ଏଇ ଦୁର୍ଦଶା ପାଇଁ ସମସ୍ତେ ଖୋଲାଖୋଲି ଲଘୁଚୟପକୁ ଦାୟୀ କରିପାରିବେ ! ମାତ୍ର ଶୀତେଶ ନିଜର ଦୁର୍ଦଶା ପାଇଁ ଦାୟୀ ଥିବା ଲୋକକୁ କାଠଗଡ଼ାରେ ଠିଆ କରାଇପାରିବ ନାହିଁ । ତା' ଉପରେ ଦୋଷୀର ଅପବାଦ ଲଦିଦେଇପାରିବ ନାହିଁ ! ଗାଲି କି ଅଭିସମ୍ପାତ ବର୍ଷିପାରିବ ନାହିଁ । ତା'ର କୌଣସି ବି ଅମଙ୍ଗଳ କାମନା କରିପାରିବ ନାହିଁ । ବରଂ ତା'ର ସବୁଯାକ ଦୁଃଖ, କଷ୍ଟ, ଅସଫଳତା ଓ ଅସହାୟତା ଧାରଣ କରିବାପାଇଁ ନିଜର ଛାତି ହିଁ ପତାଇଦେବ । ସେଇ ପ୍ରକ୍ରିୟା ଜାରି ରହିଥିଲା । ପାରୁପର୍ଯ୍ୟନ୍ତ ଚେଷ୍ଟା କରୁଥିଲା ଶୀତେଶ ।

ଯେମିତି ହେଲେ ତାକୁ ଦେଖାଇବାକୁ ପଡ଼ିବ ଯେ ସେ ଗୋଟାପଣେ ରିନିର । ତା' ଉପରେ ରିନି ଛଡ଼ା ଆଉ କାହାରି ବି ଅଧିକାର ନାହିଁ । ରିନିର ଛୋଟବେଳର ଫଟୋ ସବୁ ସଂଗ୍ରହ କଲା । ଲାମିନେଟ୍ କରି ଘରସାରା ମାରିଲା । ରିନିର ପୁରସ୍କାରସବୁ ସଜାଇ ରଖିବାପାଇଁ କାଚଦିଆ ସୁନ୍ଦର ଆଲମିରା ତିଆରି କରାଇଲା । ତା'ର ପିଲାଦିନର ଜିନିଷ ସବୁକୁ ବିଭିନ୍ନ ସ୍ଥାନରେ ଥାକକରି ସଜାଇଲା । ଏଇସବୁରେ କିଛି ସମୟ ବିତିଗଲା, ସେସବୁ ଦିନର କଥା ମନେପଡ଼ିଲା ଓ ଏବର ଦୁଃଖଦ କଥା ସବୁ ମନରେ ପଶିଲାନି । ସମୟ ବିତିଯାଉଥାଏ । ରିନି ଏସବୁ ଦେଖି କିଛି କହୁ ନ ଥାଏ ଆରମ୍ଭରୁ । ଧୀରେ ଧୀରେ ଖୁସି ଓ ସନ୍ତୁଷ୍ଟ ହେଲା । ସ୍ଥିରତା ଆସିଲା ତା' ମନରେ ।

ସେ ଏଥର ସ୍ୱଛନ୍ଦରେ ଶୀତେଶ ସହ କଥାହୁଏ । ସମସ୍ୟା ସବୁ ଉଠାଏ । ସମାଧାନର ସୂତ୍ର ଉପରେ ମତ ଦିଏ । ଶୀତେଶକୁ ଧମକାଏ ନିଜର ଯତ୍ନ ନେବାକୁ ।

ସିଏ ନିଜ ପ୍ରତି କରୁଥିବା ଅବହେଳାର ନମୁନା ସବୁ ଉପସ୍ଥାପନ କରେ ଓ ସେସବୁର ପୁନରାବୃତ୍ତି ନ କରିବାକୁ ତାଗିଦ କରେ ।

ଛୋଟ ଥିବା ବେଳେ ସେଭଳି କରୁଥିଲା ରିନି । ରାତିରେ ଶୀତେଶ ପାଣି ପିଏନି । ସେ ଶୀତେଶକୁ ପାଣି ବୋତଲ ଦିଏ ଓ ପିଇବାକୁ କୁହେ । ପାଣିର ଉପରସ୍ତରରେ ଚିହ୍ନଟିଏ ଦେଇଥାଏ । ସକାଳୁଉଠି ଦେଖେ ଶୀତେଶ କେତେ ପିଇଛି । ରାତିରେ ଶୀତେଶକୁ ଘୋଡ଼େଇଦିଏ ଶୋଇବାବେଳେ । ଗୋଡ଼ରୁ ମୁଣ୍ଡଯାଏ ଘୋଡ଼ାଇଦେବାକୁ ହାତ ପାଏନି । କମ୍ବଳ କି ଚଦର ଧରି ତା’ର ଗୋଡ଼ ଘୋଡ଼ାଏ । ତା’ପରେ ତା’ର ଗୋଟେପଟ ଧରି ଶୀତେଶର କଡ଼େ କଡ଼େ ଚଲି ମୁଣ୍ଡ ଆଡ଼କୁ ଯାଏ ଓ ଘୋଡ଼େଇ ଚଲିଥାଏ । ବେଳେବେଳେ ଛନ୍ଦିହୋଇ ପଡ଼ିଯାଏ ଶୀତେଶ ଉପରେ । ସେଇସବୁ କଥା ମନେପକାଉଥାଏ ଶୀତେଶ ଓ ରିନିକୁ ଆଦର କରିବାରେ ଲାଗିଥାଏ ।

ରିନି ଏବେ ବେଶୀ ବେଶୀ ଶୀତେଶ ସହ ମିଶୁଥିଲା । ତା’ର ଖାଇବାପିଇବା ନେଇ ତର୍ଜମା କରୁଥିଲା । ଦିନସାରା ପିଇଥିବା ଚ’ର ହିସାବ ମାଗୁଥିଲା । ସ୍କୁଲକଥା ବି ଟିକିନିଖି ଗପୁଥିଲା । ଶୀତେଶ ମନଦେଇ ଶୁଣେ । କିଛି ମତଦେବାର ସାହସ କରେନି । କିନ୍ତୁ ତା’ ମନରେ ଆଗ୍ରହ ଥାଏ । ସବୁବେଳେ ଭାବୁଥାଏ, କେବେ ମିତାଲି ବିଷୟରେ କିଛି କହିବ ରିନି । ମାତ୍ର ସେଭଳି କିଛି କଥା ଉଠେନି । ଧୀରେ ଧୀରେ ସେଭଳି ଆଶା ଛାଡ଼ିଦେଲା ଶୀତେଶ ।

ଶୀତେଶ ଜାଣିଥିଲା ଯେ ମିତାଲି ସ୍ୱାଭିମାନିନୀ । ସୁମିତ୍ରାଦେବୀ ରିନିର ବହୁତ ଯତ୍ନ ନେଇଥିଲେ । ରିନି ନିହାତି ସ୍ୱାର୍ଥପରତା ଦେଖାଇଥିଲା । ତେଣୁ ସେମାନେ ଯାହାହେଲେ ବି ଆଘାତ ପାଇଥିବେ ।

ମଝିରେ ଥରେ ଲୁଚିଲୁଚି ଦେଖାକରିଥିଲା ସୁମିତ୍ରାଦେବୀଙ୍କୁ । ତାଙ୍କ ସ୍କୁଲର ଅବସ୍ଥା ସୁଧୁରୁ ନ ଥାଏ । ଘରର ପରିସ୍ଥିତି ବଦଳୁ ନ ଥାଏ । ଶୀତେଶ ତାଙ୍କୁ ଭୁଲ ନ ବୁଝିବାକୁ ଅନୁରୋଧ କଲା ଓ ସହାୟତା ପାଇଁ ପ୍ରସ୍ତାବ ଦେଲା । ତା’ର ଆନ୍ତରିକତା ପାଇଁ କୃତଜ୍ଞତା ଜଣାଇଲେ ସୁମିତ୍ରାଦେବୀ । ତେବେ ଏବେ ସେଭଳି ନ କରିବାକୁ ଅନୁରୋଧ କଲେ । ନିଜଙ୍କ ପାଇଁ ସେମାନେ ନିଜକଥା ଭୁଲିଯିବାକୁ ପଡ଼ିବ । କୌଣସିମତେ ସେମାନଙ୍କ ମନରେ ସନ୍ଦେହ କି ଆଘାତ ନ ଆସୁ ।

କେଇଟି ପଲକ ପରି ଆସିଲେ ଓ ଚଲିଗଲେ କ୍ୟାଲେଣ୍ଡରର ପ୍ରଷ୍ଠା ସବୁ । ସ୍କୁଲ ଓ ଯୁକ୍ତଦୁଇ ପଢ଼ିସାରି ସହର ଛାଡ଼ିଲେ ରିନି ଓ ମିତାଲି । ହଷ୍ଟେଲରେ ରହିଲେ । ପଛରେ ଛାଡ଼ିଗଲେ ଶୂନ୍ୟପଣ । ଯେହେତୁ ସେଇମାନେ ହିଁ ଥିଲେ ବାପା କି ମାଆଙ୍କର ସଂସାର, ଯେହେତୁ ସେଇମାନଙ୍କୁ ନେଇ ହିଁ ବିତୁଥିଲା ବାପା କି ମାଆଙ୍କର ଜୀବନ –

ସେମାନେ ଯିବାପରେ ଘରଦୁଇଟା ଠାକୁର ନ ଥିବା ମନ୍ଦିର ଭଳି ଲାଗିଲା। ଘରେ ପଶିବାକୁ ଇଚ୍ଛା ହେଲାନି। ଘରବାହୁଡ଼ାବେଳ ଭରି ଦେଉଥିଲା ହାହାକାର, ଶୂନ୍ୟପଣ ଓ ଶେଷହୀନ ଉଦ୍ଦେଶ୍ୟରହିତ ସମୟ। ଜୀବନରେ ଆଉ ଆକାଙ୍କ୍ଷା ନ ଥିଲା। ପରିସରରେ ପ୍ରତୀକ୍ଷା ନ ଥିଲା। ବ୍ୟାକୁଳପଣ ନ ଥିଲା ଘରକୁ ଫେରିବାପାଇଁ। ଘରବାହୁଡ଼ା ପକ୍ଷୀର କାକଲି ଈର୍ଷା ଭରିଦେଉଥିଲା ମନରେ। କେବେ ରିନିର ସ୍ମୃତିରେ ସମୟ କାଟୁଥିଲା ତ କେବେ ଉଦ୍ଦେଶ୍ୟହୀନ ଭବିଷ୍ୟତର ଅସାରପଣ ନେଇ ବୀତସ୍ପୃହ ହୋଇପଡ଼ୁଥିଲା ଶୀତେଶ।

ତେବେ ରିନିର ଅବର୍ତ୍ତମାନରେ ବେଶୀ ବେଶୀ ରିନିମନସ୍କ ହେଉଥାଏ ଶୀତେଶ। କ'ଣ କଲେ ନ କଲେ ରିନିର ମନୋଭାବ କିଭଳି ହୁଅନ୍ତା! ସେଇକଥା ଭାବୁଥାଏ ଓ ସତର୍କ ରହୁଥାଏ। ଆଗାମୀ ସାକ୍ଷାତର ଖସଡ଼ା ଓ ଚର୍ଚ୍ଚାର ଯୋଗାଡ଼ ସବୁ କରୁଥାଏ। ପ୍ରତିଦିନ ତା'ର ଫୋନ୍କୁ ଅପେକ୍ଷା କରୁଥାଏ। ସବୁଥର ଅପେକ୍ଷା କରୁଥାଏ ହୁଏତ ମିତାଲି ବିଷୟରେ କିଛି ଶୁଣିବ। ବଡ଼ହେଲେ ଓ ଦୂରରେ ରହିଲେ ନିଶ୍ଚୟ ତା'ର ପୁରୁଣା ବନ୍ଧୁତାକୁ ଝୁରିବ ବୋଲି ଆଶା କରୁଥାଏ। ଅଥଚ ସେଭଳି କିଛି ଶୁଣୁ ନ ଥାଏ।

ରିନି ଶ୍ରେଣୀର ପିଲାମାନେ 'ପୁନର୍ମିଳନ' କରୁଥିଲେ ସେଥର। ରିନି ଆସିଥିଲା। ବେଶ ଧାଁଦଉଡ଼ କରୁଥାଏ। ଶୀତେଶ ଭାବିଲା, ବୋଧେ ଉଦ୍ୟୋକ୍ତ୍ରୀ ଥିବ ରିନି। ପର୍ବ ସରିଗଲେ ଶୀତେଶ ସହ ସମୟ କାଟିବ।

ପୁନର୍ମିଳନ ସରିଗଲା। ମାତ୍ର ରିନିର ଧାଁଦଉଡ଼ ସରିଲାନି। ଘରେ କମ ସମୟ ପାଇଁ ରହୁଥାଏ। ଶୀତେଶ ମନରେ ନାନାଦି ସନ୍ଦେହ। ଭାବିଲା ବୋଧେ କୌଡ ପୁରୁଣା ସାଙ୍ଗ ଏବଂ ଖୁବ ସମ୍ଭବତଃ ପୁଅପିଲା ସହିତ ସମୟ କାଟୁଛି ରିନି। ତେବେ ନିଜକୁ ନିଜେ ବୁଝାଇଲା ଯେ କୌଣସି ଭବିତବ୍ୟକୁ ଗ୍ରହଣ କରିନେବାପାଇଁ।

ଦିନେ ମିତାଲି ସହ ଘରକୁ ଆସିଲା ରିନି। ଶୀତେଶକୁ ଆହୁରି ଠିକ୍ ଲାଗିଲା ତା'ର ଅନୁମାନ! ନିଜେ କହିପାରିବନି ବୋଲି ମିତାଲିକୁ ସାଙ୍ଗରେ ଆଣିଆସିଛି।

ତେବେ ମିତାଲି କିଛି କହିଲାନି। ରିନି ହିଁ ଆରମ୍ଭ କଲା କଥା।

– "ତୁମେ ଭାବୁଥିଲ ମୁଁ ତୁମପାଇଁ ସବୁକିଛି। କିନ୍ତୁ ମୁଁ ଭାବୁଥିଲି ତୁମର ସବୁକିଛି ହିଁ ମୋର। ତୁମ ଉପରେ କାହାର ସାମାନ୍ୟ ଅଧିକାର ବି ସହିପାରୁ ନ ଥିଲି। ଆଜି ମତେ ଲାଜ ଲାଗୁଛି ଯେ ମୁଁ କେତେ ସ୍ୱାର୍ଥପର ଥିଲି। ଆଉ ମୋ ପାଇଁ କ'ଣ କ'ଣ ବିଗିଡ଼ିଗଲା।''

ସେଇଠି ରୋକିଦେଲା ଶୀତେଶ । କହିଲା ଏତେ ଦିନ ପରେ ସେସବୁ ନ ଉଠାଇବାକୁ । ଅଯଥାରେ ମନଦୁଃଖ ନ କରିବାକୁ ।

"ବାପା, ବାସ୍ତବତାକୁ ପିଠିକରି ଠିଆହେଲେ ଆମ ସମସ୍ତଙ୍କର ହିଁ କ୍ଷତି । ଆମର ଯୋଉ ଜୀବନ ବିଗିଡ଼ିଯାଇଥିଲା, ଆମେ ତାକୁ ଆଉ ଥରେ ସଜାଡ଼ିଦେବା । ଚଲ, ଆମେ ତିନିହେଁ ଯାଇ ସୁମିତ୍ରାମାଉସୀଙ୍କୁ ଆମଘରକୁ ନେଇଆସିବା ।"

ଅବୈଧ

ମୋ ନିଜର ଆଖିକୁ ମୁଁ ବିଶ୍ୱାସ କରିପାରୁ ନ ଥିଲି। ସିନେମାରେ ଯେପରି ସ୍ୱପ୍ନରେ ଧୂଆଁ ଦେଖାଯାଏ, ତା'ରି ଭିତରୁ ନାୟିକା ବାହାରେ ଆଉ ଉପରୁ ଫୁଲର ପାଖୁଡ଼ା ଝଡ଼ୁଥିବା ବେଳେ ଆଗେଇଆସେ ଧୀରଗତିରେ, ଠିକ ସେମିତି ଆସୁଥିଲା ଅରୁଣା।

ବିବର୍ଣ୍ଣ ଫାଲ୍‌ଗୁନ ଯେତେ ପୋଛିହୋଇଯାଉଥିଲେ ସ୍ମୃତିରୁ। ଅଦିନରେ ବହିଆସିଥିବା ମଲୟ ପବନରେ ସ୍ମୃତି ବହିର ପ୍ରଶ୍ୱାସରୁ ଓଲଟି ଝଲିଥାଏ। ତା'ରି ସହିତ ଭାସି ଆସୁଥିବା ଅଜସ୍ର ଫୁଲର ମହକ ଭରିଦେଉଥିଲା ଯେତେ ସବୁ କ୍ଷତ। ନୂଆନୂଆ, ଲୋଭନୀୟ ଓ ରଙ୍ଗିନ ମନେ ହେଉଥିଲା ଅତୀତ। କେଉଁ ଏକ ଅଦୃଶ୍ୟ ଶୁଭାକାଂକ୍ଷୀ ତାନ୍ତ୍ରିକର କାଉଁରି ସ୍ୱର୍ଶ ସତେଯେମିତି ତା'ର ଲୀଳା ରଚୁଥିଲା ମୋର ଝରିପଟେ।

ପ୍ରଥମ, ଦ୍ୱିତୀୟ ଓ ତୃତୀୟ ପାହାଚ ଡେଇଁ ବାରଣ୍ଡାରେ ପାଦ ଥୋଇଲା ଅରୁଣା। ଏଇ ତ ଦିନେ ସ୍ୱପ୍ନ ଥିଲା ମୋର! ଆକାଶସ୍ୱର୍ଶୀ ପାହାଡ଼ପାଖର ଉଦୟଭାନୁ ପୃଷ୍ଠଭୂମିରେ ଅନ୍ଧ ଶିଶିରଭିଜା ଘାସ ଉପରେ ପାଦ ଥାପି ଥାପି ଆଗେଇଆସୁଥାନ୍ତା ଅରୁଣା। ଘରସାରା ମୋର ଭରିଦିଅନ୍ତା ତା'ର ଭିଜା ପାଦର ସ୍ୱର୍ଶ...।

ସଚେତନ ହୋଇ କବାଟ ପାଖକୁ ଘୁଞ୍ଚିଗଲି ମୁଁ ଓ ବୈଠକଘର ଭିତରକୁ ପଛେଇକି ଦୁଇ ପାଦ ଯାଇ କହିଲି, "ବସ!" ବସିବାର ଉପକ୍ରମ କରୁ କରୁ ଥମକିଗଲା ଅରୁଣା। ଧୀର ଓ ନରମ ଦୃଷ୍ଟି ପହଁରାଇ ଆଣୁଥାଏ ଘରସାରା। ମତେ ଲାଗିଲା, ମୋର ସାରା ଘର ଯେମିତି ଭରି ଉଠୁଛି ତା'ର ସେଇ ଦୃଷ୍ଟିପାତର ପରଶରେ। ପୂର୍ଣ୍ଣହୋଇଯାଉଛି ସବୁଯାକ ଶୂନ୍ୟସ୍ଥାନ। ଯୋଡ଼ି ହୋଇଯାଉଛି ଯେତେସବୁ ଇଚ୍ଛା ଓ କଳ୍ପନାର ଛିନ୍ନ କଢ଼ି।

ଯାହା ଭାବୁଛି, ଯାହା ଭାବିପାରେ ଜଣେ, ଧେ ଧବୁ ଆଣି ସଜାଉଥିଲି ମୁଁ ଏଇ ଘରକୁ ମୋର। ହେଲେ ମତେ ଲାଗୁଥିଲା କେଉଁଠି ଯେମିତି ଅପୂର୍ଣ୍ଣ ରହିଯାଇଛି

କିଛି। କିଛି ରହିଯାଉଛି ଖାପଛଡ଼ା। କିଛି ବେଢଙ୍ଗ ହୋଇଯାଉଛି। ଅଥଚ ସେଇ କିଛି ବୋଲି ଜିନିଷଟା କ'ଣ ଜାଣିପାରେନି କେବେ। କେବେ କେବେ ଏମିତି ଲାଗେ ଯେ ମୁଁ ଜିନିଷସବୁ ଆଣି ଠୁଲେଇ ଦେଉଛି, ଗଦେଇ ଦେଉଛି ସିନା ସଜେଇ ପାରୁନି। ଆଜି ଲାଗୁଛି, ବୋଧେ ମୋର ଅବଚେତନ ମନରେ ସବୁ ଜିନିଷ ସହ ସମ୍ପର୍କିତ ହୋଇ ରହିଥିଲା ଅରୁଣା। ଯେଉଁଠି ଯେମିତି ଯାହା ଅଛି, ସେ ଠିକ ସେମିତି ରଖୁଥିଲେ କିମ୍ବା ଖାଲି ଛୁଇଁ ଦେଇଥିଲେ କିମ୍ବା ସେଇ ଘରେ କେବଳ ତା'ର ଉପସ୍ଥିତିର ସ୍ପର୍ଶ ଦେଇଥିଲେ ବି ହୁଏତ ସଙ୍ଗତି ଆସିଯାଇଥାନ୍ତା, ପୂର୍ଣ୍ଣତା ଆସିଯାଇଥାନ୍ତା।

ମୁଁ ରହିଁଲି ଅରୁଣାକୁ। ତାକୁ ମୋର ଏତେବେଶୀ କହିବାର ଥିଲା, ଏତେ ବେଶୀ କହିବାକୁ ଇଚ୍ଛା ହେଉଥିଲା ଯେ ତା' ଭିତରୁ କେଉଁଟା ଆଗ କହିବି, ବାଛିବା ସମ୍ଭବ ହେଉ ନ ଥିଲା ମୋତେ। ଚୁପଚୁପ ବସିବା ବି ନିହାତି ଅସ୍ବସ୍ତିକର ମନେହେଉଥିଲା। ଏତେବେଶୀ କହିବାର ଥାଇ କିଛି କହିପାରୁ ନ ଥିବାର ଅସହାୟତା ଓ ଅବସୋସରୁ ମୁକ୍ତି ପାଇବାକୁ ରୋଷେଇଘରକୁ ଗଲି ରୁ' ତିଆରି କରିବାକୁ।

ରୁ' ତିଆରି ସରିବା ପର୍ଯ୍ୟନ୍ତ ଭାବିଚାଲିଥାଏ ସେମିତି। ସବୁ ଖାପଛଡ଼ା। ସବୁ ଖଣ୍ଡିଆ। ଗୋଟିଏ କିଛି ଅତୀତର କଥା ଭାବିବାବେଳକୁ ଆଉ ଗୋଟିଏ ଯୋଡ଼ି- ହୋଇଯାଉଥାଏ ଏବଂ ତା' ସହିତ ପୁଣି ଧକ୍କା ଖାଉଥାଏ କିଛି କଳ୍ପନାପ୍ରସୂତ ଘଟଣା। ଏମିତି ଏମିତି ସବୁ ଭାବୁଥାଏ, ପୁଣି କିଛି ବି ଭାବିପାରୁ ନ ଥାଏ। ଗୋଟେ ଦୁର୍ବୋଧ ଆଧୁନିକ କବିତା ପରି କିଛି ଗୋଟାଏ ଭାବ ଖେଳାଇ ହୋଇ ଯାଉଥାଏ, ଯା'ର ଅର୍ଥ ଖୋଜିବା ଫଳାଫଳହୀନ ଆୟାସସାଧ୍ୟ ପ୍ରୟାସ ଖାଲି।

- "ବହୁତ ଆଶା ନେଇ ତୁମ ପାଖକୁ ଆସିଛି। ଜୁଲି... ମୋ ଝିଅ...!" ଢୋକଟିଏ ରୁ' ପିଇ, ତଳକୁ ମୁଣ୍ଡପୋତି କହୁ କହୁ ଅଧାରୁ ରହିଗଲା ଅରୁଣା। ସେଇ ଅଧା କଥା, ଅଛ କେତୋଟି ଶବ୍ଦର ସମାହାର କିନ୍ତୁ ଯଥେଷ୍ଟ ଥିଲା ଶକ୍ତ ଧକ୍କାଟେ ଦେବାକୁ। ଅରୁଣକ ଶକ୍ତ ଧକ୍କାଟେ ପାଇଲେ ଯେମିତି ଦୋହଲିଉଠେ ଗୋଟେ ଭାସମାନ ଡଙ୍ଗା, ହଡ଼ବଡ଼େଇ ଯାଏ ନାଉରି ଓ କାତ କି ଆହୁଲା ଲଗାଇ ସ୍ଥିର କରିନିଏ ପୁଣି କିଛି ସମୟପରେ, ଠିକ ସେମିତି ଚମକି ଉଠିଲି, ହଡ଼ବଡ଼େଇଗଲି ଓ ସ୍ଥିର କରିନେଲି ନିଜକୁ ପୁଣି।

ଅରୁଣା ଜୁଲିର ମା' ହିସାବରେ ହିଁ ଆସିଥିଲା। ଅରୁଣା ହିସାବରେ ନୁହେଁ। ଜୁଲିର ମା' ବୋଲି ପରିଚୟ ଦେଇ ନିଜକୁ ଏମିତି ଏକ ସ୍ଥାନରେ ରଖିଦେଲା, ଯେଉଁଟା ମୋ ପାଇଁ ନିଷିଦ୍ଧ ଇଲାକା। ଗୋଟେ ନିଷିଦ୍ଧ ଇଲାକାରେ ପଶିଯିବାର ପ୍ରୟାସ କରୁଥିବାର ଗ୍ଲାନିବୋଧରେ ଢାଉଁଳି ପଡ଼ୁଥିଲି ମୁଁ।

କ’ଣ ଦରକାର ଥିଲା ଆଜି ଅରୁଣାର ଆସିବା ଏଠିକି ? ମୁଁ ତ ବେଶ ସାଲିସ କରି ନେଇଥିଲି ନିଜ ସହ, ନିଜର ପରିବେଶ ସହ। ଆଦରି ନେଇଥିଲି ଗୋଟେ କଳ୍ପନାଶ୍ରୟୀ ଜୀବନକୁ। ମନଇଚ୍ଛା ଅର୍ଥ କରୁଥିଲି ମୋ ସ୍ଥିତିର ଓ ନିଜକୁ ବେଶ ବୁଝାଇ ନେଉଥିଲି ବି। ମାତ୍ର ଆଜି ? ଆଜି ସବୁକିଛି ଚୂରମାର ହୋଇଯିବାକୁ ବସିଛି। ଏତେ ବେଶୀ ହୃଦୟହୀନା ହେବା ଉଚିତ ନ ଥିଲା ବୋଧେ ଅରୁଣାର।

ଅରୁଣା ମୁହଁପୋତି ବସିଥାଏ ସେମିତି। କେଉଁ ଏକ କ୍ରୁଦ୍ଧ ଦୁର୍ବାସା କି ବିଶ୍ୱାମିତ୍ରଙ୍କ ଶାପରେ କାଠ/ପଥର ପାଲଟି ଯାଇଥିଲା ଅବା ! ଗୋଟେ ମା’ର ଏ ମୂର୍ତ୍ତି ମତେ ଚହଲାଇ ଦେଉଥିଲା।

ପୁଣି ଭାବୁଥାଏ ମନରେ। ଜଣେ ନାରୀ କେବେ ବି ନିଜର ପ୍ରାକ୍-ବୈବାହିକ ପ୍ରେମକୁ ସ୍ୱୀକାର କରେ ନାହିଁ। କିଛି ଅସୁବିଧାରେ ବୋଧେ ପଡ଼ିଛି ଓ ମୋ ପାଖକୁ ତାକୁ ଆସିବାକୁ ପଡ଼ିଛି ଏମିତି ଅବେଳାରେ।

ପୀଡ଼ାଦାୟକ ଏ ନୀରବତା ଭାଙ୍ଗିବାକୁ, ଛିଡ଼ିଯାଇଥିବା କଥାର ଖିଅକୁ ଯୋଡ଼ିବାକୁ ଯାଇ ମୁଁ କହିଲି, “ତୁମ ଝିଅର ନାଁ ତା’ହେଲେ ଜୁଲି ? ଆଉ କେତୋଟି ପୁଅ ଝିଅ ? ସ୍ୱାମୀ ଏବେ କେଉଁଠି ?”

ଅରୁଣା ଅନୁଭବ କଲା କଥାର ଖିଅ ଯୋଡ଼ିହୋଇଯାଉଥିବାର। ମାତ୍ର ମୋ ପ୍ରଶ୍ନରେ ସେତେଟା ପ୍ରଭାବିତ ହେଲାନି ବୋଧେ ସିଏ। ବୋଧେ ସିଏ ନିଜସ୍ୱ ଭାବନାରେ ମଗ୍ନଥିଲା ଗଭୀରଭାବେ। ନିଜେ ଯେଉଁଠି ଅଧାରୁ ଛାଡ଼ିଥିଲା, ଠିକ ସେଇଠୁ ଆରମ୍ଭ କଲାଭଳି କହିବାରେ ଲାଗିଲା, “ଜୁଲି ଆଜିକାଲିକା ପିଲା। ଆଜିକାଲିକା ପିଲାଙ୍କର ତ ସବୁ ଜିନିଷର ସଂଜ୍ଞା ଅଲଗା। ସବୁ ପୁରୁଣା ଖରାପ। ସବୁକିଛିକୁ ସେମାନେ ଭାଙ୍ଗିଦେବାକୁ ଚୁହାନ୍ତି। ପ୍ରଥା ଓ ପରମ୍ପରା ସବୁ ଭାଙ୍ଗିଦେବାକୁ ଚୁହାନ୍ତି। ଅଥଚ ଜାଣନ୍ତିନି ଯେ କ’ଣଟାଏ ଗଢ଼ିବାପାଇଁ ଏସବୁ ଭଙ୍ଗାଭଙ୍ଗି।”

କଥାର ପ୍ରସଙ୍ଗ ମୁଁ ଠଉରାଇ ପାରୁ ନ ଥିଲି। କଳିପାରୁ ନ ଥିଲି ଗତି ଓ ଦିଗ। ମାତ୍ର ପୁଣି କିଛି ଗୋଟାଏ କହିବାକୁ ପଡ଼ିଲା ଅରୁଣା ଚୁପ ରହିଲା ଯେହେତୁ। “ମୋ ଦ୍ୱାରା କିଛି ହୋଇପାରିବ ?”

“ଜୁଲି ଏବେ ଗର୍ଭବତୀ। ଯେତେ ପଚାରିଲେ କି ପିଟିଲେ କାହାରି ନାଁ କହୁନି। ତା’ ବାପାଙ୍କୁ କହିନି ଏପର୍ଯ୍ୟନ୍ତ। ଭାବିପାରୁନି କହିବି ନା ନାହିଁ। କହିଲେ ସିଏ ଯେମିତି ମଣିଷ ଧୈର୍ଯ୍ୟ ହରାଇ କ’ଣ ନାଇଁ କ’ଣ କରିବସିବେ। ନ କହିଲେ ପୁଣି କେମିତି କ’ଣ କରିବି ମୁଁ ? ସେଇଥିପାଇଁ…।” ଟିକିଏ ରହିଯାଇ ଧୁଣି ଘୋଡ଼ିଲା, “ଆମେ ତ ପୁଣି…”

ଯେଉଁ ଦୁଇଟି କଥା ଉହ୍ୟ ରଖିଦେଲା ଅରୁଣା, ସେଇ ଦୁଇଟି ତା'ର ସ୍ୱାର୍ଥପରତା ହିଁ ସୂଚଉଥିଲା । ଏତେବେଶୀ ସ୍ୱାର୍ଥପର ହୋଇପାରେ ମଣିଷ । ଏମିତି ପୁଣି ସ୍ୱାର୍ଥପରତାକୁ ଅଧିକାର ପରି ଜାହିର କରିପାରେ ପ୍ରତାରିତ ପାଖରେ ? ମୋ ଆଖିରେ ତଳକୁ ତଳକୁ ଖସିଯାଉଥିଲା ଅରୁଣା । ମତେ ଲାଗୁଥିଲା, ଗୋଟେ ଭ୍ରମ ଓ ଛଳନାର ବଂଶବର୍ତ୍ତୀ ହୋଇ ସବୁଯାକ ସମ୍ଭାବନା ମୁଁ ଜଳାଞ୍ଜଳି ଦେଇଦେଇଛି ନିଜର । ମତେ ବିବାହ ନ କରିବା ପଛରେ ଅରୁଣାର ବିବଶତା ବଦଳରେ ନିଃସ୍ୱହତା ଓ ଆମ୍ଭସର୍ବସ୍ୱ ଚିନ୍ତାଧାରା ଦିଶିବାକୁ ଲାଗିଲା । ଏମିତିକି ମୁଁ ଭାବିବାକୁ ଲାଗିଲି ଯେ ଜୁଲି କରିଥିବା କାର୍ଯ୍ୟ ହିଁ ବସ୍ତୁତଃ ଠିକ୍ ।

ଗୋଟେ ପ୍ରଚଣ୍ଡ ବିଶ୍ୱାସ, ଗୋଟେ ଶକ୍ତିଶାଳୀ ଖିଆଲ ଯାହାକୁ ନେଇ ମୁଁ ଆଜିଯାଏଁ ବଞ୍ଚି ଆସିଥିଲି, ମୋ ଆଖି ଆଗରେ ଭାଙ୍ଗିଯାଇ ଖଣ୍ଡ ଖଣ୍ଡ ହୋଇ ଖସିପଡ଼ୁଥିଲା । ମୋର ବିଶ୍ୱାସ ଥିଲା ଯେ ଅରୁଣାର ସ୍ମୃତି ଓ ମୋ ବୃତ୍ତିକୁ ନେଇ ଜୀବନଟିଏ ବିତାଇହେବ ସୁରୁଖୁରୁରେ । ଗୋଟେ ବୈବାହିକ ଜୀବନ ଅପେକ୍ଷା ବରଂ ଏମିତି ଏକ ପ୍ରେମିକର ଜୀବନ ଉତ୍କୃଷ୍ଟତର ମନେ ହେଉଥିଲା ମୋର । ମତେ ଏବେ ଲାଗୁଥିଲା ଯେ ତା' ଥିଲା ଏକ ନିଚ୍ଛକ ପାଗଲାମି । ଆବେଗିକ ମାନସିକ ବିକାର ।

ମୋ ବନ୍ଧୁମାନଙ୍କ ଧାରଣାରେ ସ୍ତ୍ରୀରୋଗ ବିଶେଷଜ୍ଞ ହେବା ଭିତରେ ନାରୀର ସବୁ ଗୋପନୀୟ ଅଙ୍ଗ ପର୍ଯ୍ୟାପ୍ତଭାବେ ଅପରିଚ୍ଛନ୍ନ ସ୍ଥିତିରେ ଦେଖି ବିକାର ଆସିଥିଲା ମୋର । ମାତ୍ର ଏଇ ମାନସିକ ବିକାର ପଛରେ ମୂଳତଃ ଥିଲା ଏଇ ଅରୁଣାର ମୋହ ।

ଅଥଚ ଅରୁଣାପାଇଁ ମୁଁ ମୋହଗ୍ରସ୍ତ ହିଁ ଚିରଦିନ । କ୍ଷଣ କେଇଟିର କ୍ଷୋଭ ଓ ଖେଦ ବୁଦ୍‌ବୁଦ୍‌ ଭଳି ମିଳାଇଯାଉଥିଲା । ମୋ ଆଖିରେ ଦିଶୁଥିଲା ଅରୁଣାର ଅସହାୟତା ଓ ଜୁଲିର ଦୟନୀୟତା । କଥାହେଲା, ତା'ର ସମ୍ପର୍କୀୟଙ୍କ ଘରକୁ ଯିବା ବାଟରେ ଏଇଠି ଜୁଲିକୁ ଦୁଇଦିନ ପାଇଁ ଛାଡ଼ିଯିବ ଅରୁଣା ଓ ଫେରିବା ବେଳେ ପୁଣି ସାଙ୍ଗରେ ନେଇଯିବ ।

ଗୋପନୀୟତା ପାଇଁ ଯଥାସମ୍ଭବ ସଚେତନ ଥିଲି ମୁଁ । ଜୁଲିକୁ ଆଣି ଛାଡ଼ିଦେଇଗଲା ଅରୁଣା । ଗାଳି ଓ ମାଡ଼ ମାତ୍ରାଧିକ ହୋଇଯାଇଥିଲା ବୋଧହୁଏ । ଅତିମାତ୍ରାରେ ଶଙ୍କିତା ଥିଲା ଜୁଲି । ମୋର ଆଶ୍ୱାସନା ସବୁ ତା'ର ଶଙ୍କାର କାଣିଛଏ ବି ଅପସାରଣ କରୁଥିଲେ ବୋଲି ମୋର ବିଶ୍ୱାସ ହେଉ ନ ଥାଏ ।

ଅରୁଣା ଯିବାର ଅଳ୍ପ ସମୟ ପରେ ହିଁ ଦୁର୍ଘଟଣା ଘଟିଗଲା । ଜୁଲିର ପ୍ରାୟ ଚେତା ବୁଡ଼ିବା ବୁଡ଼ିବା ଅବସ୍ଥା । ମୋ ଆଲମାରିରେ ଥିବା ଯାଡୁସ୍ୟାଡୁ ଔଷଧ ମେଞ୍ଚେ ସିଏ ଖାଇଦେଲା ଲୁଚାଇକି । ଏମିତି ମିଶାମିଶି ଔଷଧଖିଆର ଚିକିତ୍ସା କରିବା କଷ୍ଟକର ।

ସେଥିରେ ପୁଣି ତା'ର ଚେତା ବୁଡ଼ିବା ବୁଡ଼ିବା ଅବସ୍ଥା। ସଙ୍ଗେ ସଙ୍ଗେ ଗାଡ଼ିଚାଳକକୁ ଡାକି ବଡ଼ଡାକ୍ତରଖାନା ନେଇଗଲି।

ରାତିସାରା ନିଦ ନ ଥାଏ ମତେ। ଯଦି କ'ଣ ଘଟିଯାଏର ଶଙ୍କା ଡରାଉଥାଏ ଅବିରତ। ଯଦି କ'ଣ ଘଟିଯାଏ, ସତରେ ମୁଁ କେମିତି ମୁହଁ ଦେଖାଇବି ଅରୁଣା ପାଖରେ ?

ରାତି ଶେଷ ଆଡ଼କୁ ଜୁଲି ଆଖି ଖୋଲିଲା ଧୀରେ ଧୀରେ ଓ ସାଢ଼େ ଆଠଟା ବେଳକୁ କଥା କହିଲା। ଆନନ୍ଦାତିଶଯ୍ୟାରେ କାନ୍ଦି ପକାଇଲି ମୁଁ। ଯଦିଓ ମୋର ପଚାରିବାର ଉଚିତ ନଥିଲା ସେଇ ଅବସ୍ଥାରେ, ମୋ ପାଟିରୁ ବାହାରିଗଲା, କାହିଁକି ଏମିତି କଲା ସିଏ ?

ଜୁଲି ଥିଲା ଗୋଟେ କରୁଣ କାହାଣୀର ନାୟିକା। ଯଦିଓ ତା'ର ପେଟ ଫୁଲିଥିଲା ଓ ରତୁସ୍ରାବ ବନ୍ଦ ହୋଇଯାଇଥିଲା, କାହାରି ସହ ଶାରୀରିକ ସମ୍ପର୍କକୁ ଅସ୍ୱୀକାର କରୁଥିଲା ସେ। ଏଥିପାଇଁ ବାରମ୍ବାର ମାଡ଼ଗାଲି ଖାଉଥିଲା। ନିଜେ ସିଏ ଜାଣି ନ ଥିଲା ଏମିତି କ'ଣ ହୋଇଗଲା ତା'ର। ନିଜର ଏଇ ଅବସ୍ଥା ପାଇଁ ଖାଲି ଭଗବାନ୍‌ଙ୍କୁ ଗାଲି ଦେଉଥିଲା ଓ ମାଡ଼ଗାଲିସବୁ ବାଧ୍ୟ ହୋଇ ସହୁଥିଲା। ଶେଷରେ ଦିନେ ଅରୁଣା ତାକୁ କେଉଁ ସମ୍ପର୍କୀୟଙ୍କ ଘରକୁ ନେଇଥିଲା ଗର୍ଭପାତ ପାଇଁ। ସେଇ ସମ୍ପର୍କୀୟଜନକ କିନ୍ତୁ ତା' ଅସହାୟତାର ସୁଯୋଗ ନେବାକୁ ଚାହିଁଲେ। ତାଙ୍କ ଘରୁ ଚାଲିଯାଇଥିଲା ଜୁଲି। ସବୁ ଶୁଣି ଖୁବ ବେଶୀ ପିଟିଥିଲା ଅରୁଣା। ପୁଣି ଯେତେବେଳେ ସେଇ ସମ୍ପର୍କୀୟ ତା'ର ଦାୟିତ୍ୱ ନେବାକୁ ମନା କରିଦେଲେ, ଅରୁଣା ଭାବିନେଲା ଜୁଲିର ବ୍ୟବହାର ହିଁ ଏଥିପାଇଁ ଦାୟୀ। ସେଇ ଅବସ୍ଥାରେ ସିଏ ଯାହା କିଛି କହିଥିଲେ ବି ଅରୁଣା ବିଶ୍ୱାସ କରି ନ ଥାନ୍ତା ଓ ସେ କିଛି କହି ନ ଥିଲା ତେଣୁ। ଆଜି ମୋ ପାଖରେ ବି ସିଏ ସେମିତି କିଛି ପୁନରାବୃତ୍ତି ଆଶଙ୍କା କରୁଥିଲା ଓ ସେଥିପାଇଁ ହିଁ ତା'ର ଏଇ ଅବସ୍ଥା।

ମୁଁ ଖାଲି ଚାହିଁଥିଲି ଜୁଲିକୁ। ବାନ୍ଧି ହୋଇଯାଉଥିଲି କେମିତି ଏକ ସ୍ନେହ ଓ ମୋହରେ। ସବୁ ସମ୍ପର୍କର କ'ଣ ନାଁ ଥାଏ ? ସବୁ ସମ୍ପର୍କ କ'ଣ ଗୋଟିଏ ସଂଜ୍ଞାର ଚଉହଦିରେ ନିଜକୁ ବନ୍ଦୀ କରିବାକୁ ବାଧ୍ୟ ? ସବୁ ପ୍ରକାର ସମ୍ପର୍କର ନାଁ ହୁଏତ ଦିଆଯାଇପାରିନି; କିନ୍ତୁ ନାଁ ଦେବାର ଏଇ ଅକ୍ଷମତା ପାଇଁ ସମ୍ପର୍କକୁ କାହିଁକି ପଙ୍ଗୁକରି ଦିଆଯିବ କିୟ ପକ୍ଷାଘାତ ରୋଗ ଭୋଗିବ ସମ୍ପର୍କ ? ମୁଁ ଚାହିଁ ରହିଥିଲି ଜୁଲିକୁ। ମତେ ଲାଗୁଥିଲା, ଯେମିତି ସେ ସ୍ନେହ ଓ ବାତ୍ସଲ୍ୟର ଅଧିକାର ଦାବୀ କରୁଛି ମୋ ପାଖରୁ।

କେତେ ସମୟ ବିତିଯାଇଥିଲା ଜଣା ନାହିଁ ମତେ। ବେଶ କିଛି ସମୟ ବିତିଯିବା

ପରେ ମନେପଡ଼ିଲା, ସେ ପର୍ଯ୍ୟନ୍ତ ମୁଁ ପରୀକ୍ଷା କରି ନ ଥିଲି ଜୁଲିକୁ। ଅରୁଣାଠାରୁ ଖାଲି ଶୁଣିଥିଲି ଯାହା।

ଗାଧୁଆକୁଣ୍ଡରେ ପଶିଥିବାବେଳେ ଭାସମାନବସ୍ତୁ ସମ୍ପର୍କରେ ତଥ୍ୟ ଉଭାବନ କରି 'ଇଉରେକୋ, ଇଉରେକୋ' କହି କୁଆଡ଼େ ଧାଇଁଯାଇଥିଲେ ଆର୍କମେଡିସ। ଜୁଲିକୁ ପରୀକ୍ଷା କରାଇ ଫଳାଫଳ ଶୁଣିସାରିବାପରେ ମୋର ସେଇଭଲି ଧାଇଁବାକୁ ଇଚ୍ଛା ହେଲା। ତା'ର ଥିଲା ଏକ ପ୍ରକାରର ଓଭାରିଆନ ଟ୍ୟୁମର। ଯାହାର ଅସ୍ତ୍ରୋପଚାର ସଫଳ ହୁଏ। ଆହୁରି ବେଶୀ ନିଷ୍ପାପ ଓ କୋମଳ ଦିଶିଲା ତା'ର ମୁହଁ। ତେବେ ମୋ ପାଖରେ ଦୁଇଟି ସମସ୍ୟା ରହିଥିଲା। ପ୍ରଥମତଃ, ସେଇଦିନ ହିଁ ଅରୁଣା ମୋ ପାଖକୁ ଆସିବା କଥା। ଦ୍ୱିତୀୟରେ ମୁଁ ଓଭାରିଆନ ଟ୍ୟୁମର ବୋଲି କହିଦେଲେ ସମସ୍ତେ ବିଶ୍ୱାସ କରିବେ ତ ? ତେଣୁ ମୋ ଦୁଇଜଣ ବନ୍ଧୁଙ୍କୁ ନେଇ ଆନୁଷଙ୍ଗିକ ବ୍ୟବସ୍ଥା କରାଇ ମୁଁ ରହୁଥିବା ଡାକ୍ତରଖାନାରେ ହିଁ ଅସ୍ତ୍ରୋପଚାର କରାଇବାର ସ୍ଥିର କଲି ଓ ଫେରିଆସିଲି।

ଗୋଇନ୍ଦା ବହିରେ ହିଁ ଲେଖାଥାଏ ଯେ ଯେତେବେଶୀ ସତର୍କ ହେଲେ ବି ହତ୍ୟାକାରୀ କିଛି ଭୁଲ ଛାଡ଼ିଯାଏ। ତାକୁ ହିଁ ଖିଅ କରି ଅନୁସନ୍ଧାନରେ ଆଗେଇଯାଏ ଗୋଇନ୍ଦା। ମୁଁ ସେମିତି କିଛି ଭୁଲ ଛାଡ଼ିଯାଇଥିଲି, ଯେଉଁଥିପାଇଁ ଏକରକମର ଝଡ଼ ବହିଯାଇଥିଲା ମୋର ଡାକ୍ତରଖାନାରେ।

ମୁଁ ଜୁଲି ବିଷୟରେ କାହାରିକୁ କହି ନ ଥିଲି। ମାତ୍ର ସେବିକାଙ୍କୁ କହିଥିଲି ଯନ୍ତ୍ରପାତିସବୁ ଜୀବାଣୁମୁକ୍ତ କରି ମୋ ଘରେ ଦେଇଯିବାକୁ। ସେଇ ଯନ୍ତ୍ରପାତିରୁ ହିଁ ସିଏ ଜାଣିନେଇଥିଲେ ଅସ୍ତ୍ରୋପଚାର ପ୍ରକାର। ପୁଣି, ଯେତେବେଳେ ଜୁଲିକୁ କଟକ ନେଇଗଲି, ରୁରିଆଡ଼େ ଖବର ବ୍ୟାପିଗଲା ଯେ ମୋ ଘରେ ମୁଁ ଗୋପନରେ ଗର୍ଭପାତ କରୁଥିବାବେଳେ ସେ ମରିଯାଇଛି। ସ୍ଥାନୀୟ ଯୁବକମାନେ ଆସି ଭଙ୍ଗାରୁଜା ଆରମ୍ଭ କରିଦେଲେ।

ଜଣେ ରୋଗୀ ଔଷଧ ଅଭାବରେ ମରିଗଲେ କାହାରି ପକେଟରୁ ପଇସା ବାହାରେ ନାହିଁ। ଡାକ୍ତରଖାନା ବାରଣ୍ଡାରେ କିଏ ଅନାହାର ହେତୁ ମଲେ ଖବରକାଗଜରେ ବାହାରି ଖାଲି ରାଜଧାନୀରେ ହାଇଚଇ ସୃଷ୍ଟିହୁଏ। ମାତ୍ର ଅବିବାହିତା ଜଣେ ଗର୍ଭପାତବେଳେ ମରିଗଲେ ତତ୍ପର ହୋଇଉଠନ୍ତି ସମସ୍ତେ। ତତ୍କ୍ଷଣାତ ଚଢ଼ାଉ ଆରମ୍ଭ ହୋଇଯାଏ। ଏମିତିକି ସେ ଜୁଲି କି ନିଜର କେହି ସମ୍ପର୍କୀୟା ହୋଇଥିଲେ ବି।

ମୋର ସହକର୍ମୀମାନେ ମୋର ଭାଗ୍ୟକୁ ତାରିଫ କରୁଥିଲେ। ସେଇ ଭାଗ୍ୟର ଜୋରରୁ ହିଁ କୁଆଡ଼େ ସେଦିନ ରକ୍ଷାଯାଇଥିଲି ମୁଁ। ମୋର କିନ୍ତୁ ଭାରି ଇଚ୍ଛା କେତୋଟି କଥା ପଚାରିବାକୁ। କାହିଁକି ସତରେ ସେମାନେ ଏତେ ବେଶୀ ଆଗ୍ରହୀ ହୁଅନ୍ତି ଜଣେ

ଅପରିଚିତା ପାଇଁ ? ପୁଣି ଯଦି ତାଙ୍କ ସାମ୍ନାକୁ କେବେ ଅଣାଯାଆନ୍ତା ସେ ଯୁବତୀ କି ପ୍ରକାର ସମ୍ପର୍କରେ ସମ୍ପର୍କିତ କରନ୍ତେ ସେମାନେ ? କ'ଣ କରନ୍ତେ ତା' ପାଇଁ ? କ'ଣ ସତରେ ତାଙ୍କର ଏଇ ଆଗ୍ରହର କାରଣ ?

ଜଣେ ଯୁବତୀରୁ ସାର୍ବଜନୀନ ଭୋଗ୍ୟବସ୍ତୁରେ ପରିଣତ ହେବାକୁ ଯିବାବେଳେ ଅଣିନକ ଅବ୍ୟାହତି ପାଇଯିବା, ଗର୍ଭପାତକାରୀର ରୋଜଗାର ତଥା ନିଜର ପୌରୁଷ ପ୍ରତିପାଦିତ କରିଥିବା ସେଇ ଅଜଣା ପୁରୁଷ ପ୍ରତି ଥିବା ଈର୍ଷାର କମ୍ ବେଶୀ ଅନୁପାତର ମିଶ୍ରଣରୁ ହିଁ ବୋଧେ ଆସିଥାଏ ଏଇ ତଥାକଥିତ ଆଗ୍ରହ। ସେଠି ମାନବିକତାର ଅସ୍ତିତ୍ୱ ହିଁ ନ ଥାଏ।

ମୁଁ ଆସିବାବେଳକୁ ଥଣ୍ଡା ହୋଇଗଲେଣି ସମସ୍ତେ।

ଅରୁଣା ଆସିବାପରେ ତାକୁ ସବୁକଥା କହି ବୁଝାଇଲି– ମୋର ଯୋଜନା ବିଷୟରେ ଓ ପରାମର୍ଶ ଦେଲି, ତା' ସ୍ୱାମୀ ତଥା ଅନ୍ୟମାନଙ୍କୁ ଡକାଇ ଆଣିବାକୁ ଏଠାକୁ।

ସ୍ଥିରଦୃଷ୍ଟିରେ ମତେ ରୁହିଁରହିଥିଲା ଅରୁଣା। ଅବିଶ୍ୱାସ ଓ ତାସ୍ଚଲ୍ୟ ଭରିରହିଥିଲା ସେଇ ରୁହାଣିରେ। ଦୁଇ ଦିନ ତଳେ ହୋଇଥିବା ଭଙ୍ଗାରୁଜାରେ ମୁଁ ଭାଙ୍ଗିପଡ଼ି ନ ଥିଲି ଟିକିଏ ହେଲେ। ଏବେ କିନ୍ତୁ ଖୁବ୍ ବେଶୀ ଆଘାତ ପାଇଲି ଏଇ ବ୍ୟବହାରରେ! ନିଜକୁ ମୁଁ ପରଖିବାକୁ ଲାଗିଲି, କାହିଁକି ମୋର ଏଇ ସ୍ୱେଚ୍ଛାଚାର। କି ଅଧିକାର ମୋର ରହିଛି ସତରେ ମନଇଚ୍ଛା ନିଷ୍ପତ୍ତି ନେଇଯିବାକୁ ଏମିତି ? ଯେତିକି ଦାୟିତ୍ୱ ମତେ ଦେଇଥିଲା ଅରୁଣା, ସେଇ ଅନୁପାତରୁ ବାହାରିଯାଇ ଏତେବେଶୀ ଅଧିକାର ସାବ୍ୟସ୍ତ କରିବାଟା ଅନୁଚିତ ମୋ ପକ୍ଷରେ।

ଅରୁଣା ମତେ ପରଖୁଥିଲା, "ମତେ ଛୋଟ ପିଲାଟେ ଭାବିଛ ନା ? ଭାବିଛ, ଗୋଟେ ଡାକ୍ତରୀ ନାଁ ଶୁଣାଇ ଭୁଲାଇଦେବ। ଟ୍ୟୁମର ପାଇଁ ପେଟ ଫୁଲିପାରେ ସିନା ? ରତୁସ୍ରାବ ବନ୍ଦ ହେଲା କାହିଁକି ? କାହିଁକି ସିଏ ଆମ୍ଭହତ୍ୟା କରୁଥିଲା ?"

ମୋର ବି ସେତେବେଳକୁ ଧୈର୍ଯ୍ୟଚ୍ୟୁତି ଅବସ୍ଥା। କିଞ୍ଚିତା ଉଷ୍ମଗଲାରେ କହିଲି, 'ତୁମେ ମତେ କେଉଁଦିନ ବିଶ୍ୱାସ କରିଥିଲ ଅରୁଣା ? ତୁମର ଅବିଶ୍ୱାସ ଥିଲା ମୋର ପାରିବାପଣ ଓ ଭବିଷ୍ୟତ ବିଷୟରେ। ତୁମର ବି ବୋଧେ ସନ୍ଦେହ ଥିଲା ମୋର ମତିଗତି ନେଇ। ତଥାପି ମୁଁ ଭୁଲରେ ନିଜକୁ ତୁମର ବିଶ୍ୱସନୀୟ ଭାବିନେଇଥିଲି। ଏବେଠୁ ଆଉ ସେ ଭୁଲ କରିବିନି କି ତୁମକୁ କିଛି କୈଫିୟତ ଦେଇ ଜବରଦସ୍ତ ବିଶ୍ୱାସ ଦାବି କରିବିନି।

ଏଇ ବାକ୍ୟ କେତୋଟି ଯଥେଷ୍ଟ ଥିଲା ତରଳାଇଦେବାକୁ ଅରୁଣାକୁ। "ମୁଁ

ଜାଣେ ଯେ ତୁମେ ମତେ ଏବେ ବି ଭଲପାଅ। ସେମିତି ଗୋଟେ ବିଶ୍ୱାସର ଜୋରରେ ତୁମ ପାଖକୁ ଆସିଥିଲି! ଗୋଟେ ମା' ମନର ସନ୍ଦେହ, ଉତ୍ସୁକତା, ଏକାଧିପତ୍ୟ ଓ ଅସହାୟତା ନେଇ ତୁମ ପାଇଁ ମୋର ଏ ଖେଦୋକ୍ତି। ମୁଁ ଆଉ କାହାକୁ ଏମିତି କହିପାରିବି ? ମୋ ମୁଣ୍ଡ ଛୁଁ, ତୁମକୁ ତୁମ ଭଲପାଇବା ରାଣ, ମତେ ସବୁ ସତ ସତ କୁହ !"

ମୁଁ ବୁଝାଇଥିଲି ଯେ କେମିତି ମାନସିକ ଅବସ୍ଥା, ସ୍ଥାନପରିବର୍ତନ, ଖାଦ୍ୟାଭାବ, ରକ୍ତହୀନତାରୁ ଆରମ୍ଭ କରି ଯକ୍ଷ୍ମା, କର୍କଟ କି ଅରୁଣା ଭାବୁଥିବା ଗର୍ଭାବସ୍ଥା ଯାଏ ଶତାଧିକ କାରଣରୁ ରତୁସ୍ରାବ ବନ୍ଦ ହୋଇପାରେ! ଓଭାରିଆନ ଟ୍ୟୁମରରେ ବି ରତୁସ୍ରାବ ବନ୍ଦ ହେବା ସମ୍ଭବ। ଆହୁରି ବି କହିଥିଲି ତା'ର ସମ୍ପର୍କୀୟଙ୍କ ଦୁର୍ବ୍ୟବହାର କଥା। ସବୁ କହିସାରିବାପରେ ମତେ ପୁଣି ବୋଧ କରିବାକୁ ପଡ଼ିଥିଲା ତାକୁ।

ତା' ପରର ଘଟଣାସବୁ ସାବଲୀଲ। ଅସ୍ତୋପଚାର ସଫଳ ହୋଇଥିଲା। ସବୁକିଛି ଫିଟାଇ କହିଥିଲା ଅରୁଣା ତା'ର ସ୍ୱାମୀଙ୍କୁ। ଏତେଦିନର ଏତେ ଏତେ ଅବମାନନା ଓ ଅତ୍ୟାଚରର ପ୍ରତିଦାନ ସୁଧମୂଲ ମିଶାଇ ସମସ୍ତେ ଅଜାଡ଼ି ଦେଉଥିଲେ ଜୁଲି ଉପରେ। ସବୁକିଛି ସହଜ ହୋଇଯାଉଥିଲା ପୁଣି। ଗୋଟେ ପାରିବାରିକ ସମ୍ପର୍କରେ ମୁଁ ବାନ୍ଧିହୋଇ ଯାଉଥିଲି ସେମାନଙ୍କ ସହିତ।

ଜୁଲି ସେଦିନ ଅରୁଣାକୁ ପଚରିଲା, "ମା'। ଡକ୍ତର ଅଙ୍କଲ ଆମକୁ ଏତେ ସାହାଯ୍ୟ କଲେଣି, ଆମର ସିଏ କ'ଣ ହେବେ ?"

ଅରୁଣାର ମୁହଁ ଧଉଁଲି ପଡ଼ୁଥିଲା ସେତେବେଲେ। ପ୍ରଶ୍ନର ଉତ୍ତରରେ କିଛି ହେଲେ ସିଏ କହିପାରୁ ନ ଥାଏ। ତା'ର ବାପା ତାକୁ ବୁଝାଇ ବୁଝାଇ କହୁଥାନ୍ତି, "ତୁ ବଡ଼ ହେଲେ ଜାଣିବୁ। ଗୋଟେ ହିପ୍ପୋକ୍ରାଟିସ ଓଥ ଅଛି। ସେଥରେ ସେମାନେ ଏମିତି ଯତ୍ନନେବା ପାଇଁ ଶପଥ ନେଇଥାଆନ୍ତି।"

ଜୁଲି ଥରେ ଚାହିଁଲା ତା'ର ବାପାଙ୍କ ମୁହଁକୁ ଓ ଥରେ ତା'ର ମା'ଙ୍କ ମୁହଁକୁ। ମତେ ଲାଗିଲା, ତାକୁ ଛୋଟ ପିଲା ବୋଲି ଭାବୁଥିବା ତା'ର ବାପାଙ୍କୁ ସିଏ ଭାବିଲା ନିହାତି ଛୋଟପିଲାଟିଏ ବୋଲି ଏବଂ ଏବେଯାଏଁ ଯେଉଁ ଦୃଷ୍ଟିରେ ତାକୁ ଦେଖି ଆସିଥିଲା ଅରୁଣା, ଠିକ ସେଇ ଆକ୍ଷେପ ବୋଧହୁଏ ଜୁଲିରି ଚାହାଣିରେ ଥିଲା ତା'ର ମା' ପାଇଁ।

ଦୁଆରବନ୍ଦ ପାଖରେ ଠିଆହୋଇ ମୁଁ ପାଦଟିଏ ବି ବଢ଼ାଇପାରୁ ନ ଥିଲି ଘର ଭିତରକୁ!

ଡାଡି

‘‘ଡାଡି, ଆଜି ରହୁଛ ତ ?’’ କୈଫିୟତ ଦେବା ଭଙ୍ଗୀରେ ଯୋଡ଼ୁଥିଲା, ‘‘ବାଣୀବିହାର ଯାଇଥାଆନ୍ତେ ।’’

ସ୍କୁଟର ଚାବିଟି ସୁନୀତକୁ ବଢ଼ାଇଦେବାବେଳେ ମୁଁ ଭାବିପାରୁ ନ ଥିଲି ଏଇଥିରେ ଏତେ କାକୁସ୍ତ ହେବାର କ'ଣ ଅଛି ! ମନୋଭାବ ମୋର ଲକ୍ଷ୍ୟ କଲା । ବୋଧହୁଏ କିଛି କହିବାକୁ ଯାଉଥିଲା । ସେତିକିବେଳେ ପହଞ୍ଚିଗଲେ ନୀହାର ଓ ନରେଶ । 'କେବେ ଆସିଲ', 'କେମିତି ଅଛ'ରୁ ଆରମ୍ଭ ହୋଇ 'ରୁମ୍ କୁ ଆସିବ' ପର୍ଯ୍ୟନ୍ତରେ ବିତିଗଲା ବେଶ୍ କେଇ ମୁହୂର୍ତ୍ତ ।

ଶାଳଗଛର ପତ୍ର ଫାଙ୍କରୁ ଝରିପଡ଼ୁଥିଲା ଶୀତ ସକାଳର ଖରା । ଯେଉଁଠି ଚେନାଏ ଖରା, ସେଇଠି ହିଁ ଦୁଇ / ତିନିଜଣ ଚା' ଗ୍ଲାସ୍ ସହିତ । ସାମ୍ନା ରାସ୍ତାରେ ଓମ୍‌ଫେଡ୍‌ କ୍ଷୀର ପାଇଁ ଯାଉଥିବା କେତେଜଣଙ୍କର କୁଣ୍ଠିତ ପଦପାତ । ଡାହାଣପଟ ରାସ୍ତାରେ ଶୀତ ପୋଷାକିପନ୍ଧା ସ୍କୁଲ ଛାତ୍ରଙ୍କର ରଙ୍ଗୀନ ଶୋଭାଯାତ୍ରା ।

ମୋ ଉପରେ ଆଖିପଡ଼ିବା ମାତ୍ରେ ହିଁ ଦାମ ଧାଇଁ ଆସିଲା ମା' ଶ୍ୟାମାକାଳୀ ହୋଟେଲ ଭିତରୁ । ନମସ୍କାର ଓ କୁଶଳଜିଜ୍ଞାସା କରିବା ଭିତରେ ବେଞ୍ଚଟିଏ ପକାଇଦେଇ ଚା' ଗ୍ଲାସ୍ ଧରାଇସାରିଥାଏ ମତେ । ଝାଟିମାଟିର ଏଇ ବଖୁରିକିଆ ଲମ୍ବାଘରଟି ତା' ସାରା ପରିପବାରର ରହଣିସ୍ଥଲ ଓ କର୍ମକ୍ଷେତ୍ର ବି । ମୋ ଦେଖିବା ଭିତରେ କିଛିହେଲେ ଆଖିଦୃଶିଆ ପରିବର୍ତ୍ତନ ହୋଇନି ଏ ଘରଟିର । ଖାଲି ପରିବାରଟିର ଗୁଜୁରାଣ ମେଣ୍ଟାଇପାରିଛି ଯାହା । ପରିବାରର ସମସ୍ତେ କିଛି ନା କିଛି କାମରେ ଲାଗିଥାଆନ୍ତି ଏ ହୋଟେଲଟିରେ ।

ଅନ୍ୟ ଗରାଖମାନଙ୍କୁ ଜିନିଷ ଧରାଇଦେଇ ପୁଣି ମୋ ଧାଖକୁ ଚାଲିଆସିଲା ଦାମ । ‘‘ସାବୀ ବାହାଘର ଭଲରେ ଭଲରେ ହୋଇଗଲା ଆଜ୍ଞା, ଆପଣ ତ

ଆସିଲେନି । ସଦା କଥା କିନ୍ତୁ ଆପଣଙ୍କୁ ଲାଗିଲା । ଯୋଉଠି ହେଲେ କୂଲରେ ଲଗାଇବେ । ସନତବାବୁ ଯୋଉ ଓଷଦ ଦେଇଥିଲେ, ତା' ମା' ଦେହ ପୂରା ଭଲ ଅଛି'', କହିଲା ଓ ମୁଁ ସିଗାରେଟ ଲଗାଉଥିବାର ଦେଖ୍ ସରିଯାଇଥିବା ଗ୍ଲାସରେ ଆଉ କିଛି ଚା' ଢାଲିଲା ସିଏ ।

ପଶୁପାଳନ ମହାବିଦ୍ୟାଳୟ ଓଡ଼ିଶାରେ ଏକ ବହୁଚର୍ଚ୍ଚିତ ସ୍ଥାନ । ଏଇ କଲେଜ କଥା ମନେପଡ଼ିଲେ ଆଖିରେ ଭାସେ ଶିରୀପୁର ଅଗ୍ନିକାଣ୍ଡ, ହଳୁ-ପଶୁ ଯୁଦ୍ଧ ଏବଂ ବସ୍ଵବାଳାଙ୍କ ସହ ହାତାହାତି । ଚାକିରିର ସର୍ଭ-ସୁରକ୍ଷା ଅପେକ୍ଷା ଛାତ୍ରଙ୍କ ନୃଶଂସତା ହିଁ ଅଭିଭାବକଙ୍କ ମନରେ ପ୍ରଶ୍ନବାଚୀ ଆଙ୍କେ ପୁଅ-ଝିଅଙ୍କ ନାମ ଲେଖାଇବାବେଳେ । ତେବେ ସମୁଦ୍ରର ଉଭାଳଲହରୀ ପଛରେ ଯେମିତି ଥାଏ ବିସ୍ତୀର୍ଣ୍ଣ ସ୍ଥିର ଓ ଶାନ୍ତ ଜଳରାଶି, କଇଁଛ-ଗେଣ୍ଠା-କଙ୍କଡ଼ାଙ୍କ କଠିନ ଆବରଣତଳେ ଯେପରି ଲୁଚିଥାଏ ଏକ କୋମଳ ଦେହ- ଠିକ୍ ସେମିତି ଏକ ହୃଦୟସ୍ପର୍ଶୀ ସମ୍ପର୍କ ଶିଖା ତୋଲିଥାଏ ଏଠି ଅଭ୍ୟନ୍ତରେ ।

ପଦାତିକ ତଥା ସାଇକେଲ ଓ ସ୍କୁଟର ଆରୋହୀଙ୍କ ସାମ୍ନାରେ ଉଚ୍ଚା ଉଚ୍ଚା ଘୋଡ଼ା ଚଢ଼ୁଥିବା ହେତୁ କି କ'ଣ କେଜାଣି, ଏଠାକାର ଛାତ୍ରମାନେ ଏକ ସମ୍ରାଟ୍-ସମ୍ରାଟ୍ ଭାବ ପୋଷଣ କରିଥାନ୍ତି ମନ ଭିତରେ । ସେଇ ଗୌରବ ଯେତେବେଳେ ଆହ୍ଵାନର ସମ୍ମୁଖୀନ ହୁଏ, ଅନ୍ୟାନ୍ୟ ବୈଷୟିକ ମହାବିଦ୍ୟାଳୟ ବିଶେଷକରି କୃଷି ମହାବିଦ୍ୟାଳୟର ଛାତ୍ରଙ୍କଠାରୁ କିମ୍ଵା ସେଇ ଆତ୍ମସମ୍ମାନ, ଆତ୍ମଗର୍ବ ଧକ୍କାଖାଏ ଶିରୀପୁର ଛକର କେଉଁ ଯୁବ-ଦୋକାନୀର ଆତ୍ମସମ୍ମାନ ଓ ଆତ୍ମଗର୍ବ ସହିତ, ସେଇଠାରୁ ହିଁ ଆରମ୍ଭ ହୁଏ ଲଙ୍କାକାଣ୍ଡ । ପୋଲିସ୍ ତା'ର ଧରାବନ୍ଧା କର୍ତ୍ତବ୍ୟ ପାଳନ କରେ ଓ ଛାତ୍ରମାନେ ତାଙ୍କର ଲକ୍ଷ୍ୟ ହାସଲ କରନ୍ତି । ତେବେ ସେଇ ପାଉଁଶଗଦା ଭିତରୁ ପୁଣି ମୁଣ୍ଡଟେକନ୍ତି ଦାମଭଲି ଅନେକ । ଛାତ୍ରମାନେ ସାହାଯ୍ୟ କରି ପୁଣି ସଲଖ କରିଦିଅନ୍ତି ସେମାନଙ୍କର ଭାଙ୍ଗିଯାଇଥିବା ଅଣ୍ଟା ।

ଦାମ ଇତ୍ୟାଦିଙ୍କ ସହ ସେମାନଙ୍କର ସମ୍ପର୍କ ଖାଲି ଦୋକାନୀ-ଗରାଖର ନୁହେଁ । ତା'ର ପାରିବାରିକ ଜଞ୍ଜାଳକଥା ସିଏ ନିର୍ଦ୍ଵନ୍ଦ୍ଵରେ କହିପାରେ ଯେମିତି, ସମାଧାନର ରାସ୍ତା ଖୋଜନ୍ତି ସେମାନେ ସେମିତି । ଅଭାବଅସୁବିଧା ସମୟରେ ଛାତ୍ରମାନେ ଖାଉଥିବା ଖାଦ୍ୟର ହିସାବ ରଖେନି ସିଏ । ଚାକିରି ପାଇବାପରେ ଫେରିଲେ ଯାଇ ପଇସା ଦିଅନ୍ତି ସେମାନେ ।

ଅଳ୍ପସଂଖକ ହୋଇ ବି ସମସ୍ତଙ୍କ ଉପରେ ଆଧିପତ୍ୟ ଜାହିର କରିବାର ଆଗ୍ରହ ହିଁ ବୋଧହୁଏ ଅନ୍ତେଃବାସୀଙ୍କ ମଧ୍ୟରେ ରହିଆସିଥିବା ନିବିଡ଼ ସମ୍ପର୍କର ବଡ଼ କାରଣ । ଛାତ୍ରାବାସରେ ରହିଲେ ଜଣକର ସାରାଜୀବନ ପାଇଁ ଘର ପାଲଟିଯାଏ ଏହା । ଯେତେ

ବର୍ଷ ପରେ ଆସିଲେ ବି ନିଜେ ରହୁଥିବା କୋଠରିରେ ପରିଚୟ ଦେଇ ରହିହୁଏ । ପ୍ରତ୍ୟେକ କୋଠରିର ଆସବାବପତ୍ର କେଉଁ ପୂର୍ବସୂରୀର ହିଁ । ଯେତେବର୍ଷ ପରେ ଆସିଲେ ବି ନବାଗତଙ୍କ ମେଳରେ ମେସ୍‌ରେ ଖାଇହୁଏ । ଅଥଚ ମୋ ଜାଣତରେ ଥିବା ଆଉସବୁ ସାଧାରଣ ଓ ବୈଷୟିକ ମହାବିଦ୍ୟାଳୟର ଛାତ୍ରାବାସରୁ ନାମ କଟିବା ପରଦିନ ହିଁ ଅଲୋଡ଼ା ପାଲଟିଯାଆନ୍ତି ସମସ୍ତେ ।

ଚା'ପିଇ ଫେରିବାବେଳକୁ ସ୍କୁଟର ଚାବିଟି ହାତରେ ଧରି ଏପଟସେପଟ କଲା ସୁନୀତ ଓ ମତେ କହିଲା, ତୁମେ ବି ଯାଇଥାଅ !

''ମୁଁ'' ? ଆଶ୍ଚର୍ଯ୍ୟ ହୋଇ ପଚାରିଲି । କାରଣ ମୋର କେହି ଚିହ୍ନା ନ ଥିଲେ ସେଠି କି ମୋ ଦ୍ୱାରା କିଛି କାମ ସେଠି ହୋଇପାରିବ ବୋଲି ଭାବୁ ନ ଥିଲି ମୁଁ । ତଥାପି ତା' ଆଗ୍ରହ ଦେଖି ରାଜିହେଲି ।

ଏତିକିବେଳୁ ହିଁ ସୁନୀତ ସହ ମୋର ସମ୍ପର୍କ ବୁଝାଇ ନ ଦେଲେ କିଞ୍ଚିତା ଅବୋଧ ହୋଇଯିବ ବୋଧହୁଏ ।

ମୁଁ ଦୁଇବର୍ଷ ପଶୁପାଳନ ମହାବିଦ୍ୟାଳୟରେ ପଢ଼ିବା ପରେହିଁ ଭେଷଜ ମହାବିଦ୍ୟାଳୟରେ ନାଁ ଲେଖାଇବାର ସୁଯୋଗ ପାଇଲି । ତେବେ ଏସ୍‌.ସି.ବି.ର ହଷ୍ଟେଲଜୀବନ ଅପେକ୍ଷା ଏଠାକାର ପରିବେଶ ଭଲ ଲାଗେ ବୋଲି ଚାଲିଆସେ ଅନେକ ସମୟରେ । ମୋର ସହପାଠୀମାନେ ଯେତେବେଳେ ଶେଷ ବର୍ଷରେ, ସେତିକିବେଳେ ନୂଆ ନୂଆ ଆସିଥିଲା ସୁନୀତ । ତାକୁ ର୍ୟାଗିଂ କରାଯାଉଥାଏ । ଦଶଟା ଅସ୍ଥିରା ମଶା ଧର, ଖଟତଳୁ ଚାରଣି ଖୋଜ, ବଡ଼ପାଟିରେ ବାରଣ୍ଡାରେ ଧାରାଶିରାବଣ ମାସ ଶେଷ ରବିବାର ବୋଲରୁ ଆରମ୍ଭ ହୋଇଥିବା ର୍ୟାଗିଂ ସେଦିନ ଶାରୀରିକ ସ୍ତରରେ ପହଞ୍ଚିଥିଲା । ମୁଁ ବସିଥିଲି ଓ ମୋର ସହପାଠୀ ଦୁଇଜଣ ହୁକୁମ ଦେଉଥିଲେ । ଶେଷରେ ଆଲମାରି ଉପରୁ ତଳକୁ ଡେଇଁବାକୁ କହିବାବେଳେ ମୁଁ ମନା କରିଥିଲି । ସିଏ ବର୍ତ୍ତିଯାଇଥିଲା । ମୋର ସହପାଠୀ ଜଣେ କହିଲା, ଶଳା ବୋପା ଆସିଗଲା ବଞ୍ଚାଇବାକୁ ! ଆର ଜଣକ କହିଲା ମୋତେ 'ଡାଡି' ଡାକିବାକୁ । ଅନନ୍ୟୋପାୟ ହୋଇ ଡାକିଥିଲା ସୁନୀତ । ତା'ପରେ ମୁଁ ଯେତେବେଳେ ବି ତା' ସହ କଥାବାର୍ତ୍ତା କରେ, ସହପାଠୀମାନେ ପହଞ୍ଚିଯାଇ 'ଡାଡି' ଡାକିବାକୁ କୁହନ୍ତି । ତା'ର ମୁହଁ ନିରୀହ ନିରୀହ ଲାଗୁଥିଲା ଓ ମୋର ବି ବୋଧେ ସମବୟସୀଙ୍କ ତୁଳନାରେ କିଞ୍ଚିତା ଗାମ୍ଭୀର୍ଯ୍ୟପୂର୍ଣ୍ଣ ବ୍ୟକ୍ତିତ୍ୱ ଥିଲା- ଯେଉଁଥିପାଇଁ ସେ ପୁରୁଣା ହେବାପରେ ବି ମତେ 'ଡାଡି' ଡାକିଲା । ସମ୍ମାନ ବି ଦେଲା ।

ସୁନୀତ ସେଦିନ ମତେ ବାଣୀବିହାର ନେଇଥିଲା ଲିସା ସହ ସାକ୍ଷାତ

କରାଇବାକୁ । ସେଇ ବୟସର ଝିଅଟିଏ ଯେମିତି ହେବା କଥା ସେମିତି ହିଁ ଥିଲା ଲିସା । ମାତ୍ର ତା'ର ଅତିରଞ୍ଜିତ 'ହାୟ, ବାଏ' ସଂସ୍କୃତି ସୁନୀତି ଘରେ ଖାପଖାଇବ ବୋଲି   ମୁଁ ଭାବିପାରୁ ନ ଥିଲି । ଫେରିବାପରେ ସୁନୀତକୁ କହିଥିଲି ଓ ପରାମର୍ଶ ଦେଇଥିଲି ବଦଳାଇବାକୁ ତାକୁ । ଲିସା ଖରାପ ଭାବିଲା କିମ୍ବା ଖରାପ ଭାବିବବୋଲି ଆଶଙ୍କାକରି ସୁନୀତ ମତେ କେବେ ଆଉ କହିନି ତା' ପାଖକୁ ଯିବାପାଇଁ ।

ପ୍ରେମିକ-ପ୍ରେମିକାଙ୍କ ପରିଧିରେ କେବଳ ସେଇମାନେ ହିଁ ଥାଆନ୍ତି ବୋଧେ । ନା ଥାନ୍ତି ସମ୍ପର୍କୀୟ   ନା ଥାଏ ବାସ୍ତବତା । ସୁନୀତ ଚାକିରି କରୁକରୁ ବିବାହ କରିବାକୁ ବସିଲା । ମୁଁ ଅବଗତ ଥିଲି ତାଙ୍କ ଘରର ସମସ୍ୟା ବିଷୟରେ । ଚାହୁଁଥିଲି ଆଗ ତା'ର ଭଉଣୀର ବିବାହ ହୋଇଯାଉ । ଲିସା ମନରେ ଭରସା ଆଣିବାପାଇଁ ତାକୁ ମୁଦିଟିଏ ପିନ୍ଧାଇଥିଲି ସ୍ୱୀକୃତି ହିସାବରେ ଓ ପ୍ରତିଶ୍ରୁତି ଦେଇଥିଲି ସବୁପ୍ରକାର ସାହାଯ୍ୟ କରିବାକୁ । ମାତ୍ର ସେଇଠାରେ ହିଁ ପ୍ରଥମ ପ୍ରତ୍ୟକ୍ଷ ଧକ୍କା ପାଇଥିଲି ମୁଁ । ମୁଁ ଭୁଲିଯାଇଥିଲି ଯେ ନୀଳରଙ୍ଗ   ବୋଲିହେଲେ ଶୃଗାଳଟିଏ ବଦଳିଯାଏନି । କେବଳ ଗାମ୍ଭୀର୍ଯ୍ୟର ଆବରଣଟିଏ ଘୋଡ଼ାଇ ହୋଇଗଲେ ଗୋଟିଏ ପ୍ରଜନ୍ମ ଆଗେଇଯିବିନି ମୁଁ । ମୁଁ ଭୁଲିଯାଇଥିଲି ଯେ ନିମ୍ନମଧ୍ୟବିତ୍ତ ପରିବାରରେ ପୁଅଟିଏ ସୁନୀତର ସ୍ତରକୁ ଚାଲିଗଲେ ସିଏହିଁ ନୀତିନିର୍ଦ୍ଧାରକ ପାଲଟିଯାଏ । ତା' କଥାକୁ ବିରୋଧ କରିବାର ମୂଲ୍ୟ ନ ଥାଏ ।

ସୁନୀତର ସମ୍ପର୍କ କମିକମି ଯାଉଥିଲା ଘର ସହିତ । ଏଣେ ଲିସା ସହ ବି ଆରମ୍ଭ ହେଲା ଟଣାଓଟରା । ସ୍ୱପ୍ନ ଓ ଆଶାର ପୃଥିବୀରୁ ଧୂଳିମାଟିକୁ ହଠାତ୍ ଓହ୍ଲାଇବାକୁ ପଡ଼ିବାରୁ ବୋଧହୁଏ । ସମୟକ୍ରମେ ସବୁକିଛି ସୁଧୁରିଯିବ ଭାବି ବୁଝାଉଥିଲି ମୁଁ । ବାରମ୍ବାର   ପାଉଥିବା ଅବଜ୍ଞାସତ୍ତ୍ୱେ ସମ୍ପର୍କ ରଖୁଥିଲି । ମାତ୍ର ଲିସା ଏପରି ପ୍ରକୃତିର ଥିଲା ଯେ ତା' ସହିତ ଚଲିବା ପ୍ରକୃତରେ କଷ୍ଟ । ସବୁବେଲେ ଚିଡ଼ୁଚିଡ଼ୁ । ସୁନୀତ୍ କେମିତି ରହେ କେଜାଣି ! ତା' ଘରକୁ ଯିବାବେଲେ ତା'ପାଟି ଶୁଣୁଶୁଣୁ ଫେରିବାକୁ ଇଚ୍ଛାହୁଏ । ଶେଷରେ ପୂରାପୂରି ବନ୍ଦ ହୋଇଗଲା ଯିବାଟା । ସୁନୀତ ବି ଏତେ ବଦଲି ଯାଇଥିଲା ଯେ ଥରଟେ ହେଲେ ମୋର ଖବର ବୁଝିଲାନି ।

କିଛି ବର୍ଷର ଚାକିରି ପରେ ମୁଁ ନିଦାନ ବିଭାଗର ସ୍ନାତକୋତ୍ତର ଶ୍ରେଣୀରେ ନାଁ ଲେଖାଇଲି । ହଠାତ୍ ଦିନେ ସୁନୀତ ଓ ଲିସା ସହ ଦେଖା । ଚୋର ଚୋର ହେଉଥାଏ ସୁନୀତ । ଉଭୟେ ପୂରା କଳାକାଠ । ବିଷାଦର ବୁର୍ଖା ପିନ୍ଧିଥିବା ଦୁହିଁଙ୍କର ବୟସ ପନ୍ଦର କୋଡ଼ିଏ ବର୍ଷ ଅଧିକ ଲାଗୁଥାଏ । କିଛି ସମୟର ଅସ୍ୱସ୍ତିକର ନିରବତା ଭାଙ୍ଗି ଲିସା କହିଲା, ''ସରି ଡାଡି, ସବୁ ଭୁଲ ମୋର'' । ''ସେକଥା ଛାଡ଼, ସବୁ ଭଲ ତ ?'' ''ଭଲ ଆଉ କ'ଣ ଡାଡି ? ଲିସାର ଲ୍ୟୁକିମିଆ ବୋଲି ସନ୍ଦେହ କରାଯାଉଛି ।''

କର୍କଟ ଗୋଟେ ଏପରି ରୋଗ ଯେ ମୃତ୍ୟୁଠାରୁ ମୃତବତ୍ କରିଦିଏ ରୋଗୀକୁ । ସେ ଅନୁଭବ କରୁଥିବ ପ୍ରତ୍ୟେକ ଦିନ ପାଦେ ପାଦେ ଆଗଉଛି ମୃତ୍ୟୁ ଆଡ଼କୁ । ଅନୁଭବ କରୁଥିବ ଅସହାୟତା କେବଳ । ମୃତ୍ୟୁର ଚିନ୍ତାରେ ବଞ୍ଚୁଥିବା ଦିନସବୁକୁ ବି ବଞ୍ଚୁଥିବାଭଳି ଅନୁଭବ କରୁ ନ ଥିବ । ନିଜ ଲୋକଙ୍କ ମୁହଁରେ ଛାଇହୋଇଥିବ ହତାଶାବ୍ୟଞ୍ଜକ ସମବେଦନା, ଯାହା ଆହୁରି ନିର୍ବେଦ କରିଦେଉଥିବ ରୋଗୀକୁ ।

ମୁଁ ନିଜେ ବି ସ୍ତବ୍ଧ ହୋଇଯାଇଥିଲି । ପରୀକ୍ଷା ପାଇଁ ଯୋଗାଡ଼ କରିଦେଇ ଘରକୁ ଫେରିଯିବାକୁ କହିଲି । ଅଣୁବୀକ୍ଷଣ ଯନ୍ତ୍ର ଯବକାଚରେ ଆଖି ରଖିବାର ସାହସ ମୋର ନ ଥିଲା । ସତେ ଯେପରି ସେଠି ଅପେକ୍ଷା କରିଛି ତା'ର ଫାଶୀ ପାଉଥିବାର ଦୃଶ୍ୟ ! ସହକର୍ମୀଙ୍କୁ ଦାୟିତ୍ୱ ଦେଇ ଫେରିଆସିଲି ତାଙ୍କ ସହ । ବୁଝାଇଲି- କର୍କଟ ହୋଇପାରେ ଅର୍ଥ ନ ହୋଇ ବି ପାରେ । ଏବେଠାରୁ ଏତେ ବ୍ୟସ୍ତ ହେବା ଉଚିତ୍ ନୁହେଁ ।

ଓଲଟି ସୁନୀତ୍ ପଚାରିଲା, 'ହୋଇ ବି ତ ପାରେନା ?' କଥା ସହିତ ଆଖିରେ ଛଳଛଳ କରୁଥିଲା ଲୁହବୁନ୍ଦା ।

ତା' ପରଠାରୁ ମୁଁ ନିୟମିତ ଯାଉଥିଲି । ସବୁ ସେଠାରେ ଶାନ୍ତ ସମାହିତ । ଧୀରସ୍ଥିର ହୋଇଯାଇଥିଲା ଲିସା । ସ୍ନେହପୂର୍ଣ୍ଣ କଥା ସେମାନଙ୍କ ମଧ୍ୟରେ । ରୋଗ ସତରେ କେତେ ପରିବର୍ତ୍ତନ ଆଣିପାରେ ! ପୁଣି କେତେ ଅଚାନକ !

ଏତିକିବେଳେ ମତେ ଦୁଇଦିନପାଇଁ ବାହାରକୁ ଯିବାକୁ ପଡ଼ିଲା । ଫେରି ବୁଝିଲି, ରକ୍ତକର୍କଟ ନୁହେଁ ଲିସାର । ଖୁସିରେ ଫେରିବା ବେଳକୁ ଆଗରୁ ବୁଝି ସାରିଥିଲେ ସେମାନେ । ଘରେ ପୁଣି ପୂର୍ବର ଅବସ୍ଥା । କଥା କଟାକଟି, ଚିଡ଼ାଚିଡ଼ି, ଟଣାଟଣି ।

ହଠାତ୍ କାହିଁକି ମୋର ମନେହେଲା ଯେ ଚାଲିଶ ପଚାଶ ବର୍ଷର ଏମିତି ଘଷରା ଜୀବନ ଅପେକ୍ଷା ଚାରିପାଞ୍ଚ ବର୍ଷର ସେଇ ରୋଗଗ୍ରସ୍ତ ଜୀବନ ହିଁ ଭଲ । କିୟ୍ଵା ମୁଁ ନିଜେ ହେଲେ ପରୀକ୍ଷା କରିଥାନ୍ତି । କର୍କଟ ବୋଲି କହିଥାନ୍ତି ମିଛରେ । ସୁରୁଖୁରୁରେ କଟିଥାନ୍ତା ତାଙ୍କର ବର୍ଷ ପରେ ବର୍ଷ ।

ଜଣ ଓ ଗଣ

"ମୋ ଦ୍ୱାରା ହେବନି। ମୁଁ ଆଉ ଜମା ପାରୁନି"- କହି ଲଥ୍‌ କରି ବସିଗଲା ନୀତା। ହତାଶା ସହ ବିରକ୍ତି ଓ ରାଗ ବାରି ହେଉଥିଲା ତା'ର ସ୍ୱରରେ।

ହତାଶା, ବିରକ୍ତି କିମ୍ବା ରାଗ, ଯାହା ବି ଭାବ ଆସିଲେ ନୀତା ଖାଲି ତା'ର ଅସନ୍ତୋଷ ଜାହିର କରିବାରେ ଲାଗେ। କାରଣଟା ଆରମ୍ଭରୁ କୁହେନି। କୁହେ ଅନେକ ଡେରିରେ। ନରେଶ ତେଣୁ ଦ୍ୱିଧାରେ ରହେ ଅନେକ ସମୟ। କ'ଣ କରାଯିବାର ଅଛି କିମ୍ବା କିଛି କହିହେବ କି ନାହିଁ ଜାଣିପାରେନି।

ତେବେ ତା'ଠାରୁ ବଡ଼ ଆହୁରି ଏକ ଅସୁବିଧା ରହିଥିଲା। ନିଜର ଯେତେ ଯେତେ ଅସୁବିଧା ଓ ଦୁର୍ଭାଗ୍ୟ ପାଇଁ ନୀତା ନରେଶକୁ ହିଁ ଦାୟୀ କରେ। କେଉଁଠୁ ନା କେଉଁଠୁ ନରେଶ ସହ ସମ୍ପର୍କିତ ଖିଅଟିଏ ବାହାରିଆସେ ତା' ସାମ୍ନାକୁ। ଫଳତଃ ତା'ର ଅସନ୍ତୋଷ ଓ ବିରକ୍ତି ସବୁ ସ୍ଥାନାନ୍ତରିତ ହୋଇ ଠୁଳ ହୁଅନ୍ତି ନରେଶ ଉପରେ। ଏଣୁ ଏପରି ପରିସ୍ଥିତିରେ ପାଟି ଖୋଲିବାର ଅର୍ଥ ନରେଶ ନିଜ ଉପରକୁ ବିପଦ ଟାଣିଆଣିବା।

"ଆମେ ଏମାନଙ୍କଠାରୁ ବହୁତ ଅଲଗା। ଏମାନଙ୍କ ସହ ଚଲି ହେଉନି। ମୁଁ ଭାବୁଛି, ଆମେ ପୁଣିଥରେ ଫେରିଯିବା ଠିକ୍ ହେବ।"

ନୀତା କଥାରେ ହଁ କି ନାହିଁ କିଛି କହିପାରିଲାନି ନରେଶ। ମୂଳଘଟଣା ଏଯାଏଁ କହିନି। କିନ୍ତୁ ଏ ବିଷୟରେ ପଚାରିଲେ ସେ ଅସନ୍ତୁଷ୍ଟ ହେବ। କ'ଣ ନାହିଁ କ'ଣ କହିବ ବିଗିଡ଼ି ଯାଇ। ମୂଳପ୍ରସଙ୍ଗକୁ ଯିବା ଆଗରୁ ହିଁ ଗଣ୍ଡଗୋଳ ହୋଇଯିବ। କିଛି ନ କହିଲେ ବି ବିପଦ ଅଛି। ଖୁଣ୍ଟଟା ପରି ବସିରହିଲେ ନୀତା ଚିଡ଼ିବ।

ପରିସ୍ଥିତି ଏଡ଼ାଇବାକୁ ରୋଷେଇ ଘରକୁ ଗଲା। ନୀତାକୁ ଭଲ ଲାଗୁଥିବା ଲେମ୍ବୁ ରଃ' କରିବାକୁ ଯାଇ ଦେଖେ ତ ଲେମ୍ବୁ ନାହିଁ। ବଗିଚରୁ ଲେମନ ଗ୍ରାସ ଆଣି

କାମ ଚଲାଇଲା । ନୀତା ଟିକେ ଥୟ ହୋଇଯାଇଥାଏ ସେତେବେଳକୁ । ରୁ' ପିଉପିଉ କହିଲା ସବୁକଥା ।

ବିବାହ ବେଳେ ନରେଶ ଆମେରିକାରେ ଥିଲା । ଭଲ ପ୍ରତିଷ୍ଠା ପାଇଥିଲା । କେତେ ବର୍ଷ ପରେ ତା'ର ଇଚ୍ଛା ହେଲା ଭାରତରେ, ବିଶେଷକରି ଓଡ଼ିଶାରେ କିଛି କରିବା ପାଇଁ । ସେତିକିବେଳେ ଓଡ଼ିଶାର ଏକ କମ୍ପାନିରେ କାମ ଜୁଟିଲା । ନୀତାକୁ ମନାଇ ଓଡ଼ିଶା ଆସିପାରିଲା ସେ ।

ନରେଶ ତା'ର କାମରେ ଦିନସାରା ବ୍ୟସ୍ତ ରହେ । ଝିଅ ଲାଡ଼ଲୀ ଦୁଇ ବର୍ଷର ହୋଇଥାଏ । ନୀତା ତା' ପାଖରେ କିଛି ସମୟ ଦିଏ । ମାତ୍ର ଆଉ କିଛି କରିବାକୁ ନ ଥିବାରୁ ଅଳସୁଆ ଅଳସୁଆ ଲାଗୁଥାଏ ତାକୁ । ଏକ ପ୍ରକାର ଅବସାଦ ଭାବ ବି ଆସୁଥାଏ ମନରେ । କ'ଣ କରିବ ସେ ଭାବନା ଜୁଟୁ ନ ଥାଏ ମନରେ । ପାଖରେ ଗୋଟିଏ କ୍ଲବ ଥିଲା । କମ୍ପାନିର ଅଫିସରମାନଙ୍କ ସ୍ତ୍ରୀମାନଙ୍କର । ସମୟ କାଟିବାକୁ ସେ ଯୋଗଦେଲା ସେଥିରେ ।

ଘରକାମ କରିବାକୁ ଲକ୍ଷ୍ମୀ ବୋଲି ସ୍ତ୍ରୀଲୋକଟିଏ ଜୁଟିଥାଏ । ତା'ର ଦୁଇଟି ଛୋଟଛୋଟ ପିଲା । ସ୍ୱାମୀ ମିସ୍ତ୍ରୀ କାମ କରିବାକୁ ପ୍ରାୟତଃ ବାହାରକୁ ଯାଏ । ଲକ୍ଷ୍ମୀ ନୀତା ଘରର ପରିସରରେ ଥିବା ଆଉଟ୍ ହାଉସରେ ରୁହେ । ସକାଳୁ ଆସି ଓଲାପୋଛା ସାରିଦିଏ । ପରିବାକଟା ଓ ବଟାବଟି କାମ ଥିଲେ ସାରିଠିଦେଇ ଆଉ ଦୁଇଜଣଙ୍କ ଘରକୁ କାମ କରିବାକୁ ଯାଏ । ତା'ପରେ ଘରକୁ ଫେରି ନିଜର ରୋଷେଇ ସାରେ ।

ଲକ୍ଷ୍ମୀ କାମ କରୁଥିବା ଦୁଇ ପରିବାରଙ୍କର ବଦଲି ହୋଇଗଲା । ନୀତା ମୁଣ୍ଡକୁ ଗୋଟେ ବୁଦ୍ଧି ଜୁଟିଲା । ଲକ୍ଷ୍ମୀ ଆଉ କାହାଘରେ କାମ କଲାନି । ନୀତା ଘରେ ରୋଷେଇ କରେ । ସେଇଠୁ ନିଜ ଘର ପାଇଁ ନେଇଯାଏ ।

ନୀତା ନାନା ପ୍ରକାରର ହାତକାମ ଶିଖୁଥିଲା । ସେଥିରେ ମନ ଦେଲା । ଲକ୍ଷ୍ମୀ ବି ତା'ସହ ମିଶେ । ଲକ୍ଷ୍ମୀର ସବୁଖର୍ଚ ସେ ତୁଲାଏ ଓ ତାକୁ କିଛି କିଛି ହାତ ଖର୍ଚ ଦିଏ ।

ସେଦିନ କ୍ଲବରେ ଅସନ୍ତୋଷର କାରଣ ଥିଲା ଲକ୍ଷ୍ମୀ । ନୀତା ତା'ସହ ଏତେଟା ମିଶିବାକୁ ଅନ୍ୟାନ୍ୟ ଭଦ୍ରମହିଳାମାନେ ପସନ୍ଦ କରୁ ନ ଥିଲେ । ପୁଣି ସେମାନଙ୍କ ମତରେ ସେ ଆଉଟ୍ ହାଉସରେ ରହୁଛି ଆଉ ଘରକାମ କରିବାପାଇଁ ତାକୁ ପଇସା ଦେଇ ନୀତା ଗୋଟେ ଖରାପ ପରମ୍ପରା ତିଆରି କରୁଛି । ଏଥର ସମସ୍ତେ ସେପରି ଦାବୀ କରିବେ ।

ଏପରିକି ଜଣେ ଛିଗୁଲେଇ ପଚାରିଲେ, "ପଇସା ଦେବା କଥା ନୀତା ଉଠାଇଲା ନା ନରେଶ କହିଲା !"

– ନରେଶ ବୁଝିପାରିଲା । ଆହତ ହେଲା । କିନ୍ତୁ ହତାଶ ହେଲାନି । ନୀତାକୁ

ଦୁଃଖାଇଲା । ଯେଉଁଲୋକ ସହ ସେ ଚଳୁଛି ତା'ର ମତିଗତି ହିଁ ଗୁରୁତ୍ୱ ରଖେ । ତା' ସହିତ ଥିବା ପାରସ୍ପରିକ ସଂପର୍କର ସମୀକରଣ ହିଁ ମୂଳକଥା । ଛୋଟ-ବଡ଼, ଉଚ- ନୀଚ ଭେଦ ଏମାନଙ୍କୁ ଏପରି ଘାରିଛି ଯେ ଏମାନେ ଅନ୍ଧ ହୋଇଯାଇଛନ୍ତି । ଆଉ କିଛି ବି ଦେଖିପାରୁ ନାହାନ୍ତି ।

ବାସ୍ତବରେ ସେତେବେଳେ ନୀତା ଓ ଲକ୍ଷ୍ମୀ କରୁଥିବା ହାତକାମର ଚଇହିଦା ବଢୁଥାଏ । ଏକ ପ୍ରକାର ପ୍ରତିଦ୍ୱନ୍ଦ୍ୱିତା କରି ଦୋକାନୀମାନେ ନେଇଯାଉଥିଲେ । ହୁଏତ ଆଉ କେତେ ଜଣ ସେମାନଙ୍କ ସହ ମିଶିପାରନ୍ତେ/ ଅନୁଷ୍ଠାନଟିଏ ଗଢ଼ି ପାରନ୍ତେ, ତାକୁ ବଢ଼ାଇପାରନ୍ତେ,.. ସମସ୍ତେ ଲାଭବାନ୍ ହୁଅନ୍ତେ । ମାତ୍ର ସେ ଦିଗରେ କାହାରି ନଜର ନାହିଁ । ସମସ୍ତେ ନିଜର ସଂକୀର୍ଣ୍ଣ ଦୃଷ୍ଟିକୋଣକୁ ଠିକ୍ ବୋଲି ଜାହିର କରିବାରେ ବ୍ୟସ୍ତ । ଯଦିବା କିଏ ନୂଆ କାମ କି ଭଲ କାମ କଲା, ତାକୁ ଉତ୍ସାହିତ ନ କରି କଙ୍କଡ଼ା ପରି ତା' ଗୋଡ଼ ଟାଣି ତାକୁ ଟୋକେଇ ଭିତରକୁ ଟାଣିଆଣିବାକୁ ବ୍ୟଗ୍ର ।

॥ ଦୁଇ ॥

ନରେଶର ଜଣେ ଡ୍ରାଇଭର ଥିଲା । ବସନ୍ତ ନାୟକ । ଚମତ୍କାର ଗାଡ଼ି ଚଳାଏ । ଭଲ ମଣିଷ । ଆତ୍ମୀୟ, ଯତ୍ନଶୀଳ ଓ କର୍ମତତ୍ପର । ନରେଶ ଗାଡ଼ିରେ ବସିବାବେଳକୁ ସେ ଉଠିଆସି ନମସ୍କାର କରେ, ଗାଡ଼ିର ଦରଜା ଖୋଲିଧରେ, ନରେଶ ବସିବା ପରେ ଗାଡ଼ିର ଦରଜା ବନ୍ଦକରେ ଓ ନିଜ ଆସନକୁ ଯାଏ ।

ସେପରି କରିବାକୁ ନରେଶ ମନା କଲା । କହିଲା, ବସନ୍ତଭାଇ! ଯେଉଁଦିନ ମୋର ହାତ ଭାଙ୍ଗିଯିବ କି କଟିଯିବ ସେଦିନ ତୁମେ ସେପରି କରିପାର । ଅନ୍ୟଦିନେ ନିଜ ଜାଗାରୁ ଉଠିବା ଦରକାର ନାହିଁ । ଖାଲି ଶୁଭେଚ୍ଛା ଜଣାଇଲେ ଚଳିବ ।

ବସନ୍ତ ହତବାକ୍ ହେଲା । ବ୍ୟଥିତ ହେଲା । ନିଜର ଦୋଷ ପରଖିଲା । କାରଣ ତା'ର ଧାରଣା ଥିଲା ଯେ ସେମିତି କରିବା ହିଁ ତା'ର କାମ ଏବଂ ସେ ବୁଝିପାରୁ ନ ଥିଲା କେଉଁ ଦୋଷପାଇଁ ନରେଶ ତାକୁ ମନା କରୁଛି ।

ନରେଶ ଜାଣିଥିଲା ଯେ ଏଠି କାଗଜ-କଲମରେ କାମ କରୁଥିବା କି ମୁଣ୍ଡଖଟାଇ କାମ କରୁଥିବା ଲୋକେ ଶାରୀରିକ ପରିଶ୍ରମ କରୁଥିବା ଲୋକଙ୍କୁ ହୀନଦୃଷ୍ଟିରେ ଦେଖନ୍ତି । ସେମାନଙ୍କଠାରୁ ଅଯଥା ଅଧିକ ସମ୍ମାନ ଆଶାକରନ୍ତି । ବସନ୍ତ ବି ସେଇ ପରିବେଶରେ ବଢ଼ିଛି । ସେଇ ଧାରଣା ମନରେ ରଖିଛି । ତା' ମନରୁ ସନ୍ଦେହ ଦୂର କରିବାର ଚେଷ୍ଟାକଲା ନରେଶ ।

ତାକୁ ବି ବୁଝାଇଲା ଯେ ଅଫିସରେ ପହଞ୍ଚିବା ପରେ ସେ ଗାଡ଼ିକୁ ଗ୍ୟାରେଜରେ ରଖିଦେଇ ଭିତରକୁ ଆସୁ । ଦିନସାରା ଗାଡ଼ି ପାଖରେ ପଡ଼ି ରହି ତାକୁ ଅପେକ୍ଷା କରିବା

ଦରକାର ନାହିଁ । ଅଫିସରେ ଖବରକାଗଜ ପଢ଼ୁ କିମ୍ବା ଖାଲି ବସୁ । ମନହେଲେ ଜେରକ୍ସ କରିବା, ଫାକ୍ସ ପଠାଇବା କି ଫାଇଲ ସଜାଡ଼ିବା କାମରେ ସାହାଯ୍ୟ କରିପାରେ । ବସନ୍ତ ସେପରି କରିଥିଲା ଓ ଅଭ୍ୟସ୍ତ ହୋଇଥିଲା ଧୀରେ ଧୀରେ ।

ଅଫିସରେ ଗୋଟେ କ୍ୟାଣ୍ଟିନ ଥିଲା । ସେଠି ଖାଲି ତଳିଆ କର୍ମଚାରୀମାନେ ଖାଉଥିଲେ, ଚା' ପିଉଥିଲେ ଓ ଗପୁଥିଲେ । ଅଫିସରମାନେ ସେଠାକୁ ଯିବା ଅସମ୍ମାନଜନକ ମନେକରୁଥିଲେ । ଚା' ପିଇବା ବାହାନାରେ ନରେଶ ବେଲେବେଲେ ସେଠିକୁ ଯାଏ । ସମସ୍ତଙ୍କ ସହ ଭଲମନ୍ଦ ଗପେ । କମ୍ପାନିର ବିଭିନ୍ନ ସମସ୍ୟା ଉଠାଏ । ପରାମର୍ଶ ମାଗେ । ସେଇଥିରୁ କିଛି ସେ କାମରେ ଲଗାଇଥିଲା ଓ ସଫଳ ହୋଇଥିଲା ବି ।

ନରେଶ ଅନେକ ସମୟରେ ସେମାନଙ୍କ ପାରିବାରିକ କଥା ବି ଗପେ । ସମସ୍ୟାର ସମାଧାନ ପାଇଁ ସାହାଯ୍ୟ କରେ । ସେ ବିଶ୍ୱାସ କରୁଥିଲା ଯେ ସୁସ୍ଥ ମନ ଓ ଶରୀର ଥିଲେ ହିଁ ଜଣେ କମ୍ପାନି ପାଇଁ ଠିକ୍‌ରେ କାମ କରିପାରିବ । ସେଇଥିରେ ହିଁ କମ୍ପାନିର ଲାଭ । ତା' କଥାରେ ରାଜି ହୁଅନ୍ତିନି ଅଧିକାଂଶ ।

ସେ ସେମାନଙ୍କୁ ଜୟଦ୍ରଥ ବଧ ଦିନ ଶ୍ରୀକୃଷ୍ଣଙ୍କ କାର୍ଯ୍ୟଶୈଳୀର ଉଦାହରଣ ଦିଏ । ଶକଟ ବ୍ୟୂହରେ ଆଗଉଥିଲା ଅର୍ଜୁନଙ୍କ ରଥ । ସୂର୍ଯ୍ୟ ଆଗଉଥିଲେ ଅସ୍ତାଚଳକୁ । ଅର୍ଜୁନ ଜୟଦ୍ରଥ ପାଖରେ ପହଞ୍ଚିବାକୁ ବ୍ୟଗ୍ର । ପହଞ୍ଚିବେ ଓ ଶପଥ ପାଳିବେ ନିଜର । ଏତିକିବେଲେ ଶ୍ରୀକୃଷ୍ଣ ରଥ ରୋକିଲେ । ରଥରୁ ଖୋଲି ଘୋଡ଼ାଙ୍କୁ ବିଶ୍ରାମ ଦେଲେ । ହତାଶ ଦିଶିଲେ ଅର୍ଜୁନ । ସେପରି କରିବାର କାରଣ ପଚାରିଲେ । ଶ୍ରୀକୃଷ୍ଣ ବୁଝାଇଦେଲେ ଯେ ଚରମ ମୁହୂର୍ତ୍ତରେ ଘୋଡ଼ାମାନେ ଦେହ ଓ ମନରେ ସଂପୂର୍ଣ୍ଣ ସୁସ୍ଥ ଥିବା ଦରକାର । କ୍ଲାନ୍ତ ଘୋଟକ ଅର୍ଜୁନଙ୍କୁ ବିଜୟ ଦେଇପାରିବେ ନାହିଁ । ଟିକିଏ ବିଶ୍ରାମ ପାଇଲେ ସାମ୍ବ ହୋଇଯିବେ ସେମାନେ ।

ନରେଶ ସମସ୍ତଙ୍କୁ ବୁଝାଇବାର ଚେଷ୍ଟା କରେ । ସମସ୍ତଙ୍କୁ ସାଙ୍ଗରେ ନେଇ କମ୍ପାନିକୁ ଆଗେଇନେବାକୁ ରହେ । କିଞ୍ଚିତ୍ ସଫଳତା ପାଇଲା । ହେଲେ, ସେ କ୍ୟାଣ୍ଟିନରେ ଯାଇ ବସିବା ଓ ଗପିବାକୁ ପସନ୍ଦ କଲେନି କେହି । ଯେତେ ଚେଷ୍ଟା କଲେ ବି ସେ ବୁଝାଇପାରିଲାନି ଯେ ସେଇ ପରିବେଶରୁ ସେ କିଞ୍ଚିତ୍ ସୂତ୍ର ପାଇଛି ଓ କମ୍ପାନିର ମଙ୍ଗଳ ହୋଇଛି ସେଥିରେ ।

ବେଲେବେଲେ ତା'ର ଆମେରିକା କଥା ମନେପଡ଼ୁଥିଲା । ସେ ନୂଆ ନୂଆ ଯୋଗ ଦେଇଥିଲା କାମରେ । ଲାଗଲାଗ କେଇଦିନ ମିଟିଂ ହେଲା । ଯେଠି ଧମୀଷ୍ଠଙ୍କୁ ଦାୟିତ୍ୱ ବଣ୍ଟା ହୋଇଥାଏ । ଏମିତିକି କଫି ତିଆରି କରିବା ବି ଜଣକର କାମ ।

ଯେତେବେଳେ ଜଣେ ଉପରିସ୍ଥ ଅଧିକାରୀଙ୍କୁ ଲାଗଲାଗ ତିନିଦିନ କପି କରିବାକୁ ହେଲା, ନରେଶକୁ ଖରାପ ଲାଗିଲା। ସେ ତା' ଆଡୁ କହିଲା କପି କରିଦେବାକୁ। ମାତ୍ର ସେ ପିଠି ଥାପୁଡ଼େଇ ବୁଝାଇଦେଲେ ଯେ ନରେଶ ଆଲୋଚନାରେ ଭାଗନେବା ବେଶୀ ଜରୁରୀ।

ମାତ୍ର ଏଠି ଉପରିସ୍ଥ ଅଧିକାରୀ କପି କରିବା କି ପାଣି ଦେବା କଥା ଭାବିହୁଏନି। ସେଠି କାମର ଆଦର। ଏଠି ପଦବୀର। ସେଠି କାମ ମାନେ କାମ। କାମରେ ସାନବଡ଼ ନାହିଁ। ମାତ୍ର ଏଠି ବରିଷ୍ଠତା ଅନୁସାରେ ଅହଂକାର, ଗରିମା ଓ ଅଧିକାରର ପାହାଚ ବଢ଼ିବଢ଼ି ଯାଏ। ତାକୁ ଜାହିର କରିବାକୁ ହୁଏ। ସଂସ୍ଥା ବରଂ ବୁଡ଼ୁ କିନ୍ତୁ ଗାରିମା ଓ ଗର୍ବ ଆହତ ନ ହେଉ !

॥ ତିନି ॥

ଅସହିଷ୍ଣୁମାନେ ସଫଳ ହେଲେ। ନରେଶ ହେଲା ସ୍ଥାନାନ୍ତରିତ, ଛତିଶଗଡ଼ ସୀମାରେ କମ୍ପାନିର ଏକ ଛୋଟ ଶାଖାକୁ। ସେଠି ସେ କରିବା ଭଳି ବିଶେଷ କିଛି କାମ ନ ଥିଲା।

ଅନେକ ସମୟରେ ହତାଶ ହୁଏ ନରେଶ। ତା'ର ହାତଗୋଡ଼ କାଟି ଫୋପାଡ଼ି ଦିଆଯାଇଥିବା ପରି ମନେକରେ। ସେ କମ୍ପାନିର ଭଲ ରହୁଥିଲା। ଅଧିକାଂଶ ତାକୁ ଭଲପାଉଥିଲେ। ତଥାପି ତା'ର ସ୍ଥାନାନ୍ତର ହେଲା। କୁଚକ୍ରୀମାନେ ଜିତିଲେ। ନାମର ମୂଲ୍ୟ ରହିଲା। କାମର ନୁହେଁ। ଭବିଷ୍ୟତ ତାକୁ ଭଲ ଦେଖାଗଲାନି। ସେଇଟା ପୁଣି ଗୋଟେ ନକ୍‌ସଲ୍ ଅଧ୍ୟୁଷିତ ଅଞ୍ଚଳ !

ନୀତା ଆଦିବାସୀ ସ୍ତ୍ରୀଲୋକଙ୍କୁ ହାତକାମ ଶିଖାଏ। ତା'ର ଚିହ୍ନା ଲୋକମାନେ ସରଞ୍ଜାମ ଆଣି ଦିଅନ୍ତି। ତିଆରି ହୋଇଥିବା ଜିନିଷ ନେଇଯାଆନ୍ତି। ଧୀରେ ଧୀରେ ତା'ର କାରବାର ବଢୁଥିବା ପରି ଲାଗେ।

ନରେଶର ସମୟ କଟେନି। ନୀତା ବୁଝିପାରେ। ତାକୁ ବୁଝାଏ। ତା' କଥାରେ ନରେଶ ଆଦିବାସୀ ପିଲାଙ୍କ ସ୍କୁଲକୁ ଯାଏ। ବେଳେବେଳେ କିଛି ପାଠ ପଢ଼ାଏ। କିନ୍ତୁ ତାକୁ ଆତ୍ମସନ୍ତୋଷ ମିଳେନି। କରିବାପାଇଁ ସେ ମନପସନ୍ଦର କାମ ପାଏନି।

ତାକୁ ଲାଗେ ଯେ ସେ ଡୁବିଯାଉଛି। ବୁଡ଼ି ଯାଉଥିବା ଲୋକ ଭଳି ଆହୁରି ତଳକୁ ତଳକୁ ଯାଉଛି ତା'ର ଗୋଡ଼। ଯେତେ ଛାଟିପିଟି ହେଲେ କିଛି ଲାଭ ନାହିଁ। ପହଁରିପହଁରି ଏଇ ସୀମାହୀନ ଅସହାୟତାର ସମୁଦ୍ରକୁ ଟପି ପାରିବାର ଆଶା କମ। ତା'ର ରୁଆଟେ ଅକ୍ଷମତାର ବହଳ କୁହୁଡ଼ି। ତା'ରି ଭିତରେ ସେ ଅନୁଭବ କରୁଛି

ନିଜର ସୀମାବଦ୍ଧତା କେବଳ। ବେଳକୁ ବେଳ ନ୍ୟୂନ ମନେକରୁଛି ନିଜକୁ। ପସ୍ତାଉଛି ଗୋଟେ ଭୁଲ ନିଷ୍ପତ୍ତି ନେଇଥିଲା ବୋଲି।

ଏଣେ ଝିଅ ଲାଡ୍‌ଲୀ ସ୍କୁଲ ଯିବା ବୟସରେ ପହଞ୍ଚିଯାଇଥାଏ। ହେଲେ ପଢ଼ାଇବା ଭଲି ଭଲ ସ୍କୁଲ ପାଉ ନ ଥାଏ ନରେଶ। ନିଜେ ନରେଶ ଇଆଡୁସିଆଡୁ ପଢ଼ାଏ। ଲାଡ୍‌ଲୀ କିନ୍ତୁ ପ୍ରଶ୍ନ ପଚରିବାରେ ଓସ୍ତାଦ ଥିଲା। ବର୍ଣ୍ଣମାଳା ଆଦିରେ ବାନ୍ଧି ନ ହୋଇ ଝରିପଟର ଜିନିଷରେ ଆଗ୍ରହୀ ହେଉଥିଲା। ପ୍ରଶ୍ନ ପଚରୁଥିଲା। କିଛିଟା ବୁଝାଇପାରୁଥିଲା ନରେଶ। ଆଉ କିଛି ଇଣ୍ଟରନେଟ୍‌ରୁ ଖୋଜୁଥିଲା।

ନୀତା ତା'ର ନିଜ କାମରେ ଲାଗିଥାଏ। ନରେଶ ଦିନେ ଉଠାଇଥିଲା ଏଠାରୁ ଚାଲିଯିବା ପ୍ରସଙ୍ଗ। ନୀତା କିଛିଦିନ ସମୟ ମାଗିଥିଲା। ବୁଝାଇଥିଲା ଯେ କଳାମେଘର ଗୋଟେ ରୁପେଲି ଧଡ଼ି ଥାଏ। ଏଇ କାଲିମାଘେରା କାଳଖଣ୍ଡ ପରେ ହୁଏତ ଚକ୍‌ଚକ୍‌ ସମ୍ଭାବନା ଜୁଟିପାରେ ତାଙ୍କ ଭାଗ୍ୟରେ! ନରେଶ କିନ୍ତୁ ଖୁସି ନ ଥାଏ ଲାଡ୍‌ଲୀର ବଢ଼ିବା ଓ ପଢ଼ିବାକୁ ନେଇ। ସେକଥା ବି ବୁଝିପାରେ ଲାଡ୍‌ଲୀ। ନରେଶକୁ ଓଲଟି ବୁଝାଏ। କୁହେ ଯେ ସ୍କୁଲରେ ପଢ଼ିବାମାନେ ବନ୍ଧାହୋଇ ବସିବା। ବସିବା ଆଉ ଘୋଷିବା। ସେ ବରଂ ମନ ଖୁସିରେ ଓ ମନପସନ୍ଦରେ ପଢୁଛି।

ନରେଶ କିଛି କହିପାରିବା ଅବସ୍ଥାରେ ନ ଥାଏ। ଝିଅକୁ କୁଣ୍ଢାଇପକାଏ ଓ ତା'ର ଅସହାୟତାକୁ କ୍ଷମା କରିଦେବାକୁ ମନେମନେ କହେ।

ନରେଶ କେବେ ବି ବୁଝି ନ ଥିଲା ସେମାନଙ୍କ ସ୍ଥାନାନ୍ତର ପଛରେ ଥିବା ନିୟତିର ପ୍ରଚ୍ଛନ୍ନ ଉଦ୍ଦେଶ୍ୟ।

।। ଚାରି ।।

"ପ୍ରତ୍ୟେକ ମଣିଷ ଥରେ ଚିନ୍ତାକରିବା ଉଚିତ। ଜନ୍ମଭୂମିଠାରୁ କ'ଣ ପାଇଲି ନ ଭାବି, ଜନ୍ମଭୂମି ଓ ସମାଜକୁ କ'ଣ ଦେଲି– ତା'ର ହିସାବ କରିବା ଉଚିତ। ଟେଲିଭିଜନ ପରଦାରୁ ନୀତା କହୁଥିଲା।

ନରେଶ ଓ ଲାଡ୍‌ଲୀ କୁଣ୍ଢେଇ ପକେଇଲେ ନୀତାକୁ।

ସେ ଅଞ୍ଚଳର ଆଦିବାସୀମାନେ ସରଳ ଥିଲେ। ନିରୀହ ଥିଲେ। ଗରିବ ବି ଥିଲେ। ଦେଶ ସ୍ୱାଧୀନ ହେବାପରେ ଆଦିବାସୀମାନେ ହିଁ ବୋଧେ ବେଶୀ କ୍ଷତିଗ୍ରସ୍ତ ହୋଇଛନ୍ତି। ଏଇ ତଥାକଥିତ ସ୍ୱାଧୀନତା ସେମାନଙ୍କୁ ସର୍ବହରା କରିଦେଇଛି। ତାଙ୍କର ବାସ ଓ ଜୀବିକା ହାତରୁ ଝରିଯାଇଛି। ସଂସ୍କୃତି ଓ ଚଳଣି ବି ହଜିଯାଉଛି। ସେମାନେ ନିଜସ୍ୱତା ହରାଉଛନ୍ତି ଓ ଏଥିରେ ଅସନ୍ତୁଷ୍ଟ ହେବା ସ୍ୱାଭାବିକ। ଏଇ ପରିସ୍ଥିତିରେ ଯିଏ

ଯେମିତି ପାରିଲା, ସେମିତି ବାଗରେ ମତାଇ ତାଙ୍କର ଅସନ୍ତୋଷକୁ ବ୍ୟବହାର କରୁଛନ୍ତି । ସେମିତି ଏଇ ନକ୍ସଲ ଓ ତଥାକଥିତ ନକ୍ସଲମାନେ ।

ନୀତା ଆସିବା ପରେ ସେମାନେ କିଛି ରୋଜଗାର କଲେ । ପିଲାମାନେ ସ୍କୁଲ ଗଲେ । ଧୀରେ ଧୀରେ ଦେଖାଗଲା ଯେ ଘର ଓ ଗାଁ ରଙ୍ଗିପାଖ ଫସଲ ତଥା ଗଛରେ ଭରିଉଠୁଛି । ବାଟହୁଡ଼ା ପୁରୁଷମାନେ ପୁଣି ଘରମୁହାଁ ହେଲେ । କେମିତି ଗୋଟେ ବିଶ୍ୱାସ ଆସିଲା ଯେ ସବୁକିଛି ସରିଯାଇନି । ଏବେ ବି ଆଶା ରହିଛି । ଜୀବନରେ ବଞ୍ଚିବାପାଇଁ ଉପାଦାନ ଅଛି । ଆଖପାଖ ଗାଁର ପୁରୁଷମାନେ ଦିନେ ଆତ୍ମସମର୍ପଣର ନିଷ୍ପତ୍ତି ନେଲେ । ସେମାନଙ୍କର ଥଇଥାନ ପାଇଁ ବ୍ୟବସ୍ଥା ହେଲା । ନୀତା ପ୍ରସିଦ୍ଧ ହୋଇଗଲା ।

ନୀତା କିନ୍ତୁ ଖୁସି ହୋଇପାରୁ ନ ଥିଲା । ତାକୁ ଲାଗୁଥିଲା ଯେ ତା'ର ପ୍ରସିଦ୍ଧି ପାଇଁ ନରେଶ ଓ ଲାଡ଼୍‍ଲୀର ଜୀବନ ନଷ୍ଟ ହୋଇଗଲା । ସେଇ ମର୍ମରେ ଦୁଃଖ ପ୍ରକାଶ କଲା ।

ଲାଡ଼୍‍ଲୀ ବୁଝାଇଲା ନୀତାକୁ । କ୍ରିକେଟ ଖେଳର ଉଦାହରଣ ଦେଇ । ଯଦି ଜଣେ ଖେଳାଳି ଦୁଇଶହ କି ଅଧିକ ରନ କରିବ, ତା'ହେଲେ ଅନ୍ୟମାନେ ଅଳ୍ପଅଳ୍ପ ରନ୍ କଲେ ବି ଦଳ ଜିତିଯାଇପାରିବ । ନୀତା ତ ଦ୍ରୁତଗତିରେ ରନ୍ ପରେ ରନ୍ କରିଚାଲିଛି । ସେମାନେ ଖାଲି ଉଇକେଟ ବଞ୍ଚାଇବା କଥା ।

ନରେଶ କହିଲା – “କ୍ରିକେଟ୍‍ରେ ଜଣେ ଖେଳାଳି ଜିତେନି । ଦଳ ଜିତେ । ଏ ବିଜୟରେ ସେମାନେ ବି ଅଂଶୀଦାର ।”

(ଝିଅର ପାଠ୍ୟପୁସ୍ତକରୁ ସାମ୍ ପିତ୍ରୋଡ଼ାଙ୍କର The Magic of Teamwork ପଢ଼ିବାପରେ)

ବହିଃସ୍ଥ କୋଣ

ସଞ୍ଜିତା କହିଲା, 'ତୁମେ'।

ଶୀତିକଣ୍ଠ ଯେମିତି ଖସିପଡ଼ୁଥିଲା ଆକାଶରୁ। ବେଶ କିଛି ଉପରୁ ଖସିପଡ଼ିଲେ ଯେପରି ଆଖିରେ ଅନ୍ଧାର ଘୋଟିଆସେ, ବୁଦ୍ଧି ହଜିଯାଏ କୁଆଡ଼େ ଏବଂ ସାମ୍ବ୍ୟ ପରିଣତିର ଶଙ୍କାରେ ଜଡ଼ ପାଲଟିଯାଏ ମଣିଷ, ଠିକ୍ ସେମିତି ଅନୁଭବ କରୁଥିଲା ସେ।

ସତରେ ଯଦି ସେ ଖସିପାରିଥାନ୍ତା ସେଇ ମୁହୂର୍ତ୍ତରେ, ନିଶ୍ଚିତ ଭାବରେ ଖୁସି ହୋଇଥାନ୍ତା ଅଭାବିତ ପରିସ୍ଥିତିରୁ ମୁକ୍ତିପାଇ।

– "ମତେ କେତେ ଡରାଇଲଣି, ଜାଣିଛ ? ନରବଲି, କିଡ୍‌ନି ଚୋରି, କେତେ କେତେ ଦୁଷ୍କର୍ମ ମନରେ ପଶିଛି। ପିଲାଟାକୁ ମାରିଚି ବି ଅଯଥାରେ।"

ଶୀତିକଣ୍ଠ ପାଖରେ କୌଣସି ଉତ୍ତର ନ ଥିଲା। ପରିସ୍ଥିତିକୁ ସମ୍ଭାଳିବାକୁ ହସିଲା କେବଳ। ହସର ଅର୍ଥ ତ ଅପରକୁ ହଁ କରିବାକୁ ପଡ଼େ !

–ପୁଅ କି ଝିଅ ତୁମର ? କୋଉ ଶ୍ରେଣୀରେ ପଢୁଛି ? ଆଚ୍ଛା, ତୁମେ କ'ଣ ଖାଲି ଖେଳଛୁଟିରେ ଆସ... ହୁଏତ ଆହୁରି କିଛି ପ୍ରଶ୍ନ ଥିଲା। ପ୍ରତ୍ୟେକଟି ପ୍ରଶ୍ନ ଛୁଟିଯାଉଥିଲା   ବନ୍ଧୁକୀଗୁଳି, ତୀର ଭଳି। ଶୀତିକଣ୍ଠକୁ କିଛି ଉହାଡ଼ ଦିଶୁ ନ ଥିଲା। ନ ଥିଲା ଦୌଡ଼ି ପଳାଇବାର ବାଟ।

ନାଚ୍ଚର କରିଦେଉଥିବା ପ୍ରଶ୍ନବାଣରୁ ମୁକ୍ତି ଦେଇ ଲିପି ପଢ଼ିଗଲା ଖେଳୁ ଖେଳୁ ଓ କାନ୍ଦିଉଠିଲା। ତାକୁ ଉଠାଇ, ଆଉଁଶି, କିଛି କଥା କହି ସମୟ କାଟୁ କାଟୁ ଚମକି ପଡ଼ିବା ପରି ଘଣ୍ଟାକୁ ଚାହିଁଲା ଓ ଅର୍ଜନକ ମନେପଡ଼ିଯାଇଥିବା ଜରୁରୀ କାମର ବାହାନା ଦେଖାଇ ଚାଲିଯିବାକୁ ବାହାରିଲା ଶୀତିକଣ୍ଠ। ଅପ୍ରତ୍ୟାଶିତ ପ୍ରତ୍ୟାଗମନ ପୂର୍ବରୁ ସଞ୍ଜିତା ଖାଲି ଘରକୁ ଆସିବାର ପ୍ରତିଶ୍ରୁତିଟିଏ ଆଦାୟ କରିପାରିଲା ଯାହା।

ଅନେକ ଅନେକ ଦୁଣ୍ଡିତ୍ତାରୁ ମୁକ୍ତି ପାଇ ସହଜ ହୋଇଉଠୁଥିଲା ସଞ୍ଜିତା ।
ଶୀତିକଣ୍ଠ ସାମ୍ନାରେ କିନ୍ତୁ ଅଜସ୍ର ପ୍ରଶ୍ନବାଚୀ । ପ୍ରଶ୍ନମାନଙ୍କର ଉତ୍ତର ପୁଣି ବେଲେବେଲେ
ସମୁଚିତ ମନେ ହେଲେ ପରକ୍ଷଣରେ ଲାଗୁଥିଲା ଭ୍ରମାତ୍ମକ । କେବେ ପୁଣି ସମୁଚିତ
ଅଥଚ ଅଗ୍ରହଣୀୟ । ପ୍ରଶ୍ନଗୁଡ଼ିକ ଘୂର୍ଣ୍ଣି ପାଲଟିଯାଇ ଟେକି ନେଉଥିଲେ ତାକୁ ଓ ଫିଙ୍ଗି
ଦେଉଥିଲେ କେଉଁଠି ନାଇଁ କେଉଁଠି । ସେ ଠିକ କରିପାରୁ ନ ଥିଲା ସଞ୍ଜିତା ସହ
ସମ୍ପର୍କର ନକ୍ସା ।

ବିବାହର ପାଞ୍ଚବର୍ଷ ପୂର୍ତ୍ତି । ତଥାପି ବି ଛୁଆଟିଏ ଆସିନି କୋଲକୁ । ଘରେ
ବ୍ୟାକୁଳତାର ସ୍ୱର । ଉଦ୍‌ବେଗର ଛଟା । କେବେ କେବେ ଆଶଙ୍କାର ଛାଇ ବି ମାଡ଼ି
ମାଡ଼ି ଆସୁଛି ଆଗକୁ ।

ପୂଜା, ମାନସିକ, ଉପବାସ କେହି ବି କିଛି ଫଳ ଦେଇ ନାହାନ୍ତି ଏଯାଏ ।
ବାଟ ଦେଖାଉନି ଡାକ୍ତରୀ ପରୀକ୍ଷା । ଉଦ୍‌ଯୋଗର ଫଳହୀନତା ନିରାଶ କରୁଛି, ଆଘାତ
ଦେଉଛି, କ୍ଷତାକ୍ତ କରିଦେଉଛି ସବୁରି ମନ । ସବୁରି ମନର ପ୍ରତିଘାତ ଯେତେର ଉପଲକ୍ଷ୍ୟ
ପାଲଟିଯାଉଛି ସଞ୍ଜିତା ।

ଡାକ୍ତରମାନେ ପରୀକ୍ଷା କରୁଥିଲେ ଉଭୟଙ୍କୁ । ନିର୍ଦ୍ଦେଶ ଦେଉଥିଲେ ଉଭୟଙ୍କର
ଅନୁସନ୍ଧାନପାଇଁ । ହେଲେ, ସନ୍ତୋଷଜନକ ଥିଲା ସହବାସ । ଅବିନାଶଙ୍କ ପ୍ରଜନନ
କ୍ଷମତାରେ ସନ୍ଦେହ ନ ଥିଲା ସେମାନଙ୍କର । ସେମାନେ ଖୋଲାଖୋଲି ଆଲୋଚନା
କରିପାରୁଥିଲେ ନିହାତି ବ୍ୟକ୍ତିଗତ କଥାସବୁ । ତତ୍‌କ୍ଷଣାତ ବିରୋଧ କରୁ ନ ଥିଲେ
ନିର୍ଦ୍ଦେଶର । ମାତ୍ର ପରୀକ୍ଷା କରାଉଥିଲେ ସଞ୍ଜିତାର କେବଳ । ବାରମ୍ବାର ସ୍ୱାଭାବିକ
ଫଳ ବାହାରିବା ହେତୁ ଜରୁରୀ ପାଲଟିଗଲା ଅବିନାଶର ପରୀକ୍ଷା ।

ଅବିନାଶ ପାଇଁ ପୃଥିବୀଟା ବଦଲି ସାରିଥିଲା ସେତେବେଲକୁ । ମନରେ ତା'ର
ନାନାଦି ସଂଶୟ । ସତରେ ଯଦି ସେ ଅକ୍ଷମ ସାବ୍ୟସ୍ତ ହୁଏ !

ଭୟ ଥିଲା ତା'ର ସଞ୍ଜିତାକୁ । ବାରମ୍ବାର ପାଉଥିବା ମାନସିକ ଆଘାତର
ପ୍ରତିଶୋଧ ସେ ନେଇପାରେ ହୁଏତ । ଭୟ ବି ଥିଲା ସନ୍ତାନପାଇଁ ସଞ୍ଜିତାର
ବ୍ୟାକୁଳତାକୁ । ଏଇ ବ୍ୟାକୁଳତାକୁ ନେଇ ଦୁଇଟି ଗପ ପଢ଼ିଥିଲା ଅତୀତରେ । ସହଦେବ
ସାହୁଙ୍କ 'ଢ଼େଢ଼' ଓ ମୃଣାଲଙ୍କର 'ସାବିତ୍ରୀର ପୁଅ' । ପଢ଼ିଥିଲା ବି ଗୋଟେ ସମ୍ବାଦ ।
ସବୁଠି ସ୍ୱାମୀମାନେ ଥିଲେ ପ୍ରଜନନ କ୍ଷମତାହୀନ । ସବୁ ଦମ୍ପତିଙ୍କର ସନ୍ତାନ ପାଇଁ
ବ୍ୟାକୁଳତା । ଶେଷରେ ସ୍ୱାମୀଙ୍କ ସହମତିରେ ପରପୁରୁଷ ସହବାସରୁ ସୃଷ୍ଟି-ହୋଇଥିଲା
ସନ୍ତାନ ।

ଏତେ ବେଶୀ ବଦାନ୍ୟ କ'ସ୍ମିନ୍କାଲେ ନ ଥିଲା ଅବିନାଶ । ପ୍ରସ୍ତୁତ ନଥିଲା ଗ୍ରହଣ କରିବାକୁ ଏପରି ଏକ ଭବିତବ୍ୟ । ତା'ର ବି ସନ୍ଦେହ ଥିଲା ଏସବୁ ଉଦ୍ୟମର ପରବର୍ତ୍ତୀ ଘଟଣାକ୍ରମ ବିଷୟରେ । ଗପ ବୋଲି ସେସବୁକୁ ସାରିଦେଇହେଲା ହୁଏତ । ମାତ୍ର ବାସ୍ତବ ଜୀବନରେ ଏଇସବୁ ପରିଣତିର ପରବର୍ତ୍ତୀ ଘଟଣାକ୍ରମ କ'ଣ ?

ଯେତେସବୁ ଡାକ୍ତରବନ୍ଧୁ ତା'ର, ସମସ୍ତଙ୍କୁ ମନେ ପକାଇଲା ଗୋଟି ଗୋଟି କରି । ପୁଣି ସମସ୍ତଙ୍କୁ ବାଦ୍ ଦେଲା ତାଲିକାରୁ । ଗୁପ୍ତ ପର୍ଯ୍ୟାୟର ପ୍ରତ୍ୟଙ୍ଗସବୁ ସାର୍ବଜନୀନ ହେବା ଉଚିତ ନୁହେଁ ପରିଚିତ ମହଲରେ । ଡାକ୍ତର ମୁହଁରେ ଏଇସବୁ ଶିଘ୍ର ଆସକ୍ତିହୀନ, ଜଡ଼ ଓ କ୍ଲିନିକାଲ କ୍ଲିନିକାଲ ଲାଗେ । ମାତ୍ର ବନ୍ଧୁମାନଙ୍କ ସାଙ୍ଗରେ ଅତୀତରେ କେତେ କେତେ ଗପିଛି ନାରୀଙ୍କୁ ନେଇ, ନାରୀଘଟିତ ଅପରାଧକୁ ନେଇ, ନାରୀ ସମ୍ପର୍କିତ ପାପକୁ ନେଇ । ଆଜି ସେମାନେ ଡାକ୍ତର ପାଲଟିଥିଲେ ବି ଅବିନାଶର ସ୍ମୃତିକୋଷରୁ ଭାସିଉଠିବ ଗତଦିନର ଭାବଭଙ୍ଗୀ ।

ଅବିନାଶ ପରୀକ୍ଷା କରାଇ-ନ ଥିଲା ନିଜର । ନିଜକୁ କିନ୍ତୁ ଭାବି ନେଇଥିଲା ଅକ୍ଷମ ବୋଲି । ସଚେତନ ହେଲା, ମନ ସ୍ଥିର କଲା ଏବଂ ଗଲା ତା' ନିଜକୁ ବିଶ୍ୱସନୀୟ ମନେ ହେଉଥିବା ଡାକ୍ତରଙ୍କ ପାଖକୁ ।

ପରୀକ୍ଷା ପରେ ସେ କହିଲେ ଯେ ଅବିନାଶର ଶୁକ୍ରାଣୁ ଯେତେ ଚଲତ୍‌ଶକ୍ତିହୀନ, ସନ୍ତାନ ସୃଷ୍ଟି ପାଇଁ ଅନୁପଯୋଗୀ ସେମାନେ ।

ଆବେଗରେ କାନ୍ଦିପକାଇଲା ଅବିନାଶ । ତାକ୍ତର ଭରସା ଦେଲେ ! ବୁଝାଇଲେ ନିହାତି ଛୋଟ କଥାଟିଏ ଭଳି । ଗତାନୁଗତିକ, ସାଧାରଣ ଓ ନୂତନତାରହିତ ଯେମିତି ! ନିଜ ପସନ୍ଦର ଶିଶୁଟିଏକୁ ପୋଷ୍ୟ କରିନେବା ସବୁଠାରୁ ସହଜ ଓ ଆଦର୍ଶ ଥିଲା ତାଙ୍କ ମତରେ ।

ଅବିନାଶ ବି ଅତୀତରେ ଉଠାଇଥିଲା ଏଇ କଥା ! ମାତ୍ର ସଞ୍ଜିତାର ଭାବ ଥିଲା ଉସ୍ସାହହୀନ । ବିରୋଧ ସେ କରି ନ ଥିଲା ଖୋଲାଖୋଲି । ହେଲେ ପାଲଟି ଯାଇଥିଲା ନିଥର, ନିର୍ବାକ, ହିମଶୀତଳ । ତାହା ଯେପରି ଥିଲା ତା'ର ଅକ୍ଷମତାର ଚରମପତ୍ର । ଅବିନାଶ ହିଁ ସ୍ୱାକ୍ଷର କରିଥିବା ବନ୍ଧ୍ୟାର ପ୍ରମାଣପତ୍ର ।

ଅବିନାଶ ଯେତେଦୂର ବୁଝିଥିଲା, ସଞ୍ଜିତା କୌଣସି ଦିନ ସଠିକ ଆବେଗଗତ ସମ୍ପର୍କ ରଖି ପାରିବନି ପୌଷ୍ୟପୁତ୍ର ସହ ।

ଏତେସବୁ ଶୁଣିବା ପରେ ବି ନିର୍ବିକାର ଥିଲେ ଡାକ୍ତର । ସେଇ ଭଙ୍ଗୀ ଓ ସ୍ୱରରେ ପୁଣି କହିଲେ ବ୍ୟସ୍ତ ନ ହ୍ୱେବାକୁ । ତାଙ୍କର ପରବର୍ତ୍ତୀ ଉପଦେଶ ଥିଲା କୃତ୍ରିମଭାବେ ଶୁକ୍ରାଣୁ ରୋପଣ ।

ଅବିନାଶର ଛାତି ଭିତରେ ଭୂମିକମ୍ପ । ହୃଦୟରେ ଅଗ୍ନ୍ୟୁପାତ । ଉଦ୍‌ଗତ ଲାଭା ସବୁ ହୃତ୍‌ପିଣ୍ଡର ରକ୍ତ ସହିତ ମିଶି ଖେଳାଇ ହୋଇଯାଉଥିଲେ ସାରାଦେହ । ଡାକ୍ତରୀର ବୈଷୟିକ କ୍ଷମତା ତାକୁ ଆହୁରି ଅକ୍ଷମ କରିଦେଉଥିଲା! ସେ ବୁଝିପାରୁ ନ ଥିଲା ବେବିନା ('ଝଡ଼' ଗପର ନାୟିକା), ସାବିତ୍ରୀ (ସାବିତ୍ରୀର ପୁଅ) ଓ ସଂଜ୍ଞିତା ମଧ୍ୟରେ ପାର୍ଥକ୍ୟ ।

ଡାକ୍ତରବାବୁ ଦେଖିପାରିଥିଲେ ତା'ର ମାନସିକ ଦ୍ବନ୍ଦ୍ବ । ପିଠି ଥାପୁଡ଼ାଇ କହିଲେ, "ମୁଁ ବି ଆସିଛି ମଧ୍ୟବିତ୍ତ ପରିବାରରୁ । ଜାଣିଛି ମଧ୍ୟବିତ୍ତର ଆଶା ଓ କ୍ଷମତା ମଧ୍ୟରେ ବ୍ୟବଧାନ । ତଥାପି ତୁମେ ବ୍ୟସ୍ତ ହୁଅନି । ବଡ଼ ସହରର ବଡ଼ ଡାକ୍ତରଖାନାର ବଡ଼ ଡାକ୍ତରଙ୍କ ପାଖକୁ ନ ନେଇ ମତେ ଥରେ ସୁଯୋଗ ଦିଅ ।"

ବଡ ସହର/ ବଡ଼ ଡାକ୍ତରଖାନା/ ବଡ଼ ଡାକ୍ତରଙ୍କ ଖର୍ଚ୍ଚ ହୁଏତ ବାହାନା ହୋଇପାରିଥାନ୍ତା ତା' ପାଇଁ । ସେଟିକି ବି କଟିଗଲା । ବିଭିନ୍ନ ଦିଗରେ ନିଆଁ ଜାଲି/ ଫାଶ ବସାଇ ହରିଣୀଟିଏକୁ ଯେମିତି ଅନୁଧାବନ କରୁଛି ବ୍ୟାଧ । ଫଳାଫଳ ଅବଧାରିତ ବର୍ତ୍ତମାନ ।

ଅବିନାଶ ପାଲଟି ଯାଉଥିଲା ଗୋଟେ ବାହାର ଲୋକ । ପରିବାରର ନୁହେଁ, ଏ ଗ୍ରହର ନୁହେଁ କି ତା' ନିଜର ବି ନୁହେଁ । ତା'ରି ସନ୍ତାନ ବୋଲି ଯାହାକୁ ସମସ୍ତେ କହିବେ, ସେ ତା'ର ନ ଥିବ । ସ୍ତ୍ରୀ ବୋଲି ବିବାହ କରିଥିବା ନାରୀଟିର ଜରାୟୁରେ ଅଧିକାର ସାବ୍ୟସ୍ତ କରିବ ଆଉ କା'ର ଶୁକ୍ରାଣୁ । ଅଥଚ ସନ୍ତାନ ନ ହେବାରୁ ସେ ହରାଇ ବସିଛି ସଂଜ୍ଞିତାକୁ । ତାକୁ ପାଇ ବି ପାଇ ପାରୁନି । ନିତି ନିତି ସେ ଶିଢ଼ି ଚଢ଼ିଛି ନିରବ ମାନସିକ ଯନ୍ତ୍ରଣାରେ ।

ଅବିନାଶର ଏ ଦ୍ବନ୍ଦ୍ବ କିନ୍ତୁ ଡାକ୍ତରଙ୍କ ପାଇଁ ଉଦ୍‌ବେଗର କାରଣ ନ ଥିଲା । ବ୍ୟାଙ୍କରେ ଗଚ୍ଛିତ ଥିବା ଶୁକ୍ରାଣୁ ସବୁ ଶୁକ୍ରାଣୁ ହିଁ କେବଳ । ତା'ର ଉପୟୁକ୍ତ କେହି ବି କହିପାରିବେ ନାହିଁ । ସବୁଆକ ର୍ୟାନ୍‌ଡମାଇଜ୍‌ଡ ।

ଏତେ ସବୁ ପରେ ଆଉ ଗୋଟିଏ ଅନୁରୋଧ ଥିଲା ଅବିନାଶର । ସଂଜ୍ଞିତା ଯେପରି ନ ଜାଣେ ତା'ର ଅକ୍ଷମତା କିମ୍ବା ଶୁକ୍ରାଣୁ ରୋପଣ ବିଷୟରେ । ଜାଣିଲେ ପୁଣି ଦୋହଲିଯିବ ତା'ର ମାନସିକ ସ୍ଥିତି । ବିଷମୟ ହୋଇଉଠିବ ସେମାନଙ୍କର ପାରିବାରିକ ସମ୍ପର୍କ ।

ଏଇ ଅନୁରୋଧରେ ଚିନ୍ତିତ ହେଲେ ଡାକ୍ତର । ଆହୁରି ତରଳି ଯାଉଥାଏ ଅବିନାଶର ସ୍ବର । ଆହୁରି ମିନତି ନେଇସିହୋଇଯାଉଥାଏ କଥାରେ । ସେସବୁକୁ ଏଡ଼ାଇ ପାରିଲେନି ଡାକ୍ତର । ସ୍ବୀକୃତି ଦେଲେ ଯେ ଛୋଟ ଅପରେସନ୍‌ଟିଏ ହେଉଛି ବୋଲି କୁହାଯିବ ତାକୁ ।

ସଞ୍ଜିତାର ବିବାହ ଖବରରେ ହତଚକିତ ହୋଇଯାଇଥିଲା ଶୀତିକଣ୍ଠ । ବିବାହ କରିବାକୁ ଖୋଲାଖୋଲି କେବେ ପ୍ରସ୍ତାବ ଦେଇ ନ ଥିଲା ସେ । ମାତ୍ର ଭାବୁଥିଲା ତାଙ୍କ ସମ୍ପର୍କର ମାନେ ହିଁ ସେଇଆ । ପରିଣତି ପାଇଁ ସମୟ ଆସିନି ଖାଲି ।

ଅନେକ ଅନେକ ଚର୍ଚ୍ଚା ଥିଲା ସେମାନଙ୍କୁ ନେଇ । ସଞ୍ଜିତା କ'ଣ ଜାଣେନି ସେସବୁ ? ନା ଜାଣିଥିଲେ ବି ପସନ୍ଦ କଲାନି ତାକୁ ଶେଷ ହିସାବନିକାଶ ବେଳେ ? ନା ଭାବିନେଲା ଶୀତିକଣ୍ଠ ନିଷ୍ଠୁର ତା' ପାଇଁ ? ଶୀତିକଣ୍ଠର ଗୋଟେ ଧାରଣା ଆସିଯାଇଥିଲା ନିଜର କରି ପାରିଛି ବୋଲି । ସେଇଥିପାଇଁ ହତଚକିତ ହୋଇଗଲା ସଞ୍ଜିତାର ବିବାହରେ ।

ବିବାହ ପରେ ନିରାପଦ ଦୂରତା ବଜାୟ ରଖୁଥିଲା ଶୀତିକଣ୍ଠ । ମାତ୍ର ସବୁ ଖବର ରଖୁଥିଲା । ଶୁକ୍ରାଣୁ ରୋପଣ ବି ବାଦ୍ ଯାଇ ନ ଥିଲା ତା'ର ଅନୁସନ୍ଧିସ୍ସାର ପରିଧିରୁ ।

ଅନେକ ସମୟରେ ଅତୀତକୁ ଝୁରି ହୁଏ । ଘାରିହୁଏ ନିଜର ଭୁଲ ପାଇଁ । ମନେପକାଏ ସଞ୍ଜିତାକୁ । ଇଚ୍ଛାହୁଏ ଭେଟିବାକୁ ତାକୁ । ମାତ୍ର ଭୟଲାଗେ ଅବଚେତନକୁ ନିଜର । ସେ ହୁଏତ ଲୁଚିପାରିବନି ନିଜର ମନୋଭାବ । ବିବାହ ପରବର୍ତ୍ତୀ ଜୀବନରେ ଏଇ ବ୍ୟଗ୍ରତାର ଅର୍ଥ ଅଶାଳୀନତା । ଏତିକିବେଳେ ଚିନ୍ତାଟିଏ ଆସିଲା ତା'ର ମନକୁ । ଧରାଧରି କରି ନିଜର ଶୁକ୍ରାଣୁ ଦେଲା ସଞ୍ଜିତାଠାରେ ରୋପଣ ପାଇଁ । ଆଉ ଆମ୍ଭହରା ହୋଇଗଲା ସଞ୍ଜିତା ଅନ୍ତଃସଭ୍ତ୍ଵା ହେବାପରେ । ତାକୁ ଲାଗିଲା, ସବୁ ଯେମିତି ସାର୍ଥକ ହୋଇଗଲା ତା'ର । ଆଉକିଛି ବି ତା'ର କାମନା ନାହିଁ । ମୋକ୍ଷ କି ନିର୍ବାଣର ଏକ ପାଖାପାଖି ବିନ୍ଦୁରେ ପହଞ୍ଚିଯାଇଛି ସେ । ସଞ୍ଜିତାକୁ ବିବାହ କରି ନ ପାରିବାରୁ ଯେଉଁ ଅସହାୟତା ବୁର୍ଖା ଭଳି ଘୋଡ଼ାଇ ରଖିଥିଲା ତାକୁ, ଖିନ୍ଭିନ୍ କରି ଚିରିପକାଇଛି ତାକୁ ଯେମିତି । ସଞ୍ଜିତାର ଜରାୟୁରେ ବଢ଼ୁଥିବା ଭୃଣର ସେ ହିଁ ଜନକ । ଆଉ ତା'ର କୌଣସି କାମନା ନାହିଁ । ଲାଳସା ନାହିଁ । ଚିନ୍ତା କଲା ଓ ଅପସରିଗଲା ଦୂରକୁ ।

ଝିଅ ହେବାର ଖବର ଶୁଣି ସମ୍ଭାଲିନେଲା ନିଜକୁ । ଦେଖିବାକୁ ଇଚ୍ଛା ହେଉଥାଏ ପ୍ରବଳ । ଜାଣି ଜାଣି କାମ ଓ ଦାୟିତ୍ଵ ବଢ଼ାଇଦେଲା ତା'ର । ସେଇ ରୂପରେ ଦୂରେଇ ରହିଲା ବେଶ କିଛିଦିନ ।

ଲିପି ସ୍କୁଲରେ ପଢ଼ିବା ପରେ ଆଉ ସମ୍ଭାଳିଧାରିଲାନି । ମାତ୍ର ଭୟ ହୁଏ ସଞ୍ଜିତାକୁ । ଅବିନାଶକୁ । ସମ୍ଭାବ୍ୟ ଢେଙ୍କୁ । କି କାରଣ ଦେଖାଇବ ? କି କୈଫିୟତ

ଦେବ ? କି ସମ୍ପର୍କର ବ୍ୟାଖ୍ୟା କରିବ ଲିପି ସହ ? ଏତେ ନିବିଡ଼, ଏତେ ଆମ୍ୟାୟ, ରକ୍ତର ସମ୍ପର୍କ ତା'ର ଲିପି ସହ। ମାତ୍ର ତାହା ଗୋପ୍ୟ ରହିବା ହିଁ ବିଧିନିର୍ଦ୍ଦିଷ୍ଟ। ଗୋପ୍ୟ ରହିବା ବାଞ୍ଛନୀୟ ବି।

ତା'ର ଆଉ ସଞ୍ଜିତା କଥା ମନେପଡ଼ୁ ନ ଥିଲା। ରୁହୁ ନ ଥିଲା ତାକୁ ନେଇ କିଛି ସମ୍ପର୍କ ଗଢ଼ିବାକୁ। ରୁହୁ ନ ଥିଲା ଦଖଲଦେବାକୁ ଅବିନାଶଙ୍କ ଅଧିକାରରେ, ଅବିନାଶଙ୍କ ସଂସାରରେ। ଖାଲି ତା'ର ମମତା ଥିଲା ଲିପିପାଇଁ। ମାତ୍ର ଏସବୁ ଏକ ଅସମାହିତ ସମୀକରଣ ପାଲଟି ଯାଇଥିଲା, ଯାହାର ସମାଧାନ ସୂତ୍ର କୌଣସି ଗଣିତଜ୍ଞ କାଢ଼ି ନାହାନ୍ତି ଆଜିଯାଏଁ।

ଭାବି ଭାବି ଖେଳଛୁଟିରେ ଯିବାକୁ ଠିକ କଲା। ଛୁଟିବେଳେ ସଞ୍ଜିତା କି ଅବିନାଶଙ୍କ ହାବୁଡ଼େ ପଡ଼ିଯିବ। ଗଲା, ଭେଟିଲା ଓ ଆସିଲା। ନୂଆ ନୂଆ ଅମଣ୍ଟ ହେଲା ଲିପି। ଧୀରେ ଧୀରେ ଆସିଲା।

ଲିପି କାହା ସହ ମିଶୁଥିବାର ଶୁଣି ମାଡ଼ ମାରିଲା ସଞ୍ଜିତା।

ଝଡ଼ ଉଠିଲା ଶୀତିକଣ୍ଠର ମନରେ। ବିକ୍ଷୁବ୍ଧ ମନ ତା'ର ବିଦ୍ରୋହ ଘୋଷଣା କଲା ସାରା ସଂସାର ବିରୁଦ୍ଧରେ। ତାକୁ ଲାଗିଲା, ସେ ନିଜେ ତିଆରି କରିଥିବା ଘର ଜବରଦଖଲ କରିଛି, ଆଉ ଜଣେ। ତା'ର ଝିଅ ଅଛି, ଅଥଚ ଦୁନିଆ ଆଖିରେ ନିଃସନ୍ତାନ ସେ। ନିଜକୁ ମଣିଲା ରାଜା ମିଡ଼ାସ୍ପ୍ରାୟ। ଛୁଇଁଲେ ପ୍ରାଣପ୍ରିୟା ତନୟା ମାଡ଼ ଖାଇବ। ତା'ଠାରୁ ବା ଦୂରେଇଯିବ କେମିତି ?

ତା' ଆଖିରେ ସବୁଠୁ ବଡ଼ ଶତ୍ରୁ ସଞ୍ଜିତା। ତାକୁ ବିବାହ ନ କଲେ ବି ସହିଯାଇଥିଲା ସେ। ମାତ୍ର ଟିକେ ଦେଖା କଲେ ବି ଲିପିକୁ ମାଡ଼। ମନ ତା'ର ଜଳିଯାଉଥିଲା। ରୁହୁଥିଲା ସେ ଜାଲିଦେବାକୁ ସଞ୍ଜିତାକୁ। ଏମିତିକି ଭାବୁଥିଲା ଯେ ପିତୃତ୍ୱ ଦାବୀ କରି ମୋକଦମା କରିବ। ଡ଼ି.ଏନ୍.ଏ. ଟେଷ୍ଟିଂ କରାଇବ। ବିଗତ ଦିନର ସମ୍ପର୍କକୁ ନେଇ ଅପବାଦ ରଟାଇବ। ସାକ୍ଷୀ ଆଣିବ ପ୍ରମାଣ କରିବାକୁ ମୋକଦମା। ଏତେ ଟିକିଏ ଅଧିକାର ଦେବାକୁ କୁଣ୍ଠିତ ଯଦି ସଞ୍ଜିତା, ଜାଲିଦେବ ସେ ତା'ର ସଂସାର।

ମାତ୍ର ସେମିତି କିଛି କରିପାରିଲାନି ସିଏ। ଲିପି ବି ବୋଧେ ରୁଲାକ ହୋଇଗଲା ଓ ଘରେ ଜଣାଇଲାନି ସାକ୍ଷାତ କଥା। ଶୀତିକଣ୍ଠ ବି ତାକୁ ଦିଏନି କିଛି ଘରକୁ ନେଇହେବା ଭଲି ଜିନିଷ। ସବୁକିଛି ସୁରୁଖୁରୁରେ ରୁଲୁଥିଲାବେଳେ ସଞ୍ଜିତା ସହ ସାକ୍ଷାତ। ସାକ୍ଷାତ ଓ ନିମନ୍ତ୍ରଣ ଘରକୁ।

ଶୀତିକଣ୍ଠ ପଡ଼ିଯାଇଥିଲା ଦ୍ୱନ୍ଦ୍ୱରେ। ପହଞ୍ଚିଯାଇଥିଲା ନିର୍ଣ୍ଣାୟକ ବିନ୍ଦୁରେ। ଯିବ

ନା ନାହିଁ ? ଯିବାଟା ଥିଲା ଗୋଟେ ଅମୁହାଁ ଦେଉଳ କିମ୍ବା ଅନ୍ଧଗଳିରେ ପଶିବା ଭଳି । ନ ଯିବାର ଅର୍ଥ ଚିରବିଦାୟ ।

ଯିବ ନା ନାହିଁ ?

ସେ ହୁଏତ ଜାଣିଥିଲା ଯେ ଯିବାର ଅର୍ଥ ଭବିଷ୍ୟତ ପାଇଁ ନାନାଦି ବିଭ୍ରାଟକୁ ଆହ୍ୱାନ କରିବା । ମାତ୍ର ସଞ୍ଜିତାକୁ ଦେଖିବା ପରେ କେମିତି ଗୋଟେ ମୋହ ବଢ଼ି ରହିଥିଲା ତା'ର ଭିତରେ ଭିତରେ । ସେଇ ଆକର୍ଷଣ ହିଁ ବିଜୟୀ ହେଲା ଶେଷରେ ।

ସଞ୍ଜିତା ପଚାରିଲା, "ପିଲାମାନଙ୍କୁ ଆଣିଲନି ?"

– ପିଲା କେଉଁଠୁ ଆଣିବି ?

– ଆଣିବ ମାନେ ? ସ୍କୁଲକୁ ତା'ହେଲେ ଯାଅ କାହିଁକି ?

– ମୋ ମନରେ ନିଜ ଝିଅର ଏକ ଚିତ୍ର ଥିଲା । ଅବିକଳ ଲିପି ଭଳି । ଦେଖୁ ଦେଖୁ ଭଲ ପାଇଲି ତାକୁ । ତା'ରି ପାଖକୁ ହିଁ ଯାଏ ।"

ବ୍ୟଙ୍ଗ କଲା ଭଳି ସଞ୍ଜିତା ପଚାରିଲା, "ଝିଅ କଥା ତା'ହେଲେ ଏମିତି ! ଚିତ୍ର ଆଙ୍କି ସେଇଭଳି ସ୍ୱାମୀ ଟେ ଖୋଜୁନ ତ ?" ପଚାରିଦେଲା ଓ ଉତ୍ତରରେ ମୂଢ଼ ପାଲଟିଗଲା । କଦାପି ସିଏ ଭାବି ନ ଥିଲା ଯେ ଶୀତିକଣ୍ଠ ଅବିବାହିତ ଥିବ ଆଜିଯାଏ । ପରିବେଶକୁ ହାଲୁକା କରିବାପାଇଁ ଯୋଡ଼ିଲା, "ଏବେଠୁ ତା'ହେଲେ ବରାଦ ଦେଇଦିଅ । ଆଜି ବରାଦ ଦେଲେ ଅନ୍ତତଃ ଉଣେଇଶ ବର୍ଷ ଲାଗିଯିବ ବାହାହେବାକୁ !'

ଶୀତିକଣ୍ଠ ହସିଦେଲା ଖାଲି । ଅବିନାଶ ଆସିଲା । ଲିପି ଆସିଲା । ସେମାନଙ୍କ ସହ କିଛି ସମୟ ଅତିବାହିତ କରି ଫେରିଆସିଲା ଶୀତିକଣ୍ଠ ।

କେତେଥର ଏମିତି ଯିବା ଆସିବା ପରେ ଶୀତିକଣ୍ଠ ଅନୁଭବ କଲା ଏକ ଆକର୍ଷଣ । ଯାହା ପୂର୍ବଠାରୁ ଅଲଗା । ସଂପୂର୍ଣ୍ଣରୂପେ ଯୌନଚୈତନାଗ୍ରସ୍ତ । ତାକୁ ଲାଗିଲା ଅବିନାଶ ସହ ଯୌନଜୀବନ ନେଇ ସୁଖୀ ନ ଥିବ ସଞ୍ଜିତା । ସେମାନଙ୍କ ମଝିରେ ସ୍ଥାନଟିଏ ମିଳିପାରିବ ତାକୁ ।

ଏକାକୀ ଥିବାବେଳେ ସଞ୍ଜିତାକୁ ପଚାରିଲା, 'ତୁମେ ସୁଖୀ ତ ? ବିବାହ କରି କିଛି ଭୁଲ କଲା ଭଳି ଲାଗୁନି ?"

– କାହିଁକି ?

–ମାନେ ତୁମର ବୈବାହିକ ଜୀବନ କଥା କହୁଛି । କିଛି ଅସୁବିଧା ନାହିଁ ତ ?"

–"ଅସୁବିଧା ପୁଣି କ'ଣ ?"

–'ତୁମେ କ'ଣ ସୁଖୀ ତା'ହେଲେ ? ପୂରାପୂରି ସୁଖୀ ? ଅବିନାଶ...

ଆଉ କିଛି କହିବାକୁ ନ ଦେଇ ସଞ୍ଜିତା କହିଲା, "ତୁମ ପ୍ରଶ୍ନର ଦାର୍ଶନିକ ଉତ୍ତର ମତେ ଜଣା ନାହିଁ। କିନ୍ତୁ ଗୋଟେ ସାଧାରଣ ନାରୀ ସ୍ୱାମୀ, ସନ୍ତାନ ଓ ସଂସାରଠାରୁ ଯେତିକି ଆଶା କରେ, ମୁଁ ପାଇପାରିଛି।"

ଶୀତିକଣ୍ଠ ଝାଳେଇ ପାଇଥିଲା ସେତେବେଳକୁ। ବିଜୁଳି ବି କଟିଗଲା। ଘରିଆଡ଼େ ବହଳ ଅନ୍ଧାର। କାମନାର ଲମ୍ୱା ହାତ ଜାବୁଡ଼ି ଧରୁଥାଏ ତାକୁ। ପ୍ରାପ୍ତି ତା'ର ହାତମୁଠାରେ। ପ୍ରାପ୍ତି କେଇ ମୁହୂର୍ତ୍ତ ପାଇଁ ଖାଲି। ଏଇ ମୁହୂର୍ତ୍ତ ଖସିଗଲେ ଆଉ ମିଳିବ ନାହିଁ କଦାପି। ଶୀତିକଣ୍ଠ ଅସ୍ଥିର ହୋଇଉଠିଲା। ଆତ୍ମନିୟନ୍ତ୍ରଣ କ୍ଷମତା ତା'ର ହଜିଯାଉଥିଲା କ୍ରମଶଃ!

'ଟିକେ ପରେ ଆସୁଛି' କହି ବାହାରିଗଲା ଶୀତିକଣ୍ଠ। ଫେରିବାବେଳକୁ ବିଜୁଳି ଆସିଥିଲା! ଅବିନାଶ ବି ଅପେକ୍ଷା କରିଥିଲା ତାକୁ।

ଶୀତିକଣ୍ଠ ଅବିନାଶକୁ କହିଲା, "ମୁଁ ବିବାହ କରିବି। ଝିଅ ଦେଖିବା ଦାୟିତ୍ୱ କିନ୍ତୁ ତୁମ ଦୁହିଁଙ୍କର।"

ହଜିଯାଉଥିବା ଝିଅମାନେ

ଶଳେ ସମସ୍ତେ ବାସ୍ତାର୍ଡ, ସମସ୍ତେ ହିପୋକ୍ରାଟ ...

ସତ୍ୟ ମହାପାତ୍ର କଥାରେ କିନ୍ତୁ ସ୍ୱଭାବସୁଲଭ ତୀକ୍ଷ୍ଣତା ନ ଥିଲା । ଏମିତି ଶବ୍ଦ ତା' ମୁହଁରୁ ଛୁଟିଆସିଥାନ୍ତା ବୁଲେଟ ଭଳି ଓ ତା' ମୁହଁ ଦିଶିବା କଥା ହିଟଲର କି ତେମୁରଲଙ୍ଗଙ୍କ ପରି ।

ସେ କିନ୍ତୁ ଦିଶୁଥିଲା ଦାର୍ଶନିକ ଦାର୍ଶନିକ । ଅନେକାଂଶରେ ଉଦାସ । ଆଉ ଶବ୍ଦମାନେ ଲାଗୁଥିଲେ ଦୁଃଖର ଦରିଆ ଟପି ଆସୁଥିବାପରି ଭିଜା ଭିଜା ।

ସତ୍ୟ ସହ ପନ୍ଦର ବର୍ଷ ପରେ ଦେଖା । ମେଡିକାଲରେ ଏକାଠି ପଢୁଥିଲୁ । ଗୋଟିଏ ରୁମରେ ରହୁଥିଲୁ । ସ୍ନାତକଶ୍ରେଣୀ ପରେ ମୁଁ ଆମେରିକା ଚାଲିଗଲି । ସେ ବ୍ରହ୍ମପୁରରେ ରହି ନର୍ସିଂହୋମ କଲା । ମଝିରେ ଗାଇନିକ୍‌ରେ ଏମ୍.ଡି. ବି ସାରିଲା । ଛଅ ବର୍ଷ ପରେ ଏଥର ଯେବେ ମୁଁ ଓଡ଼ିଶା ଆସିଲି, ମୋର ପ୍ରଥମ ଲକ୍ଷ୍ୟ ଥିଲା ସତ୍ୟ ମହାପାତ୍ର । ଦୁଇଦିନ ତା' ପାଖରେ ରହିବାପାଇଁ ଆଗରୁ ଠିକ୍ କରିଥିଲି । ଅନେକଥର ତା' ବିଷୟରେ ଶୁଣି ସ୍ତ୍ରୀ ମଧ୍ୟ ଚାହୁଁଥିଲେ ତା'ର ପରିବାର ସହ ମିଶିବାକୁ । ସମୟ ଯେତେ ଗଡ଼ିଯାଏ, ନିଜର ପୁରୁଣା ଅନୁଷ୍ଠାନ ସେତେ ମନେପଡ଼େ । ସ୍ମୃତି ସେତେ ଗାଢ଼ ହୁଏ । ବ୍ରହ୍ମପୁରରେ ଦୁଇଦିନ ମୁଁ ସତ୍ୟ ସହ ସ୍ମୃତିଚାରଣ ପାଇଁ ହିଁ ଆସିଥିଲି । ଦୁହିଁଙ୍କ ପରିବାର ବୁଲାବୁଲି କରିବାର କଥା ।

ଏଠି ପହଞ୍ଚୁ ପହଞ୍ଚୁ ନୟାଗଡ଼ ଭ୍ରୂଣହତ୍ୟାର ତାଣ୍ଡବ । ସେଇ ବିଷୟ ନେଇ ଖବରକାଗଜରେ ପୃଷ୍ଠା ପରେ ପୃଷ୍ଠା । ଡାକ୍ତରଙ୍କୁ ଛି– ଛାକର । ସରକାରଙ୍କୁ ନିନ୍ଦା । ପଢ଼ିବା ପରେ ମତେ ବାଧୁଥିଲା ଖୁବ ଓ ମୁଁ ମନ୍ତବ୍ୟ ଦେଇଥିଲି ଯେ ଡାକ୍ତରମାନେ ପଇସାପାଇଁ ଏତେ ତଳକୁ ଯିବା ଉଚିତ ନୁହେଁ !

ସତ୍ୟକୁ ଆଘାତ କରିବା ମୋର ଉଦ୍ଦେଶ୍ୟ ନ ଥିଲା । ସତ କହିବାକୁ ଗଲେ

ପେସାଗତ କୌଣସି ଜିନିଷ ମୁଁ ମୁଣ୍ଡରେ ରଖି ନ ଥିଲି । ଆଲୋଚନା କରିବାକୁ ରହୁ ନ ଥିଲି । ମୋ ମନରେ   ଭରି ରହିଥିଲା ନଷ୍ଟାଲ୍‌ଜିଆ । ପୁରୁଣା ଦିନର ଭୁରୁଭୁରୁ ବାସ୍ନା । ତାରୁଣ୍ୟର କୋମଳ ଗାନ୍ଧାର । ସଫଳତା-ବିଫଳତା, ଶତ୍ରୁ-ମିତ୍ର ନିର୍ବିଶେଷରେ ସମସ୍ତେ ଲାଗୁଥିଲେ ଏକାନ୍ତ ନିଜର । ମୋ ଜୀବନୀର ଅପରିହାର୍ଯ୍ୟ ଅଂଶ ।

ସତ୍ୟ ମୋ ସହିତ ଚା' ପିଉଥାଏ । ଥାଏ ଅସ୍ୱାଭାବିକ୍ ଭାବେ ଅନ୍ୟମନସ୍କ ଓ ନିରବ । ନିରବତାର ଆସ୍ତରଣ ଭେଦି ତା'ର ପାଟି ଶୁଭିଲା, ଶୁଣ...

କହିଲା ଓ ରହିଗଲା ସେ । ତଳକୁ ମୁହଁ ପୋତି ରହି ରହି କଥା ଆରମ୍ଭ କଲା ପୁଣି । କେତୋଟି କେଶ୍‌ର ଉଦାହରଣ ଦେଲା ଓ ପଚାରିଲା, ମୋ ଜାଗାରେ ଥିଲେ ତୁ କ'ଣ କରିଥାନ୍ତୁ ?

ଉଦାହରଣ ଏବୁ ଥିଲେ ଏଇଭଳି ।

୧.   ଜଣେ ସ୍ତ୍ରୀଲୋକଙ୍କର ପ୍ରଥମ ଦୁଇଟି ସନ୍ତାନ ଝିଅ । ତାଙ୍କର ଜମିବାଡ଼ି ପ୍ରଚୁର ! ପରିବାରର ସମସ୍ତେ ପୁଅ ଚାହୁଁଥିଲେ । ଝିଅ ଜନ୍ମଦେବାର ଦୋଷ ତାଙ୍କ ମୁଣ୍ଡରେ । ସେ ଆସି ଦୁଇ-ଦୁଇ ଥର ଗର୍ଭ ପରୀକ୍ଷା ଓ ଗର୍ଭପାତ କରାଇଲେ । ତା'ପରେ ପୁଅ ହେଲା ।

୨.   କ, ଖ, ଗ ଆଦି ଅବିବାହିତା ଜନନୀ ।

୩.   ଗୋଟିଏ ଦମ୍ପତି ପିଲା ନ ହେବାପାଇଁ ବଟିକା ଖାଉଥିଲେ । ତା' ସତ୍ତ୍ୱେ ଗର୍ଭ ହେଲା ।

୪.   ଜଣେ ଚିହ୍ନା ଲୋକ । ତାଙ୍କର ଗୋଟିଏ ପୁଅ ଥାଏ । ସ୍ୱାମୀ-ସ୍ତ୍ରୀ ଦୁହେଁ ଚକିରିଆ । ପୁଅ ହେବାର ଦଶବର୍ଷ ପରେ ଆଉଥରେ ସେ ଗର୍ଭବତୀ ହେଲେ । ଗର୍ଭ ରଖିବାକୁ ଚାହୁ ନ ଥିଲେ । ବହୁତ ବୁଝାଇବାପରେ ରାଜି ହେଲେ । ମାତ୍ର ଅଲ୍‌ଟ୍ରା ସାଉଣ୍ଡ କରିବା ପରେ ଯାଆଁଳା ବୋଲି ଜଣାପଡ଼ିଲା । ଯାଆଁଳା ଶୁଣି ଆଦୌ ରାଜି ହେଲେନି । କାରଣ ଏତେ ଦାୟିତ୍ୱ ସେ ଆଦୌ ମୁଣ୍ଡାଇ ପାରିବେ ନାହିଁ ।

୫.   ଜଣେ ପୁରୁଣା ରୋଗୀ । ପ୍ରତିଦିନ ତିନି-ଚାରୋଟି ଔଷଧ ଖାଉଥାନ୍ତି । ଅନିୟମିତ ଚେକ୍‌ଅପ୍ । ତା' ଭିତରେ ଗର୍ଭବତୀ ହେଲେ । ଛୁଆର କିଛି ଅସୁବିଧା ହେବ କି ନାହିଁ ପଚାରିଲେ । କିଏ ବା କହିପାରିବ ? ତେଣୁ ଗର୍ଭପାତ କରାଇଲେ ।

୬.   ଜଣେ ପାଠପଢ଼ା ମଝିରେ ଗର୍ଭବତୀ ହେଲେ । ଖୁବ ଭଲ ଛାତ୍ରୀ । କ୍ୟାରିଅର ଓରିଏଣ୍ଟେଡ୍ । ଗର୍ଭ ରଖିବାକୁ ଚାହିଲେ ନାହିଁ ।
ମୁଁ ଶୁଣିଲି । ନିରବ ରହିଲି କିଛି ସମୟ । ସତ୍ୟ ମୋ ମୁହଁକୁ ଚାହିଁବାରୁ ପଚାରିଲି,

"ସତ୍ୟ, ତୁ ସତ କହିଲୁ, ତୋ ନର୍ସିଂହୋମ୍‌ରେ କ'ଣ ଖାଲି ଏଇତକ ଗର୍ଭପାତ ହୋଇଛି ?"

"ଦେଖ୍, ନର୍ସିଂହୋମ କରିଛି ମୋର ଜୀବିକାପାଇଁ। ବ୍ୟବସାୟର ଧର୍ମ ମାନିବାକୁ ମୁଁ ବାଧ୍ୟ। ତୁ କିନ୍ତୁ ଭାବିବୁନି ଯେ ଖାଲି ଭ୍ରୂଣହତ୍ୟା କରି ମୁଁ ମୋର ପେଟ ପୋଷୁଛି। କେଉଁ ବାପା-ମା'ଙ୍କୁ ମୁଁ ଜବରଦସ୍ତି କରି କି ମିଛ କହି ଭ୍ରୂଣହତ୍ୟା କରୁଛି କି ?"

—ମୁଁ ନିରବ ରହିଲି।

— ଶାଶ୍ୱତ ଦେଖ। ଗୋଟିଏ ଆବର୍ସନରୁ ମିଳେ ଦେଢ ହଜାରରୁ ଦୁଇ ହଜାର। ସେଥୁରୁ ପାଖାପାଖି ଅଧା ନେବ ଦଲାଲ୍। ତିନିଶହରୁ ପାଞ୍ଚଶହ ନେବେ ସର୍ଜନ। ଔଷଧ ପାଖାପାଖି ଦୁଇତିନି ଶହ। ସୁଇପର ପରଶ୍ଚ। ୱେଷ୍ଟ ଡିସପୋଜାଲ ପାଇଁ କୋଡ଼ିଏ। ତା' ବାଦ ଯାହା ରହିଲା ଅର୍ଥାତ ଦୁଇରୁ ତିନିଶହ ଟଙ୍କା ଆମର ଲାଭ !

— ତା'ହେଲେ ଏସବୁ କରୁଛ କାହିଁକି ?

— ମୋ ନର୍ସିଂହୋମ୍‌ରେ ନ ହେଲେ ଆଉ କେଉଁଠି ହେବ। ବାପ'ମା ନିଶ୍ଚିତ ଯେତେବେଲେ କେଉଁଠି ନା କେଉଁଠି କରିବେ। କିଛି ନ ହେଲେ କ୍ୱାକ ପାଖରେ। ସେଇ ଦଲାଲ ମୋ ଉପରେ ଅସନ୍ତୁଷ୍ଟ ହେବେ। ମୋ ପାଖକୁ ଦ୍ୱିତୀୟଥର କେହି ବି ଆସିବେନି। ଏସବୁ ଛଡ଼ା ଦିନକୁ ଆଠ-ଦଶଟି ହେଉଥୁବାରୁ ମାସ ଶେଷରେ କିଛିଟା ପଇସା ହୋଇଯାଏ ଏସବୁରୁ।"

— "ଯେତେ ଯାହା ହେଲେ ବି ନୟାଗଡ଼ରେ କୂଅରେ ଏମିତି ପକାଇବାତା...

— ଆଉ କ'ଣ ଅନ୍ୟମାନଙ୍କ ପରି ରାସ୍ତାରେ ଫୋପାଡ଼ି ଦେଇଥାନ୍ତା ? ତୁ ବ୍ରହ୍ମପୁରର ଯେକୌଣସି ନିଛାଟିଆ ରାସ୍ତାରେ ସକାଳୁ ସକାଳୁ ଯାଆ। ତିନି-ଚ୍ୟାରୋଟି ଅପରିପକ୍ୱ ଭ୍ରୂଣ ନିଶ୍ଚୟ ରାସ୍ତାରେ ପଡ଼ିଥ୍‌ବ।

— କଣ କହୁଛୁ ବେ ? ପ୍ରତ୍ୟେକଦିନ ଯେକୌଣସି ରାସ୍ତାରେ ତିନି-ଚ୍ୟାରୋଟି !

ଏମିତି ଚମକି ପଡ଼ନି ଶାଶ୍ୱତ। ଅଜଣା-ଚ୍ୟଉଳ ଭାତ ଖାଇବା ଆମ ଭାରତୀୟଙ୍କର ଅଭ୍ୟାସ। ସେ ଆମେରିକା ଗଲେ ବି ବଦଳିପାରେନି। ଆଜି ଆମ ସାମ୍ୱାଦିକମାନଙ୍କର, ନେତାମାନଙ୍କର, ପ୍ରଶାସକମାନଙ୍କର ନିଦ ଭାଙ୍ଗୁଛି। ଲୋକମାନେ ସତେ ଯେପରି ଜାଗି ଉଠିଛନ୍ତି ! କିନ୍ତୁ ଜାଣିଛୁ, ୟୁନିସେଫ ରିପୋର୍ଟ ଅନୁସାରେ ୧୯୧୭ରୁ ୧୯୯୮ ମସିହା ଭିତରେ ଭାରତରେ ଦଶ ନିୟୁତ କନ୍ୟାଭ୍ରୂଣ ନଷ୍ଟ କରାଯାଇଛି। ପ୍ରତିଦିନ ନଷ୍ଟ କରାଯାଉଛି ପାଖାପାଖ ୭୦୦୦ ! ଅମାର୍ଘ୍ୟ ସେନଙ୍କ ହିସାବ ଅନୁସାରେ ୧୯୮୬ ମସିହା ସୁଦ୍ଧା ଭାରତରେ ୩୭ ନିୟୁତ ଓ ଚୀନରେ

୪୦ ନିୟୁତ ଝିଅଙ୍କୁ ଜନ୍ମ ହେବା ଆଗରୁ ମାରି ଦିଆଯାଇଛି। ସମଗ୍ର ପୃଥିବୀ କଥା ବିଚାର କଲେ ଶହେ ନିୟୁତ— ହେବ ଯାହାକି ବିଂଶ ଶତାବ୍ଦୀର ସମସ୍ତ ଦୁର୍ଭିକ୍ଷଜନିତ ମୃତ୍ୟୁଥାରୁ ଅଧିକ। ପ୍ରଥମ ଓ ଦ୍ୱିତୀୟ ବିଶ୍ୱଯୁଦ୍ଧର ମିଳିତ ମୃତକଙ୍କ ସଂଖ୍ୟାଥାରୁ ଅଧିକ। ଆଉ ତୁମ ଆମେରିକାର ଏବେକାର ନାରୀ ସଂଖ୍ୟାର ସତୁରି ପ୍ରତିଶତ।

ପିଲାମାନେ ବୁଲି ବାହାରିଲେ। ଆମପାଇଁ ଖାଇବା ଜିନିଷ ଦେଇଗଲେ। ଘରର ଦାୟିତ୍ୱ ବୁଝାଇଦେଲେ। ଖାଉ ଖାଉ ସତ୍ୟ ପଚାରିଲା, ତୋର ଅନୁ କଥା ମନେପଡ଼େ ?

– ହାଁ, ବେଳେବେଳେ। ତୀବ୍ରଭାବେ। କେବେକେବେ ଲାଗେ ଯେ ଅନୁର ପ୍ରତ୍ୟାଖ୍ୟାନ   ପାଇଁ ହିଁ ମୁଁ ଆଜି ପେସାରେ ସଫଳ। ଆଉ ବେଳେବେଳେ ଲାଗେ ଯେ ସେ ହିଁ ମୋର ସବୁଠୁ ବଡ଼ ବିଫଳତା। ସବୁଠୁ ବଡ଼ ପରାଜୟ। ସତ କହିଲେ ପାଞ୍ଚବର୍ଷ ଧରି ନିଜର ଏକ ଅଂଶ ବୋଲି ହିଁ ଭାବିଆସିଥିଲି ତାକୁ। ଆଛା, ଏଇ ଡକ୍ତର ବ୍ରହ୍ମା ଆମକୁ ଠେଲକମ କରିଥିବା ବ୍ୟାଚର।

–ନାଇଁ ନାଇଁ, ସେଇ ଡକ୍ତର ବ୍ରହ୍ମା ମେଡ଼ିସିନ ସ୍ପେଶାଲିଷ୍ଟ ।

–କିନ୍ତୁ ତୁମ ଆସୋସିଏସନ ନିରବ କାହିଁକି ? ସବୁ ଗାଇନିକୋଲୋଜିଷ୍ଟ କି ସବୁ ଡାକ୍ତରଙ୍କୁ ଏମିତି ଦୋଷ ଦେବା ଅନ୍ୟାୟ। ତା'ଛଡ଼ା ଏମ୍.ଟି.ପି. ଆକ୍ଟ ଯାହା, ତୁମେ ତ କହିପାରନ୍ତ ଯେ ଫେଲୁଅର ଅଫ୍ କନ୍ଟ୍ରାସେପସନ୍ । ରୋଗୀ ବି ଯଦି ତୁମକୁ କୁହେ ଯେ ଗର୍ଭନିରୋଧ ବ୍ୟବସ୍ଥା କାମ ଦେଲାନି; ତୁମେ କ'ଣ କରିବ ? ତେଣୁ ତୁମେ ଅନ୍ତତଃ କହିପାରନ୍ତ ଯେ ସବୁଯାକ ଗର୍ଭପାତ ଆଇନତଃ ବୈଧ। ଏମିତି ଲୁଚି ରହିବାର କ'ଣ ମାନେ ଅଛି ? ନୈତିକତାକୁ ଜଗିବ ତ ସବୁଠୁ ଭଲ। ନଚେତ ବ୍ୟବସ୍ଥା ସହ ଲଢ଼ିବ। ଚୋରି ବି କରୁଛ ଯଦି 'ନେଇ ଆଣି ଥୋଇ ଜାଣିବା' ଦରକାର।"

ସତ୍ୟ ମହାପାତ୍ର ଆଖିରେ ପ୍ରଶାନ୍ତ ମହାସାଗରର ଗଭୀରତା। ମହାଶୂନ୍ୟର ଶୂନ୍ୟତା। ସେ ଯେମିତି ଠିକ କରିପାରୁନି ତା'ର କର୍ତ୍ତବ୍ୟ।

– ଶାଶ୍ୱତ, ଗୋଟେ ପୁଅକାଙ୍ଗାଲ ଦେଶର ଏହାହିଁ ଭବିତବ୍ୟ। ଅନେକ ଜାଗାରେ ସେକ୍ସ ରେସିଓ ଅଶୀ ପ୍ରତିଶତରୁ ବି କମ୍। ଅର୍ଥାତ ହଜାରେ ପୁଅରେ ଆଠଶହ ଝିଅ। ହୁଏତ ଆହୁରି କମିଯିବ, କହିଲା ଓ ପୁଣି ବୁଡ଼ିଗଲା ଚିନ୍ତାରେ।

ମୁଁ ଏମିତି ପରିସ୍ଥିତି ରହୁ ନ ଥିଲି। ମୋ ହାତରେ ମାତ୍ର ଦୁଇଦିନ ସମୟ। ଏ ପରିସ୍ଥିତିପାଇଁ ମୁଁ ଦାୟୀ ନୁହେଁ କିମ୍ବା ଏଥିରେ ମୋର କିଛ କରିବାର ନାହିଁ। ସତ କହିଲେ ମୁଁ ଏ ଦେଶରେ ରହିବାର ହିଁ ନାହିଁ। ମୁଁ ଆସିଛି ମୋର ସ୍ମୃତିଚାରଣ ପାଇଁ।

ସତ୍ୟ ମହାପାତ୍ର ସାହାଯ୍ୟରେ । ସେ କିନ୍ତୁ ଅର୍ଜୁନଙ୍କ ଭଳି ବିଷାଦଗ୍ରସ୍ତ । ମୁଁ ତାକୁ ଏମିତି ବିଲକୁଲ ରଖିହେନି । ଅନ୍ତତଃ ଏଇ ଦୁଇଦିନ । ତାକୁ ବୋଧ ଦେବାପାଇଁ କହିଲି– ଖାଲି ଭାରତ କଥା କାହିଁକି କହୁଛୁ, ଚୀନରେ ବି ତ କନ୍ୟାଭ୍ରୂଣ ନଷ୍ଟ କରାଯାଉଛି !

–ଦେଖ ଶାଶ୍ୱତ, ମୁଁ ଚୀନ କଥା ଜାଣେନି, କିନ୍ତୁ ଜାଣିଛି ଯେ ଭାରତୀୟମାନେ ଅନାଦିକାଳରୁ ପୁଅପାଗଳ । ଅଥର୍ବବେଦରେ କୁଆଡ଼େ ଅଛି – "ଆମର ଏଠି ପୁଅ ଜନ୍ମ ହେଉ । ଝିଅ ଆଉ କେଉଁଠି ଜାଗା ପାଉ । ମନୁସଂହିତା କଥା ତ ନ କହିଲେ ଭଲ । ପୁଅ ଶ୍ରାଦ୍ଧ ଦେବ । ପୁଅ ବଂଶ ରଖିବ । 'ପୁତ୍ରାର୍ଥେ କ୍ରିୟତେ ଭାର୍ଯ୍ୟା' ଇତ୍ୟାଦି ଇତ୍ୟାଦି ଆମର ଅସ୍ଥିମଜ୍ଜାଗତ । ଏକବିଂଶ ଶତାବ୍ଦୀରେ, ଯେତେବେଳେ ଝିଅମାନେ ସବୁ କ୍ଷେତ୍ରରେ ନିଜର ଶ୍ରେଷ୍ଠତା ଦେଖାଇ ପାରୁଛନ୍ତି, ସେତେବେଳେ ବି ଆମେ ଏମିତି ହେବା ନିହାତି ଲଜ୍ଜାକର ।

– "ଆଛା ? ଜନ୍ମ ପୂର୍ବରୁ ଲିଙ୍ଗ ନିର୍ଣ୍ଣୟ ବେଆଇନ ପରା ? ଲୋକମାନେ ତ ଡରିବା କଥା ।"

– "ତୁ ବୋଧେ ଭୁଲିଗଲୁଣି ଶାଶ୍ୱତ । ଆମ ହାଉସମ୍ୟାନ୍‍ସିପ୍‍ ବେଳେ ଗାଇନିକକୁ କେମିତି ସେପ୍‍ଟିସେମିଆ କେସ ଆସୁଥିଲା । ଲୋକେ ଜ୍ୟୋତିଷୀ ପାଖରେ, ଶୁଆ ପାଖରେ ହନୁମାନ ପ୍ରଶ୍ନର ସାହାଯ୍ୟରେ, ପେଟ ଲମ୍ବା କି ଚକା ଦେଖି, ରଇଜିନିକ ସ୍ୱାତିସଷ୍ଟିକସ ଚାର୍ଟର ସାହାଯ୍ୟ ନେଇ ପୁଅ-ଝିଅ ନିର୍ଣ୍ଣୟ କରୁଥିଲେ । ଝିଅ ହେବାର ଥିଲେ ଗାଁ ଢାଇ ପାଖକୁ ଯାଉଥିଲେ ଆବରସନ ପାଇଁ । କି କି ଗଛର କାଠି ଗେଞ୍ଜି ସେମାନେ ଆବରସନ କରନ୍ତି । ଇନଫେକସନ ହୁଏ । ବ୍ଲିଡିଙ୍ଗ ହୁଏ । ଅନେକ ମରି ବି ଯାଆନ୍ତି । ଲୋକେ ଯେଉଁଠି ଏତେ ପାଗଳ, ସେଠି ଆଇନ କ'ଣ କରିବ ? ତୁ ମୋ କ୍ଲିନିକକୁ ଆସ । ଅଲଟ୍ରାସାଉଣ୍ଡ ରୁମରେ ଲୁଚି ଲୁଚି ଦେଖ । ଲୋକମାନେ କାନରେ ଫିସ ଫିସ କରି କହିବେ, 'ସାଢ଼େ ଛଅଶ' ଟଙ୍କିଆ ସ୍କାନିଂ କରନ୍ତୁ ।

– ମାନେ ?

– ଅଲଟ୍ରାସାଉଣ୍ଡ ଏମିତିରେ ସାଢ଼େ ଚାରିଶହ କି ପାଞ୍ଚଶହ । ଲିଙ୍ଗ ଜାଣିବାକୁ ହେଲେ ସାଢ଼େ ଛଅଶହ । କାଗଜ କଲମରେ ଲେଖିବା ଦରକାର ନାହିଁ । ରସିଦ କାଟିବା ଦରକାର ନାହିଁ । ଏ କଥା ସମସ୍ତେ ଜାଣନ୍ତି । ଅଥଚ କେହି ବି ଜାଣନ୍ତିନି ।

– ହଁ ହଁ ସତ୍ୟ, ମନେପଡ଼ିଲା ଗାଇନିକ ୱାର୍ଡର ସେପ୍‍ଟିସେମିକ ରୋଗୀଙ୍କ କଥା । ସେମିତି ଅବସ୍ଥାକୁ ଯିବାଠାରୁ ଅଲଟ୍ରାସାଉଣ୍ଡ କରାଇବା ବରଂ ଭଲ । ହେଉ ବରଂ ଅବୈଧ । ଅନ୍ତତଃପକ୍ଷେ ମା' ପାଇଁ । ଯେତେଦିନ ପର୍ଯ୍ୟନ୍ତ ଆମର ଦୃଷ୍ଟିଭଙ୍ଗୀ ନ ବଦଳିଛି/ପୁଅ-ଝିଅ ଫରକ ନ ଯାଇଛି/ ଯୌତୁକ ଆଦି ବନ୍ଦ ନ ହୋଇଛି/ ନାରୀ

ନିର୍ଯାତନା ନ କମିଛି – ଏମିତି ବିରାଡ଼ିବୈଷ୍ଣବ ବୋଲାଇବାର କି ଆଇନର ଦ୍ୱାହି ଦେବାର କିଛି ହିଁ ମାନେ ନାହିଁ। ଆମେ ଝିଅର ଜୀବନଧାରା ବଦଲାଇପାରୁନେ। ତା'ର ଜୀବନ ନେଇଯାଉଛେ।

ଝର୍କାବାଟେ ବାହାରକୁ ଚାହିଁଲି। ବ୍ରହ୍ମପୁରର ଏଇ ଅଂଶ ବେଶ୍ କିଛି ବଦଲିଗଲାଣି। ଅନେକ ନୂଆ ନୂଆ କୋଠା ଓ ଦୋକାନ। ମାତ୍ର କିଛି ସମୟ ପରେ ମୋ ଆଖିରେ ନାଚିଉଠିଲା ମୋ କ୍ୟାମ୍ପସ୍। ତା'ର ଦେବଦାରୁ-କଦମ୍ବ-ଢାଉଁଗଛ/ ସେଠିକାର ସେଦିନର ଚିତ୍ର ଓ ଚରିତ୍ର ଯେତେ। ମୋର ସମଗ୍ର ଚେତନାକୁ ଆବୋରିବସିଲା ଅନୁ ସାମନ୍ତରାୟ। ଅନୁ ଏବେ କେଉଁଠି ନ ପଚରି ରହିପାରିଲିନି।

– ହାଇଦ୍ରାବାଦରେ ଆଇ ସ୍ପେସିଆଲିଷ୍ଟ।

– କ'ଣ ଏଲ୍.ଭି. ପ୍ରସାଦରେ ?'

– ନାଇଁ ନାଇଁ, ଆଉ କେଉଁ ପ୍ରାଇଭେଟ୍ ହସ୍ପିଟାଲ। ଠିକ୍‌ରେ ଜାଣିନି। କ'ଣ ଦେଖା କରିବୁ ?' ଚିଡ଼ାଇବାକୁ କହିଲା ସତ୍ୟ।

ସତ କହିଲେ ମୁଁ ଚାହୁଁଥିଲି ତ ନିଶ୍ଚୟ; କିନ୍ତୁ ଜାଣିଥିଲି ବି ତାହା ଅସମ୍ଭବ ବୋଲି।

– ଜାଣିଛୁ, ସେପଟେ ଅବସ୍ଥା ଆହୁରି ଖରାପ। ଗୀତା ଆରାଭାମୁଦିନ ତାମିଲନାଡୁର ସାଲେମ ଅଞ୍ଚଳ ବିଷୟ ଗୋଟେ ବହିରେ ଲେଖିଛନ୍ତି। ବହିର ନାଁ Dissappearing daughters - the tragedy of female foeticide। ସେ ଅଞ୍ଚଳରେ ଝିଅମାନଙ୍କୁ ଜନ୍ମପରେ ବି ମାରି ଦିଆଯାଏ। ଅନେକଙ୍କ ପାଇଁ ତାହା ଏକପ୍ରକାର ପେସା। ଝିଅକୁ ଚଷ୍ମ ଖୁଆଇ/ ବିଷ ଖୁଆଇ, ନିଦବଟିକା ଖୁଆଇ/ କ୍ଷୀରରେ କି ପାଣିରେ ମୁହଁ ବୁଡ଼ାଇ/ ମୁହଁରେ ତକିଆ ରୁପି କିମ୍ବା ଜିଆନ୍ତା ପୋତି ମାରିଦିଅନ୍ତି ସେମାନେ। ମଝିରେ ମଝିରେ ଧରପଗଡ଼ ହୁଏ। ତେଣୁ କେହି କେହି ଏ ଛୁଆଙ୍କୁ ଥଣ୍ଡା ପାଣିରେ ବୁଡ଼ାଇ ରଖନ୍ତି ଯେମିତି ନିମୋନିଆ ହେବ। ତା'ପରେ ଡାକ୍ତରଖାନା ନିଅନ୍ତି। ଟିକେଟ କରନ୍ତି। ଔଷଧ ଆଣନ୍ତି। ମାତ୍ର ଔଷଧ ଖାଇବାକୁ ଦିଅନ୍ତିନି। ଝିଅ ମରିଯାଏ ଓ ସମସ୍ତେ ଜାଣନ୍ତି ନିମୋନିଆରେ ମଲା ବୋଲି।"

– "ହାଓ ବ୍ରୁଟାଲ! ଦେ ସୁଡ୍ ବି ହ୍ୟାଙ୍ଗଡ" ଚିତ୍କାର କରିଉଠିଲି ମୁଁ। ମୁଁ ଆଉ ମୋ ନିଜ ଆୟତ୍ତରେ ନ ଥିଲି। ବିରକ୍ତ ହୋଇ କହିଲି, ଲୋକେ ଯେତେ ଯାହା କହିଲେ ବି ମା'ମାନେ ରାଜି ହେବା ଉଚିତ ନୁହେଁ। ଅନ୍ୟମାନେ ସମସ୍ତେ ବାହାର ଲୋକ। ବାପା ବି। କିନ୍ତୁ ମାଆ ତ ନିଜର ଝିଅକୁ ପେଟରେ ରଖିଛି। ତା'ର ରକ୍ତ ସହ ନିଜର ରକ୍ତ ମିଶାଇ ରକ୍ତ ସଞ୍ଚାର କରିଛି। ତା'ର ଉଷ୍ଣତା ଅନୁଭବିଛି। ତା'ର ଦୁଷ୍ଟାମି

କି ଖେଲାବୁଲା ଅନୁଭବ କରିଛି। ତା'ପରେ ଏମିତିରେ ବି ପ୍ରଥମେ ସେ ଗୋଟେ ଝିଅ। ସେ ରାଜି ହେଉଛି କେମିତି ? ସି ଇଜ ଦି ରିଏଲ ମର୍ଡରର୍।"

– "କୁଲ ଡାଉନ୍ ଶାଶ୍ୱତ। ଆମେ ଆମର ଇଚ୍ଛାସବୁକୁ ମା' ଉପରେ ଲଦିଦେଉଛେ। ତାକୁ ଅସହାୟ କରି ଆମର କଥା ତା' ମୁହଁରେ କୁହାଉଛେ। ଆମର ଇଚ୍ଛାକୁ ହିଁ ରୂପାୟିତ କରୁଛି ସିଏ। ରହୁଛୁ ତ ମୋ ସହିତ ଆସ୍। ଲିରି ନମ୍ବର କ୍ୟାବିନ୍‌ରେ ଗୋଟେ ଝିଅ ଅଛି। ମେଡିକୋ ! ଦୁଇବର୍ଷହେବ ପ୍ରେମିକ ସହ ବାହାଘର ଠିକ ହୋଇଛି। ଘରେ ବି ରାଜି। ଝିଅ ତିନିମାସର ଗର୍ଭବତୀ। ପୁଅଘର ସର୍ତ ରଖିଲେ, ଯଦି ପୁଅ ଥିବ, ଗର୍ଭରହିବ, ନ ହେଲେ ଗର୍ଭପାତ କରାଯିବ। ନଚେତ ବାହାଘର ବନ୍ଦ। ଝିଅ ବିଲ୍‌ରୀ ମାସେ ଦେଢ଼ମାସ ବିରୋଧ କଲା। ମୁଁ ବି ସମସ୍ତଙ୍କୁ ବୁଝାଇଛି। ପ୍ରେମିକର ସହଯୋଗ ମିଳିଲାନି। ଶେଷରେ ବାଧ୍ୟହୋଇ ରାଜି ହେଲା ଗର୍ଭପାତ ପାଇଁ। ଆମେ ଆଧୁନିକ ବୋଲାଇ, ଶିକ୍ଷିତ ବୋଲାଇ, ପାଶ୍ଚାତ୍ୟ ଦେଶ ଭଲି ଚଳିବା। ଅଥଚ ମାନସିକତାରେ ତାଙ୍କପରି ବ୍ରଡ ହୋଇ ପାରିବାନି। କି ଜାରଜ ସଭ୍ୟତା ଆମର !"

ମୋର ଆଉ କିଛି ଶୁଣିବାର ଇଚ୍ଛା ନ ଥିଲା। କହିବାର ଇଚ୍ଛା ନ ଥିଲା। ରହିବାର ଇଚ୍ଛା ବି ନ ଥିଲା। ମତେ ଲାଗୁଥିଲା ସତ୍ୟ ମହାପାତ୍ର ଠିକ କହିଥିଲା। ସମସ୍ତେ ବାସ୍ଟାର୍ଡ। ସମସ୍ତେ ହିପୋକ୍ରାଟ। କିଏ ଆକ୍ଟ ଅଫ କମିସନ୍‌ରେ ତ କିଏ ଆକ୍ଟ ଅଫ ଓମିସନ୍‌ରେ।

ପ୍ରବାସୀ

ବର୍ଷାଦିନପାଇଁ ଦାମ୍ କମ୍ ଥିଲା। କୋଣାର୍କ ପାଖର ଲୋଟସ ରିସର୍ଟରେ କୋଠରିଟିଏ ଭଡ଼ା ନେଇଥିଲା ଅମର।

ମାଲତୀପାଟପୁର ବସଷ୍ଟାଣ୍ଡ ଟପି ଗୋଟେ ଓଭରବ୍ରିଜ୍‌ରେ ଗଲେ, ସେଠୁ ପୁରୀ– କୋଣାର୍କ ମେରାଇନ ଡ୍ରାଇଭ। ଡ୍ରାଇଭର ଚିହ୍ନାଲୋକ। ଧାରାବିବରଣୀ ଦେବାଭଳି ବୁଝାଉଥାଏ। ନୂଆନଇ, ପ୍ରକୃତିନିବାସ, ରତ୍ନଚିରା, କୁଶଭଦ୍ରା ଆଦି ବିଷୟ ଗପୁଥାଏ। ମଝିରେ ମଝିରେ ସ୍ତ୍ରୀ ଲତିକା ଓ ଝିଅ ମୁନି ଗାଡ଼ିରୁ ଓହ୍ଲାଉଥାନ୍ତି। ଅମରଙ୍କ ସହ ମିଶି ଫଟୋ ଉଠଉଥାନ୍ତି।

ସୁନ୍ଦର ରାସ୍ତା। ଦୁଇପଟେ ଗଛ। ଦୁଇପଟ ଗଛର ଡାଲମାନେ ବେଶ୍ ଉପରେ ପରସ୍ପର ଆଡ଼କୁ ଆସି ଛୁଇଁଥାନ୍ତି, ସତେ ଯେମିତି ଗୋଟେ ସବୁଜ ସୁଡ଼ଙ୍ଗ! ଡ୍ରାଇଭର କହିଲା, ଏଇଟା ବାଲୁଖଣ୍ଡ ଅଭୟାରଣ୍ୟ ଅଞ୍ଚଳ। ରାତିରେ ଗଲେ ଅନେକ ହରିଣ ବୁଲୁଥିବାର ଦେଖିହୁଏ।"

– "ଆମକୁ ରାତିରେ କାହିଁକି ଆଣିଲନି?" ଆପତ୍ତି ଜଣାଇଲା ମୁନି!

– "ଆରେ ମା'! ଆଉ କିଛି ଦେଖିପାରି ନ ଥାନ୍ତୁ। ଫଟୋ ଉଠାଇଥାନ୍ତୁ କେମିତି!" ଲତିକା କହିଲେ ଓ ବୁଝିଗଲା ମୁନି।

– "ବାପା ବାପା, ହରିଣ ଅଛନ୍ତି ମାନେ, ତାଙ୍କୁ ଖାଇବାକୁ ବାଘ କି ସିଂହ ବି ତ ଆସୁଥିବେ?" ଆତଙ୍କ ଓ ଆଗ୍ରହଭରା ପ୍ରଶ୍ନ ମୁନିର।

– "ନାଇଁ ମାମା, ଏଠି ଘଞ୍ଚଜଙ୍ଗଲ ନାହିଁ। ବାଘ, ସିଂହ ରହିପାରିବେନି।"

ବାଟରେ ରାମଚଣ୍ଡୀଙ୍କ ମନ୍ଦିର ପାଖରେ ଓହ୍ଲାଇଲେ ସେମାନେ। ସେଠି ଲତିକାଙ୍କର ଭକ୍ତିପୂର୍ଣ୍ଣ ପୂଜା। ପାଖରେ ମୁନି ବସିଥାଏ। ଆଖୁବୁଜି ମୁଣ୍ଠିଆ ମାରୁଥାଏ।

ଟିକେ ଅନାଉଥାଏ । ମା ଆଖିବୁଜିଥିବାର ଦେଖି ପୁଣି ଥରେ ଆଖିବୁଜି ଦେଉଥାଏ । ଦୂରରୁ ଲୁଚିଲୁଚି ଦେଖୁଥାଏ ଓ ଆମୋଦିତ ହେଉଥାଏ ଅମର ।

ମେରାଇନ ଡ୍ରାଇଭରୁ ବାଟ'ଭାଙ୍ଗି ଲୋଟ୍‌ସ ରିସର୍ଟ ଯିବା ରାସ୍ତା ନିହାତି ଖରାପ ଅବସ୍ଥାରେ ଥାଏ । ତାକୁ ଦେଖି ମନ ଭାଙ୍ଗି ଗଲା ଲତିକାର । ଅଧା ଧୋଇହୋଇଯାଇଥିବା ଖଣ୍ଡିଆ ପିଚୁରାସ୍ତା । ଚାରିପଟେ ଅନାବନା ଗଛ । ଆଗକୁ ଆଉ ଗାଡ଼ି ଯାଇପାରିବନି । ଏତିକିବେଳେ ଗୋଟେ ଫଳକ ଉପରେ ନଜର ପଡ଼ିଲା । "କଦର୍ଯ୍ୟ ରାସ୍ତା ବେଳେବେଳେ ସୁନ୍ଦର ଲକ୍ଷ୍ୟସ୍ଥଳରେ ପହଞ୍ଚାଇଥାଏ ।"

ମୁନିର ନଜର ପଡ଼ିଲା ଗୋଟେ ଫୁଲ ଉପରେ । ଅନାବନା ଜଙ୍ଗଲୀ ଫୁଲ, କିନ୍ତୁ ସୁନ୍ଦର । ହାତର ପାଞ୍ଚଆଙ୍ଗୁଳି ଭଳି ଦିଶୁଥାଏ । ସୁରକ୍ଷାକର୍ମୀ ଜଣେ ତୋଳିଆଣି ତାକୁ ଦେଲା ।

ହୋଟେଲରେ ପହଞ୍ଚି ଖୁସିହେଲେ ସେମାନେ । ଚାରିଆଡ଼େ ଖାଲି ଗଛ ଆଉ ଗଛ । ମଝିରେ ମଝିରେ କାଠର ଗୋଟିଗୋଟିକିଆ ଘର । ପ୍ରତି ଘରର ଚାରିପଟେ ଗଛ । ପ୍ରତିଘରକୁ ଅଲଗା ଅଲଗା ରାସ୍ତା । ରାସ୍ତାସବୁ ଅଙ୍କାବଙ୍କା । ଜଙ୍ଗଲ ଭିତରେ ଯିବାର ଭ୍ରମ ସୃଷ୍ଟି କରୁଥିଲା । ମଝିରେ ମଝିରେ ଲଣ୍ଠନ ଝୁଲୁଥାଏ । ଲଣ୍ଠନ ଭିତରେ କିନ୍ତୁ ବିଜୁଲି ବଲ୍‌ବ ଥାଏ । ଲଣ୍ଠନ ଦେଖି ତାଲିମାରିଲା ମୁନି । ଅନେକଦିନ ତଳେ ଗାଁରେ ହିଁ ସେ ଲଣ୍ଠନ ଦେଖିଥିଲା ।

କାଠଘରକୁ ବର୍ଷାପାଣିରୁ ରକ୍ଷା କରିବା ପାଇଁ ତା' ଉପରେ ଚୁଲର ଆଉ ଗୋଟେ ଛାତ ଅଙ୍ଘ କିଛି ଉଚ୍ଚତାରେ । ସେଇ ଛାତରେ ପାଲଛତୁ ଫୁଟିଥିଲା । ଫଟୋଉଠାଇବାକୁ କହିଲା ମୁନି । ମୁନିକୁ ନେଇ ଗାଧୁଆଘରେ ପଶିଲେ ଲତିକା ।

॥ ଦୁଇ ॥

ଘରର ସଂଜ୍ଞା କ'ଣ ? ଚାରିକାନ୍ଧ ପରିମିତ ସ୍ଥାନ ବା ଜଣେ ବ୍ୟକ୍ତିର ଚାରିପଟେ ଥିବା ପରିବେଶ ଓ ପରିସର! ହଠାତ ପ୍ରଶ୍ନଟି ପଶିଆସିଲା ଅମର ମନକୁ । ମୁନି ଓ ଲତିକା ଆଜି ଏତେ ବେଶୀ ଖୁସି ହେଉଛନ୍ତି । ଆଉ ଗୋଟେ ଦିନ ପରେ ସେ ତା' ଚାକିରି ଜାଗାକୁ ବାହାରିବାବେଳେ ମୁହଁ ଶୁଖାଇବେ ।

ମନକୁ ବୁଝାଇଦେଲା ଯେ ବେଶୀ ସମୟ ଏକାଠି ରହିବା ଅପେକ୍ଷା ଭଲପାଇବାର ସାନ୍ନିଧ୍ୟ ଅଧିକ ଗୁରୁତ୍ୱପୂର୍ଣ୍ଣ । ପୁଣି ବେଶୀ ସମୟ ଏକାଠି ରହିଲେ ବୋଧହୁଏ ମତାନ୍ତର ଓ ମନାନ୍ତରର ସମ୍ଭାବନା ଅଧିକ । ଭଗବାନଙ୍କୁ ଧନ୍ୟବାଦ ଦେଲା ଯେ ଏବେ ସବୁଦିନ କଥାହୋଇପାରୁଛି । ଭିଡିଓ କଲରେ ମୁହଁ ଦେଖିବା ସମ୍ଭବ ହେଉଛି । ଆଗରୁ ଲୋକେ ଏ ସୁବିଧା ପାଉ ନ ଥିଲେ ।

ଲତିକା ଓ ମୁନି ପ୍ରସ୍ତୁତ ହୋଇଗଲେ। ଅଧିକ କିଛି ଭାବିପାରିଲାନି ଅମର। ସେମାନେ ଏକାଠି ବୁଲିବାକୁ ବାହାରିଲେ। ବୁଲିଲେ ଯୁଆଡ଼େ ନାଇଁ ସିଆଡ଼େ। ଝରିଆଡ଼ ଭଲ ଲାଗୁଥାଏ। ଖାଲି ଗଛ ଆଉ ଗଛ। ମଝିରେ ମଝିରେ ବସିବାପାଇଁ ଝଲଛପର ତଳେ ମଣ୍ଡପ ଓ ଚୌକି। ଗୋଟେ ଜାଗାରେ ଚୌକିର ଗୋଡ଼ଟା ମଣିଷର ପାଦ ଭଲି ଓ ବସିବା ଆସ୍ଥାନ ମଣିଷର ହାତ ଭଲି ଆକୃତିର। ଖୁସିରେ ଡେଙ୍ଗିଲା ମୁନି। ଲତିକା ଝରିଆଡ଼େ ଫଟୋ ଉଠାଉଥାନ୍ତି। ଝରୋଟି ବତକ ସହ ଫଟୋ ଉଠାଇବାକୁ ଝହିଲା ମୁନି। କ୍ୟାମେରା ଦେଖି ଦୌଡ଼ିପଳାଇଲେ ସେମାନେ। କ୍ୟାମେରା ଅପସାରଣ କରିନେବାରୁ ଆସିଲେ। ଫଟୋ ଉଠାଇବାକୁ ବସିବାବେଳେ ପୁଣି ଛୁ'। ଏଇ ଲୁଚକାଲି ଖେଳ ବେଶ୍ ଭଲଲାଗିଲା ମୁନିକୁ।

ପାଖରେ କାଠର ଗୋଟେ ସିଡ଼ି ଓ ମଞ୍ଚ। ତା' ଉପରକୁ ଯାଇ ଦେଖିଲେ କୁଶଭଦ୍ରା ନଈ। ତା' ପଛର ବାଲିବନ୍ଧ ଓ ଆରପଟେ ସମୁଦ୍ରର ଜୁଆର। ମଝିରେ କଳାରଙ୍ଗର ପଥରବନ୍ଧ ଭଲି ଜିନିଷକୁ ଦେଖାଇ ଲତିକା ପଚରିଲେ, ଏଇଟା କ'ଣ ପ୍ରବାଳ ପ୍ରାଚୀର ?

ଉତ୍ତର ଜଣା ନ ଥିଲା ଅମରକୁ। ମୁନି କିନ୍ତୁ ତା'ର ଫଟୋ ଉଠାଇବାକୁ କହିଲା ଓ ଧରିନେଲା ଯେ ଏଇଟା ହିଁ ସିଏ ଗପରେ ପଢ଼ିଥିବା ପ୍ରବାଳ ପ୍ରାଚୀର ?"

ରେସ୍ତୋରାଁଟା ସମୁଦ୍ରମୁହାଁ। ତେବେ ବାହାରେ ଗଛତଳେ ପଡ଼ିଥିବା ଟେବୁଲ ଓ ଚୌକିରେ ବସିଲେ ସେମାନେ। ଗୋଟା ଭେଟ୍କି ମାଛକୁ ମଝିରୁ ମଝିରୁ କାଟି ମସଲା ପୂରାଇ ସେକା ଯାଇଥାଏ। ଗୋଟିଏ ପ୍ଲେଟରୁ ତିନିହେଁ ଖାଉଥିଲେ। ସମୁଦ୍ର କଙ୍କଡ଼ା ନରମ ଥିବାରୁ ସହଜରେ ଚୋବାଇପାରୁଥାଏ ମୁନି। କହିଲା, "ଏଇଟା ସୁନା କଙ୍କଡ଼ା।"

ତା'ପରେ କୁଶଭଦ୍ରା ମୁହାଣକୁ ଗଲେ ଡଙ୍ଗାରେ। କୋଣାର୍କ ବୁଲିଲେ। ତେଲ ନିଗମ ତିଆରି କରିଥିବା ସଂଗ୍ରହାଳୟ ଦେଖିଲେ। କୋଣାର୍କ ମନ୍ଦିର ପାଖେ ଶଢ ଓ ଆଲୁଅ ପରିଚଳିତ କୋଣାର୍କର କାହାଣୀ ଦେଖି ହୋଟେଲ ଫେରିଲେ।

ଫେରିବାବେଳେ ଲତିକା କହିଲେ, ଏଠି ସଂଗ୍ରହାଳୟରେ ଏବେ ଏବେ ତିଆରି ହୋଇଥିବା ମୂର୍ଭି ଦେଖି ଲାଗୁଛି, ପଦ୍ମଶ୍ରୀ ରଘୁନାଥ ମହାପାତ୍ରଙ୍କ ଦ୍ବିତୀୟ କୋଣାର୍କ ସ୍ବପ୍ନ ଆଦୌ ଅସମ୍ଭବ ନୁହେଁ।

ଅମର ଭାବୁଥିଲା ଅନ୍ୟ କଥା। ଏମିତି ଦିନଟିଏ କାଟିବାଠୁ ସ୍ବର୍ଗସୁଖ ସତରେ କ'ଣ ଅଧିକ ?

ଅଥଚ କେତେ କ୍ଷଣସ୍ଥାୟୀ ଏଇ ସୁଖ! କାଲି ଘରକୁ ଫେରିବ ଏବଂ ତା'ପରଦିନ ପାଞ୍ଚଶହ କିଲୋମିଟର ଦୂରର କର୍ମକ୍ଷେତ୍ରକୁ।

॥ ତିନି ॥

ସକାଳ ପାଞ୍ଚଟା ପନ୍ଦର । ଛଅଟାରେ ତା'ର ଟ୍ରେନ । ଷ୍ଟେସନ୍‌ର ଦୂରତା ପାଖାପାଖି ଦୁଇ କିଲୋମିଟର । ଘଳିଘଳି ଯିବାକୁ ପଡ଼ିବ ତାକୁ ।

ମୁନି ନିଦରୁ ଉଠି ନଥିଲା ସେତେବେଳେକୁ । ତାକୁ ଗେଲ କରିବାକୁ ଯାଉଯାଉ ଥମକିଗଲା ଅମର । ଉଠିପଡ଼ିଲେ କାନ୍ଦିବ ଏବେ । ବରଂ ଶୋଇଥାଉ ସେ ।

ବ୍ୟାଗ ଧରି ଗେଟ୍ ପାଖରେ ଠିଆହୋଇଥିଲା ଲତିକା । ଅମର ଜୋତାପିନ୍ଧି ଆସିବାପରେ ନିରବରେ ବଢ଼ାଇଦେଲା ।

ତା'ର ବିଦାୟବେଳା ସବୁବେଳେ ଏମିତି । ଭାରୀ ଭାରୀ । ଥମ୍‌ଥମ୍ । ଓଦା ଜରଜର । କେହି କିଛି କହନ୍ତି ନାହିଁ କାହାକୁ । ସମସ୍ତେ ମାପୁଥାଆନ୍ତି ନିର୍ଦ୍ଦିଷ୍ଟ ନିରାପଦ ଦୂରତା । ଟିକିଏ ଅସତର୍କ ହେଲେ ହିଁ ଝରିପଡ଼ିବ ଅଦିନିଆ ବର୍ଷା !

ବାହାରେ ନରମ ସକାଳ । ମୁଖ୍ୟରାସ୍ତାରେ ନ ଯାଇ ରେଳଧାରଣା କଡ଼େକଡ଼େ ଘଳିଲା ଅମର । ଟିକେଟ୍ କାଟି ବସିବାବେଳକୁ ଗାଡ଼ିଛାଡ଼ିବା ଆହୁରି ପନ୍ଦରମିନିଟ୍ ବାକି ।

ପନ୍ଦରମିନିଟ୍‌ର ଏଇ କାଳଖଣ୍ଡ ଏକପ୍ରକାର ଶୂନ୍ୟତା । ସକାଳୁ ସୂଚୀ ଅନୁଯାୟୀ ଯାହା କରିବାର ଥିଲା, କରିସାରିଥିଲା ସିଏ । ପରବର୍ତ୍ତୀ କାମ ଆରମ୍ଭ ହୋଇ ନ ଥିଲା । ହଠାତ ଥମି ଯାଇଥିଲା ତା'ର ଯାନ୍ତ୍ରିକ ଗତି । ଏଇ କାଳଖଣ୍ଡକୁ ଆବୋରିବସିଲା ପରିବେଶ ।

ପୂର୍ବଘାଟ୍ ଶ୍ରେଣୀର ପର୍ବତମାନେ ବିଛେଇହୋଇ ଶୋଇଥିଲେ କିଛି କିଛି ଦୂରତାରେ । ସକାଳ ବୋଲିଦେଇଥିଲା କେମିତି ଗୋଟେ ସ୍ନିଗ୍ଧ ସ୍ନିଗ୍ଧ ଭାବ । ଗଛସବୁ ଭିଜିଥିଲେ ରାତିସାରା । ଘାସ ଉପରେ ଜମିଥିବା ପାଣିରୁ ପ୍ରତିଫଳିତ ହେଉଥିଲା ସୂର୍ଯ୍ୟରଶ୍ମି ! ସବୁକିଛି ଶାନ୍ତ ଶାନ୍ତ ଲାଗୁଥିଲା ।

କିଛିଦୂରରେ ଦିଶୁଥିବା ଗଛ, ପୋଖରୀ, ଘର, ମାଟିରାସ୍ତା, ଯିବାଆସିବା କରୁଥିବା ମଣିଷ– ତାକୁ ତା'ର ଶୈଶବକୁ ଟାଣିନେଉଥିଲେ । ସେ ମନେପକାଉଥିଲା ଉଡ଼ୁଥିବା ଚଢ଼େଇର ନାଁ । ମନେପକାଉଥିଲା ସାମ୍ନା ଗଛର ଫୁଲ ଓ ଫଳ ଦେଖୁଥିଲା କେବେ ।

ଟ୍ରେନ ଛାଡ଼ିଲା ଠିକ୍ ସମୟରେ । ଚମକିପଡ଼ିଲା ଅମର । ହଠାତ ସିଏ ଛିଟିକିପଡ଼ିଲା ଭିନ୍ନ ଏକ ଇଲାକାକୁ ।

॥ ଚାରି ॥

ଅମର ଆସେ ଦମକାଏ ମଲୟ ଭଳି । ଆଦ୍ୟ ମୌସୁମୀର ବାରିଧାରା ପରି । ଘରସାରା ଭରିଦିଏ ରୋମାଞ୍ଚ ଓ ପ୍ରାଣପ୍ରାଚୁର୍ଯ୍ୟ । ଲତିକା ଓ ମୁନି ଏତେ ବଦଳିଯାଆନ୍ତି ଯେ ଯିଏ ବି ଦେଖିଲେ ଅନୁମାନ କରିଦେବ ଅମର ଆସିଛି ।

 | ଶ୍ରୀପ୍ରସାଦ ମହାନ୍ତି

ମାଲତୀ ମିସ କହୁଥିଲେ, ମୁନି ସ୍କୁଲସାରା ସମସ୍ତଙ୍କୁ ପଚାରୁଥିଲା–

– କାଲି କି ବାର, କହିଲୁ ?

– ସଟର ଡେ – ସାଙ୍ଗ କିଏ ଭଉର ଦେଲା ।

– କୋଉ ସଟର ଡେ ?

– ସେକେଣ୍ଡ ସଟର ଡେ ।

– ସେକେଣ୍ଡ ସଟର ଡେ' ମାନେ କ'ଣ କହିଲୁ ? ବାପା ଆସିବେ !

ବାରମ୍ବାର ଜଣଜଣ କରି ଘୁରିଘୁରି ପଚାରୁଥିଲା ଓ ଘୋଷଣା କରୁଥିଲା ଏକ ବିଶେଷଦିନର ଆବାହନୀ ।

ବାପା ଆସିବାସମୟରେ ସାଙ୍ଗସାଥୀ, ଟିଭି, ସବୁକିଛି ଭୁଲିଯାଏ ସେ । ବାପାଙ୍କ ସାଙ୍ଗେ ଦାନ୍ତ ଘଷିବି । ବାପାଙ୍କ ସାଙ୍ଗେ ଖାଇବି । ବାପା ଗାଧୋଇଦେବେ । ବାପା ପ୍ୟାଣ୍ଟ ସାର୍ଟ ବାଛିଦେବେ... କହି ରଖିଥିବ । ବାପା / ବାପି / ବାପୁନି / ବାପାନି ... କେତେ ନାଁରେ ଡାକିଡାକି ଘୁରୁଥିବ । ଅମର ଦାଢ଼ି କାଟିବାବେଲେ ଗୋଡ଼ପାଖେ ଆସି ଗେହ୍ଲା ହେବ । ଝାଡ଼ାଗଲେ କବାଟ ବାଡ଼େଇ ତାଗିଦ କରୁଥିବ ଡେରି ନ କରିବାପାଇଁ । ଲତିକାଙ୍କୁ ଅଥୟ କରିଦେଉଥିବ ରଂ' କରିବାପାଇଁ । କାଗଜକଲମ ଆଣି କହୁଥିବ, ବାପା, ମୁଁ ରଂ କରିଦେବି ଓ ଲେଖିଦେଉଥିବ T ।

ଲତିକାକୁ ପ୍ରତିଦିନ ନ୍ୟାସ୍ତ କରିଦେଉଥିବା ପିଲାଟି ବଦଲିଯାଇଥିବ ପୂରାପୂରି । ପ୍ରତିଦିନ ସକାଲୁ ଉଠାଇବାକୁ ପନ୍ଦର କୋଡ଼ିଏ ମିନିଟ୍ ଲାଗେ ଲତିକାକୁ । ଦାନ୍ତ ଘଷିବା ପାଇଁ ସବୁଠୁ କୁଣ୍ଠା । ଖାଇବେଲେ ବିରକ୍ତ କରି ମାଡ଼ଖାଏ ବେଲେବେଲେ । ପାଟିରେ ଭାତଗୁଣ୍ଠା ପୂରାଇ ଟିଭି ଆଡ଼େ ଅନାଇଥାଏ । ଆଦୌ ଗିଲୁ ନ ଥାଏ ।

ଅଥଚ ବାପା ଥିବାବେଲେ ନିଜେ ଆଗ ଉଠିପଡ଼ି ତାଙ୍କ ପିଠିରେ ବସିପଡ଼ିବ ଓ ପାଟିକରିବ– "ଗଧ ବାପା, କୁମ୍ଭକର୍ଣ୍ଣ ବାପା ! ଶୀଘ୍ର ଉଠ !" ତା'ପରେ ଗୋଟିଏ ପରେ ଗୋଟିଏ କାମ କରି ରଖିବ ସୁରୁଖୁରୁରେ ! ଏତେ ଏତେ ଜିନିଷ ପାଇଁ ଅଲି କରୁଥିବା ମୁନି ଗୋଟିଏ ବି ମାଗେନି ବାପା ଥିବାବେଲେ ।

ଅମର ଯାହା କିଛି କହିଲେ ବି ତା' ପାଇଁ ଗପ । ଗପ ସିଏ କୁହନ୍ତି ନିଶ୍ଚୟ । ତେବେ ଗପ ନାଁରେ ତାକୁ ପାଠ ପଢ଼ାଇଦିଅନ୍ତି । ମାନଚିତ୍ରରେ ଦେଶ, ମହାଦେଶ ଚିହ୍ନାଇ ଦିଅନ୍ତି । ଗପଛଲରେ ତା'ର ଭଲମନ୍ଦ ବୁଝିନିଅନ୍ତି । ତାକୁ ଉପଦେଶ ଦିଅନ୍ତି । ସବୁଦିନେ ଲୁଗାପଟା ଏପଟେସେପଟେ ଫୋପାଡ଼ୁଥିବା ମୁନି ସେଦିନ ନିଜେ ନିଜର ମଇଲାଲୁଗା ଧୋବଣୀକୁ ଦିଏ ।

ଲତିକା ପାଇଁ, ଅମର ଘରେ ଥିବା ଦିନଗୁଡ଼ିକର କାର୍ଯ୍ୟସୂଚୀ ଏକଦମ ଅଲଗା ।

ମୁନିପାଇଁ ସମୟ ଦେବାକୁ ପଡ଼େନି ! ଆଲଣା, ଆଲ୍‌ମାରିରୁ ଆରମ୍ଭ କରି ପରିବାଡ଼ାଲା ପର୍ଯ୍ୟନ୍ତ, ଯେଉଁଠି ଯାହା ଅସଜଡ଼ା କି ଅଭାବ ଥାଏ, ସୁଧାରିଦିଅନ୍ତି ଅମର। ବିଶେଷ କିଛି କରିବାର ନ ଥାଏ, ଅଥଚ ତାକୁ ଲାଗେ ଯେ ତା’ର ଆଙ୍ଗୁଲି ଫାଙ୍କରେ ସମୟସବୁ ଖସିଯାଉଛନ୍ତି ଅନାବନା ବାହାନାରେ।

ଅଭାବ ମାନେ କ’ଣ ? ବେଳେବେଳେ ଚିନ୍ତାକରେ ଲତିକା।

ଅମର ଚକିରିରୁ ଛଟେଇ ହେବା ପରେ କିଛିଦିନ ଖୁବ୍‍ କଷ୍ଟରେ କାଟିଥିଲେ ସେମାନେ। ତା’ପରେ ନିଯୁକ୍ତି ମିଳିଥିଲା ଏକ ବେସରକାରୀ ସଂସ୍ଥାରେ। ଚାଶଟୁଣରେ ଚଳିଯାଉଥିଲେ।

ଏମିତି ସମୟରେ ଅଚ୍ଛନକ ଏଇ ବ୍ୟାଙ୍କ ଚକିରି ପାଇଯାଇଥିଲା ଲତିକା। ଆର୍ଥିକ ସ୍ଥିତି ବଦଳିଯାଇଥିଲା ପରିବାରର।

ହେଲେ, ତାକୁ ପୁଣି ଘାରୁଛି ଭିନ୍ନ ଏକ ଅଭାବବୋଧ। ଅମରଙ୍କ ପାଖରୁ ପାଖାପାଖି ପାଞ୍ଚଶହ କିଲୋମିଟର ଦୂରରେ ରହିବାର ଯନ୍ତ୍ରଣା। ପନ୍ଦରଦିନରେ ଥରଟିଏ ମିଳିତ ହେବାର ଦୁଃଖ।

ପ୍ରତିଥର ଅମର ବିଦାହେବା ବେଳେ ଲତିକା ଭାବେ, ଏଥର ଆଉ ଚକିରି କରିବିନି। ଅମରଙ୍କ ସାଥିରେ ଚଳିଯିବ। ମାତ୍ର ପୁଣି ବୁଝାଇବାକୁ ପଡ଼େ ନିଜକୁ।

ବେଳେବେଳେ ସେ ଭାବେ, ଅମରଙ୍କ ଭଳି ସ୍ୱାମୀ ପାଇଥିବାରୁ ସେ ଭାଗ୍ୟବତୀ ନା ଅମରଙ୍କ ଭଳି ସ୍ୱାମୀ ଥାଇ ବି ତାଙ୍କ ପାଖରେ ରହିପାରୁ ନ ଥିବାରୁ ସେ ଦୁଃଖିନୀ ?

ଅମର ଯିବାର କୋଡ଼ିଏ ମିନିଟ୍‍ ଖଣ୍ଡେ ହେଲାଣି। ଲତିକା ଠିଆହୋଇଛି ସେମିତି। ଘର ଭିତରକୁ ଯିବାକୁ ଇଚ୍ଛା ବି ହେଉନି। ବାତ୍ୟା, ବନ୍ୟା କି ଯୁଦ୍ଧପରର ହାହାକାର ଯେମିତି ଭରିଯାଇଛି ସେଠି !

ମୁନି ଆସି ପଛପଟେ ଠିଆହୋଇଥିଲା କେତେବେଳୁ ! ତା’ର ପଣତକାନି ଚାଣିବାରୁ, ସଚେତନ ହେଲା ଲତିକା। ମୁନି ପଚରିଲା, “ମା ! ବାପା କେବେ ଆସିବେ ?”

‘ହଁ ଆସିବେ’ କହି ମୁନିକୁ କାଖେଇନେଲା ଲତିକା। ମନକୁମନ କହିଲା, ‘ସତ କଥା। ଅମର ତ ଆସିବେ ଏଇ କିଛିଦିନ ପରେ। ଆସିବାର ଅପେକ୍ଷାରେ ହଁ ସିଏ ସମୟ କାଟିବ ଏଥର, ବିଦାୟର ଦୁଃଖରେ ନୁହେଁ।’

www.blackeaglebooks.org
info@blackeaglebooks.org

Black Eagle Books, an independent publisher, was founded as
a nonprofit organization in April, 2019. It is our mission to
connect and engage the Indian diaspora and the world at large
with the best of works of world literature published on a
collaborative platform, with special emphasis on
foregrounding Contemporary Classics and New Writing.

www.ingramcontent.com/pod-product-compliance
Lightning Source LLC
Chambersburg PA
CBHW050341110726

47899CB00007B/2595